호재진사일록 浩齋辰巳日錄
풍기와 영주 인근 지역의 임진왜란 일기

원저자 곽수지(郭守智)의 본관은 청주(淸州), 자는 경함(景含), 호는 호재(浩齋)이다. 그는 1555년 함창(咸昌)에서 태어났고, 1574년 결혼한 뒤부터 풍기에 살았다. 1585년 생원시에 합격하고 과거를 준비하던 중에 임진왜란이 발발하자, 큰형인 수인(守仁), 둘째 형인 수의(守義), 셋째 형인 수예(守禮)와 조카인 용흘(龍屹), 용성(龍成), 용영(龍嶸) 등과 함께 의병활동에 투신하여 풍기와 영주 인근 지역 및 고향인 함창을 내왕하며 모병과 군량 조달 및 서기의 일을 맡아 활동했다. 이러한 공을 인정받아 1593년 천거로 경주 집경전 참봉이 되었고, 이후 1595년 건원릉 참봉과 안집청 둔전관에 차례로 제수되었으며, 1598년 송라 찰방으로 재직하던 중 44세의 나이에 갑자기 세상을 떠났다. 저서로는 ≪호재진사일록≫ 외에 ≪서원세고(西原世稿)≫ 권1~3 <호재유고(浩齋遺稿)>와 ≪양담호재사우록(瀼潭浩齋師友錄)≫ 등이 있다.

역주자 이영삼은 1968년 전남 해남에서 태어났다. 1993년 조선대학교 법학과를 졸업하고 1994년 대한투자신탁(현 하나금융투자)에 입사하여 2008년 말 퇴직할 때까지 자산관리 업무를 담당했다. 이후 전남대학교 대학원 한문고전번역과정에 진학하여 석사(2013)와 박사과정(2016)을 졸업하고 현재는 한자와 한문을 가르치며 연구와 번역 활동을 병행하고 있다. 논문으로는 <역주 ≪남한해위록(南漢解圍錄)≫>(석사 논문)과 <역주 ≪호재진사일록(浩齋辰巳日錄)≫>(박사 논문), <병자호란 실기 비교 연구-≪남한해위록(南漢解圍錄)≫과 ≪남한일기(南漢日記)≫를 중심으로-> 등이 있다.

호재진사일록 浩齋辰巳日錄
풍기와 영주 인근 지역의 임진왜란 일기

초판 1쇄 발행 2017년 9월 12일
초판 2쇄 발행 2017년 12월 12일

원저자 곽수지
역주자 이영삼
펴낸이 이대현
편 집 권분옥
디자인 최기윤
펴낸곳 도서출판 역락
주 소 서울시 서초구 동광로 46길 6-6 문창빌딩 2층
전 화 02-3409-2060(편집부), 2058(영업부)
팩 스 02-3409-2059
등 록 1999년 4월 19일 제303-2002-000014호
이메일 youkrack@hanmail.net
ISBN 979-11-5686-963-4 93810

이 도서의 국립중앙도서관 출판예정도서목록(CIP)은 서지정보유통지원시스템 홈페이지(http://seoji.nl.go.kr)와 국가자료공동목록시스템(http://www.nl.go.kr/kolisnet)에서 이용하실 수 있습니다.(CIP제어번호: CIP2017022653)

호재진사일록 浩齋辰巳日錄

풍기와 영주 인근 지역의 임진왜란 일기

곽수지 원저

이영삼 역주

역락

"역사란 무엇인가?"라는 물음에 직면하게 되면, 우리는 흔히 "역사란 강자의 기록이다."라고 하거나, "역사란 사관 또는 역사가가 객관적 사실에 기초한 기록이다."라고 대답하곤 한다. 이에 대해 필자는 "역사란 과거와 현재와의 대화이다."라고 말한 영국의 정치학자이자 역사가인 E. H. 카(Edward Hallett Carr, 1892~1982)의 대답이 가슴에 와 닿는다. 번역을 업으로 삼고자 하는 나에게 있어서 역사란 과거에 기록된 글과의 끝없는 대화의 연속이기 때문이다. 이러한 과거의 기록들은 번역하는 사람의 손과 가슴을 거쳐 어떤 경우 현재의 역사적 주인공으로 등장하기도 하고, 또 어떤 경우에는 대수롭지 않게 보였던 과거의 기록들이 현재의 기준과 관점에서는 전혀 다른 의미로 해석되기도 한다.

필자는 금융투자회사에서 15년 정도 재직하다가 40대 초반인 2008년 말 건강상의 이유로 퇴직하고, 이후로 2년 정도 육체적·정신적으로 힘든 시기를 보냈다. 매일 방안에 갇혀 스스로를 자책했고 미래에 대한 불안감으로 건강은 더욱 악화되어 퇴직 사유였던 이명과 어지럼증은 나아질 기미가 보이지 않았다. 그러던 어느 날 한자의 기원과 관련된 책을 읽다가 한자가 눈에 들어왔고, 자책과 불안감을 잊고자 미친 듯이 한자가 만들어진 원리를 공부했다. 그리고 ≪논어≫를 접하고부터 더 많은 한문고전을 읽고 싶다는 마음의 변화가 생겼다. 이후로 필자는 이와 관련된 대학원에 진학하여 석사와 박사 과정을 공부하고, 석지형(石之珩, 1610~?)의 ≪남한해위록(南漢解圍錄)≫과 곽수지(郭守智, 1555~1598)의 ≪호재진사일록(浩齋辰巳日錄)≫으로 각각 석사학위와 박사학위를 받았다.

≪호재진사일록≫은 임진왜란 당시 풍기에 살고 있던 곽수지가 왜군이

동래성을 함락했다는 소식을 접한 1592년 4월 17일부터 1598년 9월 3일까지 기록한 7년간의 전쟁체험 일기이다. 곽수지는 임진왜란의 발발이라는 위기 상황에서 잠시 소백산으로 피란한 뒤, 1592년 5월부터 향촌의 의병 군진에서 의병 활동을 시작하여, 같은 해 8월부터는 의병 부대인 창의군(昌義軍)의 군량유사를 맡아 본격적으로 의병 활동에 투신했다. 그리고 그는 이 과정에서 풍기와 인근 지역에서 직접 또는 간접적으로 보거나 들은 자신과 백성들의 피란 형상과 전란의 참상 및 의병 활동 등의 상황을 기록하는 한편, 조정에 대한 비판적 의견뿐만이 아니라 전쟁 중의 사대부로서의 일상과 과거(科擧)의 노정 등을 비교적 자세히 기록했는데, 그것이 바로 ≪호재진사일록≫이다.

조선은 건국 이래로 임진왜란 전까지 200년 동안 태평성세를 누렸다. 때문에 임진왜란의 발발은 조선의 조정과 백성들에게 엄청난 충격 그 차체였으며, 왜군이 파죽지세로 한양을 향해 진격하는 동안 조선의 조정과 백성들은 어찌할 바를 모르고 있었다. 이에 조선군은 당시 방위체제인 제승방략에 따라 군사와 물자를 징집하여 요충지에 집결한 뒤 일본군에 맞섰지만 속수무책으로 무너졌고, 그 피해는 고스란히 백성들의 몫이었다. 조선군이 무너졌다는 소식을 접한 조정과 백성들은 뒤늦게 피란길에 올라 큰 희생을 치렀다. 조선의 조정은 한양이 왜군의 손에 들어 간 뒤에야 명나라에 원군을 청하게 되고, 백성들도 의병을 조직하고 본격적인 의병활동을 펼쳤다. 당시 이러한 전란 과정을 겪은 양반사족들은 자신의 전쟁체험을 일기로 기록해 남겼으며, 곽수지의 ≪호재진사일록≫도 그 가운데 하나이다.

1592년 7월 16일. 우리나라가 틈을 열어 화를 초래한 것이 오래 되었다. 주상께서 왕위에 오른 이후로 보좌하는 신하들은 각각 사당(私黨)을 세워 서로 간계를 부려 모함했다. 이 때문에 동서(東西)의 논이 크게 일어나고, 동서 안에서 또 남북으로 갈라져서, 조정에서는 서로 양보하는 풍조가 없어지고, 선비들도 자신만을 옳게 여기는 병통이 많게 되었으며, 나랏일은 서로 까맣게 잊어버리고, 사사로운 원한은 반드시 보복할 계책을 세웠다. 또한 직무를 다하는 자는 크게 어리석은 사람으로 지목되었고, 자기와 생각이 다른 사람은 소인이라고 손가락질을 했다. 그리하여 마침내 조정으로 하여금 바로 서지 못하게 하고 나라의 기강은 점점 해이하게 되어, …… 그리고 다만 이웃 나라는 친하게 지내야 한다는 것만 알고, 심지어 의관을 갖춘 선비[通信使]로 하여금 원수인 나라의 뜰에서 굽히어 절을 하게 했다. 이 때문에 우리나라가 기강이 없는 것을 오직 우리들만 아는 것이 아니라 저들도 또한 잘 알게 되었다. 이것이 바로 왜병이 일어난 까닭이다. …… 가령 조정에 있는 신하들이 뛰어난 인재들로 서로 화목하고 경건하게 반열에 배치되어 있다면, 자기의 당을 사사롭게 여기지 아니하고 제각기 의론을 다르게 여기지 않을 것이다. 그리하여 국정이 해이해지면 확립할 것을 생각하고 기강이 문란해지면 바로잡을 것을 생각하여, 우리 임금의 명성이 온 나라에 넘쳐흐르고 위령(威靈)이 다른 풍속의 나라까지 멀리 떨치게 했다면, 어찌 병화가 이와 같이 극도에 이르렀겠는가. 나는 이제야 붕당이 나라의 복이 아님을 잘 알겠다. …… 그런데 최근에 묘당(廟堂)은 그릇된 논의를 올리고 변방의 신하는 망령된 계획을 세우고는 백성들의 초췌함과 [도적을 대비하는 군사들이] 나라 안에서 헛되이 소모되는 것을 생각하지 않고, 한갓 성과 보를 수선하는 것과 군정을 찾아내는 것만을 급선무로 여겼다. 그 결과 인력이 성을 축조하는 일에 고갈되고 어리고 늙은 자들만 군대에 편입되었으니, 근심과 탄식의 소리가 이때에 이르러 극에 달했다. 아, 지금의 폐정은 저와 같이 그 단서가 많고, 지금의 조정은 저와 같이 안정되지 못했다. 나는 생각건대 왜병의 침략의 변고는 조정이 안정되지 못하고 기강이 없는 것에 귀착된다. 그렇지 않다면, 협력하여 어려운 세상을 구제하는 신하와 임금을 친애하고 윗사람을 위해 몸을 바치려는 백성이 어찌 그리도 세상에 알려진 사람이 없겠는가.

위의 글은 곽수지가 피란했던 절간에서 임진왜란이 발발하게 된 원인을 기록한 내용이다. 그는 위의 글에서 당시 선조를 비롯한 조정 신하들의 잘못된 행태에 대해 하나하나 열거하며 신랄하게 비판하고 있다. 이처럼 곽수지의 임진왜란에 대한 기록은 단순히 개인의 전쟁체험만을 기록한 것이 아니라, 애초부터 이러한 비판적 의도를 가지고 쓴 전쟁 기록이라는 점에서 그 의의가 있다.

《호재진사일록》의 주요무대는 그가 의병 활동을 했던 풍기를 중심으로 함창과 문경, 용궁, 예천, 순흥, 영천, 안동, 예안 등 당시 경상좌도 지역을 중심으로 하고 있다. 그의 활동 지역이 비교적 넓은 이유는 임진왜란 초기에는 주로 거주지인 풍기 지역에서 의병 활동을 했으나, 관직에 진출한 뒤부터는 임소(任所)에 따라 활동 범위를 달리했기 때문이다. 따라서 《호재진사일록》은 안동을 중심으로 영남 북부지역의 의병 활동을 기록한 김해(金垓, 1555~1593)의 <향병일기(鄕兵日記)>와, 상주와 함창을 중심으로 창의한 창의군의 전쟁체험 기록인 조정(趙靖, 1555~1636)의 《조정임진란기록(趙靖壬辰亂記錄)》, 경상우도 선산부사로서 선산을 중심으로 자신이 참전했던 일을 기록한 정경달(丁慶達, 1542~1602)의 <반곡난중일기(盤谷亂中日記)>, 경상우도인 함양 일대에서 초유사 김성일의 소모유사(召募有司) 등으로 활약한 정경운(鄭慶雲, 1556~?)의 《고대일록(孤臺亂記錄)》 등과 함께 서로 보완적 사료로서의 의미를 가진다 할 것이다. 더하여 이번에 번역되어 출판된 《호재진사일록》은 풍기 지역을 중심으로 한 지방 사족들의 교유 양상 및 왜란 때 백성의 구제와 관련된 제도와 당시 인명이나 지명을 비롯한 지방사를 연구하는 데 귀중한 자료가 될 것으로 본다.

《호재진사일록》은 앞서 언급한 바와 같이 필자의 박사학위 번역논문으로, 당시 다소 미흡하다고 여겨졌던 번역과 인명과 지명에 대한 조사를 보다 상세히 하여 이번에 책으로 출판하게 되었다. 그러나 임진왜란 당시와 현재의 경상도 지역 지명에 많은 변화가 있었기 때문에 여전히 조사가 안 된 지명이 많다는 점은 아쉬운 점으로 남는다. 또한 초학자로서 최선을 다했다고는 하나 번역의 오류나 지명에 대한 오류가 없을 수 없기에 많은 질정을 바란다.

이 책이 나오기까지 많은 분들의 도움이 있었다. 먼저 부족한 필자를 믿고 끝까지 학자로서의 길을 걸을 수 있도록 용기와 격려를 아끼지 않고 계시는 신혜진 지도교수님, 처음 직장인에겐 너무나도 생소하고 어려웠던 한문을 접할 수 있도록 도와주고 학문의 길로 이끌어 주신 김대현 교수님, 학위 심사과정에서 처음부터 마무리할 때까지 아낌없는 격려와 도움을 주셨던 김신중 교수님, 불원천리하고 기꺼이 달려와 도움과 지도를 아끼지 않으셨던 숭실대학교 장경남 교수님과 인천대학교 조현우 교수님, 그리고 학위 과정 중에 부족한 필자를 격려하며 더욱 정진할 수 있도록 이끌어 주신 양회석 교수님과 오만종 교수님, 가끔 찾아 뵐 때면 손수 차를 끊여주며 용기를 주신 조선대학교의 안동교 교수님께 진심으로 감사 인사를 드린다. 아울러 논문을 작성하는 데 많은 자료와 도움을 아끼지 않으신 상주문화원 상주향토문화연구소장 곽희상님과 필자의 논문을 꼼꼼히 읽고 직접 정오표를 만들어 보내주신 고려기계 대표 고만진님, 현지답사에서 폭우가 쏟아지는데도 달려와 도움을 주신 영주시 안정면 일원리 마을 분들에게도 깊은 감사를 드린다.

그리고 늘 곁에서 용기와 격려와 질책을 아끼지 않으시는 백천서당의 김재희 선생님, 지난 7년간 희로애락을 함께하며 지금도 백천서당에서 학문에 정진하고 있는 장안영, 조일형, 이대연, 방미애, 최은정, 박미향, 김순영, 정우성 선생님께도 고마움과 감사를 드린다. 또 한편으로 홀로 고향에서 늘 자식 걱정에 잠 못 주무시고 계시는 어머니께 사랑과 감사의 마음을 전한다. 부족한 논문을 책으로 펴내 준 도서출판 역락의 이대현 사장님과 편집을 맡아 세세한 부분까지 신경을 써 주신 권분옥 편집장님께도 깊이 감사드린다.

마지막으로 언제나 곁에서 용기를 주며 사랑과 격려의 말을 아끼지 않는 아내 조은숙에게 이 책을 바친다.

2017. 6. 11. 역주자 이영삼

▌차례

Ⅰ. 해제

Ⅱ. 호재진사일록 권1(浩齋辰巳日錄 券一)

Ⅲ. 호재진사일록 권2(浩齋辰巳日錄 券二)

일러두기

1) 번역문은 가능한 우리말로 풀어 쓰는 것을 원칙으로 했으나, 우리말로 풀어쓰면 본의(本義)를 잃게 되는 용어는 원문 그대로 사용하되 한자를 병기(倂記)했다.* 아울러 인명(人名)·지명(地名)·관명(官名)·국명(國名) 등의 고유명사와 역사적 사실이나 제도의 명칭 등도 한자를 병기했다. 또한, 번역문의 이해를 돕기 위해 거듭 언급된 인명과 지명 등에 있어서도 가급적 생략하지 않고 한자를 병기했음을 밝힌다.

2) 문체는 평이하고 간결한 현대문을 사용하고, 일반 서술문에서는 높임말을 사용하지 않는 것을 원칙으로 했으나, 대화체나 인용문에서는 예외로 했다.

3) 원문표기는 띄어쓰기를 하고 구두(句讀)를 달되, 고전번역원의 표점지침에 따라 고리점(。), 반점(,), 물음표(?), 느낌표(!), 모점(、), 가운뎃점(·), 쌍점(:), 큰따옴표(" "), 작은따옴표(' ') 등을 사용했다.

4) 주석은 번역문에 번호를 달고 하단에 각주함을 원칙으로 하되 오기(誤記)나 해석상 추가한 글자는 원문에 번호를 달고 각주했다.

5) 본 논문에서 사용한 문장 부호는 다음과 같다.
    ① ( ) : 번역문과 음이 같은 한자를 표기함.
    ② [ ] : 번역문과 뜻은 같으나 음이 다른 한자, 교정 등을 표기함.
    ③ " " : 직접적인 대화를 나타냄.
    ④ ' ' : 간단한 인용이나 재인용, 강조 부분을 나타냄.
    ⑤ 〈 〉 : 편명, 작품명, 논문 제목 등을 나타냄.
    ⑥ ≪ ≫ : 문집, 작품집을 나타냄.

6) 기타 위에서 언급하지 않은 번역과 관련된 사항은 한국고전번역원의 ≪퇴고필지(推敲必知)≫(2009)를 참고했다.

---

* 예컨대, 진제소(賑濟所), 공궤(供饋), 지대(支待) 등의 용어는 풀어 쓰지 않고 원문 그대로 사용했다.

Ⅰ. 해제

1. 곽수지의 생애

작자 곽수지(郭守智)의 본관은 청주(淸州), 자는 경함(景含), 호는 호재(浩齋)이다. 그는 1555년(명종 10)에 아버지 천문습독관(天文習讀官) 곽림(郭琳)과 어머니 전력부위(展力副尉) 조식(曺軾)의 딸인 창녕 조씨(昌寧曺氏)의 넷째 아들로[1] 함창(咸昌)[2]에서 태어났다. 그는 어려서부터 ≪맹자≫의 호연장(浩然章)을 애송하고 호연이라는 편액을 함께하며 자호(自號)로 삼았다. 그리고 그는 매일 일찍 일어나 의관을 정제하고 바르게 앉아 독서하며 고인(古人)의 학문에 뜻을 두었으나, 늦게 태어나 퇴계(退溪) 선생의 문하에서 직접 배우지 못한 것을 항상 한스럽게 여겼다.[3]

곽수지는 함창에서 어린 시절을 보내고, 1574년 결혼한 뒤에부터는 부모의 뜻에 따라 처가(妻家)가 있는 풍기(豊基)[4]로 옮겨 살았다. 이때부터 그는 어린 시절 학문의 종장(宗匠)으로 여겼던 퇴계 선생을 사모하여 매월 반드시

---

1) 곽수지는 5남 2녀 중에 넷째 아들이다. 위로 수인(守仁), 수의(守義), 수예(守禮)의 세 형과 아래로 막내 동생인 수신(守信)이 있고, 누나와 여동생이 있었던 것으로 보인다.
2) 함창(咸昌) : 경상북도 상주 지역의 옛 지명. 곽수지가 태어난 곳은 현재의 경상북도 상주시 이안면 이안리(利安里)이다.
3) ≪西原世稿≫ 권3 <浩齋公遺稿, 遺事>, 국립중앙도서관 소장본 참조.
4) 풍기(豊基) : 경상북도 영주 지역의 옛 지명. 풍기는 전란을 피할 수 있는 피병지(避兵地)로 이름난 곳으로, 실제로 임진왜란 당시 왜군은 수차례 풍기로 진입을 시도했으나 끝내 이곳을 점령하지 못했다.

도산사당에 참배하고, 해마다 도산서원에 가서 독서하면서 월천(月川) 조목(趙穆, 1524~1606)을 찾아 안부를 묻고, 여러 선비들과 질문하며 강학하고 토론했다.5) 이를 계기로 그는 퇴계의 여러 문인들과 교류하며 사숙(私淑)의 관계를 맺었고, 직접 퇴계의 시문집인 ≪퇴계전서(退溪全書)≫의 교정 작업에도 참여했다.

곽수지가 1585년(선조 18) 사마시에 합격하고 과거를 준비하던 중에 임진왜란이 발발했다. 임진왜란 초기 그는 잠깐 소백산(小白山)으로 피란한 뒤, 하산하여 바로 고향의 여러 뜻있는 선비들과 의병을 일으켜 풍기군 일언리(逸偃里)6)의 진목정(眞木亭)에 의병 군진을 설치하고 도적과 왜군의 침입에 대비했다.7) 이어서 그는 큰형인 수인(守仁), 둘째 형인 수의(守義), 셋째 형인 수예(守禮)와 조카인 용흘(龍屹), 용성(龍成), 용영(龍嶸) 등과 함께 함창의 황령사(黃嶺寺)에서 창의8)한 뒤에 풍기와 영주 인근 지역 및 고향인 함창을 내왕

---

5) 앞의 책, <浩齋公遺稿, 遺事> 참조.
6) 일언리(逸偃里) : 현재의 경상북도 영주시 안정면 일원리(逸園里) 지역. 일언리는 곽수지의 처가가 있었던 곳으로, 본래 풍기군 동촌면 지역이었으며 일언·일원이라고 불리었다. 1914년 행정구역 폐합에 따라 입암동을 병합하여 일원동이라 하고 영주군 안정면에 편입되었다.
7) 곽수지는 1592년 5월 4일 고향의 선비들과 풍기의 일원리 진목정에 모여 왜적과 도적을 대비하는 의병 군진을 설치했다. 일원리 앞에는 서천(西川)이 흐르고 있는데, 당시 진목정(眞木亭)도 서천에서 가까운 데에 있었을 것으로 짐작된다. 이후 7월 30일 황령사에서 창의하고, 8월 22일부터는 풍기성을 지키기 위해 군내(郡內)로 들어가 수성장(守城將)과 군량유사 등의 일을 겸했다.
8) 황령사에서 창의 : 김해(金憲, 1566~1624)의 ≪송만집(松灣集)≫ <용사사적략(龍蛇事蹟略)>에 따르면, 곽수지 등은 1592년 7월 30일 함창의 황령사 마을 입구에서 창의하고, 창의군(昌義軍)을 조직했다. 이 때 창의군은 대장으로 이봉(李逢), 상주 소모관(召募官)으로 정경세(鄭經世), 용궁 소모관으로 강주(姜霔), 함창 소모관으로 권경호(權景虎), 문경 소모관으로 신담(申譚), 중군(中軍)으로 곽수인(郭守仁), 별장(別將)으로 김각(金覺), 도청(都廳)으로 송량(宋亮)·채유희, 군기유사(軍器有司)로 강응철(康應哲)·홍약창(洪約昌)·조광벽(趙光壁)·이홍도(李弘道)·조극신(趙克新), 군량유사(軍糧有司)로 전식(全湜)·조정(趙靖)·홍수약(洪守約)·정발생(鄭撥生)·곽수지(郭守智), 문서유사(文書有司)로 조우인(曹友仁)·김광두(金光斗)·정윤해(鄭允諧)·김헌(金憲), 기과유사(記過有司)로 최정호(崔挺豪)·정월(鄭樾), 기고관(旗鼓官)으로 채유종(蔡有終), 행수군관(行首軍官)으로 김광복(金光輻), 병방봉사(兵房奉事)로 김사종(金嗣宗), 전봉장(前鋒將)로 윤식(尹湜), 돌격장으로 이축(李軸), 척후장으로 신응윤(申應允)을 삼아 창의군을 조직했음을 밝히고 있다. 조희열, <임진왜란과 상주지역 의병활동>, 2015, 37~38쪽 참조

하며 모병과 군량 조달 및 서기의 일을 맡아 활동했다. 당시 겸암(謙菴) 류운용(柳雲龍, 1539~1601)⁹⁾이 풍기 군수로 있었는데, 곽수지는 거의 매일 군수를 찾아가 의논하며 군사의 모집과 조련, 군량의 조달, 성첩의 수비, 명나라 장병의 접대, 굶주린 백성의 구제 등의 일을 수행했다.

호재 곽수지의 묘소(경상북도 상주시 공검면 화동리 소재)

곽수지의 의병 활동은 일생을 살아가면서 학행(學行)에 힘쓰고 현인(賢人)을 존경하며, 올곧은 의(義)를 배양하여 나라를 위하고 옳은 일에는 용감하고 물러남이 없어야 한다는 '호연지기(浩然之氣)'를 몸소 실천한 것이었다.¹⁰⁾

9) 류운용(柳雲龍) : 서애 류성룡의 친형.
10) 조희열, <임진왜란 때 나라 위해 싸움터에 나선 곽수인·수지 형제>, ≪상주의 인물 4집≫, 상주문화원, 2016, 96쪽.

그는 이러한 공을 인정받아 천거로 경주 집경전 참봉(1593)이 되었고, 이후 건원릉 참봉(1595), 안집청 둔전관(1595), 송라 찰방(1598)에 차례로 제수되었다. 곽수지는 참봉과 둔전관으로서 한 치의 빈틈없이 자신의 직무에 충실했고, 송라 찰방으로 재직할 때에 역(驛)의 병폐를 혁파해 사람들에게 다시 살아갈 희망을 주었으나, 1598년 10월 14일 자신을 애도하는 시 <자만(自輓)>을 남기고 44세의 나이에 갑자기 별세했다.[11]

≪호재진사일록≫은 곽수지가 임진왜란 당시 풍기와 인근 지역을 오가며 체험한 내용을 기록한 것으로, 1592년 4월 17일부터 시작해 1598년 9월 3일에 끝을 맺고 있다.[12] 이 기록에는 임진왜란이 발발했다는 소식이 전해진 뒤부터 종전하기까지 풍기와 영주 인근 지역에서 일어난 주요 사건과 중앙 및 지역 인물들과의 교류 현황, 당시 풍기 지역을 포함한 인근 고을의 의병 활동과 백성들의 비참한 참상이 가감 없이 사실적으로 기록되어 있다. 저서로는 ≪호재진사일록≫ 외에 ≪서원세고(西原世稿)≫ 권1~3 <호재유고(浩齋遺稿)>와 ≪양담호재사우록(瀁潭浩齋師友錄)≫ 등이 있다.

2. 서지

≪호재진사일록≫은 경상좌도[13]인 풍기와 인근 지역에서 창의군(昌義軍)

---

11) 앞의 책, <浩齋公遺稿, 遺事> 참조.

12) 채광식, <곽호재(郭浩齋)선생의 진사록(辰巳錄)을 살펴보다>, ≪尙州文化≫ 第17號, 尙州文化院, 2007, 48~52쪽 참조.

13) 경상좌도 : 조선시대에 경상도 지방의 행정구역을 동·서로 나누었을 때 경상도 동부 지역의 행정구역을 말함. 1407년(태종 7) 군사행정상의 편의를 위하여 경상도를 좌·우도로 나누어서 낙동강 서쪽을 경상우도, 그 동쪽을 경상좌도라 했다. 경상좌도는 왕성에서 바라볼 때 경상도 지역의 좌측을 뜻한다. 경상좌도의 방어체제는 진관제의 편성 상 경주진관, 안동진관, 대구진관으로 구분되었는데, 곽수지가 의병 활동을 했던 지역인 풍기는 안동진관에 소속되어 있었다. 참고로 안동진관에는 영해·청송·예천·영천(榮川)·풍기·영덕·의성·진보·예안·봉화·군위·비안·용궁 등 13개의 군현이 편제되어 있었다. 그리고 곽수지의 고향인 함창은 상주진관에 속했다. ≪慶尙道地理志 권2≫ 安東道 참조.

의 중군(中軍)과 군량유사(軍糧有司) 등으로 활약했던 곽수지가 쓴 전쟁체험에 대한 기록이다. 앞서 언급한 바와 같이 그는 임진왜란 초기부터 의병활동을 하면서 자신의 경험과 전문, 조보, 관문 또는 편지 등을 통해 알게 된 사실을 일기체 형식으로 기록했다. 그러나 전란이 종료될 무렵 곽수지는 송라 찰방으로 재직하던 중에 갑자기 세상을 떠났고, ≪호재진사일록≫도 그의 죽음과 함께 상자 속에 묻히게 되었다. 이후 3백여 년이 흐른 뒤에 마침내 선대 집안 어른들이 교정하고 편집한 것을 후손인 봉회(鳳會), 오규(五奎), 윤구(潤九)가 간행해 그 빛을 보게 되었다.

≪호재진사일록≫은 2권 2책으로 구성된 석판본이며 303쪽이다. 사주쌍변[四周雙邊, 네 테두리가 2줄]이며, 반곽(半郭)의 크기는 가로 14.6cm, 세로 19.6cm이다. 한 면은 10줄에 20자(字)로 되어 있고, 주(註)는 2줄[雙行]로 했으며, 위에 이엽화문어미(二葉花紋魚尾)가 있다. 다만 판본에 따라 표지(表紙)의 서명(書名), 권수(卷數)의 표기, 서문(序文), 발문(跋文) 등의 차이가 있다. 즉 1934년 초간본의 경우에 표제는 호재진사일록(浩齋辰蛇日錄), 권수의 표기는 권지일(卷之一)과 권지이(卷之二)로 했고, 초서체의 상산(商山) 김직원(金直源, 1868~1937)의 서문이 있으며, 후손인 곽봉회와 곽윤구의 발문이 있다. 1935년 간행본의 경우에는 표제를 호재진사일록(浩齋辰巳日錄)으로, 권수의 표기는 일(一)과 이(二)로 했고, 서문과 발문이 없으며, 2권의 권말에 간기(刊記)가 있다. 그리고 문중에서 소장하고 있었던 1935년 간행본[현 한국학중앙연구원 장서각 소장]은 표지의 표기를 건(乾)과 곤(坤)으로 하고 있다.

이 책은 1592년 4월 17일부터 1598년 9월 3일까지 약 7년간의 기록이다. 1권은 1592년 4월 17일부터 1593년 12월 29일까지 2년간, 2권은 1594년 1월 1일부터 1598년 9월 3일까지 5년간을 기록하고 있다. 1권은 몇몇 빠진 날짜가 있지만 전쟁 초기의 내용을 비교적 자세히 기록하고 있으며, 분량도 1권이 2권에 비해 훨씬 많다. 2권은 소략한 부분이 많으며, 전쟁이 소강상태에 빠진 1594년, 1595년, 1596년 등 3년간은 빠진 날짜가 있기는 하지만 달별, 날짜별로 기록하고 있다. 이에 비해 1597년은 6월 1일, 8월 6일, 9월 8일, 12월 9일 등의 날짜만, 1598년은 7월 1일과 9월 3일의 날짜만 기록하고 있으며, 그 내용은 주로 조선에 파병된 장수들에 대한 명나라 조정의 조처, 명군의 움직임, 왜군의 철병 및 재침에 대한 것이다. 1권의 권두에는 상산 김직원의 서문이 있고, 2권의 권말에는 후손인 윤구와 11대 손인 봉회의 발문이 있다.

본 번역서는 국립중앙도서관 소장본(석판본, 1934년 발행, 청구기호 : 고2154-26-2)인 ≪호재진사일록≫을 저본(底本)으로 했고, 같은 도서관 소장본(석판본, 1935년 발행, 청구기호 : 한古朝78-4)인 ≪호재진사일록≫을 참고본으로 했다. 다만, 저본과 참고본을 비교하면 앞서 언급한 몇 가지 차이점 외에 본문의 내용은 완전히 동일하다. 이 외에도 ≪호재진사일록≫은 계명대학교 동산도서관 소장본(석판본, 발행연도 미상), 성균관대학교 존경각 소장본(석판본, 1935년 간행), 한국학중앙연구원 도서관 소장본(석판본, 1935년 간행), 미국하버드대학교 옌칭도서관 소장본(석판본, 1935년 간행), 고려대학교 도서관 소장본(석판본, 1934년 간행) 등 모두 5곳의 소장본이 더 있는 것으로 확인된다. 그러나 발행 연도가 1934년과 1935년으로 비교적 차이가 없는 점과, 저본과 참고본의 국립중앙도서관 소장본의 마이크로필름을 비교한 결과 본문에 있어서 글자의 출입이 없는 점 등을 유추해 보면, 각 도서관의 소장본은 앞서 언급한 네 가지 차이점 외에 본문의 내용에 있어서는 차이가 없을 것으로 보인다.

3. 일기의 주요 무대

곽수지가 자신의 전쟁 체험을 기록했던 당시와 현재의 경상도 지명은 많은 변화가 있었다. 그러므로 이러한 지명의 변화와 시기별 곽수지의 주요 활동 무대를 설명하는 것은 일기의 체계와 내용을 보다 명확하게 이해하는

데 도움이 될 것으로 본다. 아래에서는 먼저 ≪호재진사일록≫에 나타나는 당시 경상좌도의 지명을 개괄적으로 살펴보고, 이어서 곽수지의 시기별 주요 활동 무대에 따라 구체적으로 그 지명을 고찰하기로 한다.

곽수지는 함창에서 어린 시절을 보내고 혼인한 뒤에는 처가가 있는 풍기에서 살았다. 임진왜란이 발발하자 그도 당시 거주지였던 풍기 지역에서 창의하여 군량유사로서 의병 활동을 했다. 당시 그의 임무는 주로 군량의 조달과 모병과 관련된 일이었기 때문에, 직무상 전투에 집적 참여하기보다는 후방의 지원 업무에 집중했다. 그 결과 ≪호재진사일록≫은 거주지인 풍기 지역을 중심으로 함창과 문경(聞慶), 용궁(龍宮), 예천(醴泉), 순흥(順興), 영천(榮川), 안동(安東), 예안(禮安) 등 경상좌도 지역의 의병 활동과 백성들의 비참한 참상을 사실적으로 기록하고 있다.

임진왜란 당시 곽수지는 풍기군 일언리에 거주했고, 고향인 함창현 이안리에는 첫째와 둘째, 막내 등 3형제가 살고 있었으며, 셋째는 용궁현 동면(東面)에 살았던 것 같다. 이때 함창과 용궁은 전쟁 초기에 왜군에게 점령당했고, 풍기는 당시 용궁 현감(龍宮縣監)이었던 우복룡(禹伏龍)이 죽령(竹嶺)을 잘 방어해 병란을 피할 수 있었던 것으로 보인다. 이 덕분에 곽수지는 전쟁 초기 잠시 소백산으로 피란한 것을 제외하고 풍기와 인근 지역인 용궁과, 영천, 예천, 함창, 안동 지역을 오가며 어느 정도 안전하게 의병 활동할 수 있었다. 이처럼 곽수지는 위의 지도 1)에서 보는 바와 같이, 주로 거주지였던 풍기를 중심으로 의병 활동과 관직생활을 했기 때문에 그의 기록도 위에서 언급한 지역이 주요 활동 무대가 된다.

곽수지는 임진왜란 초기에는 주로 거주지인 풍기 지역에서 의병 활동을 했으나, 관직에 진출한 뒤부터는 임소(任所)에 따라 활동 범위를 달리했다. 지도 1)을 참고로 곽수지의 활동 무대를 살펴보면 다음과 같다. 곽수지는 전란 초기인 1592년 4월 17일부터 8월 21일까지는 지도 1)의 오른쪽 상단에 위치한 풍기와 소백산을 오르내리면서, 향촌의 자치 조직을 바탕으로 거주지인 풍기군 일언리의 진목정에 의병 군진을 조직해 활동했다. 그리고 황령사에서 창의군을 조직한 뒤 1592년 8월 22일부터 1594년 3월 22일까지는 일언리와 풍기를 오가며 군(郡)에서 군수와 의병에 관한 일을 상의해 처리했기 때문에, 그의 활동 무대도 풍기 지역을 벗어나지 않았다.

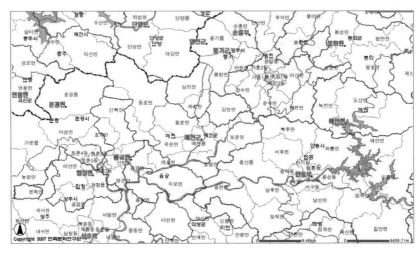

[지도 1] 경상좌도의 풍기와 함창 지역(출처 : 고려대학교 민족문화연구원)

이후 집경전 참봉으로 있을 때부터는 태조의 진영(眞影)을 임시로 모시고 있는 예안14) 백동서재(柏洞書齋)15)에서 관직 생활을 했기 때문에, 그의 활동 근거지도 예안에 인접한 지역으로 확대되었다. 이어서 건원릉 참봉이 되어 잠시 한양에 머물렀으나, 바로 함창의 둔전관(屯田官)으로 전직되어 다시 풍기로 돌아왔다. 이때에는 전란이 어느 정도 소강상태에 접어들었기 때문에

---

14) 예안 : 현재의 경상북도 안동시 예안면.
15) 백동서재(柏洞書齋) : 현재의 경상북도 안동시 도산면 토계리에 위치했던 서재. 집경전(集慶殿)은 본래 지금의 경상북도 경주시에 있었던 조선 태조인 이성계의 초상화를 봉안한 전각을 뜻하였으나, 임진왜란 당시 집경전 참봉이었던 홍여율(洪汝栗)이 집경전의 태조 어진을 예안의 백동서재로 옮겨왔기 때문에 곽수지도 이곳으로 부임한 것이다. 백동서당이라고도 하나 본 해제에서는 ≪호재진사일록≫의 기록을 따랐다.

그는 풍기에 머물며 비교적 자유롭게 함창을 비롯한 인근의 군현을 넘나들며 그의 직무를 수행했고, 도산(陶山)에서 ≪퇴계전서≫의 교정 작업에도 참여하는 등 그의 활동 무대도 그 만큼 넓어졌다. 이후 곽수지는 1598년 봄에 송라 찰방으로 부임했다가, 같은 해 10월에 갑자기 세상을 떠났다. 위의 내용을 정리하면 아래의 [표 1]과 같다.

[표 1] ≪호재진사일록≫에 나타난 시기별 곽수지의 활동 지역

활동(관직)명	주요 활동 무대		기간
	옛 지명	현 지명	
초기 의병 활동 (피란지)	풍기군 일언리 진목정 소백산 성혈사, 봉일암	영주시 안정면 일원리 소백산 성혈사	1592.04.17.~ 1592.08.21.(4개월)
창의군 군량유사	풍기군 일언리 풍기군 풍기성 및 인근 지역	영주시 안정면 일원리 영주시 풍기읍 성내리	1592.08.22.~ 1594.03.22.(1년 7개월)
집경전 참봉	예안현 백동서재 도산서원	안동시 도산면 토계리 백동서재, 도산서원	1594.04.28.~ 1595.06.04.(1년 2개월)
건원릉 참봉	한양 건원릉	서울 경기도 구리시 인창동	1595.06.08.~ 1595.07.26.(2개월)
함창 둔전관	풍기군 일언리 및 인근 지역 함창현 이안리	영주시 안정면 일원리 상주시 이안면 이안리	1595.08.02.~ 1598년 봄(2년 7개월)
송라 찰방	송라도 송라역	포항시 청하면 덕천리	1598년봄~ 1598. 10.14.(약 7개월)

4. 주요 내용

곽수지는 임진왜란이 발발했다는 소식을 접하고 잠시 소백산으로 피란한 뒤, 1592년 5월부터 향촌의 의병 군진에서 의병 활동을 시작했고, 같은 해 8월부터는 의병 부대인 창의군의 군량유사를 맡아 본격적으로 의병 활동에 투신했다. 그는 당시 소백산에서 피란 생활을 하는 동안 어려움을 겪기도 했으며, 본격적으로 의병 활동에 투신해서는 풍기와 인근 지역에서 직접 또는 간접적으로 전쟁으로 인한 친족과 백성들의 참상을 목격하고 애통해하면서도 사대부로서의 일상을 그만둘 수 없었으며, 관직에 임명되어서도

마찬가지였다. 그는 전쟁이라는 위기 상황에 직면해 피란 형상과 의병 활동, 가족과 백성의 참상을 기록하는 한편, 사대부로서의 일상과 과거(科擧)의 노정 등을 비교적 자세히 기록했다. 아래에서는 이를 차례로 살펴보기로 한다.

1) 피란길에서 바라 본 전쟁

왜적이 부산포에 상륙한 3일 뒤인 1592년 4월 17일, 풍기군에 '부산포가 함락되었다'는 기별이 당도했다. 이에 곽수지는 바로 전란에 따른 자신의 주변 형상을 기록하기 시작했는데, 먼저 피란을 떠나는 동선에 따라 피란길에서 바라 본 전쟁을 충실하지만 간결하게 기록했다. 그의 필치는 간결했으나 마치 당시의 피란 현장에 있는 듯 생동감을 느끼게 했다. 피란의 기록은 1592년 4월 18일부터 7월 중순까지 약 4개월 동안 왜적이 풍기군으로 쳐들어 올 것이라는 소문이 있을 때 마다 서너 차례 반복되었다.

> 만력 20년(선조대왕 26년) **임진년(1592) 4월 17일**. 왜적이 부산포를 함락했다는 기별이 풍기군(豊基郡)에 이르렀다. 이에 태수(太守) 윤극임(尹克任)은 군사와 말을 징발해 어둠을 타고 영천(榮川)으로 내려갔다. 우리 집안의 종 4명도 창군(槍軍)에 편입되어 집에 남은 사람들의 보내는 곡소리가 하늘에 사무쳤다. 조응림(趙應霖), 박대하(朴大賀), 박경택(朴景擇) 등 여러 벗들도 모두 종군(從軍)하여 떠났으나 전송하지 못했다.
> **1592년 4월 18일.** 함창(咸昌)으로 가는 길에 올라 …… 임정(林亭)에 앉아 점심을 먹고 예천(醴泉)에 이르니, 또한 군사를 징집하는 일로 소란했다. …… 듣건대 박원량(朴元亮) 형제가 모두 정역(征役)에 나갔다고 한다. 슬픈 마음 견딜 수가 없다.

위의 기록에 따르면 전란이 발발했다는 소식을 접한 풍기와 인근 지역의 관원이나 백성들의 대처는 외관상 의연한 모습을 보였다. 모두 자신들의 임무에 따라 군수는 군사와 말을 징집해 전장으로 떠났고, 백성들도 의무를 회피하지 않고 군대에 종군했기 때문이다. 곽수지의 집안에서도 종 4명이 창군으로 종군했으며, 마을의 벗들도 종군했다. 전쟁 초기 풍기의 풍경은 곽수지가 함창인 고향으로 가는 길에 예천에서 목격한 장면과 함창에 도착해 들었던 내용과 정확하게 일치했다. 이는 당시 조선의 방위체제였던 제승방략체제[16]가 비교적 잘 가동되고 있었다는 방증으로, 각 고을에서 징집된 군사들은 사전에 미리 약속된 장소에 집결하기 위해 떠났다는 것을 보여주고 있다. 그러나 징집된 군사들은 21일까지 경상좌병영(左兵左營城)에 집결하여 왜군을 막고자 했으나, 경상좌병사 이각(李珏, ?~1592)이 도망치는 바람에 제대로 대응하지 못하고 흩어지고 말았다.[17]

1592년 4월 19일. 아침에 함창(咸昌) 본가에 도착해 큰형과 둘째, 셋째 형을 찾아뵈었다. 또 듣건대 왜적이 동래(東萊)와 양산(梁山) 등지를 함락하자, 마을에 소동이 나고 모두 달아날 마음을 품었으며 김사립(金士立) 씨도 정역(征役)에 나아갔다고 한다. 듣고서 나도 모르게 눈물이 글썽거렸다.

1592년 4월 20일. 밥을 먹은 뒤에 듣건대 대구(大邱)가 함락되었다고 한다. 상주 목사(尙州牧使) 김해(金澥)와 함창 현감(咸昌縣監) 이국필(李國弼)이 모두 군중(軍中)에서 돌아왔고, 채천학(蔡天鶴)과 김덕흥(金德興)도 이르렀다. 내가 나아가 물으니 채천학이 말하기를, "하빈(河濱)에서 싸웠으나, 아군은 풍문만 듣고도 무너져 적을 막을 자가 한 사람도 없습니다. 오늘이나 내일 사이로 왜적이 상주(尙州)에 반드시 당도할 것입니다."라고 했다. 이 때문에 마을 사람들이 모두 피란했는데, 집안에서만 곱게 자

---

16) 임진왜란 당시 조선의 지방방위체제는 유사시에 각 고을의 수령이 그 지방에 소속된 군사를 이끌고 본진(本鎭)을 떠나 배정된 방어지역으로 가는 분군법(分軍法)인 제승방략체제였다. 제승방략체제는 중종 때의 삼포왜란, 명종 때의 을묘왜변을 겪으면서 시도된 전략으로서, 후방지역에는 군사가 없기 때문에 1차방어선이 무너지면 그 뒤는 막을 길이 없는 전법이다. 즉 제승방략체제는 왜구와 같은 국부적인 침입에는 효과적이었으나 임진왜란과 같은 전면전에는 취약한 체제였다. 이는 임진왜란 초기 조선 관군의 패배의 원인이 되었다.

17) 노영구, <壬辰倭亂 초기양상에 대한 기존 인식의 재검토>, ≪壬辰倭亂硏究叢書≫ 3, 임진왜란정신문화선양회, 2013, 169쪽 참조.

란 처자[閨中處女]도 혹은 도로에서 짐을 지거나 이고 있었다.

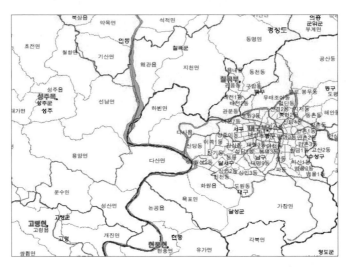

[지도 2] 하빈(가운데 하빈면 지역. 고려대학교 민족문화연구원)

곽수지는 4월 18일 피란길에 올랐다. 고향인 함창을 향해 길을 떠나 중간에 예천과 산양(山陽)을 거쳐 4월 19일 본가에 당도해 형제들을 찾아 안부를 물었다. 그러나 의연하게 보였던 전란 초기의 각 고을의 모습은 여기까지였다. 4월 20일에 징집된 군사들을 거느리고 떠났던 상주 목사 김해(金澥, 1534~1593)와 함창 현감 이국필(李國弼) 등의 군대가 인동(仁同)과 현풍(玄風) 사이에 위치한 하빈(河濱)에서 힘없이 무너졌다는 소식이 뜻밖에 전해졌다. 그리고 직접 전투에 참여했던 군사들이 돌아와서, 곧 왜적이 밀어닥칠 것이라는 말을 전했다. 이에 풍기와 함창 지역 등 인근 백성들의 움직임은 급박했고, 소백산으로 향하는 길은 새벽부터 사람들로 가득했다. 4월 20일에서야 급하게 백성들이 피란을 떠난 이유는 이때까지 백성들은 왜군이 대규모로 침입해 왔다는 것을 인지하지 못했거나 아니면 조선군이 막아낼 수 있다고 믿었던 것이 아닌가 생각된다.

1592년 4월 23일. 성혈사(聖穴寺)는 이름난 사찰로 좀도둑이 엿볼까 걱정되고, 또 섬나라 오랑캐가 쳐들어올까 두려웠다. 이 때문에 맨 꼭대기 험한 곳을 찾아 목숨을 보존할 계획을 세웠는데, 봉일암(奉日庵)이 바로 그런 곳이었다.

1592년 4월 24일. 여러 산봉우리를 둘러보니, 피란한 사람들이 곳곳에 흩어져 숲 사이에서 들리는 말소리와 사방에서 이는 밥 짓는 연기가 서로 이어졌다. 그리하여 예전에 험하고 적막했던 곳을 한 마을로 바꿔놓아 사람을 해치는 호랑이도 감히 가까이 하지 못했다.

1592년 4월 27일. 한 낮이 되어 곳곳의 산기슭에 모두 불이 났다. 이에 혹은 말하기를, "적들이 침략하려는 것이다."라고 했고, 혹은 말하기를, "군수(郡守)가 피란한 사람 중에 민정(民丁)을 찾는 것이다."라고 했다. …… 나의 가족과 읍내 형의 온 집안과 안인서(安仁瑞)의 처자식은 모두 암자 안에 있었는데, 이 말을 듣고 놀라고 두려워 마침내 우거진 숲으로 들어갔다.

[지도 3] 안정면 일원리와 성혈사(출처 : 고려대학교 민족문화연구원)

곽수지는 우여곡절 끝에 소백산에 있는 성혈사의 암자인 봉일암에 당도했다. 그러나 지형이 좁아질수록 피란 온 사람들과 군대에서 도망친 군사들이 모여들어 마치 시장 가운데 있는 듯 시끌벅적 했다. 그 결과 조용히 지내던 사찰의 승려들은 피란 온 사람들에게 자신의 방을 빼앗겼고, 이것이 싫고 괴로웠던 승려들은 산에 불을 놓아 화풀이를 했다. 심지어 부석사(浮石寺)의 승려들은 백운동서원에 침입해 기물을 부수고 창고의 재물을 훔쳐가는 일까지 발생했다. 이러한 일련의 모습들은 초기의 다소 어수선하지만 질서 있었던 피란지가 전란의 소용돌이 속으로 휩쓸려 들어가는 신호탄으로 보였다. 이후 곽수지는 왜적에 대한 소문이 잠잠해지면 마을로 돌아왔다가, 다시 소문이 들리면 하루에도 네다섯 번씩 짐을 꾸려 피신하는 생활을 반복했다. 반복되는 피신 생활은 백성들을 고단하게 했고, 이를 견디지 못한 곽수지를 비롯한 향촌의 사대부들은 5월 초부터 향촌의 자치 조직을 바탕으로 의병 군진을 설치해 왜군과 토적을 대비했다.

1592년 6월 17일. 아침에 보니, 말을 탄 사람과 걸어가는 사람들이 이거나 지고 솔례동(率禮洞)에서 일언리(逸偃里) 냇가까지 이어졌다. …… 나는 계인과 거의 10년 동안 만나지 못했다. …… 나는 흰쌀과 보리쌀 약간을 내어서 정처 없이 떠도는 군색함을 도와주고 문 앞에서 전송했다. 행색을 바라보니, 부인과 처자들 가운데에 혹은 농립(農笠)을 쓰고 혹은 홑적삼을 쓰고 먼 길을 걸어 춘양(春陽)으로 향하고 있었다. 계인 씨의 아내는 내 척형(戚兄)인 조응창(曹應昌)의 딸이었다. 그의 계집종인 영대(榮代)는 함녕(咸寧)에서 그의 뒤를 따라왔는데, 먼 길을 온 고단한 모습은 비록 남이라 해도 오히려 몹시 측은한 마음이 들었을 것이다.

관군이 무너졌다는 갑작스런 소식에 백성들은 급하게 피란길에 올랐고, 가지고 온 식량은 이미 떨어졌다. 1592년 6월 17일에 곽수지가 문 앞에서 바라 본 인척의 군색한 형상은 당시 피난길에 오른 백성들의 모습을 대변하고 있다. 당시 백성들은 지속되는 피란 생활에 바닥난 식량을 구할 길이 없어 염치불구하고 먼저 일가친척을 찾았고, 이마저도 할 수 없었던 백성들은 구걸을 하거나 어쩔 수 없이 토적(土賊)이 되는 경우가 적지 않았다. 이처럼 곽수지의 피란 기록은 당시 백성들의 피란 상황과 고을 수령 및 군사들이 전란 초기 제승방략체제에 따라 어떻게 대응하고 있었는지를 구체적으로 보여주고 있다.

2) 의병 활동의 양상

16세기 말에 발생한 임진왜란은 건국 후 2백년 만에 발생한 민족의 일대 수난이었고, 사회전반에 급속한 변화를 가져다 준 사건이었다. 이러한 국난을 극복하는 데 의병이 큰 역할을 했음은 이론의 여지가 없다. 그 중에서도 경상도의 의병은 적의 후방에서 보급로를 차단하는 한편, 낙동강 전선을 사수하고 곡창 전라도를 지켜냄으로써 국난극복의 전기를 마련했다는 점에서 그 의의가 있다할 것이다. 전쟁 초기 경상우도는 일본군의 침략을 받지 않았던 반면, 경상좌도의 대부분의 지역은 적의 주력이 통과하고 주둔한 지역이었다. 따라서 경상우도의 의병은 적의 예봉을 피하는 한편 전라도로 진격하는 왜군을 방어하는 역할을 담당했고, 경상좌도의 의병은 주요 근거지에 주둔하고 있는 일본군을 패퇴시키는 것이 그들에게 주어진 역사적 소임이었다.[18]

곽수지는 경상좌도에서 의병 활동을 했으나, 그의 기록인 ≪호재진사일록≫에는 의병 단체와 의병 활동을 시작한 시점 등에 대한 기록이 없다. 다만, 아래의 기록을 통해 유추해 보면, 그는 대략 1592년 5월 초부터 향촌 조직을 바탕으로 거주지에 의병 군진을 설치한 뒤, 7월 중분부터 본격적으로 의병 활동을 시작한 것으로 보인다.[19] 즉 곽수지는 이때를 기해서

---

18) 이욱, <임진왜란 초기 경상좌도 의병 활동과 성격>, ≪壬辰倭亂研究叢書≫ 2, 임진왜란정신문화선양회, 2013, 196~197쪽 참조.

큰형, 둘째 형, 셋째 형 및 조카인 용성, 용흘, 용영 등과 의병에 참여했고, 조카인 용영은 전란 초기인 1592년 8월 20일 경 함창 인근의 당교(唐橋) 전투에서 전사했다. 곽수지의 의병 활동에 대한 기록은 여타의 임진왜란 기록이 주로 왜병과의 전투에 치중한 점과 차이가 있다. 이는 그가 의병 부대에서 모병과 군량 조달의 임무를 맡았기 때문에 직접 전투에 참여하지 않았다는 점과, 당시 그의 의병 활동이 주로 자신의 거주지였던 풍기 지역에서 이루어진 점에서 기인한다. 즉 당시 의병 활동은 연대하여 왜군과 싸운 경우도 있었지만, 대부분 주로 봉기한 지역을 기반으로 하고 있었기 때문이다.[20] 실제로 풍기 지역의 의병들은 주로 죽령(竹嶺)에 매복해 왜군을 대비하는 것에 치중했으나, 상주와 영천, 안동 등에 주둔하고 있던 왜적이 죽령을 넘지 못했기 때문에 풍기 지역 의병들 역시 거의 전투가 없었던 것이다.[21]

---

19) 앞서 ≪송만집(松灣集)≫ <용사사적략(龍蛇事蹟略)>에 곽수지는 1592년 7월 30일 함창의 황령사 마을 입구에서 창의했다고 언급했으나, 그의 전쟁기록인 ≪호재진사일록≫에는 이에 대한 언급이 없음을 밝혀둔다.
20) 각 지역의 의병 부대는 의병 대장을 중심으로 각각 독자적으로 활동했고, 새로운 사정이나 상황이 발생하면 일시적으로 다른 의병 부대와 연대했다. 이욱, 앞의 논문, 202~211쪽 참조.
21) 이에 대해 곽수지는 ≪호재진사일록≫ 1592년 6월 4일 일기에서 풍기 지역만은 예외로 전쟁 초기 '용궁 현감 우복룡이 죽령을 잘 방어하여 왜군의 피해를 입지 않았다.'고 기록하고 있다. 전쟁 초기 조선의 관군은 적이 온다는 소문만 듣고도 와해되었기 때문에 왜군은 '무인지경'처럼 쉽게 주요지역을 점령했고, 각 점령지에 일부 부대만을 잔류시키고 주력부대는 북상했다. 더구나 5월 들어서는 후속부대를 상륙시켜 경주, 영천, 밀양, 대구, 성주, 풍산, 현풍, 선산, 김산, 상주 등 경상도 주요 지역에 나누어 주둔시키고 진영을 설치했다. 이렇게 경상도에 잔류한 왜군 부대는 인근 지역을 약탈하면서 민간에 피해를 입혔으며, 그 피해는 경상좌도가 더욱 심했다. 이욱, 위의 논문, 200쪽 참조.

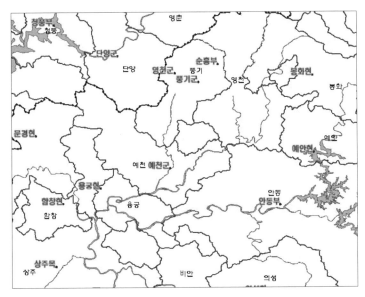

[지도 4] 임진왜란 초기 일본군 주둔지
(상주, 안동, 영천, 고려대학교 민족문화연구원)

1592년 5월 7일. 동원(洞員)들이 진목정(眞木亭)에서 도적을 대비했다. 해가 저물 무렵 이 충순위(李忠順衛)의 종인 박동(朴同)이 망고(妄告)한 것에 따라 소서동(小西洞)의 재사(齋舍)에서 승려의 목을 베었다. 그러나 상좌(上佐)에게 [그 정황을] 자세히 들어보니 적당(敵黨)이 아니었다.

1592년 5월 18일. 이른 아침 동원(洞員)들이 마을 사람들을 점검한다는 말을 듣고 명하기를, "너희들은 논밭에 가더라도 각자 병기(兵器)를 지참해 도적의 우환을 대비하라. 만약 호각 소리를 듣게 되면, 급히 달려 진영에 나아가 동쪽을 막고 서쪽을 구원하라. 이것이 향리(鄕里)를 아끼고 보호하는 도리이다."라고 했다. 말을 마치고 파하여 돌려보낸 뒤에, 다만 몇 사람을 불러 머물도록 하여 상례(常例)로 삼았다.

1592년 5월 27일. 동원(洞員)들이 진목정(眞木亭)에 모였다. 지난번에 왜병 2명을 붙잡았는데, 1명은 안집사청(安集使廳) 군관(軍官)의 말에 따라 풀어주고자 했고, 1명은 옥을 넘어 밤나무 숲으로 달아났다가 바로 체포된 자였다. 때문에 [오늘 모여서] 그 죄를 논하려고 한 것이었다. 그러나 이 두 포로는 죄는 같았으나 결단한 내용은 판이하게 달랐다. 하물며 그들이 훔친 물건 중에 혹 어고(御庫)의 재물이 있었음이겠는가. 법으로 말한다면 죽이고 용서하지 않는 것이 옳았다.

곽수지는 1592년 5월 7일부터 6월 15일까지 거주지인 풍기군 일언리 진목정의 의병 군진에서 거의 매일 왜적과 도적을 대비했다. 전쟁 초기 향촌을 바탕으로 조직된 의병 군진의 주요 임무는 매복과 기습, 토적에 대한 대비, 왜군에 부용한 조선인의 검거 등이었다. 이에 따라 일언리의 의병 군진도 도적과 왜적에 대한 대비를 하여 왜군을 사로잡거나 부용한 조선인을 검거하는 등의 전과를 올렸다. 그러나 의병 군진의 활동은 1592년 6월 16일 왜군이 의성(義城)을 거쳐 풍기로 쳐들어 올 것이라는 소식에 매복을 하고 있던 군사들이 마을로 철수함에 따라, 다시 소백산으로 피란을 떠나 일시 중단되었다.

1592년 7월 19일. 영주암(靈珠菴)에서 출발해 말채찍을 재촉하여 순흥(順興)의 송정(松亭)에 이르니, 안덕수(安德姿), 황재(黃載), 안할(安砓), 황구령(黃九齡), 정슬(鄭瑟)등이 복병의 일로 모여 있었다. 충순위(忠順衛) 이선승(李善承) 어른과 김연백(金錬伯)도 모두 밖에서 이르렀으나, 산에 비가 휘몰아쳐서 개이기를 기다려 길을 나섰다. 길에서 별감(別監) 이정기(李靖基)와 유사(有司) 권세란(權世鸞)과 이야기를 나누었다.

1592년 8월 25일. 나는 한사첨(韓士瞻), 이태백(李太白)과 처소를 합치고 고을의 관아에서 상하의 인원들과 군량을 의논해 결정했다. …… 다만 호수(戶數)의 많고 적음을 알 수 없었고 인가(人家)의 빈부도 알기 어려웠기 때문에 각 면(面)에 유사(有司)를 설치했다.

1592년 9월 1일(정사). 나는 수성장(守城將)에서 자리를 옮겨 도대장(都大將)이 되었다. 낮에 와룡동(臥龍洞)으로 가서 남양중(南養仲) 씨와 황광원(黃光遠), 황경휘(黃景輝) 등을 방문하고 저물어 집으로 돌아왔다.

1592년 9월 19일. 정오가 못 되어 함창(咸昌)의 관원이 군량을 운반해 가는 일로 당도했다. …… 군량을 주어서 보냈다.

앞서 피란을 떠났던 곽수지는 1592년 7월 중순부터 의병 활동에 참여하여 8월부터는 풍기군에 머물며 본격적으로 군량을 조달하는 임무를 시작했다. 곽수지는 이때부터 일언리의 진목정을 떠나 풍기군을 출입하며 풍기군수와 의병의 일을 논의해 처리했다.[22] 그는 요해처에 복병을 설치하는 등의 의병 활동도 수행했으나, 의병 부대에서 그의 임무는 각 면(面)에 유사(有司)를 설치해 이들의 도움을 얻어 군량을 확보하여 전장으로 보내는 것이었다.[23] 9월 1일의 기록에서 곽수지가 수성장과 도대장 등으로 임명되는 것을 보면, 그는 풍기성을 수성하는 임무와 군량유사의 임무도 함께 겸했던 것으로 보인다.

1592년 9월 20일. 군(郡)에 들어가서 수성장(守城將)과 상의해 품관(品官)과 군졸을 나누어 보내 함께 요해처를 지키게 했다. 이는 향인들이 향병(鄕兵)이라는 이름을 싫어하면서도 반대로 변경(邊境)을 지키는 노고를 달갑게 여겼기 때문이다.

1592년 11월 7일. 순찰사(巡察使)가 첩문(牒文)으로 나와 곽진(郭𡹉)을 간병장(揀兵將)으로 삼았다.

1592년 11월 12일. 군(郡)에 들어가 곽정보(郭靜甫)와 함께 군사를 뽑았다.

1592년 11월 15일. 군(郡)에 들어가 군사를 뽑았다. 또 중론(衆論)을 널리 채택하는 일로 향교에 갔다가 눈보라를 무릅쓰고 집으로 돌아왔다.

---

22) 곽수지는 1592년 8월 29일 풍기성의 수성장(守城將)이 되었는데, 이것은 안집사 김륵이 통첩(通牒)한 것이었다. 이를 통해서 보면 당시 풍기 지역의 의병 부대와 관군과의 관계는 비교적 원만했던 것으로 보인다. 아마도 의병 부대와 관군의 지휘부가 학통상으로는 대체로 이황의 제자이거나 이황의 적전(嫡傳) 제자인 조목, 류성룡, 김성일의 문인이었고, 때로는 혼인 관계 등이 겹쳐서 큰 마찰 없이 공동 작전을 수행할 수 있었던 것으로 보인다. 이욱, 앞의 논문, 221쪽 참조.

23) 이 무렵에 곽수지는 황령사에서 창의한 창의군(昌義軍)의 군량유사를 맡아 본격적인 의병 활동을 시작했다.

산양(山陽) 박 형의 집이 지난달 또 분탕질을 당했는데, 오늘 비로소 풍기로 왔다.

　　1592년 12월 23일. 은풍현(殷豊縣)의 진에 머물며 황계(黃桂) 등 25인을 척후군(斥堠軍)으로 보냈다.

　　1594년 2월 26일. [영천에서] 보낼 군사들을 점검하여 영장(領將) 허정국(許定國)과 도훈도(都訓導) 안수량(安守良)에게 넘겨주었다.

　곽수지의 또 다른 임무는 군사를 선발하는 임무였다. 위의 예문에서 보는 바와 같이 이 임무는 풍기 지역에 한정하지 않고 인근의 여러 지역을 아우르는 임무였던 것으로 보인다. 수성장의 임무를 맡은 경우에는 풍기 지역에 한정해 군사를 모집하여 배치했으나, 간병장이 되어서는 풍기를 벗어나 영천에서도 군사들을 점검하여 일선의 장령들에게 인도했다고 기록하고 있기 때문이다. 앞서 언급한 바와 같이 곽수지는 이때의 의병 활동에 대한 공을 인정받아 천거로 경주 집경전 참봉을 지낸 뒤, 건원릉 참봉·안집청 둔전관·송라 찰방에 차례로 제수되었다. 그리고 곽수지는 간병장의 임무를 수행하면서 풍기 인근 지역에서 보거나 들었던 백성들의 참상을 사실 그대로 기록했는데, 차마 믿고 싶지 않은 충격적인 장면을 묘사한 내용도 포함되어 있다. 그 내용은 아래 백성들의 참상을 묘사한 내용에 잘 나타나 있다.

3) 백성의 참상

　≪호재진사일록≫에서 보여주는 백성들의 참상은 다른 임진왜란 기록과는 확실한 차이를 보인다. 곽수지가 당시 백성들의 참상을 참담한 시선으로 구체적이고 적나라하게 묘사했기 때문이다. 이 기록에서 백성들은 굶주림에 지쳐 풀뿌리와 나무껍질로, 구걸로, 부리던 종을 팔아서, 훔치고 빼앗아서, 심지어 먹어서는 안 되는 고기를 먹으면서까지 극한 상황 속에서도

악착같이 살아보려고 몸부림치는 모습으로 서술된다. 곽수지의 기록을 보면 처음에는 타향에서 굶주리고 있을 형제자매를 걱정했으나, 시간이 갈수록 이러한 걱정은 백성들에게 옮겨가서 나중에는 진제소(賑濟所)를 책임지는 일을 맡아 굶주리는 백성들을 구제했다. 그러나 백성들은 전란 중에 진제소뿐만 아니라 사방에서 굶거나 돌림병으로 죽어나갔다.

1592년 5월 15일. 우리 동기(同氣)들은 피란할 때 한 달 치의 양식과 옷 한 상자도 가지고 있지 않았다. 그런데 집안에 있던 물건이 모두 불타고 남은 것도 알 수가 없으니, 이제 무엇을 먹고 무엇을 입는단 말인가. 하물며 병든 아우 수신(守信)의 생존을 기필(期必)할 수 없음에랴.

전란 초기 비교적 안전한 곳인 소백산의 영주암으로 피란한 곽수지는 비로소 형제자매를 걱정하기 시작한다. 함창의 고향집은 왜군이 지나가는 길목에 위치하여 이미 적의 칼날에 유린되었을 것이라고 생각했기 때문이다. 그가 피란한 곳에서 보고 듣는 소식이 모두 도처에서 굶주리고 있는 백성들의 참상뿐이었기에 병약한 막내 수신을 걱정하지 않을 수 없었던 것이다.

1593년 4월 10일. 과부인 누이[寡妹]가 식량이 부족해 계집종인 애양(愛陽)을 이선승(李善承) 어른에게 팔았다. 아, 우리 집이 너무 가난해 굶주림을 구원하지 못하고 눈앞에서 부리던 사환(使喚)을 다른 사람에게 부리게 했으니 눈물이 날 지경이다.
1594년 2월 13일. 이른 아침에 숙노 씨(叔老氏)의 종인 복형(福亨)이 와서 고하기를, "옥산(玉山)의 아우가 어제 영천(榮川)의 두서리(斗西里)에서 죽었는데, 이종원(李宗元)이 빈 가마로 시신을 덮어 두었습니다."라고 했다. 나는 곧바로 흔손(欣孫), 논산(論山) 등과 독자동(獨子洞)으로 옮겨 장사 지냈다.

피란지인 영주암에서 곽수지가 우려했던 일들은 시간이 지난 뒤에 현실로 구체화되기 시작했다. 과부인 동생은 먹을 것이 없어 옆에서 부리던 계집종을 쌀과 바꿔야만 했고, 병약했던 동생은 굶주린 끝에 병이 심해져 아무도 없는 타향에서 홀로 싸늘한 주검으로 발견되었다. 그런데도 그는 동생들을 도울 방법이 없었고, 다만 눈물 흘리며 장사를 지내주는 것이 전부였다. 이처럼 참혹한 일은 곽수지에게만 일어나는 일이 아니었다. 그것은 당시 조선의 모든 백성들에게 일어나는 보편적인 일이었던 것이다.

> **1593년 1월 18일.** 나는 도감(都監)으로서 진제장(賑濟場)으로 갔다. 황여숙(黃汝肅)도 함께 임무를 맡았다. 황광원(黃光遠)도 이르러 막사 짓는 일을 살폈다.

마침내 1593년 1월에 굶주린 백성들을 구제하기 위한 진제장을 설치하기로 했다. 가뭄과 홍수로 흉년이 들었고, 남아있는 식량마저 군량으로 빼앗겨 새해 들어 백성들의 식량은 이미 바닥을 드러냈다. 이로 인하여 백성들이 굶거나 얼어 죽었다. 그래서 진제장 짓는 일을 곽수지에게 맡겨 막사를 짓게 하고 백성들을 구제하게 했다.

> **1593년 1월 26일.** 아침과 저녁으로 진제(賑濟)를 살폈으나 굶주린 나머지 병을 얻은 사람들 가운데에 혹은 막사 안에서 죽어나갔다. 애련한 마음을 금할 수가 없다.
> **1593년 2월 7일.** 진제소(賑濟所)로 가니 하리(下吏)가 고하기를, "진제소에서 먹는 자들 가운데에 많은 사람들이 죽었습니다."라고 했다. 나도 몸소 그 시체를 보았는데, 이것이 어찌 모두 타고난 수명을 다한 것이겠는가. 지난해 난리 초에 유리(流離)하며 굶주리고 추위에 떨던 자들은 한갓 몸에 껍질만 남아 있었고, 또한 부기(浮氣)가 많았다. 이러한 사람들은 비록 오나라의 쌀과 월나라의 물고기를 먹이더라도 죽을 날을 손꼽을 것이니 어찌 슬프지 않겠는가. 하물며 매장할 때도 들어다가 구렁에 버렸으니, 더욱 참혹하고 애통하다.

곽수지는 매일 아침과 저녁으로 진제에 힘을 쏟았지만 태반이 밤사이에 죽어나갔다. 이미 난리 초부터 정처 없이 떠돌며 굶주린 상태에 추위까지 겹쳤기 때문에, 더 이상 손을 쓸 방법이 없었던 것이다. 이러한 백성들을 바라보는 곽수지의 마음은 안타깝고 슬프기만 했다. 더구나 죽은 사람들을 매장도 하지 않은 채 산골짜기 구렁에 던져 버리는 것은 인간으로서 차마 할 짓이 아니었던 것이다. 곽수지는 자신도 어찌할 수 없는 상황이 참혹하고 애통할 뿐이었다.

> **1594년 2월 25일.** 나는 군사를 점검하는 일로 철감교(鐵甘橋) 부근으로 나갔다. 그런데 굶주린 백성들이 원우(院宇)에 모여 먹어서는 안 되는 고기를 굽고 있었다.
> **1594년 3월 14일.** 멀리 대동(大洞) 박씨의 선영(先塋)을 바라보니, 소나무 껍질을 벗기고 있는 사람들이 그 수를 알 수 없었다. 아, 병란을 겪은 뒤 굶주린 백성들은 지난봄부터 올해까지 나무의 열매와 들의 채소로 아침과 저녁의 재료로 삼았다. 그러니 비록 죽음을 면하려고 한들 할 수 있었겠는가. 이것이 굳은 시체가 도로에 가득한 이유였다. …… 고향에 사는 사람들도 오히려 이와 같은 사람이 많은데, 하물며 고향을 떠나 떠돌며 구걸하는 사람들이겠는가. 날마다 보고 듣는 것이 모두 슬프고 비참하다.

전쟁이 2년 째 접어들자 식량난은 더욱 악화되어 백성들은 극한 상황에까지 내몰렸다. 1594년 2월 24일 곽수지는 입번(入番)이 된 군사를 검열하여 보내는 일로 영천(榮川)의 철감천으로 향했다. 그리고 다음날 굶주린 백성들이 철감교 근처의 원우(院宇)에 모여 먹어서는 안 되는 고기를 구워먹고 있는 장면을 목격하게 된다. 산야에 온갖 꽃이 만개하는 시절임에도 곽수지가 보고 듣는 것은 모두 슬프고 비참한 일뿐이었다. 이날 밤에 내렸던 비는 그의 마음을 대변하고 있는 것으로 보인다. 풍기 지역에 비해 상대적으로 전란의 피해가 심했던 여타의 지역은 이미 백성들이 극한의 상황에 내몰려 극단의 선택을 하고 있었던 것이다.

1594년 6월 13일. 성주(城主)가 토적(土賊)을 체포하는 일로 군대를 움직이려 한다고 했다. 지금은 비록 농사철이나 진실로 부득이한 일이었다. 이때에 여러 고을의 굶주린 백성들이 각각 깊은 산을 점거했는데, 많은 곳은 수천으로 무리를 이루고 적은 곳도 수백으로 무리를 이루었다. 그리고 깃발을 세우고 북을 울리면서 마을에서 훔치고 사람을 해쳤으니 그 걱정은 실로 왜군과 같았다. …… 풍기군(豊基郡)과 같은 경우는 그들의 해독이 어느 곳보다 심했는데, 불러 모은 무리들이 단양(丹陽)의 깊고 험한 곳을 근거지로 삼고는, 혹은 죽령(竹嶺)에서 사람들을 겁탈하고, 혹은 은풍(殷豊) 경내의 민가를 도륙하고 불살랐기 때문에 그들의 해독을 입지 않은 사람이 없었다. 이것이 풍기 군수가 적을 체포하는 데에 급급해 6월에 군사를 움직인 이유였다.

1593년 봄부터 1594년까지 나무 열매와 풀뿌리로 끼니를 해결했던 백성들은 선택의 기로에 섰다. 굶어서 죽거나 먹어서는 안 되는 고기[人肉]를 먹어서라도 살아남거나, 아니면 산속에 숨어들어 도적이 되는 일이었다. 1594년 6월 13일의 기록에 보면, 이들은 살기 위해 재물을 훔치고 사람을 해쳤다. 그러나 곽수지는 백성들의 이러한 행위는 왜적과 다르지 않다고 여겼고 결코 용납하지 않았다. 그래서 농사철임에도 풍기 군수가 도적을 체포하는 데에 급급해 군사를 움직인 것에 대해 당연하게 여겼던 것이다.

4) 전란 중의 일상
곽수지는 전쟁 초기 피란에서 돌아온 뒤 바로 거주지인 풍기군 일언리에 향촌의 사대부들과 의병 군진을 조직해 왜군과 도적을 대비한 뒤부터 본격적으로 의병 활동을 시작했다. 그러나 그는 전란 중에 의병 활동을 하면서

도 사대부로서의 일상을 유지해 나갔다. 즉 상례와 제례를 비롯해 산수유람, 한시 창작, 출사를 위한 과거 응시나 공부 등에 많은 관심을 갖고 있었다. 또한 질병이나 노비에 관한 문제 등도 일상의 중요한 부분이기 때문에 기록으로 남겼다.24) 이하에서는 이러한 사대부의 일상이 전란 중에 어떻게 전개되고 있는지 살펴보기로 한다.

> **1592년 6월 5일.** 오늘은 우리 조모의 기일(忌日)이다. 그러나 팔거현(八莒縣)의 여러 친족들은 반드시 뿔뿔이 흩어졌을 것이며, 함창(咸昌)의 형제들도 모두 떠돌고 있었고, 나도 비록 풍기(豐基)에 있다고는 하나 전염병이 성해 제사를 지내지 못했으니, 선영(先靈)께서는 주리셨을 것이다. 가만히 생각하니 눈물이 뺨 위로 흘러내렸다.
> **1592년 6월 16일.** 돌아가신 아버지의 제삿날이나, 급하게 피란한 뒤라 제수를 갖추지 못하고 제사를 받들었다. 그러나 박한 제물만 올려 제사를 지내지 않은 것처럼 마음이 부끄러웠다.
> **1592년 8월 15일.** 새벽부터 비가 내리더니 저녁에 개었다. …… 눈을 들어 산하를 바라보니, 기상이 참담해 비록 좋은 명절[추석]을 맞았다고는 하나 갑자기 마음 속 홍취가 없어졌다. 하물며 우리 형제들이 산골짜기를 떠돌아서 부모님 무덤가의 가시나무를 누가 제거할 수 있었겠는가. 생각이 이에 미치자 눈물이 흘러내렸다. 이날 위판[紙版]을 써서 제사를 지냈다.

조상에 대한 제사는 죽은 사람을 산 사람과 따로 떼어내기보다는 죽은 사람과 산 사람의 상호관계를 오히려 활발하게 해주는 성격을 지녔다. 다시 말해 제사 의식은 비록 생물학적인 신체는 없어졌더라도 또 다른 세계에 있으면서 산 자와의 관계를 지속한다는 생각에 바탕을 두고 있다.25) 이

---

24) 정우락, <정경운(鄭慶雲)의 ≪高臺日錄(고대일록)≫ 해제, 어느 시골선비의 전쟁체험과 위기의 일상에 대한 기록>, 鄭慶雲, 南冥學研究院 옮김, 譯註 ≪高臺日錄≫ 上, 南冥學研究院, 태학사, 2009, 28~29쪽 참조.
25) 한국민족문화대백과의 제례(祭禮) 참조.

러한 생각을 바탕으로 곽수지는 부득이한 경우가 아니고서는 형편대로 제물을 준비해 부모의 제사를 비롯해서 조모와 전란 중에 죽은 막내의 제사를 매년 거르지 않고 지내려고 노력했다.

그러나 전란의 상황에서 사대부로서의 일상은 위기를 맞을 수밖에 없었고, 그 결과 제사를 지내지 못하거나 지내더라도 박한 제물을 올릴 수밖에 없었을 것이다. 그때마다 그는 마치 선영(先靈)이 살아계시듯 애통해 하며 눈물을 흘리거나 부끄러움을 느꼈다. 이는 공자의 가르침에 따라 당시 사대부에게 효는 사후에까지 확대된 개념이었고, 제례와 상례는 효의 일부로 인식되었기 때문이다.26) 따라서 그가 제사와 차례에 정성을 쏟는 모습을 기록한 것은 당시 사대부로서의 일상적 삶을 지속하고자 하는 모습과 관련되어 있는데, 이는 ≪주자가례≫를 통한 제례의식이 향촌사회에 뿌리를 내려 사대부의 일상적 삶이되었음을 보여주는 사례로 여겨진다.

1593년 2월 14일. 낮에 진제소(賑濟所)로 돌아와 음식 배급하는 일을 마치고 말고삐를 재촉해 집으로 돌아왔다. 장모가 별세했기 때문이다. 내 나이 19살에 사위가 되어 지금까지 20년 세월 동안 보살펴 아껴주신 정(情)은 사랑으로 길러주신 은혜와 다름이 없었다. 그런데 이날 작고했다는 소식을 듣고 마음을 가눌 수가 없었지만, 적세(敵勢)가 잠시 누그러져서 염빈(斂殯)27)을 할 수 있는 것만으로도 유감이 없었다.

1593년 2월 17일. 처가에서 성복(成服)을 했다.

1593년 2월 22일. 처가의 산역(山役)을 하는 곳에 갔다.

1593년 2월 24일. 처가에서 사시(巳時)에 임시로 장례를 했다. 위패를 갖추어 [돌아가신지] 열흘 만에 장례[旬葬]한 것은 병화 때문이었다.

---

26) ≪논어≫ 위정(爲政)에, 공자가 효(孝)에 대해 대답하면서 "부모가 살아 계실 때에는 섬기기를 예로써 하고, 돌아가시면 장사 지내기를 예로써 하고, 제사 지낼 때에도 예로써 하는 것이다.[生事之以禮 死葬之以禮 祭之以禮]"라고 한 말이 나온다.

27) 염빈(斂殯) : 염은 죽은 이튿날 시체에 옷을 갈아입히는 것을 말하고, 빈은 시체를 입관(入棺)한 뒤 장사할 때까지 안치(安置)하는 것을 말한다.

곽수지는 19살에 혼인한 뒤부터 줄곧 풍기에 있는 장모의 집에서 살면서, 그의 장모에게 지난 20년 동안 어머니와 같은 사랑을 받았다. 그런데 전란 초기 그의 장모는 90세의 늙은 나이에 계속되는 깊은 산 속의 피란 생활로 위로는 토하고 아래로는 쏟는 병[1592년 7월 21일조]을 얻었다. 그리고 마침내 장모가 별세했다는 소식을 듣고 급히 말을 몰아 처가로 향해 장례에 임했다. 이는 전쟁이라는 위기 상황에서도 상례를 소홀히 할 수 없었던 사대부들의 삶의 모습을 보여주는 것이다. 1593년 2월 24일의 기록에서 보는 바와 같이, 비록 평시에 비해 늦어지긴 했지만 곽수지가 임시로라도 장례 절차를 마친 까닭이다.

1592년 6월 27일. 며칠 전 각각 쌀을 갹출해 술을 담갔다. 그런데 지금 흰 꽃이 옹기에 가득하고 술 향기가 잡힐 듯해서, 승려[釋子]에게 걸러 오도록 명해 법당에 모여 함께 마셨다. 밭에 있는 오이로 안주를 삼고 중발(中鉢)로 술잔을 삼아, 손님과 주인의 구별 없이 앉아서, 수작의 예(禮)를 행하는 사이에 술이 취하려 했다. 이에 한 술잔을 잡고 말하는 자가 말하기를, "적의 칼날에 죽느니보다는 차라리 생전에 한 번 마시는 것이 나을 것이니, 술잔이 돌아 그대에게 이르거든 손을 멈추지 말고 마시게나."라고 했다. 또 어떤 술잔을 잡고 말하는 자가 말하기를, "부슬비가 하늘에 날리고 처마 밑의 꽃은 땅에 떨어지네. 숲은 엷은 안개를 보내 돌아가는 구름을 엄히 둘렀구나. 아름다운 경치 눈앞에 삼라만상처럼 펼쳐지니, 호걸스러운 흥취가 가슴 속에 격하게 일어난다. 비록 난중이라고는 하나, 한 번 취하는 것이 어떠한가?"라고 했다. 또 축하하며 말하기를, "지금 다행히 술을 얻어 모두 난리의 근심을 잊었으니, 지금부터 이후로 병마(兵馬)를 씻어 온 나라 안[海宇]을 맑게 하여, 백성들로 하여금 화락하게 할 것이다."라고 했다. 그리고는 만족해하며 노래하고 춤을 추니, 마치 술을 취한 사람과 같았다. 말이 막 끝나자, 술잔과 술병의 술도 다하고 서산의 해도 저물었다.
1594년 8월 6일. 아침에 금 원장(琴院長)의 초대를 받고 이태백(李太

白)과 도산서원에 갔다. 김 봉화(金奉化) 어른도 당도했다. 밥을 먹은 뒤 탁영담(濯纓潭)에 배를 띄웠다. 원장이 이미 배 안에 술자리를 마련해 못 가운데에서 술잔을 들었다. 이 또한 난중에 하나의 성대한 일이었다. 역 동서원으로 가서 문묘(文廟)를 배알하고 하류를 따라 노를 두드리며 서 쪽으로 건너가니 조 합천(趙陝川), 금하양(琴河陽), 이군술(李君述)이 이미 강가에 이르러 기다리고 있었다. 모래 언덕을 따라 어지럽게 앉아 술을 마시며 담소를 나누고 시를 읊었다. 해가 서쪽으로 기울어 돌아가려고 하는데, 금언신(琴彦愼)이 영천에서 마침 도착해 서로 만나 한바탕 웃고 술잔을 씻어 다시 술을 따랐다. 백동(柏洞)으로 돌아오니 밤이 깊어가고 있었다.

조선의 사대부들은 산수 좋은 곳에 모여 계회(契會)나 시회(詩會)를 자주 가졌다. 또한 유산(遊山)과 유람(遊覽)도 학문의 성취와 사우간의 친목을 도모 하는 일상적 행사로 인식되어 지속적으로 진행되었다.28) 곽수지를 비롯해 서 소백산 성혈사에 피란해 있던 인근 고을의 사대부들은 비록 전란을 피 해 산 중에 있다고는 하나, 신록이 우거진 성혈사에 유람을 나온 듯, 혹은 미리 약속 된 계회를 하듯이 의기투합해 술자리를 마련했다. 이들은 며칠 전 쌀을 갹출해 술을 담갔는데, 실록이 우거진 성혈사의 법당에서 오이 안 주에 중발을 술잔 삼아, 주객의 구분 없이 서로 수작의 예를 행했다. 곽수 지를 비롯해 소백산 성혈사에 피란해 있던 인근 고을의 사대부들의 이러한 술자리 모임은 비록 전란 중이라고는 하나 사족의 친목을 도모하는 일상의 모습 중의 하나로 볼 수 있다.

뱃놀이 역시 이와 유사한 맥락에서 파악할 수 있으며, 전란이 안정기에 접어든 시점에 곽수지도 도산서원에서 배를 띄워 하류로 내려가 밤이 늦도 록 술잔을 기울이고 담소하며 친목을 도모했음을 알 수 있다. 조선의 사대

---

28) 吳龍源, ≪≪계암일록(溪巖日錄)≫을 통해 본 17세기 예안(禮安) 사족(士族)의 일상>, ≪퇴계 학논집≫ 13, 2013, 291쪽 참조.

부들이 산수 좋은 곳을 유람하거나 혹은 뱃놀이를 하며 계회나 시회의 모임을 갖은 이유는 '看山看水 看人看世'라 할 수 있다. 즉 이들은 이러한 일련의 행위를 통해 기분을 상쾌하게 하는 산수유람 등에 그치지 않고 일상적 삶 속에서 역사를 회고하고 인간과 사회를 생각하는 정신 자세를 잃지 않았던 것이다.[29]

5) 과거(科擧)의 노정

조선 사회의 성격을 말할 때 중앙집권적 양반관료제 사회라고 한다. 5백여 년간 지속된 사회를 한마디로 말하기는 어렵지만 우리 역사상 가장 중앙집권화된 사회가 조선의 양반관료제 사회였다. 그러나 관료의 수가 제한되었기 때문에 전체 양반 중에서 관료가 차지하는 비중은 크지 않았다. 따라서 양반들은 중앙관계에 진출하기 위해 필사적으로 과거에 매달렸으며 과거 급제의 여부에 따라 그 신분의 격도 달라졌다.[30] 과거는 과목(科目)에 의해 관료를 선발하는 관리등용시험으로, 조선시대의 과거 시험인 문과와 무과는 선비가 입신할 수 있는 보편적 방편이었다.[31] 선비가 입신하기 위해서는 과거 응시가 필수였기 때문에 어떠한 경우라도 포기할 수 없었다. 더욱이 중종 대에 법제적으로 사족의 범주를 규정해 놓았기 때문에 양반으로서의 지위를 유지하기 위해서는 과거를 포기할 수 없었다.[32]

곽수지도 전쟁 중 여러 차례 과거 시험에 응시하고 그 과정과 결과를 모

---

29) 최석기, <조선중기 사대부들의 지리산유람과 그 성향>, 《경남문화연구》 22, 2000, 115~116쪽 참조.
30) 최진옥, 《朝鮮時代 生員進士 硏究》, 집문당, 1998, 9쪽 참조. 양반 신분의 구성은 몇 가지 기준에 의해 구분해 볼 수 있는데 그 중 하나가 관직의 유무였다. 관직을 가지고 있느냐 없느냐, 가지고 있어도 핵심 관료냐 아니냐에 따라 그 격을 달리 했다. 따라서 조선의 양반들은 중앙관계의 핵심 관료가 되는 시발점인 과거에 매달릴 수밖에 없었다.
31) 이성무, 《韓國의 科擧制度》, 집문당, 2000, 17~20쪽 참조.
32) 원창애, <'고대일록'을 통해 본 함양사족층의 동향>, 《남명학연구》 33, 경상대학교 남명학연구소, 2012, 243쪽.

두 기록했으며, 나아가 그는 자신뿐 만아니라 교유 인물들의 과거 응시와 합격 소식, 관직 제수나 변화 상황 등에 대해서도 기록하고 있다. 곽수지의 이러한 기록들은 양반관료제인 조선사회에서 관직에 진출하고자 하는 양반 사회의 보편적 욕망과 맞닿아 있는 것으로 볼 수 있을 것이다.[33]

1594년 9월 16일. 별거(別擧)가 있을 것이라고 한다.

1594년 10월 3일. 일찍 거창(居昌)으로 길을 떠나 안동(安東) 북쪽에 이르러 의성(義城)에서 오는 예안 현감(禮安縣監)을 만났다. 그는 가지고 있는 관찰사(觀察使)의 관문(關文)을 보여주었는데, 과거 장소가 안동으로 정해져 있었다.

1594년 10월 7일. 이태백(李太白), 김직재(金直哉)와 안동(安東)의 과장(科場)으로 갔다. 김률(金瑮)도 함께 길을 동행했다.

1594년 10월 9일. 과장(科場) 안으로 들어가니, 옛 친구들도 많아 서로 만나 …… 고관(考官)으로 정해진 자가 오지 않아서 겨우 두 사람을 갖추었다. 필시 전한 관문(關文)이 중도에 지체되어 그러한 듯했다.

1594년 10월 12일. 역동서원(易東書院)의 유사(有司) 황진기(黃振紀)가 이날 낮에 참방(參榜)했다는 소식을 들었다. 나도 방에 이름이 올랐다.

위에서 보는 바와 같이 곽수지는 1594년 10월 9일 안동에서 설행된 경상좌도의 초시에 합격했다. 그는 마침 과거 합격자들의 글을 모은 책인 ≪동인≫을 읽고 있던 중에 별시의 초시가 있다는 소식을 듣고, 우여곡절 끝에 이태백, 김직재, 김률 등과 안동에서 설행된 과거에 응시해 모두 초시에 합격했다. 그러나 곽수지는 이후 1594년의 별시와 1596년의 알성시에 응시했으나 모두 고배를 마시게 된다.

1594년 11월 9일. 일찍 도성으로 가는 길에 올랐다. …… 함께 잔 사

---

33) 장경남, <≪고대일록≫으로 본 정경운의 전란 극복의 한 양상>, ≪임진왜란과 지방사회의 재건≫, 새물결, 2015, 46~48쪽 참조

람은 이태백(李太白)과 배명서(裵明瑞), 김직재(金直哉)이다.

1594년 11월 19일. 수찬(修撰) 정경임(鄭景任)과 박사(博士) 김시보(金施普)를 찾아갔다. (…중략…) 전시(殿試)에 녹명(錄名)[34]했다.

1594년 11월 21일. 시장(試場)인 대궐 뜰에 들어가니 (…중략…) 문과(文科) 전시(殿試)의 표제(表題)는 <본국이 교사 몇 명을 청해 머물게 하고 군민(軍民)을 훈련시키도록 한다는 것에 견주어 표를 짓도록 하라. [擬本國請留敎師數千訓練軍民表]>였다.

1594년 11월 23일. 이극휴(李克休)을 방문하고 바로 돌아왔다. 듣건대 전시(殿試) 급제자의 방(榜)이 났는데, 팔도의 유생들이 모두 불리(不利)하고 극휴(克休)만 홀로 급제했다고 한다.

1594년 11월 25일. 돌아가는 길에 올랐다. 채경종(蔡景宗)이 함께 길을 갔다.(과거에 떨어지고 읊은 시가 있었다.)

1594년에는 정시 1회, 별시 2회 등 모두 3회의 과거가 있었는데,[35] 곽수지는 마지막 세 번째에 있었던 별시에 응시했다. 그러나 이극휴(李克休)만 병과로 급제하고 함께 갔던 지인들은 모두 낙방했다. 이에 대해 위의 기록에서는 그의 심정이 구체적으로 나타나지 않았으나 낙방한 뒤에 시를 지은 것으로 보아 참담했을 것으로 짐작된다. 당시 경주 집경전 참봉으로 재직하고 있던 곽수지는 과거에 급제할 경우 가자규정에 의해 당장에 1,2품계를 올려 받을 수 있었기 때문에[36] 과거에 낙방한 것에 대해 더 실망감이 컸을 것이다. 이러한 그의 심경은 전쟁 초기에 함창의 본가가 불타 그 동안 과거를 치르며 모아두었던 감시(監試)와 회시(會試), 별시(別試) 등의 답안이 소실된 것을 한스럽게 여긴 것에서[37] 잘 나타난다.

---

34) 녹명(錄名) : 과거 응시자가 원서(願書)를 내고 성명을 등록하는 것.
35) 이성무, ≪韓國의 科擧制度≫, 집문당, 2000, 157쪽 [표 21] 선조 왕대 참조
36) ≪경국대전≫ 가자규정(加資規定)에 의하면 문과 급제자 가운데 유직자(有職者)는 장원의 경우 4품계, 갑과의 경우 3품계, 을과의 경우 2품계, 병과의 경우 1품계를 더 올려 받았다. 이성무, 앞의 책, 111쪽 [표 9] 참조
37) 1592년 11월 24일 기록에, "함창의 집이 분탕질을 당했을 때에 모든 재산은 참으로 아깝

1596년 10월 13일. 서행(西行) 길에 올랐다. 알성과(謁聖科)가 있다고 들었기 때문이다. 박대하(朴大賀)와 안이득(安而得), 박경승(朴景承)이 함께 (…중략…) 제천(堤川)으로 향했다.

1596년 10월 24일. 반궁(泮宮)에 나아가 녹명(錄名)했다.

1596년 10월 26일. 문묘를 배알(拜謁)하지 않고 바로 정시(廷試)를 베풀었다.

1596년 10월 28일. 오후에 급제자의 방(榜)이 나왔다. 저녁에 김 영해(金寧海)가 도성에 당도했다는 말을 듣고 가서 만났다.

1596년 11월 15일. 남쪽의 경보(警報)가 몹시 급하다는 말을 듣고는 바로 고향으로 갈 행장을 꾸리고 달밤에 전별주를 마셨다.

곽수지는 박대하, 안이득 등과 함께 상경해 1596년 10월 24일 반궁에 나아가 녹명하고 10월 26일 과거에 응시했으나 모두 낙방했다. 1594년의 별시와 마찬가지로 낙방한 것에 대한 언급이 없기 때문에 당시 곽수지의 심정이 어떠한지 헤아릴 수 없다. 다만 10월 20일의 기록에 '말을 먹이는 볏짚의 가격이 금값과 같아 쌀 3되를 내어도 한 번 먹이기에 부족했다.'는 내용과, '새벽에 죽령을 넘어 군내에서 아침밥을 먹고 (…중략…) 집안의 종이 가지고 온 술을 친구들과 서로 나눠 마신 뒤, 또 관청에 들어가서 황 여숙과 술잔을 기울이고 저녁에 돌아왔다.[1596년 11월 23일조]'고 한 내용을 유추해 보면, 당시 곽수지는 많은 경제적 부담을 안고 상경했던 것으로 보이며, 새벽에 풍기군에 당도했으나 술에 취해 저녁에서야 집으로 돌아갈 만큼 낙담이 컸던 것으로 여겨진다.

더구나 곽수지가 한양에 머물며 만났던 고향의 친구들은 이미 과거에 급

지 않았으나, 한 농의 서책과 나의 을해년 선산(善山) 감시(監試)의 <智壽賦>, 갑신년 별시(別試)의 <掌樂請以開元初當法表>, 신묘년 경산(慶山) 별시(別試)의 <謝賜金花八枝箋> 등의 시권(試券)이 모두 불 속으로 들어갔고, 을유년 회시(會試)의 <問仁疑心鳴鶴在陰見龍在田義>로 입격한 명지(名紙)도 화를 면하지 못했다. 그러니 전사(傳寫)하려 해도 모두 어찌할 방법이 없는 것이 한스러울 따름이다."라고 했다.

제해 중앙관료로서의 위치를 확고히 하고 있었다. 때문에 그도 역시 하루 빨리 과거에 급제해 지방의 참봉과 둔전관이 아닌 중앙의 관리가 되기를 간절히 염원했을 것이다. 그래서 그는 경제적인 부담에도 불구하고 과거 응시를 포기하지 않았으며, 상경할 때마다 서애 류성룡을 비롯한 이황의 문인들과 유대 관계를 강화했다. 이러한 곽수지의 행위는 당시 양반 사회를 관통해 존재했던 중앙 관직에 진출하고자 하는 보편적 욕망의 표출로 여겨진다.

5. 학술적 가치

임진왜란은 조선사회에 예상하지 못한 커다란 충격과 타격을 주어 인적, 물적 피해뿐만 아니라 사회적, 문화적으로 큰 피해를 남겼다. 이에 전란을 겪은 양반사족들은 자신의 전쟁체험을 일기로 기록해 남겼으며, 곽수지의 ≪호재진사일록≫도 그 가운데 하나이다. 그러나 곽수지의 임진왜란 기록은 그가 의병 활동에서의 후방 지원업무에 집중한 점과 풍기 지역이 전란의 화를 피했다는 점에서, 여타의 기록들이 당시의 전투 상황과 이에 따른 공과를 기록하고 있는 점에서 차이가 있다.

즉 ≪호재진사일록≫은 임진왜란 당시 풍기 지역의 의병 활동과 사대부로서의 일상적 삶이 어떻게 전개되고 있는지를 사실적으로 묘사하고 있기 때문에, 당시 풍기 지역에 대한 전쟁체험기의 미시사적 또는 생활사적 측면에서 특별한 의미가 있다 할 것이다.[38] 이를 바탕으로 아래에서는 ≪호재진사일록≫의 내용적 측면의 가치와, 경상도 지역의 대표적인 임진왜란 실기의 특징과 활동 범위를 비교한 뒤 그 가치를 살펴보기로 한다.

곽수지는 의병 활동과 자신의 일상 중에 경험하거나 보고 들었던 내용을

---

38) 정우락, 앞의 해제, 38~39쪽 참조.

사실적으로 묘사했는데, 그 내용적 측면의 가치는 다음 몇 가지로 나눌 수 있을 것이다.

첫째, 임진왜란 시기 경상좌도의 의병 활동 및 관(官)과의 관계를 파악할 수 있다는 점이다. 임진왜란 초기 향촌의 사대부들은 의병 군진을 조직해 향촌을 방어하는 데에 주력했다. 당시 곽수지가 속한 향촌의 의병 군진은 피란에서 돌아온 직후인 1592년 5월 7일부터 활동을 시작했는데, 거의 매일 진영에 모여 도적과 왜병을 대비했다. 이후 곽재우가 경상우도 지역인 의령에서 의병을 일으켰다는 소식이 전해지자, 동년 7월 30일 경부터 경상좌도 지역도 의병 활동을 치열하게 전개했다. 그러나 ≪호재진사일록≫에 나타난 경상좌도의 의병과 향촌을 기반으로 한 사대부들의 의병 군진은 독자적 조직이 아닌 관의 통제 하에 있었던 것으로 보인다.[39] ≪호재진사일록≫에 따르면, 곽수지의 경우 창의군에서 군량 유사의 임무를 맡아 본격적으로 활동하고부터는 향촌의 의병 군진보다는 주로 풍기군을 출입하며 풍기 군수와 일을 협의해 처리했다. 당시 풍기 지역의 의병과 관과의 이러한 관계는 임진왜란이 안정기에 접어들 때까지 계속되었다.

둘째, 임진왜란 중 사대부들이 일상적 삶을 지속하기 위해 애쓰는 모습과 과거(科擧)의 노정을 통해 보여준 양반 사회의 보편적 욕망을 파악할 수 있다는 점이다. 곽수지는 전쟁 중에도 성리학적 유교사상을 바탕으로 한

---

39) 당시 안집사로서 경상도로 내려온 김륵은 먼저 영천에서 김개국을 수장으로 삼아 의병을 조직하고, 안동으로 와서는 수령의 피난으로 빚어진 행정 공백을 메우는데 주력했는데, 안동은 前都事 安霽, 풍기는 校書博士 黃曙, 예천은 前縣監 李愈 등을 모두 假守로 임명했다. 이에 예안과 춘양 등지에서 안집사 김륵에 호응해 의병을 일으켰는데, 의병은 관군과 한데 섞어 조직되었고, 굳이 관군이나 의병 여부를 구분하지 않았다. 그리고 전열을 정비한 다음에는 그 지휘권을 관리가 행사했다. 이욱, 앞의 논문, 202~260쪽 참조. 이에 대해 곽수지가 ≪호재진사일록≫에서 1592년 5월 25일조에, '영천 군수의 뜻에 따라 진(陣)을 길옆 모래사장으로 옮겼다.'라고 한 기록과, 1592년 8월 6일조에, '안이득(安而得)이 이장(里將)으로서 안집사(安集使)에게 곤장을 맞았다고 한다.'라고 한 기록, 그리고 8월 29일조에, '황광원이 유고(有故)하여 내가 수성장(守城將)이 되었다. 이것은 안집사(安集使)가 통첩(通牒)한 것이었다.'라고 한 기록 등을 볼 때, 이들 의병 조직은 관의 통제 하에 있었던 것이 확실해 보인다.

상례와 제례를 엄격히 실행했으며, 자기 수양을 위한 독서와 산수유람 및 인근 고을의 사대부들과 친목 도모를 위한 술자리와 한시 창작 등 일상적 삶을 지속했다. 또한 전쟁 중 여러 차례 과거 시험에 응시하고 그 과정과 결과를 모두 기록했으며, 나아가 그는 자신뿐 만아니라 교유 인물들의 과거 응시와 합격 소식, 관직 제수나 변화 상황 등에 대해서도 기록하고 있다. 이러한 곽수지의 기록들은 양반관료제인 조선사회에서 관직에 진출하고자 하는 양반 사회의 보편적 욕망을 표출한 것으로 볼 수 있을 것이다.

셋째, 임진왜란 시기 조선 사회의 신분 제도가 붕괴되는 현상을 파악할 수 있다는 점이다. 조선 사회의 신분은 양반, 중인, 상민, 천민으로 나뉘어져 세습되었기 때문에 특별한 경우가 아니고서는 신분의 변화가 이루어지지 않았다.[40] 그러나 조선 중기 전란을 겪으면서 이러한 신분 제도는 점차로 혼란해져 양반은 늘어나고 노비는 줄어드는 현상이 나타나기 시작했다. 이에 곽수지도 이러한 현상을 걱정하는 자신의 심회를 기록해 당시 신분 제도의 붕괴 현상이 심각하게 진행되고 있었음을 보여주고 있다.[41]

넷째, 임진왜란 시기 백성들의 참상과 이를 구제하고자 하는 의병과 관의 노력을 파악 수 있다는 점이다. ≪호재진사일록≫에 따르면, 당시 의병과 풍기, 함창의 수령은 전쟁이라는 극한 상황에서 백성들의 일상화된 굶주림과 처참한 죽음 앞에서 나라를 대신해 이들을 구제하고자 노력했는데, 이러한 노력과 실천은 생명의 존엄에 바탕을 두고 있어 당시뿐만 아니라

---

40) 두산백과 조선 사회의 구조 참조

41) 이에 대해 곽수지는 1594년 12월 15일조에, '이때에 관직(官職)은 복잡하고 다단(多端)했으며, 명기(名器)는 가벼이 여겨 함부로 베풀어졌다. 그래서 소를 잡는 사람이 높이 드러난 반열에 발탁되어 올랐고, 시장 장사치의 자식이 모두 사복(司僕)의 직을 겸하여, 혹은 소와 말을 통해서 관작을 얻었고, 혹은 곡식과 포목으로써 귀하게 되었다. 그러나 참으로 난리로 말미암아 오래도록 해결하지 못하고 있는데도 나라에서는 계책을 삼을 것이 없었다. 이 때문에 부득이 이들을 등용하면서도 명분의 붕괴를 생각할 겨를이 없었다. 그러나 노비가 주인집과 혼인하는 징조와 천한 자가 귀족을 방해하는 풍조와 서자가 종적(宗嫡)을 업멸하는 풍습이 장차 이로 말미암아 시작될 것이다. 만약 이러한 제도를 개혁하지 않으면 위란(危亂)의 화가 오랑캐의 변란[虜變]보다 훨씬 심할 것이다.'라고 기록하고 있다.

오늘날에도 그 시사하고 있는 바가 크다 할 것이다.

[표 2] 경상도지역의 임진왜란 실기 비교

저서명	저자	영인(간행)	활동 지역	내 용
향병일기	저자미상 (金垓)[42]	안동대 안동문화연구소 ≪안동문화≫4	안동	김해를 중심으로 안동, 예안, 의성, 상주, 영주, 봉화 등 영남 북부지 역의 의병 활동을 보여주는 자료
조정임진란 기록[43]	조정 (趙靖)	영남대 민족문화연구소 ≪검간조정선생 임란일기≫	상주	상주의 창의군에서 활동했던 검간 조정의 일기
반곡 난중일기	정경달 (丁慶達)	국립중앙도서관 영인 ≪반곡세고≫ 권7~12 2	선산	임진왜란 초기 정경달이 선산부사 로서 선산 일대에서 활약했던 전 투 내용과 이순신의 종사관으로서 수행했던 임무를 기록한 전란일기
고대일기	정경운 (鄭慶雲)	책남명학연구원 ≪고대일록≫(2009)	함양	경상우도인 함양 일대에서 의병 활동을 한 정경운의 전란일기
호재진사 일록	곽수지 (郭守智)	국립중앙도서관 영인 ≪호재진사일록≫(1934)	풍기	풍기 일대에서 창의군의 군량유사 로서 활동했던 곽수지의 전란일기

위에서 언급한 내용적 측면의 가치 외에, 아래에서는 표 2)와 지도 5), 6)
를 참고로 ≪호재진사일록≫과 경상도 지역의 대표적인 임진왜란 실기의
특징과 활동 지역을 비교한 뒤 각각의 실기가 어떠한 가치를 가지고 있는
지 살펴보기로 한다.

<향병일기(鄕兵日記)>는 임진왜란 당시 창의해 의병장에 추대된 김해(金
垓, 1555~1593)의 의병부대의 활동을 기록한 필사본일지이다. 단편적이긴 하

---

42) <향병일기>에 대해서는 저자가 누구냐에 대한 논란이 있으나 본 해제는 논외로 했다. 다
만, 표 2)에서처럼 저자를 표기한 것은 신해진이 그의 논문에서 밝힌 내용에 상당한 이유
가 있다고 판단해 편의상 '저자미상(김해)'라고 표기했음을 밝힌다. 신해진, <현전 '향병일
기'의 선본확정과 그 편찬의 경위 및 시기>, ≪향병일기≫, 역락, 2014, 213쪽 참조.
43) 조정의 임진일기는 그 명칭이 아직 정립되어 있지 않은 것으로 보이나, 본 해제는 보물 제
1003호의 명칭인 ≪조정임란일록(趙靖壬亂日錄)≫로 명명 하고자 한다.

지만, 당시 안동, 예안, 의성, 영주, 봉화 등 이른바 영남 북부지역의 의병 활동 관계를 보여주는 자료로, 전란에 대처하기 위해 의병을 일으키고 군량을 모집하는 과정, 의병장을 선출하고 군사조직 체계를 갖추는 과정, 당교(唐橋) 등지에서 왜적과 전투하는 과정 등이 기록되어 있다. <향병일기>는 영남 북부지역에서 의병을 일으켰던 향촌재지사족들의 의식과 대응을 엿볼 수 있는 귀중한 자료이며, 특히 경주성 전투에서 진천뢰(震天雷)의 운용에 대한 기록이 있어서 주목된다. 다만, <향병일기>의 저자에 대한 부분은 논란이 있으나, 본 해제에서는 논외로 했다.44)

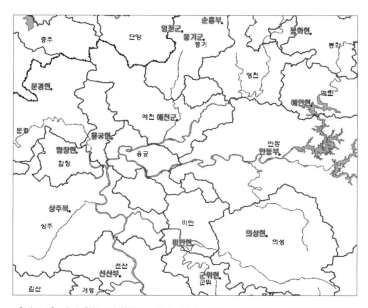

[지도 5] 의병 활동 지역(안동, 상주, 선산, 풍기, 고려대학교 민족문화연구원)

≪조정임진란기록(趙靖壬辰亂記錄)≫은 조정(趙靖, 1555~1636)이 자신의 전쟁 체험을 기록한 것이다. 그는 상주에서 창의한 창위군(昌義軍)의 좌막(佐幕)과

---

44) 신해진, 앞의 논문, 199~201쪽 참조.

함께 기록(記錄)을 겸하면서, 상주와 함창은 물론 경상도와 충청도 지역의 의병 및 관료들의 활동, 백성들의 동향과 고통상 및 왜적의 갖가지 만행을 구체적이면서도 사실적으로 기록했다. 따라서 그의 기록은 상주, 함창, 문경 지역 임란 의병사를 연구하는데 참조가 될 뿐만이 아니라 당시 사람들의 일상과 사족들의 교유 양상, 다양한 문화의 표정 등을 엿볼 수 있는 자료가 된다.[45]

<반곡난중일기(盤谷亂中日記)>는 ≪반곡유고(盤谷遺稿)≫의 권7부터 권9까지 '건(乾)'권, 권10부터 권12까지 '곤(坤)'권으로 된 2책이다.[46] '건'권은 임진왜란 초기 경상우도 선산부사로서 정경달(丁慶達, 1542~1602)이 몸소 참전하며 겪었던 일을 중심으로, 수군통제사 이순신의 종사관으로서 여러 고을을 순행하며 군병의 독려, 군량의 조달, 둔전과 목장의 감독 등의 임무를 수행했던 것을 함께 기록한 전란일기이다.[47] 정경달은 1591년(선조 24) 선산부사에 부임해 1593년 8월 체직될 때까지 2년 동안 선산부사를 역임했다. 그는 임진왜란 당시 지방관으로서 끝까지 선산을 떠나지 않고 금오산 등 경내 일대를 옮겨 다니며 유격전술로 왜군에 대항해 큰 성과를 거두었다. 따라서 그의 기록은 임진왜란 초기 적극적으로 왜군에 대처한 지방관 및 관군의 활동 양상을 살필 수 있는 중요한 자료서로의 가치를 지닌다.[48]

---

45) 김종태, ≪黔澗趙靖의 辰巳日錄 研究≫, 성균관대학교 석사학위논문, 2010, 36쪽.
46) '건'권은 1592년 4월 15일부터 1595년 11월 25일까지 기록되어 있고, '곤'권은 1597년 1월 1일부터 1602년 12월 17일까지 기록되어 있다. 정경달, 신해진 역주, ≪반곡난중일기≫ 상, 보고사, 2016, 5쪽 참조. 본 해제는 임진왜란 당시 경상도 지역에서 활약한 의병과 관군으로 활약했던 인물의 실기를 비교했기 때문에 <반곡난중일기>의 건·곤 2책 중에 정결달이 경상도 지역에서 활약한 내용을 기록한 '건'권 1책만 비교의 대상으로 했음을 밝힌다.
47) 정경달 원저, 신해진 역주, 앞의 책, 6쪽.
48) 김경숙, <임진왜란 초기 지방관의 수토활동(守土活動)-선산부사(善山府使) 정경달 형제의 활동을 중심으로>, ≪朝鮮時代史學報≫ 65, 2013, 133~134쪽, 151쪽 참조.

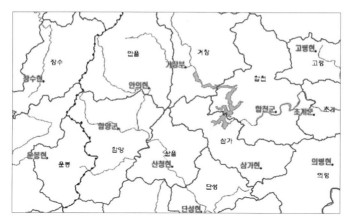

[지도 6] 함양(가운데 왼쪽. 고려대학교 민족문화연구원)

≪고대일록(孤臺亂記錄)≫은 경상우도인 함양 일대에서 초유사 김성일의 소모유사(召募有司), 의병장 김면의 소모종사관(召募從事官) 등으로 활약한 정경운(鄭慶雲, 1556~?)이 쓴 전쟁체험에 대한 기록이다. 그는 임진왜란이 발발한 이후 의병활동을 하면서, 또는 정유재란 이후 전라도에서 피란 생활을 하면서, 전란 후 고향으로 돌아와서 병화로 소실된 남계서원(灆溪書院)을 복원하면서 겪은 내용을 4권 4책으로 기록했다.[49] ≪고대일록≫은 임진왜란 시기 함양 일대의 의병활동과 남명학파의 동향, 서원 경영권을 둘러싼 향촌사회의 분열상 및 당시 사족의 위기관리 능력을 보여주는 중요한 기록이다.[50]

≪호재진사일록≫은 창의군의 군량유사로 활약했던 곽수지가 풍기 일대에서 의병활동을 하면서, 경주 집경전 참봉 등을 지내면서 자신의 체험을 기록한 일기이다. 그는 함창의 황령사에서 창의한 뒤 군량유사를 맡아 거의 매일 풍기 군수를 찾아가 군사의 모집과 조련, 군량의 조달, 성첩의 수

---

49) 정우락, 앞의 해제, 9~10쪽 참조.
50) 정우락, 위의 해제, 39~40쪽 참조.

비, 명나라 장병의 접대, 굶주린 백성의 구제 등의 일을 의논해 수행했다. 따라서 ≪호재진사일록≫은 풍기 일대의 의병 사를 연구하는 데 참조가 될 뿐만 아니라 당시 지방 사족들의 교유 양상, 특히 왜란 때 백성의 구제와 관련된 제도 및 당시 인명이나 지명을 비롯한 지방사를 연구하는 데 귀중한 자료가 될 것으로 본다.

II. 호재진사일록 권1
浩齋辰巳日錄 券一

1. 서문(序文)

천지 일원[1]의 문명의 시운(時運)은 반드시 호걸이 태어나기를 기다려서 만나게 된다. 그리하여 이들 호걸 가운데 혹은 왕실의 정간(楨幹)이 되기도 하고, 혹은 국란의 간성(干城)이 되기도 한다. 예를 들면 당나라 순원(巡遠)[2]과 송나라 장육(張陸)[3]같은 이들이 바로 그들이다. 만약 당시 이 몇 사람의

---

1) 일원(一元) : 우주가 생성되었다가 소멸되기까지의 한 주기를 말한다. 송(宋)나라 소옹(邵雍)이 천지의 순환하는 기간을 수리(數理)로 추정해 만들어 낸 이론으로, 30년을 1세(世)로 하고 12세인 360년을 1운(運)으로 하며 30운인 1만 800년을 1회(會)로 하고 12회인 12만 9600년을 1원(元)으로 하고 있다. 한편 12회는 12지지(地支)와 연계시켜 자회(子會)로부터 해회(亥會)에 이르기까지 각 회마다 1만 800년씩이라고 했다. 자회(子會)에서 하늘이 처음 열리고 축회(丑會)에서 땅이 열리고 인회(寅會)에서 사람과 물건이 생겨났다고 한다. ≪皇極經世 卷4 觀物內篇≫

2) 순원(巡遠) : 당(唐)나라 현종(玄宗) 때의 충신인 장순(張巡)과 허원(許遠)의 병칭이다. 천보(天寶) 연간에 안녹산(安祿山)이 반란을 일으켰을 때 장순이 진원 영(眞源令)으로 백성들을 인솔하고 당나라의 시조인 현원황제(玄元皇帝)의 묘(廟)에 나아가 통곡한 다음 기병(起兵)해 반란군을 막았다. 그 뒤 강회(江淮)의 보장(保障)인 수양성(睢陽城)을 몇 달 동안 사수하고 있었는데, 구원병이 오지 않아 양식은 다 떨어지고 힘은 다 소진되어 성이 함락되었다. 그러자 태수(太守)로 있던 허원과 함께 사절(死節)했다. ≪舊唐書 卷187 張巡列傳≫

3) 장육(張陸) : 남송(南宋)의 장세걸(張世傑)과 육수부(陸秀夫)의 병칭이다. 장세걸은 하북(河北) 출신으로 송(宋)나라로 귀화했는데, 남송 말기에 원(元)나라에 항거하다가 애산(崖山)이 함락된 뒤 새로운 황제를 세워 나라를 회복하려고 했으나 태풍을 만나 익사했다. 문천상(文天祥), 육수부와 함께 '애해(崖海)의 삼충(三忠)'으로 일컬어진다. 육수부는 원(元) 나라의 침략을 받아, 위왕 조병(趙昺)을 황제로 세우고 항쟁하다가 애산(厓山)에서 원군(元軍)에게 패하자, 칼을 들고 가족들을 바다로 몰아넣은 다음 자신도 황제를 업고 바다에 몸을 던져 자결했다.

외로운 충절과 큰 절개가 없었더라면, 당나라 수양성(睢陽城)⁴⁾의 굶주린 군사들이 어찌 사방으로 흩어져 목숨을 보전할 계책에 이르지 않았겠는가? 남송 말기 애산(崖山)⁵⁾으로 피신했던 어가(御駕)도 어찌 적에게 사로잡혀 핍박을 당하는 모욕을 면할 수 있었겠는가? 때문에 꽃다운 이름이 후세에 길이 전해지고, ≪삼강록(三綱錄)≫에 이름이 실린지도 이같이 아득히 멀고 오래되었다.

아, 우리 영남 지방은 예로부터 동방의 추로(鄒魯)⁶⁾라 불리었고, 그 중에 문헌의 밝음과 교화의 행실은 반드시 모두 상주(尙州)와 함창(咸昌)을 손꼽았다. 특히 충신(忠信)한 사람의 이름에 있어서는 함창은 열 가구 정도의 작은 고을임에도 작다고 여겨지지 않았다. 옛날 명종(明宗)과 선조(宣祖) 때에 호재(浩齋) 곽 공(郭公)과 그의 형인 양담공(瀼潭公)⁷⁾이 있었는데, 이들은 시례(詩禮)의 가문⁸⁾에서 물들고 도의(道義)의 고장에서 교유했다. 그러나 젊은 나이에 연방(蓮榜)⁹⁾에 올라 막 청운(靑雲)의 길에 들어설 무렵, 마침 임진왜란[龍巳之訌]¹⁰⁾을 만났다. 이에 형제[壎篪]¹¹⁾는 서로 상의하여 나라를 위해 충성하기

이때 10여 만 구의 시체가 바다에 떠올랐다는 기록이 전한다.

4) 수양성(睢陽城) : 수양성은 하남성(河南省) 상구현(商丘縣) 남쪽에 있었던 성이다. 당 현종(唐玄宗) 천보(天寶) 14년(755) 11월에 안녹산(安祿山)이 어양(漁陽)에서 20만 대군으로 반란을 일으켜 12월에 수도를 함락하자, 현종은 촉(蜀)으로 몽진하고 황태자(皇太子) 즉 숙종(肅宗)이 영무(靈武)에서 즉위한 뒤에 군사를 지휘해 난리를 평정했는데, 이때 당나라의 명신(名臣)인 장순(張巡)과 허원(許遠) 등이 강회(江淮)의 보장(保障)이라고 일컬어지는 수양성(睢陽城)에서 서로 협력해 몇 개월 동안이나 안녹산의 군대를 막다가 성이 함락되자 장렬하게 순절한 고사가 전한다. ≪舊唐書 卷187下 忠義列傳下 張巡≫

5) 애산(崖山) : 지금 광동성(廣東省) 신회현(新會縣)의 남쪽 대해(大海) 가운데 있는 산 이름. 남송(南宋) 말기에 장세걸(張世傑)이 황제 병(昺)을 받들어 이 산을 지키다가 원 나라 장수 장홍범(張弘範)에게 패하자 육수부(陸秀夫)가 황제를 업고 바다에 빠져 죽은 고사가 있다. ≪元史 張弘範列傳≫

6) 추로(鄒魯) : 공자(孔子)는 노(魯) 나라 사람이고, 맹자(孟子)는 추(鄒) 나라 사람이라는 뜻으로 곧 공자·맹자를 가리키는데, 여기서는 공자·맹자 같은 이가 출생한 추로 지방처럼 영남은 예의가 밝고 학문이 성한 고장임을 뜻한다.

7) 양담공(瀼潭公) : 양담은 곽수지의 큰형인 곽수인(郭守仁, 1537~1602)의 호

8) 시례(詩禮)의 가문 : 유교 경전에 대한 지식과 예의범절을 대대로 전승해 오는 명문가.

9) 연방(蓮榜) : 소과(小科)에 급제한 사람의 명부.

로 뜻을 굳히고, 바로 상주(尙州), 문경(聞慶), 용궁(龍宮)과 본향[咸昌]의 여러 사람들과 마침내 황령사(黃嶺寺)12)에서 의병을 일으켰다. 이때 [이들 형제는 의병을] 경륜(經綸)으로 결속시키는 한편, 법도에 따라 나가서는 싸우고 들어와서는 지키는 공로가 있었으며, 모병과 군량을 수송하는 계책을 운용하고 적을 베거나 사로잡은 공적이 많았다.

이것으로도 이미 훌륭한데 또 현풍(玄風)13)의 화왕성(火旺城)14)과 풍기(豊基) 진목정(眞木亭)15) 의병 군진(義兵軍陣)의 여러 사람들은 의기가 서로 통해 뜻도 같고 도(道)도 합치되었다. 그리하여 이들은 서로 왕래하며 수고로움과 편안함을 함께 하고, 있고 없음을 의지하며 외적의 침략을 막아 내고, 내지의 험준한 곳에 수비를 견고히 했다. 그리고 마침내 세상에 다시없는 공훈을 세워 위로는 나라에 알려지고 아래로는 고향 마을에까지 이르렀으니, 이것은 당나라와 송나라의 몇 사람이 나라를 위해 목숨을 바친 사실과 비록 대소의 차이는 있을지언정, 그 행실의 자취를 살펴본다면 어찌 옛 사람만 못한 것이었겠는가.

지금 두 분의 후손[雲仍]16)인 봉회(鳳會), 오규(五奎), 윤구(潤九) 씨가 당시의

---

10) 임진왜란[龍巳之訌] : 일본의 침략으로 임진년(1592)부터 계사년(1593)까지 이어진 조선과 일본의 전쟁.

11) 형제[塤箎] : 형제 혹은 친구 사이의 화목과 조화를 비유할 때 쓰는 표현이다. ≪시경(詩經)≫ <소아(小雅) 하인사(何人斯)>에, "큰형은 훈을 불고 둘째 형은 지를 분다.[伯氏吹塤 仲氏吹篪]"라는 말에서 나온 것이다.

12) 황령사(黃嶺寺) : 경상북도 상주시 은척면 황령리에 있는 절. 1592년 임진왜란 때에 왜적이 상주성을 함락하자, 이 지역 선비들이 상주지역에서 최초로 황령사에 모여 창의진(昌義陳)을 결성해 함창을 중심으로 대대적인 의병활동을 하는 계기가 되었다.

13) 현풍(玄風) : 현풍현을 말하며, 지금의 대구광역시 달성군 현풍면, 구지면, 유가면과 논공읍의 동남쪽, 경상북도 고령군 개진면과 우곡면 일대에 걸쳐 있었던 지역.

14) 화왕성(火旺城) : 경상남도 창녕군 창녕읍 화왕산(火旺山)에 위치한 산성.

15) 진목정(眞木亭) : 지금의 경상북도 영주시 안정면 일원리 서천(西川) 가까운 곳에 있었던 정자로, 현재 그 정확한 위치는 확인할 길이 없다.

16) 후손[雲仍] : 운잉은 매우 먼 대(代)의 후손을 뜻한다. 증손의 다음이 현손(玄孫)이고, 그 이하 차례로 내손(來孫), 곤손(昆孫), 잉손(仍孫), 운손(雲孫)인데 여기서는 일반적으로 후손을 뜻하는 말로 쓰였다.

칭송할 만한 행실을 깊이 사모하여, 후대에 없어지지 않도록 잘리고 해진 종이의 기록을 수습해서 인쇄하는 일을 맡기고는 나에게 서문을 청했다. 스스로 돌아보건대 천박한 식견으로 감히 금석과 같은 서문을 더럽힐 수 없었으나, 선대의 정의(情誼)와 관계된 바가 있어 또한 굳이 사양하지 못하고 분수에 맞지 않게 대략 위와 같이 서술한다.

갑술년(1934) 동짓날에 상산(商山)[17] 김직원(金直源)[18]은 삼가 쓰다.

天地一元文明之運, 必待降生豪傑之人而會焉。 或楨幹於王室, 或干城於國亂。 如唐之巡遠宋之張陸是也。 若於其時, 無此數人之孤忠大節, 則睢陽飢卒, 豈不至四散全軀之計? 崖山遷駕. 又何免强虜擒逼之辱? 以至流芳百世, 載名三綱, 如是之久且遠哉。 緊, 我嶠南一邦, 古稱東方之鄒魯, 而就中文獻之明教化之行, 必皆僂捫於尙咸。 忠信之名, 不以咸十室之邑而小之。 故在昔明宣之際, 有若浩齋郭公與其兄瀷潭公, 擩染於詩禮之家, 交遊於道義之鄉。 早登蓮榜, 將涉雲橋, 而適值龍巳之訌。 壎箎商確, 志在懂王, 卽與尙聞龍及本鄉諸賢, 遂倡義旅於黃嶺寺。 束以經綸, 用以規模, 有出戰入守之勢, 運募兵輸糧之籌, 多有斬獲之功。 此已偉矣, 而又與玄風之火旺城、 豊基之眞木亭義陣諸賢, 聲應氣求, 志同道合。 互相往來, 同其勞逸, 資其有無, 禦外侮之侵, 固內限之修。 遂使不世之勳, 上達於邦國, 下及於鄉閭, 此與唐宋幾人, 死國捐軀之實, 雖有大小之異, 然究其事爲之蹟, 則何嘗多讓於昔人也耶! 今兩賢之雲仍鳳會、 五奎、 潤九甫, 深慕其可頌於當時, 而不泯於後世, 收拾斷爛之紙, 付託剞劂之役, 而責我以弁首之文。 自顧淺薄見識, 不敢溷金石之頭, 而其在先誼所係, 亦不敢牢辭, 不顧僭冒, 略序如右云爾。 甲戌南至節, 商山金直源, 謹書。

---

17) 상산(商山) : 경상북도 상주시의 옛 별호.

18) 김직원(金直源) : 1868~1937. 본관은 상산. 저서로는 ≪신암유고(愼庵遺稿)≫가 있다. ≪瀷潭浩齋師友錄 권2≫

2. 호재진사일록 1(浩齋辰巳日錄一)

☀1592년 4월

만력[19] 20년(선조대왕 26년) **임진년(1592) 4월 17일.** 왜적이 부산포(釜山浦)를 함락했다는 기별이 풍기군(豊基郡)에 이르렀다. 이에 태수(太守) 윤극임(尹克任)[20]은 군사와 말을 징발해 어둠을 타고 영천(榮川)[21]으로 내려갔다. 우리 집안의 종 4명도 창군(槍軍)에 편입되어 집에 남은 사람들의 보내는 곡소리가 하늘에 사무쳤다. 조응림(趙應霖)[22], 박대하(朴大賀)[23], 박경택(朴景擇)[24] 등 여러 벗들도 모두 종군(從軍)해 떠났으나 전송하지 못했다. 그러니 다른 날 다시 만날 것을 어찌 반드시 기약할 수 있겠는가. 다만 절로 마음이 아플 뿐이다.

> 萬曆二十年(宣祖大王二十六年), **壬辰四月十七日丙午。** 倭陷釜山浦之奇, 至豐郡。於是, 太守尹克任, 調兵籍馬, 乘昏下榮川。吾家四奴, 亦入槍軍, 居者送之哭聲徹天。趙應霖、朴大賀、朴景擇諸友, 皆從軍去, 未得相送。他日更面, 安可必乎。只自痛念。

4월 18일. 함창(咸昌)[25]으로 가는 길에 올라 지나가는 길에 솔례동(率禮洞)[26]으로 들어가 이현승(李賢承)[27] 씨를 만나고, 또 노잔리(魯棧里)[28]로 들어가 참봉(參奉) 진 척장(秦戚丈) 어른과 한사첨(韓士瞻)[29], 한사호(韓士好) 씨를 찾

---

19) 만력(萬曆) : 명나라 신종(神宗)의 연호로, 1573년부터 1619년까지이다.
20) 윤극임(尹克任) : 1543~1592. 자는 군의(君毅), 본관은 파평(坡平).
21) 영천(榮川) : 경상북도 영주시의 옛 지명.
22) 조응림(趙應霖) : 생몰년 미상. 풍기에 거주.
23) 박대하(朴大賀) : 생몰년 미상. 풍기 일언리 거주.
24) 박경택(朴景擇) : 경택은 박선(朴選, 생몰년 미상)의 자(字). 풍기 일언리 거주. 박우(朴遇)의 아우.
25) 함창(咸昌) : 지금의 경상북도 상주시 함창읍과 인근의 면에 속한 지역. 여기서는 상주시 이안면 이안리를 말한다.
26) 솔례동(率禮洞) : 풍기에 있었던 옛 지명. ≪溪潭浩齋師友錄≫ 권2, 이현승(李賢承)조 참조.
27) 이현승(李賢承) : 생몰년 미상. 풍기 일언리 거주.
28) 노잔리(魯棧里) : 지금의 경상북도 영주시 봉현면 노좌3리.

아뢰었다. 전경직(全景直)30)과 채양숙(蔡養叔)31)은 모두 고향으로 돌아갔다. 임정(林亭)에 앉아 점심을 먹고 예천(醴泉)32)에 이르니, 또한 군사를 징집하는 일로 소란했다. 단미천(丹未川)에 도착하니 해가 서쪽으로 기울어 들판이 모두 어두웠다. 그러나 묵을 만한 곳이 없었기 때문에 기어이 산양(山陽)33)을 기약하고 이르니 사방에 인기척이 없었다. 그리하여 문을 두드리며 부르자, 박 자형(朴姊兄)34)이 나와서 맞이하고 막걸리를 따라 주며 밥을 대접했다. 비로소 보니 조각달이 하늘에 떠 있었다. 듣건대 박원량(朴元亮)35) 형제가 모두 정역(征役)에 나갔다고 한다. 슬픈 마음을 견딜 수가 없다.

十八日。 啓咸昌行, 歷路入率禮洞, 見李賢承氏, 又入魯棧里, 拜秦參奉戚丈、士瞻及士好氏。而全景直、蔡養叔 皆歸故園矣。坐林亭午飯, 至醴泉, 亦以發卒事騷然。到丹未川, 日已西下, 原野皆黑, 無可宿處, 必以山陽爲期, 至則四無人聲。叩門呼之, 朴姊兄出迎, 傾醪饋飯。正見缺月在天。聞朴元亮兄弟, 皆赴征役。不堪惻怛。

4월 19일. 아침에 함창(咸昌) 본가에 도착해 큰형36)과 둘째37), 셋째38) 형을 찾아뵈었다. 또 듣건대 왜적이 동래(東萊)와 양산(梁山) 등지를 함락하자, 마을에 소동이 나고 모두 달아날 마음을 먹고 있으며, 김사립(金士立)39) 씨

---

29) 한사첨(韓士瞻) : 사첨은 한산두(韓山斗, 1556~1627)의 자(字). 본관은 청주. 호는 추월당(秋月堂).
30) 전경직(全景直) : 경직은 전몽규(全夢奎, 1524~1596)의 자(字). 본관은 용궁(龍宮). 호는 매국헌(梅菊軒).
31) 채양숙(蔡養叔) : 양숙은 채함(蔡涵, 생몰년 미상)의 자(字). 본관은 인천(仁川).
32) 예천(醴泉) : 경상북도 예천군 지역.
33) 산양(山陽) : 경상북도 문경시 산양면.
34) 박 자형(朴姊兄) : 위로 곽수지의 누나가 1명 있었던 것으로 보이며, 시집가서 산양(山陽)에 거주했다.
35) 박원량(朴元亮) : 1568~1631. 본관은 순천(順天). 자는 사명(士明), 호는 국헌(菊軒).
36) 큰형 : 곽수인(郭守仁)을 말한다.
37) 둘째 : 곽수의(郭守義, 생몰년 미상)를 말한다. 자는 경제(景制). 임경처사(林景處士)라고도 불리었고, 임진왜란 때에 집안의 형제들과 의병활동에 참여하여 군량을 운반하는 데에 공이 많았다.
38) 셋째 : 곽수예(郭守禮, 생몰년 미상)를 말한다. 자는 경약(景約). 통덕랑(通德郎)을 지냈다.

도 정역(征役)에 나아갔다고 한다. 듣고서 나도 모르게 눈물이 흘러내렸다.

十九日。朝到咸昌本家, 拜伯仲叔氏。又聞倭陷東萊、梁山等地, 閭里騷動, 皆懷奔潰之心, 金士立氏, 亦從征役。聞不覺墮漏。

4월 20일. 밥을 먹은 뒤 대구(大邱)가 함락되었다는 소식을 들었다. 상주 목사(尙州牧使) 김해(金澥)[40]와 함창 현감(咸昌縣監) 이국필(李國弼)[41]이 모두 군 중(軍中)에서 돌아오고, 채천학(蔡天鶴)과 김덕흥(金德興)도 이르렀다. 내가 나아가 물으니 채천학이 말하기를, "하빈(河濱)[42]에서 싸웠는데, 아군은 풍문만 듣고도 무너져 적을 막을 자가 한 사람도 없습니다. 오늘이나 내일 사이로 왜적이 상주(尙州)에 반드시 당도할 것입니다."라고 했다. 이 때문에 마을 사람들이 모두 피란했는데, 집안에서만 곱게 자란 처자[閨中處女]도 혹은 도로에서 짐을 지거나 이고 있었다. [피란하기 위해] 나 또한 사당(祠堂)에 하직 인사를 올리자마자, 큰형이 신주(神主)를 안고 나왔다. 그리고 형들과 아우, 형수들, 누이, 조카들은 모두 희양산(曦陽山)[43]으로 향하면서 [나와 작별하며] 손을 잡고 서로 통곡했다. 마침내 나도 행장을 바삐 꾸려 산양(山陽)에 이르렀으나 자형(姊兄) 내외는 이미 피란해 빈집만 고요하고 개 한 마리만 짖고 있었다. 땅거미가 질 무렵 박매보(朴禖甫)가 박원량(朴元亮) 형제 때문에 멀리 봉홧불을 바라보고 통곡했다. 안하손(安賀孫)이 소와 말을 끌고 집으로 와서 재물을 가지고 돌아갔다. 나는 어린 종을 불러 말하기를, "달이 뜨면 길을 나설 것이니 말을 반드시 잘 먹여라."라고 하고는, 바로 차가운 침상에서 얼핏 잠이 들었다. [깨어나서 보니] 곁에서 같이 잠이 들었던 어린 종이 없었다. 그의 이름은 정동(鄭同)이다.

---

39) 김사립(金士立) : 사립은 김륭(金隆, ?~1594)의 자(字).
40) 김해(金澥) : 1534~1593. 본관은 예안(禮安). 자는 사회(士晦), 호는 운송(雲松).
41) 이국필(李國弼) : 1540~?. 본관은 용인(龍仁). 자는 비언(棐彦).
42) 하빈(河濱) : 대구광역시 달성 지역의 옛 지명.
43) 희양산(曦陽山) : 경상북도 문경시 가은읍과 충청북도 괴산군 연풍면에 걸쳐 있는 산.

二十日。食後聞大邱陷. 尙牧及咸倅李國弼, 皆自軍中來. 蔡天鶴、金德興
亦至. 余乃就問, 蔡云, "戰於河濱, 我軍望風奔潰, 無一人禦敵. 今明間, 倭必
到尙." 於是, 里人皆避亂. 閨中處子, 或負戴道路. 吾亦拜辭祠堂. 伯氏抱神主
出. 諸兄及弟嫂妹姪, 皆向曦陽山, 執手相哭. 乃促裝到山陽, 姊兄內外, 業已
奔竄. 只有空舍寥寥, 吠一犬耳. 初昏, 朴祿甫, 爲元亮兄弟, 望烽火痛哭. 安賀
孫, 牽牛馬到家, 將産物以歸. 余招童奴曰 : "月出當啓行, 須善秣馬.", 乃假寐
冷床. 傍無伴宿童奴. 鄭同其名爾.

4월 21일. 달이 뜨자마자 말채찍을 재촉해 [풍기로 가는] 길에 올랐다.
그러나 산골짜기의 초목이 빽빽하게 우거져 단미천(丹未川)에 이르니 촌닭이
울었다. 새벽에 한 사내가 농기구를 들고 길가에 서있었다. 내가 묻기를,
"이 마을도 피란했는가?"라고 하니, 모두 산 속으로 들어갔다고 대답했다.
겨우 내를 건너자 비로소 피란하는 사람들이 보였는데, 혹은 짐을 싣기도
하고 혹은 짐을 지기도 한 사람들이 도로에 가득 넘쳐났다. 유천(柳川)⁴⁴⁾에
도착하니 피란하는 사람들이 더욱 많았다. 금당곡(金塘谷)⁴⁵⁾으로 향할 때는
아직 날이 새기 전이었는데, 길이 많고 갈라져서 반대로 잘못 들어가 궁고
산(窮高山)에 올랐으나 돌아갈 길이 없었다. 마침내 무성한 풀을 헤지고 넝
쿨풀을 끌어 잡고 깊은 골짜기로 내려 올 수 있었다. 지나가는 촌부(村婦)
두 사람이 있어 길을 물었다. 대답하기를, "이 오솔길을 따라 가면 큰길로
갈 수 있습니다."라고 했다. 그들의 말을 따라 과연 큰길로 나올 수 있었다.
이때에 날은 이미 밝아 있었다. 지나가는 길에 김사술(金士述)⁴⁶⁾ 형의 집으
로 들어가서 술을 찾아 선 채로 마셨다. 주인이 피란할 짐을 꾸리고 있었기
때문에 나도 집으로 돌아갈 마음을 재촉했다. 이극휴(李克休)⁴⁷⁾가 집에 있다

---

44) 유천(柳川) : 경상북도 예천군 유천면 지역에 있는 천.
45) 금당곡(金塘谷) : 경상북도 예천군 용문면 상금곡리.
46) 김사술(金士述) : 사술은 김덕남(金德男, 1551~1594)의 자(字). 초자(初字)는 선술(善述).
47) 이극휴(李克休) : 극휴는 이광윤(李光胤, 1564~1637)의 자(字). 본관은 경주(慶州). 자는 극휴
(克休), 호는 양서(瀼西).

고 했으나 경황이 없어 미처 만나지 못했다. 저곡(渚谷)⁴⁸⁾에 이르자, 지친 말이 앞으로 나아가지 않았다. 때문에 곡식을 먹이려고 권욱(權旭)⁴⁹⁾을 찾아 가니 안동(安東)에 나가 있었다. 그의 형인 권시(權時)가 나에게 큰 잔으로 마시게 하고 말에게도 곡식을 먹여주었다. 그의 정이 몹시 후했다. 독현(禿峴)을 넘어 냇가에 이르러 아침밥을 먹었다. 이는 함창(咸昌) 본가에서 싸 온 것이었다. 노잔리(魯棧里)에 당도해 종길 척장(宗吉 戚丈)를 찾아뵈었다. 또 경직(景直), 사호(士好), 사담(士瞻), 사중(士中)을 만났는데, 사중(士中)이 술을 대접했다. 술을 마시고는 바로 일어나 풍기의 집에 이르니 해가 이미 중천에 떠 있었다. 온 집안이 전란이 몹시 심하다는 말을 듣고서, 가산(家産)을 묻고 산으로 들어가려는 계획을 세우고 있다가 나를 보자 몹시 기뻐했다.

二十一日。月始出, 促鞭登道。但山峽草樹蒙密, 至丹未川, 邨鷄唱。曉有一夫, 持田器, 立路上。余問, "此洞避亂否。", 答以皆向山中云。纔涉川, 始見奔竄人。或載或負, 闐溢道路。到柳川, 避者尤多。將向金塘谷, 時未曙也。路多岐分, 反致誤入, 上窮高山, 無徑可歸。遂披茂草攀暗藤, 得下深谷。有邨婦二人過去, 問路, 答曰 : "由此細徑行, 可得大路。" 從其言, 果得之。於是, 天已明矣。歷入金士遜兄家, 索酒立飲。主人治避亂之裝, 吾亦促還家之心。李克休在家云, 而悤卒不及見。至渚谷, 羸騎不前。欲以飼粟, 訪權旭, 則出在安東。其兄權時, 飲我大梡, 秣馬斗穀。其情甚厚。踰禿峴, 臨澗食朝飯。乃咸家所裹也。到魯棧里, 拜奏宗吉戚丈。又見景直、士好、士瞻、士中, 士中饋以酒。飲畢卽起, 至豊家, 日已中矣。渾舍聞亂孔棘, 埋藏家産, 將爲入山之計, 見我喜甚焉。

4월 22일. 아침밥을 먹은 뒤에 처자식과 장모 등 모든 식솔들이 소백산(小白山)으로 들어갔다. 길옆에서 보고 있던 사람들 가운데 혹은 눈물을 흘리는 사람도 있었다. 숙노 형(叔老兄)⁵⁰⁾과 백운동서원(白雲洞書院)⁵¹⁾에 이르자,

---

48) 저곡(渚谷) : 경상북도 예천군 저곡리.
49) 권욱(權旭) : 1556~1612. 자는 경초(景初). 호는 매당(梅堂).

고직(庫直)52) 한명진(漢明進)이 점심을 올렸다. 한명진이 또 나를 소에 태우고 산기슭에 당도하니, 온 집안은 잠시 백고(柏庫)에서 쉰 뒤에 이미 성혈사(聖穴寺)53)로 향했다. 우리도 계곡물을 따라 수풀을 헤지고 곧바로 그곳에 이르니, 높은 산봉우리에 사방이 둘러싸이고 돌길과 높고 험한 바위는 참으로 피란지였다.

　　二十二日。朝飯後, 妻子及岳母諸眷, 入小白山。路傍觀者, 或有垂涕。與叔老兄, 到雲洞, 庫直漢明進午飯。又以牛乘我, 行到山麓, 則渾舍之人, 暫憩柏庫, 已向聖穴寺矣。余緣澗披林, 直至其處。高峯四圍, 石路巉巖, 眞避亂地也。

4월 23일. 성혈사(聖穴寺)는 이름난 사찰로 좀도둑이 엿볼까 걱정되고, 또 섬나라 오랑캐가 쳐들어올까 두려웠다. 이 때문에 맨 꼭대기 험한 곳을 찾아 목숨을 보존할 계획을 세웠는데, 봉일암(奉日庵)54)이 바로 그런 곳이었다. 장모는 소교(小轎)에 부축해 동행하고 처자식과 형수들은 초목을 부여잡고 의지하며 걸었다. 돌이 많은 좁은 길을 10여 리 쯤 가서 비로소 한전(寒殿)에 도착하니, 승려는 없고 문도 닫혀 있었다. 마침내 종을 불러 먼저 방을 청소하게 한 다음 암정(巖井)을 손질하게 했다. 난리 중에 종적이 위태로웠는데, 이곳에서 살 곳을 얻었다. 평소 외출이 없었던 부인은 산길에 발이 부르터서 참으로 고통스러워했다. 충순위(忠順衛)55) 이선승(李善承)56)은 성혈

---

50) 숙노 형(叔老兄) : 숙노는 곽수지의 처남인 이질(李耋, 생몰년 미상)의 자(字). 호는 면계(勉溪).
51) 백운동서원(白雲洞書院) : 경상북도 영주시 순흥면 내죽리 백운동에 위치한 소수서원(紹修書院)의 옛 이름.
52) 고직(庫直) : 고지기. 즉 官衙의 창고를 지키고 감시하던 사람을 이른다.
53) 성혈사(聖穴寺) : 경상북도 영주시 순흥면 덕현리 277 소백산(小白山)에 있는 사찰.
54) 봉일암(奉日庵) : 성혈사에 딸린 암자였으나, 지금은 소실되어 터만 남았다.
55) 충순위(忠順衛) : 조선 시대 오위(五衛)의 하나인 충무위(忠武衛)에 소속된 부대의 하나. 임금의 이성(異姓) 시마(緦麻)와 외육촌(外六寸) 이상의 친족, 왕비·선왕·선후의 시마와 외오촌(外五寸) 이상의 친족, 동반(東班) 6품 이상 및 서반(西班) 4품 이상으로 실직(實職)을 지낸 사람, 문무과(文武科) 출신, 생원(生員)·진사(進士)·유음 자제(有蔭子弟) 등으로 편성했다.
56) 이선승(李善承) : 1528~1598. 자는 사술(士述).

사 뒤쪽에 있는 보현함(普賢庵)으로 향했다.(시 두 절구가 있었다.)[57]

二十三日。聖穴名刹也。恐小盜窺覘，又怕島夷遍入。於是，尋絶頂險阻處，爲全活之計，奉日ま是也。岳母以小轎扶而行，妻子及諸嫂，攀緣草樹步。向石逕十餘里，而始到寒殿，無僧戶閉。遂呼奴，先掃房室，次治巖井。亂中危蹤，爰得所矣。平生不下堂之婦人，山路足繭 可痛。李忠順衛善承，則向聖穴後普賢庵。（有詩二絶。）

4월 24일. 뜰을 엿보니 채소가 있었다. 승려가 있을 때에 파종한 것이었다. 산에서는 나물을 뜯고 땔감도 쌓여 있어 아침저녁으로 부족함이 없었기 때문에, 골짜기 안의 풍성한 풀밭에 소와 말을 놓아두고 바위 밑 정실(淨室)[58]에서 먹고 잤다. 그리고 때때로 자유롭게 지팡이 짚고 여러 산봉우리를 둘러보니, 피란한 사람들이 곳곳에 흩어져 숲 사이에서 들리는 말소리와 사방에서 이는 밥 짓는 연기가 서로 이어졌다. 그리하여 예전에 험하고 적막했던 곳을 한 마을로 바꿔놓아 사람을 해치는 호랑이도 감히 가까이하지 못했다. 이날 군내(郡內)의 형이 일언리(逸偃里)[59]에서 비로소 도착했다. 그러나 본병(本病)[60]을 앓던 사람이 산길을 무릅쓰고 와서 기식(氣息)을 유지할 수 없는 듯했다. 이 충순위(李忠順衛) 형이 이수문(李守門)을 데리고 보현암(普賢庵)에서 찾아왔다가 돌아갔다.

二十四日。窺園有蔬。僧在時所種也。採山積柴，朝夕無乏，谷中豊草，牛馬是放，巖底淨室寢食。自如時時策杖回視諸峯，則避亂之人散處，林間語聲，四起炊煙相接。使昔日險阻寂寞之處，換作一閭閻，而豹虎之害人者，亦莫敢近

---

57) 곽수지는 전란의 상황을 일기로 기록하면서 당시의 감회와 교유 관계 등을 많은 시(詩)로 남긴 것으로 보인다. 그런데 이후 후손들이 ≪호재진사일록≫을 편집하는 과정에서 일기에 수록된 시를 따로 모아 ≪서원유고≫의 <호재유집>으로 간행하고, 시가 있었던 날짜의 말미에 이처럼 '시가 있었다.'는 기록을 덧붙인 것으로 보인다.

58) 정실(淨室) : 신불(神佛)을 모시는 집.

59) 일언리(逸偃里) : 곽수지의 처가가 있는 마을로, 지금의 경상북도 영주시 안정면 일원리 지역.

60) 본병(本病) : 본디부터 가지고 있어 완치되지 않고 때때로 도지는 병.

矣。是日, 郡內兄, 自逸偃里始到。本病人也, 冒涉山路, 氣息如不能持。李忠順衛兄, 帶李守門, 自普賢庵來訪而歸。

4월 25일. 군대에 갔던 자가 도망쳐 와서 말하기를, "적의 공격이 너무 날카로워 당해 낼 수가 없었기 때문에 열읍(列邑)의 군대가 모두 무너져 흩어져서 성지(城池)를 지켜내지 못했습니다."라고 했다. 듣자니 통탄을 금할 수 없어 속으로 말하기를, "쇠잔한 목숨은 피란하여 한 바위 골자기로도 족하지만, 장차 우리 주상께서는 어디에 계실 것인가? 참으로 통곡할 일이다."라고 했다. 또 듣건대 우리나라 사람 가운데 두 마음을 품은 자들이 왜적과 협조하고 모의해 여러 고을에 공문을 돌려 창고에 쌓인 곡식과 병기를 불태우게 하고, 뒷일을 의논할 대비책도 없이 퇴진을 공표하도록 하여 주부군현(州府郡縣)을 거쳐 나라를 범할 계책으로 삼았다고 한다. 그리고서 혹은 왜놈을 칭하여 크게 몰려와 사람을 살해하기도 하고, 혹은 '여러 성이 연일 모두 함락되었다."라고 말하여 인심을 소란하게 함이 극에 달했다. 이 때문에 깊은 산으로 달아나 숨어도 편히 거처하지 못했고, 읍리(邑里)는 황량해지고 마을도 삭막해졌다. 하물며 거짓 계장(啓狀)이 도성에서 나오는 것이 많은 데도 사대문을 지키는 자들이 모두 알지 못함이겠는가. 어찌 내응(內應)하는 자가 하는 짓이 아니겠는가? 이날 풍기 군수(豊基郡守) 윤극임(尹克任)[61]이 경주(慶州)에서 도망쳐 와 초암(草庵)[62]으로 올라갔고, 판사(判事) 황응규(黃應奎)[63]는 백야동(白也洞)[64]에서 피신해 성혈사(聖穴寺)로 들어왔다고 한다.(시 두 절구가 있었다.)

二十五日。 赴軍者奔還曰 : "敵鋒甚銳, 不可當, 列邑潰散, 城池失守。" 聞不

---

61) 윤극임(尹克任) : 생몰년 미상. 본관은 파평(坡平). 자는 군의(君毅).

62) 초암(草庵) : 초암사(草庵寺)로 말하는 것으로 보이며, 경상북도 영주시 순흥면 배점리에 위치한 절이다.

63) 황응규(黃應奎) : 1518~1598. 본관은 창원(昌原). 자는 중문(仲文), 호는 송간(松澗).

64) 백야동(白也洞) : 지금의 경상북도 영주시 풍기읍 백1리의 다른 이름. 희야골이라고도 한다.

勝痛嘆, 而心語曰 : "殘生避亂, 一巖輕足矣, 將我主上, 置之何地? 誠可痛哭。"
且聞我國人之懷二心者, 與倭協謀, 傳關列邑, 而燒倉積兵器, 俾無議後之具,
宣言退陣, 而歷州府郡縣, 以爲犯國之計。 或稱倭人, 大來殺害, 或云諸城, 連日
皆陷, 騷動人心, 靡所不極。 奔竄深山, 罔或奠居, 邑里荒凉, 閭閻蕭索矣。 況僞
啓狀多出於都城中, 而四門守者, 皆不得知。 豈非內應者之所爲乎? 是日, 豊守
尹克任, 自慶州奔來, 上草庵, 判事黃應奎, 自白也洞避, 入聖穴寺云。 (有詩二
絶。)

4월 26일. 새가 지저귀는 소리를 듣고 벗을 그리워하는 마음이 일었다.
이때에 김연백(金鍊伯)[65]과 연숙(鍊叔) 형제가 북천사(北川寺)에서 이르렀는데,
묘봉암(妙峯庵)[66]의 안할(安硈)도 함께 했다. 나와 숙노 형(叔老兄)은 기쁘게 웃
으면서 맞았으나, 국사를 논의하는 것이 급했기 때문에 그 밖의 것은 겨를
이 없었다. 다만 이들이 난리의 상황을 말하고 이어서 도망쳐 왔던 괴로움
을 말할 때는 듣는 것마다 모두 참담해 눈물이 글썽거렸다. 그러나 겨우 맑
은 모습을 가까이 했는데 갑자기 이별하자니[67] 다시 만나지 않았던 때처럼
여겨졌다.

　　二十六日。 聞嚶鳥之聲, 起思友之念。 於是, 金鍊伯、鍊叔弟兄, 自北川寺
　　至, 與之俱者, 妙峯庵安硈也。 余與叔老兄, 欣然迎笑, 國事論急, 未遑其他。 但
　　道亂離之狀, 繼言奔竄之苦, 所聞皆慘, 淚涕欲下。 纔近淸光, 忍作弦矢之, 還有
　　若未見之時也。

4월 27일. 어떤 승려가 와서 고하기를, "황 판사(黃判事)가 성혈사(聖穴寺)
에서 가장 높은 꼭대기에 있는 영주암(靈珠庵)으로 거처를 옮기려고 합니
다."라고 했다. 내가 머물고 있던 곳이 황 판사가 지나는 길목에 있었기 때

---

65) 김연백(金鍊伯) : 풍기(豊基) 거주.
66) 묘봉암(妙峯庵) : 경상북도 영천시 청통면 치일리 팔공산에 있는 암자.
67) 갑자기 …… 하려니[弦矢] : 활시위를 떠난 화살처럼 갑작스럽고 빠른 이별을 말한다.

문에 마침내 숙노 형(叔老兄)과 소나무 그늘이 진 곳에서 만났다. 이때 황 판사가 이르러 나라의 변고를 말하고 읍(邑)의 서리(胥吏)가 고한 내용을 일러 주었는데, 바로 어제 윤 태수(尹太守)가 불민했던 일 때문에 방어사(防禦使)에게 곤장을 맞았다는 소식이었다. 한 낮이 되어 곳곳의 산기슭에 모두 불이 났다. 이에 혹자는 말하기를, "적들이 노략질하려는 것이다."라고 했고, 또 혹자는 말하기를, "군수(郡守)가 피란한 사람들 중에서 민정(民丁)[68]을 찾는 것이다."라고 했다. 반신반의하는 사이에 계집종이 말하기를, "두 사람이 급히 달아나고, 성혈사(聖穴寺)에서 온 다섯 사람도 북천사(北川寺)로 달아났습니다, 이것이 도대체 무슨 일인지 모르겠습니다."라고 했다. 이때에 숙노 형(叔老兄)은 그의 모친을 모시고 처자식과 함께 먼저 이미 피신했었고, 나의 가족과 읍내 형의 온 집안과 안인서(安仁瑞)[69]의 처자식은 모두 암자 안에 있었는데, 이 말을 듣고 놀라고 두려워 마침내 우거진 숲속으로 들어갔다. 그런데 내 말[馬]이 크게 울고 안인서의 어린 자식도 울어댔기 때문에, 저들이 만약 들었다면 장차 난을 피했던 사람들에게 미움을 받는 일을 면치 못했을 텐데 이윽고 모두 무사했다. 비로소 의심했던 것들이 얼토당토 않았다는 것을 알았다. 이날 영천산성(榮川山城)[70]이 불탔다.

二十七日。 有僧來告曰 : "黃判事, 自聖穴移向最高頂之靈珠庵."云。余所寓處, 其歷路也, 遂與叔老兄, 相邀于松陰。於是, 判事至, 遂言國變, 示以邑吏所告, 乃昨日尹太守以不敏, 逢杖于防禦使之奇也。及午, 處處山麓, 皆放火。

---

68) 민정(民丁) : 정군(正軍) 또는 군보(軍保)의 역(役)을 감당할 수 있는 20세 전후의 남자.
69) 안인서(安仁瑞) : 풍기(豊基) 거주.
70) 영천산성(榮川山城) : 아마도 지금의 영주시 영주2동에 위치한 구성산성(龜城山城)을 말하는 듯함. 조선을 건국한 태조 이성계가 왜적의 침입을 막기 위해 각 고을마다 성을 쌓도록 했는데, 당시 영천 고을에서는 현재 구성공원이라 불리는 이 산의 봉우리를 요충지로 여겨 흙과 돌로서 성을 쌓았다고 한다. 그리고 이 산의 형상이 마치 거북이를 닮았다고 하여 거북이 구(龜)자를 써서 구성산성(龜城山城)이라 불렀다고 한다. 지금도 구성공원의 동남쪽 경사진 벼랑에는 그 옛날 성벽의 일부가 남아 있음을 볼 수 있다. 동국여지승람에 의하면, 조선 태종 때에 구성산성의 이름을 따서 고을 이름을 구성(龜城)으로 부르기도 했다. 또한 영천군지에 의하면, 당시 성의 둘레는 1,281척, 높이는 9척이었으며, 성 안에 우물이 하나 있어 아무리 가물어도 마르지 않았으며, 무기를 보관하는 군창(軍倉)도 갖추고 있었다고 한다.

或云, "敵輩之欲偸劫。", 或云, "郡守探民丁於避亂人。" 疑信之際, 婢者言曰：
"二人急走, 自聖穴來五人, 向北川去。是未知何事。"云。是時, 叔老(兄)陪其慈
氏, 及厥妻子, 業已先避, 余之家累、邑內兄之渾舍、安仁瑞之妻子, 則皆在庵
中, 聞之驚怕, 遂入林密。余馬高嘶, 仁瑞幼子呱泣, 彼若有聞, 將不免其避患者
所生憎也, 俄而總爲無事。始覺所疑者妄耳。是日, 榮川山城燒焉。

4월 28일. 들건대 어제 방화한 자들은 승려들로 피란한 사람들이 자신들
의 방을 빼앗은 것이 싫고 괴로워서 그런 짓을 했다고 한다. 시운(時運)이
바야흐로 꽉 막히고 난리가 몹시 위급해 산천초목도 그 편안함을 얻지 못
하고 주상께 진상하는 잣나무 숲도 모두 불탄 흔적뿐이었다. 참으로 탄식
할 일이다. 또 듣건대 부석사(浮石寺)[71] 사람들이 대낮에 백운동서원(白雲洞書
院)[72]에 들어가 문을 부수고 창고의 재물을 훔쳐갔다고 한다. 어찌 성세(聖
世)에 교화하여 이끌었던 아랫사람들 가운데 또 완악한 백성이 때를 틈타
난을 선동하는 자가 있을 줄을 생각이나 했겠는가. 그러나 난이 이미 저와
같고 화가 사문(斯文)[73]에 미쳤으니, 이 어찌하랴.

　　二十八日。聞昨放火者, 乃僧輩, 厭苦避亂人, 奪其房舍而然也。時運方否,
亂離孔棘, 山川草木, 亦不得其寧, 使貢上之柏林, 皆有燒痕。可嘆。且聞浮石
人, 當晝入雲院, 破門盜庫。豈意聖世教率之下, 又有頑民乘時煽亂者乎。亂旣
如彼, 禍及斯文, 奈何奈何。

---

71) 부석사(浮石寺) : 경북 영주시 부석면 북지리 봉황산에 있는 절.
72) 운원(雲院) : 백운동서원(白雲洞書院)을 말함. 조선시대의 서원은 선현에 대한 제사와 학문
　　연구, 사림의 자제 교육 등을 담당했는데, 이 서원의 시초가 백운동서원이다. 중종 때
　　(1543) 풍기 군수인 주세붕이 안향이 살던 경상북도 영주시 순흥면의 백운동에 그를 기리
　　기 위해 사당을 세우고 자제들의 교육 장소로 삼은 데서 '백운동서원'이라고 하였다. 참고
　　로 경상북도 영주 부근에 고려 시대의 목조 건축물인 부석사 무량수전이 있다.
73) 사문(斯文) : 유도(儒道)를 가리키는 말이다. ≪논어≫ <자한(子罕)>에 공자가 "문왕(文王)이
　　이미 별세했으니, 문(文)이 이 몸에 있지 않겠는가. 하늘이 장차 '이 문[斯文]'을 없애려 했
　　다면 내가 이 문에 참여할 수 없었을 것이다.[文王旣沒, 文不在玆乎? 天之將喪斯文也, 後死者
　　不得與於斯文也.]" 하였는데, 주자의 ≪집주≫에 "문은 도(道)가 표면에 드러난 것이다." 하
　　였다. 이후로 유도를 대칭하는 말로 쓰이며, 유학자를 직접 지칭하기도 한다.

4월 29일. 비가 내린 뒤라 밤에 음기(陰氣)⁷⁴⁾가 많았다.

二十九日。雨後, 夜多陰氣。

4월 30일. 비가 내렸다.

三十日。雨。

❀1592년 5월

5월 1일(경신). 비가 내렸다. 고향에 돌아가고 싶은 생각이 더욱 간절해 발돋움하여 멀리 바라보았다. 그러나 날이 개었다고는 하나 구름과 안개가 사방에 꽉 차고 골짜기도 어두웠기 때문에 고향집을 살피려 해도 방법이 없었다. 또 듣건대 군대가 지나간 뒤에 좀도둑이 왜적으로 가장하고서 관아를 습격하고 마을을 분탕질해 금령(禁令)이 땅에 떨어졌는데도 능히 막을 자가 없다고 한다. 지금 봉일암(奉日庵)에 머문 지도 이미 10일이다.

五月一日(庚申)。雨。歸思轉切, 跂予望。晴而雲霧四塞, 洞壑晦冥, 雖欲省家, 末由也已。且聞軍過之後, 小盜憑藉倭衣, 竊發官府, 焚蕩閭閻, 而禁令墜地, 莫之能禦。時留奉日庵, 已十日。

5월 2일. 밥을 먹은 뒤 가복(家僕)이 이르자, 마침내 처자식을 데리고 산을 내려왔다. 권 서방(權書房) 형수씨의 온 집안도 나를 따랐다. 그러나 안개가 짙고 아직도 비가 내려 숲과 골짜기가 모두 어둡고 계곡물도 서로 뒤섞여 흘러서 다니는 길을 분간할 수가 없었다. 한천동(漢川洞)⁷⁵⁾과 서동(黍洞) 등지를 지나 입암(立巖)에 이른 뒤에야 날씨가 활짝 개어 비로소 도롱이를 벗을 수 있었으나 소와 말은 진창길에 빠져 고생했다. 해가 지기 전에 집에 도착하니, 들창과 벽에는 먼지가 끼고 풀 속에 섬돌이 묻혀 있었다. 나는

---

74) 음기(陰氣) : 어둡고 침침하거나 쌀쌀한 기운.
75) 한천동(漢川洞) : 경상북도 영주시 봉현면 한천리(寒泉里)를 말하는 것으로 보인다.

감격해 탄식하며 말하기를, "집은 비록 황폐해졌지만 그대로 병화(兵火)를 면했으니 이 또한 다행이다."라고 했다. 문득 들건대 왜병이 크게 쳐들어와서 사람들로 하여금 모두 뼛속에 스미도록 놀라게 했기 때문에 일찍 집에 돌아온 것을 깊이 후회한다고 했다.

二日。食訖, 家僕至, 遂率妻子下山。權書房嫂氏之渾舍, 亦從焉. 但霧重仍雨, 林壑皆晦, 澗水交流, 行路不分。過漢川洞, 黍洞等地, 至立巖而後, 天色開霽, 始脫簑衣, 而泥途陷溺, 牛馬勞頓。日未暮, 來到敝廬, 則塵生牕壁, 草沒階砌。余乃感而喟然曰: "室雖就荒, 猶免兵火, 是亦幸也。" 旋聞倭兵大來, 令人心骨皆驚, 深悔早還家也。

5월 3일. 새벽에 일어나 봉일암(奉日庵)으로 말과 종을 보낸 것은 장모와 읍내 형이 이수량(李守良)이 영해(寧海)[76]가 함락되었다고 전한 헛소문을 듣고 집으로 돌아오지 못했기 때문이다. 숙노 씨(叔老氏)가 잠깐 왔다가 바로 돌아갔다. 오후에 박대하(朴大賀)의 지정(池亭)에 가서 피란에 대한 대책을 강구했다. 박대하가 답하기를, "왜병이 침입해 왔다는 말은 헛소문이 매우 많소. 그러니 왜병이 이른 뒤에도 피할 수 있을 것이오. 그리고 요사이 좀도둑이 틈을 노리고 마을에 횡행하니, 지금은 의당 집에서 대비해야 할 것이오. 주인이 한 번 흔들리면 하인도 흔들릴 것이니, 도둑의 도발하는 기세를 누가 막을 수 있겠소?"라고 했다. 나는 예예 하고 돌아와서 마침내 집에 오래있을 계책으로 삼았다.

三日。曉起, 送騎僕于奉日庵, 則岳母及邑內兄, 聞李守良, 虛傳寧海之陷, 莫之還家。叔老氏, 暫到卽歸。午後, 往朴大賀池亭, 講避亂之策。答曰: "倭兵之來, 虛傳甚多。兵至而後, 可避也。近者小盜乘間, 橫行閭里。此宜在家備之, 主若一動, 下僕亦撓, 竊發之勢, 誰能禦之?" 余唯唯而還, 遂爲久家之計。

5월 4일. 낮에 이 충순위(李忠順衛)와 박 씨의 지정(池亭)에 가서 이야기를

---

76) 영해(寧海): 경상북도 영덕 지역의 옛 지명.

나누었다. 얼마 뒤 도적이 이르렀다는 말을 듣고 온 집안이 집 뒤 숲속으로 달아나 피하고, 사람들로 하여금 무기를 들고 막아서서 기다리도록 했는데, 끝내 헛소문이었다. 또 권은수(權銀守)가 서울에서 내려온 것을 통해 듣건대 도성의 문을 5일 동안 굳게 닫았다가 그믐날 다시 열고 주상께서 파천해 성안이 완전히 텅 비었다고 하여, 통곡하고 통곡했다. 동원(洞員)77)들이 대부분 진목정(眞木亭)에 모였다. 저녁에 나와 이 충순위(李忠順衛)는 다시 지정(池亭)에 올랐다. 황혼 무렵에 비가 내렸다.

四日。午與李忠順衛, 往朴氏池亭話。俄聞盜至, 渾舍奔避于屋後林下。令人持兵器, 擁立待之, 畢竟虛傳矣。且仍權銀守自京來, 聞都門, 五日堅閉, 晦日還開, 主上播遷, 城中一空云, 痛哭痛哭。洞員, 多會眞木亭。夕吾及忠順, 更登池亭。黃昏雨灑。

5월 5일. 비가 내렸다. 왜군이 순원(蓴院)78)에 당도했다는 말을 듣고 온 집안이 놀라고 두려워 달아나 피했다. 내가 박대하(朴大賀)의 지정(池亭)을 따라 집 뒤의 높은 곳에 올라 멀리 바라보니, 과연 깃발을 세우고 말을 타고 있는 자와 걸어오는 사람 10여 명이 있었다. 처음부터 의심하는 마음이 없지 않았는데, 갑자기 보고하는 자가 말하기를, "휴암(鵂巖)과 진현(秦玹) 등이 적의 승려들을 생포했다는 말을 듣고, 그들이 난을 일으킬까 걱정되어 일언리(逸偃里)와 합진(合陣)하기 위해왔습니다."라고 했다. 나는 바로 진목정(眞木亭)으로 나아가 진현 등을 만나 사람들을 놀라게 한 까닭을 말하고, 이어서 서로 도울 일에 대해 이야기를 나누었다. 이른바 승려라는 자는 덕빈(德嬪)79)의 일꾼으로 평해군(平海郡)80) 사람이었다. 그는 적당(敵黨)과 관련이 없

---

77) 동원(洞員) : 마을의 중요 대소사를 결정하고 처리하기 위한 동계(洞契) 또는 대동계(大洞契) 의 구성원을 일컫는 말이다.

78) 순원(蓴院) : 조선시대 풍기군 동쪽 10리 지점에 있었던 순지원(蓴池院)을 말한다. 당시 풍기지역에는 창락역(昌樂驛)·죽동역(竹洞驛)·남원(南院)·산요원(山腰院)·순지원(蓴池院)·인빈원(寅賓院) 등 2역 4원이 있었다. ≪新增東國興地勝覽 제25권≫ 경상도 풍기군편 참조

79) 덕빈(德嬪) : 덕빈은 덕흥대원군(德興大院君)의 부인 정씨(鄭氏)로 선조(宣祖)의 생모를 말하

었기 때문에 곧바로 풀어 주었다. 오늘은 명절인 단오(端午)[81]이다. 그러나 난리가 진정되지 않아 형제자매가 [모두] 정처 없이 떠돌며 집도 절도 없으니[82] 비록 사당(祠堂)에 하찮은 제물이나마 올리고 싶었으나 할 수가 없었다.

五日。雨灑。聞倭軍到蕁院, 渾舍驚怕奔避。余從朴大賀池亭, 登屋後高處望之, 果有建旗乘馬者及步者十餘人。初不能無惑, 俄有報者曰："鶻巖秦玹等, 聞所捕賊僧輩, 恐其爲亂, 欲與逸偃里合陣而來耳。" 余乃就眞木亭, 見秦玹等, 語以驚人之故, 次敍相救之事。所謂僧者, 德嬪之役軍而平海郡人也。不涉敵黨, 故卽放云。今當節日。亂靡有定, 姊妹弟兄, 流離靡家, 雖欲薦薄羞於家廟, 不可得也。

5월 6일. 온 집안이 두세 번이나 달아나 피했다. 이는 잘못 전해진 말이 자주 일었기 때문이다. 도성에서 온 군사를 통해 듣건대 주상께서 파천하여 마침내 어느 곳에 머물고 계시며 백관들도 피란해 궁벽한 산골에 머물 곳을 택했다고 한다. 비로소 권은수(權銀守)의 말이 참말이라는 것이 입증되었다. 아, 바야흐로 국운이 막혀 하늘이 순리를 도와주지 않는구나. 4월 14일 부산포가 함락되고 잇달아 동래 부사(東萊府使) 송상현(宋象賢)[83]이 살해되었고, 그 나머지 군관과 사졸들도 죽은 자를 셀 수가 없었다. 그러나 여러 고을은 풍문만 듣고도 놀라 무너져서 적을 막아 낼 자가 없어 마침내 적으로 하여금 도성까지 침입하도록 했으니, 우리 조선이 개국한 이래로 처음

는 것으로 보임.

80) 평해군(平海郡) : 지금의 경상북도 울진군 평해면.

81) 명절인 단오[節日] : 절일은 한 철의 명절인 삼짇날, 단오, 칠석 등을 말하는데, 여기서는 5월 5일인 단오를 의미한다.

82) 집도 절도 없으니[靡家] : 왜란으로 말미암아 집도 절도 없이 타향을 떠돌고 있음을 비유한 말. ≪시경≫ 소아(小雅) 채미(采薇)장에, "아직도 室家가 없는 것은 험윤이 있기 때문일러라.[靡室靡家 玁狁之故.]"라 한데서 나온 말이다.

83) 송상현(宋象賢) : 1551~1592. 본관은 여산(礪山). 자는 덕구(德求). 호는 천곡(泉谷)·한천(寒泉).

있는 변고였다. 함창(咸昌)의 고향 옛집[84]은 바로 길옆 병화(兵火)가 지나가는 곳에 있어서 반드시 화를 면치 못했을 것이다. 그러나 집안에 두었던 물건은 참으로 아깝지 않지만 형제자매의 생사를 까마득히 서로 듣지 못하고 있으니, 가만히 그리워할 뿐 떨쳐 날아갈 수가 없구나!

六日。渾舍再三奔避。是訛言屢騰故也。因京來軍士, 聞主上播越, 竟泊何所, 百官奔竄, 擇栖窮山云。始驗權銀守之言信也。噫! 國運方否, 天不助順。四月十四日, 釜山浦見陷, 繼以東萊府使宋象賢遇害, 其餘軍官士卒死者, 不可數。而列郡, 望風奔潰, 無能禦者, 遂使敵入京城, 自吾東方開國以來, 初有之變也。咸鄕舊家, 直當路傍兵火所經, 必不免禍。其中所藏, 固不足惜, 而姊妹弟兄之生死, 邈不相聞, 靜言思之, 不能奮飛!

5월 7일. 동원(洞員)들이 진목정(眞木亭)에서 도적을 대비했다. 해가 저물 무렵에 이 충선위(李忠順衛)의 종인 박동(朴同)이 망고(妄告)[85]한 것에 따라 소서동(小西洞) 재사(齋舍)에서 승려의 목을 베었다. 그러나 상좌(上佐)에게 [그 정황을] 자세히 들어보니 적당(敵黨)이 아니었다. 아, 한 번 형벌을 시행하면 원래대로 회복할 수 없거늘, 사람들은 모두 도적을 두려워해 다투어 군령을 숭상했다. 그리고 다시는 공경하고 불쌍히 여기는 마음으로 신중하게 형벌을 행하지 않았으니,[86] 무고한 죽음을 어찌 헤아릴 수 있겠는가. 말하자니 참혹하고도 슬프다.

七日。洞員, 備盜于眞木亭。日暮, 仍李忠順衛奴朴同妄告, 斬小西洞齋舍僧。上佐細聞, 則非敵黨也。噫! 一施其刑, 不可復續, 而人皆畏盜, 爭尙軍令。無復欽恤, 無辜之死, 豈可盡計。言之慘怛。

---

84) 함창의 고향 옛집 : 함창현 이안리(利安里)의 본가.
85) 망고(妄告) : 함부로 관(官)에 고함.
86) 공경하고 …… 않았으니[欽恤] : 《서경》 순전(舜典)의 "공경하고 또 공경하는 마음으로 불쌍히 여기며 신중하게 형벌을 행한다.[欽哉欽哉 惟刑之恤哉]"라는 말을 줄인 것이다.

5월 8일. 동원(洞員)들이 냇가의 버드나무 그늘 아래에서 도적을 대비했다. 군인들도 많이 모였다.

　　八日。 洞員, 備盗于溪邊柳陰下。 軍人多會。

5월 9일. 박우(朴遇)[87] 어른이 시를 보내와서 나도 차운(次韻)해 드렸다. 박경택(朴景擇)이 술을 보내왔다. 비가 퍼붓듯이 내려 평평했던 육지는 강이 되고 농지도 재해가 많아 농부들이 희망을 잃었다. 슬프다, 우리 백성들이 하늘에 무슨 죄를 지었기에 이미 난리를 겪었는데 거기에 기근까지 더한단 말인가. 장차 씨앗을 남기고 싶어도 다시 남는 것이 없을 것이다.

　　九日。 朴遇丈送詩, 余次呈。 景擇則送酒. 雨下如注, 平陸成江, 田畝多災, 農人失望。 哀, 我人斯何辜于天, 旣逢亂離, 又加饑饉。 將使子遺, 無復存矣。

5월 10일. 나의 온 집안과 안인서(安仁瑞)의 한집안이 두어 칸 되는 집에 함께 거처했는데, 비가 세고 부엌이 물에 잠겨 밥 짓기가 몹시 어려웠고 발을 디딜 틈도 없이 좁았다. 듣건대 적군이 봉화(奉化)에 모였다고 하는데, 이곳과의 거리가 단지 40리밖에 되지 않아 심히 걱정이다. 듣건대 충주(忠州)의 생원(生員) 김철수(金鐵壽)가 왜적에게 살해되었다[88]고 한다.

　　十日。 余之渾舍及安仁瑞之一家, 合處數間屋, 雨淚浸竈, 炊爨甚艱, 且無容足之地。 聞敵軍聚奉化, 距此只四十里, 深用爲憂。 聞忠州生員金鐵壽, 遇害於倭云。

5월 11일. 소나기가 물을 퍼붓듯이 내렸다. 이날 장모가 봉일암(奉日庵)에서 백운동서원(白雲洞書院)에 있는 주모(酒母)의 집으로 옮겨 거처했다. 영천(榮

---

87) 박우(朴遇) : 박건(朴建)의 아우. ≪濫潭浩齋師友錄 권2≫
88) 충주의 …… 살해되었다 : ≪西厓先生文集≫ 제16권 잡저(雜著)에서 서애 류성룡은 이 일에 대해 '충주 생원 김철수(金鐵壽)는 왜적을 만나자 분연히 꾸짖어 굴하지 않고 처첩(妻妾)·자녀들이 모두 함께 죽었다.'고 그가 들은 바를 기록하고 있다.

川)과 풍기(豊基)89)의 두 형과 형수들이 모두 돌아오고, 이 충순위(李忠順尉)도 돌아왔다. 듣건대 왜군이 예천(醴泉)에 가득하고, 또 충주(忠州)에서 마을에 이를 것이라고 했다. 이 때문에 떠들썩하게 사람들이 모두 짐을 꾸려 짊어졌다. 아, 소문만 겨우 이르렀는데도 오히려 모두 달아나 피하려고 하니, 그 누가 창과 칼을 쥐고 적진을 마음대로 누비겠는가. 하물며 깃발을 나부끼며 오거나 말을 타고 지나가는 자를 보고도 모두 의혹을 품고 하루에도 네다섯 번씩 놀람이겠는가. 2백 년 동안 태평한 뒤라 백성들이 병란을 알지 못하고 있으니, 더욱 통곡할 일이다.

十一日。驟雨如注. 是日, 岳母自奉日庵, 移寓白雲院酒母家。榮豊兩兄及諸嫂氏, 皆還。李忠順, 亦還。聞倭軍, 充斥醴泉, 又自忠州至閭里。騷然人皆荷擔。噫! 聲息纔到, 尙皆奔避, 其誰荷戈執殳, 橫行敵陣者乎。況見翩然而來, 騎馬而去者, 皆生疑惑, 一日四五驚。二百年昇平之餘, 民不知兵, 尤增痛哭。

5월 12일. 박대하(朴大賀)와 논 사이 물길을 막고 물고기를 수렵해 회를 쳐서 먹었다. 이 또한 난중에 한 가지 재미였다.

十二日。與大賀塞田間水道, 獵魚膾之。是亦亂中一興味也。

5월 13일. 듣건대 황광원(黃光遠)이 도성에서 돌아와 전하기를, "4월 30일 도성문(都城門)이 열리자, 당시 피란민들이 승여(乘輿)90)가 도성을 빠져나간 뒤 유도대장(留都大將)91)이 다시 문을 닫을 것이라는 헛소문을 듣고는, 다투어 먼저 나가려고 사람들이 문과 길에 가득 넘쳐났습니다. 이 때문에 혹은 밟혀서 죽고 혹은 밀쳐서 넘어지고, 혹은 부자(父子)가 서로 잃어버리거나

---

89) 영천과 풍기[榮豊] : 경상북도 영주 지역에 있었던 지명으로, 영풍(榮豊)은 영천(榮川)과 풍기(豊基)를 합쳐서 부른 명칭이다.
90) 승여(乘輿) : 임금이 타는 수레로, 임금을 지칭하는 대명사이다. 여기서는 선조(宣祖)를 가리킨다.
91) 유도대장(留都大將) : 이양원(李陽元, 1526~1592). 본관은 전주(全州). 자는 백춘(伯春), 호는 노저(鷺渚).

혹은 부부가 각각 흩어졌는데, 나도 어린 계집종을 잃어버렸습니다."라고 했다. 밤에 비가 내리더니 새벽까지 이어졌다.

十三日。聞黃光遠, 自京還傳, "四月一92)日, 都門開, 時避亂人, 聞乘輿出城後, 留都大將, 還閉之虛言, 爭先求出, 闐溢門路。或踐踏而死, 或排擠而仆, 或父子相失, 或夫妻各散。光遠亦失小婢子。"云。夜雨達曙。

5월 15일. 이경(李璟)93)이 영천(榮川)에서 아침에 당도해 말하기를, "안동(安東)에는 지금 왜적의 소식이 없기 때문에 남경용(南景容)이 가족을 거느리고 부내(府內)로 돌아왔습니다."라고 했다. 전이척(全以惕)94)이 오후에 이르러 함창(咸昌)과 단양(丹陽)이 모두 병화의 한가운데에 있다고 했다. 듣고서 나도 모르게 통곡했다. 아, 궁궐이 모두 불태워져 잿더미로 변하고 관부(官府)도 분탕질을 면치 못했다면 마을의 가옥은 족히 논할 것도 없을 것이다. 다만 우리 동기(同氣)95)들은 피란할 때 한 달 치 식량과 옷 한 상자도 가지고 있지 않았는데, 집안에 있던 물건은 모두 불태워지고 남은 것도 알 수 없으니, 이제 무엇을 먹고 무엇을 입는단 말인가. 하물며 병든 아우 수신(守信)96)의 생존을 기필할 수 없음이겠는가. 더욱 통곡할 일이다. 전 서방(全書房)이 저녁에 순흥(順興)97)에서 돌아왔다.

十五日。李璟, 自榮川朝到曰: "安東, 時無倭奇, 故南景容, 將家還府內。"云。全以惕, 午後至, 見說咸陽, 皆在兵火中。聞不覺痛哭。噫! 宮闕盡付烈焰, 官府未免焚蕩, 則閭閻室屋, 不足論也。第吾同氣奔避, 時不持一月糧一笥衣, 而在家之物總爲燒, 殘則不知, 今者何食何衣耶。況病弟守信之生活, 未可必。尤爲痛哭。全書房, 夕歸順興。

---

92) 一 : 三十의 오기.
93) 이경(李璟) : 1548~1619. 본관은 예안(禮安). 곽수지의 처조카.
94) 전이척(全以惕) : 생몰년 미상. 자는 과구(寡咎).
95) 동기(同氣) : 형제와 자매, 남매를 통틀어 이르는 말.
96) 수신(守信) : 막내인 곽수신을 말한다.
97) 순흥(順興) : 경상북도 영주 지역의 옛 지명.

5월 16일. 왜군이 단양(丹陽)에 침입했다는 말을 듣고 어제부터 지금까지 마을에서 난리를 피하려고 사람들이 도로를 가득 메우고 있었다. 노복(奴僕) 등이 고하기를, "영천(榮川)과 풍기(豊基) 사람들은 모두 깊은 산으로 들어갔습니다. 그런데 우리 상전(上典)께서는 움직이려고 하지 않으시니, 장차 반드시 앉은 채로 적의 칼날을 받을 것입니다."라고 했다. 내가 대답하기를, "단양 군수(丹陽郡守)98)가 강천(江遷)99)에 구덩이를 파고 적이 오는 것을 방비하고 있다. 그러니 너희들은 반드시 내 말을 따라 감히 경솔하게 움직이지 말라."라고 하고는, 마침내 동원(洞員)들과 진목정(眞木亭)에 진을 치고 물고기를 수렵해 회를 쳐서 먹으며 하인들에게 두려움이 없다는 것을 보여주었다. 과연 헛소문이었다.

> **十六日。** 聞倭兵入丹陽, 自昨到今, 閭里奔避, 道路闃塞. 奴僕等告曰 : "榮豊之人 盡入深山。 而吾上典不動, 將必坐受鋒鏑。" 余答云, "丹陽守, 掘坎江遷, 以備敵來。 汝等須聽我言, 勿敢輕動。", 遂與洞員, 結陣眞木亭, 獵魚膾之, 以示無懼于下僕矣。 果虛傳也。

5월 17일. 나는 종들에게 명하기를, "지금부터 이후로 헛소문을 듣고 피해 달아나는 자는 그 집을 불살라 버리겠다. 그러니 너희들의 생사는 마땅히 상전과 함께 해야 할 것이다."라고 했으나, 의혹이 이미 깊었던 자들이

---

98) 단양 군수(丹陽郡守) : 1592년(선조 25)에 부임한 단양 군수는 허진(許震, 1528~?)으로 보이며, 이에 대해 류성룡은 "신이 이번에 지나올 때 청풍 백성들이 도로에서 호소하기를 '본읍이 지금 영남의 대로가 되어 능히 지탱할 수 없으니 어진 태수를 보내주기 바란다.'고 하였는데, 신이 서울에 도착해 들으니, 허진(許震)이 새 원이 되었다고 합니다. 허진은 단양(丹陽)의 원이 되었을 적에도 백성을 다스리지 못했는데, 하물며 지금 나이가 노쇠한데 어떻게 벼슬살이를 할 수 있겠습니까."라고 주장하고 있다. ≪선조실록≫ 74권, 선조 29년 4월 2일 무술 1번째 기사 1596년 명 만력(萬曆) 24년 참조

99) 강천(江遷) : 황강천(黃江遷)을 말하는 것으로 보인다. 천(遷)은 엄성천(嚴城遷)의 준말로, 좁은 낭떠러지 길에 겨우 사람 하나 다닐 정도로 낸 험준한 잔도(棧道)이다. 황강은 충청북도 청풍(淸風) 일대의 남한강 유역에 있었던 고을로, 지금은 충주(忠州) 댐 건설로 인해 수몰되었다. 동서남북으로 각각 단양(丹陽)·충주(忠州)·문경(聞慶)·제천(堤川)과 경계를 접했으며, 수운(水運)의 이점(利點)이 있어서 전부(田賦)를 이곳에서 수합해 서울로 운반하기도 했다.

라 진정시키기가 어려울 듯했다. 동원(洞員)들이 모두 진목정(眞木亭)에 모였다. 안호인(安好仁)을 만나 회포를 풀었다. 듣건대 주상께서 거둥하여 함흥(咸興)에 계신다는 하여, 멀리 북쪽 하늘을 바라보며 눈물을 흘렸다.

　　十七日。 余令奴輩曰 : "自今以後, 聞虛傳避走者, 當燒其家。其爲生死, 宜與上典共之。"云, 然疑惑已深, 鎭定似難。洞員, 咸會眞木亭。見安好仁敍懷。聞主上行, 在咸興, 瞻望北天, 涕淚交零。

5월 18일. 이른 아침에 동원(洞員)들이 마을 사람들을 점검한다는 말을 듣고 명하기를, "너희들은 논밭에 가더라도 각자 병기(兵器)를 지참해 도적의 우환을 대비하라. 만약 호각 소리를 듣게 된다면, 급히 달려 진(陣)에 나아가 동쪽을 막고 서쪽을 구원하라. 이것이 향리(鄕里)를 아끼고 보호하는 방도이다."라고 했다. 말을 마치고 파해 돌려보낸 뒤에, 다만 몇 사람을 불러 머물도록 하여 상례(常例)로 삼았다. 생원(生員) 이극승(李克承)[100]과 박사(博士) 황서(黃曙)[101]가 영천군(榮川郡)에서 지나가다 진목정(眞木亭)에 들려 잠시 이야기를 나누고 돌아갔다.

　　十八日。 早朝, 聞洞員點檢里人, 令曰 : "汝等雖往田畮, 各持兵器, 以備盜患。若聞角聲, 急走就陣, 防東救西。是鄕里愛護之道。" 言訖罷遣, 只留使呼數人, 以爲常。生員李克承、博士黃曙, 自榮郡歷入眞木亭, 暫話而歸。

5월 20일. 동원(洞員)들이 모두 모였다. 단양(丹陽)과 용궁(龍宮)[102]에서 관문(關文)[103]을 보내 말하기를, "적세(敵勢)가 무너져 흩어졌으니, 마땅히 험준한 곳에 의지해 적을 요격해야 것이다."라고 했다. 이에 천지의 귀신과 사람들이 조금이나마 그 분함을 풀 수 있었다. 그러나 다만 두 읍의 태수(太

---

100) 이극승(李克承) : 1530~1594. 본관 영천(永川). 자는 경술(景述).

101) 황서(黃曙) : 1554~1602. 본관은 창원(昌原). 자는 광원(光遠), 호는 종고(宗皐)·남파(南坡).

102) 용궁(龍宮) : 지금의 경상북도 예천군 용궁면 지역.

103) 관문(關文) : 동등 이하의 관(官)에 보내는 공문(公文). 관자(關子)라고도 한다. 상급 관에 보내는 것을 첩정(牒呈)이라 하고, 7품 이하 관에 보내는 것을 첩문(帖文) 또는 첩자라 한다.

守)가 모두 직접 본 것이 아니라 길거리에 떠도는 말을 모아 가까운 지역에 통보한 것이 염려되었다. 때문에 나는 속으로는 기뻐하면서도 또한 의심이 없을 수 없었다. 비가 내렸다.(기뻐서 지은 절구 한 수가 있었다.)

二十日。洞員咸會。丹陽、龍宮傳關曰："敵勢潰散，當據險邀擊。"云。天地神人，小快其憤。而第念兩邑太守，皆非親見，采塗聽之言，以通旁近之地。於我心不能不喜，而亦不能無疑也。雨灑。(喜題一絶。)

5월 21일. 동원(洞員)들이 모두 모였다. 진사(進士) 안응기(安應箕)[104] 어른은 나이가 81세인데도 왕림해 도적을 대비하는 계책을 논의했다. 이날 수상쩍은 사람[荒唐人]을 체포했는데, 그가 말하기를, "나는 본래 좌병영(左兵營)[105] 사람으로 이달 초 7일 도성에서 내려왔습니다."라고 했다. 그러나 그가 소지한 물건들은 모두 보통 집안에서 소유할 성질이 아니었다. 이는 반드시 왜병과 협력해 난을 도모하고 의금부[王府]를 털어 훔친 것이었다. 그래서 박대하(朴大賀)로 하여금 호송해 군영에 들여보내 도대장(都大將) 황서(黃曙)의 처소에 넘겼다.

二十一日。洞員咸會。安進士應箕丈，年八十一，亦臨論備盜之策。是日，捕得荒唐者，其言曰："本以左兵營人，初七日，自京下來。"云。而所持物色，皆非常家所有。此必與倭兵協謀爲亂，偸竊王府者也。使朴大賀，領入軍中，付都大將黃曙所。

5월 22일. 동원(洞員)들이 모두 모였다. 안 진사(安進士) 어른도 왕림했다. 강릉 부사(江陵府使)[106]의 전통(傳通)[107]에, '도성 안의 왜구가 5월 15일에 모두 물러갔다.'라고 했다. 이 소식을 들은 사람들이 모두 통쾌하게 여겼으나,

---

104) 안응기(安應箕) : 생몰년 미상. 본관은 순흥(順興). 자는 숙춘(叔春).
105) 좌병영(左兵營) : 경상좌병영은 울산에 있었다.
106) 강릉 부사(江陵府使) : 이광준(李光俊, 1531~1609). 본관은 영천(永川). 자는 준수(俊秀), 호는 학동(鶴洞).
107) 전통(傳通) : 서로 전하는 통문.

다만 아직 직접 보지 못했기 때문에 긴가민가했다. 하물며 변경(邊境)에 있는 왜군이 마을을 분탕질하고 재물을 노략질하면서 경주(慶州)의 감포(甘浦)[108]를 소굴로 삼았음에랴. 참으로 작은 걱정이 아니다.

二十二日。洞員咸會。安進士亦臨。江陵府使傳通內, "京中倭兵, 十五日盡退。"云。聞者皆快, 而但未目覩, 將信忽疑。況倭之在邊者, 焚蕩閭閻, 剽掠資産, 而以慶州甘浦爲穴。誠非細憂也。

5월 23일. 비가 내렸다. 진목정(眞木亭)에 당도하니, 동촌(東邨)의 복병 10명이 이미 와 있었지만 비가 와서 파해 돌려보냈다. 이날 시냇물이 크게 불어나 우리 집의 목화밭이 모두 물속에 잠겨버렸다. 올해 비록 목숨을 보존한다고 한들, 한 해를 보낼 도구[衣服]를 무엇으로 만들 것인가. 정녕 겨울이 따뜻해도 춥다고 울부짖는 탄식이 있을 것이다.

二十三日。雨。到眞木亭, 東邨伏兵, 十八已來, 而以雨罷遣。時溪水大漲, 余家木花田, 盡入波濤。今年雖得生全, 卒歲之具, 何以爲之。定有冬煖呼寒之歎。

5월 25일. 영천 군수(榮川郡守) 이한(李瀚)[109]이 겸관(兼官)으로서 이른 아침에 풍기(豊基)로 향했다. 나와 숙노 형(叔老兄)이 풍기(豊基)의 남원(南院)[110]으로 가니, 온 고을 사람들이 모두 모여 있었다. 그러나 안집사(安集使)[111] 김

---

108) 감포(甘浦) : 지금의 경상북도 경주시 감포읍 감포리. 임진왜란 당시 경상 좌도 수군절도사영 휘하의 감포 만호영은 경주의 감포에 있었다. 임진왜란 이후 감포 만호영은 부산의 해상 방위를 공고히 하기 위해 부산포로 이전했다가, 그 뒤 다시 동래 남촌[현 부산광역시 수영구 민락동과 광안동 일대]으로 옮겼다.

109) 이한(李瀚) : 생몰년 미상. 임진왜란 때 영천군수를 지내고 1596년에 임기를 채우고 전임했다.

110) 남원(南院) : 《신증동국여지승람》 제25권 경상도 풍기군에, "군 남쪽 2리에 있다."라고 하였다. 지금의 경상북도 영주시의 풍기읍·봉현면·안정면을 흐르는 하천을 남원천이라 하는데, 이는 여행객에게 숙식을 제공했던 남원(南院)에서 유래한 지명이다. 《한국지명유래집》 경상편 지명, 2011. 12. 국토지리정보원 참조

111) 안집사(安集使) : 고려 시대, 백성을 위무하고 안정시키기 위해 지방에 파견되어 행정을

특(金玏)[112) 영공(令公)은 한낮이 되도록 당도하지 않았다. 나는 도성에서 온 이봉춘(李逢春)[113)을 만나 먼저 적세(敵勢)가 어떠한지를 물었다. 그가 대답하기를, "파주(坡州)[114)와 누원(樓院)[115) 등지에서 비록 두 차례 승전이 있었다고는 하나, 도성 안의 왜병은 아직 다 퇴각하지 않았고, 하로(下路)의 왜병도 계속해 진군하고 있습니다."라고 했다. 듣자니 나라를 위해서는 원통한 일이었다. 그러나 주상께서 영명하시니 하늘이 반드시 화를 내린 것을 후회할 것이다. 신하와 백성들이 믿는 것은 다만 이것뿐이었다. 노잔리(魯棧里)의 부장(部將) 김 척장(金戚丈)을 통해 듣건대 채양숙(蔡養叔)과 전촌(錢邨)의 누나 [妹氏]가 왜군이 쳐들어왔을 때 물에 몸을 던져 죽고, 권응정(權應井)은 살해되었다고 한다. 아, 장렬하도다. 아, 슬프도다. 내가 남원(南院)에서 군내(郡內)로 들어오면서 보니, 읍의 마을은 황량하고 관아의 창고는 부서져서 무너

관할하며 수령의 치적을 감독하던 벼슬이다. 조선 시대도 같은 기능을 수행했다.
112) 김륵(金玏) : 1540~1616. 본관은 예안(禮安). 자는 희옥(希玉), 호는 백암(柏巖).
113) 이봉춘(李逢春) : 1542~1625. 본관은 진성(眞城). 자는 근회(根晦), 호는 학천(鶴川).
114) 파주(坡州) : 임진년 5월 17일의 파주 임진강 전투를 말하는 듯하나, 이 전투에서 조선은 오히려 크게 패배했다. 아마도 당시 어수선한 상황에서 전투 상황에 대해 잘못 전달된 부분이 있는 듯하다.
115) 누원(樓院) : 지금의 경기도 양주(楊州)에 속했던 지명. 여기서 누원의 승리는 1592년 5월에 신각(申恪)이 양주에서 왜군을 격파한 양주 전투를 말하는 것으로 보인다. 1592년(선조 25) 5월 2일, 서울을 향해 쳐들어오는 왜군을 저지하기 위해 한강을 지키고 있던 도원수 김명원(金命元)이 적에게 패퇴, 임진강 쪽으로 후퇴했다. 이 때 부원수 신각은 김명원을 따르지 않고 유도대장(留都大將) 이양원(李陽元)과 함께 양주 산곡(山谷)으로 들어가 흩어진 군사들을 수습하고 있었다. 때마침 그곳에서 함경도 남병사(南兵使) 이혼(李渾)이 거느리고 온 군사들을 만나 그들과 합세해 한성의 왜적 토벌을 논의하던 중 양주를 중심으로 한성에 출입하는 적의 활동이 매우 빈번하다는 정보를 확인한 뒤, 해유령(蟹蹦嶺) 부근에 잠복해 있다가 적의 귀로를 요격하기로 했다. 마침내 5월 중순 어느 날 저녁, 무질서한 행군으로 해유령을 넘어오던 일본군 1개 부대를 맞아 미리 매복 중이던 조선 군사들이 완전한 포위상태에서 적을 급습, 순식간에 70여명의 적병을 참살하는 전과를 거두었다. 이 전투는 왜군이 부산상륙 이후 조선군사가 올린 최초의 큰 전과였으나 피난길에 오른 조정에서는 길이 막혀 그 소식을 접하지 못했다. 오히려 조정에서는 이 전투를 직접 지휘해 가장 큰 공을 세운 부원수 신각이 한강 방어전에서 도원수의 명령에 불복해 달아났다는 김명원의 그릇된 보고에 따라 선전관을 보내어 그를 처형시켰다. 뒤에 김명원의 보고가 허위였음이 드러나고 양주전투에서 세운 신각의 공이 조정에 알려져 처형을 중지하고자 했으나 그 때는 이미 그가 죽고 난 뒤의 일이었다 한다.

진 담과 깨진 벽에 푸른 풀만 덧없이 자라고, 옛길과 무너진 성에는 노송(老松)만 아직도 남아있었다. 이 때문에 끝내 머뭇거리며 차마 떠나지 못하고 시사(時事)의 변고를 근심하며 국세(國勢)의 위급함을 슬퍼했다. 그리고 더욱 윤극임(尹克任)이 성을 지키지 못한 죄[116]를 바로잡을 수 없는 것을 한스럽게 여겼다. 냇가를 걷고 또 걸어 곧바로 진목정(眞木亭)에 이르니, 상사(上舍)[117] 남양중(南養仲)[118] 씨가 이미 당도해 있었다. 숙노 형(叔老兄)도 이어서 도착했다. 영천 군수(榮川郡守)의 뜻에 따라 진(陣)을 길옆 모래사장으로 옮겼다. 이 때문에 물 기운에서 한기가 일어 실바람에 냉기가 실려 왔다. 나는 홑옷만 몸에 걸치고 있었는데, 온 몸에 소름이 끼쳐 병이 날까 걱정스러웠다. 겸임(兼任) 영천 군수(榮川郡守)가 돌아가고, 안집사(安集使)도 영천(榮川)으로 돌아갔다. 이날 밤에 비가 내렸다.

二十五日。榮守李瀚, 以兼官早朝向豐。吾與叔老兄, 往郡之南院, 則一鄕皆會。安集使金令公功, 未午到。余見李逢春自京來, 先問敵勢如何。答曰: "坡州樓院等處, 雖再度勝捷, 而城中之倭, 時未盡退, 下路之倭, 亦爲繼進。"云。聞來爲國家痛惋。然主上英明, 天必悔禍。臣民所恃, 只在此耳。仍魯棧里金部將戚丈, 聞蔡養叔錢邨妹氏, 倭軍入時, 投水死, 權應井見殺云。烈哉! 哀哉! 余自南院入郡中見, 其邑居荒凉, 府庫蕩殘, 頹牆破壁, 碧草空生, 故道殘城, 老木猶在。逶遲遲不忍去, 憫時事之變, 傷國勢之急, 而又恨不得正尹克任失守之罪也。行行溪畔, 直抵眞木亭, 南上舍養仲氏已到。而叔老兄繼至矣。以榮守之意, 移陣路傍之白沙。於是, 水氣生寒, 風縷送凉, 身著單衣, 體遍寒栗, 恐生疾病。兼任反, 安集使, 亦還榮川。是夜雨。

---

116) 윤극임이 …… 못한 죄 : 임진왜란 초기 경상 좌병사 이각(李珏)과 좌수사 박홍(朴泓)은 각각 우후(虞候)들을 거느리고 방어사 성응길(成應吉), 조방장(助防將) 박종남(朴宗男), 변응성(邊應星), 안동 판관(安東判官) 윤안성(尹安性), 풍기 군수(豐基郡守) 윤극임(尹克任), 예천 군수(醴泉郡守) 변양우(邊良祐) 등과 근왕(勤王)을 핑계 삼아 영남을 버리고 죽령(竹嶺)을 넘어 북쪽으로 벌써 퇴각했다. ≪난중잡록≫ 참조.

117) 상사(上舍) : 상사(上舍)는 조선 시대 생원(生員)이나 진사(進士)를 달리 이르던 말.

118) 남양중(南養仲) : 양중은 남치형(南致亨, 1540~1600)의 자(字). 본관은 영양(英陽).

5월 26일. 아침에 비가 그쳤다. 동원(洞員)들이 진목정(眞木亭)에 모였다. 묵은 곡식은 이미 다 떨어지고 보리 이삭은 벌써 영글었지만, 연일 내리는 장맛비가 개이지 않아 밭을 거두는 북소리가 들리지 않았다. 하물며 왜군이 충주(忠州)의 신당(神堂), 예천(醴泉)의 화장(花庄)[119], 문경(聞慶)의 반암(盤巖)[120] 등지에 좍 깔려 노략질한다고 함에랴. [왜군이] 장차 햇보리를 군량으로 전환할까 걱정이다. 이날 밤 자정에 길옆에서 군사를 부르는 소리가 있었다. 마치 적도(敵徒)가 마을 사람들의 많고 적음을 시험하는 것 같은 생각이 들어서 곧바로 호각을 불어 대비하도록 했는데, 그는 예천과 용궁(龍宮)의 주요 길목에 합진(合陣)하여 적을 체포하라는 관문(關文)을 전하는 자였다.

二十六日。朝後雨止。洞員會眞木亭。舊穀旣沒, 麥穗已秋, 而連日之霖不開, 收田之鼓無聞。況倭軍在忠州神堂、醴泉花庄、聞慶盤巖等處, 遍滿剽掠云。將恐使新麥轉作齋糧也。是夜子半, 路傍有呼軍之聲。如意謂敵徒, 試其里人之多寡, 卽令吹角以備之, 乃醴泉龍宮要路, 合陣捕敵之傳關者也。

5월 27일. 동원(洞員)들이 진목정(眞木亭)에 모였다. 지난번에 왜병 2명을 붙잡았는데, 1명은 안집사청(安集使廳) 군관(軍官)의 말에 따라 풀어주고자 했고, 1명은 옥을 넘어 밤나무 숲으로 달아났다가 바로 체포된 자였다. 때문에 [오늘 모여서] 그 죄를 논하려고 한 것이었다. 그러나 이 두 포로는 죄는 같았지만 결단한 내용은 판이하게 달랐다. 하물며 그들이 훔친 물건 중에 혹 어고(御庫)의 재물이 있었음이겠는가. 법으로 말한다면 죽이고 용서하지 않는 것이 옳았다. 그럼에도 시간을 끌며 공의(公議)에 따라 결단하지 않은 것이 몹시 불쾌했다. 오래도록 비가 내린 뒤에 햇빛이 구름 사이로 비추었다.

---

119) 화장(花庄) : 지금의 경상북도 문경시 화장면 지역.
120) 반암(盤巖) : 경상북도 문경시 산양면 반곡리 지역.

二十七日。洞員會眞木亭。向者倭將二人, 一則以安集使廳軍官之言欲解之, 一則越獄逃栗藪, 卽時捉得者。故欲以其罪論之。此二者罪同, 而所斷懸殊。況所盜, 或有御庫之物。以法言之, 殺無赦可矣。而留時, 不決於公議, 甚不快也。久雨之餘 日光穿漏。

5월 28일. 아침에 비가 내렸다. 낮에 정계장(鄭繼長)이 복병을 자세히 살피고 돌아갔다. 또 듣건대 왜적이 곳곳에 가득하게 퍼져 있어 삶을 도모할 계책이 없다고 하니, 다만 저 하늘에 맡길 뿐이다. 형제자매의 소식을 까마득히 듣지 못해 밤낮으로 생각할 때마다 나도 모르게 눈물이 흘렀다.

二十八日。朝雨。午鄭繼長, 看審伏兵去。且聞倭兵處處充斥, 而謀生無策, 只恃蒼蒼者耳。姉妹兄弟之音問, 邈不相聞, 日夜念之, 不覺下淚。

5월 29일. 동원(洞員)들이 진목정(眞木亭)에 모였다. 박대하(朴大賀)와 광하(光賀) 등이 술을 가지고 오고, 홍사마(洪沙馬)라는 자도 술을 올렸다. 술 마시기를 막 마치자마자, 번개가 치고 비가 와서 각자 흩어졌다.

二十九日。洞員會眞木亭. 朴大賀、光賀等提壺至, 洪沙馬者, 亦進酒。飮纔訖, 雷鳴雨至, 遂各散。

❀1592년 6월

6월 1일(기축). 동원(洞員)들이 진목정(眞木亭)에 모였다. 듣건대 왜병이 영춘(永春)[121]의 하곡(夏谷)과 영월(寧越)의 직곡(直谷) 등지에 좍 깔려 있고 장차 곳차현(串差峴)을 넘으려고 한다고 하여, 마을에 소동이 났다. 이날 석곶(石串)의 보리를 타작했는데 결실이 많지 않았다. 그러니 위아래 10여 식구를 무엇으로 부양하랴.

六月一日(己丑)。洞員會眞木亭。聞倭兵, 遍滿永春夏谷、寧越直谷等地, 將

---

121) 영춘(永春) : 충청북도 단양 지역의 옛 지명.

踰串差峴, 閭里騷動。是日, 打石串麥, 厥實無多。上下十餘口, 何以養之。

6월 2일. 동원(洞員)들이 진목정(眞木亭)에 모였다. 태군거(太君擧)도 왔다. 어제의 적보(敵報)는 전한 사람의 거짓말이었다. 또 원주(原州)에서 온 영천군 (榮川郡) 사람을 통해 목사(牧使)의 관문(關文)을 보니, "여주(驪州)122) 경내에서 왜병 50여 명의 목을 베고 지금은 진을 치고 있다. 그러나 왜병의 왕래는 끊지 못했다."라고 했다. 또 듣건대 아군과 왜적이 임진(臨津)123)에서 접전 했는데, 오히려 패하여 시체가 산처럼 쌓였고 강물이 이 때문에 흐르지 않 는다고 했다. 아, 천운이 이와 같은 것인가. 아니면 사람의 계책이 좋지 못 한 것인가. 혁혁한 기업(基業)은 위험에 빠지고 종사(宗社)는 장차 멸망할 지 경에 이르렀으니, 무릇 신민(臣民)들은 누군들 비분강개하지 않으리오. 그러 나 한 사람도 의병을 일으키는 자가 없으니, 천지의 정기(精氣)는 이로부터 끊어지게 될 것이다.

　　二日。 洞員會眞木亭。太君擧亦到矣。昨者敵報, 傳者妄也。且仍榮郡人自 原州來, 見牧使關, 有曰∶"驪州之境, 斬倭五十餘級, 時方結陣。然倭兵之往來 不絶。"云。又聞我國軍與倭, 接戰于臨津, 反爲所敗, 積尸如山, 江水爲之不流。 噫, 天運如斯歟。人謀弗臧歟。赫業墊危, 宗社將屋, 凡厥臣民, 孰不悲憤。然 無一人擧義者, 天地之正氣, 自此絶矣。

6월 3일. 동원(洞員)들이 모였다. 물고기를 삶고 아울러 술을 올린 사람이 있었다. 먼 지역에서 전하는 관문(關文)이 도로에서 줄을 잇고, 이웃 읍에서 사사로이 주고받는 통지문(通知文)124)도 아침저녁으로 소매를 이었으나, 모 두 나쁜 소식뿐이었다. 또 듣건대 여주(驪州) 경계에서 적을 참획(斬獲)한 자

---

122) 여주(驪州)∶경기도 남동쪽에 있는 군.
123) 임진(臨津)∶임진강(臨津江). 여기서는 경기도 파주군 임진 나루터를 이른다. 경기도 문산 (汶山)과 장단(長湍) 사이를 흐르는 임진 나루터는 서울에서 파주를 거쳐 개성에 이르는 길목의 요충지였다.
124) 사통(私通)∶공문서의 양식을 빌리지 않고 사사로이 쓰는 통지문.

는 원호(元豪)[125]로 끝내 적에게 죽었다고 한다.

三日。 洞員會。烹川魚, 兼有進酒者。遠地之傳關, 接迹於道路, 隣邑之私通, 聯袂於朝暮, 而皆是惡消息。又聞驪州境斬獲者, 乃元豪而卒死於敵。

6월 4일. 동원(洞員)들이 모였다. 노호남(盧好男)이 단양(丹陽)에서 와서 전하기를, "충주(忠州)의 왜병이 토적(土賊)과 합세해 마을을 노략질하고, 5리와 10리마다 복병해 잇달아 피란하는 사람을 살해하고는 그 재물과 부녀자들을 거두어들이고 있습니다. 이처럼 마음대로 공격하고 오래 머물면서 날짜를 끌면서도 감히 단산(丹山)[126]을 침범하는 자가 없는 것은 그 한쪽이 강에 막혀 있고 삼면(三面)은 산을 등지고 있기 때문입니다. 이곳은 참으로 이른바 형승지지(形勝之地)라는 곳으로, 구마천(仇馬遷)은 더욱 뛰어나게 험악한 곳입니다. 하물며 그 군수(郡守)가 강나루에 배를 침몰시키고 천로(遷路)[127]에 구덩이를 파서 사람과 말을 통행할 수 없게 하고, 게다가 활을 잘 쏘는 자로 하여금 요해처(要害處)를 정탐하게 함이겠습니까. 그래서 왜병이 이 소문을 듣고 스스로 물러났습니다."라고 했다. 또 용궁(龍宮)은 [예천과 함창] 좌우의 경계 사이에 끼어 있기 때문에 왜병 가운데 낙동강을 따라 온 자들은 모두 하풍진(河豊津)[128]에 머물면서 토적과 협력해 상주(尙州)와 함창(咸昌)을 분탕질했다. 들건대 세 고을[129]의 민가(民家)들이 장차 예천(醴泉)으로 향하려고 했는데, 용궁 현감(龍宮縣監) 우복룡(禹伏龍)[130]이 나가 죽을힘을 다해 대

---

125) 원호(元豪) : 1533~1592. 본관은 원주. 자는 중영(仲英).
126) 단산(丹山) : 충청북도 단양(丹陽)의 옛 이름.
127) 천로(遷路) : 천(遷)은 엄성천(嚴城遷)의 준말로, 좁은 낭떠러지 길에 겨우 사람 하나 다닐 정도로 낸 험준한 잔도(棧道)를 말한다. 여기서의 천로는 황강천(黃江遷)을 경유하는 천로를 말하는 것으로 보인다.
128) 하풍진(河豊津) : 경상북도 문경시 영순면 이목리(梨木里)에서 경상북도 예천군 풍양면 하풍리로 건너가는 나루이다. 류윤기, ≪古代沙伐國 關聯 文化遺蹟 地表調査 報告書≫, 尙州市 尙州産業大學附設 尙州文化硏究所, 1996, 61쪽.
129) 세 고을 : 상주와 함창, 용궁을 말하는 것으로 보인다.
130) 우복룡(禹伏龍) : 1547~1613. 본관은 단양(丹陽). 자는 현길(見吉), 호는 구암(懼庵)·동계(東溪).

비하고 지켰기 때문에 [왜병이] 끝내 감히 침범하지 못했다고 한다. 이 때문에 영천과 풍기, 예천이 특별히 병화(兵火)를 면했으니, 우복룡과 같은 사람은 대장부라고 이를 만하고 천호(千戶)의 봉지(封地)도 그의 공을 상주기에 부족할 것이다.

四日。洞員會。盧好男, 自丹陽來, 傳曰: "忠州倭兵, 與土賊合勢, 剽掠閭里, 五里十里伏兵, 陸續殺害奔避者, 收其貨寶婦女。橫攻自恣, 淹留引日, 而莫敢犯丹山者, 以其一面阻江, 三面背山。眞所謂形勝之地, 而仇馬遷, 尤其絶險者也。況其郡守, 於江津沈船, 於遷路掘坎, 使人馬不得通行。又令善射者, 候於要害處。故倭兵聞之而自退。"云。且龍宮之邑, 間於左右境, 而倭兵之由洛東來者, 皆泊河豊津, 與土賊協謀, 焚蕩尙咸。聞三邑民家, 將向醴泉, 而畏龍宮倅禹伏龍出, 死力備守, 故終不敢犯。以此, 榮豊醴, 特免兵火, 若禹者, 可謂男兒, 而千戶之封, 不足以償其功也。

6월 5일. 동원(洞員)들이 모였다. 김성택(金成澤)[131]도 왔다가 곧 돌아갔다. 오늘은 우리 조모의 기일(忌日)이다. 그러나 팔거(八莒)[132]의 여러 친족들은 반드시 뿔뿔이 흩어졌을 것이고, 함창(咸昌)의 형제들도 모두 떠돌고 있었으며, 나 또한 비록 풍기(豊基)에 있었지만 전염병이 성해 제사를 지내지 못했으니, 선영(先靈)께서는 주리셨을 것이다. 가만히 생각하니 눈물이 뺨 위로 흘러내렸다. 왜병이 산양현(山陽縣)[133]에서 길을 나누어 용궁(龍宮)으로 들어와 마을을 분탕질하자, 수령인 우복룡(禹伏龍)은 물러나 예천(醴泉)의 우두원(牛頭院)[134]에 진을 쳤다. 또 왜인이 4월부터 와서 다인현(多仁縣)[135]에 머물며 인물을 죽이고 약탈했는데, 문성(文姓)을 가진 집안이 큰 피해를 입었다. 그러나 감히 풍기를 가까이 하는 왜병은 없었으니, 이는 유향소(留鄕所)[136]

---

131) 김성택(金成澤): 생몰년 미상. 자는 이회(而晦).
132) 팔거(八莒): 대구광역시 북구 칠곡동에 있었던 옛 지명.
133) 산양현(山陽縣): 경상북도 문경시 산양면·산북면 일대에 있던 옛 고을.
134) 우두원(牛頭院): 경상북도 개포면 신음리에 있었던 역원(驛院).
135) 다인현(多仁縣): 지금의 경상북도 의성군 다인면 지역.

등이 힘써 성을 수비하며 창고를 충실히 하고 부고(府庫)를 채워서 변고를 대비했기 때문이다. 이제 듣건대 적이 대곡(大谷)의 얕은 여울을 건너 군내 (郡內)로 향하려고 한다고 하여, 원근(遠近)이 소란했다. 이에 풍기와 영천의 두 군수가 지원군을 출동시켜 적을 맞았다. 아, 병가(兵家)의 승부는 참으로 반드시 기약할 수 없고 적세가 바야흐로 한창 커졌기 때문에, 인심은 놀라고 두려워 멀리 봉화 연기와 말발굽 먼지만 보고도 문득 흩어져 도망칠 생각을 했다. 저 용궁과 예천은 풍기와 영천의 울타리로 장차 구원하지 못할 지경에 이른다면, 어찌 그 울타리를 거두고서 도리어 적이 우리를 아껴서 공격하지 않을 것이라고 한다면 옳겠는가? 화란(禍亂)의 이름이 조석에 달려 있습니다. 그런데 하늘이여, 하늘이여, 이미 당신의 백성을 낳으시고는 어찌 모두 호랑이의 입에 던져 주려고 하십니까?(시가 있었다.)

　　五日。 洞員會. 金成澤, 亦到還歸. 是日, 乃吾祖母忌. 而八莒諸族, 想必分散, 咸昌弟兄, 皆已漂泊. 雖在豊, 疫熾闕祀, 先靈餒矣. 靜言思之, 涕泗交頤. 倭兵自山陽縣, 分路入龍宮, 焚蕩邑居. 其守退陣醴泉之牛頭院. 又倭人自四月來, 在多仁縣, 殺掠人物, 文姓之家, 偏被其害. 然莫敢近本郡者, 留鄕所等, 俚勉守城, 實倉廩, 充府庫, 以待其變故也. 今聞敵渡大谷淺灘, 將向郡內, 遠近騷然, 罔知攸措. 於是, 豊榮兩郡, 出援兵, 以迭之. 噫, 兵家勝負 固未可必, 而敵勢方張, 人心恐駭, 瞻望煙塵, 輒思解散. 夫龍醴者, 豊榮之藩籬, 而將至於不救, 安有撤其藩籬, 反謂敵將愛我而不攻可乎. 禍亂之至, 迫在朝夕. 蒼天蒼天, 旣爲之生赤子, 則胡寧盡畀於虎口耶. (有詩。)

6월 6일. 동원(洞員)들이 모였다. 아침에 안응진(安應軫) 어른 및 권봉남(權鳳男)의 술을 마셨다. 왜군의 소식이 날마다 이르렀다. 마음에 근심함이여,

---

136) 유향소(留鄕所): 지방 군현(郡縣)의 수령을 보좌하던 자문 기관. 즉 지방의 유식자들이 주축이 되어 만들어진 기관으로 향리(鄕吏)의 불법을 규찰하며, 향민의 불효·불목(不睦)을 감찰하는 등 미풍양속을 유지하기 위한 자치기관이다. 그러나 폐단 또한 적지 않아 성종 (成宗) 20년(1489)에 이것을 개혁하여 지방 풍속을 바루고 향리의 부정을 규찰할 목적으로 좌수(座首)와 별감(別監)을 두는 등 그 체제를 정비했다.

언제나 그칠런고.

　六日。洞員會。朝飮安應軫丈及權鳳男之酒。倭軍聲息, 逐日來到。心之憂
　矣, 曷維其已。

6월 7일. 동원(洞員)들이 모두 모였다. 권경심(權敬心)도 왔으나 비로 인해
일찍 해산했다.

　七日。洞員咸會。權敬心亦到, 而仍雨早散。

6월 8일. 아침 전에 동원(洞員)들이 모두 모였다. 듣건대 왜병이 크게 성
하여 예천군(醴泉郡) 경계 안으로 들어오자, 아군은 놀라고 두려워 싸워보기
도 전에 스스로 물러났다고 한다. 말이 여기에 미치니 나라의 일을 알만했
다. 또 영천(榮川)의 진중(陣中)에서 망령된 말로 군사들을 두려워하게 했던
자인 최응림(崔應林)의 목을 베었다. 이날 비가 내렸다.

　八日。朝前, 洞員咸會。聞倭兵大熾, 越入醴郡, 我軍恐駭, 未戰自退。言念
　及此, 國事可知。且榮川陣中, 斬妄言恐動者崔應林。是日雨灑。

6월 9일. 동원(洞員)들이 모였다. 낮에 비가 내렸다. 왜병이 가까이 닥치자
피란하는 사람들이 길에 가득했다. 영천군(榮川郡)의 서쪽과 감천(甘泉)[137] 등
지의 사람들은 모두 소백산으로 향했다. 나도 다시 산길이 험한 곳으로 들
어가 몸을 숨길 곳으로 삼으려고 했다. 그러나 적병이 외진 골짜기까지 좍
깔려 살인을 일삼는다면 일개 서생(書生)이 적을 막을 방법도 없으니, 우리
10여 식구들은 장차 어디로 가야한단 말인가. 하물며 식량이 떨어져 먹을
것이 적은 사람들임에랴. 어렵게 험한 곳에 숨어 들어간 뒤에는 정녕 굶어
죽은 귀신이 될 것이다.

　九日。洞員會。午雨。倭兵逼近, 避者滿路。榮郡西面、甘泉等地人, 皆向

---

137) 감천(甘泉) : 지금의 경상북도 예천군 북동부에 있는 감천면.

小白。余亦復入崎險處，欲作藏身之所。而第恐敵兵，遍滿窮谷，以殺越爲事，則一介書生，扞禦無術，十餘家累，將安適歸。況絶糧少食者。間關奔竄之餘，定爲餓死之鬼矣。

6월 10일. 동원(洞員)들이 모였다. 대장(大將) 박우(朴遇) 어른과 숙노 형(叔老兄)이 회의할 일로 도청(都廳)[138]에 갔을 때 전장에서 도망쳐 돌아온 자인 서한필(徐漢弼)의 목을 베었다고 한다. 나는 그 말을 듣고 몹시 통쾌했다. 영천(榮川)과 풍기(豊基), 안동(安東) 등지의 군사들 가운데 어떤 자들은 멀리서 왜병을 보고 싸우지도 않고 흩어져 달아났기 때문에 저들로 하여금 더욱 기세가 오르게 하고 용궁(龍宮)과 예천(醴泉) 사이를 넘보게 했다. 그러니 만약 군법을 쓰지 않는다면 서로 살피다가 흩어지는 것이 더욱 심해 질 것이다. 따라서 도망한 군사 한 명을 죽여서 천백을 권면하는 것이 마땅하지 않겠는가.

　十日。 洞員會。大將朴遇丈及叔老兄, 以會議事往都廳, 時斬赴戰逃還者徐漢弼云。聞之甚快。何者榮川、豊基、安東等地之軍, 望見倭兵, 不戰而散, 使彼氣勢益張, 憑陵龍醴間。若不用軍法, 則相視解散者愈甚。殺一亡卒, 以厲千百, 不亦宜乎。

6월 11일. 동원(洞員)들이 모두 모여 술을 마셨다. 권성(權誠)과 이결(李結), 이수문(李守門)이 동상례(東牀禮)[139]에서 술에 취한 나머지 대수진(大樹陣)의 세 사람을 불러 함께 술을 마셨다. 다만 난리 중에 막걸리를 마시는 것이 너무 태평한 것이 아닌가 여겨졌지만, 술을 마시지 않으면 시름을 풀 수가 없었다. 이 때문에 오늘은 반드시 취하기를 기약한 것이었다. 날이 저물어 냇가

---

138) 도청(都廳) : 계모임이나 마을 모임을 위하여 마련한 집이라는 의미이나, 여기서는 의병 활동을 위해 사용했던 임시 거처를 말하는 것으로 보인다.
139) 동상례(東牀禮) : 혼례를 치른 뒤에 신랑이 신부의 집에서 마을 사람이나 친구들에게 음식을 대접하는 일로, 동상례(東床禮)라고도 한다.

에서 목욕하고 정자에서 바람을 쐬었는데, 상쾌한 기운이 옷깃에 가득하고 맑은 경치가 눈앞에 펼쳐졌다. 유연히 한적한 흥취가 있어 어지러운 세상의 변란을 잊게 했다.

> 十一日。洞員咸會飲。權誠、李結、李守門、東牀禮酒醉餘, 招大樹陣三人共棲。但亂中引醪, 無已太康, 然不得酒, 無以消愁。此今日之期於必醉者也。日之夕, 浴乎溪, 風乎亭, 爽氣滿襟, 清景供眼。悠然有閒適之趣, 而忘卻世變之紛如也。

6월 12일. 동원(洞員)들이 모였다. 붉은 빛이 우주에 두루 미치고 더운 기운이 하늘까지 뻗쳐서, 큰 부채를 흔들어대도 아무런 소용이 없고, 시원한 집에 머물러도 피할 수가 없었다. 이것이 진정 이른바 복날에 사람과 동물이 모두 괴로워한다는 것이었다. 마침내 저녁을 틈타 목욕하고 바람을 쐬니, 상쾌한 기운이 살갗에 생겨났다. 옛 시에, '차가운 빙옥(氷玉) 되기를 바란다.'는 말은 진실로 거짓말이 아니었다.

> 十二日。洞員會。朱光遍宇, 暑氣騰空, 搖大扇而無功, 處涼室而難避。此眞所謂伏日而人與物之同病者也。遂乘夕浴風。爽生肌膚。古詩之, '乞爲寒氷玉。信不誣矣。

6월 13일. 동원(洞員)들이 모였다. 안 진사(安進士) 어른과 이사강(李士剛)도 왔다. 듣건대 왜군과 토적(土賊)이 합세해 사방에 가득 퍼져 인가를 약탈하는 것이 갈수록 더욱 심하다고 한다. 풍기(豊基) 이하 예닐곱 성은 애초 죽령(竹嶺)[140]의 험난한 지세로 전쟁의 참화를 면할 수 있었지만, 지금은 화가 조석에 닥쳐왔다. 황광원(黃光遠)이 안집사(安集使)를 만나는 일로 영천(榮川)에 갔다가 저물어 돌아왔다.

> 十三日。洞員會。安進士丈及李士剛亦到。聞倭軍與土賊合勢, 充斥四境,

---

140) 죽령(竹嶺) : 경상북도 영주시 풍기읍과 충청북도 단양군 대강면에 사이에 있는 고개.

飄掠人家, 去益尤甚焉。豊基以下六七城, 初以竹嶺之險艱, 免兵火之慘, 而今則禍迫朝暮矣。黃廣遠, 以安集使相面事歸榮, 暮還。

6월 14일. 동원(洞員)들이 모였다. 날씨가 몹시 무더웠다. 진중에서 길가는 사람을 붙잡아 그의 행장을 풀어서 살펴보았다. 그는 도성에서 피란하던 자로, 청송 부사(靑松府使)[141]의 편지를 주었다. 그 내용은 처음에 종묘사직이 폐허가 된 것을 말하고, 중간에 행색의 험난함을 말한 뒤, 끝에서 강원도가 대부분 함락되었다고 했다. 한 번 읽어보고 나도 모르게 눈물을 흘렸다. 다만 행재소의 소식은 언급되지 않았는데, 이는 반드시 적과 서로 대치하면서 도로가 막혀 서쪽의 소식이 아득히 통하지 못하고 있기 때문이리라.

十四日。洞員會。日氣甚熱。陣中捉得行路人, 解其裝見之。乃洛中避亂者, 與青松府使書也。其辭, 始言宗社之丘墟, 中言行色之間關, 末言江原之多陷。一覽不覺流涕。但行在所消息, 未之及焉, 是必與敵相持, 道路梗塞, 西信邈然不通也。

6월 15일. 동원(洞員)들이 모였다. 듣건대 왜군이 의성(義城)[142]에서 쳐들어온다고 하여, 마을이 소란스럽기가 전에 비해 더욱 심하고, 사람들은 모두 죽을 것이라고 말했다. 또 생선과 소금이 통하지 않아 금처럼 귀했다.

十五日。洞員會。聞倭軍自義城來。閭里騷然, 比前愈甚, 人皆曰死矣。且魚鹽不通, 其貴如金。

6월 16일. 돌아가신 아버지[143]의 기일(忌日)이나, 급하게 피란한 뒤라 제

---

141) 청송 부사(靑松府使) : 정신(鄭愼, 1538~1604). 본관은 해주(海州), 자는 군성(君省).
142) 의성(義城) : 경상북도 의성군.
143) 돌아가신 아버지 : 곽림(郭琳, 1513~1581)을 말한다. 자(字)는 미옥(美玉). 천문습독관(天文習讀官)을 지냈다.

수를 갖추지 못하고 제사를 받들었다. 다만 박한 제물만 올려 제사를 지내지 않은 것처럼 마음이 부끄러웠다. 생각하건대 형제들도 타향의 산골짜기를 떠도느라 함께 제사를 지내지 못했을 것이다. 하물며 형제들의 생사도 서로 듣지 못함에랴. 애통한 마음이 더욱 깊어 눈물이 흘러 내렸다. 낮에 듣건대 여러 군사들이 마을로 물러나 돌아왔다고 하여, 모두 달아나 피하려고 마음먹었다.

十六日。 親忌也, 奔竄之餘, 不得備儀物, 供祀事。只薦薄, 羞心如不祭也。仍想弟兄, 飄泊異鄕之山谷, 未與共祭。況其存沒, 莫得相聞。痛彌深, 涕交零。午聞諸軍, 退還閭里, 皆思奔避。

6월 17일. 이날 새벽에 장모와 안인서(安仁瑞)의 온 집안이 주척(注斥)의 집으로 떠났는데, 장차 다시 소백산으로 들어가려고 했기 때문이다. 내가 아침에 보니, 말을 타거나 걷는 자와 짐을 이거나 진 사람들이 솔례동(率禮洞)에서 일언리(逸偃里) 냇가까지 이어져 있었다. 잠시 뒤에 한 알리는 자가 말하기를, "예천(醴泉)의 정모(鄭某)라는 사람이 가속을 거느리고 이곳에 당도해 나에게 만나보기를 요청합니다."라고 했다. 가서 보니, 정계인(鄭季仁)[144] 형제와 안여흠(安汝欽), 고상정(高尚程)[145]이 진목정(眞木亭)에 와 있었다. 나는 계인과 거의 10년 동안 만나지 못했기 때문에 먼저 몸의 병이 어떠한지를 물은 뒤, 난리의 정상(情狀)을 서로 이야기했다. 얼마 뒤 읍내의 형이 계인 등을 맞이해 아침밥을 차려 주었다. 이는 그의 외척에 대한 간절한 정이었다. 나는 흰쌀과 보리쌀 약간을 내어 정처 없이 떠도는 군색함을 도와주고 문 앞에서 전송했다. 행색을 바라보니, 부인과 처자들 가운데 혹은 농립(農笠)을 쓰고 혹은 홑적삼을 쓰고, 먼 길을 고생스럽게 와서 춘양(春陽)으로 향하고 있었다. 계인 씨의 아내[內相][146]는 내 척형(戚兄)인 조응창(曺應昌)의 딸

---

144) 정계인(鄭季仁) : 예천(醴泉) 거주.
145) 고상정(高尙程) : 생몰년 미상. 고상안(高尙顏)의 막내아우.

이다. 그의 계집종인 영대(榮代)는 함녕(咸寧)[147]에서 그의 뒤를 따라왔는데, 먼 길을 온 고단한 모습은 남이라 해도 오히려 몹시 측은한 마음이 들었을 것이다. 하물며 나의 외척임에랴. 낮에 다시 진목정(眞木亭)에 가니, 모였던 동원(洞員)들은 모두 흩어지고, 예천(醴泉)의 김원윤(金元胤) 어른이 또한 피란 길에 이 진목정(眞木亭)을 지나가다가 이야기를 나누고는 서사열(徐士說)의 집으로 향했다. 저녁에 왜군이 가까이 닥쳐올 것이라는 말이 파다했는데, 황혼에 이르러서는 더욱 심해졌다. 한 사내종이 고하기를, "왜군이 이른다고 하는데 어찌 떠나시지 않습니까?"라고 했다. 나는 막 내일의 제사를 준비하다가 답하기를, "잠시 기다렸다가 서서히 떠나도록 하자."라고 했다. 또 나이 어린 계집종이 고하기를, "이 마을의 상하(上下)는 모두 피란했습니다. 우리 상전께서는 어찌하여 떠나시지 않으신지요?"라고 했다. 나는 마침내 달빛을 타고 처자식을 거느리고 길을 나섰다. 함께한 사람은 이 충순위(李忠順衛)와 읍내의 형, 그리고 성 밑에 사는 형뿐이었다. 소서동(小西洞) 냇가에서 쉬었다가 지곡(池谷) 앞길을 경유해 밤나무 숲을 지나 순흥(順興)에 이르니, 촌닭이 새벽을 알리고 사람 소리가 비로소 들려왔다. 이 충순위는 이주(李柱) 씨의 집으로 들어가고, 나는 주척(注斥)의 집으로 들어가서 경렴정(景濂亭)[148]에 올라 선잠을 잤다. 날이 아직 밝지 않았는데도 백운동서원의 노비인 한명(漢明)이 찾아왔고, 또 유동(幽洞)으로 피란하는 사람들이 앞에 가득했다.(시 두 절구가 있었다.)

十七日。 是曉, 岳母及安仁瑞之渾舍, 向注斥家, 將復入小白山。余及朝視之, 騎步負戴, 自率禮洞, 連續逸偃溪。俄有報者曰 : "醴泉鄭某, 將家屬到此, 而要我以相見。"云。往見之, 鄭季仁弟兄與安汝欽、高尚程, 來在眞木亭矣。

---

146) 아내[內相] : 내상은 남의 아내를 높여 부르는 말.
147) 함녕(咸寧) : 경상북도 함창(咸昌)의 옛 이름.
148) 경렴정(景濂亭) : 경상북도 영주시 순흥면 소재 누정(樓亭). 도산서원의 출입문인 사주문(四柱門)으로 통하는 길 왼쪽으로는 성생단(省牲壇)이 있고, 오른쪽으로는 죽계수(竹溪水)가 내려다보이도록 지은 경렴정(景濂亭)이 있다.

余與季仁, 不見殆十年, 先問身疾如何, 然後相敍亂離之狀。旣而邑內兄, 邀季仁等, 設朝飯。以其戚之切也。余出白粒、麥米小許, 以助流離之窘, 而送罷門前。瞻望行色, 則婦人、處子, 或著農笠, 或冒單衫, 涉遠路向春陽。而季仁氏內相, 是吾戚兄曺應昌之女也。厥婢榮代者, 自咸寧, 隨其後, 其間關辛苦之態, 雖在佗人, 尙甚惻念。況我外戚乎。午復往眞木亭, 洞員會者皆散, 而醴泉金元胤丈, 亦避亂路, 由斯亭暫話, 向徐士說家。夕倭軍迫近之言騰播, 至黃昏愈甚。有一僕告云, "倭至, 盍去?" 余方備明日祀事, 答曰: "姑徐徐。" 又有小婢告云, "此洞上下, 皆避。吾上典, 胡不出?" 余遂乘月, 率妻子啓行。與之俱者, 李忠順衛、邑內兄、城底兄耳。休于小西洞溪畔, 而由池谷前路, 過栗藪, 到順興, 則邨鷄唱曉, 人聲始起。忠順衛, 入李柱氏家, 余入注斥家, 登景濂亭假寐。天尙未明, 而院奴漢明, 來見, 又有幽洞避亂人滿前。(有詩二絶。)

6월 18일. 돌아가신 어머니[149]의 기일(忌日)이나 피란을 다니느라 제사를 빠뜨렸다. 아, 애통하고 애통하다. 낮에 숙노 형(叔老兄)의 온 집안과 안인서 (安仁瑞)의 처자식이 모두 성혈사(聖穴寺)로 향했다. 나도 가족을 거느리고 [성혈사로 향했는데] 이르는 곳곳의 산기슭마다 피란한 사람들이 길을 매우고 있었다. 환난을 함께 한 사람은 이극승(李克承) 어른과 안이득(安而得)[150], 정몽렴(鄭夢廉), 황구령(黃九齡), 김상헌(金常憲), 정비(鄭琵), 류념(柳恬) 등으로, 그 나머지는 이루 다 기록할 수가 없다.

　　十八日。 親忌也, 以奔竄闕奠。痛迫痛迫。午叔老兄一家、安仁瑞妻子, 皆向聖穴寺。吾亦將家累, 至處處山麓, 避者塞路。同患之人, 則李克承丈、安而得、與夫鄭夢廉、黃九齡、金常憲、鄭琵、柳恬, 其餘不可盡記。

6월 19일. 장모와 읍내(邑內)의 형수씨가 주척(注斥)의 집에서 성혈사(聖穴寺)에 당도하고, 진현(秦弦)의 부모와 그의 형제들도 이르렀다. 지형이 점점

---

149) 돌아가신 어머니 : 창녕 조씨(昌寧曺氏, ?~1586)로 전력부위(展力副尉) 조식(曺軾)의 딸이다.
150) 안이득(安而得) : 생몰년 미상. 순흥(順興)에 거주.

좁아질수록 피란한 사람들이 더욱 많아 사람들의 말소리가 시끌벅적해 마치 시장 가운데 있는 것과 같았다. 듣건대 안 진사(安進士) 어른과 여러 박전리(朴田里)와 일언리(逸偃里) 사람들이 초암(草菴)으로 올라갔다고 한다.

十九日。岳母及邑內嫂氏, 自注斥家到聖穴, 而秦弦之父母及其弟兄亦至。地形漸窄, 避者愈多, 人語喧喧, 如在市中矣。聞安進士丈及諸朴田逸偃, 上草菴云。

6월 20일. 이 충순위(李忠順衛) 어른이 가족을 거느리고 순흥(順興)에서 왔다. 계속 왜군이 감천현(甘泉縣)에 주둔하고 있다는 말이 들려왔기 때문에 온 절의 사람들 가운데 놀라지 않은 이가 없었다. 그래서 모두 산길이 험한 곳으로 들어가 초막을 짓고 목숨을 보전하려고 생각했는데, 그 말이 위태롭고 그 마음이 슬펐다.

二十日。李忠順衛丈率家, 自順興來。續聞倭軍, 屯甘泉縣地, 一寺之人, 莫不驚駭。思入崎險處, 將結幕, 欲全活, 其辭危, 其情哀。

6월 21일. 숙노 씨(叔老氏)는 성혈사(聖穴寺)를 이름난 절로 여기고 있었다. 그리고 그의 근심도 여전했기 때문에 그는 영주암(靈珠菴)으로 옮겨서 거처하려고 하면서, 그 곳은 지세가 험하고 숲의 나무도 깊고 빽빽해 참으로 봉일암(奉日庵)에 견줄 것이 아니라고 했다. 권신중(權愼中)과 박대일(朴大一) 등이 가속을 거느리고 도착했다. 그러나 사람들이 사우(寺宇)에 가득해 수용할 만한 곳이 없었기 때문에, 마침내 성혈사의 남루(南樓)에 거처했다. 듣건대 전순(全絢)과 아내인 윤씨(尹氏)가 왜적에게 죽었다고 한다.

二十一日。叔老氏, 謂聖穴名刹也, 其憂慮如前故, 移向靈珠菴, 其地勢阻絶, 林木深密, 固非奉日之比也云。權愼中、朴大一等, 率家屬來到。而人滿寺宇, 無地可容, 遂處聖穴之南樓。聞全絢及妻尹氏, 死於倭。

6월 22일. 숲 안개가 비로소 걷혔으나 아침 햇살은 이미 솟아 있었다. 나의 아내와 안인서(安仁瑞)의 온 집안이 새벽밥을 먹고 길을 나서 또한 영주암(靈珠菴)으로 향했다. 다만 이날 너무 더웠기 때문에 더위를 먹을까 몹시 걱정되었다. 읍내의 형도 뒤를 따라 영주암(靈珠菴)으로 갔다. 나는 집에서 실어 온 물건을 다 [영주암으로] 옮기지 못했기 때문에 잠시 성혈사(聖穴寺)에 머물렀다.

> 二十二日。林霏初開, 晨光已出。余之室人及安仁瑞一家, 蓐食治行, 亦向靈珠菴。但是日甚熱, 深怕暑祟。邑內兄, 隨後繼往。余則自家駄來之物, 未盡轉輸, 故姑留聖穴。

6월 23일. 진경헌(秦景獻)과 이 충순위(李忠順衛)의 심부름꾼들이 모두 석륜암(石崙菴)[151]으로부터 왔다. 듣건대 일언리(逸偃里)의 안 진사(安進士)와 박우(朴遇) 등 여러 어른들과 박경택(朴景擇), 박대하(朴大賀)가 초암(草庵)을 경유해 석륜암(石崙菴)으로 옮겨 지내고 그 가족들도 모두 따라왔다고 한다. 안 진사(安進士)의 나이는 80세이고, 박대하의 홀로된 누이의 시어머니인 신씨(申氏)의 나이는 75세인데, 높은 산을 오르는 것이 마치 평지를 걷는 듯했다. 석륜암은 우마(牛馬)도 이를 수 없고 바위틈의 길도 찾기가 힘들어서, 아래로는 땅이 없는 듯하고 위로는 하늘을 잡을 수 있을 듯했다. 만약 이백(李白)에게 보여줬다면, 반드시 촉도(蜀道)를 험난하게 여기지 않았을 것이고, 그가 문장을 꾸며 지은 시(詩)도 바로 이곳에 있었을 것이다. 그런데 지금 이처럼 노년에 최고 정상에 올랐는데도 몸에 상처도 없고 병도 나지 않았으니, 장수를 징험할 만한 것으로 보통을 뛰어넘었다. 그러나 도망 다니느라 살 곳을 잃고 이 지경에 이르렀으니, 실로 시운(時運)의 불행이었다. 진경헌(秦景獻)이 안 진사가 석륜암(石崙菴)을 읊은 시를 나에게 보여주어 운자(韻字)를 밟아가며 차운(次韻)했다.

---

151) 석륜암(石崙菴) : 소백산 국망봉(國望峰) 아래에 있었던 절. 지금은 절터만 남아있다.

二十三日。因秦景獻及李忠順衛使者, 皆自石崙菴來。得聞逸偃里安進士、朴遇僉丈、朴景擇、朴大賀, 由草庵移栖石崙菴, 而厥家屬咸歸云。進士年八十一, 大賀寡妹之姑申氏年七十五, 登陟崔嵬, 如平地然。夫石崙, 牛馬不到, 巖逕難尋, 下若無地, 上可捫天。儻使李白見之, 則不必以蜀道爲難, 而其所鋪張, 必在於是矣。今此大耋之年, 上最高頂, 體無傷, 疾不作, 可驗壽者之, 超邁尋常。而奔竄失所, 至於此極, 則實時運之不幸也。秦景獻, 以安進士石崙菴詩示余, 步韻次之。

6월 24일. 밭에서 기장을 거두려고 종을 일언리(逸偃里)로 보냈다. 지난번에 김동(金同) 등이 돌아가려고 막 동문(洞門)을 나섰다가 왜군의 소식을 듣고 바로 돌아온 뒤, 오늘 다시 명해 보낸 것이다. 아, 이미 익은 곡식도 오히려 가지고 오기가 어려운데, 하물며 볏모 사이의 잡초를 제거함이겠는가. 이 때문에 황무지[蕪穢]152)로 방치되어 벼이삭이 익지 않았으니, 어찌 가을이 있겠는가. 난리가 안정된다 해도 수많은 마을에서 장차 굶주린 귀신을 어찌한단 말인가.

二十四日。欲收田黍, 送奴逸偃。前者金同等, 將歸而纔出洞門, 聞倭聲息, 卽還, 今復命送。噫, 已熟之穀, 猶難取來, 況其去苗間草乎。此所以蕪穢不治, 禾稼不成, 其在秋也。亂離有定, 萬落千邨, 將於餒鬼何。

6월 25일. 일언리(逸偃里)로 갔던 종이 기장을 거두고 이르러 말하기를, "집은 황폐해 지고 개와 닭은 먹을 것이 없었습니다."라고 했다. 나는 절로 탄식하며 말하기를, "옛날 처갓집을 집으로 삼아 자리를 편안히 여겨 베개를 높이 하고 창문의 먼지는 쓸어 내고 가축도 길렀으니, 살림 형편은 태평하고 평안해 전혀 근심할 일이 없었다. 그러나 지금은 나라가 이미 병란을 당해 백성들은 살 곳을 잃고 숲속 바위굴로 달아나 목숨을 구원하기에도 겨를이 없으니, 집과 닭과 개는 참으로 돌볼 수가 없구나."라고 했다. 낮에

---

152) 황무지[蕪穢] : 땅이 거칠고 잡초가 무성함.

듣건대 왜군이 제천(堤川)과 청풍(淸風) 등지를 분탕질하고, 충주(忠州)에 진을 치고 머문다고 했다. 그러나 오가며 길에서 하는 말이라 다 믿을 것은 못되었다. 또 듣건대 감천(甘泉)의 왜병이 의성(義城)의 왜병과 합진(合陣)하고는 안동부(安東府)에 편지를 전해 말하기를, "만약 문사(文士) 한 사람이 온다면 우리의 자혜로운 마음을 볼 수 있을 것이다."라고 했다고 한다. 그리고는 끝에 자신의 이름을 써넣었는데, 원강(元康)[153]이란 자였다. 아, 왜인들이 모두 이미 우리 강토를 얻었단 말인가. 우리 백성들은 장차 모두 왜병이 될 것인가. 생각이 여기에 미치니, 참으로 통곡할 일이었다. 읍내 형의 종인 질쇠(叱金)가 영주암(靈珠菴)에 가서 작은 움막을 짓다가, 들보가 흔들리면서[154] 서까래가 떨어져 이마가 깨지고 얼굴에 상처를 입었다. 참으로 가련하다.

二十五日。 逸偃歸奴, 收黍至曰 : "室廬就荒, 鷄犬乏食。" 余不覺歎息曰 : "昔時以家爲家, 安席高枕, 而牕塵掃之, 畜物養之, 家道泰寧, 頓無虞事。今者國旣被兵, 民生失所, 林奔巖穴, 救死不暇, 室廬鷄犬, 固不足恤也。" 午聞倭軍, 焚蕩提川・淸風等地, 留陣忠州云。然往來行言, 未可盡信。且聞甘泉倭兵, 與義城倭合陣, 安東府爲傳書曰 : "若有文士一人來, 則可示我慈惠之心。"云。而末書其名, 元康是也。噫, 倭人皆已得我土耶。吾民其盡爲倭兵耶。言念及此, 痛哭痛哭。邑內兄奴叱金, 往靈珠菴, 造小幕, 棟撓橡墜, 破額傷面。良可哀也。

6월 26일. 나는 왜장이 안동(安東)에 주둔하면서 군졸을 나누어 보내 예안(禮安)의 읍리(邑里)를 공격할 것이라는 말을 듣고 놀라움을 금할 수 없었다. 이에 인근의 예닐곱 읍과 대비했는데, 다행히 병화(兵火)를 면했다. 뽕나무와 삼은 옛 모습 그대로였으나, 영남 전체는 우리나라에 속했을 뿐 지금 살아남은 백성들은 고루 그 병란을 입었다. 이로써 본다면, 풍기성(豊基城)은

---

153) 원강(元康) : 모리 원강[毛利元康(모리 모토야스), 1560~1601]을 말하는 듯하다.
154) 들보가 흔들려[棟撓] : ≪주역≫ 대과괘(大過卦)의 괘사(卦辭)로서 기둥이 흔들리는 흉함이란 말.

10일 이내에 늑대와 호랑이 같은 왜적을 만날 것이다. 김철수(金鐵壽)의 딸은 처녀로서 왜군이 침입했을 때 절개를 지키고 욕되지 않게 죽었다고 한다.

二十六日。吾聞倭將留在安東, 而散遣軍卒, 攻禮安邑里云, 不勝驚駭。備近六七邑, 幸免兵火。桑麻依舊, 嶺南一道, 只爲我國所有, 而今者遺存之氓, 均被其患。以此觀之, 基城不出十日, 其逢豺虎乎。金鐵壽女, 以處子倭軍入時, 守貞不辱而死云。

6월 27일. 며칠 전 각각 쌀을 갹출해 술을 담갔다. 그런데 지금 흰 꽃이 옹기에 가득하고 술 향기가 잡힐 듯해서, 승려[釋子]에게 걸러 오도록 명해 법당에 모여 함께 마셨다. 밭에 있는 오이로 안주를 삼고 중발(中鉢)로 술잔을 삼아, 손님과 주인의 구별 없이 앉아서, 수작의 예(禮)를 행하는 사이[155] 에 술이 취하려 했다. 이에 한 술잔을 잡고 말하는 자가 말하기를, "적의 칼날에 죽느니보다는 차라리 생전에 한 번 마시는 것이 나을 것이니, 술잔이 돌아 그대에게 이르거든 손을 멈추지 말고 마시게나."라고 하였다. 또 어떤 술잔을 잡고 말하는 자가 말하기를, "부슬비가 하늘에 날리고 처마 밑의 꽃은 땅에 떨어지네. 숲은 엷은 안개를 보내 돌아가는 구름을 엄히 둘렀구나. 아름다운 경치 눈앞에 삼라만상처럼 펼쳐지니, 호걸스러운 흥취가 가슴 속에 격하게 일어난다. 비록 난중이라고는 하나, 한 번 취하는 것이 어떠한가?"라고 하였다. 또 축하하며 말하기를, "지금 다행히 술을 얻어 모

---

155) 수작의 예를 행하는 사이에[禮行酬酢之間] : 여기서 수작의 예는 사(士)의 음주례(飮酒禮)를 의미한다. 즉 주인이 손님에게 처음으로 술을 따라주는 것을 '헌(獻)'이라고 하는데, '헌'은 '올린다[進]'는 뜻이다. 손님이 헌작(獻爵)을 비우고 자신이 직접 술을 따라서 주인에게 주는 것을 '작(酢)'이라고 하는데, '작'은 '보답한다[報]'는 뜻이다. 주인은 이 작작(酢爵)을 비운 뒤에 또 술을 따라 자신이 직접 마시고 다시 술을 따라 손님에게 올리는데, 이것을 '수(酬)'라고 한다. '수'는 '술을 권한다[勸酒]'는 뜻으로, 스스로 술을 따라 마심으로써 손님을 인도하는 것이다. 손님은 이 수작(酬爵)은 마시지 않고 포해(脯醢)의 왼쪽에 두는데, 이렇게 손님과 주인이 두 번씩 잔을 받으면 '일헌지례'가 이루어진다. ≪冠禮考定 醴賓 考證≫

두 난리의 근심을 잊었으니, 지금부터 이후로 병마(兵馬)를 씻어156) 온 나라 안[海宇]을 맑게 하여, 백성들로 하여금 화락하게157) 할 것이다."라고 하였다. 그리고는 만족해하며158) 노래하고 춤을 추니, 마치 술 취한 사람과 같았다. 말이 막 끝났을 때, 술잔과 술병의 술도 다하고 서산의 해도 저물었다.

二十七日。 日昨, 各出米爲酒。 今白花滿瓮, 香氣可把。 命釋子漉來, 會法堂共飮。 以田瓜爲肴, 以中鉢爲梧, 坐無賓主之別, 禮行酬酢之間, 酒欲酣。 有執爵而言者曰 : "與其死於鋒鏑, 不如生前一飮, 梧行到君, 且莫停手。" 又有執爵而言者曰 : "小雨飛空, 檐花落地。 林呈細靄, 嚴帶歸雲。 佳景森羅於眼前, 豪興激發於胸中。 雖曰亂離, 以取一醉如何?" 又祝曰 : "今幸得酒, 都忘亂離之憂, 自是以後, 洗兵馬, 淸海宇, 使民熙熙乎。" 皥皥乎歌之舞之, 有若醉人。 然語纔畢, 梧盡壺傾, 山日已暮。

6월 28일. 엷은 구름이 비를 몰고 와 부슬부슬 그치지 않았다. 노비들이 모두 집으로 돌아왔다. 노비들은 산 속에 오랫동안 머물고 있었으나, 나는 5월 초에 봉일암(奉日庵)에서 일언리(逸偃里)로 돌아왔다. 그 뒤에 헛소문이 이어서 이르고 와전된 말이 자주 일어나, 마을 사람들은 놀라고 두려워 다시 달아날 생각을 했다. 그러나 나는 동원(洞員)들과 매양 진목정(眞木亭)에 진을 치고 마을 사람들을 진정시켜 각자 밭에서 김을 매도록 했다. 때때로 집안 노비들이 원망하는 말을 하기를, "지금 비록 호미로 밭두둑과 이랑에

---

156) 병마(兵馬)를 씻어 : 전쟁이 빨리 끝나기를 바라는 마음을 나타낸다. 두보(杜甫)가 안녹산(安祿山)의 난리에 지은 <세병마행(洗兵馬行)>에, "어떻게 하면 장사(壯士)를 시켜 은하수(銀河水)의 물을 당겨 갑옷과 칼날을 깨끗이 씻어 영원히 쓰지 않게 할꼬"라고 하였다.

157) 화락하게 하고[熙熙] : 희희는 화락한 모양을 의미하며, 여기서는 백성들이 요순(堯舜)과 같은 성군의 덕에 힘입어 태평성대를 누리고 있다는 말이다. ≪노자(老子)≫ 20장에 "사람들 화락한 모양이, 흡사 진수성찬을 먹은 듯도 하고 봄 누대에 오른 듯도 하네.[衆人熙熙 如享太牢 如登春臺]"라는 말에서 나온다.

158) 만족해하며[皥皥] : 만족해하는 모양. ≪맹자≫ <진심 상(盡心上)>에 "패자(覇者)의 백성들은 매우 즐거워하고 왕자(王者)의 백성들은 대단히 스스로 만족해한다.[覇者之民 驩虞如也 王者之民 皥皥如也]"라고 하였다.

서 농사를 짓고 있지만, 가을이 오면 반드시 다른 사람들이 먹을 것입니다. 그런데 상전께서 굳게 앉아 움직이지 않으시니, 우리들은 장차 적에게 죽을 것입니다."라고 했다. 그리고 또한 의혹하는 말로써 집안사람들을 놀라게 하여 그들로 하여금 나에게 알리도록 했으나, 나는 못들은 척하고 태연히 평상시와 같았다. 그러나 아군이 물러난 뒤에는 함께 근거 없는 말을 하여, "왜군이 군내에 진을 치고 있습니다."라고 하고는, 또 "상전께서 떠나지 않으시면, 노비들은 마땅히 도망갈 것입니다."라고도 했다. 그래서 나는 마침내 그들의 뜻에 따라 이 산 속으로 들어왔으나, 날짜가 이미 오래되었는데도 적은 다른 지역으로 향해 소식이 없었다. 그러자 집안 노비 등이 모두 집이 그립다고 노래를 하고, 또 농토가 황폐해질 것을 근심하면서 돌아가길 청하며, "일찍 이와 같을 줄을 알았다면 오지 않은 것만 못합니다."라고 했다. 나는 그들을 꾸짖으며 말하기를, "왜군은 한 성을 공격하면 반드시 그 고을 사람들의 자산을 샅샅이 찾아낸 뒤에야 다음 고을에 이른다. 때문에 진을 치고 오래 머무니,[159] 혹 10일을 넘기기도 한다. 이로써 헤아려보면, 풍기군(豊基郡)이 병화를 입을 것이 멀다는 것을 알 수 있었다. 그러나 너희들은 한갓 떠도는 말만 믿고 마침내 산속으로 들어가는 것을 옳다고 여겼고[160] 지금은 집으로 돌아가는 것을 급하게 여기니, 나는 지난 날 나

---

159) 오래 머무니[留連] : 어떤 장소를 떠나 오래도록 머물며 돌아오지 않음을 비유적으로 표현한 말이다. ≪맹자≫ <양혜왕(梁惠王) 하(下)>에 "물 흐름을 따라 내려가 돌아오기를 잊음을 유(留)라 하고, 물 흐름을 따라 올라가 돌아오기를 잊음을 연(連)이라 한다."라고 하였다.

160) 옳다고 여겼고[爲得] : ≪사기(史記)≫ <사마상여열전(司馬相如列傳)>에 다음과 같은 내용이 보인다. 초나라의 자허(子虛)가 제나라로 사신 간 일이 있다. 제나라 왕은 나라의 모든 선비들을 모으고 엄청난 규모의 거마를 갖추어 자허와 사냥을 했다. 제나라 왕이 자허에게 초나라의 사냥에 대해 묻자, 자허는 초나라의 사냥에 대해 다소 과장되게 말을 하면서 제나라가 초나라만 못하다고 대답했다. 이에 제나라 왕은 아무 말도 하지 않았다. 이 이야기를 들은 무시공(無是公)이 "초나라의 이야기는 사리에 맞지 않지만, 제나라의 이야기 또한 당연하다고 할 수는 없다.[楚則失矣, 而齊亦未爲得也.]"라고 말한 일이 있다. 이는 초나라나 제나라 모두 사치를 가지고 자신의 우월함을 드러내려고 했기 때문에 비꼬아 말한 것이다. 여기서 '제나라와 초나라의 잘잘못에 비교한다.'라는 것은 어진 사람과 사특

를 원망했던 자들이 과연 무슨 뜻이었는지 알지 못하겠다. 또한 상전의 몸
도 무쇠가 아니므로 사로잡히거나 칼날에 베이는 것이 두려웠지만, 밭에서
기르는 것과 너희의 곡식 농사를 보배로 여겼었다. 그래서 내가 집안에 있
을 때 감히 먼저 움직이지 않은 것은 적의 형세가 늦춰질 것을 잘 알고, 너
희들에게 김매고 북돋는 것을 권하려고 했기 때문이다. 그러니 너희들이
타작마당을 청소하는 달[161]에 비록 한 말의 곡식을 얻더라도 이 또한 상전
이 주는 것으로 생각하지 않겠는가.”라고 말하자, 집안 노비들이 묵묵히 물
러났다. 이 충순위(李忠順衛) 또한 집안을 살피려고 산을 내려갔다고 한다.
저녁에 부석사(浮石寺) 승려가 도착했다. 그에게 듣건대 왜군이 안동 지역에
들어와 사방에서 포악하게 굴었다고 한다. 아, 적으로 하여금 안동에 이르
도록 한 것은 비록 시운(時運)과 관계되어 할 수 없었다고는 하지만, 저지하
는 책임에 있어서는 반드시 돌아갈 데가 있을 것이다. 가령 수령되는 자가
모두 우복룡(禹伏龍)과 같고 안집사(安集使)를 맡은 자가 또한 김성일(金誠
一)[162]과 같았다면, 왜병이 이르러 이와 같이 세력을 믿고 침범하는 데에
이르지는 않았을 것이다.

　　二十八日。薄雲送雨, 霏霏不止。奴輩皆歸家。以其久於山也, 余於五月初,
自奉日菴還逸偃。其後, 虛傳踵至, 訛言屢騰, 閭閻駭懼, 復思奔避。而余與洞
員, 每陣眞木亭, 以鎭里人, 各令芸田。時時家僕等, 有怨言曰 : “今雖鋤治壟
畝, 秋來必爲佗人所食。而上典, 堅坐不動, 吾其死於賊乎。” 又以疑惑之說, 恐
動室人, 使之聞於我, 我若不聞, 而怡然如平日。及我軍退後, 共發虛語謂, “倭
軍陣郡內。” 且道, “上典不出, 則奴輩當走。”云。余遂從其志 來此山中。爲日
已久, 而賊向佗境, 聲息無聞。家僕等, 皆嘔吟思家, 又憫田畝蕪穢。請歸曰 :
“早知如此, 莫如不來。” 余叱之曰 : “倭軍攻一城, 則必窮探其邑人之資産, 然

　　　한 사람은 확연히 차이가 있음에도 유사하게 판단한다는 의미이다.
161) 타작마당을 …… 달[滌場之月] : 농사일이 다 끝나 타작마당을 청소한다는 말로 10월을
　　뜻한다. ≪시경≫<칠월(七月)>에 “구월에 서리가 내리면 시월에 타작마당을 청소한다.
　　[九月肅霜 十月滌場]”라고 하였다.
162) 김성일(金誠一) : 1538~1593. 본관은 의성(義城). 자는 사순(士純), 호는 학봉(鶴峰).

後次及其佗。故設陣留連，或過十日。以此揣，知豐郡之被兵也遠矣。而汝等徒信浮言，遂以入山爲得，而今以還家爲急，吾不知前日怨我者，果何意耶。且上典身，非金鐵，虜刃可畏，田所以養，汝稼穡惟寶。而我在家中，莫敢先動者，審知敵勢之緩，而勸汝耘耔之勤也。汝於滌場之月，雖得一斗粟，是亦上典之賜，其肯思之否。"家僕等默默而退。李忠順衛，亦欲省家下山云。夕浮石僧到。因聞倭入安東地，四方侵暴云。噫，使敵至安東者，雖係於時運而不能，阻遏之責，必有所歸。若使爲守令者，盡如禹伏龍，任安集使者，又如金誠一，則倭兵不至如是之憑陵也。

6월 29일. 왜적이 마침 이때 풍기(豐基)에 이르지 않았기 때문에 피란했던 사람들이 모두 돌아왔다. 나도 노비를 보내 벼와 보리를 경작하도록 했다. 그러나 병란이 3개월 동안 이어져 제로(諸路)를 막은 뒤부터 고향 소식은 끊기고 서쪽 소식도 통하지 못했기 때문에 위로는 행재소에 계신 성상(聖上)을 그리워하고, 아래로는 동기(同氣)를 염려하다가, 마음이 울적해 눈물을 흘린 것이 밤낮이 없었다. 아, 경상 한 도는 절도사(節度使) 이각(李珏)[163]이 군대를 퇴각시켜 함몰되었기 때문에 백성들은 모두 그 고기를 씹어 먹고 그 죄를 바로 잡으려고 했지만, 나는 감히 나라가 이미 그 형벌을 시행했는지를 알지 못하겠다. 이날 이선응(李善應)이 이 충순위(李忠順衛)를 살피려고 아곡(鵝谷)에서 절에 당도했다. 난리 중에 서로 만날 수 있어서 참으로 다행이다. 천둥과 함께 내리는 비가 낮부터 해질 무렵까지 이어졌다.

二十九日。倭適時未到豐，故避亂人皆歸。吾亦送奴耕禾麥。而兵連三月，梗生諸路 鄉音絶，西耗隔，上戀行在，下念同氣，心抑鬱而涕滂沱者，蓋日夜耳。噫，慶尙一道，以節度使李珏，退兵陷沒，人皆欲食其肉而正其罪，我不敢知國家已施其刑歟。是日，李善應，欲省李忠順衛，自鵝谷到寺。亂中相見，實是幸也。雷雨，自午達昏。

---

163) 이각(李珏) : ?~1592.

🏵1592년 7월

7월 1일(무오). 이선응(李善應)과 이별했다. 서익명(徐益明)과 안추(安摯), 고상맹(高尙孟)164) 등이 도착해 말하기를, "보현암(普賢菴)이 비록 성혈사(聖穴寺)의 위쪽에 있다고 하나 적이 만약 쳐들어온다면 그 화는 차이가 없을 것입니다. 또 용궁(龍宮)과 예천(醴泉) 사람들이 4월부터 피란해 궁벽한 산속으로 들어와, 밭에서 익은 보리도 거두지 못하고 온 들판의 어린 벼도 김을 매지 못해 그 생계를 어떻게 해볼 도리가 없습니다. 때문에 선비들의 집안은 앉아서 죽음을 기다리고, 궁벽한 마을의 백성들은 흩어져 도적이 되는 일은 필연일 것입니다."라고 했다. 나는 그 말을 듣고 탄식하며 말하기를, "상주(尙州)와 함창(咸昌) 등지도 모두 그러해서 우리 형제자매도 달아나 숨은 지가 오래되었습니다. 아침저녁의 식량을 어떻게 처리하고 있는 지, 노비들의 입과 배를 무엇으로 먹여주는 지, 깊은 산 적막한 곳에서 비록 적의 칼날을 면했다고는 하나, 황량한 언덕과 풀숲 우거진 곳에서 아마도 모두 굶어죽은 귀신이 되었을 것입니다."라고 했다. 안여흠(安汝欽)이 부석사(浮石寺)에서 와서 말하기를, "고향이 비록 왜적들의 소굴이 되었다고는 하나 멀리 피할 수만은 없습니다. 그런 까닭에 가속을 거느리고 풍기로 가려면 용궁(龍宮)과 의성(義城) 지역 왜병의 소식을 잘 살핀 연후에 그리해야 할 것입니다."라고 하고, 그의 외숙인 정계인(鄭季仁) 씨 형제도 춘양(春陽)으로 돌아갔다고 했다. 안여흠은 점심을 먹은 뒤에 바로 와룡동(臥龍洞)165)으로 떠나고, 진경헌(秦景獻)도 휴암(鵂巖)으로 돌아갔다. 나는 생각건대, 주상께서 파월하여 능침(陵寢)은 황량해지고 삭망(朔望)의 의식을 폐한지도 오래되어 제사의 의전도 이미 무너졌을 것이다. 그러니 5월 10일(태종)과 6월 28일(명종), 그리고 이 달 오늘(인종)은 바로 나라의 기일(忌日)이었지만, 행재소에서 전례(奠禮)을 거행할 수 있었겠는가. 이 삼종(三宗)166)은 백성들이 잊을 수 없는 임금들로, 모든

---

164) 고상맹(高尙孟) : 생몰년 미상. 고상안(高尙顔)의 둘째 동생.
165) 와룡동(臥龍洞) : 조선시대 풍기읍에서 서남쪽 지점에 있었다. <동국여지승람 권25>

깊은 산 궁벽한 골짜기에 있는 사람들도 모두 마음으로 임금의 은택을 그리워하고 있었다. 그러나 지금 주상께서 서쪽으로 거둥하는 데에 이르렀으니, 온 나라에서 [이 소식을] 들은 사람들은 누구인들 눈물을 흘리지 않겠는가. 성조(聖祖)의 신이 계시어 자손을 보우하사, 적진(敵陣)을 몰아내 물리치고 우리 종묘를 회복하게 하시어, 정결하고 향기로운 제사[167]로 하여금 만세토록 폐하지 않도록 하소서. 이렇게 축원했다.(시 한 절구가 있었다.)

七月一日(戊午)。 與李善應別。徐益明、安摰、高尙孟等, 來到曰：“普賢菴, 雖在聖穴之上, 敵若入來, 其禍無異。且道龍體之人, 自四月避入窮山, 在田之成麥不收, 滿野之稚禾未鋤, 其爲生理, 無可奈何。士子之家, 坐而待死, 窮閭之民, 散而爲盜也必矣。” 余聞之噫曰：“尙咸等地皆然, 而吾姊妹弟兄, 亦奔竄久矣。朝粮夕粒, 何以處之, 奴口婢腹, 何以饋之, 深山寂寞處, 雖免於鋒鏑, 荒邱草莽間, 其盡爲餓鬼乎。” 安汝欽, 由浮石來曰：“家鄕雖作虜巢, 不可遠避。故將家屬向豐郡, 審得龍城倭兵之聲息然後, 當爲之所, 而厥表叔鄭季仁氏弟兄, 皆歸春陽云。安於晝點然後, 卽去臥龍洞, 秦景獻 亦還鶴巖。竊念主上播越, 陵寢荒凉, 朔望之儀久廢, 祀祭之典已墜, 五月十日(太宗), 六月卄八日(明宗), 今月今日(仁宗), 國忌也, 得奠禮於行在乎。惟此三宗, 民之所不能忘, 凡在深山窮谷者, 皆心思聖澤。而今至於載主西行, 一國聞者, 孰不流涕。聖祖有神, 保佑子孫 ,逐退敵陣, 復我宗廟, 使苾芬孝祀, 萬世勿替。是祝。(有詩一絶。)

7월 2일. 성혈사(聖穴寺)에서 숲을 뚫고 골짜기를 건너 북천사(北川寺)에 이르러 남양중(南養仲) 씨와 김응진(金應振)을 만났다. 김응진은 왜적의 소식이 완화된 것 같아 가족을 이끌고 순흥(順興)으로 내려갔다. 남양중 씨와 내가 걸어서 상사(上舍) 황득겸(黃得謙) 어른이 피란한 곳을 찾아가니, 군급(君級)[168]과 군흘(君屹), 곽정숙(郭靜叔)[169], 안할(安䂴)도 있었다. 이야기를 마치고 좁은

---

166) 삼종(三宗) : 앞서 언급한 태종, 명종, 인종을 가리킨다.
167) 분필(芬苾) : 제사 음식을 말한다. ≪시경≫ <초초자자(楚楚者茨)>에, “정결하고 향기로운 효손의 제사에, 신령이 그 음식을 달게 받았다.[苾芬孝祀 神嗜飮食]”라는 말이 나온다.
168) 군급(黃君級) : 군급은 황지(黃墀, 1560~1647)의 자(字). 본관은 창원(昌原).

지름길을 따라 오는데, 산등성이에 걸쳐있는 수목에 해가 가려 산봉우리가 하늘에 닿을 듯했다. 암석각(巖石閣)에서 말이 몹시 더디게 앞으로 나아가지 않았는데, 왕래하는 흔적이 끊겨서 적막하고 사람이 없었다. 20여 리쯤 길을 가서 이른바 영주암(靈珠菴)에 도착하니, 감곡(甘谷), 내성(奈城), 봉화(奉化) 등지가 모두 눈앞에 펼쳐졌다. 저녁을 막 마쳤을 때, 석양이 이미 산 너머로 숨어들었다. 나는 처마 밑에서 옷을 입은 채로 잠을 잤는데, 북두성(北斗星)이 어렴풋이 비추었다.

二日。自聖穴穿林度壑, 抵北川寺, 見南養仲氏及金應振、金則, 以倭奇似緩, 率家下順興。南與我, 步訪黃上舍得謙丈避所, 君級、君屹、郭靜叔、安硈在矣。談訖由細逕, 跨山背樹木蔽日, 峯巒接天。巖石閣馬遲遲不前, 往來絶迹, 寂寞無人。行二十里許, 到所謂靈珠菴, 甘谷、奈城、奉化等地, 皆在眼前。夕食纔罷, 殘陽已隱。假寢虛檐, 星斗掩映。

7월 3일. 골짜기의 구름이 비로소 걷히고 아침 해가 이미 늦은 무렵, 숙노 형(叔老兄)이 집안을 살피려고 가는 길에 성혈사(聖穴寺)를 경유해 일언리(逸偃里)로 돌아갔다. 또 왜병이 충주(忠州)에 머물며 마을을 침탈했기 때문에 안인서(安仁瑞)가 병화를 면치 못했을 것으로 생각했는데, 오늘 평창(平昌)에 있다는 소식을 듣고 몹시 기뻤다. 다만 전한 사람이 혹 거짓으로 전했을까 염려되어 반신반의했다. 지난밤 원수(元帥)가 된 이양원(李陽元)이 함창(咸昌)에 와서 대전(大戰)을 치르려는 뜻을 거론하자, 왜인 가운데 이 말을 들은 자들이 모두 달아나는 꿈을 꾸었다. 밤에 꿈속에서의 좋은 일이 도리어 사실이 될 어찌 알겠는가. 5, 6년 전에 [꿈속에서] 왜구를 피해 산으로 들어갈 징조가 있었다. 이로써 징험해 본다면 꿈은 거짓이 아닐 것이다. 보현암(普賢庵)의 승려를 통해 듣건대 현감(縣監) 고사물(高思勿)[170]이 부석사(浮石

---

169) 곽정숙(郭靜叔) : 정숙은 곽률(郭嵂)의 자(字).
170) 고사물(高思勿) : 사물은 고상안(高尙顔, 1553~1623)의 자(字). 본관은 개성(開城). 호는 태촌(泰村).

寺)에서 성혈사(聖穴寺)로 들어왔는데, 그가 험한 길을 오르느라 지치고 고단한 형상은 말로 표현할 수 없었다고 한다.

三日。洞雲初散, 朝日已晏, 叔老兄, 將欲省家, 路由聖穴, 歸逸偃。且倭兵留在忠州, 侵掠閭閻, 意以爲安仁瑞, 未免兵禍, 今聞在平昌之音, 甚可喜也。第恐傳者或妄, 將信將疑耳。去夜, 得夢李陽元爲元帥, 來咸昌, 將擧大戰之義, 倭人聞者皆走。安知宵寐中好事, 反爲眞也。五六年前, 有避倭入山之兆。以此驗之, 夢非虛矣。因菴僧聞, 高縣監思勿, 自浮石入聖穴, 而其間關困頓之狀, 不可形言云。

7월 4일. 암자의 승려가 평은역(平恩驛)[171]에서 와서 말하기를, "왜장이 안동(安東)에 있을 적에 진영을 옮기지 않고 군졸을 나누어 보냈는데, 한 부대는 풍산(豐山)으로 향하고 한 부대는 예안(禮安)으로 돌아갔습니다."라고 했다.(시 한 절구가 있었다.)

四日。菴僧, 自平恩驛來曰 : "倭將在安東時, 未移陣而分送軍卒, 一向豐山, 一歸禮安。"云。(有詩一絶。)

7월 5일. 어제 군관(軍官)이라 하는 자가 풍기(豐基)와 영천(榮川) 양군 사이를 지나갔다. 이에 사람들이 모두 의아해하며 왜장이 먼저 말을 몰고 이르렀다고 여기고는, 이미 집으로 돌아왔던 사람들이 다시 산속으로 들어갔다. 아, 난리가 끊임없어 달아나 피하는 것도 정해진 것이 없었다. 때문에 무릇 백성들의 재산은 왜군이 오기를 기다리지 않고도 유실된 것이 절반이고 남은 것도 많지가 않았다. 하물며 소와 말이 구덩이에 엎어지고 골짜기에 넘어져 죽음이겠는가. 날이 저물 무렵 숙노 형(叔老兄)이 일언리(逸偃里)에서 영주암(靈珠菴)에 당도했다.(시 한 절구가 있었다.)

五日。昨者, 號爲軍官者, 行豐榮兩郡間, 人皆疑惑, 以爲倭將先驅至。而曾

---

171) 평은역(平恩驛) : 경상북도 영주시 평은면에 있었던 역 이름.

已還家者, 復入山中。噫, 亂離靡定, 奔避不常。凡厥生民之産, 不待倭軍之來, 而遺失居半, 餘存無多。況牛馬顚坑仆谷耶。日暮, 叔老兄, 自逸傴里到靈珠。(有詩一絶。)

7월 6일. 산 위에는 구름이 많아 부슬비가 때때로 내렸으나, 들판은 너무 가물어서 물길이 모두 말라버렸다. 바야흐로 벼 싹이 자라날 때에 이처럼 극심한 가뭄[亢陽]의 재앙을 만났으니, 무릇 우리 농부들은 가을걷이172)에 대한 희망이 끊어져 밭 사이에서 팔짱을 긴 채 눈물을 흘리는 자가 많았다. 아, 영남 전체가 난리 때문에 수많은 농지가 모두 무성한 풀밭이 되었지만, 풍기(豊基)와 영천(榮川) 이하 예닐곱 고을은 겨우 첫 김매기라도 할 수 있었던 것을 다행으로 여겼었다. 그러나 지금은 가뭄이 너무나도 혹독해 백성들의 운명도 다할 것이다. 이날 예천댁(醴泉宅)과 업개(業介)가 천연두[疫疾]을 앓고 있다는 것을 알았다. 그래서 나는 어린 자식들을 위해 청정한 곳으로 피하고자 읍내의 형이 모아둔 재목(材木)에 의지해 영주암(靈珠菴)의 옛 묘소에 오두막집을 마련했다. 이곳은 사면이 높고 가운데는 낮아 비록 상쾌하게 툭 터진 지역은 아니었지만 실로 깊고도 은밀한 곳이었다. 부역(赴役)한 사람은 영주암(靈珠菴)의 승려들로, 도희(道熙)와 덕인(德仁), 태순(泰淳), 선행(善行)이 그들의 이름이다.

六日。山上多雲, 小雨時灑, 而野外甚旱, 水道皆涸。方當苗長之時, 逢此亢陽之災, 凡我農夫, 望斷西成, 拱手田間, 垂泣者多。噫, 嶺南一道, 以亂離之故, 萬畝千頃, 盡爲茂草, 而豊榮以下六七邑, 纔得初耘, 稍以爲幸。今天旱酷矣, 民命窮矣。是日, 審知醴泉宅、業介患疫。余爲兒子, 欲避淨處。因邑內兄所鳩材, 結廬于靈珠菴之舊墓。四面高中央低, 雖非爽豁之地。實是深密之所也。役者菴之僧, 道熙、德仁、泰淳、善行其名也。

---

172) 가을걷이[西成] : 음양오행설에서 서쪽이 가을을 뜻한 것에서, 가을에 익은 농작물을 거두어들이는 일을 뜻한다. 《서경》 <요전(堯典)>에 "뜨는 해를 공경히 인도하여 봄 농사를 고루 다스리게 한다.[寅賓出日 平秩東作] …… 지는 해를 공경히 전송하여 추수(秋收)를 고루 다스리게 한다.[寅餞納日 平秩西成]"라고 한 데에서 유래했다.

7월 7일. 어제 집을 짓기 시작해 오늘 낮에 완성되었다. 비록 칸살[間架][173])이 작고 좁게 만들어졌지만 여러 사람의 힘이 아니었다면 짓기가 어려웠을 것이다. 저녁에 상사(上舍) 남양중(南養仲) 씨가 북천사(北川寺)에서 편지를 보내 말하기를, "운 좋게 막걸리를 얻었으니, 함께 마시고 싶네."라고 했다.

七日。昨始築屋, 今午告成。雖間架小, 制作隘, 若非衆力, 難以經營矣。夕南上舍養仲氏, 自北川寺惠書曰: "幸得薄醪, 欲與共飲。"云。

7월 8일. 아침나절 동안[174]) 가랑비가 내렸다. 남 상사(南上舍)와의 약속을 거듭 어길 수 없어서 말을 타고 산을 내려갔다가 북천사(北川寺)에 이르러 송경기(宋慶基)[175])와 황용(黃墉)[176])을 만났다. 이때에 곽정숙(郭靜叔)도 달마암(達摩菴)에서 와 함께 말을 타고 시내를 따라 가서 이 충순위(李忠順衛)를 만났다. 그가 말하기를, "절에 머무르는 것이 심히 괴로우니, 잠시 이주(李柱) 씨의 집으로 내려들 갑시다."라고 했다. 또 이극승(李克承) 어른과 지례 현감(知禮縣監) 고상안(高尙顏)[177]), 진사(進士) 안오(安悟)[178])를 만나는데, 이들도 모두 남 상사(南上舍)의 처소로 향하고 있었다. 백고(柏庫)로 향하는 길에 이른 벼가 모두 향기로워서 처연히 가을을 느끼는 마음이 있었다. 백운동서원에 이르니, 김연백(金鍊伯)과 김연숙(金鍊叔) 형제, 안의수(安宜受)가 모여서 점심을 차리고 술을 올렸다. 남양중(南養仲) 씨는 백운동서원 원장이다. 그리고 석양이 서산에 걸렸을 때에 빈객들은 모두 흩어지고, 나는 김정경(金靜卿)의 집에서 묵었다. 그의 집에는 피란한 사람들이 많이 모여 있었는데, 예천(醴泉)의 김응수(金應壽)와 김응록(金應祿), 영천(榮川)의 김광제(金光濟)도 있었다. 이

---

173) 칸살[間架] : 일정한 간격으로 어떤 건물이나 물건에 사이를 갈라서 나누는 살.
174) 아침 동안[崇朝] : 이른 아침 동안. 새벽부터 아침밥을 먹을 때까지의 사이를 이른다.
175) 송경기(宋慶基) : 생몰년 미상. 임진왜란 때에 의병장을 지냈다. 《濊潭浩齋師友錄 권2》
176) 황용(黃墉) : 1571~1661. 본관은 창원. 자는 석흘(石屹).
177) 고상안(高尙顏) : 자(字)는 사물(思勿).
178) 안오(安悟) : 1559~?. 본관 순흥(順興). 자는 이득(而得).

날 듣건대 이서(李瑞)가 왜적을 사로잡았다고 한다.

八日。細雨崇朝。重違南上舍之約, 鞭馬下山, 到北川寺, 見宋慶基、黃墉。
於是, 郭靜叔, 自達摩菴來, 偕轡澗行, 遇李忠順衛。其言曰 : "留寺甚苦, 姑下
李柱氏家。"云。 又逢李克承丈、高知禮尙顔、安進士悟, 是皆向南上舍所也。
路指柏庫, 早稻皆香, 悽然有感秋之心矣。及至雲院, 會者金鍊伯、鍊叔弟兄、
安宜爰, 設晝飯進酒。南養仲氏, 爲雲院院長也。而已夕陽在山, 賓客皆散, 余
則留宿金靜卿家。 避亂人多集, 而醴泉金應壽、應祿、榮川金光濟, 亦在矣。
是日, 聞李瑞捕倭。

7월 9일. 일찍 채찍을 잡고[179] 길에 올라 일언리(逸偃里)에 이르니, 집이
황폐하여 쓸쓸한 것이 5월보다 심했다. 박 씨의 지정(池亭)에 가니, 박우(朴
遇) 어른과 경택(景擇), 봉하(奉賀)가 초암(草菴)에서 어제 와 있었다. 권봉남(權
鳳男)도 당도했다. 박대하(朴大賀)도 또한 가족을 거느리고 산에서 내려와 있
었다.

九日。早著鞭登路, 及至逸偃, 室廬荒凉, 有甚於五月。往朴氏池亭, 則朴遇
丈及景擇、奉賀, 自草菴昨來。權鳳男亦到。大賀, 又挈家下山。

7월 10일. 박대하(朴大賀) 등과 석곶(石串)의 못에서 천렵(川獵)했다. 큰 가뭄
끝에 우레가 잠시 울리고 비가 잠깐 내리다가 그쳤다. 올 농사는 끝났다고
해야 할 것이다.

十日。與大賀等, 獵魚于石串潭。大旱之餘, 雷乍鳴, 雨暫灑而止。今年民事
將已矣。

---

179) 채찍을 잡고[著鞭] : 착편은 말에 채찍질을 하는 것으로, 출발을 의미한다. 진(晉)나라 때
유곤(劉琨)이 일찍이 자기 친구 조적(祖逖)과 함께 중원(中原)을 수복할 뜻을 품고, 한 번
은 다른 친구에게 보낸 편지에서 "나는 창을 베고 아침이 오기를 기다리면서 역적의 머
리를 효시하려는 생각뿐인데, 항상 조생이 나보다 말채찍을 먼저 쥘까 염려라네.[吾枕戈
待旦 志梟逆虜 常恐祖生先吾著鞭]"라고 한 데서 온 말이다.

7월 11일. 안인서(安仁瑞)가 평창(平昌)에서 험난한 길을 걸어 백운동서원에 당도해 김연백(金鍊伯)에게 말을 빌려 타고 왔다. 그를 만나니 마치 죽어서 헤어진 사람을 만난 듯했다. 그의 발을 보니 부르트고 짓물러 있었고, 그의 말을 들으니 위태롭고도 고생스럽게 여겨졌다. 그는 지난번 도성을 향해 떠나 4월 12일 성에 들어갔다가 이번 전쟁의 변고를 만났다. 그리고 마침내 그의 처조부 권 직장(權直長)과 관동(關東)[180]을 벗어나 평창(平昌)에 머물고 있었는데, 길이 막히고 소식을 통하기 어려워 타향에서 많은 날을 보냈다. 그리고 칡 마디가 이미 길게 자랄[181] 만큼 얽혀 지내다가 이제 비로소 집에 도착했으니, 실로 천만다행이다. 동행한 사람은 참봉(參奉) 이대중(李大仲)[182] 씨였다고 한다. 서쪽 지방의 사정을 자세히 듣건대 평양성이 함락되어 주상께서 멀리 피했는데, 거가(車駕)는 몽진하여 요동(遼東)으로 들어가려고 하고, 후빈(后嬪)과 왕자는 창황히 달아나 숨었다고 하니, 통곡을 금할 수 없다. 또 적이 궁궐에 닥쳤을 때, 성안의 사람들이 공격하고 싸울 무기를 준비하지 않고 오히려 호종한 신하들을 해쳤기 때문에, 6월 10일 승여(乘輿)가 다른 곳으로 피하려다가 실행에 옮기지 못하고, 마침내 20일에 성문을 나와 하루에 이틀 길을 달려가자,[183] 우리 고향의 김구정(金九鼎)[184]도 좌랑(佐郎)으로서 어가를 따라 서쪽으로 돌아갔다는 것을 알았다. 그가

---

180) 관동(關東) : 강원도 지역.
181) 칡 …… 자랄[葛節已誕] : 고국에 돌아가지 못하고 타국에 오래도록 얽혀 지내는 것을 비유할 때에 쓰는 말이나, 여기에서는 타향에서 오래도록 고향에 돌아가지 못한 것을 비유했다. ≪시경≫ <모구(旄丘)>에 "모구의 칡덩굴은 어찌 저리도 마디가 길게 자랐나. 숙씨와 백씨는 어찌 이토록 오래 아니 오시는가.[旄丘之葛兮 何誕之節兮 叔兮伯兮 何多日也]"라고 하였다.
182) 이대중(李大仲) : 대중은 이개립(李介立, 1546~1625)의 자(字). 본관은 경주(慶州). 호는 성오당(省吾堂)・역봉(櫟峰).
183) 하루에 이틀 길을 달려가자[倍道] : 보통에 비해 곱절로 길을 빨리 걷는 것으로, 곧 이틀 걸릴 길을 하루에 가는 것을 말한다. ≪손자(孫子)≫ <군쟁(軍爭)>에 "갑옷을 벗어 메고 걸음을 재촉하고, 밤낮을 쉬지 않고 두 배의 길을 행군하여, 백 리를 가서 승리를 다툰다.[卷甲而趨 日夜不處 倍道兼行 百里而爭利]"라는 말에서 유래했다.
184) 김구정(金九鼎) : 1559~1638. 본관은 함창(咸昌). 자는 경진(景鎭), 호는 서현(西峴).

난에 임하여 주상을 섬기는 정성은 군주를 잊은 무리들을 권면하기에 족했다. 다만 몸소 한 마리의 말도 없이 만 리 길을 걸어갔으니, 도중에 혹시나 엎어져 죽었을까 염려되었다. 또 정곤수(鄭崑壽),[185] 황섬(黃暹),[186] 류영경(柳永慶)[187] 등도 모두 행재소로 돌아갔고, 그 나머지 호종한 자들은 그 이름을 적확하게 알지 못하겠다. 홍여순(洪汝諄)은 세자(世子)를 받들어 나가고, 이산해(李山海)는 주상에게 서쪽으로 거둥하도록 권한 죄로 평해군(平海郡) 월송포(月松浦)에 유배되었고, 좌상 류성룡(柳成龍)[188]과 우태(右台)[189] 이양원(李陽元)은 모두 체직되었으며, 최흥원(崔興源)[190]이 영상(領相)이 되고, 윤두수(尹斗壽)[191]와 유홍(俞泓)[192]이 좌상과 우상이 되었다고 한다.

　十一日。 安仁瑞, 自平昌步出間關, 到雲院, 借騎於金鍊伯而來。見之, 如逢死別人。觀其足, 繭而膿, 聽其說, 危而苦。前者, 啓洛行, 四月二十一日入城, 遭此干戈之變。遂與其聘祖權直長, 避出關東, 旅寓平昌, 而道路梗塞, 音聞難通, 旅丘多日。葛節已誕, 今始到家, 實是天幸。同行, 則李參奉大仲氏云。細聞西方事, 平壤城陷, 主上遠避, 車駕蒙塵, 將入遼東, 而后嬪、王子, 蒼黃奔竄, 不勝痛哭。且審敵逼宮殿時, 城中人, 不修攻戰之備, 反害扈從之臣, 故六月十日, 乘輿欲避佗所, 而未之果焉, 遂於十二日, 出城門, 倍道馳行, 吾鄕金九鼎, 以佐郎隨駕西歸云, 其臨亂事主之誠, 足勵忘君之輩。而第聞身無一騎, 步涉萬里, 恐於道中或致顚斃。且鄭崑壽、黃暹、柳永慶等, 皆歸行在所, 而其餘從者, 未的其名。洪汝順[193]奉世子出, 李山海以勸, 上西行之罪, 流竄於平海月松

185) 정곤수(鄭崑壽) : 1538~1602. 초명은 규(逵), 곤수는 선조의 하사명이다. 본관은 청주(淸州). 자는 여인(汝仁), 호는 백곡(栢谷)·경음(慶陰)·조은(朝隱).
186) 황섬(黃暹) : 1544~1616. 본관은 창원(昌原). 자는 경명(景明), 호는 식암(息庵)·돈암(遯庵).
187) 류영경(柳永慶) : 1550~1608. 본관은 전주(全州). 자는 선여(善餘), 호는 춘호(春湖).
188) 류성룡(柳成龍) : 1542~1607. 본관은 풍산(豊山). 자는 이현(而見), 호는 서애(西厓).
189) 우태(右台) : 조선 시대 의정부에 속한 정일품 벼슬인 우의정(右議政)을 달리 이르는 말. 이 밖에 단규(端揆), 우합(右閤), 우대신(右大臣), 우정승(右政丞), 우승상(右丞相), 우규(右揆), 우상(右相) 등으로 불리었다.
190) 최흥원(崔興源) : 1529~1603. 본관은 삭녕(朔寧). 자는 복초(復初), 호는 송천(松泉).
191) 윤두수(尹斗壽) : 1533~1601. 본관은 해평(海平). 자는 자앙(子仰), 호는 오음(梧陰).
192) 유홍(俞泓) : 1524~1594. 본관은 기계(杞溪). 자는 지숙(止叔), 호는 송당(松塘).
193) 順 : 諄의 오기.

浦, 左相柳成龍、右台李陽元, 皆遞職, 崔興源爲領相, 尹斗壽、兪泓爲左右相云。

7월 12일. 수성장(守城將) 황서(黃曙)가 도솔성(兜率城)에서 와서 다시 호령을 했는데, 진사 이집(李㠎)이 그와 더불어 임무를 함께 했다. 지난번 안집사(安集使)가 인근 고을에 관문(關文)을 보내 '곳곳에 복병을 설치하라.'고 했다가, 한번 용궁(龍宮)에서 군대를 퇴각한 뒤에 안집사(安集使)가 먼저 부석사(浮石寺)로 들어가 버리자, 여항(閭巷)의 사람들 가운데 그를 따라서 피해 숨은 자들이 이미 깊은 산속에 가득했다. 그 뒤 왜병이 예천(醴泉), 감천(甘泉) 등지에서 곧바로 안동(安東)과 영천(榮川), 풍기(豊基) 양 군으로 향했으나, 이때에는 마을을 침략하지 않아서 마을 백성들이 다시 모여들었다. 그리고 밀양 부사(密陽府使) 박진(朴晉)[194]이 이제 좌병사(左兵使)가 되어 진보(眞寶)[195]에서 군대를 거느리고 도적을 방비하는 일을 통지했다. 그래서 안집사가 산에서 내려와 다시 결진하도록 명하여 창락 찰방(昌樂察訪) 김추(金錘)에게 죽령을 수비하게 하고, 또 요해처에 모두 복병해 대비하게 하면서, 또 약간의 군사를 모아 적의 기세를 막았다. 또한 감사(監司) 김수(金睟)[196]의 통관(通關)[197]이 곤양(昆陽)[198]에서 이르러 말하기를, "용궁 현감(龍宮縣監)이 공으로 승진해 통정(通政)[199]이 되었으나, 그 나머지 군현(郡縣)은 적을 격파했다는 자가 있다는 말을 듣지 못했다."라고 했다. 최근 수성장(守城將)이 나와서 일언리(逸偃里)의 진목정(眞木亭)에서 회합한 까닭은 길옆에 있는 송정(松亭)으로 진을 바꾸려고 했기 때문이다. 아, 관찰사(觀察使)는 한 도(道)의 주인이자 여러 고을의 표상이거늘, 바야흐로 그는 왜적이 이른 날에 오히려 먼저 도망

---

194) 박진(朴晉) : 1560~1597. 본관은 밀양(密陽). 자는 명보(明甫).
195) 진보(眞寶) : 경상북도 청송 지역의 옛 지명.
196) 김수(金睟) : 1537~1615. 본관은 안동(安東). 자는 자앙(子昻), 호는 몽촌(夢村).
197) 통관(通關) : 조선시대의 공문서인 관문(關文)과 같은 말.
198) 곤양(昆陽) : 경상남도 사천 지역의 옛 지명.
199) 통정(通政) : 통정대부와 같은 말로, 조선 시대의 정삼품 문관의 품계.

갈 계책을 품고는, 다시 성을 지키지 않고 물러나 움츠리는 것을 달게 여겼으니, 영남 사람들이 그를 이각(李珏)을 원망하듯이 했다. 밥을 먹은 뒤 박우(朴遇) 어른을 진소(陣所)로 가서 뵈었는데, 권봉남(權鳳男)과 박창경(朴昌慶)도 와 있어서 잠시 이야기를 나누었다. 그리고 이 충순위(李忠順衛), 안인서(安仁瑞)와 더불어 마침내 말을 타고 순흥(順興)에 당도해 김정경(金靜卿)을 만났다. 그의 집에 피란하고 있던 영천(榮川) 사람 김경훈(金景勳)은 가속(家屬)을 거느리고 돌아갔고, 고자룡(高子龍)의 안 사람과 김응수(金應壽) 등은 내일 돌아갈 것이라고 했다. 지나는 길에 또 함창 현감(咸昌縣監) 고상안(高尙顔) 삼 형제를 찾아갔는데, 다만 흰쌀 한 말과 간장 한 그릇으로 부족하나마 객지의 군색함을 도와주려는 것이었다. 안경순(安景純)이 와서 이야기를 나누다가, 해가 질 무렵 고상안 및 안경순과 이별하고 성혈사(聖穴寺)에 당도하니, 절에 있는 사람은 단지 읍내의 형과 이극승(李克承) 어른, 안이득(安而得), 박대일(朴大一), 류념(柳恬) 뿐이었다.(시 한 절구가 있었다.)

十二日。守城將黃曙, 自兜率城來, 復出號令, 進士李嶸, 與之同任。前者, 安集使傳關, 近邑處處設伏。而一自龍宮之退兵, 安集使, 先入浮石寺, 閭巷之人從而避匿者, 已滿於深山。其後倭兵, 自醴泉、甘泉等地, 直向安東、榮豐兩郡, 則時未侵掠, 邨氓還集。而密陽府使朴晉, 今爲左兵使, 領兵在眞寶, 通以備盜之事, 故安集使下山, 更令爲陣, 以昌樂察訪金鍾備守竹嶺, 又於要害處, 皆伏兵以待之, 且募兵若干, 沮遏賊勢。又有監司金晬之通關, 自昆陽來到曰 : "龍宮縣監, 以功陞爲通政, 其餘郡縣, 未聞有破敵者。"云。此守城將之所以出而逸偃眞木亭之會, 改陣于路傍松亭也。噫, 觀察者, 一道之主, 諸邑之表, 而方其敵至之日, 反懷先去之計, 無復守城, 甘心退縮, 南人怨之, 如李珏然。食後, 往拜朴遇丈于陣所, 權鳳男、朴昌慶, 亦來暫話。與李忠順衛、安仁瑞, 遂跨馬到順興, 見金靜卿。其家避亂者, 榮川金景勳, 率家已歸, 而高子龍內助、及金應壽等, 明日將還云。歷路, 又訪高咸昌尙顔三弟兄, 而只將白粒一斗甘醬一器, 聊助客窘。安景純來話, 日欲夕, 別高與安, 到聖穴, 在寺之人, 只邑內兄、及李克承丈、安而得、朴大一、柳恬耳。(有詩一絶。)

7월 13일. 나의 짐을 옮겨 다시 영주암(靈珠菴)으로 향했다. 지나는 길에 북천사(北川寺)를 경유해 황 상사(黃上舍) 어른을 찾아뵙고 앉아서 이야기를 나누었다. 돌아갈 것을 고하고 산기슭에 오르니, 북천사의 승려인 법승(法承)이 술을 올려 바로 마시고는 어린 종에게 말을 몰도록 해서 영주암에 당도했다.(시 한 절구가 있었다.)

　　十三日。 移吾卜物, 還向靈珠菴。路由北川, 遂拜黃上舍得謙丈坐話。告歸登麓, 其寺僧法承, 進酒立飲之, 命童奴策馬, 到菴中。(有詩一絶。)

7월 14일. 숙노 형(叔老兄)이 걸어서 성혈사(聖穴寺)로 돌아왔다. 전경선(全景先)[200]이 갈평(葛坪)[201]에서 전 서방(全書房)에게 편지를 보내 말하기를, "이달 초 2일에 왜적이 대승산(大乘山)[202]에 쳐들어와 백성들이 해를 당하고 부녀자들은 포로로 잡혀갔습니다."라고 했다. 또 말하기를, "왜장의 상구(喪柩)가 도성에서 내려와 근처의 여러 적들이 모두 호송하려고 문경(聞慶)에 모였다가 상주(尙州)로 내려갔습니다."라고 했다. 적정(敵情)은 속임수가 많고 이리 같은 마음으로 욕심이 한량이 없었다. 그런데 만약 승승장구하여 군사를 일으켜 깊숙이 침입해 온다면, 다만 소백산의 바위 골짝도 믿을 곳이 못될까 걱정이니, 장차 처자식을 어디에 두어야 한단 말인가. 하물며 우리나라에서 [왜적을] 인도하는 자들이 산천의 형세를 자세히 알고 있어 더욱 두려움에랴. 다만 듣건대 의병이 하도(下道)[203]에서 일어났다고 하니, 이는 참으로 기쁘고 다행스러운 일이다.

　　十四日。 叔老兄, 步歸聖穴。全景先, 自葛坪寄書全書房曰 : "今初二日, 倭入大乘山, 民物遇害, 婦女被虜。" 且道, "倭將之喪, 自洛下來, 近處諸敵, 皆欲

---

200) 전경선(全景先) : 경선은 전찬(全纘, 1546~1612)의 자(字). 호는 사우당(四友堂).
201) 갈평(葛坪) : 지금의 경상북도 문경시 문경읍 갈평리.
202) 대승산(大乘山) : 경상북도 문경시 산북면에 있는 산. 사불산(四佛山) 또는 공덕산(功德山)이라고도 한다.
203) 하도(下道) : 충청도, 경상도, 전라도를 통틀어 이르는 말.

護送, 聚聞慶 下尙州。"云。敵情多詐, 狼心無厭。若乘勝長驅, 揚兵深入, 則直恐小白巖壑, 不足爲恃, 將妻子置何處。況我國指導者, 審知山川之形勢, 尤可懼也。第聞義兵, 自下道起, 是可喜幸。

7월 15일. 전과구(全寡咎)[204]가 갈평(葛坪)으로 돌아가 부모에게 문안 인사를 드렸다.[205] 난리가 난 뒤로 해산물을 취급하는 상인이 막혀 먹을 때에 생선이 없는 것은 그래도 달랠 만 했지만, 요리할 때에 소금이 없는 것은 도무지 해결할 방법이 없었다. 밭 가운데에는 채소가 있고 들에는 푸성귀가 많아서, 실로 마을의 진수성찬이자 아침저녁의 훌륭한 음식이었다. 그러나 나물을 뜯어 광주리에 채운들 음식의 맛을 내는[206] 소금이 없다면, 또한 어찌 그 입을 즐겁게 할 수 있겠는가. 저녁에 하늘을 가로질러 우레가 치고 비가 오더니, 안개가 숲속에 가득하고 골짜기는 어두워지고 높은 바위산도 그윽하고 아스라해졌다.[207] 이 때문에 옛 절에 홀로 앉아 있자니 마음이 몹시 울적했다. 얼마 뒤 무지개가 뜨고 석양이 드러났다.(시 세 절구가 있었다.)

　　十五日。 全寡咎, 歸寧葛坪。自亂後, 海賈不通, 食之無魚, 猶可說也, 味之無鹽, 都不濟耳。園中有蔬, 野外多薇, 實閭閻之珍饌, 朝夕之佳羞。而采掇盈筐, 調和無物, 亦安得悅其口哉。夕雷雨橫空, 雲霧滿林, 洞壑晦昧。巖巒窈冥, 獨坐古寺, 意思沈鬱。俄而彩虹亘, 而斜陽出。(有詩三絶。)

7월 16일. 산에 비가 주룩주룩 내렸다. 홀로 암자에 앉아 전란의 시초(始

---

204) 전과구(全寡咎) : 과구는 전이척(全以惕, 생몰년 미상)의 자(字).
205) 부모에게 …… 드렸다[歸寧] : 귀녕은 부모에게 문안하는 것을 말한다. ≪시경≫ <갈담(葛覃)>에 "돌아가서 부모를 문안하리라.[歸寧父母]"라고 하였다.
206) 음식의 맛을 내는[調和] : 조화는 음식의 맛을 고루 맞추는 것을 이른다.
207) 그윽하고 아스라해졌다[窈冥] : 요명은 심오하여 측량할 수 없는 상태를 말한다. ≪도덕경(道德經)≫ 21에 "그윽하고 아스라함이여, 그 속에 도(道)가 있도다.[窈兮冥兮 其中有精]"라고 하였는데, 요명에 대해 ≪하상공 주(河上公注)≫에서는 형체가 없는 도(道)의 모습이라고 하였고, ≪왕필 주(王弼注)≫에서는 심원하여 볼 수 없는 모양이라고 하였다.

初)를 말없이 생각해 보고 위연히 크게 탄식하며 말하기를, "우리나라가 틈을 열어 화를 초래한 것이 오래 되었다. 주상께서 왕위에 오른 이후로 보좌하는 신하들은 각각 사당(私黨)을 세워 서로 간계를 부려 모함했다. 이 때문에 동서(東西)의 논이 크게 일어나고, 동서 안에서 또 남북으로 갈라져서, 조정에서는 서로 양보하는 풍조가 없어지고, 선비들도 자신만을 옳게 여기는 병통이 많게 되었으며, 나랏일은 서로 까맣게 잊어버리고, 사사로운 원한은 반드시 보복할 계책을 세웠다. 또한 직무를 다하는 자는 크게 어리석은 사람으로 지목되었고 자기와 생각이 다른 사람은 소인이라고 손가락질을 했다. 그리하여 마침내 조정으로 하여금 바로 서지 못하게 하고 나라의 기강은 점점 해이하게 되어, 을유년(1585)에는 사직(社稷)의 전복(典僕)이 위판(位版)을 크게 욕보였고, 이어서 선대(先代)의 중기(重器)를 훔치고 그 사당을 불살랐으며, 나라의 사친(私親)을 멸시해 그 봉분(封墳)을 재로 만들었다. 또 궁중에서 의장(儀仗)을 새로 만들어 경례(慶禮)208)하는 날이 이르기도 전에 모두 좀도둑209)의 손에 들어가게 되었다. 이에 위에서 운운한 바는 모두 식견 있는 사람의 근심거리가 되었고, 그것이 장차 난의 징조가 될 것임을 알았다. 만약 그 때에 형률을 엄하게 하여 범법자를 다스리는 것이 노륙(孥戮)210)의 형에 그치지 않고 형벌이 그 친족에까지 미쳤다면, 마땅히 백성의 마음이 스스로 두려워해 다시 난리를 일으키지 않았을 것이다. 그러나 조정 신하들의 공박과 모함은 예전과 같았으며, 조정 의론의 반목과 어그러짐도 옛날과 같았다. 그리하여 끝내 남쪽 오랑캐가 화평을 청하는 날에 헌부(獻俘)211)와 후폐(厚幣)의 예를 받으면서 자기 나라의 임금을 시해한 역적

---

208) 경례(慶禮) : 경사스런 의식을 말함.
209) 좀도둑[鼠竊] : 서절구투(鼠竊狗偸)와 같은 말로, 쥐나 개처럼 몰래 물건을 훔친다는 뜻에서 '좀도둑'을 이르는 말.
210) 노륙(孥戮) : 남편 혹은 아비 죄 때문에 처자까지도 연좌(緣坐)되어 죽임을 당하는 것을 말함.
211) 헌부(獻俘) : 포로를 바침.

[簒賊]은 끊어내야 한다고 생각하지 못했다. 그리고 다만 이웃 나라는 친하게 지내야 한다는 것만 알고, 심지어 의관을 갖춘 선비[通信使]로 하여금 원수인 나라의 뜰에서 굽히어 절을 하게 했다. 이 때문에 우리나라가 기강이 없는 것을 오직 우리들만 아는 것이 아니라, 저들도 또한 잘 알게 되었다. 이것이 바로 왜병이 일어난 까닭이다. 아, 저 왜국은 변화무쌍한 속임수가 갖가지여서 내왕을 해도 배반하고 내왕하지 않아도 배반했을 것인데, 일찍이 유악(帷幄)[212] 안에서 계책을 세우는 자들은 어찌 그리도 생각이 부족했단 말인가. 나라를 도모하되 불충한 자의 머리를 베고 난 뒤에서야 종사와 신인(神人)의 분한 마음이 상쾌하게 될 것이다. 가령 조정에 있는 신하들이 뛰어난 인재들로[213] 서로 화목하고 경건하게 반열에 배치되어 있다면, 자기의 당을 사사롭게 여기지 아니하고 제각기 의론을 다르게 여기지 않을 것이다. 그리하여 국정이 해이해지면 확립할 것을 생각하고, 기강이 문란해지면 바로잡을 것을 생각하여, 우리 임금의 명성이 온 나라에 넘쳐흐르고 위령(威靈)이 다른 풍속의 나라에까지 멀리 떨치게 했다면, 어찌 병화가 이와 같이 극도에 이르렀겠는가. 나는 이제야 붕당이 나라의 복이 아님을 잘 알겠다. 또 우리 주상의 성덕은 사림(士林)을 진정시키고 중론을 통일할 수 있는데도 가르치고 이끄는 도리를 엄하게 하지 않았으니, 왕자에 대해서는 그를 위해 집을 지을 적에는 용마루와 기둥과 들보, 서까래가 지극히 사치스럽게 했고, 그를 위해 농지를 넓힐 적에는 갯가의 진흙땅이나 사찰도 남아있는 땅이 없게 했다. 그리고 시사(市舍)에 피신하여 우거할 때에도 불시

---

212) 유악(帷幄) : 유악은 원래 군대의 장막을 가리키는 말로, 중국 한(漢)나라 고조(高祖)의 모사(謀士) 장량(張良)이 주로 장막 안에서 계획을 세워 "유악 안에서 산가지를 놓아 천 리 밖에서 결승한다.[運籌策帷幄中, 決勝千里外.]"라고 한 데서 나왔다. ≪漢書 張良傳≫ 여기서는 국정 혹은 군사 기밀을 의논하는 곳이라는 의미이다.

213) 뛰어난 인재들로[濟濟] : 재재는 뛰어난 선비가 많다는 뜻으로, 인재가 많다는 것을 말한다. ≪시경≫ <문왕(文王)> 3장(章)에 "훌륭한 많은 선비들이 이 왕국에 태어났도다. 왕국이 낳았으니 주나라의 동량이로다. 많고 많은 선비여, 문왕이 편안하시도다.[思皇多士 生此王國 王國克生 維周之楨 濟濟多士 文王以寧]"라고 한 데서 나온 말이다.

에 패를 거니, 주인이 된 자는 갑작스레 가재를 탕진하게 되었다. 마음대로 말을 치달리며 길가는 사람을 벽제할 적에는 삼가 피하는 자가 오히려 참화를 만나게 했으니, 이것이 그 폐단의 큰 것이다. 게다가 재물에 대한 생각을 평소에도 잊지 아니하고, 중국 물건을 무역하며 여러 전(殿)의 원하는 바를 맡아, 통사(通使)가 물건을 가지고 올 때에도 반드시 먼저 뇌물을 바치게 하고 그렇지 않으면 물리쳤다. 부고(府庫)의 저장품을 판매하여 시중(市中)의 소유와 교역함에 그 장사치가 갖추어 올릴 때에는, 반드시 먼저 좋은 물품을 가리도록 하고 그렇지 않으면 벌을 주었다. 또한 염색하는 사람의 집에 가는 비단을 맡기면 그 집안은 곤궁해 지고, 금은의 장인에게 보기(寶器)를 만들게 하면 그 장인이 원망하니, 이 또한 그 폐단인 것이다. 성을 쌓는 역사와 도적을 대비하는 기물과 같은 경우는 나라를 소유한 자가 진실로 그만둘 수 없는 것이다. 그런데 최근에 묘당(廟堂)[214]은 그릇된 의론을 올리고 변방의 신하는 망령된 계획을 세우고는 백성들의 초췌함과 [도적을 대비하는 군사들이] 나라 안에서 헛되이 소모되는 것을 생각하지 않고, 한갓 성(城)과 보(堡)를 수선하는 것과 군정(軍丁)을 찾아내는 것만을 급선무로 여겼다. 그 결과 인력이 성을 축조하는 일에 고갈되고, 어리고 늙은 자들만 군대에 편입되었으니, 근심과 탄식의 소리가 이 때에 이르러 극에 달했다. 아, 지금의 폐정(弊政)은 저와 같이 그 단서가 많고, 지금의 조정은 저와 같이 안정되지 못했다. 나는 생각건대 왜병의 침략[侵陵][215]의 변고는 조정이 안정되지 못하고 기강이 없는 것에 귀착된다. 그렇지 않다면, 협력하여 어려운 세상을 구제하는[216] 신하와 임금을 친애하고 윗사람을 위해 몸을 바

---

214) 묘당(廟堂) : 조선 시대 비변사의 별칭으로 주사(籌司)라고도 하였다. 이 말은 대신(大臣)들이 국가의 중요한 일을 의논할 때, 종묘(宗廟)에 나아가 고한 뒤에 회의, 결정한 데서 생겨난 것으로 당초에는 의정부를 뜻하기도 했었다.
215) 침릉[侵陵] : 침릉은 남을 침해하여 욕을 보임. 《사기》 권1에 "염제가 제후들을 침략하려 하자 제후들이 모두 헌원에게 귀의했다.[炎帝欲侵陵諸侯 諸侯咸歸軒轅]"라고 하였다.
216) 어려운 …… 구제하는[濟屯] : 원문의 '둔(屯)'은 《주역(周易)》 <둔괘(屯卦)>의 이름으로 구름 밑에 비와 우레가 있는 형국이며, 험난하여 나아가기 힘든 어지러운 세상을 의

치려는217) 백성이 어찌 그리도 세상에 알려진 사람이 없겠는가.218)"라고
했다.

十六日。 山雨飄灑。獨坐菴中, 默思亂始, 喟然太息曰∶"我國之啓釁, 招禍
者久矣。主上臨御以來, 輔佐之臣, 各立私黨, 互相傾軋。於是, 東西之論, 大張
而東西中, 又分南北。朝無相讓之風。士多自是之病。國事則置相忘之地, 私怨
則爲必報之計。盡職者, 目之爲大愚, 異己者, 指之爲小人。遂使朝廷不立, 王
綱漸弛, 而其在乙酉, 社稷典僕,219) 戮辱位版。繼以盜先世之重器, 而火其廟,
蔑國家之私親, 而灰其封。又於宮中, 新作儀仗, 未及慶禮之日, 皆入鼠竊之手。
上所云云, 都爲有識之憂, 而知其將亂之漸也。若於其時, 嚴其刑律, 以治犯者,
不止孥戮, 而罰及厥族, 宜乎民志自畏, 不復爲亂。而廷臣之攻陷依舊, 朝議之
睽戾猶昔。遂於南蠻, 請和之日, 受其獻俘厚幣之禮, 而不念簒賊之爲可絶。只
知隣國之爲可交, 至以衣冠士之, 屈拜於讐國之庭。是則我國之無紀綱, 不獨國
人知之, 彼亦知之。此倭兵所以竊發也。噫, 彼國變詐百出, 通之亦叛, 不通亦
叛, 曾所謀獻於帷幄者, 何其不思之甚也。斬得其謀國, 不忠者頭然後, 庶快宗
社神人之憤耳。若使在廷之臣, 濟濟相和, 穆穆布列, 不私其黨, 不異其論。國
政廢弛, 思所以立之, 綱紀紊壞, 思所以整之, 使吾王之聲名, 洋溢於一國, 威靈
遠振於殊俗, 則豈有兵禍之至此極哉。吾然後知朋黨之非國家福審矣。且我主
上之聖, 可以鎭士林一衆議, 而敎率之道不嚴, 於王子, 爲之營其第, 則棟楹樑
桷, 窮極奢侈, 爲之廣其田, 則海澤寺刹, 無有遺利。避寓220)市舍, 不意懸牌,

미한다.
217) 신하와 …… 바치려는[親上死長]∶ 임금을 친애하고 윗사람을 위해 몸을 바치려는 마음을
 말한다. ≪맹자≫ <양혜왕 하(梁惠王下)>에 "임금께서 어진 정치를 행하기만 한다면 이
 백성들이 그 윗사람을 친근하게 여겨 어른을 위해서 자신의 목숨을 기꺼이 바칠 것이다.
 [君行仁政 斯民 親其上 死其長矣]"라는 말에서 나왔다.
218) 세상에 …… 없겠는가[無聞]∶ ≪논어≫ <자한(子罕)>에 "후생을 두렵게 여겨야 할 것이
 니, 앞으로 후생들이 지금의 나보다 못하리라고 어떻게 장담할 수 있겠는가. 그러나 40
 세, 50세가 되도록 세상에 알려지지 않는 사람이라면, 또한 두려워할 것이 없다고 하겠
 다.[後生可畏 焉知來者之不如今也 四十五十而無聞焉 斯亦不足畏也已]"라고 한 공자의 말에서
 인용했다.
219) 전복(典僕)∶ 각 관아에 딸린 노복(奴僕).
220) 피우(避寓)∶ 역질(疫疾) 등이 발생했을 경우에 이를 피하기 위하여 다른 곳으로 가서 임시
 로 사는 것.

而爲主者, 遽蕩家財, 縱恣馳騁, 辟除行路, 而謹避者, 猶遭慘禍, 此其弊之大也。貨利之念, 不忘於平居, 貿易唐物, 任其諸殿之所欲, 及其通使之來納也, 必先行賄賂, 否則退之。販買府藏, 交易市中之所有, 至其賈人之備進也, 必務擇好品, 否則罪之。付細帛於染人之家 而其家困 造寶器於金銀之工 而其工怨 此又其弊也。若其築城之役, 備盜之具, 有國者, 誠不可得而已。近者, 廟堂進謬議, 邊臣畫妄計, 莫念民生之憔悴, 國內之虛耗, 徒以繕城堡, 探軍丁爲急。人力竭於功築, 稚艾編於行伍, 愁嘆之聲, 至此而極矣。嗚呼, 今之弊政, 如彼其多端, 今之朝著, 如彼其不靖。愚當以倭兵侵陵之變, 歸之於朝著不靖而紀綱亡。不然則協力濟屯之臣, 親上死長之民 一何無聞耶。"

7월 17일. 가뭄이 심해 벼 싹이 말랐는데, 비가 쏟아지자 민심이 점차로 살아났다. 다만 단비가 적시기에 충분하지 못할까 걱정스럽다. 밤에 개었다.(시 두 절구가 있었다.)

十七日。旱甚苗枯, 天雨沛然, 民心漸蘇。第恐甘澤之, 未霑足也。夜晴。(有詩二絶。)

7월 18일. 가을 기운이 산에 가득해 객지에서 지내는 마음이 몹시 좋지 않았다. 왜구는 가까이에 있고 난리도 진정되지 않았으니,221) 이곳에 있는 처자식들은 어느 달에나 돌아갈까. 뜽구는 낙엽을 보니, 이 산중에서 눈발이 날리는 것을 보게 될까 크게 걱정스럽다.(시 한 절구가 있었다.)

十八日。秋氣滿山, 客懷甚惡。倭寇在近, 亂靡有定, 將此妻子, 曷月旋歸。深恐聞落葉, 見飛雪於此山中也。(有詩一絶。)

7월 19일. 영주암(靈珠菴)에서 출발해 말채찍을 재촉하여 순흥(順興)의 송

---

221) 난리도 …… 않았으니[亂靡有定] : 난리가 계속되어 백성들이 편안하지 못하다는 말이다. ≪시경≫ <절남산(節南山)>에 "하늘조차 굽어 살피지 않아 난리가 진정되지 못하여 다 달이 일어나서 백성들을 편안하지 못하게 하는구나.[不弔昊天 亂靡有定 式有斯生 俾民不寧]"라고 하였다.

정(松亭)에 이르니, 안덕수(安德叟)와 황재(黃載), 안할(安硈), 황구령(黃九齡), 정슬(鄭瑟) 등이 복병의 일로 모여 있었다. 충순위(忠順衛) 이선승(李善承) 어른과 김연백(金鍊伯)도 모두 밖에서 이르렀으나, 산에 비가 휘몰아쳐 개이기를 기다려 길을 나섰다. 도중에 별감(別監)²²²⁾ 이정기(李靖基)와 유사(有司) 권세란(權世鸞)과 이야기를 나누었다. 김정경(金靜卿)이 초대해 술을 마셨다. 황군급(黃君級)도 자리해 회포를 풀고, 다시 안이득(安而得)의 모정(茅亭)으로 가서 이야기를 나누었다. 그리고 뜻밖에 남충종(南忠宗)과 황락(黃樂)을 만났는데, 들은 말은 모두 병란을 피한 말이었다. 이날 다시 북천사(北川寺)를 방문해 또 김윤근(金允謹)과 더불어 한참 동안 옛 이야기를 나누었다.(시가 있었다.)

十九日。 發自靈珠菴, 促鞭至順興之松亭, 則安德叟、黃載、安硈、黃九齡、鄭瑟等, 以伏兵會。李忠順善承丈、及金鍊伯, 皆自外至, 山雨飄灑, 待晴啓行。路話李別監靖基、權有司世鸞。金靜卿, 邀飮。黃君級在斃, 又向安而得茅亭話。忽逢南忠宗黃樂, 而所聞, 皆避兵之語也。是日, 還過北川寺, 又與金允謹移時話舊。(有詩。)

7월 20일. 비가 내렸다. 숙노 형(叔老兄)이 영천(榮川)으로 내려갔다. 아침밥을 먹은 뒤 나는 안인서(安仁瑞), 이경(李璟)과 함께 진중(陣中)으로 돌아왔는데, 진을 친 곳을 다시 진목정(眞木亭)을 그대로 따르고 있었다. 동네 사람 권봉남(權鳳男), 정세렴(鄭世廉), 조경열(趙景說)과 이장(里將) 박우(朴遇), 유사(有司) 안척(安惕)²²³⁾이 모두 자리에 있었다. 들건대 안동(安東)의 왜병이 길을 나누어 흩어졌다고 한다. 또한 전경선(全景先)의 편지를 통해 산양(山陽)의 박형(朴兄) 집안이 무사하다는 것을 알았고, 더하여 함창(咸昌)의 형제가 화산(華山)²²⁴⁾에 있다는 좋은 소식도 알게 되었다. 길이 막힌 지 수개월 만에 이 짧은 글을 얻었으니, 비록 천금이라도 보답하기에 부족할 것이다. 하물며

---

222) 별감(別監) : 조선시대 유향소(留鄕所)에 소속된 관직.
223) 안척(安惕) : 생몰년 미상. 본관은 순흥(順興). 자는 척지(惕之).
224) 화산(華山) : 경상북도 영천시 신녕면과 군위군 고로면의 경계에 있는 산.

곽재우(郭再祐)[225]가 의병을 일으켰다는 사실이 글 안에 실려 있고, 목을 베거나 사로잡은 왜병이 매우 많다고 함이겠는가. 나는 여러 고을에 남자가 없어 정기(正氣)가 사라졌다고 여겼었다. 그런데 지금 처음 있는 그의 늠름한 나라를 위한 마음은 사람으로 하여금 탄복하게 했다.(시 두 절구가 있었다.)

二十日。雨。叔老兄, 下榮川。朝飯後, 余與仁瑞、李璟, 歸陣中, 所陣之地, 復因眞木亭矣。 洞人權鳳男、鄭世廉、趙景說、及里將朴遇、有司安惕皆在。聞安東倭兵, 分路散去。且憑全景先簡, 審得山陽朴兄家無事, 又知咸昌弟兄, 在華山之好音。道梗累月, 獲此一字, 雖千金, 不足以報也。況郭再祐, 興義旅之事, 備載書中, 而斬獲甚多云。余謂列郡無男, 正氣掃地矣。今始有之其凜凜爲國之心, 令人嘆服。(有詩二絶。)

7월 21일. 숙노 형(叔老兄)이 영주암(靈珠菴)으로 향했다. 들건대 장모의 기체(氣體)가 몸조리를 못해 위로는 토하고 아래로는 쏟는다고 했다. 아흔의 나이에 병란을 피해 깊은 산 속에서 갑자기 이런 질병에 걸렸으니, 더욱 놀랍고 염려스럽다. 밀양 부사(密陽府使) 박진(朴晉)은 왜병이 성을 포위한 날 성벽을 튼튼히 하여 굳게 지키고 사로잡은 왜병도 아주 많았는데, 그 공으로 통정대부(通政大夫)로 승진해 좌병사(左兵使)가 되었다고 한다. 그의 재종(再從) 박우(朴遇)의 답서에서 말하기를, "여러 고을에서 군사를 징집했으나 사방으로 흩어져 산으로 올라갔습니다."라고 운운했다. 들건대 안동(安東)의 왜병 한 부대[運][226]가 길을 나서 풍산현(豊山縣)을 경유하여 예천(醴泉)의 민가에 침입해 해를 끼쳤다고 한다. 이날 저녁 비가 와서 밤새도록 이어졌다. 밤기운이 이미 서늘하고 벌레 소리마저 일어 홀로 차가운 집에 누워있자니, 가을날 회포가 점점 더했다.

二十一日。叔老兄, 向靈珠菴。聞岳母氣體失攝, 上嘔下注。九十之年, 避兵

---

225) 곽재우(郭再祐) : 1552~1617. 본관은 현풍(玄風). 자는 계수(季綏), 호는 망우당(忘憂堂).
226) 부대[運] : 운(運)은 물화(物貨)를 운송할 때 묶는 단위, 또는 군사를 대오(隊伍)로 편성할 때 묶는 단위를 말하는데, 여기서는 후자의 의미로 쓰였다.

深山, 奄得斯疾, 尤爲警慮。密陽府使朴晉, 當倭兵圍城之日, 堅壁固守, 所獲甚多, 以功陞通政, 爲左兵使。答其再從朴遇書, 有曰：“徵兵列邑, 四散登山。”云云。聞安東倭兵一運, 路由豐山縣, 侵暴醴泉民家云。是夕, 雨作達夜。夜氣已凉, 蟲聲又起, 獨臥寒齋, 秋懷轉增。

7월 22일. 오랜 가뭄 뒤의 장맛비는 이른바 극비극무(極備極無)[227]라는 것으로, 모두 흉해 밭 사이에 기르는 밭벼[早稻]는 장차 수확할 수 없을 것이다. 하물며 왜병이 햇곡식 가운데 이미 익은 것은 식량으로 하고, 아직 익지 않은 것은 말을 먹여 기름에랴. 만약 한 번이라도 이 지역에 쳐들어온다면, 비 때문에 아직 거두지 못한 밭은 모두 적의 수중에 들어 갈 것이다. 그러니 어찌 애통하지 않으랴. 오후에 진영[陣所]으로 돌아와서 안인서(安仁瑞)를 통해 듣건대 조몽정(曺夢禎)과 몽서(夢瑞) 등 여러 숙부들과 조대이(曺大而) 형이 강원도 지역으로 피란을 갔다고 한다.

二十二日。久旱餘淫霖, 所謂極備極無, 皆凶而田間早稻, 將不得收矣。況倭兵, 於新穀, 已熟者爲粮, 未熟者養馬。若一入此地, 則因雨, 未斂之畝, 皆歸於敵手。豈不痛哉。午後歸陣所, 因仁瑞聞, 曺夢禎、夢瑞僉叔、及大而兄, 避出江原地云。

7월 23일. 아침에 진영(陣營)에 갔다. 낮에 이 충순위(李忠順衛)의 술을 마셨다.

二十三日。朝往陣所。午飮李忠順衛酒。

---

227) 극비극무(極備極無) : 극비와 극무는 비·햇볕·더위·추위·바람 등이 고르지 못하여 장마·가뭄·혹서·혹한·태풍이 일어나는 것을 말한다. 극비(極備)는 한 가지만 너무 갖추어진 것을 말하고, 극무(極無)는 우(雨)·양(暘)·욱(燠)·한(寒)·풍(風) 다섯 가지 기상현상 중에 한 가지만 너무 없는 것을 가리키는 말이다. ≪書經≫ <洪範>의 여덟 번째 조목인 서징조(庶徵條)에 “한 가지가 지극히 구비되어도 흉하며, 한 가지가 지극히 없어도 흉하다.[一極備凶 一極無凶]”라고 한 데서 나온 말이다.

7월 24일. 아침에 듣건대 예천(醴泉)의 왜군이 흩어져 수로로 평양(平壤)으로 향했으나, 적은 모두 목이 베여 죽거나 사로 잡혔다고 한다. 때문에 공사(公私)가 몹시 기뻐했다. 오후에 척지(惕之)[228] 씨와 도청(都廳)에 가서 황광원(黃光遠)을 만났다. 진사(進士) 김천상(金天祥)과 안응일(安應一)[229], 곽륙(郭崊)[230] 등이 모두 자리에 있었다. 이야기를 마치고 진영으로 돌아왔다. 이날 저녁 좌병사(左兵使)가 왜군 150여 명을 목 베고 영천(榮川)에서 지나갔다고 한다.

　二十四日。 朝聞, 醴泉倭散, 向水路平壤, 敵盡爲斬獲。 爲公私甚喜。 午後, 與惕之氏往都廳, 見黃光遠。 金進士天祥、安應一、郭崊等, 皆在矣。 談訖還陣所。 是夕, 左兵使, 所斬倭軍一百五十餘, 自榮川過去云。

7월 25일. 진영으로 돌아왔다. 박대하(朴大賀)가 이장(里將)이 되었다. 또 전통(傳通)을 보니, 왜장(倭將) 평조신(平調信)[231]과 현소(玄蘇)[232] 등이 대동강(大同江) 건너편에서 우리 주상을 알현하기를 요청하자, 우리나라는 너희들이 호위병을 성대히 갖춘다면 서로 만나기가 쉽지 않을 것이라고 답했고, 또 재상을 뵙기를 구하자, 이에 참판(參判) 이덕형(李德馨)[233]이 가서 말하기를, "2백 년 동안 서로 교통했는데, 어찌 이렇게 까지 심할 수가 있는가."라고 했다. 왜장이 답하기를, "함께 힘을 합쳐 중원(中原)을 범하려고 했으나, 너희 나라가 따르지 않았기 때문에 이와 같이 했다."라고 운운했다. 아마도 초기에 왜변을 명나라 조정에 알렸다면, 도리어 우리나라가 적과 공

---

228) 척지(惕之) : 척지는 안척(安惕, 생몰년 미상)의 자(字).
229) 안응일(安應一) : 본관은 순흥(順興). 초명(初名)은 경희(慶喜). 자는 중하(仲賀), 호는 일계(逸溪).
230) 곽륙(郭崊) : 생몰년 미상. 본관은 현풍(玄風). 자는 정숙(靜叔).
231) 평조신(平調信) : 유천조신[柳川調信(야나기가와 시게노부), 1539~1605].
232) 현소(玄蘇) : 일본 성복사(聖福寺)의 승려인 겐소(玄蘇, ?~1612).
233) 이덕형(李德馨) : 1561~1613. 본관은 광주(廣州). 자는 명보(明甫), 호는 한음(漢陰)·쌍송(雙松)·포옹산인(抱雍散人).

모했다고 의심해 구원병을 청하는 뜻을 불허했을 것이나, 이때에 이르러 요동군(遼東軍) 11만을 발병해 관서(關西)에 있던 적을 모두 섬멸했다. 단양(丹陽)의 관문(關文)이 당도해 말하기를, "복병한 곳에서 왜적의 향도(向導)가 된 자 세 사람을 체포했는데, 모두 경상 하도(下道)의 군졸이었다. 이들은 왜병 두 부대[二運]가 상경할 때에 함께 갔다가, 왜인의 모습처럼 삭발하고 변복해 적과 도성에서 내려와 충주에 진을 치고 머물고 있었으나, 요사이 왜적의 기세가 점점 약해지면서 자주 상심하고 탄식하는 소리가 있었기 때문에, 우리들도 또한 죽을까 두려워서 다시 백성이 되어 장차 고향으로 돌아가려고 했다."라고 했다. 이러한 무리들은 비록 목을 벤다고 한들 애석하지 않을 것이다. 하물며 적병이 깊이 평양(平壤)에 쳐들어 간 것은 [왜적을] 인도한 자의 소행이 아닌 것이 없었으니, 어찌 그들을 주벌하는 것을 지체할 수 있겠는가. 또 듣건대 신립(申砬)234)이 충주(忠州)에서 패전했고, 좌상(左相) 윤두수(尹斗壽)는 도성에 머물면서 사로잡은 적이 매우 많다고 했다. 이날 저녁에 좌병사(左兵使)가 영천(榮川)에 당도했다.

二十五日。歸陣所。朴大賀爲里將矣。且見傳通, 倭將平調信、玄蘇等, 在大同江越邊, 求見我主上。我國, 答以汝等盛陳兵衛, 不可容易相接。又求見宰相, 於是, 李參判德馨往焉, 仍謂曰："二百年相交, 何至此極歟。" 倭將答曰："欲與同力, 犯中原, 而爾國不從, 故如是。"云云。蓋初時, 以倭變奏聞于皇朝, 則反疑我國, 與敵協謀, 不許請救之意。及是時, 發遼東兵十一萬, 殲盡關西敵矣。丹陽關到曰："伏兵處, 捕得與倭向導者三人, 皆慶尙下道軍卒也。倭兵二運上京時, 偕往削髮變服如倭人狀, 與敵下來, 留陣忠州, 而今者, 倭勢秒弱, 往往有傷嘆之聲, 故我民235)等, 亦恐其死, 復欲爲齊民, 而將還故鄕。"云。如此輩, 雖斬斫無惜。況敵兵之深入平壤, 莫非指引者之所爲 則寧可少稽其誅乎。又聞申砬, 在忠州敗軍,236) 尹相斗壽, 留都城所獲甚多云。是夕, 左兵使, 到榮川。

---

234) 신립(申砬) : 1546~1592. 본관은 평산(平山). 자는 입지(立之).
235) 民 : 해석 상 불필요한 글자.
236) 軍 : 戰의 오기인 듯함.

7월 26일. 안인서(安仁瑞)가 내 말을 타고 영주암(靈珠菴)으로 향했다. 병사(兵使)도 군사를 거느리고 안동(安東)으로 떠났다. 듣건대 풍산(豊山)에서 흩어져 돌아가던 왜군이 예천(醴泉) 지역에서 지나가는 곳마다 분탕질이 매우 많았으며, 게다가 그 군에 진을 쳤다고 한다. 예천과 풍기(豊基)의 거리는 겨우 50여 리로, 바야흐로 왜군이 감천(甘泉)에 당도하자, 사람들은 모두 조석 간에 화(禍)가 있을 것이라고 여겼으나, 다행히 화를 면했다. 그런데 지금 감천과 예천을 견주어 보면 도로가 조금 멀어져 민심이 조금이나마 여유가 있었다. 그러나 밤을 무릅쓰고 안동(安東)을 쳐들어올 때처럼 치달려 돌진해 온다면 피하려 해도 참으로 피할 수 없을 것이다. 박우(朴遇) 어른과 경택(景擇), 대하(大賀) 등이 잡직(雜職)인 군관에 임명되어 차출되는 것을 면하기 위해 병사(兵使)에게 글[文字]을 썼다. 저녁에 서쪽의 왜적이 패해 돌아갔다는 소식이 또 이르렀다. 그리고 명나라 장수가 강을 건너려 할 때, 교동(喬桐)의 공생(貢生)[237] 고언백(高彦伯)[238]이 공을 세워 통정대부에 올라 양주 목사(楊洲牧使) 겸 경기조방장(京畿助防將)이 되었다. 전라도에서 모집한 승군(僧軍) 수만 도 왜군을 포획하려고 충청도로 향하는 길이었다. 충주의 왜군은 대부분 여러 고을에서 목사(牧使)와 판관(判官)을 자칭(自稱)하면서 각자 진을 치고, [식량을] 지급해 충주 백성들에게 관청을 믿게 했으며, 모든 농토의 곡식도 그들과 서로 지켰다. 그러나 요사이 군대가 이를 것이라는 말을 듣고는, 장차 자신들의 형세가 궁지에 몰릴 것을 염려해 가을 곡식을 모두 베어 성안에 들여 놓았다. 그 사이에 향도(向導)한 자들도 헤아릴 수 없었는데, 용안역(用安驛), 단월역(丹月驛), 안보역[安保驛, 安富驛의 오기] 등지[239]의 역졸들도

---

237) 공생(貢生) : 향교의 교생(校生).
238) 고언백(高彦伯) : ?~1608. 본관은 제주(濟州).
239) 용안역과 …… 등지 : 조선시대 충청도 충주의 연원역(連原驛)을 중심으로 한 역도(驛道)에 있었던 역들이다. 연원역의 관할범위는 충주를 중심으로 북쪽으로 여주, 남쪽으로 문경·연풍(延豊)·음성·괴산, 동쪽으로 제천, 동남쪽으로 청풍·단양에 이어지는 역로이다. 이에 속하는 역은 충주의 단월(丹月)·가흥(可興 또는 嘉興)·용안(用安), 괴산의 인산(仁山), 음성의 감원(坎原), 연풍의 신풍(新豊)·안부(安富), 청풍의 황강(黃江)·수산(水山

모두 가담했다. 그러나 그들은 죽을 것을 염려해 다시 우리 백성이 되려고 했으나, 삭발과 변복 등의 모양과 흔적이 아주 달라서, 비록 완전히 마음을 고친다 한들 어쩔 수가 없었다. 이런 무리의 우환은 장차 지극한 바가 있을 것이니, 백성들이 모두 안도할 수가 없었다. 영월군(寧越郡) 경계의 침략도 반드시 이들을 따라 들어가서 한 짓이었다.

二十六日。仁瑞乘吾馬, 向靈珠菴。兵使領戰士, 出安東。聞豊山散歸之倭, 醴泉地所過處, 焚蕩甚多, 又設陣于其郡云。醴之距豊, 只五十餘里, 方倭之到 甘泉也, 人皆謂 朝暮有禍, 而幸免焉。今以甘泉比之, 道路暫遠, 民心小寬, 然 冒夜馳突, 如入安東時, 則雖欲避之, 固不可得矣。朴遇丈、及景擇、大賀等, 欲免雜任出軍官, 文字于兵使。夕西敵敗歸之音, 又到。而唐將渡江, 喬桐貢生 高彦伯, 以功陞通政, 牧楊州兼京畿助防將矣。全羅募僧軍數萬, 亦欲獲倭, 路 指忠淸道, 而忠州之倭, 多於列郡, 自稱牧使判官, 各自爲陣且給, 信署于州人, 凡田間禾穀, 與之相守。近者聞兵至, 又念其勢窮蹙, 盡刈秋稼, 入處城中。其 間向導者, 亦無數, 用安、丹月、安保等處驛卒, 皆入焉。慮其將死, 欲復爲吾 民, 而削髮變服, 形迹頓異, 雖回心易慮, 蓋無及耳。此輩爲患, 將有所極, 而小 民, 皆不得按堵。寧越郡境之侵掠, 亦必其從之所爲也。

7월 27일. 지난 밤 꿈에 세자를 만나 서로 울었다. 세자는 형용이 초췌했 는데, 내 손을 잡고 시를 지었다. 시의 말구에 '나는 끝내 부귀할 줄을 알 았네.'라는 말이 있었다. 나는 무릎 꿇고 말하기를, "신은 남쪽 사람으로서 남쪽 지방은 지금 다행히 무사하옵니다."라고 운운했다. 이로써 보건대, 나 라가 평정되고 회복될 징조인 듯했다. 또 듣건대 전라 감사(全羅監司) 이광(李 洸)[240]은 적을 섬멸하는 것에 단호한 뜻을 두어 변방을 방비하는 일과 계책

또는 壽山・안음(安陰), 단양의 장림(長林)・영천(令泉 또는 靈泉), 영춘의 오사(吾賜), 제천 의 천남(泉南) 등 14개 역이 있었다. 연원・단월・안부・용안・황강・수산・장림역 등은 모두 중로(中路) 또는 중역(中驛)에 해당하는 역이고, 그 밖의 역은 모두 소로 또는 소역에 해당하는 역이었다.
240) 이광(李洸) : 1541~1607. 본관은 덕수(德水). 자는 사무(士武), 호는 우계산인(雨溪散人).

에 대해 조금도 실수가 없어서 적이 감히 가까이 하지 못했고, 호남은 이에 힘입어 안정되었으며, 그 다음 강원 관찰사(江原觀察使) 유영길(柳永吉)[241]은 왜적을 토벌하는 것을 급선무로 여기고 수령 가운데 기대에 미치지 못한 자들은 모두 곤장을 쳤으며, 동궁[邸駕]께서 군사를 거느리고 왜적을 토벌함에 순찰사(巡察使) 등도 왔다고 한다. 안인서(安仁瑞)는 우리 처가의 지정(至情)[242]으로, 나의 아내를 데리고 영주암(靈珠菴)에서 당도했다.(시 한 절구가 있었다.)

> 二十七日。去夜夢, 遇我世子相泣。形容憔悴, 執我手作詩。末句有'吾知終富貴。'之詞, 余跪對曰: "臣南人而南方, 今幸無事。"云云。以此觀之, 似是平定恢復之兆矣。且聞, 全羅監司李洸, 銳志殲敵, 於備邊事籌無遺策, 敵莫敢近, 湖南賴以安。其次, 江原觀察使柳永吉, 以討倭爲務, 守令之不能及期者, 皆杖之, 邸駕, 勒兵討倭, 而巡察使等, 亦來云。安仁瑞, 即吾聘家至情也, 帶吾室人, 自靈珠菴到。(有詩一絶。)

7월 28일. 진중(陣中)에서 돌아와 박대하(朴大賀) 집의 술을 마셨는데, 안진사(安進士) 어른도 왕림했다. 술이 거나해지자, 처연히 고향이 그립고 형제를 추억하는 생각에 두 줄기 눈물이 흐르려고 했다.

> 二十八日。歸陣中, 飮大賀家酒, 而安進士丈亦臨。酒半, 悽然有懷故鄕, 憶弟兄之念, 雙淚欲下。

7월 29일. 박승경(朴承慶)과 그의 형이 저전(紵田)에서 와서 말하기를, "안동(安東)에서 흩어져 나왔던 왜적이 지금은 풍산현(豐山縣)[243]에 진을 쳤다가 다시 안동부(安東府)로 돌아가려고 합니다. 그러나 분탕질이 극히 참혹해 연기와 화염이 하늘에 가득했기 때문에, 병화가 두려워 어머니를 모시고 이

---

241) 유영길(柳永吉) : 1538~1601. 본관은 전주(全州). 자는 덕순(德純), 호는 월봉(月篷).
242) 지정(至情) : 아주 가까운 친척.
243) 풍산현(豐山縣) : 지금의 경상북도 안동시 풍산읍.

곳에 이르렀습니다. 그리고 전날 전통(傳通)에서 '소천현(小川縣)²⁴⁴)의 적은 왜적이 아니라 토인(土人)이었다.'라고 했다.

　　二十九日。 朴承慶與其兄, 自紵田來曰 : "安東散出之倭, 時則設陣豐山縣, 將復向府內。而焚蕩極慘, 煙焰滿空, 故畏其兵火, 陪母到此。而前日傳通, '小川縣之賊, 非倭也, 乃土人。'云。

7월 30일. 읍내의 형수씨가 성혈사(聖穴寺)에서 영천(榮川)으로 돌아갔다. 권경성(權景星)이 진중으로 와서 말하기를, "강원도의 왜병이 흩어져 나와 정선군(旌善郡)을 침범해 분탕질하고, 다시 평창(平昌)과 영월(寧越)의 경내로 쳐들어갔는데, 안동부(安東府) 소천현(小川縣)과 재산현(才山縣)²⁴⁵)의 난비(亂匪)가 모두 그 무리들로, 피란했던 사람들의 처자 가운데 포로가 된 사람들이 많습니다. 혹자는 그들을 토적(土賊)으로 의심하나 아주 잘못된 생각입니다."라고 했다. 저 왜적이 만약 곳차현(串差峴)을 넘는다면, 풍기(豊基)와 영천(榮川) 두 군은 그들이 경유하는 길목이니, 어찌 병화의 참화를 면할 수 있겠는가. 때문에 공사(公私)가 어찌할 바를 모르고 근심했다. 영공(令公) 김성일(金誠一)의 초유문(招諭文)을 보니, 종사(宗社)와 나라의 치욕을 말한 것이 매우 처절했고, 뜻도 간절하고 지성스러웠다. 그리고 왜적의 기세가 점점 곤궁해 지고 있다는 것을 피력했는데, 바로 청석동(青石洞)²⁴⁶)과 대동강(大同江), 철령(鐵嶺)²⁴⁷) 등의 승첩이었다. 이어서 명나라 조정[皇朝]에서 구원병을 보내 왔다는 것을 언급했는데, 먼저 5만의 군사를 파견하고, 다시 조승훈(祖承訓)²⁴⁸)과 곽몽징(郭夢徵)²⁴⁹), 왕필적(王必迪) 등 세 장수로 하여금 각각 산동의

---

244) 소천현(小川縣) : 지금의 경상북도 봉화군 소천면.
245) 재산현(才山縣) : 지금의 경상북도 봉화군 재산면.
246) 청석동(青石洞) : 개성부(開城府) 청석동.
247) 철령(鐵嶺) : 함경남도 안변군 신고산면과 강원도 회양군 하북면 사이에 있는 고개. ≪선조실록≫ 39권 1593년 6월 6일 기축 12번째 기사에 "안변 부사 최전(崔銓)은 관병으로 하여금 철령(鐵嶺)에 복병을 매복토록 하여 95과의 수급을 참획했다."고 하였는데, 이를 이른 것으로 보인다.

수군 10만 명을 거느리고 바다에 이르게 했다는 것이 이것이다. 끝에서는 영남 한 도(道)는 인물의 부고라고 극론하고서, 이곳의 배우는 사람들이 종장(宗匠)으로 삼는 사람을 말할 때는 반드시 퇴계(退溪)[250]와 남명(南冥)[251]을 거론했으니, 두 선생께서는 진실로 그러한 분이었다. 두 선생께서는 지금 사람들의 이목이 이르는 대상으로, 친히 배운 사람들도 있었고 사숙(私淑)한 사람들도 있었다. 그 뜻은 그들이 창의(倡義)한다면 모든 어리석은 백성들도 소문을 듣고 난리에 이를 것이라는 것을 말한 것이 아니겠는가. 의령 현감(宜寧縣監) 정인홍(鄭仁弘)[252]과 좌랑(佐郎) 김면(金沔)[253]이 창의한 일을 간곡히 다시 말하고, 또 유거달(柳車達)[254]과 원충갑(元冲甲)[255]이 한 일을 인용한 것은 지금의 선비들과 백성들에 대한 깊은 기대이니, 그의 임금에 대한 충성과 왜적을 물리치고자 하는 의리는 언사의 밖에 애연했다. 그러니 모든 혈기가 있는 자들은 누구인들 감동해 분발하지 않겠는가. 일찍이 우병사(右兵使)를 잡아갔던 것은 조정에서 한 사람이라도 바른 선비를 죽일까 염려한 것이었으며, 특히 하늘의 보살핌으로 관찰사(觀察使)의 직임[256]을 맡았으니, 그가 남방 일로(一路)에 대해 비록 가가호호 다니며 말하지 않더라도, 다만 이 한 문장으로도 비유할 수 있을 것이다. 이날 저녁 신임 병사(兵使)가 전한 관문(關文)에, "5월에 체포한 행동이 황당한 자인 이세형(李世亨)을 추문하

---

248) 조승훈(祖承訓) : 생몰년 미상. 명나라 말기의 요동 부총병. 행적이 자세하지 않다.
249) 곽몽징(郭夢徵) : 생몰년 미상. 중국 명(明) 나라 신종(神宗) 때의 장군.
250) 퇴계(退溪) : 이황(李滉, 1501~1570). 본관은 진성(眞城). 자는 경호(景浩), 호는 퇴계(退溪)·지산(芝山)·퇴도(退陶).
251) 남명(南冥) : 조식(曺植, 1501~1572). 본관은 창녕(昌寧). 자는 건중(楗仲).
252) 정인홍(鄭仁弘) : 1535~1623. 본관은 서산(瑞山). 자는 덕원(德遠), 호는 내암(來庵).
253) 김면(金沔) : 1541~1593. 본관은 고령(高靈). 자는 지해(志海), 호는 송암(松庵).
254) 유거달(柳車達) : 생몰년 미상. 고려 태조 때의 개국 2등 공신 12인 중의 한 사람으로, 문화 유씨(文化柳氏)의 시조
255) 원충갑(元冲甲) : 1250~1321. 본관은 원주(原州). 시호는 충숙(忠肅).
256) 관찰사의 직임[來宣之任] : 지방관이 되어 왕정(王政)을 펴는 것을 말한다. 《시경》 <대아(大雅) 강한(江漢)>에, "임금이 소호에게 명하시어 정사를 두루 펴라 하시다.[王命召虎 來旬來宣]"라고 한 데서 유래했다.

려고 한다."라고 했다. 그래서 나는 우선 복병을 징발해 데리고 가도록 했는데, 그 중 한 명은 김희옥(金喜沃)이 그의 이름으로 이미 감옥에서 도망친 죄로 죽었다. 전 서방(全書房)이 용궁(龍宮)에서 와서 함항(咸鄉)의 소식을 대략 전했으나, 세세히 기록하지 못했다.

三十日。邑內嫂氏, 自聖穴還榮川。權景星, 來陣中曰 : "江原倭兵, 散出, 侵暴焚蕩旌善郡, 又入平昌、寧越之境, 而安東小川、才山亂匪, 皆其類也, 避亂者妻,子 多被虜獲人。或疑之以土賊者, 甚誤。"云。彼敵, 若踰串差峴, 則豐榮兩郡, 是其所由路也, 安得免兵火之慘乎。爲公私惶憫。見金誠一令公招諭文, 其言, 宗社之辱, 國家之恥, 辭甚悽切, 意又懇惻。而申之以倭勢之漸窮, 靑石洞、大同江、鐵嶺之捷是已。繼之以皇朝來救, 先遣五萬兵, 又使祖(承訓)郭(夢徵)王(必迪)三將, 各率山東舟師十萬, 達于海, 是也。其末極論, 嶺南一道, 爲人物之府庫, 而敍其學者所宗, 則必擧退溪、南冥、兩先生者, 實是。時人耳目之所逮也, 親炙者有之。私淑者有之, 其意豈不以其徒倡之, 則凡愚下氓, 亦將聞風而赴亂歟。以鄭宜寧仁弘、金佐郎沔倡義之事, 諄複言之, 又引柳車達、元冲甲之所爲, 深望於今日之士民, 其忠君斥倭之義, 藹然於言辭之表。凡有血氣者, 孰不感發。曾以右兵使拿去也, 竊恐朝廷, 殺一正士, 特荷天監, 獲承來宣之任, 其於南方一路, 雖不家道戶說, 惟此一文, 足以諭矣。是夕, 新兵使傳關, "推五月所捕荒唐者李世亨。" 故發伏兵領送, 其一則金喜沃其名, 而已死於越獄罪矣。全書房, 自龍宮來, 粗傳咸鄉之音信, 不能細也。

❀1592년 8월

8월 1일(무자). 진중(陣中)에 당도해 듣건대 춘양(春陽)의 의병이 왜병에게 패하고 영천(榮川)의 군사들도 궤멸되어 흩어졌다고 한다. 때문에 이곳 풍기군(豊基郡)은 왜적과의 거리가 단지 하룻길에 지나지 않아 승세를 타고 곧바로 쳐들어올 수 있는 곳이어서 조석간의 염려가 있었다. 하물며 권두장(權斗章) 등이 풍산현(豊山縣) 구담리(九潭里)257)를 밤에 습격한 뒤, 그곳의 왜적도

---

257) 구담리(九潭里) : 지금의 경상북도 안동시 풍천면 구담리.

진을 치고 떠나지 않았음에랴. 진실로 작은 근심이 아니다.

八月一日(戊子)。 到陣中, 聞春陽義兵, 爲倭兵所敗, 榮川軍卒, 亦潰散云。 此郡之距倭, 只一日程, 乘勝直入, 慮在朝暮。 況權斗章等, 豊山九潭夜擊後, 其倭亦留陣不去。 誠非細憂也。

8월 2일. 서풍이 크게 일었다. 어제 저녁부터 왜병의 소식이 어지러이 그치지 않았다. 그러나 이장(里將) 박대하(朴大賀)가 추격에 나설 즈음, 복병들이 사방에 흩어져 들어오지 못했다. 이 때문에 비단 공도 없을 뿐만 아니라 도리어 왜적의 기세만 더해 주었으니, 장차 풍기성(豊基城)은 함락되어 적의 소굴이 될 것이다. 아, 주상께서 파천하고 종사(宗社)가 폐허가 되었다면, 백성들의 생사와 마을 민가의 분탕질은 참으로 근심할 것도 없겠으나, 다만 사사로운 정으로 말하자면 늦게 얻은 사내 아이[258] 하나가 나이 겨우 5살에 홍역을 앓으며 병상에 누운 지 지금 4일이 되었다. 저들이 만약 곧바로 들이닥쳐 노략질을 한다면 장차 이 아이를 어디에 맡길 것인가. 처음에는 입산한지 오래되어 괴로웠으나, 끝내는 너무 일찍 집에 돌아 온 것이 후회되었다. 하물며 평창(平昌)의 노일현(勞逸縣)과 안동(安東)의 소천현(小川縣), 풍산현(豊山縣) 등에서 적세가 날고 뛰어 그 예봉을 범하기가 어렵거늘, 풍기군(豊基郡)은 그 가운데 위치해 사면이 모두 적이니, 어육(魚肉)을 면할 수 있겠는가. 이날 밤은 9, 10월처럼 몹시 추웠다.

二日。 西風大起。 自昨夜倭兵之聲息, 粉紜不已。 而里將追擊之際, 伏兵四散不入。 非徒無功, 反增敵氣, 將使基城陷爲虜巢。 噫, 主上播遷, 宗社丘墟, 則黎庶之生死, 邨閭之焚蕩, 固不足恤也, 而第以私情言之, 晚得一男, 年纔五歲, 患痘臥床者, 今四日矣。 彼若直擣入寇, 則將此兒, 置諸何處。 始苦入山之久, 而終悔還家之早也。 況平昌之勞逸縣, 安東之小川, 豊山等縣, 敵勢騰陵, 其鋒難犯, 而豊之爲郡, 處其中, 而四面皆敵, 則其能免魚肉乎。 是夜, 甚寒如九十月。

---

258) 사내 아이 : 곽수지의 아들 곽용백(郭龍伯, 1588~1646).

8월 3일. 아침에 듣건대 유종개(柳宗介)[259]와 윤흠신(尹欽信)[260], 윤흠도(尹欽道)[261] 등이 의병으로서 춘양(春陽)에서 전사했다고 한다. 저녁에 진중(陣中)으로 돌아와 김성택(金成澤)이 전한 말을 통해 왜병이 예천산성(醴泉山城)으로 쳐들어 왔다는 것을 알았다. 우려를 금할 길이 없다.

　　三日。朝聞, 柳宗介、尹欽信、欽道等, 以義兵死於春陽。夕歸陣中。因金成澤所傳, 知倭兵, 入醴泉山城。不勝憂念。

8월 4일. 아침에 영천(榮川) 사람을 만나 영천군에서 사로잡은 왜병이 많다는 말을 듣고는 정청윤(鄭淸允)과 정위보(鄭衛甫) 등을 언급하며 물으니, 모두 무사하다고 했다.

　　四日。朝見永川人, 得聞其郡, 多獲倭兵, 而問及鄭淸允、鄭衛甫等, 則皆無事云。

8월 5일. 절도사(節度使)는 안동(安東)에 있었다. 듣건대 왜적이 가득해 군관(軍官) 서경남(徐景男)에게 군사 1백 명을 거느리고 풍기(豊基)로 가도록 했는데, 지나갈 때에 진목정(眞木亭)의 진영(陣營)에 들러 해가 기울도록 앉아 이야기했다고 한다. 또 듣건대 왜병으로 안국사(安國使)라 일컫는 자가 바다에서 새로 도착했다고 한다. 우리나라의 변란은 전고(前古)에는 없었던 것으로 남은 백성들도 장차 다 죽을 것인가. 채백심(蔡伯忱)이 지난 3일에 이미 죽었다고 한다.

　　五日。節度使在安東。聞倭兵充斥, 以軍官徐景男領兵一百, 送豊基, 過去時, 入眞木亭陣中, 移日坐語。且聞倭兵號稱安國使, 自海中新到云。我國之變, 前古所無, 而遺氓將盡乎。蔡伯忱, 去三日已逝云。

---

259) 유종개(柳宗介) : 1558~1592. 본관은 풍산(豊山). 자는 계유(季裕).
260) 윤흠신(尹欽信) : ?~1592. 본관은 예천(醴泉).
261) 윤흠도(尹欽道) : ?~1592. 자는 홍지(弘之). 윤흠신의 아우.

8월 6일. 진중(陣中)으로 돌아와 들건대 왜인이 곳곳에 가득하다고 하니, 근심되어 어찌할 줄을 모르겠다. 어느 때나 이 적들을 다 섬멸하고 백성들의 거처를 안정시킬 수 있으랴. 숙노 씨(叔老氏)가 영주암(靈珠菴)에서 저물녘에 도착했다. 안이득(安而得)이 이장(里將)으로서 안집사(安集使)에게 곤장을 맞았다고 한다.

> 六日。歸陣中, 聞倭人處處充斥, 憂不知所定矣。何時殲盡此敵, 以奠民居乎。叔老氏, 自靈珠菴暮到。安而得, 以里將逢杖於安集使云。

8월 7일. 낮에 진중(陣中)으로 돌아와 김정경(金靜卿)과 권사영(權士英)[262] 등을 만났다. 또 이천응(李天應)이 은풍(殷豊)에서 저물녘에 당도해 말하기를, "왜병이 예천(醴泉)에 쳐들어와 금당곡(金堂谷)을 분탕질해 연기가 하늘까지 치솟았고, 또 소백산을 포위하려 하며, 풍산(豊山)의 적들도 구담리(九潭里)를 다 불사르고 결진(結陣)하여 깃발을 세우고 다른 곳으로 이동하려고 합니다. 풍기성(豊基城)이 화를 면하지 못할까 두렵습니다."라고 했다. 이날 저녁 은산(殷山)에서 체포한 무녀(巫女)를 도청(都廳)에서 목을 베었는데, 바로 왜적들과 공모해 침략한 자였다. 밤에 비가 내렸다.

> 七日。午歸陣中, 見金靜卿權士英等。且李天應, 自殷豊暮到曰: "倭兵入醴泉, 焚蕩金堂谷, 煙焰漲天, 又欲圍小白山。而豊山之敵, 亦盡燒九潭里, 結陣建旗, 欲移佗所, 基城恐不免其禍。"云。是夕, 斬殷山所捕巫女于都廳所, 乃與倭共謀侵掠者也。夜雨。

8월 8일. 날을 이어 비가 내렸다. 오늘은 돌아가신 어머니의 생신이나, 어린 아이가 역질(疫疾)을 앓았기 때문에 이번에는 차례[茶祀][263]를 지내지 않았다. 낮에 진중(陣中)으로 돌아와 들건대 조학상(曺鶴祥)이 대장(大將)으로

---

262) 권사영(權士英) : 생몰년 미상. 본관은 안동.
263) 차례[茶祀] : 차사(茶祀)는 차례(茶禮)와 같은 말로, 음력 매달 초하룻날과 보름날, 명절날, 조상 생일 등의 낮에 지내는 제사를 말한다.

서 능력이 없다는 이유로 병사(兵使)에게 벌을 받았다고 한다.

八日。連雨。今日乃先妣生辰, 而小兒患疫, 玆闕茶祀。午歸陣中, 聞曺鶴祥,
以大將不能, 被誅于兵使。

8월 9일. 창락역(昌樂驛)의 역리(驛吏)가 한 통의 서신을 가지고 아침에 진
중(陣中)으로 찾아왔다. 나와 이장(里將) 등이 그 봉인된 서찰을 열어보니, 바
로 단양 군수(丹陽郡守)의 전통(傳通)과 선유사(宣諭使) 윤승훈(尹承勳)[264]이 가지
고 온 괘방(掛榜)[265]의 글이었다. 임금[乘輿]이 평양(平壤)에서 의주(義州)로 거
둥했고, 동궁[邸駕]은 이천(伊川)에 머물며, 대동강의 승첩에서 왜장 평조신(平
調信)이 화살에 맞아 죽은 것과, 그의 왜장이 황주(黃州)에 깊숙이 쳐들어왔
으나 명나라 조정[皇朝]에서 보낸 군대가 그들을 격파했다는 것, 명나라 장
수는 조승훈(祖承訓)과 곽몽징(郭夢徵), 대조변(戴朝弁), 사유(史儒) 등 네 사람이
라는 것을 알 수 있었다. 그리고 조정에서 덕정(德政)을 선포해 모든 긴급하
지 않은 공물은 모두 그만두게 했고, 연은전(延恩殿)[266]과 문소전(文昭殿)[267]
에 바치던 공물을 면제하고 또한 덜어주었다는 것을 알 수 있었다. 이것은
적세가 점점 쇠약해 지자 백성과 함께 다시 시작하려는 뜻이었다. 아, 길이
막힌 지가 오래 되어 왕래가 모두 끊기었으나, 지금은 외방(外方)의 진계(陳
啓)가 위로 이르게 되었고, 서방(西方)의 소식이 아래로 통하게 되었으니, 온
나라의 신하와 백성들이 모두 기뻐했다. 다만 남은 적들과 토적(土賊)들이

---

264) 윤승훈(尹承勳) : 1549~1611. 본관은 해평(海平). 자는 자술(子述), 호는 청봉(晴峰).
265) 괘방(掛榜) : 정령(政令)이나 포고(布告)를 붙여 일반에게 보이던 일.
266) 연은전(延恩殿) : 조선조 덕종(德宗)의 사당을 이른다. 성종(成宗)은 처음에 생부(生父)를 덕
　　종으로 추존하고 문소전에 모시려고 했다. 그러나 문소전은 원래 태조와 사조(四祖)를 모
　　시는 사당이므로 덕종을 모시면 예종(睿宗)이 들어갈 수가 없어서 일시 종묘에 모셨다가
　　따로 연은전을 지은 다음 이를 옮겨서 모시었다. 그 뒤 인종(仁宗)이 죽자 많은 논의 끝에
　　인종을 일시 이 연은전에다 같이 봉안을 했었는데, 선조 2년(1569)에 다시 문소전에 후전
　　(後殿) 한 칸을 새로 짓고 인종의 위패를 이리로 옮겨서 봉안했다고 한다.
267) 문소전(文昭殿) : 태조와 신의왕후(神懿王后)의 위패(位牌)를 모신 전각이었으나 뒤에 태조
　　와 4대조의 위패를 모시는 사당이 되었다. 이 당시에는 경복궁 안에 있었으나 임진왜란
　　때 소실되었다. ≪燃藜室記述 別集 卷1 祀典典故≫

합세해 여러 고을에 좍 깔려서 죽이고 약탈하는 분탕질이 전날보다 더욱 심했다. 낮에 대구(大邱)의 서사원(徐思遠)이 향병을 소집하는 격문(檄文)이 이르렀는데, 한 번만 읽어도 사람들로 하여금 격분하게 했다. 그리고 의흥(義興)의 이인호(李仁好)도 왜병을 체포하려는 뜻으로 글을 지어 여러 고을에 유시(諭示)했다.

　　九日。 昌樂驛吏, 持一封書, 朝過陣中。余與里將等, 遂開其緘, 則乃丹陽倅傳通, 及宣諭使尹承勳齎來掛榜之文也。得知乘輿, 自平壤幸義州, 邸駕在伊川, 而大同江之捷, 倭將平調信, 中箭而死, 及其倭兵深入黃州, 皇朝所送兵, 擊破之, 唐將, 則祖承訓、郭夢徵、戴朝弁、史儒等, 四人云爾。又審朝廷, 宣布德政, 凡不緊之貢物, 皆已, 蠲免延恩文昭殿所供物, 亦減之。蓋敵勢漸衰, 與民更始之意也。噫, 路梗日久, 往返俱絶, 今則外方之陳啓, 達於上, 西方之音問, 通於下, 一國臣民, 擧皆欣欣。而第以餘敵與土匪合勢, 遍滿列邑, 其殺掠焚蕩, 殆甚於前日矣。午大丘徐思遠, 招集鄕兵檄到, 一讀令人激憤。而義興李仁好, 亦以剿捕倭兵之意爲文, 諭示列邑。

8월 10일. 들판이 막 누른빛을 띠고 햇곡식도 익으려고 했다. 맑은 가을의 아름다운 경치는 예전과 같았지만, 눈을 들어 산하를 보니 옛날과는 아주 달랐다. 하물며 왜병이 풍기(豊基)로 쳐들어오는 것이 조석에 달려있고, 함창(咸昌) 고향의 소식도 통하지 못함에랴. 지금 비록 동네의 어른과 젊은이들이 함께 됫박의 술을 기울이고 있으나, 취한 흥취를 알지 못하겠고 오히려 비통한 마음만 더했다.

　　十日。 野色初黃, 新粟欲熟。淸秋佳景, 依然舊時, 而擧目山河, 殊異昔日。況倭兵入豊, 迫在朝夕, 咸鄕音問, 亦未相通。今雖與洞中少長, 共傾升酒, 不知醉裏之興, 而反增悲痛之情矣。

8월 11일. 어제 꿈에 함창(咸昌) 우리 고향의 사람들이 모두 집으로 돌아와서, 나는 형제와 조카 등을 만났다. 다만 용영(龍嶸)[268]의 얼굴빛이 쪽빛 같고 몹시 피곤해 보였다. 늙은 노비 은석(銀石)이 고무되어 말하기를, "충주(忠州)의 왜적이 모두 죽어서 나는 걱정이 없습니다."라고 했다. 낮에 진중(陣中)으로 돌아오니, 엄숫동(嚴小叱同)이 술을 올리고, 기와장이 감산(甘山) 등이 고기를 보내주었다.(시 한 절구가 있었다.)

> 十一日。昨夢, 咸昌吾鄉之人, 皆還于家, 而見我弟兄及姪等。但龍嶸面色, 如藍疲甚老。奴銀石, 鼓舞曰："忠州倭盡殺之, 吾無患。"云。午歸陣中, 嚴小叱同, 進以酒, 瓦匠甘山等, 饋以肉。(有詩一絶。)

8월 12일. 영천군(永川郡)의 아전(衙前)이 태수(太守) 김윤국(金允國)의 집에서 돌아와 말하기를, "충주성(忠州城) 안에는 왜적이 매우 많지만, 청주(淸州)와 진천(鎭川)의 여러 왜적은 자발적으로 응모(應募)한 충청의 승군(僧軍)이 모두 섬멸했습니다."라고 했다.(시 한 절구가 있었다.)

> 十二日。永川郡吏, 自其太守金允國家還曰："忠州城中敵甚多, 淸州鎭川諸倭, 則忠淸僧軍自募者, 殲盡。"云。(有詩一絶。)

8월 13일. 안집사(安集使)가 풍기군(豊基郡)으로 들어왔다. 또 함창 군수(咸昌郡守)의 전통(傳通)을 보고 왜인들이 점점 아래로 내려간다는 것을 알았다.

> 十三日。安集使入郡。且見咸昌守傳通, 知倭人, 稍稍下去。

8월 14일. 안집사(安集使)가 다시 영천(榮川)으로 내려갔다.

> 十四日。安集使, 還下榮川。

8월 15일. 새벽부터 비가 내리더니 저녁에 개었다. 나와 안인서(安仁瑞)가

---

268) 용영(龍嶸) : 곽수지의 둘째 형인 수의(守義)의 셋째 아들. 임진왜란 때에 백부 곽수인과 숙부 곽수예(郭守禮)를 따라 의병 활동을 하다가 당교 전투에서 전사했다. 곽수의는 3남을 두었는데, 첫째는 용흘(龍屹), 둘째는 용성(龍成)이다. 곽수지의 둘째 형과 조카들은 모두 의병으로 활약했다.

진중(陣中)으로 돌아오니, 향원(鄕員)[269]들이 각각 술병을 들고 주거니 받거니 술잔을 돌리고 있었다. 그러나 눈을 들어 산하를 바라보니, 기상이 참담하여 비록 좋은 명절[추석]을 맞았다고는 하나, 갑자기 마음 속 흥취가 없어졌다. 하물며 우리 형제들이 산골짜기를 떠돌아서 부모님 무덤가의 가시나무를 누가 제거할 수 있었겠는가. 생각이 이에 미치자 눈물이 흘렀다. 이날 종이 위판[紙版]을 써서 제사를 지냈다.

十五日。 曉雨夕霽。余與仁瑞, 歸陣中, 鄕員, 各提壺亂酌。但舉目山河, 氣像愁慘, 雖遇佳辰, 頓無心興。況吾弟兄, 飄泊山谷, 父母墳上之荊棘, 誰得以翦除乎。言念及此, 涕淚交零。是日, 以紙版行祀。

8월 16일. 어젯밤 꿈속에서 함창(咸昌)으로 돌아가 형제들과 회포를 풀었는데, 다만 용영(龍嶸)은 병이 심하다고 했다. 지난번 얼굴빛이 쪽빛 같던 꿈을 생각하니, 그리움이 한시도 멈추지 않았다.

十六日。 夜夢歸咸, 兄弟相敍, 但龍嶸病甚云。思前面色, 如藍之夢, 念念不已。

8월 17일. 진영으로 돌아와 듣건대 영월(寧越) 대야리(大野里)와 영춘(永春) 변현(邊峴) 등지의 왜병이 장차 곶차현(串差峴)을 넘을 것이라고 했다. 아군은 [곶차현에] 주둔하고 지키는 자가 매우 적었기 때문에 왜군에게 포위당한다면, 단지 왜적 5, 6인을 쏘고 난 뒤에는 무너질 것이다. 그래서 영천 군수(榮川郡守)와 대장(大將) 이정견(李庭堅)[270]이 군사 9백 명을 거느리고 적과 싸우러 나아갔다고 한다.

十七日。 歸陣所, 聞[271]寧越大野里, 永春、邊峴等處倭兵, 將踰串差峴。我

---

269) 향원(鄕員) : 좌수(座首)·별감(別監) 등 향청(鄕廳)의 직원, 즉 향안 조직의 구성원을 이른다.
270) 이정견(李庭堅) : 1557~?. 본관은 공주(公州). 자는 직경(直卿).
271) 聞 : 문맥상 삽입함.

軍屯守者甚少, 故爲其所圍, 只射倭五六人, 然後潰散。 榮川郡守、 及大將李庭
堅, 領兵九百, 赴敵云。

8월 18일. 곳차현(串差峴) 왜적의 소식에 대해 의견이 분분했다. 그래서
날이 밝기 전에 진영[陣所]으로 가니, 이장(里將) 안척(安惕)과 유사(有司) 조경
열(趙景悅)이 군사를 징집해 적과 싸우러 나아가느라 몹시 소란했다. 해가
막 뜰 무렵 군사를 거느리고 대장(大將) 송경기(宋慶基)의 처소로 가서 순흥(順
興)을 경유해 곳차현으로 향했다. 풍기(豊基)의 백성들은 당초에 소백산을 의
지할 곳으로 삼았으나, 지금은 피란할 곳을 몰라 창황히 얼굴빛을 잃고서
는, 혹자는 눈물을 흘리며 죽으려고 하는 사람도 있었다. 하물며 왜병이 상
원령(上院嶺)에 모습을 드러냈음에랴. 그 곳과 풍기성의 거리는 다만 골짜기
하나뿐이었다. 동원(洞員)들이 밤에 다시 모여 일을 의논했다.

> **十八日。** 串差之倭奇紛紜。 故天未明, 往陣所, 里將安惕、 有司趙景悅, 以調
> 兵赴敵甚騷。 日初上, 領去大將宋慶基處, 由順興, 指串差矣。 豊民, 初以小白
> 山爲恃, 而今則不知避亂之所。 蒼皇失色, 或有流涕而欲死者。 況倭兵, 見形於
> 上院嶺。 其去基城, 只一壑耳。 洞員, 夜更聚論事。

8월 19일. 동원(洞員)들이 모두 진영에 모여 물고기를 잡아 회를 뜨고 탕
을 끓였다. 박경택(朴景擇)이 술을 보내 주었다. 해가 저물어 파하고 돌아왔
다. 또 곳차현(串差峴)과 상원령(上院嶺) 왜적의 소식이 더욱 이러니저러니 분
분했기 때문에 이른 아침에 장모와 여러 형수씨들, 그리고 말과 종들을 모
두 떠나보냈다. 그러나 해는 짧고 길도 험해서 밤이 깊어서야 집에 도착했
는데, 밥을 올리기도 전에 닭이 벌써 울었다. 아, 소백산의 영주암(靈珠菴)은
평소 숲이 깊은 곳으로 일컬어 왔는데도 오히려 안전하지 못하고 앉아서
낭패를 보게 되었으니, 다시 어느 곳이 목숨을 보존할 수 있는 곳인지 알겠
는가.

十九日。 洞員, 咸會陣所, 獵魚膾烹。朴景擇, 饋以酒。日暮罷還。且串差上
院之倭奇, 愈甚紛紜, 故早朝, 岳母, 諸嫂氏、騎、僕, 皆已送去。而日短路險,
夜深到家, 進飯未畢, 雞已唱矣。噫, 小白之靈珠菴, 素稱林深之地, 而尙不得
安, 坐狼狽, 而還不知何處, 可以全活耶。

8월 21일. 아침에 진영으로 가서 들건대 왜병이 단양(丹陽)의 마진(馬
津)[272]에 이르렀다고 했다. 만약 이 마진을 건넌다면 반드시 죽령(竹嶺)을 넘
을 것이다. 김수몽(金壽蒙)을 만나 들건대 김사술(金士述) 형의 집안이 모조리
분탕되었다고 한다. 난리에 서로 만나니 마음이 참으로 기뻤으나, 경황 중
에 줄 물건이 없는 것이 한스러웠다. 김수몽과 송별한 뒤 급하게 오는 사람
이 있었는데, 바로 조여익(曺汝益)[273]이었다. 그가 말하기를, "함창(咸昌) 의병
진중에서 용영(龍嶸)이 왜적의 총탄에 죽었습니다.[274]"라고 하니, 이틀 밤의
꿈이 과연 헛된 꿈이 아니었다. 통곡하고 통곡했다. 죽은 사람은 어찌할 수
없겠지만, 나의 둘째 형 때문에 더욱 비통했다. 조몽석(曺夢錫) 외삼촌[叔主]
도 왜적에게 살해당했다고 한다. 난리 통에 사람들이 모두 어육(魚肉)이 되
었거늘, 어찌 유독 우리 가문만이 하늘을 우러러 원통함을 호소할 수 있겠
는가. 김경진(金景鎭)[275]은 행재소로 돌아가다가 평양(平壤)에 이르러 성이 함
락되었을 때, 창황히 어가(御駕)를 따라가지 못하고 구사일생으로 살아나왔
다. 그리고 지금 비로소 풍기(豊基)로 돌아와 말하기를, "적세가 비록 꺾였
다고는 하나 아직도 사방에 가득합니다."라고 했다. 그러니 이 목숨을 보전

---

272) 마진(馬津) : ≪記言≫ 별집 제9권의 <단양산수기(丹陽山水記)>에 "죽령을 넘어 단양으로
   내려가 …… 물을 따라 동북으로 10리쯤 가면 마진(馬津)이 있는데, ……."라고 하여 마
   진을 언급하고 있으나 정확한 위치는 확인하기 어렵다.
273) 조여익(曺汝益) : 여익은 조우인(曺友仁, 1561~1625)의 자(字). 본관은 창녕. 호는 이재(頤
   齋).
274) 함창의 …… 죽었습니다 : 용영(龍嶸)은 임진왜란 초기 백부인 수인(守仁)과 숙부인 수지
   (守智)를 따라 함창의 의병부대인 창의군에 참여했다가 함창 인근의 당교(唐橋) 전투에서
   전사했다. ≪淸州郭氏大同譜 上卷≫
275) 김경진(金景鎭) : 경진은 김구정(金九鼎, 1559~1638)의 자(字).

해 살아가는 것도 기필할 수 없을 것이다. 조여익과 눈물을 흘리며 함께 자는 가운데, 다시 그가 청량산(淸凉山)[276]에서 왜적을 만나 피해 숨었던 정황과, 또 홍여율(洪汝栗)[277]이 경주(慶州)의 집경전 참봉(集慶殿參奉)으로서 임금의 영정(影幀)을 받들고 역시 이 산으로 들어왔다는 것을 들었다. 2백 년이 넘도록 제사[香火]한 뒤 하루아침에 [임금의 영정이] 우거진 숲속에 떨어졌으니, 귀가 있는 사람이라면 누군들 슬퍼하지 않으랴.

二十一日。朝往陣所, 聞倭兵, 到丹陽之馬津。若渡此津, 則必踰竹嶺。逢金壽蒙, 聞金士述兄家, 盡入於焚蕩中。亂離相逢, 心實欣然, 而野次無饋物可恨。送別後, 有翻然來者, 乃曹汝益也。言, "咸昌義陣中, 龍嵊死於倭丸。"云, 兩夜之夢, 果非虛也。痛哭痛哭。死者已矣, 爲我仲兄, 尤增悲痛。曺夢錫叔主, 亦爲倭所害云。亂離之際, 人皆魚肉, 豈獨吾門, 仰天籲寃。金景鎭, 歸行在所, 及平壤, 陷城之際, 蒼黃未得隨駕, 十生九死。今始還豐曰: "敵勢雖挫, 猶尙充斥。"云。此生全活, 亦未可必也。因與汝益揮涕共枕, 又聞其淸凉山遇倭, 避匿之狀, 且洪汝栗, 以慶州集慶殿參奉, 奉御容, 亦來玆山。二百年香火之餘, 一朝墮在林莽間, 有耳者, 孰不哀之。

8월 22일. 조여익(曹汝益)과 이별했다. 나와 동원(洞員)들이 풍기성(豊基城)을 지키기 위해 군내(郡內)로 들어가니, 도청(都廳)이 진영을 옮겨서 등강산(登降山)[278]의 여러 곳에 사람들이 모두 모여 있었다. 해가 저물어 파하고 돌아왔다.

二十二日。與汝益別。余及洞員, 以守城入郡中, 則都廳移陣, 登降之山諸處, 人咸會。日暮罷還。

---

276) 청량산(淸凉山) : 경상북도 안동과 봉화 두 군에 위치한 산. 조선 중기의 학자 이황(李滉)이 청량정사(淸凉精舍)를 짓고 강학한 곳이다.

277) 홍여율(洪汝栗) : 1563~1600. 본관은 남양(南陽). 자(字)는 자경(子敬)

278) 등강산(登降山) : 풍기군의 서쪽 5리 지점에 있었던 등강성(登降城)이 있었던 산 이름으로 추정되나 정확하지 않다. ≪燃藜室記述≫ 별집 제17권 변어전고(邊圉典故) 참조.

8월 24일. 도청(都廳)의 진영에 갔다. 향인(鄉人)들이 모두 모여 수성(守城)과 윤번(輪番)의 일을 의논해 결정했다. 곳차현(串差峴)의 대장(大將)이 왜적과 내통해 모의한 자를 잡았는데, 영월(寧越) 사람이었다. 그가 말하기를, "왜병은 모두 원주(原州)로 향해 [그곳에서] 결진(結陣)하여 상경할 것입니다."라고 했다. 또 용궁 현감(龍宮縣監)의 전통(傳通)을 보니, 상주(尙州)와 문경(聞慶)의 적들이 헤아리기 어려울 정도라고 했다. 이로써 보건대 왜의 세력이 크게 꺾였다는 말은 아마도 헛소문인 듯했다.

　二十四日。往都廳陣。鄉人咸會, 議定守城輪番之事。串差大將, 捉與倭通謀者, 乃寧越人也。其言曰："倭兵, 皆向原州, 結陣上京。"云。又見龍宮倅傳通, 尙州聞慶之敵, 難以數計。以此觀之, 倭勢大挫之言, 恐是虛傳也。

8월 25일. 나는 한사첨(韓士瞻), 이태백(李太白)[279]과 처소를 합치고 군재(郡齋)[280]에서 상하의 인원들과 군량을 의논해 결정했다. 이는 선산(善山)의 박수일(朴遂一)[281]과 군위(軍威)의 이영남(李榮男)의 통문을 매우 옳게 평가한 것이었다. 다만 호수(戶數)의 많고 적음을 알 수 없었고 인가(人家)의 빈부도 알기 어려웠기 때문에, 각 면(面)에 유사(有司)를 설치했다. 동부(東部)는 곽률(郭嶸), 서부(西部)는 황립(黃岦), 외동촌(外東村)은 숙노 씨(叔老氏), 내동촌(內東村)은 박창경(朴昌慶), 동원리(東元里)는 서태(徐兌)와 김구성(金九成), 대평리(大平里)는 황용(黃埇), 내죽(內竹)은 유념(柳恬), 부석(浮石)은 황방(黃昉)과 권상문(權尙文), 도우(道于)는 권협(權協)[282], 와랑동(臥郞洞)은 남의경(南儀慶)[283], 노잔리(魯棧里)는 박헌(朴瓛)[284], 대룡산(大龍山)[285]은 안응일(安應一), 생고개(桂古介)[286]는 이

---

279) 이태백(李太白) : 태백은 이집(李嶪, 생몰년 미상)의 자(字). 호는 백석(白石).
280) 군재(郡齋) : 재는 제사(齋舍)·사당(祠堂)·향교(鄉校) 등을 말하나 여기서는 풍기군의 관아(官衙)를 말하는 것으로 보인다.
281) 박수일(朴遂一) : 1553~1597. 본관은 밀양. 자는 순백(純伯), 호는 건재(健齋).
282) 권협(權協) : 생몰년 미상. 자는 화숙(和叔).
283) 남의경(南儀慶) : 생몰년 미상. 자는 인서(仁瑞). 용계 남치형(南致亨)의 아들.
284) 박헌(朴瓛) : 1568~1605. 본관은 함양(咸陽). 자는 사중(士重), 호는 노은(蘆隱).

현승(李賢承), 창락(昌樂)은 황호(黃皥), 은풍의 상하리(上下里)는 김응두(金應斗)와 권의민(權義民)이었다.

二十五日。 與韓士瞻、李太白合處, 郡齋議定軍糧于上下人員。 深許善山朴逡一、軍威李榮男之通文也。 第以戶數之殘盛未知, 人家之貧富難悉, 故各面置有司。東部郭嶧, 西部黃岦, 外東郵叔老氏, 內東郵朴昌慶, 東元里, 徐兌、金九成, 大平里黃墰, 內竹柳恬, 浮石, 黃昉、權尙文, 道于權協, 臥郞洞南儀慶, 魯棧里朴蘠, 大龍山安應一, 柱古介李賢承, 昌樂黃皥, 殷豊上下里, 金應斗、權義民。

8월 26일. 홍역을 앓고 있는 아이를 위해 무당(巫堂)을 불러 신실(神室)로 보냈다. 이는 사람들이 풍속을 따라 그대로 하는 것을 금할 수가 없었기 때문이다.

二十六日。 爲痘兒, 招巫送神室。 人從俗爲之, 不得禁。

8월 27일. 수성(守城)하는 일로 군(郡)에 들어가 태백(太白), 경률(景栗), 사호(士好) 등 여러 시종관들과 함께 잤다. 들건대 학정(學正) 윤창명(尹昌鳴)[287]이 왜적에게 살해당하고 그의 온 집안도 함몰되었다고 한다. 이는 부유한 사람으로서 많은 물건을 싣고 가면서도 조심하여 피하지 않았기 때문이었다.

二十七日。 以守城入郡, 與太白、景栗、士好僉侍共枕。 聞尹昌鳴學正, 遇害於倭, 其一家, 亦陷云。 是則以富人多載物, 不謹避也。

8월 28일. 찰방(察訪) 강영(姜霙)[288]이 주상과 왕세자의 교지 2통을 가지고

---

285) 대룡산(大龍山) : 지금의 경상북도 영주시 안정면 용산 2리에 위치한 대룡산.
286) 생고개(柱古介) : 지금의 경상북도 영주시 안정면 생현리. 생고개는 생현리에서 봉암리로 넘어가는 고개이다. 신정일, ≪대동여지도로 사라진 옛고을을 가다 1≫, 황금나침반, 2006, 237쪽 참조.
287) 윤창명(尹昌鳴) : 1537~1592. 본관은 칠원(漆原). 자는 시숙(時叔)・경시(景時), 호는 백암(白巖).
288) 강영(姜霙) : 1530~1614. 본관은 진주. 자는 중연(仲淵).

군(郡)으로 들어왔는데, 대략 왜적을 물리치라는 뜻이었다. 또 주상의 교지를 보니, 말하기를, "용만(龍灣)[289]의 한 귀퉁이에서 천운(天運)은 험난하고 국토도 끝이 다했으니, 내 장차 어디로 가야 한단 말인가?"라고 했다. 읽고는 나도 모르는 사이에 눈물이 흘렀다. 이날 들건대 평창 군수(平昌郡守) 권두문(權斗文)[290]이 적중에서 함몰되고, 남양중(南養仲) 씨의 사위 이유천(李惟天)도 살해되었다고 한다. 나는 해가 저물어 집으로 돌아왔다.

二十八日。姜察訪霙氏, 齎主上、王世子教旨兩通, 入郡, 大槩斥倭之意也。且見主上教旨, 有曰: "龍灣一隅, 天步難艱, 地維已盡, 予將曷歸?" 讀來不覺淚下。是日, 聞權平昌斗文, 陷入敵中, 南養仲氏壻李惟天遇害云。余日暮還家。

8월 29일. 벼논의 타작을 감독했다. 황광원(黃光遠)이 유고(有故)가 있어 내가 수성장(守城將)이 되었다. 이것은 안집사(安集使)가 통첩(通牒)한 것이었으나, 나는 범사에 멍하니 어떻게 조처해야 할지 몰라 임무를 감당하지 못할까 걱정되었다.

二十九日。監打稻田, 黃光遠有故, 以余爲守城將。此則安集使之牒, 而吾於凡事, 茫然失措, 恐不能堪其任也。

❀1592년 9월

9월 1일(정사). 나는 수성장(守城將)에서 자리를 옮겨 도대장(都大將)이 되었다. 낮에 와룡동(臥龍洞)으로 가서 남양중(南養仲) 씨와 황광원(黃光遠), 황경휘(黃景輝)[291] 등을 방문하고 저물어 집으로 돌아왔다.

九月一日(丁巳)。余以守城將移差, 爲都大將。午往臥龍洞, 訪南養仲氏、及黃光遠黃景輝等, 乘暮還家。

---

289) 용만(龍灣): 의주(義州)의 다른 이름.
290) 권두문(權斗文): 1543~1617. 본관은 안동(安東). 자는 경앙(景仰), 호는 남천(南川).
291) 황경휘(黃景輝): 경휘는 황엽(黃曄, 1556~1631)의 자(字). 자는 경희(景輝), 호는 양심당(養心堂).

9월 2일. 군(郡)에 들어가 향병의 일을 의논했다. 듣건대 명군(明軍)과 전라도의 군대가 도성으로 들어가 왜진(倭陣)을 모조리 섬멸했으나, 남은 왜병들은 강원도로 흩어져 달아나 원주(原州)와 평창(平昌) 등지에 가득하다고 한다. 이 때문에 풍기(豊基) 사람들은 왜적이 소백산을 넘어 침입해 올까 크게 두려워했다. 저녁에 집으로 돌아올 때 비가 엄청 퍼부었는데, 나는 도롱이와 삿갓을 준비하지 못해 한기가 뼛속까지 들어왔다.

　　二日。 入郡議鄕兵事。聞唐兵及全羅兵, 入京城, 殲盡倭陣, 餘兵散走江原道, 充斥原州、平昌等地。豊人大恐, 其踰越小白而來侵也。夕還家, 天雨大注, 簑笠無備, 寒氣逼骨。

9월 5일. 군(郡)에 들어갔다. 밤에 듣건대 제천(堤川)과 청풍(淸風)[292], 강릉(江陵), 평창(平昌) 등지의 왜병 소식이 사방에서 이르렀다.

　　五日。 入郡。夜聞, 堤川、淸風、江陵、平昌等處倭聲四至。

9월 6일. 군(郡)에서 집으로 돌아왔다. 그러나 곶차현(串差峴)의 봉화만 꺼지지 않아 근심으로 늙을 지경이다.[293]

　　六日。 自郡還家。但串差之烽火不息, 惟憂用老耳

9월 7일. 군(郡)에 들어가 저물어 집으로 돌아왔다. 태백(太白)이 은풍(殷豊)[294]에서 돌아오고, 광원(光遠)은 죽령(竹嶺)으로 가서 군사들을 검열하고

---

292) 청풍(淸風) : 지금의 충북 제천시 청풍면 지역.

293) 근심 …… 지경이다[憂用老] : 잠을 이루지 못하고 근심함을 이른다. 《시경》 <소반(小弁)>에 "옷을 입은 채 잠이 들어 깊이 탄식하여 어느새 근심 때문에 늙으니 시름이 마음에 근심이 되어 병들어 머리가 깨어질 듯 아프더라.[假寐永嘆 維憂用老 心之憂矣 疢如疾首]"라고 하였다.

294) 은풍(殷豊) : 경상북도 영주 지역의 옛 지명. 조선시대에 풍기군의 속현(屬縣)이었다. 이 지역은 풍기와 문경 사이의 소백산맥 남쪽 사면에 있어 삼국시대 초기 백제와 국경을 이루어, 이곳에 있는 도솔산(兜率山)은 동쪽의 죽령(竹嶺)과 함께 중요한 군사·교통상의 요지였다. 도솔산에는 옛 산성이 있었으며, 고현(故峴)을 통하여 북쪽으로 단양과 이어지고 동

왔다.

七日。入郡乘暮還。太白自殷豊來, 光遠往竹嶺, 閱軍而來。

9월 8일. 안집사(安集使)가 군(郡)에 들어와 군용(軍容)을 성대하게 펼쳐 향인들이 많이 모였다. 밤에 비가 내려 새벽까지 이어졌다.

八日。安集使入郡, 盛陳軍容, 鄉人多會。夜雨達曙。

9월 9일. 서리에 취한 단풍이 붉게 물들어 좋은 날[佳辰]²⁹⁵⁾은 예전과 같았으나, 군사와 말을 징발하느라 마을이 시끄러웠다. 그러니 누구와 등고(登高)의 모임²⁹⁶⁾을 해야 할지 모르겠다. 이날 저녁 관청(官廳)에 들어가 이선승(李善承) 어른의 집에서 빚은 술을 마시고, 상사(上舍) 황수규(黃秀奎)²⁹⁷⁾와 서로 크게 취했다. 그러나 국화를 띄울 겨를도 없이 도리어 어지러운 감회만 부채질했다.

九日。霜酣楓赤, 佳辰依舊, 調兵籍馬, 閭里騷然。不知何人, 作登高之會耶。是夕, 入官廳, 飲李善承丈家釀, 黃上舍秀奎, 相與大醉。然未暇泛菊, 反挑亂懷。

9월 10일. 어제 안집사(安集使)가 활쏘기를 시험했는데, 향인들도 이 일을

서로는 은풍을 중심으로 풍기와 문경을 연결했다.
295) 좋은 날[佳辰] : 음력 9월 9일은 중양절로, 이날이 되면 높은 곳에 올라 국화술을 마시면서 멀리 떠난 형제들을 그리던 풍습이 있었다.
296) 등고(登高)의 모임 : 9월 9일 중양절에 높은 곳에 올라서 하루를 즐기던 세시풍속. ≪열양세시기 洌陽歲時記≫(1819년) 9월조에 "단풍과 국화의 계절에 남녀가 놀고 즐기는 것이 봄에 꽃과 버들을 즐기는 것과 같다. 그러나 사대부로서 옛것을 사랑하는 자는 많이 중양일에 등고하여 시를 짓는다."고 간결하게 뜻이 잘 요약된 기록이 보이고 있다. 또 ≪동국세시기≫(1849년) 9월 9일조에는 "서울 풍속에 남북의 산에 올라서 음식을 먹고 즐긴다. 이는 등고의 옛 풍속을 답습한 것이다. 청풍계(淸楓溪, 청운동 소재)·후조당(後凋堂, 미상)·남한산·북한산·도봉산·수락산 등이 단풍구경에 좋은 곳이다."라는 기록이 있다. 이로 보아 등고는 한참 단풍철, 특히 중양절에 음식을 준비하여 산에 올라가 단풍을 즐기는 풍속으로, 여기에는 손꼽히는 명소들도 있었다는 옛 세시풍속을 알 수가 있다. 오늘날 봄·가을의 소풍, 특히 단풍철의 단풍구경과 기본성격을 같이한다는 것을 알 수가 있다.
297) 황수규(黃秀奎) : 1538~1625 본관은 창원. 자는 문경(文卿).

신중히 하려고 했다. 오늘 향병장(鄕兵將)의 수를 더 늘렸는데, 전경직(全景直)이 바로 그였다. 김시정(金時靖)이 안집사(安集使)의 군관으로서 도착했다. 나는 그와 편안하게 이야기를 나누고 안승경(安承慶)이 진법(陣法)을 가르치는 것을 참관했다.

十日。作者, 安集使試射, 鄕人又欲重其事。今日, 加定鄕兵將, 全景直是也。金時靖, 以安集使軍官來到。與之穩話, 而觀安承慶, 敎陣法。

9월 11일. 의병장 임흘(任屹)[298]을 만나 잠시 난리에 대한 생각을 나누었다. 그리고 향사당(鄕射堂)으로 가니, 안집사(安集使)가 예천(醴泉)으로 떠날 때에 향인으로서 그를 모시고 갔던 자들이 의논하며 모두 말하기를, "적이 가까운 곳에 있으니, 사람들을 사지(死地)에 몰아넣을 것이다."라고 하고는, 혹은 분노하고 혹은 비난하면서 허물을 전경직(全景直)에게 돌렸다. 아, 안집사의 뜻은 군용(軍容)을 성대하게 펼쳐서 적의 간담을 서늘하게 하고자 하는데 있었고, 전경직의 마음도 역시 그러했다. 그러나 이 때문에 크게 뭇사람의 비방을 받게 되었으니, 이것이 어찌 전경직의 사사로운 일이었겠는가. 주상께서 파천하여 바람과 이슬을 무릅쓰고 한데에서 먹고 자고 계시며, 적이 멀리 있다고는 하나 [우리의] 강성함을 보이는 것은 병가의 좋은 계책이다. 그런데 향인들은 자신의 집안에 편안히 앉아 있으려고만 하고, 끝내 안집사가 멀리서 지원하려는 뜻을 돕지 않았다. 그리고 도리어 공론을 주도했던 사람들을 탓하고 있으니, 이는 나라가 있음을 알지 못하는 자들이다. 그러니 하물며 다른 군(郡)의 의병들에게 부끄러움이 많음이겠는가. 이날 저녁 전경직과 황유년(黃有年)의 집에 가서 황광원(黃光遠)을 만나 크게 마시고 취했다. 집에 돌아올 때에 박우(朴遇) 어른 및 숙노 씨(叔老氏)와 함께 말고삐를 나란히 하고 왔는데, 가는 길마다 풀숲 사이에서 벌레가 울고 바

---

298) 임흘(任屹) : 1557~1620. 본관은 풍천(豊川). 자는 탁이(卓爾), 호는 용담(龍潭)·나부산인(羅浮山人).

닷가 모퉁이에서는 달이 떠올라 야경(夜景)이 비록 좋았으나, 군(軍)에 관한 일로 다시 마음이 답답해졌다.

> 十一日。見義將任屹, 暫敍亂離之懷。仍往鄕射堂, 有安集使, 向醴泉時, 鄕人陪往之議, 咸曰："敵在近地, 陷人於死乎。" 或怒或叱, 歸咎於全景直。噫, 安集使之意, 欲盛陳軍容, 以驚敵膽, 而景直之心, 亦然。以是, 深遭羣謗, 此豈景直之私事哉。主上播越, 露宿風餐, 敵遠示强, 兵家良策。鄕人, 欲安坐其家, 終不助安集使之聲勢, 反責主論之人, 不知有國者也。而況多媿於佗郡義兵乎。是夕, 與景直往黃有年家, 見黃光遠, 大酌成醉。還家時, 與朴遇丈、叔老氏聯轡, 行行草際蟲鳴, 海角月上, 夜景雖好, 兵事還惱耳。

9월 12일. 들건대 명장(明將) 조승훈(祖承訓)과 의병장 고경명(高敬命)[299] 부자, 의승(義僧) 영규(靈圭)[300] 등이 왜적에게 죽었다고 한다. 놀라움과 슬픔을 금할 수가 없다. 우리나라 사람으로서 나라를 위해 죽는 것은 진실로 당연히 해야 할 일이나, 천자의 명으로 다른 나라의 전장에 달려와서 끝내 적의 칼날을 받고 해골이 모래사장에 버려진 명나라 장수의 죽음은 더욱 슬픈 일이다.

> 十二日。聞唐將祖承訓、及義兵將高敬命父子、義僧靈圭, 死於倭。不勝驚悼。我國之人, 爲國殺身者, 固是當爲, 而以天子之命赴異邦之戰, 竟遭鋒鏑, 骨委沙場, 唐將之死, 尤可悲也。

9월 13일. 군(郡)에 들어가서 향병의 일을 의논했지만, 중론(衆論)이 일치하지 않았기 때문에 다시 뒤에 만날 것을 기약했다. 채양숙(蔡養叔)을 통해 들건대 왜병이 또 함창(咸昌), 시암(柹巖), 황령(黃嶺) 등지를 침입해 마을을 분탕질했는데, 우리 형제와 여러 조카들도 화산(華山)에서 옮겨와 그 곳에 머

---

299) 고경명(高敬命)：1533~1592. 본관은 장흥(長興). 자는 이순(而順), 호는 제봉(霽峰)·태헌(苔軒).
300) 영규(靈圭)：?~1592. 본관은 밀양(密陽). 호는 기허(騎虛).

물고 있었다고 했다. 이 때문에 어떤 해라도 입지 않았을까[301] 걱정하며, 다만 슬피 통곡할 뿐이다.

　　十三日。入郡, 議鄕兵事, 衆論不一, 更期後會。因養叔聞倭兵, 又入咸昌、
柿巖、黃嶺等處, 焚蕩閭閻, 我弟兄及諸姪, 自華山移寓其地云。不暇有害, 徒
增痛泣。

9월 14일. 벼논의 타작을 감독했다. 듣건대 평창 군수(平昌郡守) 권두문(權
斗文) 부자가 사로잡혀 갔다가 도망쳐 돌아왔지만, 그의 첩(강씨)은 왜적에게
욕되지 않고 천 길의 암벽에서 옥처럼 부서졌다[302]고 한다. [강씨의] 이 같
은 정렬(貞烈)은 세상에서 보기 드문 것이었다. 원주(原州)의 적세가 크게 성
해 그 끝이 어찌 될지 알지 못하니, 근심하는 마음 어찌 그만둘 수 있으랴.

　　十四日。監打稻田。聞權平昌斗文父子, 被虜逃還, 厥妾康氏, 則不辱於倭,
玉碎千仞之壁。如此貞烈, 世罕覯矣。原州敵勢大熾, 未知厥終之何如, 憂念
曷已。

9월 16일. 군(郡)에 들어가니, 황광원(黃光遠)은 곶차현(串差峴)에 복병을 살
펴보는 일로 돌아가고, 이태백(李太白)만 홀로 있었다. 저녁에 조응림(趙應霖)
과 함께 나란히 말을 타고 돌아왔다.

　　十六日。入郡, 黃光遠, 以串差看審伏兵事歸去, 而太白獨在。夕與應霖同
轡還。

---

301) 어떤 …… 않았을까[不暇有害] : 멀리 떠나 있는 동기(同氣)들을 걱정하는 마음을 나타낸
다. ≪시경≫ <패풍(邶風) 이자승주(二子乘舟)>에서 "두 사람이 배를 타고 가니 둥실둥실
떠나가도다. 그대를 생각하며 그리니 어찌 해를 당하지는 않았을까.[二子乘舟 汎汎其逝 願
言思子 不暇有害]"라는 말에서 나왔다.
302) 옥처럼 부서졌다[玉碎] : 이 말은 절개를 위해서 죽을지언정 구차히 생명을 보전하기를
원치 않는다는 강한 절의(節義)를 비유한 말이다. ≪북제서(北齊書)≫ 권41 <원경안열전
(元景安列傳)>에 "대장부가 차라리 옥그릇으로 부서짐을 당할지언정, 질그릇으로 온전하
기를 바랄 수는 없다.[大丈夫 寧可玉碎 不能瓦全]"라고 하였다.

9월 17일. 이날 밤 꿈속에서 돌아가신 아버지를 뵈었는데, 안색이 예전과 같았다. 꿈에서 깨어 슬피 통곡했다.

十七日。 是夜, 夢拜先考, 顔色如舊。 覺來痛泣。

9월 18일. 군(郡)에 들어가니, 남양중(南養仲)과 황여숙(黃汝肅), 김군서(金君瑞)303), 전경직(全景直) 등 여러 시종관들이 모여 있었다. 들건대 평양(平壤) 전투에서 명나라 장수가 왜적에게 죽자, 황제가 진노해 다시 군사 70만을 일으켜 정벌하러 와서 의주(義州)의 강가에 건초와 양식이 산더미처럼 쌓여 있다고 한다.

十八日。 入郡, 南養中、黃汝肅、金君瑞、全景直僉侍會焉。 聞平壤之戰, 唐將死於倭, 皇帝震怒, 更發兵七十萬來征, 義州江上芻粮山積云。

9월 19일. 정오가 못 되어 함창(咸昌)의 관원이 군량을 운반해 가는 일로 당도했다. [그에게] 우리 형제들이 무사하다고 말을 듣고는 기뻐서 미칠 것 같았다. 군량을 주어서 보냈다.

十九日。 日未午, 咸昌官人, 以軍粮輸去事來到。 得聞吾弟兄無事, 喜欲狂矣。 給粮以送。

9월 20일. 군(郡)에 들어가서 수성장(守城將)과 상의해 품관(品官)304)과 군졸을 나누어 보내 함께 요해처를 지키게 했다. 이는 향인들이 향병(鄉兵)이라는 이름을 싫어하면서도 반대로 변경(邊境)을 지키는 노고는 달갑게 여겼기 때문이다.

303) 김군서(金君瑞) : 생몰년 미상. 진사시에 합격했다. ≪濚潭浩齋師友錄 권2≫
304) 품관(品官) : 품계(品階)가 있는 관원을 총칭하는 말이나, 여기서는 정관(正官)이 아니라 주현(州縣)에 유향소(留鄉所)를 설치하여 고을에 사는 유력한 자를 좌수(座首)·별감(別監)·유사(有司)에 임명하여 수령을 보좌하고, 풍속을 바로잡고 향리(鄉吏)를 규찰(糾察)하며, 정령(政令)을 전달하고 민정(民情)을 대표하게 하던 유향품관(留鄉品官)을 말하는 것으로 보인다.

二十日。入郡, 與守城將相議, 分遣品官與軍卒, 同守要害。此則鄕人, 厭其
鄕兵之名, 反甘防戍之苦也。

9월 21일. 군(郡)에 들어가서 전경직(全景直)과 영천(榮川)의 향병회진통문(鄕
兵會陣通文)에 답을 하고 있는데, 김광엽(金光燁)[305]도 은풍(殷豊)에서 이르렀다.
인하여 듣건대 난리 초기에 상주(尙州) 외의 남쪽 사람들 가운데 왜적에게
죽은 자가 많고, 진사(進士) 정국성(鄭國成)[306] 어른과 나의 동년(同年)[307] 김
성원(金聲遠)[308]이 모두 화를 면치 못했다고 한다. 권곤(權鶤) 씨와 황여숙(黃
汝肅) 등이 술을 가지고 도청(都廳)으로 왔다. 나도 함께 마시다가 날이 저물
어 바로 돌아왔다. 저녁에 박경택(朴景擇)을 전별하고 병사(兵使) 박진(朴晉)의
막하(幕下)로 달려갔다. 또 듣건대 도성에서 내려오던 왜적이 다시 문경(聞慶)
으로 향했다고 하니, 참으로 그 결과가 어떻게 될지 모르겠다.

二十一日。入郡, 與全景直, 答榮川鄕兵會陣之通文, 而金光燁, 自殷豊亦到。
仍聞亂初, 尙州外南人, 多死於倭, 鄭進士國成丈及吾同年金聲遠, 皆未免云。
權鶤氏、黃汝肅等, 持酒來都廳。余亦共飮, 日暮乃還。夜餞朴景擇, 赴朴兵使
晉之幕下。且聞下去之倭, 還向聞慶云, 未知厥終之何如也。

9월 23일. 군(郡)에 들어가니, 곽정숙(郭靜叔)이 안집사(安集使)를 유임하는
일로 영천(榮川)에 가서 관찰사(觀察使)[309]에게 이를 알리고는 이제 비로소
돌아와 말하기를, "왜선이 또 부산포에 왔는데, 그 수가 심히 많습니다."라
고 했다. 처음에는 모두가 풍상(風霜)이 칠 때면 적이 반드시 돌아갈 것으로

305) 김광엽(金光燁): 1561~1610. 본관은 순천(順天). 자는 이회(而晦). 호는 죽일(竹日).
306) 정국성(鄭國成): 1526~1592. 본관은 진양(晋陽). 자는 숙거(叔擧), 호는 복재(復齋).
307) 동년(同年): 같은 해에 문과에 급제했거나 생원, 진사에 합격한 사람을 일컫는 말.
308) 김성원(金聲遠): 1565~1592. 본관은 경주(慶州). 자가 경구(景久).
309) 관찰사(觀察使): 경상좌도 관찰사 김성일(金誠一). ≪선조실록≫ 29권, 선조 25년 8월 7일
    갑오 6번째 기사에 "김성일(金誠一)을 경상좌도 관찰사에, 한효순(韓孝純)을 경상우도 관
    찰사에, 김수(金睟)를 한성부 판윤(漢城府判尹)에 제수했다."라고 기록하고 있다.

여겼으나, 이제 다시 이와 같으니, 아, 경상도의 나머지 남은 성도 모두 병화를 면치 못할 것인가. 나뭇잎이 지고 산이 텅 비게 되면 피란한 사람들은 의지할 곳이 없게 될 것이다. 그러니 더욱 걱정이다. 마침내 수성장(守城將)과 작별을 고하고 오는 길에 안 상사(安上舍)를 문병했다.

二十三日。入郡, 郭靜叔, 以安集使仍任事往榮川, 告達方伯, 今始還曰："倭船又來釜山浦, 厥數甚多。"云. 初則皆以爲風霜時, 敵必下歸, 而今復如是, 噫! 慶尙餘存之城, 皆未免兵火乎。葉脫山空, 避者無所依。尤可慮也。遂與守城將告別, 來路問安上舍之病。

9월 25일. 군(郡)에 들어가니, 전경직(全景直)도 이르렀다. 또 은풍(殷豊)의 전통(傳通)을 보니, 왜병이 끊임없이 계속해 올라가고 있다고 했다. 진사(進士) 김군서(金君瑞) 씨가 나누어 방비하던 곳에서 돌아와 말하기를, "풍상(風霜)이 치는 냉지에서 그 고초를 감당해 내기가 어렵기 때문에 왜병이 오기 전에 반드시 먼저 죽을 것입니다."라고 했다. 안이득(安而得)의 편지 안에 있는 내용도 역시 그러했는데, 반드시 나누어 방비하던 곳을 파한 뒤에야 원망이 그칠 것이다.

二十五日。入郡, 全景直亦到。且見殷豊傳通, 則倭兵, 陸續上去云。金進士君瑞氏, 自分防處來曰："風霜冷地, 其苦難堪, 倭兵未來, 將必先死。"安而得書中語亦然, 必罷分防然後, 怨可止耳。

9월 26일. 군(郡)에 들어가니, 영천(榮川)의 첨사(僉使) 변영태(邊永泰)[310]가 가수(假守)로서 관직에 부임하자, 수성장(守城將)들이 모두 돌아가기를 고하려고 했다. 또 성지(聖旨)[311]를 보니, 모두 왜적을 물리치는 뜻이었고, 황제가 행인(行人) 설번(薛藩)[312]을 보내 주상을 위로하고, 또한 절강(江浙)의 군대와

---

310) 변영태(邊永泰) : ?~1617. 본관은 원주(原州). 자는 유경(綏卿).
311) 성지(聖旨) : 명나라 황제의 분부를 말함.
312) 설번(薛藩) : 생몰년 미상. 명나라 사람으로 호(號)는 앙병(仰屛). 광주부(廣州府) 순덕현(順

요동(遼東)과 계주(薊州)313)의 군대를 보내왔다고 했다. 이로써 보건대 황은(皇恩)이 망극하여 보답하기가 어렵고, 전에 군사 70만을 일으켰다고 들었던 말은 참으로 거짓이 아니었다. 광녕부총병관(廣寧府總兵官) 이성량(李成梁)314)도 왔다고 했다. [요해처를] 나누어 방비하던 일을 파하는 일로 향우(鄕友)들에게 통문(通文)을 하여 다시 모두 모일 것을 기약했다.

> 二十六315)日。入郡。榮川邊僉使永泰, 以假守出官, 守城將, 則皆欲告歸矣。且見聖旨, 皆是斥倭之意, 而皇帝, 遣行人薛藩, 以慰主上, 又送江浙兵及遼薊軍。以此觀之, 皇恩罔極, 難以酬報, 而前所聞發兵七十萬之語, 固非虛也。廣寧府總兵官李成梁亦來云。以罷分防事, 通文于鄕友, 而更期咸會。

9월 27일. 이 충순위(李忠順衛)가 군(郡)에서 와서, 변 가수(邊假守)는 감사(監司)가 쇠로(衰老)하다는 이유로 다시 체직(遞職)하자, 바로 그의 집으로 돌아갔다고 한다.(행재소를 그리워하는 시가 있었다.)

> 二十七日。李忠順衛, 自郡來, 邊假守, 則監司, 以衰老還遞之, 卽歸其家云。(戀行在有詩。)

9월 28일. 아침에 채양숙(蔡養叔)이 종을 보내 둘째 형과 용성(龍成)316)의 편지를 전했다. 편지를 펼쳐 다 읽기 전에 무사하다는 고향 소식에 기뻐하면서도 전장에서 죽은 조카 용영(龍嶸)을 애통해 했는데, 기쁨과 슬픔이 함께 이르러 마음을 둘 곳이 없었다. 아침을 먹은 뒤 군에 들어가 황제의 칙서를 보니, 평양[舊都]을 회복할 것을 권면했고, 그 말미에는 군사를 일으켜

德縣) 사람.
313) 요동과 계주[遼薊] : 요계는 요동과 계주를 이르는 말로, 압록강 너머에서부터 북경까지를 지칭한다.
314) 이성량(李成梁) : 1526~1615. 명나라 말기 요동(遼東) 철령위(鐵嶺衛) 사람. 자는 여계(汝契).
315) 六 : 원문의 八을 六으로 바로 잡음.
316) 용성(龍成) : 생몰년 미상. 자(字)는 운문(雲文). 의병활동에 참여했으며, 삼가 훈도를 지냈다. 곽수지의 둘째 형인 수의(守義)의 둘째 아들로, 첫째인 수인(守仁)의 양아들이다.

구원하러 온다는 일을 말했다. 만약 우리나라의 사대(事大)의 정성이 조금이라도 흠결이 있었다면, 어찌 이러한 일을 이룰 수 있었겠는가. 이로써 명나라 조정[皇朝]에서 천하의 기상을 보존하고 있다는 것을 또한 알 수 있었다.(황제의 칙서를 읽고 읊은 시가 있었다.)

　　二十八日。朝蔡養叔送奴, 傳仲兄及龍成之簡。披閱未了, 喜鄕音之無事, 痛嶸姪之戰亡, 欣蹙兼至, 無以爲心。飯後入郡, 見皇帝勅書, 以恢復舊都勉之, 其末言發兵來救之事。若我國事大之誠, 少有欠缺, 則其何能致此乎。皇朝保天下之氣像, 亦可見矣。(讀皇勅有吟。)

9월 29일. 벼논의 타작을 감독했으나 수확한 양이 몹시 적었다. 올 농사는 끝장났다. 하물며 난리를 만난 뒤라 구걸하는 사람들이 도로에 넘쳐나는데, 무엇으로 이들을 구제한단 말인가.(읊은 절구 한 수가 있었다.)

　　二十九日。監打稻田, 所收甚少。今年民事已矣。況亂離之餘, 乞者遍滿道路, 將何物濟之。(有吟一絶。)

9월 30일. 충주(忠州) 사람인 전(前) 현감(縣監) 이보인(李寶仁)[317] 어른이 아침을 먹고 돌아갔다. 이보인은 본래 부호(富豪)였지만, 난리 중에 재산을 탕진하고 영춘(永春)의 산골짜기로 와서 머물고 있었다. 그런데 어느 날 왜군이 갑자기 이르자 어찌할 겨를도 없이 바쁘게 도망쳐 소백산의 상원령(上院嶺)을 넘었다. 이 와중에 둘째[318]는 살해되었고, 그 나머지는 우리 군(郡)의 등두리(登豆里)에 의탁했다. 나는 이들을 보고 불쌍히 여겨 전에는 돗자리를 보내주었고, 오늘은 또 먹고 마시게 해주었다. 밥을 먹고 나서 벼논의 타작을 감독하고 있는데 서풍이 크게 일었다. 이에 이 충춘위(李忠順衛)가 들판에서 술을 보내와서 한 잔을 기울이자 곧 화기가 돌았다.

---

317) 이보인(李寶仁) : 생몰년 미상. 본관은 전의(全義).
318) 둘째 : 이보인의 둘째 아들인 이수림(李秀林, ?~1592). 본관은 전의(全義). 자는 중첨(仲瞻).

三十日。忠州人前縣監李寶仁丈, 朝飯而歸。李本豪富, 而亂離之中, 蕩盡資産, 來寓永春山谷間。一日倭軍忽至, 蒼黃奔竄, 踰小白之上院嶺。中子遇害, 其餘託於此郡登豆里。余見而憐之, 前送茵席, 今又飲食之。飯下監打稻田, 西風大起。李忠順衛, 自野中送酒, 一梡傾下, 便生和氣。

●1592년 10월

10월 1일(정해). 군(郡)에 들어갔다. 향인들이 모두 모여 다시 수성(守城)에 관한 일을 의논했다. 척후(斥候)인 정계장(鄭繼長)이 와서 보고하기를, "원주 (原州)의 적은 기세가 아주 성하고, [그 가운데] 2~3진은 충주(忠州)로 돌아 갔습니다."라고 했다. 나는 권욱문(權郁文)과 각각 막걸리 한 병씩을 들고 사 창(司倉)319)에서 남충량(南忠良) 어른을 뵈었다. 이선승(李善承), 이보인(李寶仁) 등 여러 어른들과 남양중(南養仲), 송경기(宋慶基)도 함께 했다. [돌아올 때는] 해가 이미 서쪽으로 기울어 풀숲을 헤치며 걷느라 고생했다.

十月一日(丁亥)。 入郡。鄕人皆會, 還爲守城之論。鄭繼長, 以斥堠來告 曰 : "原州之敵大熾, 而二三陣, 歸忠州。"云。吾與權郁文, 各提濁醪一壺, 見南 忠良丈于司倉。李善承、李寶仁僉丈、及南養仲、宋慶基, 亦與焉。西日已下, 草行間關。

10월 2일. 이집(李嶪)이 은풍(殷豊)에서 도착했다. 황호검(黃好儉)320)이 새 검을 만들어 나에게 주었는데, [그와는] 마음을 서로 터놓는 사이였다. 함 창(咸昌)의 종인 고리(古里)가 와서 큰형과 둘째, 셋째 등 세 형과 용성(龍成), 용흘(龍屹)321) 두 조카와 산양(山陽)의 박 자형(朴姊兄)의 편지를 전했다. 봉함

---

319) 사창(司倉) : 사창(社倉)의 오기로 보이며, 사창은 영주시 풍기읍 서부리 고로동에 위치했 다. 신정일, 《대동여지도로 사라진 옛 고을을 가다 1》, 황금나침반, 2006, 240~241쪽 참조

320) 황호검(黃好儉) : 생몰년 미상. 풍기에 거주.

321) 용흘(龍屹) : 생몰년 미상. 자(字)는 운서(雲瑞). 곽수지의 둘째 형인 수의(守義)의 큰아들로, 임진왜란 때에 큰아버지인 수인과 작은 아버지인 수지를 따라 의병 진영에 군량을 운반 하는 임무를 맡아 풍기와 봉화 등을 왕래했다.

한 것을 뜯어보니, 어떤 때는 굶고 어떤 때는 먹는다는 말과 소금과 장이 없다는 탄식에 나로 하여금 절로 눈물이 나게 했다. 그러나 나는 집안 살림이 군색해 도울 수가 없을 뿐더러 난리 중의 일도 말할 수가 없었는데, 또한 동기들도 모두 이곳으로 오려고 했다. 아, 전에 살던 곳을 버리고 타향에 의탁한 것은 실로 부득이해서였다. 하물며 소백산 뒤의 적이 조석으로 장차 이르려고 하여 조금이라도 안전한 곳으로 떠나려고 함이겠는가. 말이 이에 이르자 더욱 비통했다. 또 듣건대 문경(聞慶) 이하의 논밭이 폐허가 되어 잡초만 눈에 가득하고, 한 번이라도 호미질을 해서 열매를 맺은 곡식도 왜적이 모두 가져갔다고 하니, 영남의 백성들은 장차 한 사람도 살아남을 자가 없을 것이다.

二日。李嶸, 自殷豐到。黃好儉, 造新劍贈我。犀膽相照矣。咸奴古里來, 傳伯仲叔三兄、成屹二姪、及山陽朴姊兄書。開緘見之, 或飢或食之語, 無鹽無醬之嘆, 令我不覺流涕。而家用窘, 莫之能助, 亂離中事, 不可說也, 且同氣, 皆欲來此。噫, 棄古居, 託異鄕, 誠非得已。況小白山後之敵, 朝夕且至, 而欲就粗安之地。言之至此, 采增悲痛。且聞聞慶以下, 田畝荒廢, 蓬蒿滿目, 而其所一鋤成實者, 倭皆取去, 嶺南之民, 其無孑遺乎。

10월 4일. 저녁에 정경릉(鄭景稜)이 이르러 소매 속에서 안 상사(安上舍) 어른의 시를 꺼냈는데, 그 글이 지극히 아름다워 나도 모르게 탄복했다. 나는 일찍이 그가 81세의 늙은 나이에 병을 앓은 지도 여러 달이라고 들었는데, 이처럼 아름다운 시구를 지었단 말인가.(차운한 시가 있었다.)

四日。夕鄭景稜至, 袖中出安上舍丈詩, 其文極佳, 不覺歎服。曾聞八十一衰年, 抱病累月, 而作如此麗句耶。(有次韻。)

10월 5일. 박경택(朴景擇)이 어제 저녁 병사또[兵使道][322)]의 처소에서 왔다.

---

322) 병사또[兵使道] : 병마절도사(兵馬節度使)의 존칭. 사또[使道]는 흔히 일반 백성이나 하급 벼슬아치들이 자기 고을의 수령을 존대하여 부르던 말로 쓰이나, 여기서는 주장(主將)에

그래서 아침에 찾아가 술을 마시며 이야기를 나누었다.

五日。朴景擇, 昨昏自兵使道來。故朝訪飲話。

10월 8일. 군(郡)에 들어갔다. 향인들이 모두 모여 군대를 훈련하는 일을 상의했다. 좌수사(左水使) 변응성(邊應星)[323]이 도성에서 와서 말하기를, "평양의 왜적은 이제 비로소 모두 목 베었소. 평의지(平義智)[324]는 죽었지만, 평조신(平調信)[325]은 살아남았소. 그리고 경기도 곳곳의 대로(大路)에 왜병이 진을 치고 있고, 원주의 적세는 더욱 성하오."라고 했다. 아, 우리나라가 [왜적을] 평정함은 과연 어느 때나 있을런가. 게다가 주상께서 멀리 파천하여 돌아오지 못하고 있으니, 더욱더 통곡할 일이다. 가수(假守) 류운룡(柳雲龍)[326]이 내일 관직에 부임할 것이라고 했다.

八日。入郡。鄉人皆會, 相議治兵之事。左水使邊應星, 自京來曰 : "平壤之倭, 今始盡誅, 平義智死, 平調信則生在。而京畿處處大路, 倭兵結陣, 原州敵勢尤熾。" 噫, 我國平定, 果在何時乎。主上, 遠播未還, 尤增痛哭。假守柳雲龍, 明當出官云。

10월 9일. 이슬비가 내렸다. 저녁에 선산(善山)[327] 옥산(玉山)[328]의 숙부와 계수씨 및 정 서방댁(鄭書房宅)이 함창(咸昌) 집에서 혹은 걸어서 혹은 말을

대한 존칭으로 쓰였다. '수사또[水使道 수군절도사]'·'어사또[御使道 어사]' 등이 모두 그러한 예이다.

323) 변응성(邊應星) : 1552~1616. 본관은 원주(原州). 자는 기중(機仲).

324) 평의지(平義智) : 대마도주 종의지[宗義智(소 요시토시), 1568~1615]. 원래 대마도주의 성(姓)은 종씨인데, 임진왜란 때의 공로로 풍신수길로부터 평씨를 하사받아 대마도주의 공식 문서에 평씨를 많이 사용했다.

325) 평조신(平調信) : 유천조신[柳川調信(야나가와 시게노부), 생몰년 미상]. 대마도주(對馬島主) 종의지(宗義智)의 가신(家臣).

326) 류운룡(柳雲龍) : 1539~1601. 본관은 풍산(豐山). 자는 응현(應見), 호는 겸암(謙菴). 류성룡(柳成龍)의 형.

327) 선산(善山) : 지금의 경상북도 구미시 선산읍 지역.

328) 옥산(玉山) : 선산도호부(善山都護府)의 보천탄(寶泉灘)의 서쪽 기슭 감천(甘川)과 교류하는 곳에 있다고 했다. ≪신증동국여지승람≫ 제29권 경상도(慶尙道)편 참조.

타고서 이르렀는데, 험난한 길을 유리(流離)한 모습은 말로 표현할 수가 없었다.

九日。 微雨。夕善山玉山叔及季嫂氏及鄭書房宅, 自咸家或步或騎而至, 間關流離之狀, 不可形言。

10월 10일. 부슬비가 내렸다. 용흘(龍屹)이 다시 함창(咸昌)으로 갔는데, 보름께에 둘째 형을 모시고 오려고 한 것이다. 그러나 당교(唐橋)329)의 적로(敵路)에서 혹시 화를 입을까 걱정되어 우려스럽기 그지없다.

十日。 小雨。龍屹, 還向咸昌, 望間欲陪仲氏來。但恐唐橋敵路, 或被其患, 憂慮不已。

10월 11일. 눈보라가 쳤다. 겨울 날씨가 이제부터 시작된 듯했다. 장인(丈人)330) 진사공(進士公)의 제사에 참석했다.

十一日。 雪風。冬日氣像, 始於此。參岳丈進士公忌祭。

10월 12일. 군에 들어갔다. 향인들이 크게 모여서 또 군대에 관한 일을 의논했지만, 아직도 좋은 계책을 결정하지 못했다. 오는 길에 가수(假守)를 뵙고 날이 저물어 돌아왔다. 바람의 위세가 더욱 맹렬했다.

十二日。 入郡。鄉人大會, 又議軍旅之事, 而猶未決定良筹。來時見假守, 日暮還。風威甚猛。

---

329) 당교(唐橋) : 지금의 상주시 함창읍 윤직리와 문경시의 일부 지역. 당교는 조선 시기까지도 모두 상주지역에 속해 있었지만, 1914년 4월 1일 행정구역을 폐합하면서 당교리(唐橋里)·쌍화리(雙花里)·두산리(頭山里)·용지리(龍池里)·영순면의 달산리(達山里) 일부·호서남면의 모전리(茅田里) 일부를 병합하여 상주군 함창면 윤직리에 편입했다. 그 후 다시 행정구역을 개편하면서 원윤직리·떼다리·쌍화리·두산리는 상주시 함창읍 윤직리에 두고, 윤직리 일부와 용지리·모전리의 다방터를 문경시에 편입했다. 조희열, <당교(唐橋) 전설, 그 진실을 살피다>, 《상주문화》 26호, 2016 참조
330) 장인(丈人) : 진사(進士) 이극검(李克儉, 생몰년 미상)을 말한다. 본관은 공주(公州).

10월 15일. 저녁에 영천 향병(榮川鄕兵)이 와서 일언리(逸偃里)에 진을 쳤다. 대장(大將) 김공제(金公濟)331), 부장(部將) 이선응(李善應)과 박자징(朴子澄)332), 장산보(張山甫), 우붕거(禹鵬擧)도 함께 당도했다.

　　十五日。 夕榮川鄕兵來, 陣逸偃里。大將金公濟、副將李善應、及朴子澄、張山甫禹鵬擧, 并到。

10월 16일. 아침에 영천 향병(榮川鄕兵)이 죽령(竹嶺)으로 가려다가 다시 구현(駒峴)으로 돌아갔다고 한다. 상소(上疏)를 필사한 뒤에 여익(汝益)과 선산(善山)의 형은 송잠(宋潛)333)의 집으로 향하고, 나는 군(郡)으로 들어가 날이 저물어 돌아왔다.

　　十六日。 朝榮川鄕兵, 將向竹嶺, 而還歸駒峴云。上疏畢寫後, 汝益及善山兄, 向宋潛家, 吾則入郡, 日暮還。

10월 19일. 안 진사(安進士) 어른을 찾아가 안부를 여쭙고 생선회에 술을 마시고 돌아왔다. 산양(山陽)의 자형(姊兄)이 예천(醴泉)을 경유해 이르러 말하기를, "왜병이 지금 유곡(幽谷)과 당교원(唐橋院)334) 등지에 진을 치고 있는데, 남아 있던 집들을 분탕질하고 다 태워버렸네. 이에 좌수사(左水使)335)가 군사를 거느리고 막으려다가 다시 물러가서 용흘(龍屹)은 20일에도 적로(敵路)를 건너기가 어렵겠네."라고 했다. 형제자매와 온 집안의 처자식들이 비록 잠시 목숨을 부지하고는 있지만, 참으로 죽을 곳을 알지 못하겠다. 밤에 비가 내렸다.

---

331) 김공제(金公濟) : 공제는 김개국(金蓋國, 1548~1603)의 자(字). 본관은 연안. 자는 공제(公濟)・공징(公澄), 호는 만취당(晩翠堂).
332) 박자징(朴子澄) : 자징은 박록(朴漉)의 자(字).
333) 송잠(宋潛) : 생몰년 미상. 자는 경소(景昭).
334) 당교원(唐橋院) : 함창현 북쪽에 있던 역원(驛院). 《新增東國輿地勝覽》 卷29 慶尙道 咸昌縣 편 참조.
335) 좌수사(左水使) : 경상 좌수사 박홍(朴泓, 1534~1593). 본관은 울산(蔚山). 자는 청원(淸源).

十九日。往侯安進士丈, 膾魚飲酒而還, 山陽姊兄, 由醴泉抵曰："倭兵時方, 結陣于幽谷唐橋院等處, 遺存之家, 焚蕩已盡。左水使, 領兵欲禦而還退, 龍屹, 則十二日艱度敵路。"云。姊妹弟兄, 及一家妻子, 雖保須臾之命, 固不知死所矣。夜雨。

10월 20일. 둘째 형이 가족을 거느리고 당도해 말하기를, "17일에 적로(敵路)를 건너기가 어려웠기 때문에 용궁(龍宮)과 예천(醴泉)의 큰길을 경유해 오늘 비로소 이곳에 이르렀는데, 길옆에는 백골이 어지럽게 널려 있었다." 라고 했다.

二十日。仲氏 率家來到曰："十七日, 艱度敵路, 由龍醴大道, 今始抵此, 路傍白骨縱橫。"云。

10월 21일. 산양(山陽)의 자형(姊兄)이 잠자리에서 아침을 먹고 발길을 재촉해 다시 예천(醴泉)으로 떠났다. 이는 왜병이 들이닥쳐 여러 고을을 분탕질했기 때문이다. 이천영(李天英)이 이르러 듣건대 이광두(李光斗) 씨와 임희일(林希一)이 왜적에게 피살되었다고 하여, 비통함을 이길 수가 없었다. 평산군수(平山郡守) 우세신(禹世臣)[336]의 상여[喪車]가 이경(二更)[337]에 죽령(竹嶺)에서 영천(榮川)으로 내려왔다.

二十一日。山陽姊兄, 蓐食促行, 還向醴泉。是則倭兵逼, 焚蕩諸處故也。李天英至, 聞李光斗氏、林希一死於倭, 不勝悲痛。禹平山世臣喪車, 二更自竹嶺下榮川。

10월 22일. 군(郡)에 들어갔다. 향인들이 크게 모여 군량을 수습했다. 인하여 군에서 잤다.

二十二日。入郡。鄕人大會, 收合軍粮。仍宿。

---

336) 우세신(禹世臣) : 1518~1592. 본관은 단양(丹陽). 자는 정로(廷老), 호는 삼산(三山).
337) 이경(二更) : 하룻밤을 오경(五更)으로 나눈 둘째 부분. 밤 9시부터 11시 사이를 말한다.

10월 23일. 관찰사(觀察使)가 전한 관문(關文)에, '명군과 아군이 합세해 평양에 머물고 있던 왜군 7만의 머리를 베었다.'고 운운했다. 나라를 위해서는 기쁘고 축하할 일이었지만, 지난번처럼 모두 베었다고 한 말이 거짓말일까 걱정이다. 밤에 비가 내렸다.

二十三日。觀察使傳關內, '唐兵及我軍合勢, 斬平壤倭七萬級。'云云。爲國家喜賀, 而但恐如前日, 盡誅之虛說也。夜雨。

10월 24일. 비가 개지 않았다. 듣건대 개령(開寧)과 선산(善山)의 품관(品官)들이 대부분 왜진(倭陣)에 들어가 오히려 왜군을 지도하고 있다고 한다. 안득일(安得一)이 대검(大劍)이 잘 드는지를 시험했다.

二十四日。雨未晴。聞開寧、善山爲品官者, 多入於倭陣, 反爲指導云。安得一, 大劍快試之耶。

10월 25일. 경직(景直)이 와서 함께 자면서 닭이 울기 전에 일어나 이야기를 나누었다. 북풍이 호되게 불어 멀리 행재소에 있는 주상을 생각하니, 통곡을 금할 길이 없었다.

二十五日。景直來同枕, 雞未鳴起話。朔風號怒, 遙戀行在, 不勝痛哭。

10월 26일. 박경택(朴景擇)의 집에 가서 그가 계장(啓狀)을 가지고 가는 길을 전별하고, 또 상소(上疏)를 맡겼다.

二十六日。往朴景擇家, 餞其啓狀陪去之行, 又拜疏以付。

10월 27일. 아침에 박경택(朴景擇)의 집에 가서 서로 이별했다. 이날 바람이 불었다.

二十七日。朝往朴景擇家, 相別。是日風。

10월 28일. 정세렴(鄭世廉), 안오장(安悟張)과 요사이 이야기를 나누었다. 들건대 반암(盤巖), 당교(唐橋), 영순(永順)338) 등지에 왜적이 아직도 많은 수가 진을 치고 있고, 아군(我軍)도 곳천(串川)339)에 진을 치고 있다고 한다. 저들이 만약 난입(攔入)한다면 이곳의 여러 고을은 어육(魚肉)340)을 면하지 못할까 걱정이다. 하물며 왜병은 식량이 부족한데, 죽령(竹嶺) 아래로 비교적 풍년이 들었다는 소리가 있음에랴. 더욱 염려스럽다.

二十八日。 與鄭世廉、安悟張, 近話。 聞盤巖、唐橋、永順等處, 倭尙多數結陣, 我軍, 亦陣于串川云。 彼若攔入, 則此處諸郡, 恐未免魚肉。 況倭兵乏粮, 而竹嶺下, 有稍稔之聲。 尤可慮也。

10월 29일. 군(郡)에 들어가니, 향병과 유사(有司) 등이 모여 있었다. 이날 박전(朴潫)을 갈아내고, 진사(進士) 남치형(南致亨)341)을 대장(大將)으로 삼았다. 이는 주수(主守)342)의 명령이었다.(시 두 수가 있었다.)

二十九日。 入郡, 鄕兵有司等會。 是日, 改差朴潫, 以南進士致亨爲大將。 此乃主守之令也。(有詩二首。)

10월 30일. 향병과 유사(有司) 등이 향교에 모였다. 나도 가서 막걸리를 마시고 고기를 먹었는데, 남치형(南致亨)이 백운동서원 원장으로서 베푼 것이었다. 밤에 잠시 눈이 내렸다.

三十日。 鄕兵、有司等, 會鄕校。 余亦往焉, 引醪啖肉, 南致亨甫, 以白雲院

---

338) 영순(永順) : 경상북도 문경 지역의 옛 지명.
339) 곳천(串川) : 곳내라고도 부르며, 함창현 동쪽 7리에 자리하고 있었다. 이안천(利安川)이 동쪽으로 흘러 곳천으로 흘러든다. 곳천 아래에 영순(永順)이 위치하고 있다. ≪대동여지도≫ 제15폭 4 참고.
340) 어육(魚肉) : 爲魚肉(위어육)의 준말. 도마 위의 물고기가 된다는 뜻으로, 죽임을 당하는 것을 비유해 이르는 말이다.
341) 남치형(南致亨) : 1540~?. 본관은 영양(英陽). 자는 양중(養仲), 호는 용계(龍溪).
342) 주수(主守) : 자기가 사는 고을의 수령을 이르던 말. 여기서는 류운용(柳雲龍, 1539~1601)을 말한다.

長設之也。夜暫雪。

❀1592년 11월

11월 1일(정사). 형제들이 식량이 부족했기 때문에 백운동서원에서 벼 7
석과 콩 10말을 내리려고 했다. 지나는 길에 안이득(安而得)의 집에서 밥을 먹
고, 인하여 나란히 말을 타고 황군급(黃君級)과 군흘(君屹)을 찾아갔다. 김정
경(金靜卿)도 서원에 당도하고 박전(朴洤)도 함께 했지만, 날이 저물어 바로
돌아왔다.

　　十一月一日(丁巳)。 以兄弟乏食, 欲出雲院租七石豆十斗。歷路飯于安而得,
　　仍聯轡, 訪黃君級、君屹。金靜卿到院, 朴洤亦與焉, 暮乃還。

11월 2일. 노경삼(盧景參)이 사위를 맞았는데, 바로 진승헌(秦承憲)의 아우
였다. 나도 참석해 술을 마셨다.

　　二日。 盧景參延壻, 乃秦承憲弟也。余亦參飮。

11월 3일. 바람이 몹시 차가웠다. 나는 활쏘기를 익히려고 일선(一先)의
집에 갔다가 손이 얼어서 바로 돌아왔다. 길에서 윤탕민(尹湯民)[343]을 만나
듣건대 함창(咸昌)에 주둔하고 있는 왜병이 아직도 흩어지지 않았다고 하니,
심히 염려스럽다.

　　三日。 風氣寒嚴。余欲習射, 往一先家, 而手凍乃還。路逢尹湯民, 得聞咸昌
　　屯倭, 尙未散去, 憂念千萬。

11월 4일. 용흘(龍屹)과 박승경(朴承慶) 및 노비 김이동(金伊同)이 생선과 소
금을 사는 일로 영해(寧海)로 갔다. 듣건대 문경(聞慶) 이하에 주둔하고 있던
왜적이 곶천(串川)에 다리를 놓아 용궁(龍宮)과 예천(醴泉) 등지를 침입해 백성

---

343) 윤탕민(尹湯民) : 1557~?. 자는 군거(君擧), 호는 문암(門巖).

들이 소란스럽게 산과 들로 달아났지만 몸에 칼날의 피해를 입은 자도 또한 많았다고 하니, 참으로 애통하다. 용궁의 고몽량(高夢良)은 지난달 26일 왜적이 침입했을 때 아들이 죽었다. 인하여 춘양(春陽)으로 피란해 우리 노비의 아들 집에 묵고 있었기 때문에 저물녘에 가서 그를 만났다.

> **四日。** 龍屹、朴承慶、及奴金伊同, 以貿販魚鹽事往寧海。聞慶以下屯倭, 排橋串川, 侵賊于龍醴等地, 人民騷然, 奔走山野, 身被兵刃者, 又多。慘痛慘痛。龍宮高夢良, 去月廿六日, 倭入時, 其子死焉。仍避亂向春陽, 宿吾奴子家, 故乘昏往見。

11월 5일. 군(郡)에 들어가서 곽정숙(郭靜叔)과 군량을 징발하려고 했으나 왜병이 가까이 닥쳐서 다시 그만두었다. 남양중(南養仲)과 중하(仲賀) 등도 당도했다. 주수(主守)가 대문 밖으로 나와서 군사를 징집했다.

> **五日。** 入郡, 與靜叔欲捧軍糧, 而緣倭兵迫近, 還停之。南養仲、仲賀等, 亦到。主守, 出大門外, 調兵。

11월 6일. 바람이 불었다. 이날 저녁 함창(咸昌)의 형제와 제수씨가 모두 읍내 형의 집에서 밥을 먹었다. 살 곳을 잃고 유리(流離)한 나머지 밥 한 끼를 먹을 때인들 잊을 수 없었는데, 또한 인하여 마음이 놓였다. 요사이 듣건대 왜병이 날마다 용궁(龍宮)과 예천(醴泉) 등지를 침범해 포학하게 군다고 하니, 두렵고도 비통한 마음 어찌 끝이 있겠는가. 형제가 풍기를 의지할 곳으로 여겨 모두 나의 집에 왔지만, 이제 도리어 이와 같으니, 진실로 죽을 곳을 알지 못하겠다. 하늘이여, 하늘이여. 어찌 화를 내린 것을 속히 후회하지 않으십니까?(시가 있었다.)

> **六日。** 風。是夕, 咸昌弟兄及諸嫂氏, 皆飯于邑內兄家。流離失所之餘, 一飯不[344]可忘, 且仍張。近聞倭兵, 日日侵暴龍、醴等處, 惶憫曷已。兄弟, 以豐邑

---

344) 不 : 해석상 추가함.

爲恃, 皆到吾家, 今反如是, 固不知死所矣。皇天皇天。何不悔禍之速也?(有詩。)

11월 7일. 순찰사(巡察使)가 첩문(牒文)으로 나와 곽진(郭曆)[345]을 간병장(揀兵將)으로 삼았다. 그래서 군(郡)에 들어갔으나 이러한 사변(事變)을 당한 때에 중임(重任)이 두렵고 개인적으로 민망함이 많았다. 주수(主守)를 뵐 때에 권경안(權景安)도 이르러 오래도록 이야기를 나누고 저녁에 돌아왔다.

七日。以巡察使牒, 余與郭曆爲揀兵將。入君, 當此事變, 重任可畏, 爲私多憫。見主守時, 權景安亦至, 談久夕還。

11월 8일. 용성(龍成)과 석문(石文)이 큰형의 짐바리를 받아 예천(醴泉)에서 당도했다. 밤에 박대하(朴大賀)를 찾아가 술을 마셨다.

八日。龍成及石文, 領伯氏卜物, 自醴泉到。夜訪朴大賀飮。

11월 10일. 향병의 일로 향교에 크게 모였다. 대장(大將) 남양중(南養仲) 어른이 열병을 앓고 있었기 때문에 박전(朴涏)이 그를 대신하고, 부장(副將)은 안중하(安仲賀)[346]로 삼았다. 돌아올 때 날씨가 차고 바람이 거세게 불어서 술이 없는 것이 한스러웠다.

十日。以鄕兵事大會鄕校。大將南養仲甫, 得熱病, 以朴涏因之, 副將, 則安仲賀爲之。還時, 天寒風怒, 無酒可恨。

11월 11일. 향교에 가니 크게 모여 있었다. 군사를 뽑는 일로 곽정보(郭靜甫)[347]와 주수(主守)를 만났다. 듣건대 왜병이 우리 땅을 깊숙이 침입해 왕자인 두 군(君)[348]을 육진(六鎭)에서 사로잡고,[349] 북쪽 오랑캐를 이간질해 때

---

345) 곽진(郭曆) : 1568~1633. 자는 정보(靜甫). 호는 단곡(丹谷). 곽률(郭嵂)의 아우.
346) 안중하(安仲賀) : 중하는 안응일(安應一)의 자(字).
347) 곽정보(郭靜甫) : 정보는 곽진(郭曆)의 자(字).
348) 두 군(君) : 임해군(臨海君, 1574~1609)과 순화군(順和君, ?~1607)을 말함.
349) 임해군(臨海君)·순화군(順和君) 두 왕자가 수상(首相) 김귀영(金貴榮), 판서 황정욱(黃廷彧),

를 틈타 난을 선동하려 한다고 했다. 말이 이에 이르자, 통곡하고 통곡했다.

十一日。 往鄉校大會。以揀兵事與靜甫見主守。聞倭兵, 深入我地, 王子二君, 被虜于六鎭, 間北虜乘時, 將欲扇亂云。言之至此, 痛哭痛哭。

11월 12일. 군(郡)에 들어가 곽정보(郭靜甫)와 함께 군사를 뽑았다. 듣건대 함흥(咸興)의 하리(下吏) 국경인(鞠景仁)[350]이 그곳의 관원을 속박해 왜군의 진영에 넘겼는데, 두 왕자가 포로가 된 것도 모두 이로 말미암은 것이라고 한다. 북적(北狄)이 이러한 틈을 타서 육진(六鎭)[351]을 빼앗아 점거해 나라는 더욱더 줄어들고 회복할 날도 기약이 없었다. 하물며 명군은 한갓 그 소문만 있고, 주둔하고 있는 왜적은 조금도 돌아갈 마음이 없음이겠는가. 만약 내년 봄에 이들이 다시 날뛴다면, 경상도와 강원도는 모두 우리나라의 소유가 아닐까 두렵다. 이날 밤 너무 추워서 곽정숙(郭靜叔)에게 술을 내와 이태백(李太白), 박기종(朴起宗)[352]과 함께 술잔을 기울였다.(시가 있었다.)

十二日。 入郡, 與靜甫揀兵。聞咸興下吏鞠景仁, 束縛其處官員, 付諸倭陣, 兩王子之見虜, 皆由於此也。北狄乘釁, 奪據六鎭, 蠧國愈甚, 恢復無期。況唐兵, 徒有其聲 屯倭, 少無歸意。若於明春更肆, 則竊恐慶尙、江原 皆非我國之所有也。是夜甚寒, 索酒於靜叔, 與李太白、朴起宗共傾。(有詩。)

11월 13일. 향당에 모여 함께 곽정보(郭靜甫)의 술을 마셨다. 돌아올 때에 일로 주수(主守)를 만났다. 바람과 추위가 어제의 배는 되었다.

승지 황혁(黃赫), 남병사(南兵使) 이영(李瑛) 및 여러 조신(朝臣) 허명(許銘) 등과 그의 내권(內眷)들까지 함께 몰래 회령(會寧) 땅에 모여 있었는데, 본도의 생원 진대유(陳大猷)가 본부의 관노(官奴) 국경인(鞠景仁)과 공모하고 청정(淸正)에게 밀통해 불시에 야습하여 모두 포로로 잡아 경성으로 들여보냈다. ≪亂中雜錄 二≫ 1592년 9월 16일 기사 참조

350) 국경인(鞠景仁) : ?~1592. 전주 거주했으나 회령(會寧)에 유배.

351) 육진(六鎭) : 조선 세종 때 동북방면의 여진족에 대비해 두만강 하류 남안에 설치한 국방상의 요충지로, 종성(鐘城)·온성(穩城)·회령(會寧)·경원(慶源)·경흥(慶興)·부령(富寧)의 여섯 진을 말한다.

352) 박기종(朴起宗) : 1556~1638. 본관은 밀양(密陽). 자는 대운(代雲), 호는 백암(白庵).

十三日。會鄉堂, 供飮靜甫酒。還時, 以事見主守。風寒倍昨。

11월 14일. 군(郡)에 들어가서 군사를 뽑았다.

十四日。入郡揀兵。

11월 15일. 군(郡)에 들어가 군사를 뽑고, 또 중론(衆論)을 널리 채택하는 일로 향교에 갔다가 눈보라를 무릅쓰고 집으로 돌아왔다. 산양(山陽) 박 형의 집이 지난달에 또 분탕질을 당했는데, 오늘 비로소 풍기로 왔다.

十五日。入郡揀兵, 又以博採衆論事往鄉校, 冒風雪還家。山陽朴兄家, 去月亦遭焚蕩, 今始來豐。

11월 17일. 향교에 가서 향병장(鄉兵將)을 만나고, 군재(郡齋)로 향해 황광원(黃光遠)을 찾아갔다.

十七日。往鄉校, 見鄉兵將, 向郡齋, 訪光遠。

11월 21일. 바람이 불었다. 먼저 향교로 돌아와 향병장(鄉兵將)을 만난 뒤, 돌아오는 길에 곽정숙(郭靜叔)의 집에서 여익(汝益)을 만났다. 이어 정숙(靜叔)과 군(郡)으로 들어가 군사를 뽑고 저물어 돌아왔다.

二十一日。風。先歸校, 見鄉兵將, 還路訪汝益于靜叔家。仍與靜叔入郡抄兵, 暮還。

11월 22일. 안 진사(安進士) 어른을 찾아가 뵈었다. 이달 16일에 왜병이 황령(黃嶺)에 쳐들어와 도륙하고 불사른 것이 몹시 심했다. 이 때문에 큰형이 신주(神主)를 받들고 왜군의 진영을 건너 밤을 무릅쓰고 예천(醴泉)에 이르러 백송리(白松里)[353]에서 3일을 묵고, 어제는 노잔리(魯棧里)에서 묵었다.

---

353) 백송리(白松里) : 지금의 경상북도 예천군 호명면 백송리.

그리고 이날 밤 우리 집에 당도했는데, 유리(流離)한 모습을 차마 형언할 수가 없었다. 인하여 듣건대 배원량(裵元良)이 16일에 여러 토막으로 베어져 죽었다고 하니, 비통함을 금할 수 없었다.

二十二日。往拜安進士丈。今月十六日, 倭兵入黃嶺, 屠燒殆甚。伯氏奉神主, 度倭陣, 冒夜到醴泉, 白松里經三宿, 昨宿魯棧里。是夕, 到吾家, 流離之狀, 不可忍言。因聞裵元良, 死於旬六, 而斬作數段云, 不勝悲痛。

11월 24일. 동원(洞員)들이 모여 활쏘기를 했다. 함창(咸昌)의 집이 분탕질을 당했는데, 당시 모든 재산은 참으로 아깝지 않았지만 서책 한 농(籠)과 나의 을해년 선산(善山) 감시(監試)[354]의 <지수부(智壽賦)>와 갑신년 별시(別試)[355]의 <음악을 연주할 때 개원 초를 법으로 삼기를 청하는 표[掌樂請以開元初爲法表]>, 신묘년 경산(慶山) 별시(別試)의 <금화 팔지를 하사한 것을 사례한 전[謝賜金花八枝箋]> 등의 시권(試券)이 모두 모두 불 속에서 타버렸고, 을유년 회시(會試)[356]의 <問仁疑心 鳴鶴在陰 見龍在田義>[357]로 입격한 답안지[名紙]도 화를 면하지 못했다. 그러니 비록 전사(傳寫)하고 싶어도 모두 어찌할 수 없는 것이 한스러울 따름이다. 이날 낮에 눈발이 흩날렸다. 저녁에 큰형이 박대하(朴大賀)의 노비 집으로 옮겨가 머물렀는데, 둘째 형이 머물고 있는 이사윤(李士潤)의 집과 서로 접해 있었다.

二十四日。洞員會射。咸昌家焚蕩, 時凡資産, 固不足惜, 而書冊一籠、及吾乙亥善山監試<智壽賦>, 甲申別試<掌樂請以開元初爲法表>, 辛卯慶山別試

---

354) 감시(監試) : 조선조에 생원(生員), 진사(進士)를 뽑던 시험으로 소과(小科), 사마시(司馬試)라고도 한다.

355) 별시(別試) : 천간(天干)으로 '병(丙)'자가 든 해에 문·무 당하관을 대상으로 중시(重試)를 보이는데, 이에 대응하여 같은 해에 유생들에게 실시하거나 나라에 경사가 있을 때 보이는 문·무과를 이른다. 회시(會試)는 생략하고 초시(初試)와 전시(殿試)만으로 당락을 결정하는 약식 과거이다.

356) 회시(會試) : 문과나 무과의 초시에 합격한 자가 서울에 모여 다시 보는 복시(覆試). 여기서 합격자는 다시 전시(殿試)를 보게 된다.

357) 해석이 애매하여 원문으로 남겼다.

<謝賜金花八枝箋>, 等試券, 皆入火中, 乙酉會試<問仁疑心鳴鶴在陰見龍在田
義>, 入格名紙, 亦未免焉。雖欲傳寫, 皆未如之何矣, 可恨。是午, 雪散飄灑。
夕伯氏, 移寓朴大賀奴家, 與仲氏所在李士潤家相接也。

11월 27일. 동원(洞員)들이 모여 활쏘기를 했다.

　　二十七日。洞員會射。

11월 28일. 지난밤부터 바람이 너무 강하게 불어 모래와 돌이 날렸기 때
문에 사람과 말이 모두 물러나 피하고, 모여서 활쏘기를 하던 사람들도 그
만두고 떠났다. 이경(李慶)이 와서 이야기를 나누었다.(읊은 시가 있었다.)

　　二十八日。自去夜風力甚勁, 沙石揚起, 人馬辟易, 會射之人罷去。李慶到
　　話。(有吟。)

11월 29일. 동원(洞員)들이 활쏘기를 시험했다. 나의 동년(同年) 박건(朴
建)358)의 노비가 상소의 격식을 물으려고 당도해 묵었다. 바람이 어제처럼
세차게 불었다.

　　二十九日。洞員試射。吾同年朴建奴, 欲問上疏格, 到宿。風又如昨。

11월 30일. 군(郡)에 들어가서 정경릉(鄭景稜) 및 곽정숙(郭靜叔)과 전일 거
둬들인 향병미(鄕兵米)를 환급하고, 향교로 가서 묵었다.(나라를 슬퍼하며 읊은
시가 있었다.)

　　三十日。入郡, 與鄭景稜、郭靜叔, 還給前日所收鄕兵之米, 仍向校中宿。
　　(有哀國家吟。)

❂**1592년 12월**

12월 1일(정해). 향병장(鄕兵將)이 군사들에게 음식을 주고 위로했다. 황광

---

358) 박건(朴建) : 생몰년 미상. 자는 입지(立之). 생원시에 합격했다. 《漢潭浩齋師友錄 권2》

원(黃光遠)도 왔다. 나는 날이 저물자 바로 돌아왔다.

十二月一日(丁亥)。 鄉兵將犒軍。黃光遠亦到。余日暮乃還。

12월 2일. 동원(洞員)들이 모여 활쏘기를 했다. 큰형과 둘째, 셋째 등 세 형도 모두 참여하고, 정종년(鄭從年)도 뒤이어 왔다.

二日。 洞員會射。伯仲叔三兄亦參, 鄭從年繼至。

12월 3일. 아침에 잠시 눈이 내렸다. 동원(洞員)들이 모여 활쏘기를 했으나, 바람이 차가워 일찍 마쳤다. 해가 질 무렵에 홍백선(洪伯善)이 다인(多仁)에서 당도해 묵었다.

三日。 朝暫雪, 洞員會射, 以風寒早罷。日暮, 洪伯善, 自多仁到宿。

12월 6일. 군(郡)에 들어가 태백(太白)과 대화하고 있는데, 김사호(金士好)359) 씨가 마침 이르러서 마침내 군사를 뽑는 방법을 결정했다. 향교에서 밥을 먹고 그곳에서 잤다.

六日。 入郡, 對太白話, 金士好氏適至, 遂成揀兵策。飯鄉校仍宿。

12월 7일. 향병이 크게 모여서 군기(軍旗)와 북360)을 세우고 군용(軍容)을 익히다가 날이 저물어 파하고, 나는 향교 향교로 돌아왔다. 이원백(李元白) 씨가 어제 일언리(逸偃里)에 당도했다고 하는데도 만나지 못한 것이 한스럽다.

七日。 鄉兵大會, 建旗鼓, 習軍容, 日暮乃罷。余還校中。李元白氏, 昨到逸

---

359) 김사호(金士好) : 사호는 김겸(金謙, 1550~1604)의 자(字). 김재운(金齋雲)의 아들.
360) 군기와 북[旗鼓] : 군기(軍旗)와 북은 주로 전투 시에 각종 신호(信號)를 전달하는 목적으로 사용되었음. 군영에서 지휘 통신에 사용하는 도구를 기고 또는 형명이라 했다. 눈으로 신호를 확인하는 기치류(旗幟類)는 '형(形)'이라 하고, 귀로 신호를 확인하는 금고류(金鼓類)는 '명(名)'이라 한다. 형명은 기치류와 금고류로 구성되었으므로 '기고(旗鼓)'라 하기도 하고, 명(名)을 '금고(金鼓)'라고도 불리었다.

偃云, 而恨不得見。

12월 8일. 향교에서 군(郡)으로 들어갔다. 관찰사(觀察使) 한효순(韓孝純)[361]
과 도사(都事) 김창원(金昌遠)이 이르자, 잠시 만나 뵈었다.

八日。自校入郡。觀察使韓孝純、都事金昌遠至, 暫見之。

12월 9일. 군(郡)으로 향하려는데, 큰형과 셋째도 도사(都事)를 만나려고
했다. 그래서 형들과 함께 광원(光遠)과 태백(太白)을 방문하고, 저녁에 도사
(都事)와 만나 술이 세 순배 돌았을 때 두 형과 헤어졌다. 나는 박전(朴渼)과
밤에 군(郡)으로 들어가 관찰사(觀察使)를 뵈었다. 성주(城主)도 자리에 있어서
함께 일을 논의하고, 이경(二更)에 물러나와 창원(昌遠)과 함께 묵었다.

九日。向郡, 伯叔兄, 亦欲見都事。與之偕訪光遠太白, 夕與都事合, 酒三行,
兩兄告別。余與朴渼, 夜入見觀察。城主亦在坐, 共論事, 二更退, 與昌遠宿。

12월 10일. 몹시 추웠다. 창원(昌遠)의 술을 마시고, 광원(光遠)과 태백(太白)
이 묵고 있는 곳에 가서 이야기하고 있는데, 이덕음(李德音)과 전행(全緈), 채
함(蔡涵), 권진(權晉)[362] 등이 왜적과 모의했던 자를 체포해 군에 이르렀다.
이에 관찰사(觀察使)가 향병 가운데 소임(所任)이 있는 사람들을 불러 일을 논
의했다. 그래서 나도 그 자리에 참석하고 향교로 돌아왔다.

十日。甚寒。飮昌遠酒, 向太白、光遠宿處話, 李德音、全緈、蔡涵、權
晉等, 捕得與倭協謀者到郡。觀察使, 招鄕兵有任之人論事。故亦參其席, 仍
還鄕校。

12월 11일. 낮에 관찰사(觀察使)가 영천(榮川)으로 돌아갔다. 해가 질 무렵
에 산양(山陽)의 박 형이 이르러 말하기를, "이원백(李元白) 씨가 9일에 부친

---

361) 한효순(韓孝純) : 1543~1621. 본관은 청주(淸州). 자는 면숙(勉叔), 호는 월탄(月灘).
362) 권진(權晉) : 1568~1620. 자는 경명(景明).

상을 당했네."라고 했다. 나이 83세에 난리를 만나 객사했으니, 참으로 애달픈 일이다.

十一日。 午觀察使, 歸榮川。暮山陽朴兄至曰：“李元白氏, 遭父喪于初九。” 年八十三, 遭亂客死, 誠可哀悼。

12월 12일. 순흥(順興)으로 가다가 길에서 신담(申譚)363)을 만났다. 말을 멈추고 이야기를 나눈 뒤에 황군급(黃君級)을 찾아가니 막걸리를 내왔다. 이날 백운동서원에서 벼 1석 13말을 내왔다.

十二日。 向順興, 路逢申譚。駐馬話, 訪黃君級引醪。是日, 出雲院租一石十三斗。

12월 15일. 가묘(家廟)364)에서 시제(時祭)365)를 지냈으나, 얼마 되지 않은 변변치 못한 제물(祭物)만 올려 제사를 지내지 않은 것처럼 여겨졌다. 낮에 안 진사(安進士) 어른을 찾아가 뵈었다. 돌아오는 길에 멀리 앞들을 바라보니, 정처 없이 떠돌던 사람들이 굶주림에 부대끼어 키와 빗자루를 안고 기장을 수습하고 있었고, 또 [어떤 사람들은] 논두렁 사이에 불을 놓아 언 손을 녹이고 있었다. 백성들의 고통을 불쌍히 여기고 이를 구황(救荒)하는 일은 본래 조정에 있지만, 나라가 이미 병란을 당해 부고(府庫)가 텅 비었으니, 장차 무엇으로 굶주림을 구제해야 할지 모르겠다. 전란을 만나 유랑(流浪)하는 백성들은 거의 다 죽게 될 것이다.

十五日。 行時祭于家廟, 但薦菲薄, 如不祭也。午往拜安進士丈。還路望見前郊, 流離之人, 迫於饑餓, 抱箕擁帚, 收拾稷實, 又放火畝間, 以溫凍手。爲民痛憐, 救荒之事, 自有朝廷, 而國旣被兵, 府庫蕩竭, 不知將何物濟飢耶。鋒鏑流

---

363) 신담(申譚) : 생몰년 미상. 본관은 평산(平山).
364) 가묘(家廟) : 한 집안의 사당(祠堂).
365) 시제(時祭) : 사시제(四時祭) · 시사(時祀) · 시향(時享) · 절사(節祀) · 묘제(墓祭)라고도 하는데, 크게 보아 사시제와 묘제로 나눌 수 있다.

氓, 殆將盡矣。

12월 1□일. □□□□ □□□□… 쌀을 가지고 와서 잠시 이야기를 나누고, 바로 쌀 2말을 돌려보내 애오라지 옛정을 표시했다.

十□□。□□□□ □□□□,[366] 米來暫話, 卽返送稻二斗, 聊表舊情。

12월 19일. 신신부(申愼夫)가 봉화(奉化)에서 아침에 당도했다. 인하여 난리 초기 도성에서부터 관동(關東)까지 달아나 숨었던 정황을 들었는데, 사람으로 하여금 시리고 아프게 했다. 채무역(蔡無易) 어른도 함께 와서 청주(淸州)로 향했다고 한다. 낮에 눈이 내렸다.(난리를 당해 인재가 없음을 탄식한 시가 있었다.)

十九日。申愼夫, 自奉化朝到。仍聞亂初由洛中奔竄關東之狀, 令人酸痛。蔡無易丈, 偕來, 向淸州云。午雪下。(有當亂乏人嘆詩。)

12월 20일. 어제 내린 눈이 밤까지 이어져 들판이 모두 새하얬다. 이는 납일(臘日)[367] 전에 처음 보는 상서로운 일이었다. 그러나 상란(喪亂)[368]이 많고 적의 기세가 아직 쇠하지 않았기 때문에 내년 농사도 기약할 수 없었다. 밥을 먹은 뒤에 향병소(鄕兵所)에 가서 그곳에서 묵었다.

二十日。昨雪達夜, 原野皆白。是臘前初見之瑞也。然喪亂弘多, 敵勢未衰, 明年民事, 未可必耳。食後, 往鄕兵所, 仍宿。

12월 21일. 저녁에 군대를 따라 지나가는 길에 성주(城主)를 뵙고 노잔리(魯棧里)로 향해 박헌(朴巘)의 집에 묵었다.

---

366) 이 날의 기록에 10자 정도의 글자가 삭제된 것으로 보인다.
367) 납일(臘日) : 동지로부터 세 번째의 미일(未日)로, 납일 때가 되면 대개 음력으로 연말 무렵이 된다. 납일에 나라에서는 종묘와 사직에 제사를 올렸고 민간에서도 여러 신에게 제사를 지냈다. '납향(臘享)'이라고도 한다.
368) 상란(喪亂) : 전쟁, 전염병, 천재지변 따위로 많은 사람이 죽는 재앙.

二十一日。 夕從軍, 歷謁城主, 向魯棧里, 宿朴瓛家。

12월 22일. 이원백(李元白) 씨를 조문하고, 또 비안 현감(比安[369]縣監) 채충의(蔡忠義)을 찾아뵈었다. 나는 향병을 따라 은풍현(殷豊縣)에 진을 쳤다가 밤에는 김군서(金君瑞)와 현재(縣齋)에서 묵었다. 파절장(把截將)으로 박가 성을 가진 사람과 군관(軍官) 변응제(邊應褆)도 함께 잤다.(시가 있었다.)

二十二日。 弔李元白氏, 又拜蔡比安忠義。 從鄕兵, 陣於殷豊縣, 夜與金君瑞甫宿縣齋。 把截將朴姓人、邊軍官應褆, 同枕。 (有詩。)

12월 23일. 은풍현(殷豊縣)의 진에 머물며 황계(黃桂) 등 25인을 척후군(斥堠軍)으로 보냈다. 이날 저녁에 은풍(殷豊) 사람인 이애(李瑷)를 만났다. 그는 나와 성이 다른 일가이다.

二十三日。 留陣殷豊, 送斥堠軍黃桂等二十五人。 是夕, 見縣人李瑷。 乃吾戚黨也。

12월 24일. 군사를 돌려 오항(筽項)을 넘어 창락역(昌樂驛)에 진을 쳤다. 날이 저물어 나와 안열(安悅)은 집으로 돌아왔다.(시가 있었다.)

二十四日。 回軍踰筽項, 陣昌樂。 日暮, 余與安悅, 還家。 (有詩。)

12월 25일. 전정원(全淨遠)[370]과 이명량(李命樑)이 함창의병소(咸昌義兵所)에서 군량을 구하기 위해 왔다. 집안의 노비인 은석(銀石)도 이어서 이르렀다.

二十五日。 全淨遠、李命樑, 自咸昌義兵所, 欲乞軍粮來。 家奴銀石, 繼至。

---

369) 비안(比安) : 경상북도 의성 지역의 옛 지명으로, 지금의 경상북도 의성군 비안면 지역에 해당된다.
370) 전정원(全淨遠) : 정원은 전식(全湜, 1563~1642)의 자(字). 본관은 옥천(沃川). 호는 사서(沙西).

12월 26일. 나와 큰형 및 전정원(全淨遠)은 순흥(順興)으로 향하면서 먼저 안이득(安而得)을 방문해 그와 함께 황군흘(黃君屹)371)과 김정경(金靜卿)의 집에 들어가 군수(軍需)로 무명 2필을 받았다. 해가 저물어 백운동서원에서 묵었다.

二十六日。余與伯氏及全淨遠, 向順興, 先訪安而得, 與之俱入黃君屹、金靜卿家, 得軍需木二匹。暮宿白雲院。

12월 27일. 백운동서원 원장이 병으로 누워있었기 때문에 유사(有司) 안의수(安宜㜻)가 무명 3~4필만을 내어서 군수(軍需)를 도왔다. 큰형과 전정원(全淨遠)은 영천(榮川)으로 향하고 나와 안이득(安而得)은 집으로 돌아왔다.

二十七日。院長病臥, 有司安宜㜻, 只出木三匹, 以助軍需。伯氏及全淨遠, 向榮川, 余與安而得, 還家。

12월 28일. 장녀372)가 홍역을 앓아 근심이 참으로 많다.

二十八日。長女紅疹, 憂念實多。

12월 29일. 홍역 때문에 선산(善山)의 형이 제사를 지내지 못했다. 그래서 내가 지방(紙榜)373)을 써서 전(奠)374)을 올렸지만, 모든 제사 음식을 빠뜨려 참으로 편안히 흠향(歆饗)375)하지 못했을 것이다. 자식 된 자로서 통곡하고 통곡할 뿐이다.

---

371) 황군흘(黃君屹) : 군흘은 황용(黃埇)의 자(字).
372) 장녀 : 곽수지는 1남 2녀를 두었는데, 장녀는 정랑(正郞) 최철(崔喆)에게 시집가고 차녀는 사예(司藝) 강무선(姜茂先)에게 시집갔다.
373) 지방(紙榜) : 신주를 모시고 있지 않는 집안에서 차례나 기제사 때 종이에 써서 모신 신위. 보통 신주의 크기와 같이 창호지를 오려서 신주의 분면(粉面 : 분을 바른 앞쪽)에 쓰여 진 격식대로 적어 제사에 모셨다가, 제사가 끝나면 축문과 함께 태워버린다.
374) 전(奠) : 제사 때 제물을 신에게 바치는 일체의 행위를 의미한다. 또한 장례를 치르기 이전에 죽은 자에게 드리는 제사, 임시로 올리는 제사를 의미하기도 한다. 여기서는 첫 번째의 뜻으로 쓰였다.
375) 흠향(歆饗) : 신명(神明)이 제물을 받아서 먹음.

二十九日。 以紅疹, 善山兄, 未得行祭。題紙榜爲奠, 凡厥饌羞, 固不得安享。爲人子者, 痛哭痛哭。

❂1593년 1월

계유년(1593) 1월 1일(병진). 새해라고는 하지만 마을이 쓸쓸해 조금도 화락한 마음이 없고 비참한 기운만이 감돌았다. 시사(時事)가 끝내 어떻게 될지 알 수 없으나, 동기(同氣)들과 서로 이야기를 나누는 것은 함창(咸昌)에 있을 때와 같았다. 이는 다행스러운 일이었지만, 정처 없이 떠도는 군핍(窘乏)한 모습은 말로 표현할 수가 없었다.

> **癸巳正月一日(丙辰)。** 雖曰歲時, 閭閻蕭條, 頓無和樂之意, 只有愁慘之氣。不知時事竟何如, 而與同氣相話, 依然若在咸時。此則幸矣, 但流離窘乏之狀不可形言。

1월 2일. 박선(朴選)이 행재소에서 돌아왔다는 말을 듣고, 바로 가서 주상의 옥체가 어떠한지 물었다. 또 세자가 용강(龍岡)[376)]에 머물고 있으나 적세(敵勢)를 아직 다 끊어 내지 못해 국사가 차마 말할 수조차 없다는 것을 알았다. 또 듣건대 명나라 조정의 유격장(遊擊將)으로 심가(沈哥) 성을 가진 사람이 은과 비단을 가지고 평양에 이르러 적의 무리에게 나누어 주었는데, 그 중에 우리나라 백성이 태반이었다고 한다. 이는 황가(皇家)에서 허의후(許義厚)가 상소해 조선과 일본이 통신했다는 말을 함에 따라, 우리나라와 왜가 서로 모의해 장차 범상(犯上)[377)]의 변란이 있을 것을 의심하고, 우선 사람을 보내 상으로써 시험한 것이었다. 그런데 지금 향도(向導)한 자의 태반이 우리 백성들이었으니, 그 의심을 풀기가 어려울 듯했다. 그러나 우리 주상의 사대(事大)하는 정성은 평소 중국에 신임을 받고 있었다. 이에 수천의 군사

---

376) 용강(龍岡) : 평안도 용강현.
377) 범상(犯上) : 윗사람을 범한다는 뜻. 여기서는 조선이 일본과 모의하여 명나라를 침략하는 것을 의미한다.

를 보내 먼저 행재소를 지원하고, 또 낙상지(駱尚志)[378]로 하여금 군대를 거느리고 나오도록 했다고 한다. 이는 우리나라에 다행스러운 일로, 말로는 표현할 수가 없었다. 그러나 7, 8월부터 명군의 소식만 간간이 들릴 뿐 아직도 그림자조차 보이지 않으니, 지난번처럼 헛소문이 아닐까 걱정되어 속으로 근심할 뿐이다. 여러 박씨(朴氏)들과 술을 마시며 유랑하는 괴로움을 위로했다. 우리 형제들과 태천조(太天祚)도 참석했다.

二日。聞朴選自行在所還, 卽往問上體如何。且審世子駐龍岡, 敵勢未殄, 國事有不忍言, 又聞唐朝遊擊將沈姓人, 持銀錦到平壤, 頒于敵類, 其中我國民, 太半焉。是則皇家, 仍許義厚上疏, 朝鮮通信日本之言, 疑我國與倭協謀, 將有犯上之變, 故先使人, 以賞試之。而今之向導者太半吾民, 則似難釋其疑矣。然我聖上事大之誠, 素所見信於中國。玆出千軍, 先援行在所, 又令駱尚志, 領兵出來云。小邦之幸, 不可形言, 但自七八月間聞唐兵消息, 而迄無形影, 恐若前日虛傳, 中心有憂耳。與諸朴引栖, 更慰跋涉之苦。吾弟兄及太天祚, 亦參。

1월 3일. 박경택(朴景擇)을 통해 듣건대 의주(義州)에서 무명 1필의 시장 가격이 쌀 12말에 이른다고 했다. 이 때문에 행재소의 상하(上下)가 거의 굶주림을 면했으니, 이는 참으로 다행스러운 일이 아니겠는가. 도성 사람들 가운데 적중(敵中)에 들어간 자가 많았는데, 외방(外方)에서 곡식이 끊어져 통하지 않게 되자 굶어 죽은 자가 거리에 가득했다고 한다. 이 어찌 하늘이 그들이 적과 함께한 죄를 바로잡으신 것이 아니겠는가? 다만 그 가운데 늙고 병든 사람들로서 달아나 피하지 못한 자들에 있어서는 참으로 가련했다. 향교에 이르니 안경순(安景純)이 향병의 진영에 머물고 있었다. 날이 저물어 집으로 돌아왔다.

三日。仍朴景擇, 得聞義州市價, 木綿布一匹, 米至十二斗云。行在所上下, 庶免飢餓。玆非幸歟。京城之人, 多入敵中, 而外方米粟, 絶不相通, 餓死滿巷云。

---

378) 낙상지(駱尚志) : 생몰년 미상. 절강(浙江) 소흥부(紹興府) 여요현(餘姚縣) 사람. 호는 운곡(雲谷).

豈天正其與敵之罪耶。但於其中老羸癃疾之未得奔避者, 可憐。到鄕校, 安景純, 留鄕兵陣。暮返家。

1월 4일. 당교(唐橋)의 왜적이 도무지 돌아갈 뜻이 없는 듯이 날마다 용궁(龍宮)과 산양(山陽), 예천(醴泉) 등지를 침입했다. [이 고을들은] 풍기(豊基)와의 거리가 겨우 2식(息)³⁷⁹ 남짓으로 처자식만 걱정될 뿐 아니라 함창(咸昌)의 형제들은 또 장차 어디로 피한단 말인가. 하늘이여, 하늘이여.

　　四日。 唐橋之倭, 頓無歸意, 日侵龍宮、山陽、醴泉等地。豊郡相去, 纔二息餘, 非徒爲妻子憂, 咸昌弟兄, 又將何避。天乎天乎。

1월 5일. 향병의 진영에 가니 큰형도 군수품을 구하는 일로 당도해 있었다. 돌아오는 길에 경률(景栗) 씨의 초대로 술을 마시며 훌륭한 음식을 먹었다.³⁸⁰ 날이 저물어 집으로 돌아왔다.

　　五日。 往鄕兵陣, 伯氏, 亦以乞軍需事到焉。還路弟兄, 俱被景栗氏之邀, 引栖餐玉。日暮到家。

1월 7일. 아침에 셋째 형 및 용흘(龍屹)과 함께 이선승(李善承)의 집에 가서 술을 마시면서 군핍한 처지를 고했는데, 마침내 은혜를 입어 유리하던 위태로운 목숨이 잠시라도 의지할 수 있게 되었다. 개인적으로 기쁘고도 고마운 일이다. 저녁에 김원진(金遠振)³⁸¹이 은풍(殷豊)의 피란처에서 [우리 집에] 당도했다. 나는 애오라지 밥 한 끼를 대접했으나, 그의 군색함을 도울

---

379) 식(息) : 거리의 단위로, 1식은 30리를 말한다.
380) 훌륭한 음식을 먹었다[餐玉] : 찬옥은 도가(道家)에서 불로장생하기 위해 옥가루를 복용하는 것을 말하는데, 두보(杜甫)의 <거의행(去矣行)>에 "주머니 속의 옥 먹는 법을 시험하지 못했으니, 내일 아침에는 또 남전산을 들어가야겠네.[未試囊中餐玉法, 明朝且入藍田山.]"라고 한 데서 온 말이다. 여기서는 불로장생할 만큼 훌륭한 음식을 먹었다라는 의미로 보인다.
381) 김원진(金遠振) : 1535~1641. 본관은 상산(商山). 자는 사선(士宜), 호는 지연(止淵).

수는 없었다. 친구 간의 정이 박해서가 아니라 가용(家用)이 부족한 것을 어찌하겠는가. 충주(忠州)의 서극량(徐克亮)382)은 성품이 본래 지극히 효성스럽고 나와는 백운동서원에서 함께 학문을 하던 사이이로, 난리 때문에 살 곳을 잃고 영천 시장에서 안인서(安仁瑞)의 집에 당도했다. 마침내 밤을 틈타 그를 방문했다.

七日。朝與叔兄及龍屹, 往李善承家, 引栖, 仍告窘乏, 遂獲恩貸, 流離危命, 可資頃刻。私喜且謝。夕金遠振, 自殷豐避亂處來到。聊供一飯, 未得助窘。朋情非薄, 家用告乏奈何。忠州徐克亮, 性本至孝, 曾與我同榻白雲者也, 因亂失所, 自榮市到仁瑞家。遂乘夜訪之。

1월 8일. 서극량(徐克亮)이 일찍 단양(丹陽)의 피란처로 돌아가려 했기 때문에 첫닭이 울 때에 죽을 대접하고 그와 이별했다. 이어서 김사선(金士宣)의 숙소로 가서 이야기를 나누었다. 낮에 이수(李壽)와 황명중(黃明仲)383)이 왔다. 듣건대 당교(唐橋)의 왜병이 성해 날마다 분탕질을 하고, 함경도에서 왜적과 모의했던 자들인 국경인(鞠景仁)과 진사(進士) 진대유(陳大猷)384)을 이미 참수(斬首)했다고 한다. 어찌 통쾌하지 않으랴.

八日。徐克亮, 早歸丹陽避亂處, 故雞初鳴供粥, 與之相別。仍往話金士宣宿所。午李壽及黃明仲來。聞唐橋倭兵盛, 日日焚蕩, 咸鏡道與倭協謀者, 鞠景仁、進士陳大猷, 已斬云。豈不快哉。

1월 9일. 아침에 여러 박씨(朴氏)들과 이야기를 나누고 돌아오는 길에 머리를 돌려 멀리 바라보니, 아지랑이[野馬]가 공중으로 날아오르고 가벼운 안개는 버드나무에 엉겨있었다. 가없는 봄기운은 예전보다 줄지 않았건만, 지난해의 난리로 산하는 달라져 있었다. 멀리 행재소를 그리워하니 눈물만

---

382) 서극량(徐克亮) : 1566~?. 본관은 이천(利川). 자는 중명(仲明).
383) 황명중(黃明仲) : 명중은 황소(黃昭, 생몰년 미상)의 자(字).
384) 진대유(陳大猷) : 1541~1592. 본관 강릉(江陵). 자는 헌가(獻可). 함경도 함흥 출신.

부질없이 흘렀다. 어느 날에나 우리의 원수를 무찌르고 우리의 강토를 회복해서, 살기(殺氣)로 하여금 춘삼월의 봄기운이 되게 하여 화평하게 서로 즐길 수 있을지 모르겠다.

> 九日。朝與諸朴話歸, 回首望遠, 則野馬飛空, 輕煙生柳。無邊春意, 不減舊時, 而亂離徂年, 山河有異。遙戀行在, 涕淚空流。不知何日, 剿滅我讐怨, 恢復我境土, 使殺氣變爲三春之陽和, 而熙熙相樂也。

1월 10일. 박경택(朴景擇)이 소지한 조보(朝報)[385]를 통해 유영길(柳永吉)이 행재소에서 정철(鄭澈)과 윤두수(尹斗壽) 등을 탄핵했다는 것을 알았다. 아, 성상께서 어디에 계신데, 감히 함부로 남을 모함하는 말을 하면서 협력해 어려움을 함께 할 생각을 하지 않는가. 밥을 먹은 뒤 향병소(鄕兵所)로 가니, 안경순(安景純) 등 몇 사람만 있고, 대장(大將)은 본가로 가고 [없었다.] 그래서 곧바로 구미리(龜尾里)로 가서 안부를 살피니, 대장은 병으로 누워 나오지 못하고 그의 아들 정무(楨茂)가 나를 맞이했다.

> 十日。因朴景擇, 所持朝報, 審柳永吉, 於行在所, 劾鄭澈、尹斗壽等云。噫, 聖上何在, 敢發傾軋之言, 而不思協力共難乎。食後往鄕兵所, 只有安景純等數人, 而大將向本家。故卽向龜尾里省侯, 則病不能出, 以其子楨茂接之。

1월 10일. 듣건대 이비승(李丕承)이 모속관(募粟官)[386]이 되어 의주(義州)에서 돌아왔다고 한다.

---

385) 조보(朝報) : 조선 시대에 승정원(承政院)에서 발행하였던 조보는 정부의 공보매체 내지 관보로서, 봉건통치의 보조적 수단으로서의 기능을 담당하였으며, 오늘날의 관보와 비슷한 성격 및 기능을 가지고 있었다. 그 발행은 엄격한 통제 아래 군주의 지시대로 하였다. 발행절차는 승정원에서 국가통치상 필요한 사건들에 대한 소식을 취사선택하여 그 자료들을 산하기관인 조보소에 내려보내면 조보소에서 이들을 발표하였다. 발표된 소식은 각 관청이나 기관으로부터 파견된 서리[奇別書吏]들이 그곳에 와서 서사(書寫)하여 각자의 기관으로 발송하였는데, 그 서사된 것이 바로 조보였다.

386) 모속관(募粟官) : 조선시대에 납속자(納粟者)들을 모집하던 관원. 납속(納粟)은 조선 시대에, 나라의 재정난 타개와 구호 사업 등을 위해 곡물을 나라에 바치게 하고, 그 대가로 벼슬을 주거나 면역(免役) 또는 면천(免賤)해 주던 일을 말한다.

十一日。聞李丕承, 爲募栗官, 自義州還。

1월 17일. 향병소(鄕兵所)에 갔다가 돌아오는 길에 군재(郡齋)에 들러 태백(太白)을 만났다. 또 진제막(賑濟幕)³⁸⁷⁾으로 향해 광원(光遠)을 방문하고 저물어 집으로 돌아왔다.

十七日。往鄕兵所, 還路仍入郡齋, 見太白。又向賑濟幕, 訪光遠, 乘暮返家。

1월 18일. 나는 도감(都監)³⁸⁸⁾으로서 진제장(賑濟場)³⁸⁹⁾으로 갔다. 동임(同任)은 황여숙(黃汝肅)이다. 황광원(黃光遠)도 이르러 막사 짓는 일을 살폈다. 밤에 황광원(黃光遠), 이태백(李太白)과 함께 잤다.

十八日。以都監, 向賑濟場。同任, 則黃汝肅也。光遠亦到 看造幕之役。夜
與光遠、太白同宿。

1월 19일. 광원(光遠), 여숙(汝肅)과 함께 진제장(賑濟場)에 앉아 있는데, 저녁에 안집사(安集使)가 영천(榮川)에서 이르렀다. 류 가수(柳假守)³⁹⁰⁾도 이어서 당도했다. 밤에 향사당(鄕射堂)에서 잤다.

十九日。與光遠、汝肅, 坐賑濟場, 夕安集使, 自榮川至。柳假守繼到。夜宿
鄕射堂。

1월 20일. 안집사(安集使)가 아침에 진제장(賑濟場)으로 와서 음식 배급하는 일[供饋]을 살폈다. 저녁에 순찰사(巡察使)가 군(郡)으로 들어오고, 김창원(金昌

---

387) 진제막(賑濟幕) : 굶주리는 백성을 구제하기 위한 임시 장소.
388) 도감(都監) : 나라에 중요한 일이 있을 때에 그 일의 집행을 위해 관제(官制) 외에 임시로
설치하는 관청.
389) 진제장(賑濟場) : 진제막과 같은 말로, 굶주리는 백성을 구제하기 위해 죽을 쑤어서 나누
어 먹이는 곳을 이른다.
390) 류 가수(柳假守) : 가수는 임시 군수를 말하며, 당시 류운룡이 풍기의 임시 군수로 부임
했다.

遠)도 왔다. 이날 저녁 들어가 안집사(安集使)를 뵙고는 진제(賑濟)의 일을 의논했다. 인하여 광원(光遠)과 태백(太白)의 처소에서 잤다.(굶주린 백성들을 보고 읊은 시가 있었다.)

　　二十日。安集使, 朝來賑濟場, 看供饋。夕巡察使入郡 ,金昌遠亦來。是夜, 入見安集使, 論賑濟事。仍與光遠, 宿于太白處。(見飢民有吟。)

1월 21일. 아침에 강영(姜霙) 찰방(察訪)과 전몽규(全夢奎)391) 훈도(訓導)를 서헌(西軒)에서 만났다. 또 남청방(南廳房)에서 김창원(金昌遠)392)에게 안부를 물었는데, 류 가수(柳假守)와 최진방(崔鎭邦)393), 상주(尙州)의 김정준(金廷俊)도 모두 있었다. 끼니때가 되어 진제장(賑濟場)으로 돌아왔다. 이정견(李廷堅)이 안집사(安集使)의 군관으로 와서 음식 배급하는 일을 살폈다. 해가 저물 즈음 순찰사(巡察使)와 도사(都事)는 영천(榮川)으로 돌아갔다. 나는 들어가 안찰사(按察使)를 만나 굶주림을 구제하는 일을 논의했다. 김이회(金而晦)394)가 은풍(殷豊)에서 당도해 잠시 이야기를 나누고 집으로 돌아왔다. 이날 내 상소(上疏)의 비답(批答)395)을 보니, 말하기를, "나라가 위망(危亡)한 때를 당해 천리 먼 길에서 상소를 올렸으니, 그대는 이른바 당나라 현종(玄宗)이 안진경(顏眞卿)이 어떤 사람인지를 알아보지 못한 듯396)한 의사(義士)이다. 곤수(閫帥)397)

391) 전몽규(全夢奎) : 자(字)는 경직(景直).
392) 김창원(金昌遠) : 창원은 성극당(省克堂) 김홍미(金弘微, 1557~1605)의 자(字). 본관은 상산(商山), 호(自號)는 성극당(省克堂).
393) 최진방(崔鎭邦) : 생몰년 미상. 본관은 충주(忠州).
394) 김이회(金而晦) : 이회는 김성택(金成澤)의 자(字).
395) 비답(批答) : 임금이 상주문(上奏文)의 말미에 적는 가부(可否)의 대답.
396) 현종 …… 못한 듯 : 이는 당 현종(唐玄宗) 때의 충신인 안진경(顏眞卿, 709~784)의 고사에서 온 말이다. 당 현종 때 안녹산(安祿山)이 반란을 일으켜 침범하자 하북(河北) 지방이 모두 붕괴되었는데, 평원 태수(平原太守) 안진경만은 미리 대비를 하고 있다가 계책을 상주하니, 현종이 매우 기뻐하면서 "짐은 안진경이 어떠한 사람인지 알지 못했는데 이렇게 훌륭한 일을 하는구나.[朕不識眞卿何如人 所爲乃若此]"라고 했다. ≪新唐書 卷153 顏眞卿列傳≫
397) 곤수(閫帥) : 조선 시대에, 병마절도사(兵馬節度使)와 수군절도사(水軍節度使)를 통틀어 이르던 말.

와 방백(方伯)의 죄는 자연히 조정의 공론이 있을 것이고, 수령과 사신 가운데 공이 있는 자는 이미 명하여 혹은 승진시키고 혹은 유임시켰다. 그리고 무과 초시에 입격한 사람들은 면역(免役)을 허락하고, 다시 권관(權管)398)과 만호(萬戶)로 삼았으니, 권장의 이익이 없지 않을 것이나 일이 군적(軍籍)에 관계되어 번번이 다시 고칠 수는 없을 것이다. 또한 출신(出身)399)이 매우 많으니 어느 겨를에 저들에게 두루 미치겠는가. 총통(銃筒)을 가지고 세전(細箭)을 대체하는 것은 적을 방어하는 쓰임에 적절하니, 해당 관사(官司)로 하여금 상의하여 시행토록 했고, 의병을 일으키고 전사한 유종개(柳宗介)와 윤흠신(尹欽信)은 마땅히 해조(該曹)로 하여금 포창해서 관작을 추증하는 영전(榮典)을 고찰해 거행하도록 했고, 감세와 납속(納贖) 등의 일에 있어서는 조정에서 지금 강구하고 있다. 또한 끝에서 말한 경계할 바는 내 마땅히 깊이 새기겠다."라고 운운했다.

二十一日。 朝見姜霙察訪、全夢奎訓導于西軒, 又候金昌遠于南廳房, 則假守、及崔鎭邦、尙州金廷俊咸在矣。 當食時, 歸賑濟場。 李廷堅, 以安集使軍官來, 審供饋。 日欲晡, 巡察使、都事, 還下榮川。 余則入見安集使, 論濟飢之策。 金而晦, 自殷豊到, 暫話返家。 是日, 見吾上疏批答, 有曰 : "當國家危亡之日, 千里封章, 不識眞卿何狀義士也。 閫帥方伯之罪, 自有朝廷公論, 守令使臣之有功勞者, 已命或陞或仍, 武科初試之人, 有許免役, 轉爲權管萬戶, 不無勸獎之益, 而事係軍籍, 不可續續更改。 出身甚多, 何暇遍及於彼也。 以銃筒代細箭, 切於禦敵之用, 令該司商議施行, 擧義戰亡, 柳宗介尹欽信, 當令該曹, 考擧褒贈之典, 至於減租納粟等事, 朝廷時方講究, 末段所戒, 予當體念。"云云。

1월 22일. 황인갑(黃仁甲)이 초례(醮禮)를 올리기 위해 처가로 가는 길[醮行]에 그를 데리고 가려고400) 했는데, 인갑이 먼저 이르고 여숙(汝肅) 씨도 왔

---

398) 권관(權管) : 조선 시대에, 변경의 각 진(鎭)에 두었던 종구품의 무관 벼슬.
399) 출신(出身) : 고려·조선 시대 문·무과나 잡과에 급제하고 아직 출사(出仕)하지 못한 사람.
400) 그를 데리고[圍繞] : 위요는 혼인을 할 때에 신랑이나 신부를 데리고 가는 일.

다. 마침내 이들과 함께 등앙리(登央里)로 향해 솔숲 아래에서 옷을 갈아입고 들어가 권곤(權鵾) 씨의 객석으로 나아갔다. 그리고 예식의 절차가 갓 끝나자마자, 술잔과 산가지가 서로 오고가는[401] 성대한 잔치를 벌였다.

二十二日。欲繞黃仁甲醮行, 仁甲先至, 汝肅氏亦來。遂與之俱, 向登央里, 松林下改服, 入就權鵾氏客席。禮數纔畢, 觥籌交錯。

1월 23일. 날이 밝자 허홍(許泓)의 집에 도착해 취한 뒤에도 술을 더했다. 술이 깨기를 기다려 집으로 돌아오는 길에 계곡과 버들을 따라 봄기운이 손에 잡힐 듯 했지만 지존(至尊)은 몽진하고 적세(敵勢)는 아직도 성했다. 이에 시절을 느끼고 눈물이 흘러 갑자기 흥미가 없어졌다.

二十三日。天明, 到許泓家, 醉餘添梄。待醒返家, 沿溪隨柳, 春意可掬。而至尊蒙塵, 敵勢尙熾。感時揮涕, 頓無興味。

1월 24일. 듣건대 왜진(倭陣)이 충주(忠州)에서 흩어져 죽령(竹嶺)으로 나오려 한다고 했다. 때문에 풍기 사람들이 크게 두려워하며 지금 계엄(戒嚴) 중에 있다.

二十四日。聞倭陣, 將自忠州散, 出竹嶺。豐人大恐, 時方戒嚴矣。

1월 25일. 비가 내렸다. 진제소(賑濟所)로 갔다. 광원(光遠)도 왔다. 또 전통(傳通)을 보니 명군이 이미 평양의 왜군을 격파했다고 하여, 사람들로 하여금 미칠 듯이 기쁘게 했다.

二十五日。雨。向賑濟所。光遠亦來。且見傳通, 則唐兵, 已破平壤倭云, 令人喜欲狂矣。

---

401) 술잔과 …… 오고가는[觥籌] : 굉주는 술잔과 그리고 누가 많이 마시나 내기를 하기 위하여 마신 술잔의 수를 세는 댓가지를 말하며, 교착(交錯)은 술잔을 주고받아 끊임없이 오고감을 말한다.

1월 26일. 아침과 저녁으로 진제(賑濟)[402]를 살폈으나 굶주린 나머지 병을 얻은 사람들 가운데 혹은 막사 안에서 죽어나갔다. 애련한 마음을 금할 수가 없다.

二十六日。朝夕, 看賑濟, 飢餘得病之人, 或死幕中。不勝哀憐。

1월 27일. 진제감관(賑濟監官) 김응진(金應振)이 번(番)이 갈리어 남익(南瀷)이 왔다. 향병소(鄕兵所)로 갔다가 황경휘(黃景輝)와 함께 곽정숙(郭靜叔)의 집에 들어가서 바닥에 앉아 막걸리를 마셨다. 그리고 진제막(賑濟幕)으로 돌아와 음식을 배급하는 일을 살피고 해가 저물어 집으로 돌아왔다.

二十七日。賑濟監官金應振遞番, 南瀷來到矣。向鄕兵所, 與黃景輝, 入靜叔家, 地坐引醪。歸賑濟幕, 看供饋事, 日暮返家。

1월 28일. 아침에 큰형과 백운동서원으로 향하니, 원장(院長) 남양중(南養仲)이 병든 몸을 이끌고 이미 당도하고, 이자(利子)를 내는 일로 사람들이 많이 모여 있었다. 이날 밤 눈이 내리는데 용성(龍成)이 처자식을 데리고 안동(安東)에서 왔다.

二十八日。朝與伯氏, 向雲院, 院長南養仲, 扶病已到, 以出利事, 人多會之。是夜雪下, 龍成挈妻子, 自安東來。

❀ 1593년 2월

2월 1일(병술). 아침에 진제소(賑濟所)로 향했다. 들건대 광원(光遠)과 여숙(汝肅)은 이미 자기 집으로 돌아갔다고 했다. 그래서 바로 군재(郡齋)에 있는 이태백(李太白)을 방문하고, 남익(南瀷)과 굶주린 백성들에게 음식 배급하는 일을 살폈다.

二月一日(丙戌)。朝向賑濟所。聞光遠、汝肅, 已歸厥家。乃訪太白于郡齋,

---

402) 진제(賑濟) : 진휼(賑恤)과 같은 말로, 흉년을 당하여 가난한 백성을 도와줌을 의미한다.

與南漢看飢民供饋事。

2월 2일. 첫새벽에 눈이 내렸다. 산양(山陽)의 누나[姊氏]를 뵙고 예천(醴泉)의 저곡(渚谷)으로 전송했다. 이는 고향에서 가까운 곳에 살면서 봄에 농사를 지으려 했기 때문이다. 다만 정처 없이 떠돌다가 이곳에 와서 오래도록 굶주리고 고달팠는데 한 번도 배불리 먹여드리지 못하고 돌아갔으니, 처연히 저녁 내내 마음을 가눌 길이 없었다. 이어서 군(郡)으로 들어가 진제(賑濟)의 일을 살폈다. 권욱문(權旭文)도 이미 와 있었다. 듣건대 주수(主守)가 열병이 나서 피를 흘리며 일어나지 못한다고 했다. 정오에 날이 개었다. 향사당(鄕射堂)에서 잤다.

二日。曙初雪雨, 拜山陽姊氏, 別送醴泉渚谷。是欲住近故土, 將事春田也。但流離來此, 長日飢困, 末由一飽而還, 悽然終夕, 無以爲心。仍入郡, 看賑濟事。權旭文, 已到矣。聞主守得熱病, 流血不能起云。卓午日晴。宿鄕射堂。

2월 3일. 아침에 진제(賑濟)를 살피고 태백(太白)과 이야기를 나누었다. 또 향병소(鄕兵所)로 향해 여러 친구들을 찾아갔다. 그리고 안이득(安而得)과 함께 군(郡)의 진제장(賑濟場)으로 들어가니, 황광원(黃光遠)도 와 있었다. 음식 배급하는 일이 막 끝나자마자 말고삐를 재촉해 집으로 돌아왔다.

三日。朝看賑濟, 與太白語。又向鄕兵所, 訪諸友。偕安而得。入郡賑濟場, 黃光遠亦到。供饋纔畢, 促鞭返家。

2월 5일. 비가 내렸다.

五日。雨灑。

2월 6일. 구름 낀 날이 연일 계속되고 밭이랑이 축축하게 젖어 보리를 파종할 수가 없었다. 박대하(朴大賀)의 지정(池亭)에 가서 박경택(朴景擇)이 무

과시험(武科試驗)을 보기 위해 안동(安東)으로 가는 길을 전송했다. 또 <당장
명록(唐將名錄)>을 보니, 이여송(李如松) 제독(提督) 외 그 나머지는 다 기억하
지 못하겠으나 조승훈(祖承訓)도 거기에 있었다. 나는 비로소 지난번에 그가
왜적에게 죽었다는 것이 거짓말이라는 것을 알았다. 아, 지난해 난리가 나
서 행조(行朝)[403]는 더욱 멀어지고 왕래하는 전통(傳通)은 모두 길거리에서
떠도는 뜬소문으로, 조승훈의 일이 번복되어 명군이 왔다는 말도 믿을 것
이 못될까 걱정이다. 무과(武科)는 경상도 4천, 전라도 5천, 충청도 2천, 경
기도 1천, 강원도와 황해도가 각각 5백 명으로 하고, 행재소가 있는 용만관
(龍灣館) 외에는 철전(鐵箭) 5대씩을 두 차례 쏘는 것과 세전(細箭) 5대씩을 한
차례 쏘는 관례에 의거하여, 철전(鐵箭)과 세전(細箭) 가운데 하나 이상을 맞
추면 급제했다. 홍패(紅牌)는 각도에서 구비하여 위로 올려 보내면 행재소에
서 보책(寶冊)[404]을 반포하고, 창방(唱榜)[405]은 행재소 밖에서 택일하여 행했
다. 이는 적세(敵勢)가 아직도 성하여 조정에 나아갈 수 없고, 사제(賜第)[406]
한 사람이 매우 많은 것은 선발된 사람들이 적을 만나 패해 흩어져 도망한
병졸들과는 다르기 때문이었다. 다만 명기(名器)[407]가 천한 자들에게 혼란하
게 베풀어진 것은 나라를 위해 애석하지 않을 수 없지만 병란이 끝이 없어
역시 부득이한 일이니, 참으로 탄식할 일이다.

　　六日。雲陰連日, 田畝生濕, 種麥不可得。往朴大賀池亭, 送景擇赴安東武

---

403) 행조(行朝) : 임금이 파천(播遷)하여 임시로 머물러 있는 곳을 가리킨다. 행재소(行在所)라
　　고도 한다. 당시 선조(宣祖)는 의주(義州)에 피난해 있었다.
404) 보책(寶冊) : 임금이 내린 책서(冊書). 책서는 신하에게 작위(爵位)를 수여하는 사령서(辭令
　　書). 책(冊)은 대나무를 엮어 책을 만든 것으로 고대에 중요한 일이 있으면 대를 쪼개서
　　기록한 데서 비롯된 말이다.
405) 창방(唱榜) : 과거에 급제한 사람에게 임금이 증서(證書)를 주던 일. 문과와 무과는 붉은
　　종이에, 생원과 진사는 흰 종이에 이름을 써 주었는데, 붉은 종이를 홍패(紅牌), 흰 종이를
　　백패(白牌)라 하였다.
406) 사제(賜第) : 임금이 특명으로 과거에 급제한 사람과 똑같은 자격을 주는 것을 말한다.
407) 명기(名器) : 명(名)은 관작(官爵)과 직위(職位)의 존비를 가리키고, 기(器)는 거마(車馬)와 복
　　식(服飾)의 차등을 말한다.

試。又見唐將名錄, 則李如松提督其餘, 不可勝記, 而祖承訓, 亦在焉。始知前日死於倭, 爲虛言也。噫, 亂離徂年, 行朝又遠, 往來傳通, 皆是塗聽, 以祖承訓之事飜, 恐唐兵之來, 似未可信耳。武科, 則慶尙四千, 全羅五千, 忠淸二千, 京畿一千, 江原、黃海各五百, 依行在所, 龍灣館外, 鐵箭五矢二巡, 細箭五矢一巡之例, 鐵箭細箭中, 一中以上, 得及第。紅牌, 則各備而輪上, 行朝頒寶迹, 唱榜, 則自外擇日爲之。是乃賊勢尙熾, 不得赴朝, 而至於賜第甚多者, 以其所選, 殊異乎臨敵潰散之卒也。但名器混施賤者, 不能不爲國家惜, 而兵亂浩浩, 亦是不得已之擧, 誠可嘆也。

2월 7일. 진제소(賑濟所)에 가니 하리(下吏)가 고하기를, "진제소에서 먹는 자들 가운데 많은 사람들이 죽었습니다."라고 했다. 나도 몸소 그 시체를 보았는데, 이것이 어찌 모두 타고난 수명을 다한 것이겠는가. 지난해 난리 초에 유리(流離)하며 굶주리고 추위에 떨던 자들은 한갓 몸에 껍질만 남아 있었고, 또한 부기(浮氣)가 많았다. 이러한 사람들은 비록 오나라의 쌀과 월나라의 물고기를 먹이더라도 죽을 날을 손꼽았을 것이니, 어찌 슬프지 않겠는가. 하물며 매장할 때에도 들어다가 구렁에 버렸으니, 더욱 참혹하고 애통하다.

七日。向賑濟所, 下吏告曰 : "食賑濟者, 多死。"云。余亦親見其屍。此豈皆命盡者耶。自去年亂初, 流離飢寒, 徒有體殼, 又多浮氣。如此輩, 雖饗之以吳粳越魚, 死可指日, 豈不哀哉。況埋瘞之際, 擧委溝壑, 尤爲慘痛。

2월 8일. 끼니때가 되어 진제소(賑濟所)에 갔다. 황광원(黃光遠)과 감관(監官) 김원진(金遠振), 안잡(安礏)도 이르렀다. 음식 배급하는 일을 마치고 나와 안잡은 향사당(鄕射堂)에서 묵고, 박 별감(朴別監)과 수성장(守城將) 등은 명군을 지대(支待)[408]하는 일로 관찰사(觀察使)의 명을 따르고자 모두 영천(榮川)으로

---

408) 지대(支待) : 원래는 공사(公事)로 말미암아 시골로 나가는 높은 벼슬아치의 먹을 것과 쓸 물건(物件)을 그 시골 관아(官衙)에서 이바지하던 일을 말하나, 여기서는 명나라 군사들에

향했다. 또 광원(光遠)이 진제(賑濟)를 할 수 없다고 색리(色吏)에게 패문(牌文)을 보내자, 성주가 크게 노하여 도감(都監)과 감관(監官)의 다짐[侤音][409]을 받으려고 했다. 때문에 여숙(汝肅) 씨가 또 왔다.

八日。食時向賑濟所。黃光遠、及監官金遠振、安碏亦到。供饋訖, 余與安碏, 宿鄕射堂, 而朴別監守城將等, 以唐兵支待事, 欲聽令觀察使, 皆向榮川。且光遠, 以賑濟不能, 送牌于色吏, 城主大怒, 欲捧都監、監官侤音。故汝肅氏又來。

2월 9일. 비가 내렸다. 아침에 진제(賑濟)를 살피고, 저녁에 음식 배급하는 일을 끝내고 도롱이를 쓰고 곧바로 돌아왔다.

九日。天雨。朝看賑濟, 夕供饋訖, 被簑卽還。

2월 10일. 군(郡)에 들어가니, 명군을 지대(支待)하는 일로 유사(有司)들이 모두 모여 있었다. 날이 저물어 집으로 돌아왔다. 김수몽(金壽蒙)이 와서 묵었다.

十日。入郡, 以唐兵支持事, 有司咸會。日暮返家。金壽蒙來宿。

2월 11일. 복룡(伏龍) 등이 도성에서 와서 고하기를, "왜장(倭將) 평의지(平義智)가 죽었다는 것은 헛소문이었습니다. 명군이 성을 포위했을 때 그는 평양에서 도망쳐 돌아와 도성을 점거하고 명군을 방어하려고 했습니다. 또 왜통사(倭通事)[410] 주세문(周世文)이 왜병이 움직일 것을 걱정해 말하기를, '아군과 명군이 사방을 포위한다면 어찌하시렵니까.'라고 하니, 왜병이 밤중에 깜짝 놀라 마침내 노하여 주세문을 죽이고, 또 성안의 노약자들을 모

게 필요한 제반 물품과 비용 및 인력 등을 준비하고 제공하는 것을 말한다.
409) 다짐[侤音] : 소청(訴請) 또는 소송(訴訟) 따위에 관계된 사람의 진술(陳述) 내용이 틀림없음을 확인하는 것이다. 또는 그것을 적어 관(官)에 제출한 글을 가리킨다.
410) 왜통사(倭通事) : 일본어를 통역하는 역관(譯官)이다.

조리 도륙하고 오로지 그들의 군사들로 성위에 나열해 지키게 하고, 지난 달부터는 도성 사람과 집들을 분탕질했습니다."라고 했다. 율곡(栗谷) 선생의 묘지기가 그의 처를 데리고 단양(丹陽)을 넘어 이르렀고, 신눌부(申訥夫)도 은풍(殷豐)에서 당도했다. 내가 군(郡)에 들어가니, 명군을 지대(支待)하는 여러 유사(有司)들이 모두 모여 있었다. 저녁에 순흥(順興)으로 가서 곽정보(郭靜甫)를 방문하고, 황군급(黃君級)의 집에서 묵고는 다음날 돌아왔다.

十一日。伏龍等, 自京來告曰: "倭將平義智之死, 乃是虛傳, 當天兵圍城時, 由平壤逃還, 據都中, 欲禦天兵。且倭通事周世文, 恐動倭兵曰: '我國軍及天兵, 四圍奈何。' 倭兵, 仍以夜驚, 遂怒殺世文, 屠盡城中老弱, 專以其類, 列守城上, 而自去月, 焚蕩都人室廬。"云。栗谷墓直, 率其妻, 踰丹陽至, 申訥夫自殷豐到。余入郡, 唐兵支持諸有司咸會。日夕向順興, 訪郭靜甫, 宿黃君級家, 翌還。

2월 13일. 비가 내렸다. 보리를 아직 다 갈지 못했는데, 봄장마가 연일 퍼부었다. 올해 농사를 또한 점칠 수 있었다. 하물며 보리는 농사를 지을 동안 먹을 양식[農粮]의 근본으로, 지금 만약 [파종할] 때를 놓친다면 어찌할 방법이 없음에랴. 밥을 먹은 뒤 진제(賑濟)를 살피기 위해 군(郡)에 들어갔다. 저녁에 음식 배급하는 일을 마치고 향사당(鄕射堂)에서 잤다.

十三日。雨。麥未畢耕, 春霖連注。今年民事, 亦可占矣。況麥者, 農粮之本, 今若失時, 無可奈何。食後, 欲見賑濟入郡。夕供饋訖, 宿鄕射堂。

2월 14일. 감관(監官) 김응진(金應振)과 안잡(安磼)이 모두 와서 진제(賑濟)와 음식 배급하는 일을 살폈다. 내가 관청(官廳)으로 가니, 향인으로서 명군을 지대(支待)하는 집사(執事)들이 모두 모여 있었다. 낮에 진제소(賑濟所)로 돌아와 음식 배급하는 일을 마치고 말고삐를 재촉해 집으로 돌아왔다. 장모가 별세했기 때문이다. 내 나이 19살에 사위가 되어 지금까지 20년 세월 동안 보살펴 아껴주신 정(情)은 사랑으로 길러주신 은혜와 다름이 없었다. 그런데 이날 작고했다는 소식을 듣고 마음을 가눌 수가 없었는데, 적세(敵勢)가 잠시 누그러져서 염빈(斂殯)[411]을 할 수 있는 것만으로도 유감이 없었다. 이수량(李守良)도 모친상을 당했다고 한다.

十四日。監官金應振安礪, 皆來見賑濟供饋。余向官廳, 則鄕人以天兵支待執事咸集。午歸賑濟所餉畢, 促鞭返家。岳母別世。余年十九爲贅, 于今二十霜, 眷愛之情, 無異慈育之恩。承凶此日, 無以爲心, 敵勢暫歇, 斂殯無憾。李守良, 亦遭母喪云。

2월 15일. 처가에서 상(喪)에 필요한 물건을 준비했다. 이수(李壽)와 이극승(李克承) 등 여러 어른들이 아침에 당도해 묵고, 이옹(李翁)도 그러했다.

十五日。聘家治喪具。李壽、李克承斂丈, 朝到而宿, 李翁亦然。

2월 16일. 이서(李瑞)와 이성(李城)이 저녁에 당도했다. 왜적은 매장하는 물건을 두려워했는데, 지난달에 훔쳐서 달아나 춘양현(春陽縣)에 있었다. 나는 마을 사람인 효년(堯年)을 통해 이 말을 듣고는 바로 노비 등을 시켜 찾아가져오게 했으나, 물건 가운데 어떤 것은 다 찾지 못했다.

十六日。李瑞、李城夕到。畏倭埋置之物, 去月見竊, 逃在春陽縣。余因里人堯年聞之, 卽令奴等推尋, 而物件, 或未盡得。

2월 17일. 처가에서 성복(成服)[412]을 했다. 황광원(黃光遠)이 이르러 말하기를, "명군이 평양을 격파한 뒤에 적을 몰아쳐서 황해도 경내에 이르렀으나, 그 곳에 살고 있던 백성들이 모두 피해버렸다고 합니다. 이 때문에 명나라 장수는 말이 굶주리고 군사들이 곤란을 겪은 것에 대해 노하여 평양으로

---

411) 염빈(斂殯): 염은 죽은 이튿날 시체에 옷을 갈아입히는 것이고, 빈은 시체를 입관(入棺)한 뒤 장사할 때까지 안치(安置)하는 것을 이른다.
412) 성복(成服): 대렴을 마치고 나서 여러 친족들이 죽은 사람과의 관계의 친소에 따라 서로 다른 상복을 입는 것을 말한다.

돌아와 행재소의 대신 윤두수(尹斗壽)를 잡아들이고, 황해 감사와 여러 관원들은 직접 주상께서 죄를 논했다고 합니다."라고 했다.

十七日。聘家成服。黃光遠至曰: "天兵破平壤後, 長驅到黃海界, 其處之人皆避。故唐將, 馬飢人困, 怒還平壤, 捉行朝大臣尹斗壽來, 黃海監司及諸官員, 自上論罰。"云。

2월 18일. 듣건대 왜병이 군량을 운반하며 상경한다고 하니, 한편으로는 놀랍고 한편으로는 괴이했다. 명군이 가는 곳마다 파죽(破竹)의 기세였는데, 지금 전한 말이 이와 같다면 어찌 염려하지 않겠는가.

十八日。聞倭兵, 輸粮上京, 且驚且怪。唐兵到處, 勢如破竹, 而今所傳說如是, 寧不動念。

2월 19일. 밥을 먹은 뒤에 진제소(賑濟所)에 갔다. 감관(監官) 권욱문(權郁文)도 당도했다.

十九日。食後, 向賑濟所。監官權郁文, 來到。

2월 20일. 진제(賑濟)를 살피고 집으로 돌아왔다.

二十日。看賑濟返家。

2월 21일. 아침에 진제소(賑濟所)에 갔다. 음식 배급하는 일을 마치고 낮에 상사(上舍) 김군서(金君瑞)의 집에서 밥을 먹고 저물어 돌아왔다.

二十一日。朝向賑濟所。供饋訖, 午飯于金上舍君瑞家, 暮還。

2월 22일. 처가의 산역(山役)[413]을 하는 곳에 갔다. 선산(善山)의 형과 아우 수신(守信)도 당도했다.

---

413) 산역(山役): 시체를 매장하고 무덤을 조성하거나 이장하는 일이다.

二十二日。向聘家山役所, 善山兄及弟守信, 亦到。

2월 23일. 맹동(盲洞)의 박경택(朴景擇)과 대하(大賀) 등도 또한 왔다. 날이 저물어 김공제(金公濟)와 황명중(黃明仲)이 장례에 참석하는 일로 당도했다.

二十三日。盲洞朴景擇、大賀等亦來。日暮, 金公濟、黃明仲, 以會葬到。

2월 24일. 처가에서 사시(巳時)[414]에 임시로 장례를 했다.[415] 위패를 갖추어 [돌아가신지] 열흘 만에 장례[旬葬]한 것은 병화 때문이었다.

二十四日。聘家, 以巳時權窆。具木主, 用旬葬, 兵火所致也。

2월 25일. 아침에 박씨 댁[朴宅]에 가서 채소 종자를 찾아 밭을 손질하고 씨앗을 뿌렸다. 다만 적세(敵勢)가 아직도 성했기 때문에 먹어보지도 못하고 피란을 갈까 걱정이다.

二十五日。朝往朴宅, 覓蔬種, 治園種之。但敵勢尙熾, 恐未食而避去也。

2월 26일. 진제(賑濟)를 살피려고 군(郡)에 들어가니 황여숙(黃汝肅) 씨가 말하기를, "요 며칠 홀로 굶주린 백성들에게 음식 배급하는 일을 감독하고 있습니다."라고 했다. 또 안집사(安集使)의 말을 전하며 말하기를, "명군이 만약 내려온다면 군량이 부족해 진휼(賑恤)은 파해야 마땅할 것이나, 사람의 목숨이 가련해 차마 바로 그만둘 수는 없는 일이니, 우선 백운동서원의 곡식을 가져와 그들의 생명을 구원하라."라고 했다.

二十六日。欲看賑濟入郡, 則黃汝肅氏曰 : "近日獨監飢民供饋。"云。而且傳安集使之言曰 : "天兵若下, 粮餉不足, 賑恤當罷, 然人命可憐, 未忍卽止, 故姑取白雲院穀, 以濟其生耳。"

---

414) 사시(巳時) : 오전 9시부터 11시 사이를 이른다.
415) 임시로 …… 했다[權窆] : 권폄은 임시로 장례하는 것으로, 영원히 모실 산소를 영폄(永窆)이라 하는 말과 대칭된다.

2월 27일. 처가로 가서 삼우제(三虞祭)416)에 참석했다. 저녁에 고사물(高思勿) 성주(城主)가 와서 박경택(朴景擇)의 집에서 묵었다. 그래서 술을 가지고 찾아갔다.

二十七日。往參聘家三虞。夕高思勿城主來, 宿朴景擇。提壺訪焉。

2월 29일. 군(郡)으로 들어가 이태백(李太白)을 만났다. 그에게 듣건대 순찰사(巡察使)가 안제(安霽) 씨를 풍기의 가수(假守)로 임명했으나, 향소의 여러 인원(人員)들이 전(前) 가수(假守)를 유임시키는 일을 다시 방백(方伯)에게 청했다고 한다. 순흥(順興)으로 가는 길에 곽정보(郭靜甫)를 만나 잠시 회포를 풀고, 백운동서원에 있는 남 상사(南上舍)를 찾아가니, 황여숙(黃汝肅) 씨가 진제(賑濟)의 곡식을 감령(監領)하는 일로 자리에 있었고, 함창(咸昌)의 의병 두세 사람도 군수품을 구하려고 또한 와 있었다. 감관(監官) 안의수(安宜㝹)가 음식을 올렸다. 밤에 비가 크게 퍼부었다.

二十九日。入郡見太白。憑聞巡察使, 以安霽氏爲豐基假守, 而鄕所諸員, 以前假守仍任事, 還請方伯云。路指順興, 遇郭靜甫暫敍, 仍尋南上舍于白雲, 則黃汝肅氏, 以賑濟穀監領之故在坐, 咸昌義兵二三人, 欲乞軍需亦來。監官安宜㝹進飯。夜雨大注。

2월 30일. 종일 비가 내렸다. 이침(李沈)이 안동(安東)에서 왔다. 그의 숙부인 함창(咸昌)의 이봉미(李逢美) 씨의 안부를 물으니, 별탈이 없이 잘 있다고 했다. 신응지(申應智)가 고향으로 돌아 간지 이미 오래되었으나 지금 병으로 그의 처만 홀로 이곳에 있으니, 근심과 연민의 정이 어찌 끝이 있으랴.(굶주린 사람들을 슬퍼하며 읊은 시가 있었다.)

---

416) 삼우제(三虞祭) : 장례 후 3일째 되는 날 묘지를 찾아가 지내는 제사. 장례 당일에 지내는 제사를 초우(初虞), 그 다음날 지내는 제사를 재우(再虞), 그리고 셋째 날 지내는 제사를 삼우(三虞)라고 한다. 여기서 우제란 유교에서 시신을 매장한 뒤 죽은 자의 혼이 방황할 것을 염려하여 편안히 모신다는 의미에서 지내는 제사를 가리킨다.

三十日。 終日雨。李沈自, 安東來, 問其叔咸昌李逢美氏, 則無恙云。申應智, 歸故鄉已久, 而方病, 其妻氏, 獨在此處, 愁憫曷極。(哀飢人有吟。)

☀1593년 3월

3월 1일(병진). 어제부터 온 비가 밤까지 이어져 지금도 개지 않았다. 땅이 젖은 밭은 보리가 자라는 데에 반드시 마땅치 않을 것이니, 농사를 지을 동안 먹을 식량이 걱정이다.(시 세 수가 있었다.)

　　三月一日(丙辰)。 昨雨達夜, 今亦不晴。泥濕之田, 麥必不宜, 農粮可憫。(有詩三首。)

3월 2일. 날이 흐렸다. 전통(傳通)을 보니, "명군 한 부대[一運]⁴¹⁷⁾가 북도(北道)의 왜진을 격파하고 다시 두 왕자와 부인, 여러 재신(宰臣)을 다시 찾아왔다."라고 했다. 이는 참으로 나라의 경사이나, 다만 지난번에 두 왕자가 이미 일본으로 들어갔다는 말로써 본다면 또한 헛소문일까 걱정이다.

　　二日。 天陰。見傳通, 則有曰 : "唐兵一運, 破北道倭陣, 還取兩王子、及夫人、諸宰臣來。" 此固國之慶事, 而但以前者兩王子, 已入日本之言觀之, 恐亦虛傳也。

3월 3일. 푸른 풀이 온 땅에 가득하고 버드나무 가지는 고운 색을 드러냈다. 시절에 따른 경치는 비록 예전과 같았지만, 시사(時事)가 이미 변해 사람으로 하여금 슬픈 느낌에 젖도록 했다.

　　三日。 青草滿地, 細柳弄色。景物依舊, 時事已變, 令人不能無悲感之心也。

3월 4일. 제사(한식)를 지냈다. 다만 형제가 모두 정처 없이 떠돌고 있어서 선령(先靈)께서도 이리저리 떠돌고 계실 것이다. 생각이 이에 미치자 절

---

417) 운(運) : 군사를 대오(隊伍)로 편성할 때 묶는 단위이다.

로 눈물이 흘렀다.

四日。 行祀(寒食)。但弟兄, 皆流離, 先靈, 亦飄泊。言念及此, 不覺下淚

3월 6일. 박경택(朴景擇)의 임정(林亭)에 가니, 우리 형제와 정천남(鄭天男)도 도착했다. 이때 찰방(察訪) 강영(姜霙) 어른이 이르렀으나, 시냇가에서 잠시 회포를 풀고 군(郡)으로 들어갔기 때문에 미처 술 한 잔을 올리지 못하고 보냈다. 다만 스스로 한탄할 뿐이다.

六日。 往朴景擇林亭, 吾弟兄及鄭天男, 亦到。時姜察訪霙丈至, 溪邊暫敍入郡, 未得進一桮以送。徒自恨嘆而已。

3월 7일. 밥을 먹은 뒤 군(郡)에 들어가니 찰방(察訪) 강영(姜霙)이 서헌(西軒)에 있었고, 창락승(昌樂丞) 김추(金錘)도 와 있었다. 이날 저녁에 외종사촌 형인 인동(仁同)[418]의 김응현(金應顯)[419] 씨가 안동(安東)에서 우리 집에 당도했다. 나는 이미 죽은 사람을 만난 것처럼 기뻐서 말을 할 수가 없었다. 다만 집이 가난해 후하게 대접하지 못한 것이 한탄스럽다.

七日。 食後入郡, 姜察訪霙在西軒, 金昌樂錘亦來。是夕, 表從兄仁同金應顯氏, 自安東到吾家。如逢已死人, 喜不可言。但家貧, 未得厚遇, 可嘆。

3월 8일. 안 가수(安假守)가 어제 영천(榮川)에 도착해 부임하려는 즈음에, 방백(方伯)이 다시 전(前) 가수(假守)를 유임시켰다. 이는 필시 이집(李嶫)이 글을 올려 유임을 원한다는 말에서 생긴 일이나, 해가 저물기도 전에 또 후임 가수(假守)를 뽑아서 보냈기 때문에 안 가수가 오늘 아침 관아에 도착한 것이다. 관찰사(觀察使)의 일처리에 두서가 없는 것이 참으로 한탄할 일이다. 낮에 군(郡)에 들어가 안 가수를 뵈었다. 인하여 듣건대 왜병이 용궁(龍宮)에

---

418) 인동(仁同) : 경상북도 구미 지역의 옛 지명.
419) 김응현(金應顯) : ?~1593. 자는 명중(明仲). 곽수지의 외종사촌 형. ≪濩潭浩齋師友錄 권2≫

침입해 군량을 약탈하고 인민을 살해하고 떠났다고 한다. 왜군의 기세가
다시 성해지니, 근심이 어찌 끝이 있으랴.

八日。安假守, 昨到榮川, 將欲赴任之際, 方伯, 還以前假守仍之。是必出於
李崚上書願留之言, 而其日未暮, 又以後假守差送故, 安於今朝到官衙。觀察之
處事顚倒, 良可嘆也。午入郡, 拜安假守。仍聞倭兵入龍宮, 掠取軍粮, 殺害人
民而去。倭勢復熾, 憂念曷已。

3월 9일. 비가 내려 길이 질고 미끄러워 말을 타기가 어렵고 대포도 젖
어 쏘기가 어려워서, 명군은 무용(武勇)을 쓸 수 없는 처지가 되었다. 주상께
서 욕을 당한 것이 이미 심하고 백성들의 목숨도 거의 다했는데, 하늘은 어
찌 순리를 돕지 않으신단 말인가.

九日。雨, 泥滑難騎, 砲濕難放, 唐兵無用武之地矣。主辱已深, 民命殆盡,
而天何不助順耶。

3월 10일. 아침에 외종사촌 형인 김명중(金明仲)[420]과 작별하고 군(郡)에
들어가니, 큰형과 셋째 두 형도 함께 있었다. 나는 안홍범(安洪範)의 집으로
들어가 전임 가수(假守)의 안부를 여쭙고 단란하게 모시고 이야기를 나누었
다. 이때 류심(柳襑)[421]은 자제를 곁에 두고 있었고, 황수규(黃秀奎) 어른도
이르렀다. 한낮이 되어 또 신임 가수(假守)를 뵈었다. 우리 두 형과 남양중(南
養仲), 황경률(黃景栗)[422], 황광원(黃光遠)이 모두 자리에 있었다. 얼마 뒤에 신
임 가수가 관창(官倉)으로 가서 백성들에게 식량을 지급했다. 류득춘(柳得春)
이 함창(咸昌)에서 온 것을 통하여 왜병이 사방으로 나와서 포학하게 굴었다
는 것을 알았다. 또 듣건대 단양(丹陽)과 강천(江遷)[423], 죽령(竹嶺) 등지에서

---

420) 김명중(金明仲) : 명중은 김응현(金應顯)의 자(字).
421) 류심(柳襑) : 류운용의 셋째 아들.
422) 황경률(黃景栗) : 경률은 황지환(黃之瑍, 생몰년 미상)의 자(字).
423) 강천(江遷) : 황강천(黃江遷). 각주 99)번 참조.

명군 때문에 도로를 활짝 열어 충주(忠州)의 왜적이 이곳을 따라 내려오려 한다고 했다.

十日。 朝與表從兄金明仲別入郡, 伯叔兩兄偕焉。余入安洪範家, 拜前假守問候, 從容陪話。柳禱, 以子弟在傍, 黃秀奎丈, 亦至矣。日高, 又拜新假守。吾兩兄、及南養仲、黃景栗、黃光遠, 皆在坐。已而新守, 向官倉給民食。因柳得春自咸昌來, 審倭兵四出侵暴。又聞丹陽、江遷、竹嶺等地, 以天兵之故, 洞開道路, 忠州之倭, 欲由此下來云。

3월 12일. 류 가수(柳假守)가 어제 본가(本家)로 돌아갔다고 한다. 또 안인서(安仁瑞)를 만났는데, 그의 병은 이미 다 나았지만 열흘 남짓 지난 뒤 열이 그치고 두 귀 또한 먹어버렸으니, 아마도 혹 여기(癘氣)[424]일까 걱정이다. 낮에 군(郡)에 들어가니, 향인들이 모두 모여 명군에 대한 지대(支待)를 신임 수령과 의논하고 있었다. 전경직(全景直)을 통해 듣건대 그의 아우 전봉(全逢)이 행재소에 들어가 무사하며, 또 편지를 보내 말하기를, "명장(明將) 이여송(李如松)이 꼴과 군량이 부족한 것 때문에 송도(松都)에서 다시 평양으로 돌아왔습니다."라고 했다. 때문에 남쪽 백성들의 희망은 이미 어그러지고 평상시처럼 회복될 날도 기약이 없게 되었다. 또한 적세가 더욱 성해 마음대로 공격하고 거리끼는 것이 없으니, 온 동토(東土)[425] 수천 리는 아마도 모두 어육(魚肉)이 될 것이다.(시 두 수가 있었다.)

十二日。 柳假守, 昨還本家云。且見仁瑞, 厥疾已歇, 而旬餘止熱, 兩耳亦聾, 恐或癘氣也。午入郡, 鄉人咸集, 議天兵支待于新守矣。因全景直, 聞其弟全逢, 入行朝無事, 而又致書曰 : "唐將李如松, 以芻粮不足, 自松都還歸平壤。"云。南民之望已缺, 平復之日無期。且敵勢益熾, 橫攻無忌, 環東土數千里, 其盡爲魚肉乎。(有詩二首。)

---

424) 여기(癘氣) : 열병이나 돌림병을 생기게 한다는 기운(氣運)을 이른다.
425) 동토(東土) : 우리나라를 말하며, 동방의 강토라는 뜻이다.

3월 14일. 바람이 불었다. 낮에 조득인(曹得仁)과 손경지(孫景智)가 함창(咸昌)에서 왔으나, 토적(土賊)을 만나 모든 물건을 빼앗겼다고 한다.

十四日。風。午曹得仁、孫景智, 自咸昌來, 但逢土賊, 凡物見奪云。

3월 16일. 비가 그쳤다. 머리를 돌려 멀리 바라보니 맑게 갠 경치가 더욱 아름다웠다. 그러나 당교(唐橋)에 있는 왜적의 소식이 인가(人家)를 소란하게 하여 사람으로 하여금 한갓 슬픈 기색만 돌게 하고 조금도 좋은 흥취가 없었다.

十六日。雨止。回首望遠, 霽景甚佳。而唐橋敵奇, 騷動人家, 令人徒有慘色, 少無佳興矣。

3월 17일. 군재(郡齋)에서 이집(李嶪)과 김복초(金復初), 김윤안(金允安)426), 김광엽(金光燁), 권담(權曇)427), 김겸(金謙)428), 안오(安悟), 남군우(南君佑)429)를 만났다. 들건대 강여황(姜汝艎)의 온 집안이 왜적에게 해를 입었다고 한다. 이야기를 마친 뒤에 권임보(權任甫)를 만났다가 바로 헤어졌다.

十七日。郡齋逢李嶪、金復初、金允安、金光燁、權曇、金謙、安悟、南君佑。聞姜汝艎擧家, 爲倭所害云。談訖, 遇權任甫, 卽別。

3월 19일. 아침부터 비가 와서 저녁까지 이어졌다. 올봄은 맑은 날이 적어 보리가 여물지 않아서 유독 병란만 근심할 뿐만이 아니었다. 절도사(節度使) 박진(朴晉)이 명을 받들고 행재소에 나아갔기 때문에 전(前) 훈련봉사(訓練奉事) 권응수(權應銖)430)로 대신했다. 이 사람은 관등(官等)에 경력이 없었지만, 한 번 영천(永川)에서 승리하여 대장(大將)에 임명된 뒤, 왜병이 경주(慶州) 이

---

426) 김윤안(金允安) : 1562~1620. 본관은 순천(順天). 자는 이정(而靜), 호는 동리(東籬).
427) 권담(權曇) : 1558~1631. 자는 경허(景虛). 호는 함계(咸溪).
428) 김겸(金謙) : 1550~1604. 자는 사호(士好).
429) 남군우(南君佑) : 생몰년 미상. 진사시에 합격했다. ≪瀷潭浩齋師友錄 권2≫
430) 권응수(權應銖) : 1546~1608. 본관은 안동(安東). 자는 중평(仲平), 호는 백운재(白雲齋).

상에서 흔적을 감추게 한 것은 모두 그의 공이었다.[431] 그리고 지금 듣건 대 당교(唐橋)의 왜적을 격파하려고 한다고 하니, 나아가지 않고 머뭇거린 자들과 비교하면 참으로 차이가 있었다.

十九日。朝雨達夜。今春少晴, 麥將不成, 不獨兵憂而已。節度使朴晉, 承命 赴行在, 而以前訓練奉事權應銖代之。其人官, 無踐歷, 而一捷永川, 拜大將, 倭 兵之斂迹於慶州以上, 都是其功。而今聞欲破唐橋之匪云, 比諸逗遛者, 固異矣。

3월 20일. 비가 온 뒤 바람이 불었다. 이 또한 보리가 손상될 징조였다. 하물며 그 한기가 가을과 같음에랴.

二十日。風於雨後。是亦麥損之漸。況其寒如秋乎。

3월 21일. 어제처럼 바람이 불었다. 이날 낮에 신임 절도사(節度使)가 군 (郡)에 들어왔다.

二十一日。風如昨。是午, 新節度, 入郡。

3월 22일. 듣건대 왜병이 와서 예천(醴泉)과 유천(柳川), 노포(蘆浦)[432] 등지 의 마을을 포위했다고 하니, 우려를 금할 수가 없다. 봄 날씨가 점점 화창 해지더니 그 기세가 더욱 성해졌다. 풍기 지역만 홀로 병화를 면할 수 있을 런가.

二十二日。聞倭兵來, 圍醴泉、柳川、蘆浦等地里, 不勝憂念。春日漸和, 其

---

431) 이 무렵 영천에 있던 적군은 신령·안동에 있던 적군과 연락하면서 약탈을 일삼고 있었 기 때문에, 권응수는 이를 공격할 계획을 세우고 7월 14일 적을 박연(朴淵)에서 치고, 22 일에는 소계(召溪)·사천(沙川)까지 추격해 격파했다. 한편 이날 군세를 정비하고 영천성 공격을 위해 선봉장에 홍천뢰(洪天賚), 좌총(左摠)을 신해(申海), 우총(右摠)을 최문병(崔文 炳), 중총(中摠)을 정대임(鄭大任), 별장(別將)을 김윤국(金潤國)으로 삼았다. 25일 군사를 동 원해 공격을 시작하고 26일에는 결사대원 500명을 뽑아 적진으로 돌격해 크게 격파했다. 다음날에는 화공(火攻)으로 대승, 영천성을 수복했다. 그 뒤 신령·의흥·의성·안동의 적은 모두 한 곳에 모였고, 영천의 적은 경주로 후퇴했다. ≪민족문화대백과≫ 권응수편 참조.
432) 노포(蘆浦): 용궁현 노포로, 지금의 경상북도 예천군 개포면 경진리.

勢盆熾。豊之爲地，其能獨免兵火乎。

3월 23일. 병사(兵使)가 영천(榮川)으로 내려갔다. 전날 어고(御庫)가 이세형(李世亨)에게 도적맞은 일로 박우(朴遇) 씨가 절도사(節度使)에게 욕을 당했다고 한다.

> 二十三日。兵使下榮川。以前日御庫賊李世亨事, 朴遇氏, 逢辱於節度云。

3월 25일. 듣건대 서한남(徐漢男)이 왜적이 노포(蘆浦)에 쳐들어왔을 때에 상처를 입었고, 산양(山陽)의 형은 짐바리를 빼앗겼으며, 조우한(曹佑漢)은 왜병에게 살해되었다고 한다.

> 二十五日。聞徐漢男, 當蘆浦倭入時被傷, 山陽兄, 卜物見奪, 曹佑漢, 爲兵
> 所害云。

3월 26일. 지난해 난리 통에 백성들이 굶주리고 먹을 것이 부족해 소나무 껍질을 다 벗겨내 여러 산이 모두 벌거숭이가 되었다. 이처럼 초목도 재앙을 입었는데, 하물며 굶주림에 전염병까지 돌았으니 인간은 장차 다 없어질 것인가. 노비들이 연일 이어서 앓아누우니 걱정이다.(시가 있었다.)

> 二十六日。亂離徂年, 民饑乏食, 剝盡松皮, 諸山皆兀。草木亦被災, 况饑饉
> 癘疫, 人類將盡乎。奴婢, 連日繼臥, 憂念。(有詩。)

3월 29일. 떨어진 꽃잎이 허공에 날고 새로 푸른빛이 온 땅에 가득해 봄날의 경치가 유람하며 감상할 만했다. 그러나 날씨가 또 비가 내려 좋은 흥취를 저버리니, 나는 동군(東君)[433]이 삭막하게 돌아갈 것을 알겠다. 하물며 난리 중에 술이 없어 한 잔 술로써 봄을 전별하지 못해 더욱 서글픔에랴. 김응현(金應顯) 형이 편지로 마음을 드러내 둘이서 비로소 만났는데, 굶주린

---

433) 동군(東君) : 봄을 맡은 동쪽의 신을 이른다.

가운데 체부(體膚)에 모두 부기(浮氣)가 있었기 때문에 몹시 놀랄 뿐만 아니었다. 그러나 나는 집이 곤궁해 구원할 수 없어 한낱 비탄만 더했다.

> **二十九日。** 落紅飄空, 新靑滿地, 暮春景物, 可以遊賞。而天且雨, 辜負佳趣, 吾知東君, 索莫歸去矣。況亂中無酒, 未得一梧以餞, 尤悵。金應顯兄, 簡出於意, 二而始見之, 飢餓之中, 體膚皆浮云[434], 不翅驚甚。余以家窮莫救, 徒增悲嘆。

❁1593년 4월

4월 1일(을유). 안 상사(安上舍) 어른이 성혈사(聖穴寺)에서 나에게 시를 부치고, 그의 아들 척지(惕之) 씨가 열병에 걸려 앓아누웠기 때문에 석곶(石串)으로 돌아가 그의 병세를 살피려 한다고 했다. 부자간의 정이 망극하고 망극함을 볼 수 있었다.(차운한 시가 있었다.)

> **四月一日(乙酉)。** 安上舍丈, 在聖穴寺, 寄余以詩, 而以惕之氏得癘臥痛, 欲還石串, 審其症勢云。可見父子之情, 罔極罔極。(有次韻詩。)

4월 2일. 박경택(朴景擇), 배여신(裵汝愼)과 소나무 아래에 앉아 이야기하고 있는데, 고상정(高尙程)이 금방 왔다가 바로 돌아갔다.

> **二日。** 與朴景擇裵汝愼, 坐松下話。高尙程, 纔到旋歸。

4월 3일. 새벽부터 비가 내리다가 낮에 개었다. 백성들이 군역(軍役)에 종사하느라, 또 고달프고 굶주려서 농사지을 생각을 하지 않아 논밭이 황폐해졌다.

> **三日。** 曉雨午霽。民從軍役, 又困飢餓, 無意東作, 田野荒廢。

4월 4일. 안집사(安集使)가 군(郡)에 당도해 3일간 머물렀다. 그래서 가서

---

434) 云 : 오기(誤記)로 보아 번역하지 않았다.

뵙고, 겸하여 태수(太守)를 만나 진제(賑濟)를 의논했다. 황언수(黃彦樹)가 장계(狀啓)[435]를 받들고 행재소로 갔다.

四日。安集使到郡, 留三日。故往拜之, 兼見太守, 以其議賑濟也。黃彦樹, 陪啓赴行在所。

4월 5일. 아침에 진제장(賑濟場)에 가니, 안집사(安集使)도 와서 음식 배급하는 일을 살폈다. 낮에 도사(都事) 김창원(金昌遠)이 군(郡)에 당도하고, 큰형과 셋째 두 형도 이르렀다. 이에 태수(太守)가 술자리를 베풀었다. 나와 형들도 모두 그 자리에 참석하고, 아울러 섬곡식[租石]을 얻었으니 정처 없이 떠돌던 중에 다행이었다.

五日。朝入賑濟場, 安集使亦來, 看供饋。午金都事昌遠到郡, 伯叔兩兄至焉。於是, 太守設梧酌。吾兄皆與其席, 兼得租石, 流離中幸也。

4월 6일. 황여숙(黃汝肅) 및 안잡(安礍)과 함께 아침에 진제(賑濟)를 살피고 서헌(西軒)으로 가니, 창락승(昌樂丞) 김추(金錘)와 수성장(守城將) 이집(李㟧)이 자리에 있어 이야기를 나누었다. 이윽고 도사(都事)와 태수(太守)가 안집사(安集使)에게 술자리를 마련하고 나를 불러서 동참했다. 함창 군수(咸昌郡守) 고상안(高尚顏)과 저작(著作) 김택룡(金澤龍)[436]이 잇달아 이르고, 채명숙(蔡明叔)과 최정호(崔挺豪)[437], 충주 사람 최상질(崔尙質)[438]이 도사를 만나려고 또한 군재(郡齋)에 왔다.

六日。與黃汝肅及安礍, 朝見賑濟向西軒, 則昌樂丞金錘、守城將李㟧, 在座相話。俄而都事及太守, 設梧酌于安集使, 招我同參。高咸昌尙顏金、著作

---

435) 장계(狀啓) : 왕명을 받고 지방에 나가 있는 신하가 자기 관하(管下)의 중요한 일을 왕에게 보고하던 문서를 이른다.

436) 김택룡(金澤龍) : 1547~1627. 본관은 예안(禮安). 자는 시보(施普), 호는 와운자(臥雲子).

437) 최정호(崔挺豪) : 1573~1622. 본관은 충주(忠州). 자는 시응(時應), 호는 저곡(樗谷).

438) 최상질(崔尙質) : 1569~?. 본관은 충주(忠州). 자는 문보(文甫).

澤龍繼至, 蔡明叔、崔挺豪、忠州崔尙質, 欲見都事, 亦來郡齋。

4월 7일. 아침에 도사(都事)의 방에 들어가니, 성주도 와 있었다. 이윽고 안집사(安集使)가 나가서 진제장(賑濟場)의 음식 배급하는 일을 살폈기 때문에 나도 마침내 그곳으로 갔다. 음식 배급하는 일을 마치고 안집사(安集使)는 영천(榮川)으로 내려갔다.

　　七日。 朝入都事房, 城主亦來。俄而安集使出, 見賑濟場供饋, 故余遂往焉。餉畢, 安集使下榮川。

4월 8일. 진승헌(秦承憲)의 임정(林亭)에 가서 크게 술을 마셨다. 다만 좋은 시절은 예전과 같았지만, 적세가 더욱 성해 충주(忠州)에 있는 왜적은 황강역(黃江驛)과 수산역(壽山譯)[439] 등의 역을 침략해 약탈하고, 당교(唐橋)에 진을 치고 있는 왜적은 용궁(龍宮)과 예천(醴泉) 등지를 마음대로 공격하고는 풍기(豊基)를 침입하려는 계책을 세우고 있었다. 이 때문에 원근의 경치가 모두 근심하는 빛을 띠고 있어서, 비록 잠시 취한다고 한들 술이 깬 뒤에는 어찌할 것인가. 행재소에서 알려온 바를 보건대 황정욱(黃廷彧)과 황혁(黃赫), 김귀영(金貴榮)이 왜군의 진영에 있을 때에 화의를 주장하며 황조(皇朝)에 글을 써서 명군이 오는 것을 저지하려고 했으나, 성상께서 화(和)라는 한 글자를 딱 잘라 거절했다고 하니, 우리나라를 재조(再造)하려는 마음을 여기에서 볼 수 있었다. 두 왕자가 모두 포로가 되어 돌아오지 못했는데도, 그 아끼던 바를 참고 견양(犬羊)[440]과 같은 왜적이 화의를 청하는 것을 윤허하지 않았으니, 영명한 군주가 아니면 어찌 이와 같이 할 수 있겠는가.(시가 있었다.)

　　八日。 往秦承憲林亭, 引大梧。但佳辰依舊, 而敵勢愈熾, 在忠州者, 侵暴於黃江、壽山等驛, 將有蹂竹嶺之患, 陣唐橋者, 橫攻於龍、醴等地, 以爲入豊之

---

439) 수산역(壽山驛) : 水山驛의 오기.
440) 견양(犬羊) : 개와 양으로, 전하여 나라를 침입해 오는 외적(外敵)을 뜻하는데, 여기서는 왜적을 뜻하는 말로 쓰였다.

計。遠近景物, 總是愁色, 雖得暫醉, 奈醒後何。然見行在所報, 黃廷彧、黃赫、金貴榮, 時在倭陣, 以主和議, 將欲修書于皇朝, 沮遏天兵之來, 而聖上牢拒和之一字, 再造東土, 可見於此。兩王子, 皆被虜不還, 而忍其所愛, 不與犬羊請成, 若非英明之主, 何能如是。(有詩。)

4월 10일. 비가 내렸다. 과부인 누이[寡妹]가 식량이 부족해 계집종 애양(愛陽)을 이선승(李善承) 어른에게 팔았다. 아, 우리 집이 너무 가난해 굶주림을 구원하지 못하고, 눈앞에서 부리던 사환(使喚)을 다른 사람에게 부리게 했으니, 눈물이 날 지경이다.(시가 있었다.)

> **十日。** 雨。寡妹, 以乏食賣婢愛陽于李善承丈。噫, 吾家窮甚, 未得濟飢, 至使眼前使喚者, 役於佗人, 可爲流涕。(有詩。)

4월 11일. 박경택(朴景擇)의 임정(林亭)에 앉아 술이 다섯 순배를 돌았을 때, 정윤해(鄭允諧)[441]의 춘부(春府)인 부장(部將) 어른께서 이르러 잠시 대화를 나누고 바로 돌아갔다. 백유(伯兪)[442]가 은산(殷山)에서 모친상을 당했다고 한다.

> **十一日。** 坐景擇林亭, 酒五行, 鄭允諧春府部將丈至, 暫話卽歸。伯兪, 丁母憂在殷山云。

4월 13일. 큰형과 둘째, 셋째 등 세 형과 정천남(鄭天男) 부자, 안응진(安應軫) 어른이 박경택(朴景擇)의 임정(林亭)에 모였다. 주인이 생선을 삶고 음식을 올렸는데 난중의 별미였다. 이날 저녁에 듣건대 류 가수(柳假守)가 다시 실제 군수로 임명되었다고 한다.

> **十三日。** 與伯仲叔三兄, 及鄭天男父子、安應軫丈, 會景擇林亭。主人烹鮮進飯, 乃亂中勝味也。是夕, 聞柳假守, 還爲眞守云。

---

441) 정윤해(鄭允諧) : 1553~1618. 본관은 청주(淸州). 자는 백유(伯兪), 호는 서귀자(鋤歸子).
442) 백유(伯兪) : 백유는 정윤해(鄭允諧)의 자(字).

4월 14일. 비가 내렸다. 지난해 부산이 함락된 날이 바로 오늘이나, 전쟁은 아직도 그치지 않았고 국토도 아직 회복되지 못했다. 하물며 병농(兵農)443)이 모두 지쳐서 나라가 텅 비었음에랴. 함창(咸昌)에 사는 진사(進士) 홍약창(洪約昌)444)이 세상을 떠났다445)고 한다.

> 十四日。雨。去年釜山之陷, 乃此日, 而干戈尚不息, 境土尚未復。況兵農俱困, 國內空虛。咸昌洪進士約昌丈, 喪逝云。

4월 16일. 군에 들어가 태수를 뵈었다. 황광원(黃光遠)과 남양중(南養仲), 황여숙(黃汝肅), 황문경(黃文卿), 이덕유(李德裕), 황경률(黃景栗), 김군서(金君瑞), 안이득(安而得) 등 여러 시종관들도 당도했다. 조보(朝報)를 보니, 전일의 화의는 명나라 장수 이여송(李如松)도 이를 하고자 한 것이었다. 이것은 피차(彼此)가 서로 좋은 관계를 유지하려는 뜻에서 나왔겠지만, 황정욱(黃廷彧) 등의 소행은 포로가 되어 적중에서 구차하게 목숨을 도모한 것에 불과할 뿐이었다. 주상은 화의를 옳지 않게 여기시니, 지금은 실로 강토를 회복해야 할 때인 것이다. 저녁에 집으로 돌아오니 신담(申譚)이 와서 함창(咸昌)의 소식을 전했다.

> 十六日。入郡拜太守。黃光遠、南養仲、黃汝肅、黃文卿、李德裕、黃景栗、金君瑞、安而得僉侍, 亦到矣。見朝報, 前日和議, 唐將李如松, 亦欲爲之。是則出於彼此相安之意, 而黃廷彧等所爲, 不過被虜, 敵中欲偸其生而已。主上以和爲非, 此實恢復之秋也。夕返家, 申譚來, 傳咸鄕消息。

4월 23일. 류 군수(柳郡守)가 도착할 즈음에, 안 가수(安假守)는 돌아갔다.

> 二十三日。柳守將到, 安假守歸。

---

443) 병농(兵農) : 군사와 농업 또는 병사와 농민을 아울러 이르는 말이나, 여기서는 후자의 뜻으로 쓰인 것으로 보인다.
444) 홍약창(洪約昌) : 1535~1592. 본관은 남양(南陽). 자는 경원(景遠), 호는 구촌(龜村).
445) 세상을 떠났다[喪逝] : 형제 이하의 경우 '세상을 떠나다[喪逝]'로 쓴다.

4월 24일. 또 듣건대 왜적이 하로(下路)를 침범해 포악하게 행동하는 것은 올라오는 데에 뜻이 있기 때문이라고 한다. 명군이 양경(兩京)[446]을 회복했다고는 하나 지금은 아직 한양에 당도하지 않았다. 그러니 아래에 있는 왜적이 무엇을 꺼려서 그 흉독(凶毒)을 거두겠는가. 저녁에 내 말[馬]이 울진(蔚珍)에서 왔고, 김진시(金振時)의 답장도 이르렀다.

二十四日。 又聞敵侵暴下路, 將有上來之意。 天兵雖復兩京, 時未到漢陽。 在下之倭, 何憚而斂其毒哉。 夕吾馬, 自蔚珍來, 金振時答簡, 亦至。

4월 27일. 영천(榮川) 시장에서 좋은 면포 1필의 가격이 조(租)[447] 2말에 이르렀다. 하물며 보리가 봄장마와 여름 가뭄에 대부분 말라서 죽고 이삭도 맺지 않음이겠는가. 채백침(蔡伯忱)[448]이 어제 은풍(殷豊)에서 이르러 생선을 삶는 데에 참석했다.

二十七日。 榮川市, 好木一匹價, 至租二斗。 況车麥, 春霖夏旱, 多枯不實乎。 蔡伯忱, 昨自殷豊來, 參烹鮮。

4월 28일. 듣건대 왜병이 도성에서 내려가고 두 왕자도 함께 일본으로 들어갔다고 한다. 전해진 말을 참으로 믿을 수 없었지만 형세로 본다면, 명군은 지금 아직 도성에 들어오지 않았고 아군도 모두 두려워 겁을 내고 있는데, 저 왜적들이 무엇을 꺼려 왕자를 돌려보내겠는가.

二十八日。 聞倭兵自京下去, 而兩王子, 同入日本云。 傳說, 固不可信, 然以勢觀之, 天兵時未入洛, 我軍亦皆畏怯, 彼賊何憚, 而遣還王子哉。

4월 29일. 낮에 류 겸암(柳謙庵) 성주(城主)가 임지(任地)에 당도했다. 전이척

---

446) 양경(兩京): 한양과 평양을 말한다.
447) 조(租): 찧지 않은 벼를 말한다. ≪與猶堂全書≫ 第五集政法集第二十卷 ≪牧民心書≫편의 협주에 "찧지 않은 벼를 조(租)라 한다.[稻不舂者謂之租]"라고 하였다.
448) 채백침(蔡伯忱): 백침은 채유부(蔡有孚, 1550~?)의 자(字). 본관은 인천(仁川). 호는 간송(澗松).

(全以惕)이 이달 26일에 모친상을 당했다고 한다.

二十九日。 午柳謙庵城主到任。全以惕, 今念六丁母喪云。

⚜1593년 5월

5월 1일(갑인). 군(郡)에 들어가 성주(城主)를 뵈었다. 향인들이 명군을 지대(支待)하는 일로 또한 많이 모여 있었다. 영천(榮川)의 전성헌(全成憲)[449]이 태수(太守)를 만나려고 또한 객사에 당도했다. 듣건대 아래로 내려간 왜병은 명나라 장수가 천자의 위엄으로 진압하지 아니하고, 다만 더불어 강화하고 조공을 허락했기 때문에 지금 비로소 군대를 해산했다고 한다. 아, 우리나라가 명군을 의지해서 파천한 모욕을 설욕하려고 했으나 끝내 이와 같으니, 황조(皇朝)가 소민(小民)을 사랑하는 은혜는 적었으며, 우리나라 백성[東民]들이 원수를 보복하려는 희망도 어그러졌다. 하물며 훼복(卉服)[450]의 무리가 온갖 속임수를 자행함에랴. 그러니 어찌 그들의 말을 가벼이 믿고서 화친의 맹약을 맺을 수 있겠는가. 중국의 위엄도 또한 이로 인해 훼손될 것이다.

五月一日(甲寅)。 入謁城主, 鄉人, 以天兵支待事, 亦多會焉。榮川全成憲, 欲見太守, 又到客舍。聞倭兵之下去者, 由唐將, 不以天威震之, 只與講和, 許其朝貢故, 今始解兵云。噫, 我國欲仗天兵, 以雪播越之辱, 而終乃如是, 皇朝字小之恩少矣, 東民復讐之望缺矣。況卉服之類, 變詐百出。豈可輕信其言, 而結和親之約哉。中國之威, 其亦因此而虧損乎。

5월 4일. 전경직(全景直)이 부친상을 당했다고 한다.

四日。 全景直, 遭父喪云。

---

449) 전성헌(全成憲) : 생몰년 미상. 본관은 옥천(沃川).
450) 훼복(卉服) : 섬 오랑캐가 입는 갈포(葛布)의 복장이라는 뜻으로, 일본을 가리킨다. ≪서경(書經)≫ <우공(禹貢)>에 "섬 오랑캐는 훼복을 공물로 바친다.[島夷卉服]"라고 한 말이 나온다.

5월 5일. 차례를 지냈다.

五日。行茶祀。

5월 7일. 왜병이 [남쪽에] 주둔하자, 명군은 한양에서 영남으로 내려와 추격(追擊)하려는 계획을 세웠다. 그래서 인근 고을의 수령들이 모두 문경(聞慶)으로 가서 명군이 도착하기를 기다렸고, 군량을 수송[轉輸]하라는 명령이 성화(星火)보다 급했다.

七日。倭兵留屯, 天兵, 自漢陽下嶺南, 將爲追擊之計。近邑守令, 皆往聞慶, 以待其至, 而軍粮轉輸之令, 急於星火。

5월 9일. 명군을 지대(支待)하는 일로 마을이 소란했다. 그러나 요사한 기운451)을 모조리 쓸어버리는 것이 이번 거사(擧事)에 달려 있으니, 변변찮은 음식[簞壺]452)으로 군대를 맞이하는 일을 어찌 소홀이 할 수 있겠는가. 군수(軍需)에 응하는 폐해로 농사를 그만두는 일은 또한 말할 필요도 없었다.

九日。以唐兵支待, 閭閻騷擾。然蕩掃妖氛, 在此一擧, 簞壺迎師, 其可忽乎。應需之弊, 廢農之事, 蓋亦不必言也。

5월 12일. 군에 들어가 황여숙(黃汝肅) 씨와 진제(賑濟)하는 일을 의논하고, 이태백(李太白)이 머무는 곳으로 가다가 권사영(權士英)과 상주(尙州)의 강응철(姜應哲)453)을 만나 이야기를 나누었다.

十二日。入郡, 與汝肅氏議賑濟事, 向太白寓處, 逢話權士英及尙州姜應哲。

---

451) 요사한 기운[妖氛] : 요분은 상서롭지 않은 기운으로 흉재(凶災)나 화란(禍亂)을 지칭하나, 여기서는 왜적을 가리키는 것으로 보인다.

452) 변변찮은 음식[簞壺] : 단호는 대바구니의 밥과 병에 담은 음료수라는 뜻으로, 작은 정성으로 백성이 자신들을 옹호해 준 군대를 환영하고 위로한다는 뜻이다. ≪맹자≫ <양혜왕 하(梁惠王下)>에 "대바구니에 밥을 담고 병에다 술과 장, 차를 담아 가지고 왕자(王者)의 군대를 환영한다.[簞食壺漿 以迎王師]"라고 하였다.

453) 강응철(姜應哲) : 1562-1635. 본관은 재령(載寧). 자는 명보(明甫), 호는 남계(南溪).

5월 14일. 기우제(祈雨祭)를 지내기 위해 제물을 받들고 석륜암(石崙菴)으로 향했다. 황립(黃岦)과 동행해 비로사(毗盧寺)454)를 지나 상원령(上院嶺)을 넘어 하가타(下伽佗)를 거쳐서 한 높은 정상에 이르니, 여러 암자(庵子)가 모두 멀리 바라보이고, 돌길을 오르는 사람과 말이 마치 나무 끝을 걸러 가는 듯했다. 저녁에 제사지낼 곳에 도착하니, 당실(堂室)455)이 말쑥하고 사뭇 속된 모습이 아니었으며, 지형이 높고 시원한 것이 소백산에서 으뜸으로 전에 들었던 것과 맞았다. 류념(柳恬)도 집사(執事)로서 왔다.(시가 있었다.)

　　十四日。 以禱雨奉祭物, 向石崙。與黃岦同行, 過毗盧寺, 踰上院嶺, 歷下伽佗, 至一高頂, 諸菴, 皆在望中, 而人馬之由石逕上者, 如行木末然。日夕到祭處, 堂室蕭灑, 殊非俗觀, 地形高爽, 甲於小白, 與前所聞協矣。柳恬, 亦以執事來。(有詩。)

5월 15일. 새벽 사경(四更)456)에 기우제를 지냈다. 그러나 전쟁 중이라 희생, 기명(器皿), 의복이 갖추어지지 않아 기우제를 지냈다고 할 것이 아니었고, 다만 스스로 경건히 고할 뿐이었다. 아침 해가 뜨기 전에 황립(黃岦) 등과 초암(草庵)의 길을 따라 집으로 돌아왔다. 비가 좀 올려나457) 했더니, 바람이 불어 구름을 흩어버렸다. 기도한 사람의 정성이 하늘에 미치지 못해서 그러한가, 아니면 죽음이 가까이 이르러458) 그러한가. 지난해 기근이 들어 구령에 빠져 죽은 이가 많았는데, 거듭 상서롭지 못한 일을 만난다면 반드시 겨우 남아 있는 백성들도 모두 죽게 될 것이다. 용서(龍瑞)459)가 문경

---

454) 비로사(毗盧寺) : 경상북도 영주시 풍기읍 삼가리 소백산 비로봉 중턱에 있는 절.
455) 당실(堂室) : 한 울타리 안에 있는 여러 채의 집과 방.
456) 사경(四更) : 하룻밤을 다섯으로 나눈 넷째 시각. 곧 새벽 1시에서 3시 사이를 말한다.
457) 비가 …… 올려나[其雨其雨] : ≪시경≫ <위풍(衛風)> 백혜(伯兮)에 "비 오려나 비 올려나 했더니, 쟁쟁 해만 뜨는구나.[其雨其雨 杲杲出日]"라고 한 데서 나온 말이다.
458) 죽음이 …… 이르러[大命近止] : ≪시경≫ <대아(大雅)> 운한(雲漢)에 "죽음이 가까운지라, 우러러볼 곳이 없으며 돌아볼 곳이 없노라.[大命近止 靡瞻靡顧]"라고 한 데서 온 말이다.
459) 용서(龍瑞) : 둘째 형인 수의(守義)의 큰아들 용흘(龍屹)을 말하는 것으로 보인다. 용흘의

(聞慶)에서 명군의 짐바리를 내 말에 싣고 상주(尙州)로 수송하고 바로 돌아왔다.(시가 있었다.)

十五日。曉四更行祀。但干戈中, 牲殺、器皿、衣服不備, 非日祭之, 只自敬告而已。朝陽未出, 與黃뽀等, 由草庵路返家。其雨其雨, 風吹雲散, 禱者誠未至而然耶。抑大命近止耶。去歲阻饑, 必多塡壑, 而重遭不淑, 必盡予遺之民矣。龍瑞, 自聞慶載唐兵卜物于吾馬, 輸送尙州, 卽還。(有詩。)

5월 16일. 문경(聞慶)에서 온 자가 말하기를, "죽령(竹嶺)을 넘은 명군이 연달아 이어지자, 적진(敵陣)은 점점 아래로 내려갔습니다."라고 했다. 참으로 기쁜 일이다.

十六日。自聞慶來者曰 : "唐兵踰嶺者連絡, 敵陣漸漸下去。"云。良可喜也。

5월 17일. 용성(龍成)이 처자식을 데리고 예천(醴泉)으로 향했고, 큰형과 셋째 두 형도 함창(咸昌)으로 돌아가려고 했다. 그러나 병화(兵火)를 겪은 뒤라 살던 집이 잿더미가 되었고, 선영(先塋)의 묘도 황폐해져 고향에 도착한 날에 어떻게 마음을 가눌지 모르겠다. 나도 고향을 못 본 지 1년이 넘었으나 형들과 함께 갈 수가 없었다. 조용히 생각하니 두 눈에 눈물이 흐르려고 했다.

十七日。龍成, 取妻子向醴泉, 伯叔兩兄, 欲還咸昌。但兵火之餘, 家舍灰燼, 先墓就荒, 不知到日, 何以爲懷。吾亦不見家鄕, 一年餘矣, 不能與兄偕行。靜言思之, 雙涕欲下。

5월 18일. 모진 더위가 맹위를 떨쳐 밭이 거북이 등처럼 갈라졌다. 아, 난리 뒤에 가난한 백성들이 굶주린 가운데, 혹은 종자가 없어 씨를 뿌리지 못하고 혹은 번거로운 부역에 지쳐서 김매기를 하지 못했다. 때문에 옛날 비옥했던 들판은 태반이 황폐해지고, 지금은 큰 가뭄을 만나 심어놓은 벼

자(字)가 운서(運瑞)인데, 여기서는 명(名)과 자(字)를 혼용해 쓴 것으로 짐작된다.

마저 모두 말라 죽었으니, 내년 봄에는 굶어서 죽은 사람이 지금보다 배는
될 것을 점칠 수 있었다. 날이 저물어 우복룡(禹伏龍)과 홍사마(洪沙馬) 등이
도성에서 와서 말하기를, "명나라 장수 이여송(李如松)이 지금 한양에 있고,
시랑(侍郎) 송응창(宋應昌)의 군대는 아직 도성에 당도하지 않았으며, 과거 도
성에 거주했던 사람들은 왜적이 물러갔다는 말을 듣고 옛집과 터전을 살피
고는 통곡하여 목이 쉰 사람이 몹시 많소이다."라고 했다. 나는 속으로 우
리나라 사민(士民) 가운데 적에게 함몰되지 않은 사람은 모두 굶어서 죽었을
것이라고 여겼었다. 그런데 지금 생존한 사람이 또한 많다고 들으니, 나라
를 위해서는 더없이 기쁘고 축하할 일이다.

十八日。 炎光驕亢, 田坼龜緣。噫, 兵餘殘氓, 於饑饉中, 或無種子, 不得耕
播, 或困役煩, 不得灌鋤。昔時沃野, 太半就荒, 而今逢大旱, 禾稼盡枯, 可占來
春, 餓殍倍於此時矣。日暮, 伏龍、洪沙馬等, 自京來曰:"唐將李如松, 時在漢
陽, 宋侍郞應昌兵, 未到城中, 而向者居洛之人, 聞倭退來, 省舊家基地, 至於痛
哭失聲者, 甚多。"云。吾意以爲, 我國士民, 不陷於敵, 則盡爲餓死。今聞生者
亦衆, 竊爲國家, 喜賀無已。

5월 20일. 둘째 형이 군(郡)에 들어가 강원 감사(江原監司) 강신(姜紳)[460]을
만나고 돌아왔다. 그에게 듣건대 명나라 장수 이여송(李如松)이 문경(聞慶)에
이르러 진영에 멈추어 선지가 이미 며칠이 지났다고 한다. 또 백성들이 모
두 굶주림이 심해 버젓이 도둑질을 하고, 햇보리가 아직 익지도 않았는데
곳곳에서 베어갔으며, 사람들이 뒷쌀[升米]을 보면 반드시 그것 때문에 사람
을 죽였다고 하니, 참으로 한심한 일이다.

二十日。 仲氏入郡, 見江原監司姜公紳還, 憑聞唐將李如松, 到聞慶留陣, 已
過數日云。且民皆飢甚, 公然草竊, 新麥未熟, 處處刈去, 見人升米, 必爲之殺
越, 良可寒心。

---

460) 강신(姜紳) : 1543~1615. 본관은 진주(晉州). 자는 면경(勉卿), 호는 동고(東皐).

5월 21일. 아침에 강원 감사(江原監司)를 뵙고 관청(官廳)에 들어가 술을 마셨다. 큰형과 셋째 두 형이 함창(咸昌)에서 돌아와 말하기를, "선영(先塋)은 병화를 면치 못해 지금까지 불에 탄 흔적이 남아 있고, 이안리(利安里)의 집들도 모두 잿더미가 되었다. 그리고 대규(大奎)의 형수씨가 월초에 굶어서 돌아가시고, 산양(山陽)의 박 자형(朴姊兄)이 11일에 병으로 돌아가셨다"라고 했다. 비통한 마음을 금할 수가 없다. 명나라 장수는 다시 상로(上路)로 향했고, 싸움에는 뜻이 없었다. 왜병은 하도(下道)에 좍 깔려 다시 올라오려고 하니, 시사(時事)가 끝내 어찌될지 알지 못하겠다. 하물며 조금 나은 고을도 가진 것을 다 떨어내 명군을 이바지하는 데에 대비했고, 먼 곳까지 운송하는 일로 소와 말은 넘어져 죽고 백성들도 피곤하게 왕래하다가 이미 농사일을 놓음에랴. 장차 재력이 모두 고갈되어 나라 안 재정이 텅 비어 모자라게 된다면, 다시는 할 수 있는 일이 없을 것이다. 말을 한들 무엇 하겠는가. 밤에 비가 크게 내렸다.

二十一日。朝拜江原伯, 入宮廳引酒。伯叔兩兄, 自咸昌來言曰, "先墳未免兵火, 至今燒痕尙在, 利安廬舍, 皆爲灰燼。大奎嫂氏, 餓逝于月初, 山陽朴姊兄, 病沒于旬一。"云。不勝悲痛。唐將還向上路, 無意擊戰。倭兵遍滿下道, 將欲更來, 不知時事, 竟何如也。況稍完之邑, 罄出所有, 以備天兵供億, 而轉輸遠地, 牛馬顚斃, 民困往來, 已失田業。將見材力竭盡, 國中虛耗, 不復有所爲矣。言之奈何。夜雨大作。

5월 22일. 비가 오다가 밤에 개었다. 가뭄 뒤에 이 같은 단비를 만났으니, 거의 농부들의 바람을 위로해 주었다. 큰형과 셋째 두 형이 군(郡)에 들어가 강원 감사(江原監司)를 만나고 돌아갔다.

二十二日。雨夕霽。旱餘, 逢此甘澍, 庶慰野夫之望。伯叔兩兄入郡, 見江原伯還。

5월 23일. 비가 내렸다. 듣건대 문경(聞慶)의 명군을 지대(支待)하는 폐단 때문에 명나라 장수 이여송(李如松)이 진영에 멈추어 선지 3일 만에 다시 충주로 향했다고 하니, 왜적을 물리칠 일은 아마도 기약할 수 없을 것이다.

　　二十三日。雨灑。聞聞慶唐兵支待之弊, 而天將李如松, 留陣三日, 還向忠州云, 退敵, 其無期乎。

5월 24일. 어제 저녁부터 보리밥을 먹었다. 나는 어려서 자랄 때와 풍기(豊基)에서 처가살이하면서 먹을 때에 맛있는 쌀밥이 아닌 적이 없었는데, 지난 난리 때부터는 소나무 껍질을 벗기고 나물을 뜯고 푸른 보리를 베어서 먹었다. 이 때문에 늙은 아내와 어린 자식들이 자주 굶주리고 울부짖어서 마음이 아프고 보기에 참담해 차마 말할 수도 없었다. 게다가 노복들마저 잇달아 병이 들고 전쟁도 그치지 않아 몇 이랑의 황폐해진 논밭에 힘을 쓰지 못했기 때문에 가을걷이가 더욱 염려되었다. 저녁에 헌이(獻伊)가 와서 고하기를, "고리(古里)와 사랑(思郞) 등이 먹을 것이 없어 이미 충청도로 향했습니다."라고 하고는, 또 신신숙(申信叔)의 편지를 가지고 와서 전했다.

　　二十四日。自昨夕食麥飯, 余於童年之養、贅豊之喫, 無非香稻, 而越自亂離, 剝松取茱, 刈食靑麥。老妻稚子, 往往啼飢, 傷心慘目, 不忍道者。加以婢僕連病, 干戈不已, 數畝荒田, 不得致力, 秋事尤可慮也。夕獻伊來告曰 : "古里思郞等, 無所食, 已向忠淸道。", 且以申信叔簡來傳。

5월 29일. 연일 비가 내려 보리가 잘 여물지 않았기 때문에 농가의 먹을 것은 아마도 이미 떨어졌을 것이다. 그러니 논을 맨다고 한들 이렇게 굶주리고 앉아 어찌 하겠는가.

　　二十九日。雨下連日, 麥不易熟, 田家所食, 蓋已絶矣。雖鋤禾, 奈此飢坐何。

☀1593년 6월

6월 1일(갑신). 큰형과 소가동(所加洞)의 송정(松亭)에 앉아 있다가 조응림 (趙應霖)을 만나 이야기를 나누었다. 보리밭의 수확이 너무 적어 참으로 근심스럽다.

六月一日(甲申)。與伯氏坐所加洞松亭, 遇應霖話。麥田所收甚少, 良可悶也。

6월 2일. 왜장이 왕자와 부인, 재신(宰臣) 황정욱(黃廷彧) 등을 동래(東萊)에 유치(留置)했다가 지금 비로소 바다를 건넜다고 하니, 우리나라가 받은 모욕을 이루 다 말할 수 있겠는가. 왜병이 모두 본국으로 향했기 때문에 밀양(密陽) 등지로 내려갔던 명군도 다시 상로(上路)에 올랐다. 이는 명나라 장수 이여송(李如松)이 조금도 추격할 뜻이 없으면서, 서로 강화하는 데에 의견을 일치하고 먼저 충주(忠州)로 돌아갔기 때문이다. 저녁에 용성(龍成)이 예천(醴泉)에서 당도해 말하기를, "이사곽(李士廓)⁴⁶¹)이 모친상을 당했고, 조현남(趙顯男)의 아내도 죽었습니다."라고 하니, 놀라움과 슬픔을 이길 수가 없었다. 대개 병란 뒤에 살아남은 백성들은 혹은 굶어 죽은 귀신이 되고 혹은 전염병에 걸려 죽었다. 그 결과 사람들이 거의 점점 줄어들어서 이안리(利安里) 3백여 집 가운데 지금은 열에 하나 둘만 남았고, 눈에 보이는 것이라고는 잡초뿐이니, 참혹해서 차마 말할 수가 없었다.

二日。倭將, 以王子、及夫人、宰臣黃廷彧等, 留置東萊, 今乃渡海云, 我國之辱, 可勝道哉。以倭兵盡向本國之故, 唐軍之下密陽等處者, 還登上路。是由天將李如松, 少無追擊之意, 一於相和, 而先歸忠州也。夕龍成, 自醴泉到曰: "李士廓丁母憂, 趙顯男妻氏亦逝。"云, 不勝驚悼。大槪兵餘遺氓, 或爲餒鬼, 或以癘死。人物幾乎消盡, 利安三百餘家, 今焉十存一二, 蓬蒿滿目, 慘不忍言。

6월 5일. 큰형이 할머니의 제사를 지냈지만, 정처 없이 떠돌던 가운데 지

---

461) 사곽(士廓) : 사곽은 이홍도(李弘道, 생몰년 미상)의 자(字). 본관은 진보(眞寶).

내는 제사여서 제물을 갖추지 못한 것이 안타까웠다. 이날 비로 보리를 수확하지 못했기 때문에 집안의 식량이 몹시 군색했다. 순찰사(巡察使)의 계문(啓聞)에 따라 가수(假守) 류운룡(柳雲龍)을 실제 군수로 임명했으나, 조정에서 또 한회(韓懷)462)를 제수하여 지금 창락(昌樂)에 와서 3일을 머물며 아직도 부임하지 못하고 있었다. 이는 류 군수(柳郡守)가 인장(印章)을 차고 명군의 지대소(支待所)에 있었기 때문으로, 그는 서로 마주보고 인장을 주고받으려고 했다. 아, 수령의 임무는 관계되는 바가 중한 데도 교체가 빈번해 그 폐해가 보내고 맞이하는 데서 발생하더라도 장차 이부(吏部)에서 살필 수 없을 것이다. 어찌 그 일처리가 전도되어 백성들에게 임하는 관원을 뒤바꾸기를 바둑 두는 듯이 하는가. 적이 개탄스러운 일이다.(시가 있었다.)

> **五日。** 伯氏, 行祖母忌祭, 但流離中祀事, 未備可嘆。是日, 以雨不得收麥, 家食甚窘。巡察使啓, 柳假守雲龍爲眞守。而朝廷, 又以韓懷除之, 今到昌樂留三日, 尙未赴任。是則以柳守佩印, 在唐兵支待所故, 欲相對交承也。噫, 守令之任, 所係重矣, 而變置頻數, 弊生送迎, 將吏部莫之省耶。何其處置顚倒, 換易臨民之官, 如奕棊然。竊爲之慨然。(有詩。)

6월 7일. 듣건대 언양(彦陽)과 양산(梁山) 이하에 왜병이 좍 깔려있다고 한다. 비로소 전일 왜병이 모두 본국으로 향했다는 말이 거짓이라는 것을 알겠다. 신임 군수 한회(韓懷)가 임지에 당도하고, 류 군수(柳郡守)는 은풍(殷豊)을 거쳐 집으로 돌아갔다.

> **七日。** 雨。聞彦陽梁山以下, 倭兵遍滿云。始知前日盡向本國之言虛矣。新守韓懷到任, 柳守由殷豊向家。

6월 11일. 큰형과 둘째, 셋째 등 세 형이 서속(黍粟)을 갈기 위해 함창(咸昌)으로 향했다. 그러나 사람이 없는 지역에 소를 끌고 돌아갔으니 토적(土

---

462) 한회(韓懷) : 1550~1621. 본관은 청주(淸州). 자는 민망(民望), 호는 태항(苔巷).

賊)이 참으로 두렵다.

　　十一日。 伯仲叔三兄, 欲耕黍粟, 向咸昌。但無人之地, 牽牛以歸, 土賊可畏。

6월 12일. 황명중(黃明仲)의 사위 이장발(李長發)이 명군을 지대(支待)하는
일로 문경(聞慶)에 갔다가 봉성 현감(鳳城縣監)463)에게 곤장을 맞고 어제 죽었
다고 한다. 나이가 젊은 사람이 독서에 뜻이 있었고, 그의 아버지 희문(希文)
은 이 1남뿐이었는데, 지금 갑자기 흉하게 죽었으니464) 어찌 슬프지 않겠
는가.

　　十二日。 黃明仲之壻李長發, 以唐兵支待事, 往聞慶, 逢杖于鳳城守, 日昨身
　　死云。年少之人, 有志讀書, 厥父希文, 只此一男, 而今忽凶終, 豈不哀哉。

6월 14일. 아침에 이슬비가 내렸다. 농지가 모두 황폐한데 영천(榮川)에서
우리 논을 경작하는 자가 지급한 종자를 몰래 먹어버렸다. 그리고 단지
4~5말만 파종하고 또 김도 매지 않았으니, 가을걷이는 반드시 만족스럽지
못할 것이다. 공채(公債)와 사채(私債)로 가져다 쓴 수량을 무슨 곡식으로 다
시 갚아야 할지 모르겠다.(시 한 절구가 있었다.)

　　十四日。 朝細雨。田皆就荒, 榮川之作我稻田者, 潛食所給之種。只播四五
　　斗, 而又不耘耔, 秋收必不滿矣。公私債取用之數, 不知將何物還報耶。(有詩一
　　絶。)

6월 16일. 예천댁(醴泉宅)에서 아버지의 제사를 지냈다. 다만 큰형과 둘째,
셋째 등 세 형이 함창(咸昌)으로 가서 돌아오지 않았기 때문에, 나는 홀로
제사를 지내고 절을 올렸다. 해가 저물어 신억(申億)이 당도해 말하기를,
"산양(山陽)의 누님[姊氏]은 탈 없이 잘 있으나, 안하손(安賀孫)과 그의 처자식

---

463) 봉성(鳳城) : 봉화의 옛 이름.
464) 흉하게 죽었으니[凶終] : 주로 수재(水災) · 화재(火災) · 형륙(刑戮) 따위로 죽는 일을 이
　　른다.

이 모두 병으로 죽었습니다."라고 했다. [생각건대] 대규의 형수씨의 일은 아마 헛소문인 듯했고, 박응선(朴應先)은 이미 세상을 떠났었다.

十六日。醴泉宅行忌祭。但伯仲叔三兄 歸咸未還 余獨奠拜。日昏, 申億到日："山陽姊氏, 則無恙, 安賀孫及其妻子, 皆以病死。"云。大奎嫂氏之事, 意是虛傳, 而朴應先, 曾已別世。

6월 17일. 저녁에 이슬비가 내렸다. 지난해 병란 초 우리 백성들 가운데 적과 내통한 사람이 많았는데, 심지어 어떤 이는 왜표(倭標)465)를 받고 세미(稅米)466)를 운반하기까지 했다. 경상도에서는 선산(善山) 이하로 더욱 심했으나, 유독 사자(士子)467)만은 여기에 포함되지 않았다. 함창(咸昌)과 상주(尙州), 문경(聞慶)의 백성들은 한 사람도 가담한 사람이 없었다.(읊은 시가 있었다.)

十七日。夕微雨。前年亂初, 我民, 多與敵通, 至於受倭標, 輸稅米。而慶尙, 則善山以下, 尤甚, 獨士子, 不入其中。咸昌、尙州、聞慶之民, 無一人入者。(有吟。)

6월 18일. 박대하(朴大賀)의 지정(池亭)에 가서 들건대 의하(義賀)의 장인(丈人)인 금희직(今希稷)의 온 집안이 강도를 당해 모두 죽었다고 한다. 번개와 함께 내리는 비가 밤까지 끊이지 않았다.

十八日。向朴亭, 聞義賀聘君今希稷一家, 遇强盜皆死。雷雨, 至夜不絶。

6월 19일. 박우(朴遇) 씨의 집에 가서 생신 잔치에 참석했는데, 차려진 술 상이 매우 과분했다. 안 상사(安上舍) 어른도 왕림하여 조용히 모시고 이야 기를 나누었다. 전경직(全景直)이 이미 모친상을 당한데다 또 상처(喪妻)까지

---

465) 왜표(倭標) : 일본이 발급한 일종의 통행증.
466) 세미(稅米) : 예전에, 조세(租稅)로 관청에 바치던 쌀.
467) 사자(士子) : 사인(士人)과 같은 말로, 벼슬을 하지 않은 선비를 이르는 말이다.

했다고 하니, 참으로 슬프다.

十九日。向朴遇氏家, 參生辰酌, 所設梳盤, 甚侈。安上舍丈亦臨, 從容陪話。
全景直, 旣丁毌憂, 又喪室云, 可悼。

6월 20일. 이천영(李天英)이 함창(咸昌)에서 당도해 말하기를, "이안리(利安里) 사람들은 대부분 옛터로 돌아왔지만, 조수초(曺邃初) 씨는 죽었습니다."
라고 했다.

二十日。李天英, 自咸昌到曰 : "利安之人, 多還舊基, 而曺邃初氏身死。"云。

6월 21일. 용흘(龍屹)이 함창(咸昌) 고향에서 왔다. 그에게 듣건대 우리 고향 사람들이 서속과 콩을 갈려 한다고 하니, 병란 뒤 가난에 지친 백성들이 거의 생활할 길이 있을 것이다.

二十一日。龍屹, 自咸鄉來。憑聞吾鄉人, 欲耕黍粟豆太云, 兵餘殘氓, 庶有
生理矣。

6월 22일. 아침에 이 충순위(李忠順衛)를 조문했다. 낮에는 소가동(所加洞)의 송정(松亭)에 가서 조응림(趙應霖)을 만나 이야기를 나누었다. 대하(大賀)가 문경(聞慶)의 지대소(支待所)에서 돌아왔다.

二十二日。朝弔李忠順衛。午向所加洞松亭, 遇應霖話。大賀, 自聞慶支待
所還

6월 23일. 용흘(龍屹)이 봉화(奉化)로 향했다. 그의 아내가 성 감역(成監役)468)이 피란한 곳에 있기 때문이다. 해가 질 무렵에 큰형과 둘째, 셋째 등 세 형이 당도했다.

二十三日。龍屹向奉化。以其妻在成監役避亂所耳。黃昏, 伯仲叔三兄到。

---

468) 감역(監役) : 감역관(監役官)의 약칭으로, 역사(役事)를 감독하는 일을 맡아 보던 관원.

6월 26일. 도체찰사(都體察使) 서애(西厓) 류성룡(柳成龍)이 단양(丹陽)에서 출발해 풍기(豊基)에서 점심[中火]469)을 먹고, 대부인(大夫人)의 처소가 있는 안동(安東)으로 향했다. 또 듣건대 명나라 장수 심유경(沈惟敬)이 동래(東萊)에서 올라오고 있기 때문에 이 고을의 사람과 말을 문경(聞慶)으로 보낼 것이라고 한다.

　　二十六日。 都體察使柳西厓成龍, 自丹陽中火于豊基, 向安東大夫人所。 且聞唐將沈惟敬, 由東萊上來故, 此郡人馬, 將送聞慶云。

6월 28일. 빗줄기가 멈추지 않아 올기장[早黍]이 열매를 맺지 못했다. 초가을에 살아갈 길이 근심스럽다.

　　二十八日。 雨勢未歇, 早黍無實。 初秋生理, 可悶。

❀1593년 7월

7월 1일(계축). 서택(西宅)에서 삭전(朔奠)470)을 지냈다. 안응진(安應軫) 어른과 박경택(朴景擇), 박덕하(朴德賀)가 와서 치전(致奠)471)을 했다. 용성(龍成)도 당도했다.

　　七月一日(癸丑)。 西宅行朔奠。 安應軫丈、朴景擇、朴德賀, 來致奠。 龍成到。

7월 4일. 큰형이 가족을 데리고 예천(醴泉) 백송리(白松里)472)로 향했다. 나는 밥을 먹은 뒤 군(郡)에 들어가 신임 도사(都事) 박이장(朴而章)473)을 뵈려고

---

469) 점심[中火] : 길을 가다가 중도(中途)에서 지어 먹는 점심(點心)을 이른다.
470) 삭전(朔奠) : 상가(喪家)에서 그 죽은 사람에게 매달 음력 초하룻날 아침에 지내는 제사.
471) 치전(致奠) : 사람이 죽었을 때에, 친척이나 벗 등이 제물(祭物)과 제문(祭文)을 가지고 조상(弔喪)하는 일.
472) 백송리(白松里) : 경상북도 예천군 호명면 백송리.
473) 박이장(朴而章) : 1540~1622. 본관은 순천(順天). 자는 숙필(叔弼), 호는 용담(龍潭)·도천(道川).

했다. 남양중(南養仲) 어른을 통해 듣건대 왜장 평수길(平秀吉)[474]이 대마도(對馬島)에 와 있고, 우리나라 두 왕자와 황혁(黃赫)은 모두 바다를 건너서 지금이 섬에 머물고 있으며, 황정욱(黃廷彧)과 그의 아내[妻屬]만 홀로 고향으로 돌아왔다고 한다.

　　四日。伯氏率家, 向醴泉白松里。余食後入郡, 欲見新都事朴而章。憑南養
　　仲甫得聞, 倭將平秀吉, 來在對馬島, 而我國兩王子及黃赫, 皆已渡海, 時留是
　　島, 黃廷彧與其妻屬, 獨還故土云。

7월 6일. 이슬비가 내렸다. 함창 의병의 군량을 도왔던 사람들이 모두 작위(爵位)를 상으로[爵賞][475] 받았다고 한다.

　　六日。微雨。咸昌義兵助粮之人, 皆得爵賞云。

7월 8일. 아침에 차례를 지냈다. 돌아가신 아버지의 생신이기 때문이다. 오후에 군(郡)에 들어가 저물어 돌아왔다.

　　八日。朝行茶祀。以先人生辰也。午後入郡暮還。

7월 10일. 둘째와 셋째 두 형이 가족을 데리고 백송리(白松里)로 향했다. 밥을 먹은 뒤 나는 군재(郡齋)에 들어가 태수(太守)에게 떠난다고 고했다. 지대도감(支待都監)으로서 문경(聞慶)으로 길을 나서야 했기 때문이다.

　　十日。仲叔兩兄, 率家向白松。食後, 余入郡齋, 告行于太守。以支待都監作
　　聞慶行故也。

7월 11일. 논산(論山)이 예천(醴泉)에서 돌아와 말하기를, "시장 가격이 급등해 좋은 포목 1필로 단지 쌀보리 1말 5되를 바꿀 수 있을 뿐입니다."라

---

474) 평수길(平秀吉) : 풍신수길(豊臣秀吉, 1536~1598).
475) 작위를 상으로[爵賞] : 작상은 국가나 왕실에 큰 공이 있는 사람에게 작위(爵位)로 상주는 것을 이르며, 상(賞)으로 가자(加資)할 경우는 상가(賞加)라고 한다.

고 했다. 그러니 백성들이 살아갈 길이 참으로 곤궁할 것이다. 오늘 낮에 이질(痢疾)에 걸려 기운이 몹시 쇠약해졌는데, 문경(聞慶)으로 가는 길이 걱정이다.

十一日。論山, 自醴泉還曰: "市價甚騰, 好木一匹, 只易米车一斗五升。"云。民之生理, 信乎窮矣。是午得痢, 氣甚萎弱, 聞慶之行, 可憫。

7월 12일. 이질 증세가 어제와 같아 음식도 줄였는데, 오늘 먼 길을 떠나야 하니 그 근심이 어떠하겠는가. 이경(李璟)을 통해 왜적이 진주(晉州)를 함락했다는 소식을 듣고는 놀라움과 우려를 금할 수가 없었다. 진주는 바로 전라도의 보장(保障)으로 수신(守臣)[476]이 성벽을 튼튼히 하여 굳게 지켰기 때문에 왜적은 처들어올 때마다 매번 물러났던 곳이었다. 그런데 지금 함락되었으니 호남은 장차 어육(魚肉)을 면치 못할 것이다. 하물며 명군은 적을 몰아내는 데는 뜻이 없고, 다만 서로 강화하는 것만을 말하고 있음에랴. 왜적이 무엇을 꺼려서 침입해 포악하게 굴지 않겠는가.

十二日。痢症如昨, 食飮亦減, 今當遠征, 其憂如何。因李璟, 聞倭陷晉州之奇。不勝驚慮。是州也, 乃全羅之保障, 守臣堅壁固守, 故敵每入而每退。今又見陷, 湖南其能免魚肉乎。況唐兵無驅除之意, 只以相和爲辭。敵兵何憚, 而不爲侵暴哉。

7월 13일. 정천남(鄭天男), 박승경(朴承慶), 박성경(朴星慶) 등과 문경(聞慶)으로 가는 길에 올랐다. 길에서 허황(許璜)과 황충갑(黃忠甲), 안제(安悌), 황렴(黃璉)[477]을 만나 함께 했다. 대현(大峴)에서 점심을 먹고, 장원(張遠)의 집에서 말을 먹였다. 장 공(張公)이 술을 마시도록 했고, 화장(花庄)[478]의 박유길(朴惟

---

476) 수신(守臣) : 수령(守令)과 같은 말로, 조선 시대에 각 고을을 맡아 다스리던 지방관들을 통틀어 이르는 말이다.
477) 황렴(黃璉) : 생몰년 미상. 자는 중온(仲溫). 공조참의에 추증되었다. 《漢潭浩齋師友錄 권2》
478) 화장(花庄) : 경상북도 의성군 비안면 화신리. 1914년 행정 구역 폐합에 따라 병합된 화장동, 신기동, 무덕동에서 화장동(花庄洞)과 신기동(新基洞)의 이름을 따서 화신동(花新洞)이

吉)도 와서 이야기를 나누었다. 명봉리(鳴鳳里)479)로 출발해 황종헌(黃宗獻)의 집에서 묵었다. 이날 새벽에 소나기가 내리며 천둥 번개가 쳤다.

十三日。 與鄭天男、朴承慶、朴星慶等, 啓聞慶行。路逢許璜、黃忠甲、安悌、黃璘偕焉。午飯于大峴 秣馬于張遠家。張公飮以酒 花庄朴惟吉 亦來話。發向鳴鳳里 宿黃宗獻家。是曉 驟雨雷電。

7월 14일. 비 때문에 느지막이 출발해 아침밥을 먹은 뒤에 구락령(仇落嶺)을 넘었다. 길가의 수목이 몹시 무성해 짙은 그늘이 지고, 산에서 부는 바람이 이슬을 몰고 와서 사람들의 옷을 젖게 했다. 소야촌(素野邨)에 이르러서야 구름이 흩어지고 안개가 사라져 햇빛이 나고 물소리가 들렸다. 인하여 점심을 먹고 있는데 영천(榮川)의 상사(上舍) 손흥경(孫興慶)480)과 권언동(權彦同)도 함께 당도했다. 가령항(加嶺項)에서 또 문경(聞慶)으로부터 오고 있는 영해 부사(寧海府使) 김경진(金景鎭)을 만나 말을 멈추고 잠시 이야기를 나누었다. 창구(倉口)를 지나 준현(峻峴)에 올라 달빛을 받으며 지대소(支待所)에 들어갔을 때는 밤이 이미 깊었다. 한사첨(韓士瞻)이 말을 전하기를, "조 척숙(曺戚叔)께서 이질로 세상을 떠났고, 여익(汝益)은 합천(陜川)에서 이미 돌아왔습니다."라고 했다.

十四日。 以雨晚發, 飯後, 踰仇落嶺。路邊草樹, 深密陰翳, 山風吹露, 濕人衣裳。及至素野邨, 雲散霧捲, 日光水聲。仍午飯, 榮川孫上舍興慶及權彦同, 亦同到。加嶺項, 又逢寧海府使金景鎭自聞慶來, 駐馬暫話。過倉口, 登峻峴, 乘月入支待處, 夜已深矣。韓士瞻傳言, "曺戚叔, 以痢別世, 汝益, 自陜川已還。"云。

7월 15일. 박전(朴㳊)과 향인들이 당번을 갈아서 돌아갔다. 내 말은 조응림(趙應霖)과 사첨(士瞻)이 가는 길에 주었다. 다만 조응림은 병이 심해 험한

되었다. 1988년 5월 1일 동을 리로 개칭하면서 화신리가 되었다.
479) 명봉리(鳴鳳里) : 경상북도 예천군 효자면 명봉리.
480) 손흥경(孫興慶) : 1543~1611. 본관 경주(慶州). 자는 경여(景餘), 호는 명암(鳴巖).

길을 어떻게 돌아갈 것인가. 멀리 문경(聞慶)의 마을을 바라보니, 산천도 바뀌지 아니하고 수목도 예전 그대로였지만, 현(縣)의 관아는 쑥대밭이 되었고 인가(人家)의 밥 짓는 연기마저 차갑게 끊기어 눈에 보이는 것마다 처량해 차마 볼 수가 없었다. 저녁에 황명원(黃明遠)481)이 당도했다.

十五日。 朴洑及鄉人, 遞番而還。吾馬, 付于應霖、士瞻之行。但應霖病甚, 險路何以歸耶。望聞慶邑居, 則山川不改, 樹木依舊, 而縣廨蓬蒿, 人煙冷絶, 滿目淒凉, 不忍見矣。夕黃明遠到。

7월 16일. 낮에 비가 내렸다. 체찰사(體察使)의 군관(軍官) 민효원(閔孝元)이 적세(敵勢)를 치계(馳啓)482)하는 일로 당도해 말하기를, "왜병이 진주(晉州)를 포위했을 때 지진으로 인해 성이 무너져 왜적이 마침내 성을 함락했는데, 성중의 수령과 사녀(士女)483)들은 남김없이 다 죽었습니다. 그러나 명군은 가서 구원하지도 않았을 뿐더러 도리어 우리나라의 독포사(督捕使)인 박진(朴晉)이 적을 붙잡은 일로 저들의 분노를 샀다고 합니다."라고 했다. 아, 명군과 저들이 강화해 화해했다면 반드시 다시 군사를 풀어 도륙하고 불태우지 않았어야 했다. 그러나 지금 쳐들어가 포악하게 했는데도 오히려 맹약을 어긴 죄를 꾸짖지는 못할망정 깔보고 업신여기는 형세를 조성하고 있으니, 황제의 군대가 하는 짓이 어찌 이와 같단 말인가. 또 듣건대 왜선이 영해(寧海)484) 사이에 모습을 드러냈다고 한다.(시가 있었다.)

十六日。 午雨。體察使軍官閔孝元, 以敵勢馳啓事到曰 : "倭兵圍晉州時, 因地動城壞, 敵邃陷城, 城中守令及士女, 殲盡無遺。而唐兵不之救, 反以我國督捕使朴晉, 捕敵之故, 逢彼之怒。"云。噫, 唐軍與彼講解, 則必不復縱兵屠燒。而今之侵暴也, 猶不責背約之罪, 助成憑陵之勢, 王師所爲, 何如是也。且聞倭

---

481) 황명원(黃明遠) : 명원은 황흔(黃昕, 생몰년 미상)의 자(字).
482) 치계(馳啓) : 사명을 받고 외방(外方)에 나가 있는 신하가 일이 있는 즉시 빠른 방법으로 서장(書狀)을 보내어 임금에게 아뢰는 것을 말한다.
483) 사녀(士女) : 남자와 여자.
484) 영해(寧海) : 경상북도 영덕 지역의 옛 지명.

船, 見形於寧海間云。(有詩。)

7월 17일. 군관(軍官)을 통해 듣건대 고언백(高彦伯)이 좌병사(左兵使)가 되었고, 권응수(權應銖)는 의론[物議]485)이 있어 갈렸으며, 하도(下道)에 있던 명군은 모두 합천(陜川)으로 향하고, 상도(上道)에 있던 자들은 모두 도성으로 돌아갔지만, 곳곳의 참소(站所)에서 지대(支待)에 공급하는 폐해를 이기지 못하고 잇달아 도망한 자들이 많으며, 이 제독(李提督)의 군대는 이미 전라도로 내려갔다고 한다. 낮에 손흥경(孫興慶)이 와서 이야기를 나누었다. 듣건대 경주 사람 류득위(柳得渭)와 류득강(柳得江), 주정신(周鼎新), 송응주(宋應周) 등이 양식을 구걸하려고 또한 이르렀다고 한다.

十七日。因軍官聞, 高彦伯爲左兵使, 權應銖則有物議遞任, 唐兵之在下道者, 皆向陜川, 在上道者, 皆還京城, 處處站所, 不勝支供之弊, 相率逃之者多, 李提督軍, 已下全羅云。午孫興慶來話。聞慶人柳得渭、柳得江、周鼎新、宋應周等, 乞粮亦至。

7월 18일. 아침에 쇠고기를 자르고 있는데 명나라 군사가 빼앗아갔다. 손흥경(孫興慶)이 와서 이야기를 나누었다. 우리나라 남녀들 가운데 명나라 군사로 들어간 자가 많아서 군량이 이 때문에 더욱 소비되었다.

十八日。朝斫牛肉, 唐兵奪去。孫興慶來話。我國男女, 多入唐兵, 軍粮以此益費。

7월 19일. 아침에 영천(榮川)과 봉화(奉化)로 가려고 할 즈음에, 괴산(槐山)의 최명헌(崔明獻)486)이 마침 당도해 말하기를, "5월에 부친상을 당했습니

---

485) 의론[物議] : 물의는 의론이 일어난다는 뜻으로, 뭇 사람들의 평판이나 비난을 이르는 말이다.
486) 최명헌(崔明獻) : 1566~?. 뒤에 최명선(崔明善)으로 개명. 본관은 충주(忠州). 자는 회백(晦伯).

다.”라고 했다. 나는 쌀 1되를 그에게 주었다. 동춘(東邨)의 만선(萬先)을 명나라 사람이 때려 죽였고, 마필(馬匹)을 빼앗긴 자도 많았다.

　　十九日。朝往榮川、奉化之際, 槐山崔明獻, 適到曰 : “五月丁父憂。”云。余以米升與之。東邨萬先, 爲唐人捶死, 而馬匹被奪者, 亦多。

7월 20일. 진보 태수(眞寶太守)와 전(前) 인동 부사(仁同府使) 장제원(張悌元)[487]이 왔다. 나는 나아가 김응현(金應顯) 형의 안부를 물으니, 굶어서 반드시 죽었을 것이라고 하여, 마음이 몹시 참혹했다. 종이로 만든 홑적삼[紙衫]과 입모(笠帽)[488]가 군량이 있는 곳[軍粮所]에 놓여있었는데, 모두 명군이 빼앗은 것이었다. 이 군대는 바로 요동(遼東)과 계주(薊州) 사이의 군대로 비록 [우리 백성을] 살상하지는 않았지만, 그 해는 도적과 다름이 없었다. 그러나 절강(浙江) 사람들은 아주 사소한 물건도 범하지 않았다.(지대소에서 여울물 흐르는 소리를 듣고 읊은 시가 있었다.)

　　二十日。眞寶太守、前仁同張悌元來。余就問金應顯兄, 則飢餓必死云。慘矣慘矣。紙衫及笠帽, 置軍粮所, 而皆爲唐兵所奪。此乃遼薊間軍也, 雖不殺傷, 其害與盜無異。至於浙江人, 則秋毫不犯矣。(支待所聞灘聲有吟。)

7월 21일. 새벽부터 명군이 무수히 올라갔다. 영천(榮川)과 풍기(豐基), 영해(寧海), 진보(眞寶), 봉화(奉化), 예천(醴泉) 등지의 임시 막사[依幕]에 보관하고 있던 물건들은 모두 약탈당했다. 이현승(李賢承)이 납속(納粟)[489]한 곡식을 다시 찧는 일로 당도했다.

　　二十一日。自曉唐兵, 無數上去。而榮川、豐基、寧海、眞寶、奉化、醴泉等處, 依幕所藏之物, 皆被劫奪。李賢承, 以納粟改舂事到。

---

487) 장제원(張悌元) : 1556~1621. 본관은 옥산(玉山). 자는 중순(仲順), 호는 심곡(深谷).
488) 입모(笠帽) : 갈모. 예전에 비가 올 때 갓 위에 덮어 쓰던 고깔과 비슷하게 생긴 물건으로, 비에 젖지 않도록 기름종이로 만들었다.
489) 납속(納粟) : 조선 시대에, 나라의 재정난 타개와 구호 사업 등을 위하여 곡물을 나라에 바치게 하고, 그 대가로 벼슬을 주거나 면역(免役) 또는 면천(免賤)해 주던 일을 뜻한다.

7월 22일. 새벽에 박성경(朴星慶)이 돌아갔다. 명나라 사람이 내가 잠시 머물고 있는 곳으로 들어왔기 때문에 나가서 다른 곳에 잤다. 박비웅(朴非熊)이 당도해 이야기를 나누었다.

二十二日。曉朴星慶歸。唐人, 入我所寓處故, 出宿于佗。朴非熊到話。

7월 23일. 뜻밖에 태수(太守)가 저녁에 도착했다. 황자건(黃子建)과 김경수(金景收), 권두남(權斗南)490)이 번(番)을 드는 차례가 되어 또한 당도했다.

二十三日。不意太守, 乘夕到。黃子建、金景收、權斗南, 以番次亦到。

7월 24일. 나와 정경직(鄭景稷), 정천남(鄭天男), 이현승(李賢承), 황충갑(黃忠甲) 등은 날이 저물 무렵 비로소 태수의 허락을 받고 돌아오는 길에 호항령(狐項嶺)491)을 경유해 동로담(東魯潭)을 지나 소야촌(素野邨)에서 투숙했다. 그러나 산이 깊고 숲이 무성해 소적(小敵)이 출몰할까 놀라고 두려워하는 마음을 어찌 그만둘 수 있으랴.(읊은 시가 있었다.)

二十四日。余與鄭景稷、鄭天南、李賢承、黃忠甲等, 日晚乃得太守許, 歸路由狐項, 過東魯潭, 投宿素野邨。但山深林密, 小敵出沒, 驚畏之心曷已。(有吟。)

7월 25일. 여현(礪峴)492)을 지나는 도중에 전강(全絳)493)을 만났다. 그는 그의 부모가 죽은 지 이미 오래였지만, 이달 7일에 처음 듣고서 급히 돌아간다고 했다.

二十五日。礪峴途中, 遇全絳。其父母死已久, 而今初七始聞之, 奔還云。

---

490) 권두남(權斗南) : 생몰년 미상. 자는 경망(景望). 호는 역락재(亦樂齋).
491) 호항령(狐項嶺) : 예천의 북쪽에 있는 고개 이름.
492) 여현(礪峴) : 풍기의 남쪽에 있는 고개 이름.
493) 전강(全絳) : 생몰년 미상. 자는 경화(景華).

7월 29일. 두 왕자가 고국으로 돌아왔다고 한다. 때문에 향인들이 번(番)을 합쳐서 상주(尙州)에서 지대(支待)했다. 이는 경상우도(慶尙右道)가 병화를 겪은 뒤라 모든 기구(器具)가 망가졌기[494] 때문이다. 아, 나라에 상란(喪亂)이 닥쳐 선비라 불리는 자들도 분주히 복역(服役)하느라 멀리 마른 식량을 싸가지고 와서 고생이 막심했다. 그러나 시대가 시켜서 그렇게 된 것을 어찌하겠는가.(왕자가 돌아왔다는 말을 듣고 읊은 시가 있었다.)

> **二十九日。** 兩王子還故國云。故鄉人, 合番支待于尙州。以其右道兵火之餘, 凡具板蕩也。噫, 國旣喪亂, 號爲士子者, 亦奔走服役, 遠裹餱粮, 艱苦莫甚。時使之然, 奈何。(聞王子還有吟。)

❀1593년 8월

8월 1일(임오). 들건대 선릉(宣陵)과 정릉(靖陵)[495] 두 능이 왜적에게 도굴의 화를 입어서 지금 다시 쌓고 있다고 한다. 이 무슨 변고란 말인가.

> **八月一日(壬午)。** 聞宣靖兩陵, 爲倭所拔, 今乃改築云。此何等變耶。

8월 3일. 군(郡)에 들어가니, 도체찰사(都體察使)가 예천(醴泉)에서 당도했다. 태수(太守)가 상주(尙州)의 역참을 경유해 돌아와서, 두 왕자는 이미 한양으로 향했고 왜병은 하로(下路)에 흩어져 있다고 했다. 권두문(權斗文)과 김택룡(金澤龍), 김익명(金益明), 이수(李壽), 전개(全漑), 송복임(宋福稔), 이흥문(李興門), 박록(朴漉)[496], 송침(宋沈) 등 여러 동원(洞員)들이 류 체찰사(柳體察使)를 뵙고자 저녁에 올라왔다. 전경선(全景先)이 처갓집에 와 있다고 하여, 가서 그의 처

---

494) 망가졌기[板蕩] : ≪시경≫ <대아(大雅) 판(板)>과 <탕(蕩)>의 병칭이다. <판>은 범백(凡伯)이 주나라 여왕(厲王)의 무도함을 풍자한 시이고, <탕>은 소목공(召穆公)이 주나라 왕실이 무너진 것을 서글퍼한 시이다. 정치를 잘못하여 나라가 어지러워진 것을 의미하나, 여기서는 지대에 쓰이는 기구가 모두 망가져서 쓸 수가 없게 된 것을 이르는 것으로 보인다.

495) 선릉(宣陵)과 정릉(靖陵) : 조선 성종(成宗)의 능인 선릉(宣陵)과 중종(中宗)의 능인 정릉(靖陵)을 합하여 칭한 말이다. 이 두 능이 임진왜란(壬辰倭亂) 때 왜군들에게 도굴의 화(禍)를 입었던 데서 온 말이다.

496) 박록(朴漉) : 1542~1632. 본관은 나주(羅州). 자는 자징(子澄), 호는 취수옹(醉睡翁).

상(妻喪)을 위로했다.

　三日。入郡, 都體察使, 自醴泉到。太守, 由尙州站還, 兩王子, 曾已向洛, 倭兵, 散處下路云。權斗文、金澤龍、金益明、李壽、全漑、宋福稔、李興門、朴㵯、宋沈諸員, 欲謁柳體察使, 乘夕上來。全景先, 來在聘家云, 詣慰喪室。

8월 5일. 용흘(龍屹)이 당도해 말하기를, "산양(山陽)의 고모가 지난달 돌아가셨는데, 이질(痢疾)과 관계된 까닭에 돌아가신 날에 통지하지 못한 것이 더욱 비통합니다. 그리고 채백침(蔡伯沈)도 이달 초3일에 돌아가셨습니다." 라고 했다.

　五日。龍屹到曰："山陽姑母, 去月不淑, 痢病之故, 別世之日, 未得通知, 尤增悲痛。蔡伯沈, 今初三日亦逝。"云。

8월 6일. 저녁에 비가 오더니 밤새도록 그치지 않았다. 밭곡식이 열매를 맺을 즈음에는 백성들의 기대가 충족될 것인가.(시가 있었다.)

　六日。夕雨, 終夜不歇。田穀結實之際, 民望足矣。(有詩。)

8월 7일. 박씨 댁의 토적(土賊)인 일문(一文)과 김산(金山) 등 4명을 체포하는 일로 군대장(郡大將) 정대성(鄭大成)이 이 충순위(李忠順衛)의 집에 당도하여 나도 그곳으로 갔다.

　七日。以朴宅土匪一文、金山等四名捕捉事, 郡大將鄭大成, 到李忠順家, 余亦往焉。

8월 8일. 아침에 차례를 지냈다. 돌아가신 어머니의 생신이기 때문이다.

　八日。朝行茶祀。以先妣生辰也。

8월 13일. 군(郡)에 들어가 다리가 붓는 증상[脚瘇]을 태수(太守)에게 고하고, 향교에 헌관첩(獻官帖)⁴⁹⁷⁾을 제출하고 돌아왔다. 이날 저물녘에 셋째 형이 예천(醴泉)에서 당도했다.

> 十三日。 入郡, 以脚瘇告太守, 遞鄕校獻官帖而還。 是昏, 叔兄, 自醴泉到。

8월 14일. 척지(惕之) 씨를 만나 잠시 이야기를 나누었다.

> 十四日。 逢惕之氏, 暫話。

8월 15일. 저녁에 셋째 형과 박대하(朴大賀)의 지정(池亭)에 가서 이야기를 나누었는데, 달빛은 예전과 같고 하늘도 온통 푸르러 유연히 좋은 밤에 아름다운 정취가 있었다. 그러나 국란(國亂)이 안정되지 않아 산하가 달라졌는데도, 사람으로 하여금 좋은 경치를 마주하지 않을 수 없도록 하여 두 눈에 눈물이 흘렀다.

> 十五日。 夕與叔兄, 向大賀池亭話, 月色如依舊, 長空一碧, 悠然有良宵佳趣。
> 而國亂靡定, 山河有異, 令人不能不對好景, 墮雙淚也。

8월 22일. 박경택(朴景擇)과 박봉하(朴奉賀)가 방문하고 돌아갔다. 안인서(安仁瑞)가 충주(忠州)에서 당도했다.

> 二十二日。 朴景擇、朴奉賀, 來訪而歸, 仁瑞自忠州到。

8월 25일. 본군(本郡)의 군량을 상주(尙州)로 옮겨서 명군에게 공급하느라 마을은 원성이 자자하고 소와 말은 넘어져 죽었다. 참으로 그 끝이 어찌 될지 모르겠다.

> 二十五日。 本郡軍粮, 轉輸尙州, 以供唐兵, 閭閻怨咨, 牛馬顚斃。 不知厥終
> 之何如也。

---

497) 헌관첩(獻官帖) : 헌관첩은 관청에서 해당 인물에게 하달하는 임명장 및 명령서 역할을 하는 첩(帖)으로, 헌관첩은 임명장의 경우 중앙 관아와 지방 감영에서 7품 이하의 관원을 임명할 때, 수령이 향리 등을 임명하거나 고을의 유림들이 제관으로 임명할 때 발급했다. 유교넷(www.ugyo.net)의 ≪유교백과사전≫ 참조.

8월 26일. 안응진(安應軫) 어른이 군량 1석을 잃어버렸는데, 꼭 가난한 사람들이 의례 이러한 변고를 만났다. 황해도의 토병(土兵)이 밀양(密陽)에서 지나가다 석곶촌(石串邨)에서 묵었다. 그에게 물으니 지난번 출신(出身)자로서 5월에 내려와 변경을 지키다가 지금 비로소 집으로 돌아간다고 했다.

二十六日。安應軫丈, 軍粮一石見失, 貧窮之人, 例逢此變。黃海土兵, 自密陽過, 宿石串邨。問之則間有出身者, 而五月下去守邊, 今始還家云。

✿1593년 9월

9월 1일(임자). 안 상사(安上舍) 어른 부자가 왕림했다. 나는 밥을 먹은 뒤에 장전(場田)의 햇곡식 타작을 감독했으나, 김매는 때를 놓쳐서 수확한 것이 몹시 적었다. 조응림(趙應霖)과 경일(景一)이 찾아와 이야기를 나누었다.

九月一日(壬子)。安上舍丈父子來臨。余於食後, 監打場田新穀, 但耘鋤失時, 所收甚少。應霖、景一來話。

9월 4일. 순흥(順興)에 갔다. 듣건대 백운동서원에서 화상(畫像)의 환안제(還安祭)[498]를 행하려고 원장(院長) 남치형(南致亨)과 유사(有司) 안호의(安好義)가 모두 원(院)에 이르렀다고 했다. 그래서 나는 감관(監官)에게 나아가 다리가 붓는 증상이 있어서 재소(齋所)에 들어가서는 안 된다는 말을 청하고, 돌아오는 길에 안이득(安而得)의 집에서 잤다.

四日。向順興。聞白雲洞, 將行畫像還安祭, 南院長致亨、安有司好義, 皆到院中云。故余就監官請話者, 有脚腫, 不當入齋所也, 還路, 宿安而得家。

9월 5일. 안이득(安而得)이 밥과 술을 차려주었는데, 주인의 마음이 참으로 은근했다. 그리고 함께 죽동(竹洞)으로 향해 개암(盖巖)에 올라 흐르는 물

---

498) 환안제(還安祭) : 신주를 다른 곳에 임시로 모셨다가 다시 제자리로 모실 때 지내던 제사를 이른다.

을 굽어보니, 가을 물이 정결하고 떼를 지은 물고기가 무리를 따라 자유자재로 헤엄치고 있었다. 한 번 작은 그물을 펼치니, 물고기가 비늘을 번쩍거리며 팔딱거려[499] 곧바로 시냇가 주점에 들어가 탕과 회를 곁들일 수 있었다. 황락이(黃樂而)와 정대성(鄭大成)도 참석했다가 해질 무렵 각기 흩어졌다.

五日。安而得, 饋以飯酒, 主人之意良勤。遂與向竹洞, 登蓋巖, 頻臨川流, 秋水淨潔, 群鱗逐隊, 遊泳自在。一施小網, 玉偃金橫, 乃入溪店, 得兼羹膾。黃樂而、鄭大成亦參, 乘夕各散。

9월 13일. 용흘(龍屹)이 예천(醴泉)으로 향했다. 박원량(朴元亮)이 오자, 큰누님이 언제 별세했는지 물으니, 7월 28일에 이미 폄장(窆葬)[500]를 마쳤다고 했다. 지금 같은 때에는 초렴(草斂)도 아주 많았는데, 다행히 양자(養子)가 있어서 구렁에 버려지는 화를 면했으니, 이것으로도 유감이 없다. 밤에 비가 내렸다.

十三日。龍屹向醴泉。朴元亮到, 問及伯姊, 何日別世, 則七月二十日而已經窆葬云。如今之時, 草斂甚多, 而幸有養子, 得免委壑, 是則無憾矣。夜雨。

9월 15일. 정대성(鄭大成)이 소가동(所加洞) 요년(堯年)의 집에서 나를 초대했다. 조응림(趙應霖)도 이르렀다. 나는 취하도록 실컷 먹고 돌아왔다.

十五日。鄭大成, 邀我于所加洞堯年家。趙應霖亦至。醉飽而還。

9월 21일. 명군이 연달아 영남으로 내려와서 군(郡)에서는 혹은 지대(支待)할 물자를 징발하고 혹은 공급하는 사람을 독촉했다. 때문에 마을이 떠들썩하고 그 고통을 견뎌내지 못했다.

二十一日。唐兵, 連下嶺路。而自郡, 或徵支待之物, 或促供給之人。閭里騷

---

499) 물고기가 …… 팔딱거려[玉偃金橫] : 물고기가 비늘을 번쩍거리며 팔딱거리는 모양을 묘사한 말이다.
500) 폄장(窆葬) : 묘혈(墓穴)을 파고 관(棺)을 넣어 안장하는 것을 이른다.

然, 不勝其苦矣。

9월 24일. 용흘(龍屹)이 그의 어머니를 모시고 이날 저물 무렵에 당도했다. 둘째 형은 발병으로 인해 노잔리(魯棧里)에서 묵었다.

二十四日。龍屹, 陪其慈氏, 是昏到。仲氏, 因足病, 宿魯棧里

9월 25일. 군(郡)에 들어가 남양중(南養仲) 씨를 만났는데, 상주참소(尙州站所)에서 와서 전하기를, "명군이 지공(支供)을 받지 못한 것 때문에 감관(監官) 이옹(李翁)과 색리(色吏)가 곤장을 맞고 상주(尙州)의 지대소(支待所)에서 지금 파직되어 다시 문경(聞慶)으로 돌아왔습니다."라고 했다. 또한 풍기(豊基)와 영천(榮川) 이하 3, 4고을은 성이 완전했기 때문에 팔거현(八莒縣)에 주둔하고 있던 명군은 운반할 군량과 공급할 기구(器具) 등의 물자를 모두 민간에서 징발하면서 감관을 나누어 정했다. 아, 살아남은 백성들의 고혈마저 거의 다 고갈될 것이다. 저물 무렵에 집으로 돌아왔다. 큰형과 셋째 두 형도 당도했다.

二十五日。入郡, 見南養仲氏。自尙州站所來傳曰: "以唐兵闕供, 監官李翁及色吏逢杖, 尙州支待, 自今罷之, 而還歸聞慶。"云。且豊榮以下, 三四邑爲完城, 故八莒縣留陣唐兵, 輸粮供具之物, 皆徵之民間, 而分定監官。噫, 遺氓膏血, 幾乎盡矣。乘暮還家。伯仲兩兄到。

9월 26일. 용흘(龍屹)이 봉화(奉化)로 돌아갔다. 나는 낮에 송정(松亭)으로 가서 조응림(趙應霖)과 이야기를 나누었다. 안인서(安仁瑞)도 왔다.

二十六日。龍屹歸奉化。余午向松亭, 與應霖話。仁瑞亦到。

9월 29일. 큰형의 생신이다. 돌아가신 어머니의 신위에 술잔을 올렸다.

二十九日。伯氏生辰。奠爵于考妣神位。

10월 1일(신사).

　　十月一日(辛巳)。

10월 5일. 조응림(趙應霖)이 규찰관(糾察官)으로 와서는 남정(男丁)[501]을 찾아내 보이는 대로 잡아 묶었다. 이 때문에 마을이 떠들썩하고 거처를 편안히 여기지 못했다. 또 수확하는 장소에서 노약자를 샅샅이 뒤졌는데, 이는 독포사(督捕使)와 순찰사(巡察使), 방어사(防禦使)가 군사를 동원하라는 명령을 급하게 했지만, 인원을 충원할 수 없었기 때문이다. 또 듣건대 평수길(平秀吉)이 새로 온 왜병으로 전에 온 병사를 대신하게 하고, 내년 봄에 또 군사를 크게 일으킬 것이라고 한다. 낮에 박헌(朴瓛)이 찾아왔다.

　　五日。 應霖, 以糾察官來, 探男, 丁見輒捕繫。閭里騷然, 不安其居。又於收獲之場, 痛括老弱, 是則督捕使、巡察使、防禦使, 急於發卒之令, 而未能充額故也。且聞平秀吉, 以新倭代前來者, 明春又爲大擧云。午朴瓛來訪。

10월 6일. 듣건대 대가(大駕)가 도성으로 돌아왔다고 한다.(읊은 시가 있었다.)

　　六日。 聞大駕還都。(有吟。)

10월 7일. 김연숙(金鍊叔)이 안인서(安仁瑞)의 집에 당도하자, 마침내 나아가 서로 이야기를 나누었다. 그리고 조응림(趙應霖)에게 가서 그가 군사를 동원하는 일로 순찰사(巡察使)의 군관(軍官)에게 책망을 받은 것을 위로했는데, 그때 박우(朴遇) 씨도 붙들려 끌려갔다고 한다. 밤에 비가 내리다가 바로 개었다.

　　七日。 金鍊叔, 到仁瑞家, 遂就相話。往慰應霖, 以其發卒事, 逢責於巡察使

---

501) 남정(男丁) : 16세 이상의 남자로, 여러 가지로 분류되는 신역(身役)을 담당한다.

軍官, 其時朴遇氏, 亦被扶曳云。 夜雨卽霽。

10월 8일. 박우(朴遇) 씨와 황여숙(黃汝肅), 이태백(李太白)을 만나려고 이른
새벽에 군(郡)에 들어가니, 금부나장(禁府羅將)502)이 당도해 군수(郡守)를 잡아
갈 것이라고 했다. 이는 접반사(接伴使) 서성(徐渻)503)의 계문(啓聞) 때문이었
다. 한회(韓懷)는 그 사람됨이 용렬하고 어리석으며, 탐욕스러운 데다가 병
을 핑계로 나오지 않으면서 지대(支待)를 돌아보지 않았다. 그리고 오직 자
신의 이익을 꾀하는 것만 일삼았기 때문에 파출(罷黜)504)되는 것이 마땅했
다. 군재(郡齋)에서 향인들을 많이 만났지만, 황경휘(黃景輝)는 부모상(父母喪)
을 당한 뒤에 이제 처음 만났다. 가서 벼논 11마지기[斗落]505)에 씨앗 뿌리
는 것을 감독했는데, 나누어 준 씨앗은 다만 1석 남짓뿐이었다. 안이득(安而
得)을 만난 뒤에 안인서(安仁瑞)의 서택(西宅)에 모여서 장모의 장사지내는 일
을 의논했다.

八日。 欲見朴遇氏、及黃汝肅、李太白, 凌晨入郡, 則禁府羅將來到, 將拿
去郡守云。 以其接伴使徐渻啓聞故也。 韓懷, 爲人庸愚, 加以貪婪, 而託病不出,
不顧支待。 惟以營私爲事, 宜乎罷黜也。 郡齋多見鄉人, 而黃景輝丁憂之後, 今
始逢焉。 往監稻田十一斗落種處, 所分只一石餘。 見安而得餘, 仁瑞會西宅, 論
岳母永窆事。

10월 9일. 나는 향장(鄕長)506)으로 임명되어 장의(掌議)507) 황협(黃協)508)과

---

502) 금부나장(禁府羅將) : 조선 시대에, 의금부에 속하여 죄인을 문초할 때에 매질하는 일과
    귀양 가는 죄인을 압송하는 일을 맡아보던 하급 관리이다.
503) 서성(徐渻) : 1558~1631. 본관은 대구(大丘). 자는 현기(玄紀), 호는 약봉(藥峯).
504) 파출(罷黜) : 현직을 파면(罷免)하는 동시에 관등(官等)을 폄하(貶下)함을 이른다.
505) 마지기[斗落] : 두락(斗落)은 논과 밭의 넓이를 나타내는 단위로, 보통 마지기라고도 한다.
    한 말의 씨를 뿌릴 수 있는 면적인데, 평지와 산지 또는 토지의 비옥도 등에 따라서 그
    면적이 다르다. 보통 논의 경우에는 200평, 밭은 300평을 한 두락이라고 한다.
506) 향장(鄕長) : 조선 시대에 둔 향청(鄕廳)의 우두머리.
507) 장의(掌議) : 조선 시대에 성균관·향교에 머물러 공부하던 유생의 임원 가운데 으뜸
    자리.

등앙학전(登央學田)509)의 타작을 감독했다. 상사(上舍) 황득겸(黃得謙) 어른을 만나 서로 회포를 풀었다. 안응진(安應軫) 어른도 이르렀다. 지나가다 들른 사람이 많았으나 다 기록하지 못했다.

　　九日。余爲鄕長, 與掌議黃協, 監打登央學田。逢黃上舍得謙丈相敍。安應軫丈氏亦至。歷訪者多, 不能記。

10월 11일. 서택(西宅)에서 장인(丈人) 진사공(進士公)의 제사를 지냈다. 우리 세 형과 척지(惕之) 씨도 이르렀다. 제사지낸 음식을 먹고 겨우 상을 치우고는, 나는 학전(學田)에서 수확한 곡식을 창고에 넣는 일로 군(郡)으로 향했다. 황협(黃協)도 이르렀다.

　　十一日。西宅行岳丈進士公忌祭。吾三兄及惕之氏, 來到。飮餕纔撤, 余以學田所收入庫事向郡。黃協亦至。

10월 14일. 황광원(黃光遠)이 열병을 앓는 중에 아내와 장남의 상(喪)을 당해 오늘 가서 위문하려고 했는데, 길에서 황명원(黃明遠)을 만나 들으니, 광원이 산역(山役)510)하는 곳에 갔다고 했다. 그래서 말고삐를 돌려 군재(郡齋)로 들어가 여러 벗들과 이야기를 나누고 저녁에 집으로 돌아왔다.

　　十四日。黃光遠, 於熱病中, 喪其室及長子, 今欲往慰, 路逢黃明遠, 聞光遠, 向山役所。遂回轡入郡齋, 與諸友話, 乘夕返家。

10월 15일. 큰형이 예천(醴泉)으로 향했다.

　　十五日。伯氏向醴泉。

---

508) 황협(黃協) : 자는 협지(協之). ≪漢潭浩齋師友錄 권2≫
509) 학전(學田) : 성균관(成均館) · 사학(四學), 주부군현(州府郡縣)의 향교(鄕校) 및 사액 서원(賜額書院)에 획급(畫給)한 전지(田地)를 말한다. 성균관에는 4백 결, 사학에는 각 10결, 주 · 부 향교에는 각 7결, 군 · 현 향교에는 각 5결, 사액 서원에는 3결로 규정되어 있었다. 여기서의 등앙학전은 등앙리에 있는 학전을 의미하는 것으로 보인다.
510) 산역(山役) : 시체를 묻고 뫼를 만들거나 이장하는 일.

10월 19일. 백동(白洞)⁵¹¹⁾에 가서 참의(參議) 황섬(黃暹)를 뵈었다.

十九日。 往白洞, 拜黃參議暹。

10월 20일. 비가 내렸다. 듣건대 황정욱(黃廷彧) 부자가 포로였을 때 왜적에게 협조한 죄로 귀양을 갔다고 한다. 그러나 그들이 형법대로 처리되지 않고, 다만 귀양에 그친 것은 아쉬웠다. 저물 무렵에 눈발이 흩날리고 밤에는 바람이 크게 불었다.

二十日。 雨。 聞黃廷彧父子, 以被虜與倭之罪流竄云。 惜其不置之刑, 而但止於此也。 昏雪飄。 夜大風。

10월 22일. 어제처럼 바람이 불고 추웠다. 군수(郡守) 한회(韓懷)가 파직되고, 류 성주(柳城主)가 다시 임명되어 내일 쯤 임지(任地)에 당도할 것이다.

二十二日。 風寒如昨。 韓守罷, 柳城主更除, 明間當到任。

10월 24일. 어제처럼 바람이 불고 추웠다. 밥을 먹은 뒤 군에 들어가서 이태백(李太白)을 통해 듣건대 용궁 현감(龍宮縣監) 안제(安霽)⁵¹²⁾ 씨와 좌랑(佐郎) 이등림(李鄧林)⁵¹³⁾이 객사에 있다고 했다. 그래서 나아가 뵙고 담소를 마친 뒤 곽정숙(郭靜叔)의 집에 투숙했다.

二十四日。 風寒如昨。 食後入郡。 因太白聞, 安龍宮霽氏及李佐郎鄧林, 在客舍。 遂就拜談罷, 投宿郭靜叔家。

10월 27일. 바람이 불었다. 이날 저녁에 류 성주(柳城主)가 임지에 도착했다.

二十七日。 風。 是夕, 柳城主到任。

---

511) 백동(白洞) : 희여골이라고도 하며, 지금의 경상북도 영주시 풍기읍 백동리.
512) 안제(安霽) : 1528~1602. 본관은 순흥(順興). 자는 여지(汝止), 호는 동고(東皐).
513) 이등림(李鄧林) : 1535~?. 본관은 벽진(碧珍). 자는 대재(大材), 호는 공암(孔巖).

10월 28일. 군(郡)에 들어가 사창(司倉)에서 성주(城主)를 뵈었다.

二十八日。入郡, 謁城主于司倉。

☀1593년 11월

11월 1일(신해). 군(郡)에 들어가 성주를 뵈었다. 도성에서 온 봉교(奉教) 김용(金涌)514)을 만나 천화(天火)515)의 변고가 있었다는 말을 듣고는 경악을 금할 수가 없었다. 이 어찌 나라가 위망한 때에 다시 이러한 경고(警告)가 있단 말인가. 하물며 우리 성스러운 천자께서 특별히 소국(小國)을 긍휼히 여겨 군량을 보내고 군사를 일으킴에랴. 비록 [명나라] 조정의 신하들이 여러 차례 간했지만, 듣지 않으시고 한결같이 조선을 회복하는 데에 뜻을 두셨으니, 이는 실로 동방(東方)의 복이요, 하늘도 반드시 순리를 도우신 것이었다. 그러므로 내 어리석은 생각으로는 위에서 운운한 변고는 아마도 우리 임금으로 하여금 조심하고 더욱 두렵게 여기도록 한 것이었다.

十一月一日(辛亥)。入郡謁城主。得見金奉教涌自洛中來, 憑聞天火之變, 不勝驚愕。是何危亡之際, 復有此警耶。況我聖天子, 特恤小國, 轉粮發兵。雖朝臣屢諫, 亦莫之聽, 一以恢復朝鮮爲意, 此實東方之福, 天亦必爲之助順。愚恐上所云云之變, 蓋使吾王, 操心益懼也。

11월 4일. 닭이 울기 전에 출발했으나, 이 충순위(李忠順衛)의 상여(喪輿)가 노포(蘆浦)에 당도했을 때는 날이 이미 저물었다. 저녁에 반혼(返魂)516)했다.

四日。雞未鳴發, 李忠順衛喪車, 比到蘆浦, 日已晚矣。乘夕返魂。

11월 6일. 바람이 불었다. 영해 부사(寧海府使) 김경진(金景鎭)을 만나려고

---

514) 김용(金涌) : 1557~1620. 본관은 의성(義城). 자는 도원(道源), 호는 운천(雲川). 학봉 김성일의 조카.

515) 천화(天火) : 하늘에서 벼락을 쳐서 그 결과 초목에 일어나는 불.

516) 반혼(返魂) : 장사 치른 뒤에 신주(神主)를 모시고 집으로 돌아오는 일. 반우(返虞)라고도 한다.

길을 떠나 오천(烏川)517)에서 묵었다. 그러나 추위의 위세가 너무 혹독해 오늘 길에 오른 것을 크게 후회했다.

六日。風。欲518)見寧海府使金景鎭, 啓行宿烏川。但寒威已酷, 深悔此日之登程也。

11월 7일. 바람이 그쳤다. 길을 나서 예안현(禮安縣)519)을 경유해 전 병사(前兵使) 김부인(金富仁)520)의 정자에서 말을 먹였다. 슬령(瑟嶺)을 넘으니 백골이 어지럽게 흩어져 있었는데, 처참해서 차마 볼 수가 없었다. 임하현(臨河縣)521) 마령(馬嶺)에 있는 노비의 집에 도착하니, 날이 이미 어두웠다.

七日。風止。路由禮安縣, 秣馬于前兵使金富仁亭子。踰瑟嶺, 則白骨縱橫, 慘不忍見。比到臨河縣馬嶺奴家, 日已昏黑。

11월 9일. 비개동(飛蓋洞)522) 이양원(李養源)523)의 집에 투숙했다. 밤에 백문서(白文瑞)524)에게 나아가 잠시 이야기를 나누고 돌아와 잤다.

九日。投宿飛蓋洞李養源家。夜就白文瑞, 暫話還寢。

11월 10일. 관어대(觀魚臺)525)에 오르니, 바닷물이 아득히 펼쳐져 끝이 없

---

517) 오천(烏川) : 지금의 경상북도 안동시 와룡면 오천리.
518) 欲 : 문맥의 해석상 추가함.
519) 예안현(禮安縣) : 지금의 경상북도 안동군 예안면·도산면·녹전면 지역에 있었던 행정구역. 예안(禮安)은 '예(禮)'가 땅을 뜻하므로 '살기 좋은 편안한 곳' 또는 '기름진 땅'이라는 뜻으로 예부터 각종 농산물이 풍부하고 삼재(三災)를 당하지 않는 곳으로 여겼다.
520) 김부인(金富仁) : 1512~1584. 본관은 광산(光山). 자는 백영(伯榮), 호는 산남(山南).
521) 임하현(臨河縣) : 지금의 경상북도 안동시 임동면·임하면 지역에 있었던 행정구역.
522) 비개동(飛蓋洞) : 경상북도 영덕군 창수면에 있는 리(里). 이 마을은 뒷산의 지형이 학이 날아갈 듯한 형국과 같다 하여 나래골, 또는 익동(翼洞), 비개동(飛蓋洞)이라 하다가 음이 변하여 나라골, 한자로 국동(國洞)이라고도 하였다는 설이 있다.
523) 이양원(李養源) : 양원은 이함(李涵, 1554~?)의 자(字). 호는 운악(雲嶽).
524) 백문서(白文瑞) : 문서는 백현룡(白見龍 1543~1622)의 자(字). 본관은 대흥(大興). 호는 성헌(惺軒).
525) 관어대(觀魚臺) : 경상도 영해부(寧海府) 동쪽에 있던 누대의 이름. 고려 시대에 만들어진 것으로 보이며, 이색(李穡)과 김종직(金宗直)의 부(賦)가 전해진다.

었다. 이것은 내 평생의 장관이었다. 술잔을 들어 5, 6잔을 마시니, 가슴 속이 다 시원했다. 날이 저물어 돌아왔다.(관어대에 올라 읊은 시가 있었다.)

十日。登觀魚臺, 海水茫然, 一望無際。此吾平生壯觀也, 引酒五六梧, 匈中快闊。日暮乃還。(登觀魚臺有吟。)

11월 11일. 영해 부사(寧海府使)가 제사를 올린 뒤 나를 초대했다. 내가 관아 안으로 들어가니 술과 음식을 대접했다. 낮에 남관(南館)을 나서다가 뜻밖에 신성민(申聖民)을 만났다. 까마득히 떨어진 곳에서 만나니 기쁘면서도 슬픈 마음이 지극했지만, 조금 뒤에 이별했다. 밤에 주인이 등불을 밝히고 술을 가져왔는데, 나와 정지교(鄭之僑)가 한 자리에 있었다.(읊은 시가 있다.)

十一日。府使行祭後招我。入衙中, 餐以酒食。午出南館, 忽逢申聖民。天涯相見, 忻悵兼至, 俄而告別。夜主人, 開燈引梧, 余及鄭之僑, 同在席。(有吟。)

11월 12일. 아침에 한사동(漢寺洞)으로 가서 고조모의 무덤을 살폈는데, 무덤의 흙이 무너지고 가시나무가 묘역에 가득했다. 한 잔 술을 올리니 슬픈 마음을 이길 수가 없었다. 큰형이 이르렀다는 말을 듣고는 가서 안부를 물은 뒤에 부사(府使)와 성명을 통하니, 또한 남관(南館)에서 머물도록 했다. 부사가 경주에서 와서 전하기를, "왜병이 예강현(安康縣)526)을 경유해 영일(迎日)에 쳐들어가 창고의 군량을 무수히 약탈해 갔고, 명군도 포위되어 사상자가 심히 많소이다."라고 했다.

十二日。朝向漢寺洞, 省高祖母墳, 墳土就圯, 荊棘滿塋。奉獻單梧, 不勝感愴。聞伯氏, 往省後, 通名府使, 則亦舍於南館矣。府使, 自慶州來傳曰 : "倭兵, 由安康縣, 入迎日, 倉庫軍粮米, 無數掠去, 而唐兵, 亦爲所圍, 死傷甚衆。"云。

---

526) 안강현(安康縣) : 경상북도 경주시 안강읍 일대에 있던 옛 고을. 이곳에는 이언적을 배향하는 옥산서원 등이 있어 유명했으며, 안강읍의 동부를 관통하는 형산강과 지류들이 만나 이룬 안강평야가 펼쳐져 경상북도의 곡창지대 중의 하나로도 알려져 있다.

11월 13일. 주인(主人)이 남청방(南廳房)으로 나와서 선전관(宣傳官) 도원량
(都元亮)527)과 마주하고 먹었고, 우리 형제와 밀양 손찬선(孫纘先)528)도 한 자
리에 있었다. 얼마 뒤에 부사(府使)는 지대(支待)하는 일로 경주(慶州)로 돌아
가고 선전관(宣傳官)도 떠났다. 낮에 경서(景敍)가 남관(南館)에서 술자리를 베
풀었다. 함께 참석한 사람은 큰형과 용성(龍成), 손찬선(孫纘先), 이문승(李文
承), 이양복(李陽復)529), 박수현(朴秀賢)530)이다.

　　十三日。 主人, 出南廳房, 對食宣傳官都元亮, 而吾弟兄及密陽孫纘先, 同在
　　席。已而府使, 以支待歸慶州, 宣傳亦去矣。午景敍設酌于南館。共參者, 伯
　　氏、與龍成、孫纘先、李文承、李陽復、朴秀賢耳。

11월 14일. 아침에 큰형, 용성(龍成)과 이별하고 원구리(原丘里) 이선도(李善
道)531)의 집으로 전송했다. 까마득히 떨어진 곳에서 헤어지니 처연한 마음
을 이길 수가 없었다. 이에 관아 안으로 들어가 경서(景敍)와 먹고 마셨는데,
고전운(高驪雲)532)도 이르렀다. 날이 저물어 김시보(金施普)533)가 순찰사(巡察
使)의 종사관(從事官)으로 도착했다. 그래서 나아가 안부를 묻고 밤에 함께
베개를 나란히 베고 잤다.

　　十四日。 朝別伯氏、龍成, 送原丘里李善道家。天涯分手, 不勝悽然。乃入
　　衙中, 與景敍, 且食且飲, 高驪雲亦至。日暮, 金施普, 以巡察從事到。遂就訪,
　　夜與聯枕。

11월 15일. 새벽에 시보(施普)와 이별하고, 원구리(原丘里)로 들어가 큰형을

---

527) 도원량(都元亮) : 1556~1616. 본관은 성주(星州). 자는 익경(翼卿).
528) 손찬선(孫纘先) : 생몰년 미상. 밀양 사람.
529) 이양복(李陽復) : 생몰년 미상. 자는 선초(善初).
530) 박수현(朴秀賢) : 생몰년 미상. 예안(禮安)에 거주.
531) 이선도(李善道) : 생몰년 미상. 본관은 진성(眞城). 자는 택중(擇仲), 호는 영모당(永慕堂).
532) 고전운(高驪雲) : 1565~?. 본관 안동(安東). 자는 이룡(以龍). 거주지 상주(尙州).
533) 김시보(金施普) : 시보(施普)는 김택룡(金澤龍)의 자(字).

문안한 다음, 입석(立石)에 도착해 아침을 먹었다. 정지교(鄭之僑)와 이문승(李文承), 이양복(李陽復)이 모두 모였다가 헤어지고, 나는 경서(景敍)와 함께 나란히 말을 타고 갔다. 도중에 이사경(李思京)이 술과 떡을 권했다. 창수원(蒼水院)[534]에 투숙했다. 원장(院長)이 말하기를, "이양원(李養源)의 산소(山所)는 이곳과의 거리가 10여 리 정도 되는데, 연일 나를 기다리다가 그냥 돌아갔습니다."라고 했다.

> 十五日。曉與施普別送, 入于原丘, 問安伯氏, 到立石朝飯。鄭之僑、李文承、李陽復, 皆會而分, 與景敍共轡。途中李思京, 饋酒餅。投宿蒼水院。院主曰："李養源山所距此, 十里許也, 連日待我而空還。"云。

11월 16일. 눈바람 속에 말을 달려 저녁에는 영양(英陽)의 현재(縣齋)에 투숙했다.(도중에 읊은 시가 있었다.)

> 十六日。風雪鞭馬, 夕投英陽縣齋。(路中有吟。)

11월 17일. 듣건대 이사곽(李士廓)이 와서 남윤조(南胤曹)의 집에 있다고 했지만 길이 바빠서 만나지 못한 것이 못내 서운하고 섭섭했다. 일찍 밥을 먹고 길을 나서 주곡(注谷)에서 말을 먹였다. 계초현(雞草峴)에서 산양(山陽)의 김언령(金彦齡)을 만나 이야기를 나누었다. 밤에 신저리(申楮里) 김눌손(金訥孫)의 객점에 투숙했다. 역시 영해(寧海) 지역이다.

> 十七日。聞李士廓來, 在南胤曹家。而行忙未得見, 悵然。早食啓程, 秣馬于注谷。雞草峴, 逢話山陽金彦齡。夜投申楮金訥孫店。亦寧海地。

---

534) 창수원(蒼水院): 경상북도 영덕군 창수면에서 영양군 양구리로 넘어가는 고개에 있었던 숙식시설. 영덕군 창수리(蒼水) 동명의 유래는 조선시대 창수원(蒼水院)이라는 숙식(宿食) 시설이 있어 창수원 또는 창수라 하였다고 한다. 창수령의 본래 이름은 읍령(泣嶺) 내지 울티재였다. 재가 워낙 험해 '울면서 넘는다'는 뜻이었으며, 큰재로 불리기도 했다. 창수령은 조선시대 영해부 관할인 영해·영덕·울진·흥해 사람들이 한양으로 가는 관문이었다.

11월 19일. 아침에 내성(奈城)535)에서 밥을 먹고 저녁에 암촌(巖邨)에 당도하니, 안응진(安應軫) 어른도 마침 이르렀다. 술이 다섯 순배 돌고 나서 집으로 돌아오니, 함창(咸昌)의 신준(申儁)이 와 있었다. 대략 영해(寧海)를 왕래하며 본 것을 기록하고 국운(國運)이 이와 같음을 부질없이 홀로 통곡했다. 이날 새벽에 눈이 내렸다.

　　十九日。朝飯于奈城, 夕到巖邨。安應軫丈適至, 酒五行返家, 咸昌申儁來矣。大槩以寧海往返, 所見記之, 國運如此, 徒自痛哭。是曉雪雨。

11월 20일. 맹동(盲洞)으로 길을 나섰다. 장모를 임시로 장사 지낸536) 곳에서 습기가 차올라 명정(銘旌)537)과 현훈(玄纁)538)이 거의 썩어 문드러지려고 했다. 이는 회격(灰隔)539)을 하지 않았기 때문이다. 안척지(安惕之) 씨와 조응림(趙應霖), 노호남(盧好男)이 찾아왔다. 이날 밤에 크게 바람이 불었다.

　　二十日。往盲洞啓。岳母權窆, 濕氣蒸瀚, 銘旌玄纁, 殆將朽敗。以無灰隔也。安惕之氏、及趙應霖、盧好男來見。是夜大風。

11월 22일. 바람이 더욱 세차게 불고 날씨도 더욱 추웠다. 저녁에 첨지(僉知) 이만복(李晩福)과 상사(上舍) 이극승(李克承), 이서(李瑞) 형제, 황언려(黃彦櫚) 등이 와서 장례에 참여했다.

　　二十二日。風益怒, 天益寒。夕李僉知晩福、李上舍克承、李瑞兄弟、黃彦櫚等, 來會葬。

---

535) 내성(奈城) : 강원도 영월군의 통일신라시대 이름.
536) 임시로 …… 지낸[權窆] : 풍수설에 따라 좋은 묘지 구를 구할 때까지 임시로 장사를 지낸 것을 말한다.
537) 명정(銘旌) : 죽은 사람의 관직과 성씨 따위를 적은 기(旗). 일정한 크기의 긴 천에 보통 다홍 바탕에 흰 글씨로 쓰며, 장사 지낼 때 상여 앞에서 들고 간 뒤에 널 위에 펴 묻는다.
538) 현훈(玄纁) : 장사 지낼 때에 산신에게 드리는 검은 헝겊과 붉은 헝겊의 두 조각 폐백(幣帛). 나중에 무덤 속에 묻는다.
539) 회격(灰隔) : 관(棺)과 광중(壙中) 사이에 회(灰)를 넣어 다지는 것을 이른다.

11월 24일. 비가 내렸다.

二十四日。雨。

11월 26일. 군(郡)에 들어가 성주를 뵈었다. 저작(著作) 노경임(盧景任)[540]도 왔다. 낮에 향인 가운데 관직에 임명된 자들이 많이 모였다. 저물어 돌아왔다.

二十六日。入郡, 謁城主。盧著作景任, 亦來。午鄉人差任者, 多會。暮還。

11월 28일. 이시도(李施道)가 어제 도착했다가 아침에 돌아갔다. 오후에 남양중(南養仲)이 와서 이야기를 나누었다. 저녁에 면대장(面大將) 안경립(安敬立)과 박경택(朴景擇)이 당도했다. 변홍(卞洪) 어른이 이번 달 초에 화령(化寧)[541]으로 돌아갔다고 한다. 이 소식은 남 상사(南上舍)가 전한 것이다.

二十八日。李施道, 昨到朝歸。午後, 南養仲來話。夕面大將安敬立及朴景擇到。卞洪丈, 月初還化寧云。此南上舍所傳也。

11월 29일. 동지(冬至)이다. 차례를 지냈다.(시가 있었다.)

二十九日。冬至。行茶祀。(有詩。)

❋**1593년 윤11월**

윤11월 1일(신사).

閏十一月一日(辛巳)。

윤11월 2일. 아침에 눈이 내렸다. 조여숙(曺汝熟)이 영천(榮川)에서 쾌정(快亭) 숙부의 편지를 가지고 와서 창의(氅衣)[542]를 구했다. 이는 함창(咸昌)에

---

540) 노경임(盧景任) : 1569~1620. 본관은 안강(安康). 자는 홍중(弘仲), 호는 경암(敬菴).
541) 화령(化寧) : 경상북도 상주지역의 옛 지명으로, 지금의 화동면·화서면·화북면 지역으로 추정된다.

있을 때에 도적을 만났기 때문이다. 찾아서 주었다.

　　二日。 朝雪。曹汝熟, 自榮川持快亭叔簡來, 求敵衣。以在咸時遇土匪故也。
覓付。

윤11월 5일. 나는 도진관(都賑官)으로서 민간의 도토리와 나물의 비축 여
부를 자세히 살피고자, 먼저 순흥(順興)으로 향해 안이득(安而得)을 방문하고
황군급(黃君級)의 집에 투숙했다.

　　五日。 余以都賑官欲看審民間橡實菜物儲峙與否, 先向順興, 訪安而得, 投宿
黃君級家。

윤11월 6일. 내죽리(內竹里)[543] 황순문(黃順文)의 집으로 향해 도토리와 여
러 채소[雜菜]를 자세히 살폈다. 안전(安槫), 권공준(權公準)과 모여 이야기를
나누고 도간리(道干里) 권비경(權斐卿)의 집에 투숙했다.

　　六日。 向內竹黃順文家, 看審橡實、雜菜。安槫、權公準會話, 投宿道干里
權斐卿家。

윤11월 7일. 아침에 충의위(忠義衛)[544] 권환(權懽)[545]의 초대를 받았는데,
술과 고기가 갖추어져 있었다. 상사(上舍) 손흥경(孫興慶)이 막걸리를 가져오
고, 조숙(肇叔)과 사영(士英)도 모였다. 인하여 권사영(權士英)의 집에 투숙했다.
조숙(肇叔)도 베개를 나란히 자면서 밤새도록 옛일을 이야기하며 10년 정을
나누었다. 밤에 비와 눈이 교대로 내렸다.

　　七日。 朝被權忠義懽之邀, 酒肉備具。孫上舍興慶引醪, 肇叔、士英亦會。
仍宿士英家。肇叔共枕, 終宵話舊, 展盡十年情矣。夜雨交雪。

---

542) 창의(敞衣) : 벼슬아치가 평시에 입는 웃옷. 소매가 넓고 뒷솔기가 갈라져 있으며, 창의(氅
衣)라고도 한다.
543) 내죽리(內竹里) : 지금의 경상북도 영주시 순흥면 내죽리.
544) 충의(忠義衛) : 공신(功臣)의 자손으로서 충의위(忠義衛)에 소속된 사람을 이른다.
545) 권환(權懽) : 생몰년 미상. 본관은 안동(安東). 자는 응화(應和).

윤11월 8일. 아침을 먹은 뒤에 길을 나서 감곡(甘谷)을 경유해 구고리(九皐里)546) 진응례(秦應禮)의 집에 당도해서 기근 구호를 위한 물품을 자세히 살폈다. 밤에 돌아와 박경택(朴景擇)이 처갓집에 와 있다는 말을 듣고 달빛을 받으며 찾아갔다.

八日。 朝後, 路由甘谷, 到九皐里秦應禮家, 看審救荒之物。 夜還, 聞朴景擇, 來在聘家, 乘月邃訪。

윤11월 9일. 봉교(奉教) 김용(金涌)과 동년(同年) 배용길(裵龍吉)547)이 상경한다는 말을 듣고 새벽에 군재(郡齋)로 들어가 이야기를 나누고 헤어졌다. 인하여 성주를 뵙고, 또 찰방(察訪) 강영(姜霙)을 찾아 안부를 여쭈었다. 향인들이 많이 모여 있어 물으니, 체찰사(體察使) 윤두수(尹斗壽)가 민간의 곡식을 찾아내라는 명령을 내렸는데, 대부분 말[斗斛]548)의 수량으로 바치도록 정하여 일체의 정책을 시행했기 때문에 부자들도 눈물을 흘리는데 하물며 가난한 백성들이겠는가. 그래서 온 군민이 비통한 마음을 품고 공문(公門)에 호소하려고 한다고 했다. 나는 위연히 탄식하며 말하기를, "이것은 진실로 나라의 부득이한 일이나 해가 기근이 들어 백성들이 곤궁한데 징수(徵收)를 무겁게 한다면, 백성들이 어찌 영직(影職)549)의 상을 영예로 여겨 윗사람을 원망하지 않겠는가. 하물며 이 영직은 외사(外事)550)와 관계된 일이고 곡식은 죽음[大命]551)과 관계된 것으로, 경중이 현격히 다른데도 이로써 백성들

---

546) 구고리(九皐里) : 지금의 경상북도 영주시 단산면 구구리.
547) 배용길(裵龍吉) : 1556~1609. 본관은 흥해(興海). 자는 명서(明瑞), 호는 금역당(琴易堂)·장륙당(藏六堂).
548) 두곡(斗斛) : 곡식을 되는 말과 휘를 아울러 이르는 말이다.
549) 영직(影職) : 조선 시대에 직함은 있으나 맡은 직무가 없던 관직. 차함(借銜)이라고도 하였다. 무품관(無品官)인 사람에게 품계를 주고자 할 때, 그 품계에 해당하는 명목만의 관직을 주고 실직(實職)은 맡기지 않은 경우를 말한다.
550) 외사(外事) : 군사(軍事), 순수(巡狩), 조빙(朝聘), 회맹(會盟) 등의 대외와 관계된 일을 이른다.
551) 대명(大命) : 죽음의 운명, 즉 죽음을 뜻하는 말이다. ≪시경≫ <대아(大雅) 운한(雲漢)>에 "죽음의 운명이 가까이 다가왔다.[大命近止]"에서 나온 말이다.

을 겁박하려는 것은 또한 잘못된 일이다."라고 했다.

九日。聞金奉教涌裵、同年龍吉上洛, 晨入郡齋話別。仍謁城主, 且拜姜察訪夔。鄉人多會, 問之, 則以體察使尹斗壽, 令探粟民間, 多定斗斛之數, 以行一切之政, 富人亦垂涕, 況貧民乎。一郡懷憫, 欲控於公門云。余喟然嘆曰："此誠國家不得已之擧, 而歲饑民困, 重之以徵斂, 小民豈以影職之賞爲榮, 而不致怨於上哉。況玆職者外事, 粟者大命, 輕重懸殊, 而欲以此劫人, 亦誤矣。"

윤11월 10일. 영천(榮川)에서 강 찰방(姜察訪)을 만났다. 전개(全漑)와 송침(宋沈), 김계선(金繼善)이 모두 자리에 있었다. 이때 어떤 소리(小吏)가 말하기를, "풍기(豊基)의 향소와 색리(色吏) 등이 탐속책(探粟冊)을 개정해서 왔습니다."라고 했다. 이에 찰방이 노하여 꾸짖으며 말하기를, "이미 문서를 작성했는데, 다시 어찌 고친단 말이냐."라고 하고는, 모두 머리를 꺼두르고 잡아들였다. 이들은 바로 좌수(座首) 박우(朴遇)와 별감(別監) 황지환(黃之瑛)[552], 색리(色吏) 진태공(秦太公)이었다. 한참 동안 따져 묻더니, 마침내 진태공을 곤장을 쳤으나 향소는 다행히 면했다. 나는 찰방에게 돌아간다고 고하고, 이서(李瑞)의 집에 가서 저녁을 먹었다. 이성(李城)도 자리에 있었지만, 해가 저물어 편히 이야기를 나누지 못하고 말채찍을 재촉해 길에 올라 박황(朴黃)과 함께 나란히 말을 타고 왔다.

十日。 見姜察訪于榮川。全漑、宋沈、金繼善, 咸在坐。有小吏告曰："豊基鄉所及色吏等, 改正探粟冊, 已來。"云。察訪怒罵曰："旣修文書, 更何改耶", 皆捽髮入。乃座首朴遇、別監黃之瑛、色吏秦太公也。移時詰問, 遂杖太公, 鄉所幸免矣。余乃告還于察訪, 往李瑞家夕飯。李城亦在, 第緣日暮, 未得穩話, 促鞭登路, 與朴黃共轡。

윤11월 12일. 아침 내내 바람이 불었다. 아우를 기다렸으나 오지 않았다. 이처럼 날씨가 추우니, 틀림없이 도로에서 쓰러져 죽었을 것으로 생각되었

---

552) 황지환(黃之瑛) : 생몰년 미상. 자(字)는 경률(景栗).

다. 대개 난리 때문에 살 곳을 잃은 사람들은 대부분 모두 황황히 먹을 것을 구해 염치도 돌아보지 않고 마을[州里]에서 구걸을 했는데 지금은 더욱 심했다. 내가 본 것을 말하자면, 풍기(豊基)의 남청방(南廳房)에 머물고 있는 자들로는 박수성(朴守誠)과 강여부(姜汝艀) 등으로, 이름을 아는 사람들도 많았다. 영천(榮川)의 객사에 머물고 있는 자는 주정신(周鼎新)이며 그 나머지는 다 기록할 수도 없다.

十二日。 風終朝。待弟不至, 如此天寒, 想應僵仆於道路矣。大槪因亂失所者, 多皆遑遑求食, 不顧廉恥, 行乞州里, 到今尤甚。以所見言之, 豊之南廳房留者, 朴守誠、姜汝艀等, 而知姓名者亦多。榮之客舍留者周鼎新, 而其餘不能盡錄。

윤11월 17일. 바람이 불었다. 밥을 먹은 뒤 군에 들어가 성주를 뵈었다. 밤에 이태백(李太白)과 함께 군사(郡司)에서 잤다.

十七日。 風。食後, 入郡謁城主。夜與太白, 同宿郡司。

윤11월 18일. 저녁에 듣건대 김륭(金隆)553)이 경주집경전 참봉(慶州集慶殿參奉)로서 사은숙배를 하려고 곽정숙(郭靜叔)의 집에 와서 묵고 있다고 하여, 글을 지어 안부를 물었다.

十八日。 夕聞金隆, 以慶州集慶殿參奉, 將欲肅拜, 來宿靜叔家, 修書問之。

윤11월 20일. 군에 들어가 저작(著作) 노경임(盧景任)을 만났다. 직장(直長) 최립(崔岦)554)과 황언주(黃彦柱)555), 곽률(郭嵂)이 모두 자리에 있었다. 백동(白洞)으로 가다가 길에서 황수규(黃秀奎)를 만나 말을 세우고 이야기를 나누었다. 봉화 군수(奉化縣監) 황시지(黃是之)556)를 방문했다가 해가 저물어 넉넉히

---

553) 김륭(金隆) : 1549~1593. 본관은 함창(咸昌). 자는 도성(道盛), 호는 물암(勿巖).
554) 최립(崔岦) : 1539~1612. 본관은 통천(通川). 자는 입지(立之), 호는 간이(簡易)·동고(東皐).
555) 황언주(黃彦柱) : 1553~1632. 본관은 창원(昌原). 자는 자건(子建), 호는 농고(農皐).

회포를 펴지 못하고 눈보라를 무릅쓰고 말채찍을 재촉해 집으로 돌아왔다.
밤에 바람이 불었다.

二十日。入郡, 見盧著作景任。崔直長뵺、黃彦柱、郭峈, 咸在席。向白洞,
路逢黃秀奎, 立馬話。訪黃奉化是之, 以日暮, 未得從容展懷, 冒犯風雪, 促鞭返
家。夜風。

윤11월 21일. 바람이 불었다. 큰형과 용성(龍成)이 군량미를 모으기 위해
강원도로 향했으나, 추위가 너무 심해 길을 가는 것도 어려웠다. 때문에 나
는 작별에 임해 마음을 잡을 수가 없었다. 박원량(朴元亮)이 당도해 묵었다.

二十一日。風。伯氏與龍成, 募粮向江原, 但天寒太甚, 行路亦難。臨別無以
爲懷。朴元亮到宿。

윤11월 22일. 낮에 동년(同年) 손기양(孫起陽)[557]이 징세(徵稅)하는 일로 군
(郡)으로 가다가 냇가에 앉아 나를 초대했다. 나는 셋째 형과 함께 나아가
이야기를 나누었다. 전적(典籍) 이준(李埈)[558]과 김지복(金知復)[559], 전시헌(全時
憲)이 함께 자리했는데, 찬바람이 귀를 스치는데도 올릴 술이 없는 것이 참
으로 한스러웠다.

二十二日。午孫同年起陽, 以徵稅事向郡, 坐溪邊邀我, 余與叔兄就話。李典
籍埈、金知復、全時憲咸在, 寒風掠耳, 無酒可進, 良用爲恨。

윤11월 23일. 군(郡)에 들어가 성주를 뵈었다. 저작(著作) 노경임(盧景任)과
이태백(李太白)이 모두 자리에 있었다. 상주참소(尙州站所)의 지대(支待)에 공급

---

556) 황시지(黃是之) : 시지는 황시(黃是, 1555~1626)의 자(字). 본관은 창원(昌原). 호는 부훤당
(負暄堂). 황섬(黃暹)의 동생.
557) 손기양(孫起陽) : 1559~1617. 본관은 밀양(密陽). 자는 경징(景徵), 호는 오한(聱漢)・송간
(松磵).
558) 이준(李埈) : 1560~1635. 본관은 흥양(興陽). 자는 숙평(叔平), 호는 창석(蒼石).
559) 김지복(金知復) : 1568~1635. 본관은 영동(永同). 자는 무회(无悔)・수초(守初), 호는 우연
(愚淵).

할 물건을 빠뜨린 일로 명나라 군사가 어제 당도해 태수와 함께 가고자 했기 때문에 황여숙(黃汝肅)으로 대신했다고 한다.

二十三日。入郡謁城主。盧著作景任、李太白, 皆在席。以尙州站所支待闕供事, 唐兵昨到, 欲與太守俱去故, 以黃汝肅代之云。

윤11월 24일. 가노(家奴) 김이동(金伊同)이 들어왔다. 처음 나갔을 적에는 굶어서 죽었을 것으로 생각했으나, 지금 살아서 돌아오니 참으로 기쁘다.

二十四日。家奴金伊同入來。初出時, 意謂餓死, 今得生還, 可喜。

윤11월 25일. 새벽에 눈이 내렸다. 밥을 먹은 뒤에 대룡산(大龍山) 안탁(安琢)의 집으로 가서 초식(草食)560)을 자세히 살피고 생고개(桩古介)로 돌아와서 군임(君任)561)을 만났다. 그리고 채찍을 휘둘러 집으로 돌아오다가 이정훈(李廷薰)562)을 만나 이야기를 나누었다.

二十五日。曉雪。食後, 向大龍山安琢家, 看審草食, 還桩古介, 見君任甫。揮鞭返家, 逢李廷薰話。

윤11월 27일. 큰바람이 불었다.

廿七日。大風。

윤11월 29일. 싸라기눈이 내렸다. 안 상사(安上舍) 어른과 정경릉(鄭景稜)이 가속(家屬)을 데리고 다른 지역으로 옮겨갔다. 이는 풍기읍이 완전하다는 이유로 신역(身役)이 번거롭고 부세(賦稅)가 무거워 그 고통을 견딜 수 없었기 때문이다. 아, 병란을 겪은 뒤 흉년이 들어 백성의 저축이 탕진되었는데도, 혹은 신묘년(1591) 이후로는 전세(田稅)를 추가해 징수하고, 온갖 공물을 혹

---

560) 초식(草食) : 채소로 만든 음식으로, 푸성귀 등으로만 만든 음식을 말함.
561) 군임(君任) : 군임은 이진(李軫, 1536~1610)의 자(字). 본관은 연안(延安). 호는 송오(松塢).
562) 이정훈(李廷薰) : 생몰년 미상. 호는 인수정(因樹亭).

은 으르러 내도록 하고, 사적으로 저축한 것에 혹은 이를 근거로 군량을 정했다. 이에 더하여 관청에 바치는 세금[官租]을 독촉하고 지대(支待)를 책임 지웠으니, 어찌 백성들이 이산하지 않겠는가.

二十九日。霰。安上舍丈及鄭景稜, 將家屬, 移向佗境。是則以豊邑完全之故, 役煩賦重, 不勝其苦也。噫, 兵餘歲凶, 民儲蕩竭, 或追賦辛卯以後田稅, 而凡百貢物, 或劫出, 私蓄, 或據定軍糧。加以督促官租, 責辦支待, 如之何其民不離散也。

☀1593년 12월

12월 1일(경술). 밥을 먹은 뒤에 나는 둘째와 셋째 두 형 및 박경택(朴景擇)과 함께 가서 안 상사(安上舍) 어른을 뵙고 거처를 옮기는 것을 위로했다. 정경릉(鄭景稜)도 자리에 있었다. 오늘은 대한(大寒)인데도 바람이 잔잔하고 기온도 따뜻해 마치 화창한 봄날 같았다. 그래서 행인들이 들판에 흩어져 있었고 소와 말도 야외에 풀어져 있었다.

十二月一日(庚戌)。飯後, 與仲叔兩兄及朴景擇, 往省安上舍丈, 以慰移居。而鄭景稜, 亦在座。今日乃大寒, 而風殘氣溫, 有似和春。行人布野, 牛馬放郊。

12월 2일. 아침에 눈이 오다가 낮에는 비가 내렸다.

二日。朝雪午雨。

12월 4일. 용흘(龍屹)이 그의 부모를 모시고 봉화(奉化)로 돌아갔다. 날씨가 따뜻하듯 가는 길이 몹시 길하여 기뻤다. 그러나 고향을 떠난 세월이 오래 되고, 또 다른 현(縣)으로 옮기면서 허둥지둥 먹을 것을 도모하며 정해진 거처도 없었는데, 채 서방댁(蔡書房宅)도 따라 갔다. 아, 우리 고향을 회복할 날은 어느 때에나 있을런가.

四日。龍屹, 陪厥父母, 歸奉化。日氣似溫, 行路甚吉, 可喜。但離鄕歲久, 又移佗縣, 遑遑謀食, 不得定所, 而蔡書房宅, 亦隨以去。噫, 復我鄕土, 在何時耶。

12월 8일. 군(郡)에 들어가 성주를 뵙고, 또 많은 향인들을 만났다. 저물어 마구간으로 돌아가니 말이 이미 죽어있었다. 이날 홍인숙(洪仁熟)이 당도해 묵었다.

　　八日。 入郡謁城主, 又多見鄕人。暮返廐, 馬已死。是日, 洪仁熟到宿。

12월 9일. 비가 내렸다. 감기로 병상에 누워 고통스러웠다. 듣건대 사관(史官)이 난리 초부터 사초(史草)563)를 기록하지 못하다가 여가(輿駕)564)가 도성에 돌아온 뒤에서야 비로소 기록하고 있다고 한다. 나라에 사람이 없는 것이 몹시 애석하다.

　　九日。 雨。以寒疾臥牀苦痛。聞史官, 自亂初不修史草, 至興駕還都後, 始修云。國之無人痛惜。

12월 10일. 비가 내린 뒤 날씨가 따뜻했다. 저가(邸駕)565)가 공주(公州)로 와서 군국(軍國)의 일을 감무(監務)하고, 또 명나라 장수를 접대하고 있었다.

---

563) 사초(史草) : 실록・일기 등 역사 편찬의 첫 번째 자료로서 사관(史官)이 매일 기록한 원고. 고려와 조선시대 사관(史館) 혹은 춘추관(春秋館)에 소속된 사관들이 그날그날의 시정득실(時政得失)과 관리들의 현부(賢否)나 비행(非行)을 기록했다. 기록된 자료는 시정기(時政記)라 하여 매달마다 1책 혹은 2책으로 묶어 매년 마지막 달에 왕에게 책수만 보고하고 춘추관에 보관했다가 실록 편찬 때 이용했다. 비밀이 엄격히 지켜져 실록이 편찬되면 세초(洗草)라 하여 물에 빨아 그 종이는 재생하여 다시 사용했다. 이처럼 춘추관에서 공적으로 작성한 시정기는 일종의 공적 사초였다. 그 규범으로는 첫째 줄에는 연월일・간지(干支), 날씨, 각 지방에서 일어난 변괴를 쓰고, 둘째 줄에는 왕이 있는 곳, 경연에의 참석 여부, 왕에게 보고되거나 명령이 내려진 사항을 쓰도록 되어 있었다. 왕명과 관계되는 것도 원칙이 있어서, 먼저 입시(入侍)하여 설명하는 일은 내용의 요점만 기록하고, 연혁과 시비(是非)는 처음부터 끝까지 자세히 썼다. 또 사헌부와 사간원에서 아뢰는 것은 무조건 기록하며, 여러 번 되풀이되면 내용에 첨가된 것만 더 쓰도록 했다. 의식과 예법은 후일에 참고가 된다고 판단되면 번거로워도 모두 기록하고, 과거급제자는 누구 외 몇 명이라고만 쓰고, 관리의 임명은 고관(高官)만 쓰되 지방관의 임명과 특별 임용 또는 임용에 물의가 있으면 아무리 하찮은 관리도 모두 쓰도록 했다. 이러한 사초 이외 가장(家藏) 혹은 사장(私藏)의 사초가 있었다.

564) 여가 (輿駕) : 임금이 타는 가마나 수레를 뜻하나, 여기서는 임금을 지칭한다.

565) 저가(邸駕) : 세자를 지칭하는 말이다.

이에 주상께서 왕위를 세자에게 전하려는 뜻을 전달하고 세자가 있는 곳으로 옥새(玉璽)를 보내려고 하자 조정의 신하들이 여러 번 간쟁(諫爭)했다고 한다.

> **十日。** 雨餘日溫。邸駕來在公州, 監務軍國事, 又接待唐將。自上傳位之意 已送, 欲送寶於世子所, 朝臣多爭之云。

12월 11일. 셋째 형이 가족을 거느리고 다시 용궁(龍宮) 동면(東面)으로 향했다. 갈림길에서 서로 이별하자니 회포가 갑절이나 더 좋지 않았다. 밥을 먹은 뒤 박대하(朴大賀)의 집으로 가서 대하를 만났다. 듣건대 그의 집안의 계집종 월비(月非)와 사내종 개수(介守) 무리가 왜적과 통모해 그 주인을 해치려고 했으나 일이 발각되어 모두 죽였다고 한다.

> **十一日。** 叔兄率家, 還向龍宮東面。相別岐路, 懷抱倍惡。飯後往朴宅, 見大 賀。聞其家婢月非、奴介守輩, 與倭通欲害厥主, 事覺皆殺之。

12월 12일. 김도성(金道盛)[566]이 한양에서 내려 왔다. 나는 잠시 그와 회포를 풀었다. 무릇 도성의 소식은 모두 자세하지 못했지만, 이태백(李太白)이 집경전 참봉(集慶殿參奉)이 되었다고 한다. 또 듣건대 큰형이 강릉으로 가다가 평해(平海)에 이르러 말을 잃어버리고 그대로 돌아왔다고 한다.

> **十二日。** 金道盛, 自洛下來。余得暫敍。凡京奇, 皆不能細, 而李太白, 爲集 慶殿參奉云。且聞伯氏, 將向江陵, 到平海, 喪馬乃還。

12월 14일. 바람이 불었다. 나는 경택(景擇)을 데리고 김풍년(金豊年)의 집에서 초식(草食)을 자세히 살폈다. 안천민(安天民)[567]이 승차관(承差官)으로서 이미 와 있었다.

---

566) 김도성(金道盛) : 도성은 김융(金隆, 1549~1593)의 자(字).
567) 안천민(安天民) : 1555~?. 자는 각보(覺甫). 형조좌랑을 지냈다. 《濱潭浩齋師友錄 권1》

十四日。風。余攜景擇, 看審草食于金豊年家。安天民, 以承差官已來耳。

12월 16일. 입춘이다. 화창한 봄날이 기운을 성하게 하여 초목이 생기가 넘쳐났다. 난리 중에 재차 봄을 만나 시절을 느끼니, 감회가 일어 두 줄기 눈물이 흘러내렸다. 또 태백(太白)이 돌아왔다는 말을 듣고 말을 달려가서 그를 만나 별탈이 없는 지를 물은 뒤 따로 참봉(參奉)이 된 것을 축하했다. 다만 내가 그를 대신해 수성장(守城將)이 되었으니, 이처럼 일이 많을 때에 참으로 걱정이다.(읊은 시가 있었다.)

十六日。立春。陽和扇氣, 草木生意。亂離中再度, 逢春感時, 興懷雙淚交下。且聞太白, 還馳往見之, 問無恙, 外賀得參奉。但余代爲守城將, 如此多事時, 良可憫也。(有吟。)

12월 17일. 논산(論山) 등이 들어왔지만 영월(寧越)에서 농사를 망쳐 곡식을 사오지 못했으니, 다시 온 집안의 큰 기대는 끝내 허사가 되었다. 참으로 탄식할 일이다. 채 서방(蔡書房)이 영월 태수(寧越太守)를 만나 뵙고는 대접을 받은 것이 많았다고 한다. 이는 엄경진(嚴景鎭)의 편지에서 전한 말이다.

十七日。論山等入來, 但寧越失農, 未得貿穀, 還一家顒望, 終歸虛地。可嘆。蔡書房, 得見寧越太守, 多被接遇云。此嚴景鎭簡內所傳也。

12월 18일. 수성장(守城將)으로서 임무를 살피려고 군재(郡齋)에 들어갔다.

十八日。以守城將察任, 入郡齋。

12월 19일. 바람이 불었다. 군인을 징집하는 일로 종일 군사(郡司)에 있으면서 안이득(安而得)과 밤을 이어 함께 잤다. 안이득은 지대도감(支待都監)으로서 또한 귀가하지 못했다.

十九日。風。以軍人調發事終, 日在郡司, 與而得連夜共枕。以而得支待都監, 亦未歸家也。

12월 20일. 바람이 불었다. 김협(金協)568)이 관아로부터 와서 군사(郡司)에서 이야기를 나누었다. 저녁에 듣건대 문경 군수(聞慶郡守)가 명나라 군사 1명을 거느리고 객사에 묵었다고 한다.

二十日。風。金協自衙來, 話于郡司。夕聞慶倅, 率唐兵一人, 宿於客舍。

12월 21일. 명나라 군사 6명이 명나라의 양과 돼지를 끌고 와서 창락역(昌樂驛)에서 묵고 명군이 주둔한 곳으로 가려 한다고 했다. 도대장(都大將) 금응하(琴應河)569)가 저녁에 들어왔다.

二十一日。唐兵六人, 牽唐羊豕, 來宿昌樂。將向天兵所云。都大將琴應河夕入。

12월 22일. 조고(祖考)570)의 기일(忌日)이다. 그러나 팔거(八莒)의 제족(諸族)은 모두 함창(咸昌)에서 죽었고 형제들도 떠돌고 있었다. 나 또한 맡은 일로 군내(郡內)에 머물고 있었기 때문에 비록 제사를 지내고 싶어도 어쩔 수가 없었다. 비통한 마음을 금할 길이 없다. 낮에 도대장(都大將)을 만났다.

二十二日。乃祖考忌日也。八莒諸族, 皆死咸昌, 弟兄亦飄泊。余以任事留在郡中, 雖欲設祭, 無如之何矣。不勝悲痛。午見都大將。

12월 23일. 밥을 재촉해 먹고 군(郡)에 들어가 성주를 뵙고, 또 방어사(防禦使)의 군관(軍官) 류흥종(柳興宗)을 만났다. 낮에 태수가 백야동(白也洞)으로 향했다. 날이 저물어 김공제(金公濟)와 최립(崔岦)이 객사에 당도하자, 나는 바로 그들을 찾아갔다. 상주(尙州)의 이전(李㙉)571)도 왔다. 광주(光州) 김덕령

568) 김협(金協) : 생몰년 미상. 본관은 순천(順天). 자는 길보(吉甫), 호는 충효당(忠孝堂).
569) 금응하(琴應河) : 생몰년 미상. 임진왜란 때에 안동향병대장(安東鄕兵大將)이었다. ≪濂潭浩齋師友錄 권2≫
570) 조고(祖考) : 곽상(郭商, 1463~1529)을 말한다. 자(字)는 자안(子安). 종사랑(從仕郎)으로 풍덕훈도(豊德訓導)를 지냈다.
571) 이전(李㙉) : 1558~1648. 본관은 흥양(興陽). 자는 숙재(叔載), 호는 월간(月澗).

(金德齡)의 통문을 보니, 그 마음이 참으로 왜적을 물리치는 데에 비장했다. 과연 일을 해낼 수 있을 것인가?

二十三日。 促食入郡, 謁城主, 又見防禦使軍官柳興宗。 午太守向白也洞。 日暮, 金公濟、崔岦, 到客舍, 余乃訪焉。 州李垷亦來矣。 見光州金德齡通文, 其心眞壯於斥倭。 果能濟事否?

12월 25일. 이선응(李善應)이 술을 가지고 와서 묵었다. 안이득(安而得)과 김종효(金宗孝)도 당도해 함께 자면서 김응현(金應顯) 형과 진성(震成)이 예천(醴泉) 땅에서 죽었다고 전했다. 나는 경악을 금할 수가 없었다. 여름부터 겨울까지 발자국 소리가 아주 끊겼었는데, 지금 비로소 흉보(凶報)를 들으니 더욱 슬펐다.

二十五日。 李善應, 提壺來宿。 安而得、金宗孝, 又到共枕, 傳金應顯兄及震成, 死於醴泉地云。 不勝驚愕。 自夏至冬, 跫音頓絶, 今始聞凶報, 尤增悼怛。

12월 26일. 아침에 눈이 내렸다. 저녁을 틈타 성주에게 영장(領將)[572]을 점열(點閱)[573]하고 밤이 깊어 파했다. 봉화 현령(奉化縣令) 황시지(黃是之)를 찾아가서 다정하게 이야기를 나누고, 황신(黃晨)[574]의 집에서 잤다.

二十六日。 朝雪。 乘夕, 點閱領將于城主, 夜深乃罷。 訪黃奉化是之, 從容相話, 仍宿黃晨家。

12월 27일. 일찍 일어나 군(郡)으로 돌아오니, 이현승(李賢承)이 술을 가지고 당도했다. 홍사걸(洪士傑) 씨가 황락(黃樂)에게 청혼하려고 글을 지어 나를 보냈다. 명나라 군사 5명이 당도해 향당에서 묵었다.

二十七日。 早起還郡, 李賢承, 提壺來到。 洪士傑氏, 欲求婚於黃樂, 而修書

---

572) 영장(領將) : 조선 시대에 지방 관아에 딸린 하급 장교를 이른다.
573) 점열(點閱) : 낱낱이 검열(檢閱)함을 이른다.
574) 황신(黃晨) : 1568~1640. 본관은 창원(昌原). 자는 시원(視遠).

送我矣。唐兵五人到, 宿鄉堂。

12월 28일. 아침에 눈이 내렸다. 나와 안이득(安而得)이 함께 앉아 있는데, 명나라 군사가 갑자기 들어와 군량과 콩을 요구했다. 저들의 만류를 받고 성주가 객사에서 나와 맞아들여 대접을 한 뒤에야 명나라 군사의 노기가 풀렸다. 대략 듣건대 문경참(聞慶站)의 군량이 이미 다 떨어졌기 때문에, 그곳의 현감(縣監)인 변혼(卞渾)575)은 무인(武人)으로서, 여러 고을의 폐해를 헤아리지 아니하고 명나라 군사들을 나누어 보내 수령들을 침해하여 못살게 했다. 무릇 창고에 저장된 것은 마음대로 가지고 가고, 또 민간의 가축을 강탈해 지나가는 곳마다 똑같이 불타게 되었다. 아, 천조(天朝)의 법령이 매우 엄한데도 마음대로 취하는 습속이 아직도 많았다. 이 때문에 홀로 남은 사람들은 생계가 몹시 어려운데도 약탈당하는 우환이 끊이지 않았다. 그러니 유한(有限)한 물자를 가지고 어찌 능히 한없는 요구를 다 응할 수 있겠는가.

二十八日。朝雪。余與安而得共坐, 唐兵突入, 求粮太。被佗牽挽, 及城主出客舍, 延接然後, 唐兵之怒遂解。大槪聞慶站粮, 已告罄故, 其縣監卞渾, 以武人不量列邑之弊, 散送唐兵, 侵暴守令。凡倉庫所儲, 任情持去, 又劫掠民間畜産, 所過之地, 有同焚燹。噫, 天朝之法令甚嚴, 而橫取之習尙多。子遺之生理甚艱, 而攘奪之患不絶。夫以有限之物, 安能應無厭之求乎。

12월 29일. 명나라 군사가 다시 문경(聞慶)으로 향했다.
二十九日。唐兵, 還向聞慶。

호재진사일록1 종(浩齋辰巳日錄一 終)

---

575) 변혼(卞渾) : ?~1626. 본관은 초계(草溪). 자는 명숙(明叔).

III. 호재진사일록 권2
浩齋辰巳日錄 券二

1. 호재진사일록 2(浩齋辰巳日錄 二)

☀1594년 1월

갑오년(1594) 1월 1일(경신). 군(郡)에 들어가 성주를 뵈었다. 오늘은 설날이지만 마을의 불 때는 연기는 드물고 눈에 띄는 것마다 모두 시름겹고 참혹했다. 일찍이 2백 년 동안 태평했던 백성들이 이처럼 극한 지경에 이른 것을 생각하니, 참으로 통곡할 일이다.

> 甲午正月一日(庚辰)。入郡謁城主。今日乃元朝, 而邨稀煙火, 滿目愁慘。曾謂二百年太平民物, 至此極耶, 可爲痛哭。

1월 2일. 명군은 점차 서쪽으로 돌아갔으나 왜적은 여전히 주둔하고 있으니, 그 근심이 심히 많다.

> 二日。天兵, 漸漸西歸, 而敵尙留屯, 其憂甚多。

1월 3일. 밥을 먹은 뒤에 성주를 뵈었다. 향인들이 세배를 하기 위해 많이 모여 있었다. 낮에 판사(判事) 배응경(裵應褧)[1]과 종사관(從事官) 김개국(金蓋國), 김지복(金知復)이 군(郡)에 당도했다. 땅거미가 질 무렵 나와 안이득(安而

---

1) 배응경(裵應褧) : 1544~1602 본관은 성산(星山). 자는 회보(晦甫), 호는 안촌(安村).

得), 충의위(忠義尉) 권환(權懽)은 배경(裵卿)의 집에 가서 술을 마시고 잤다. 밤에 큰바람이 불었다.

三日。食後謁城主。鄕人以歲拜多會。午裵判事應聚、金從事蓋國、金知復到郡。薄暮, 余與安而得、權忠義懽, 向裵卿家飮宿。夜大風。

1월 4일. 성주가 일로 순찰사또[巡察使道]에게 갔기 때문에 아침에 뵙고는 바로 객사로 가서 배 판사(裵判事)를 만났다. 명나라 사람 6명이 영천(榮川)에서 당도해 한손(漢孫)을 시켜 군량을 실어 경주(慶州)로 보냈는데, 중도에서 짐바리 절반을 잃어버렸다고 한다. 옥산댁(玉山宅)이 용궁(龍宮)에서 다시 왔다. 이 말은 모두 집안의 노비가 와서 고한 말이다. 밤에 황여숙(黃汝肅)의 집으로 가니, 허홍(許泓)이 술로 맞이했다. 허홍은 황여숙의 사위이다.

四日。城主, 以事往巡察使道故, 朝謁, 仍向客舍, 見裵判事。唐人六名, 自榮川到, 使漢孫, 載軍粮, 送慶州, 中路見失半駄云。玉山宅, 自龍宮還來。此皆家奴來告也。夜往黃汝肅家, 以許泓酒邀之。許則黃之壻也。

1월 6일. 용궁(龍宮)의 이윤수(李潤壽)[2]가 군(郡)에 왔다. 정오가 못 되어 구걸하던 여자 2명을 목 베었다. 이들은 와룡동(臥龍洞)에 일부러 불을 지르고 몰래 물건을 훔친 자들이었다. 이날 저녁에 신임 도사(都事) 정사신(鄭士信)[3]이 도착했다. 갑자기 듣건대 도적떼가 활과 화살을 가지고 백동(白洞)에 가까이 왔다고 했다. 이 때문에 군(郡)에서 호각을 불고 북을 쳐서 환란에 대비했다.

六日。龍宮李潤壽, 來郡。日未午, 斬行乞女二人。乃衝火臥龍洞而偸竊者也。是夕, 新都事鄭士信到。忽聞群盜, 持弓矢, 來近白洞。於是, 自郡吹角擊

---

2) 이윤수(李潤壽) : 1545~1594. 본관은 여주. 자는 인수(仁叟), 호는 창암(滄菴). 서애 류성룡의 매부.

3) 정사신(鄭士信) : 1558~1619. 본관은 청주(淸州). 자는 자부(子孚), 호는 매창(梅窓)·신곡(神谷).

鼓, 以備其患。

1월 7일. 성주가 주흘산제(主屹山祭)4)의 집사(執事)로서 낮에 은풍(殷豊)으로 향했다.

七日。城主, 以主屹山祭執事, 午向殷豊。

1월 8일. 밥을 먹은 뒤에 군(郡)에 들어가 황자건(黃子建)의 술을 마셨다. 동석한 사람들은 류기(柳䄎)5)와 류심(柳襑)6) 뿐이었다. 밤에 안두(安玏)7), 박환(朴瓛)8)과 함께 잤다.

八日。食後入郡, 飲黃子建酒。共坐者, 柳䄎、柳襑而已。夜與安玏、朴瓛同宿。

1월 9일. 큰 눈이 내려 아침부터 다음날 새벽까지 한 길 넘게 쌓였다. 근년에 없었던 일이다.

九日。大雪, 自朝到曉, 其積丈餘。近歲所未有也。

1월 10일. 바람의 세기가 더욱 맹렬해져 납일(臘日) 전보다 배나 추웠다. 정처 없이 떠돌며 구걸하는 사람들은 어느 곳에 몸을 붙이고 사는지 모르겠다. 우리 동기(同氣)들을 생각하니, 나도 모르게 그립고 슬퍼졌다. 이날 황락이(黃樂而)의 아들이 홍사걸(洪士傑)의 집에서 초례(醮禮)를 올렸다. 난리 중에 어찌 혼례를 치르는가. 홍사걸은 함창(咸昌) 사람으로, 지금 예천(醴泉)에

---

4) 주흘산제(主屹山祭) : 주흘산은 경상북도 문경시 문경읍에 있는 산. 고려 때 공민왕이 이 산에 피난했다하여 임금님이 머문 산이란 뜻으로 주흘산이라 칭했다. 산의 서쪽 상초리에 주흘산사(主屹山祠)가 있어 나라에서 봄·가을로 향(香)과 축(祝)을 내려 제사를 지냈다고 한다.
5) 류기(柳䄎) : 1561~1613. 자는 여장(汝章), 호는 부휴(浮休). 류운룡의 둘째 아들.
6) 류심(柳襑) : 1572~?. 자는 여길(汝吉). 류운룡의 아들. 류기(柳䄎)의 아우.
7) 안두(安玏) : 생몰년 미상. 김면(金沔)의 의병 부대에서 풍기의병유사를 지냈다.
8) 박환(朴瓛) : 1568~1605. 본관 함양(咸陽). 자는 사중(士重). 호는 호은(芦隱). 풍기 노좌리(奴佐里)에 거주.

와 있기 때문에 객지에서 손님을 접대하려면 군색함이 반드시 많았을 것이다.

十日。風勢太猛, 寒倍臘前。未知流離行乞之人, 住著何處。念我同氣, 不覺疚懷。是日, 黃樂而子, 醮于洪士傑家。亂中, 何以成禮耶。洪是咸人, 而今來醴泉, 客中接賓, 窘必多矣。

1월 13일. 대규(大佳)의 형수씨가 별세한지 이미 오래 되었는데도 오늘 비로소 들었다. 마음이 몹시 슬프다.

十三日。大佳嫂氏, 別世已久, 而今始聞之。痛悼痛悼。

1월 15일. 오후에 명나라 군사가 객사에 당도했다. 나는 바로 군사(郡司)[9]의 침구(寢具)를 치우고 안복(安福)의 집으로 갔다. 오늘 저녁에는 달빛이 청명해 완상할 만했다. 다만 나는 늙은 농부[10]가 아니었기 때문에 한갓 달빛만 바라볼 뿐, 올해의 풍년과 흉년을 점칠 겨를이 없었다.

十五日。午後, 唐兵到客舍。余乃撤郡司寢具 就安福家。今夜之月, 清明可玩。但余非老農, 徒見光輝而已, 未暇占今歲之豊凶。

1월 16일. 병석에 누워 고통스러웠다. 밤에 수신(守信)이 와서 잤다.

十六日。臥牀苦痛。夜守信來宿。

1월 17일. 이태백(李太白)이 도성에서 돌아와 말하기를, "굶어 죽은 사람들이 성 아래에 쌓여 있고 저잣거리에도 또한 그렇습니다."라고 했다. 아, 2백 년 동안 백성을 길러준 끝에 어찌 화를 만난 것이 이처럼 극도에 이르

---

9) 군사(郡司) : 조선 시대에, 각 고을에 있던 호장(戶長)의 집무소
10) 늙은 농부[老農] : 경험이 많은 농부를 말한다. ≪논어≫ <자로(子路)>에, 번지(樊遲)가 오곡과 채소 심는 법을 가르쳐 달라고 하자, 공자가 "그 일에 관한 한 나는 경험이 많은 농부[老農]나 원예사[老圃]보다 못하다."라고 한 데서 나온 말이다.

렀단 말인가.

十七日。 李太白, 自京還曰 : "餓死之人, 積於城下, 市巷間亦然。"云。噫, 二百年生養之餘, 何遭禍之, 至此極也。

1월 20일. 저녁에 바람이 너무 맹렬하게 불었다. 이날 시장에서 좋은 포목 1필의 가격이 벼 2말에 이르렀다.

二十日。 夕風太猛。是日, 場市好木一匹價, 至組二斗。

1월 21일. 10여 일 동안 병을 앓은 뒤에 오늘 비로소 머리를 빗고 세수를 했다. 군(郡)에 들어가 성주를 뵈었다. 남양중(南養仲) 씨도 이르렀다. 집에 불을 지르고 몰래 도둑질을 한 사람 6명을 목 벤 것은 관가[官廷][11]의 통쾌한 일이었다. 저녁에 주인집으로 돌아와 김자온(金子昷)과 함께 잤다. 자온은 굶주린 가운데 연달아 부모의 상[大故]을 당해 모습이 몹시 수척했다. 인하여 듣건대 충청도 땅에서 큰 도적이 일어나 그 무리가 수만이라고 한다. 진실로 한심한 일이다.

二十一日。 旬餘之病, 今始梳洗。入謁城主。南養仲氏亦至。斬火屋偸盜者六人, 官廷快也。夕還主人家, 與金子昷同枕。子昷飢餓中, 連遭大故, 其形甚瘠。仍聞其語 則忠淸地大盜起, 其類數萬云。誠可寒心。

1월 22일. 저녁을 틈타 성주에게 작별 인사를 하고 배경(裵卿)의 말을 빌려 말채찍을 재촉해 집으로 돌아왔다.

二十二日。 乘夕, 告還于城主, 借裵卿馬, 促鞭返家。

1월 28일. 성주가 비로사(毘盧寺)로 향하자, 나는 바로 집으로 돌아왔다.

二十八日。 城主向毘盧寺, 余乃返家。

---

11) 관정(官廷) : 관가(官家)와 같은 말로, 시골 사람들이 그 고을 수령을 이르던 말이다.

1월 30일. 비가 올 기미가 여러 날 계속되어 보리 가는 일이 점점 늦어졌다. 농사가 참으로 걱정이다. 외적이 아직 물러가지 않았는데 내란이 장차 일어난다면, 우리나라 인물은 거의 다 죽게 될 것이다. 하늘이 화를 뉘우치지 않음이 어찌 그리도 심하단 말인가.

三十日。雨意連日, 麥耕漸晚。民事可憫。外寇未退, 內亂將作, 我國人物, 將盡矣。天不悔禍, 何其甚耶。

☀1594년 2월

2월 1일(경술). 군(郡)에 들어갔다. 성주가 또 주흘산제(主屹山祭) 때문에 문경(聞慶)으로 향했다. 비가 내리다가 바로 그쳤다.

二月一日(庚戌)。入郡。城主, 又以主屹山祭向聞慶。雨灑卽止。

2월 3일. 찰방(察訪) 류주(柳袾)[12]가 관아에서 이르러 명군을 지대(支待)하는 술을 마셨다.

三日。柳察訪袾, 自衙至, 遂飮以唐兵支待酒。

2월 5일. 지대(支待)할 잡물을 발송하는 일로 마을 사람들이 대부분 군사(郡司)에 이르렀다. 밤에 비가 내렸다.

五日。以支待雜物發送事, 邨民多至郡司也。夜雨。

2월 6일. 비가 내려 보리 가는 일이 크게 늦어졌다. 양중(養仲) 씨와 중하(仲賀)가 지대(支待)를 감독하는 일로 군사(郡司)를 떠나지 못했다. 나도 여러 날 동안 마주하고 이야기를 나누었다.

六日。雨耕麥太晚。養仲氏及仲賀, 以監支待事不離郡司。余亦對話累日。

---

12) 류주(柳袾) : 생몰년 미상. 자는 여미(汝美). 류운룡의 장남.

2월 7일. 바람이 불었다. 이른 아침에 서리(胥吏)가 전하기를, "지난밤에 화적(火賊)들이 군내로 들어와 유력가(有力家)의 집에서 재산을 모두 분탕질해 갔습니다."라고 했다. 마을의 조밀한 지역은 예전에 적의 환란이 있었다는 말을 듣지 못했는데 지금은 이와 같으니, 어찌 그리도 마음대로 약탈하고 거리낌이 없는 것이 이처럼 심하단 말인가. 난리와 기근으로 그들의 화를 막기가 어려우니, 어찌 크게 두려워할 만한 일이 아니겠는가. 군우(君佑) 씨가 당도해 이야기를 나누고, 저녁에 집으로 돌아왔다. 겨울처럼 날씨가 추웠다.

七日。風。早朝有吏傳云, "去夜, 火賊入郡內, 有力家, 盡蕩財産而去。" 邑居稠密之處, 古未聞敵患, 而今則如是, 何其橫掠無忌, 若此之甚耶。亂離飢饉, 其禍難防, 豈不大可畏哉。君佑氏到話, 乘夕返家。天寒如冬。

2월 8일. 밥을 먹은 뒤 군(郡)으로 들어가다가 길에서 하리(下吏)를 만났는데, 성현 찰방(省峴察訪) 손기양(孫起陽)의 편지를 가지고 왔다. 그 내용에 이르기를, "전세(田稅)와 공물을 쌀로 내는 것을 독촉해 징수하는 일로 마땅히 본군(本郡, 풍기)으로 향할 것이다."라고 했다. 아, 지난해 군량을 내놓으라고 독책한 것이 두 차례나 되어 백성들이 능히 감당하지 못하고 고향을 떠나 흩어진 사람들이 매우 많았다. 하물며 또 곤궁한 봄에 굶어 죽은 사람들이 속출해 마을은 고요하고 사람들이 밥 짓는 연기도 이미 드문데, 전세와 공물로 낼 쌀을 준비할 수 있겠는가. 뿔 없는 양을 내놓으라는[13] 것처럼 어려울 것이다.

八日。食後入郡, 路逢下吏, 持省峴察訪孫起陽書簡來。其中有曰 : "以田稅及貢物, 作米督徵事, 當向本郡。"云。噫, 去年責出軍粮, 至於再度, 民莫能支,

---

13) 뿔……으라[童羖之出] : 원문의 '동고(童羖)'는 뿔 없는 양을 말한다. 뿔 없는 양은 본래 없다. 따라서 아무 것도 없는 백성에게 징세하는 것은 없는 것을 요구하는 것과 같다는 뜻으로 한 말이다. 《시경》 〈빈지초연(賓之初筵)〉에 "취중에 망언을 하는 자에게는 뿔 없는 양을 내놓게 하리라.[由醉之言 俾出童羖]"라고 하였다.

流散甚多。況且窮春, 餓殍相望, 閭閻寥落, 人煙已稀, 能辦田稅貢物之米耶。童殺之出, 蓋已難矣。

2월 10일. 보리 가는 일을 아직 마치지 못했는데, 낮에 비가 내려 축축해진 밭에 파종하기가 더욱 어려웠다. 성주(城主)가 임소(任所)로 돌아왔다.

十日。麥耕未畢, 當午雨下, 卑濕之田, 尤難播種。城主還官。

2월 11일. 군(郡)에 들어가 동헌(東軒)에서 성주(城主)를 뵙고는 종일 모시고 앉아 있다가 황혼이 되어서야 고하고 물러나왔다.

十一日。入謁城主于東軒, 終日陪坐, 當昏告退。

2월 12일. 백동(白洞)의 황신(黃晨)이 조보(朝報)를 김윤영(金允榮)에게 보내왔다. 그 내용에 말하기를, "중국 조정에서 경략(經略) 송응창(宋應昌)이 군사의 일을 삼가지 않았기 때문에 경략(經略) 고양겸(顧養謙)[14]으로 대신해 근래에 군대를 거리고 나올 것이다. 그리고 유 총병(劉總兵)은 남원(南原)으로 진영을 옮기려고 했는데, 만약 남원으로 옮기지 못한다면 장차 도성으로 향해 진을 치고 머물 것이다. 이에 조정에서는 유 총병이 만약 도성에 진을친다면 군량도 이미 부족하고 또 남쪽 지방에서 적을 막는데 계책을 세울수 없을 것으로 여겼다. 그래서 바로 팔거(八莒)와 남원(南原)에 주둔하는 일을 접반사(接伴使)에게 공문을 보내고, 또 춘궁(春宮)[15]의 명으로 관원을 보내유 총병에게 간절하게 아뢰었다. 또한 중국 조정은 우리나라가 군량이 부족하다고 여기고는 산동의 식량을 내어 장차 우리나라 수군으로 옮겨 보낼것이다."라고 했다. 충용장(忠勇將) 김덕령(金德齡)이 지금 군사를 움직여 싸우고 있고, 호서(湖西)의 역괴인 전(前) 훈도(訓導) 송유진(宋儒眞)[16]의 보인(保

---

14) 고양겸(顧養謙) : 명(明)나라 사람. 자는 익경(益卿). 시호는 양민(襄敏). 호는 낭중.
15) 춘궁(春宮) : 세자를 가리키는 말이다.
16) 송유진(宋儒眞) : ?~1594. 본관은 홍산(鴻山).

人)[17] 김천수(金天守) 등은 이미 자신의 죄를 승복했으며, 첨지(僉知) 조원(趙瑗)[18]이 또 역적의 진술 때문에 잡혀서 갇혔다고 했다. 나는 이 조보를 보고 더욱 황은의 망극함을 느꼈다. 또 우리나라가 안팎으로 어려움이 많은데 일찍이 임금의 밥을 먹고 임금의 옷을 입은 자도 역적의 무리와 연결해 응원을 했는데, 하물며 그 아래 사람들이겠는가. 사람들이 함께 주벌할 수 있다는 것은 바로 이것을 이르는 말이다. 병든 아우가 어제 둘째 형이 임시로 거주하는 곳으로 향했다고 한다. 이곳과 봉성(鳳城)의 거리는 60리로, 굶주린 나머지 반드시 중도에 넘어져 죽을 것이라고 생각되었다. 그러니 근심을 어찌 그만둘 수 있겠는가.

十二日。 白洞黃晨, 以朝報付金允榮來。其中有曰 : "中朝, 以宋經略應唱, 不謹兵事之故, 以顧經略養謙代之, 近將領兵出來。劉總兵, 欲移陣南原, 若不移於南原, 則將向京城留陣。朝廷, 以爲劉總兵, 若陣京城, 則粮餉已乏, 又南方禦敵, 無以爲計。故仍駐八莒與南原事, 移文于接伴使, 又以春宮之命遣官, 懇達于劉總兵。且中朝, 以我國粮乏, 發山東粟, 將以我國舟師轉輸。"云。忠勇將金德齡, 今行師戰討, 而湖西逆魁前訓導宋儒眞、保人金天守等, 已爲承服, 僉知趙瑗, 又以賊招拿囚。觀此朝報, 尤感皇恩罔極。且知我國多難於內外, 而曾謂食君衣君者, 亦與逆類連結爲援, 況其下者乎。人得共誅, 正謂此也。病弟, 昨向仲氏寓所云。此去鳳城, 二息程也, 饑餓之餘, 想必顚斃中路。憂念曷已。

2월 13일. 이른 아침에 숙노 씨(叔老氏)의 종인 복형(福亨)이 와서 고하기를, "옥산(玉山)의 아우[19]가 어제 영천(榮川) 두서리(斗西里)에서 죽었는데, 이종원(李宗元)이 빈 가마로 시신을 덮어 두었습니다."라고 했다. 나는 곧바로

---

17) 보인(保人) : 군역(軍役)에 나가 있는 사람을 도와주는 사람. 보인은 군보(軍保) 또는 봉족(奉足)이라고도 하는데, 직접 군대에 나아가지 않고 대신 정병(正兵)이 번상(番上 : 입대)하게 되면 일체의 비용을 대주고 또 그 집의 농사일을 도와준다. 정병은 번상하는 군역의 경중에 따라 1~3명의 보인을 배정받는다.
18) 조원(趙瑗) : 1544~1595. 본관은 임천(林川). 자는 백옥(伯玉), 호는 운강(雲江).
19) 옥산(玉山)의 아우 : 곽수지의 막내 동생인 수신(守信)을 말한다.

흔손(欣孫), 논산(論山) 등과 [아우를] 독자동(獨子洞)으로 옮겨 장사 지냈다.
아, 슬프도다.

十三日。 早朝, 叔老氏奴福亨, 來告曰 : "玉山弟, 昨死於榮川斗西里, 李宗
元, 以空席20)覆屍。"云。卽與欣、孫論山等, 返葬于獨子洞。哀哉。

2월 14일. 장모님의 소상(小祥)21)을 지냈다. 동원(洞員)으로서 모인 사람들
은 다 기록할 수가 없다.

十四日。 岳母小祥。洞員會者, 不能盡記。

2월 15일. 한식이다. 아우를 곡한 뒤에 또 선영(先塋)을 생각하니, 흐르는
눈물을 금할 수가 없었다. 난리 때문에 성묘를 하지 못한 지가 지금까지 3
년이나 되었다. 아, 애통하고 애통하다. 감찰(監察) 홍자경(洪子敬)이 왔다가
얼마 뒤에 이별을 고하고 도성으로 향했다.(선영을 생각하고 읊은 시가 있었다.)

十五日。 寒食。哭弟之餘, 又思先墓, 不禁淚下。蓋以亂離, 未得展省, 于今
三年矣。慟極慟極。洪監察子敬來, 已而告別, 向洛。(思先墓有吟。)

2월 16일. 군(郡)에 들어가 성주를 뵈었다. 어사(御使) 이시언(李時彦)22)이
군에 당도했다. 별감(別監) 안중하(安仲賀)가 곡식을 모으지 못한 일 때문에
갇혔다. 이는 어사가 욕보인 것이다. 규찰관(糾察官) 박중하(朴仲賀)가 소임을
삼가지 않았다는 이유로 곤장을 맞았다. 이는 성주가 노한 것이다.

十六日。 入郡謁城主。御史李時彦到郡矣。別監安仲賀, 以募粟不能見囚。是
御史辱之也。糾察官朴仲賀, 以所任不謹逢杖。是城主怒之也。

2월 17일. 어사(御使)가 전에 폐단을 진달한 일로 향인들과 함께 모였다.

---

20) 席：石의 오기인 듯함.
21) 소상(小祥)：죽은 지 1년 만에 지내는 제사.
22) 이시언(李時彦)：1535~?. 본관은 완산(完山). 자는 군미(君美), 호는 졸암(拙庵).

저녁에 어사가 향교에서 공자의 신위를 참배하고 곧바로 영천(榮川)으로 향했다. 나의 동년(同年) 김우순(金佑舜)이 양근(陽根)에서 가속을 데리고 정처 없이 떠돌다가 이곳에 당도했다. 나는 어렵게 뒷쌀[升米]을 얻어 그에게 주었다. 큰형의 편지를 보고 평안하다는 것을 알았다.

十七日。以御史前陳弊事, 與鄉人共會。夕御史謁聖鄉校, 卽向榮川。吾同年金佑舜, 自陽根將家屬, 流離到此。余乃艱得升米以與之。見伯氏書, 審知平安。

2월 18일. 김우순(金佑舜)이 이별을 고하고 내성(奈城)으로 향했다. 낮에 역당(逆黨)이 승복한 일로 반사(頒赦)23)하기 위해 차사원(差使員)24)이 군(郡)에 들어왔다. 해질 무렵에 비가 내렸다.

十八日。金佑舜, 告別向奈城。午以逆黨承服之故頒赦, 差使員, 入郡。黃昏雨灑。

2월 19일. 비의 기운이 아직 그치지 않았다. 낮에 군(郡)에 들어가 성주를 뵈었는데, 지대(支待)할 잡물을 발송하는 일로 관가(官家)가 몹시 어지러웠다. 밤에 안이득(安而得)과 함께 잤다.

十九日。雨意未歇。午入謁城主, 以支待雜物發送事, 官廷甚擾。夜與而得同枕。

2월 20일. 눈과 비가 교대로 내리면서 종일 그치지 않았다. 성주(城主)가 몸소 남원(南院)에서 지대(支待)할 물건을 검열해 지출하고 곧바로 관청으로 돌아왔다. 경직(景直)이 잠시 오고 이선응(李善應)도 와서 서로 회포를 풀고 돌아갔다.

二十日。雪與雨交, 終日不止。城主躬自閱出支待物于南院, 卽還官。景直

---

23) 반사(頒赦) : 경사가 있을 때 나라에서 죄인들을 용서하여 주던 일을 이른다.
24) 차사원(差使員) : 나라에 중요한 일이 있을 때 중앙에서 지방에 파견하던 임시직 관원.

暫到, 李善應亦至, 相敍而歸。

2월 22일. 저녁에 함창(咸昌)의 관원이 본쉬(本倅)25)의 월봉(月俸)26)을 수송
해 가는 일로 와서는 큰형과 셋째 두 형의 편지를 전해주었다. [두 형이 모
두] 평안하다는 것을 알고 형제[鶺原]27)에 대한 근심을 풀 수 있었다.

> 二十二日。夕咸昌官人, 以本倅月俸輸去事到, 傳伯叔兩兄簡。審知平安, 庶
> 弛鶺原之思矣。

2월 24일. 입번(入番)하는 군사를 검열해 보내는 일로 영천(榮川)으로 향했
다. 오후에 철감천변(鐵甘川邊)에서 고열(考閱)했으나, 군인들이 태반이나 오지
않았다. 번(番)들 시기가 이미 닥쳤으니, 반드시 큰일이 생길 것이다. 참으로
걱정스럽다.

> 二十四日。以入番軍閱出事, 向榮川。午後, 考閱于鐵甘川邊, 軍人太半不
> 至。番期已迫, 必生大事。誠可憂也。

2월 25일. 내가 군사를 점검하는 일로 철감교(鐵甘橋) 부근으로 나가니,
굶주린 백성들이 원우(院宇)28)에 모여 마땅히 먹어서는 안 되는 고기29)를

---

25) 본쉬(本倅) : 본관(本官)을 이르며, 여기에서는 함창 군수를 의미한다.
26) 월봉(月俸) : 매달 지급하는 봉급.
27) 형제[鶺原] : 영원은 우애 있는 형제를 뜻하는 말이다. ≪시경≫ <소아(小雅) 상체(常棣)>
   에 "저 할미새 들판에서 호들갑 떨 듯, 급할 때는 형제들이 서로 돕는 법이라오. 항상 좋
   은 벗이 있다고 해도, 그저 길게 탄식만을 늘어놓을 뿐이라오.[鶺鴒在原 兄弟急難 每有良朋
   況也永歎]"라는 말에서 유래한 것이다.
28) 원우(院宇) : 고려 중기 이후에 서원(書院), 사우(祠宇), 정사(精舍), 영당(影堂) 따위를 통틀어
   이르던 말.
29) 먹어서는 …… 고기 : 인육(人肉)을 의미하는 것으로 보인다. 이에 대해 조정에서 실제로
   기근으로 사람을 잡아먹는 일을 엄금할 것을 명한 일이 있었다. ≪선조실록≫ 1594년(선
   조 27) 1월 17일조에, "사헌부가 아뢰기를, "기근이 극도에 이르러 심지어 사람의 고기를
   먹으면서도 전혀 괴이하게 여기지 않습니다. 그러므로 길가에 쓰러져 있는 굶어 죽은 시
   체에 완전히 붙어 있는 살점이 없을 뿐만이 아니라, 어떤 사람들은 산 사람을 도살(屠殺)하
   여 내장과 골수까지 먹고 있다고 합니다. 옛날에 이른바 사람이 서로 잡아먹는다고 한 것

굽고 있었다. 어찌 시대의 변사(變事)가 이처럼 극한 지경에 이르렀단 말인가.

> 二十五日。余以點軍事, 出鐵甘橋畔, 飢民聚院宇, 炙不當食之肉。何時變之, 至此極也。

2월 26일. 날씨가 개었다. 보낼 군사를 점검해 영장(領將) 허정국(許定國)과 도훈도(都訓導) 안수량(安守良)에게 넘겨주었다. 그리고 바로 풍기군(豊基郡)으로 들어와 성주를 뵙고 군사(郡司)로 갔다가 저물녘에 집으로 돌아왔다. 류희남(柳禧男)이 왜적에게 죽고, 배응문(裵應文)과 조정(曺定)은 병으로 죽었으며, 조대인(曺大仁) 씨 부자도 모두 죽었다. 아, 김명익(金明翼) 형제가 전라도에서 모두 살아서 돌아왔다. 이는 참으로 기쁜 일이다.

> 二十六日。晴。點所送軍, 付領將許定國、都訓導安守良。卽入豐郡, 謁城主向郡司, 乘暮返家。柳禧男死於賊, 裵應文、曺定死於病, 曺大仁氏父子皆歿。噫, 金明翼兄弟, 自全羅道俱得生還。是可喜也。

2월 28일. 함창(咸昌) 사람이 와서 큰형의 답서를 전해주었다. 나는 편지를 보고 함창 군수가 풍기군(豊基郡)에 이르러 구황(救荒)할 곡식을 옮겨갈 것이라는 것을 알았다. 나는 셋째 형과 군(郡)으로 들어가 [함창 군수를] 뵙고, 이어서 성주(城主)를 뵈었다. 이때 조극인(曺克仁)과 김준익(金俊翼), 손수익(孫秀翼) 등이 곡식을 수령하는 일로 계단 아래에 있었는데, 모두가 누르스름한 얼굴빛이었다. 아, 비록 곡식을 운반하기를 이처럼 하고 굶주림을 구휼하기를 이와 같이 했건만, 또한 구제할 수 없었던 것이다. 생원(生員) 장세희(張世

도 이처럼 심하지는 않았을 것이니, 보고 듣기에 너무도 참혹합니다. 도성 안에 이와 같은 경악스런 변이 있는데도 형조에서는 무뢰(無賴)한 기민(飢民)이라 하여 전혀 체포하거나 금하지 않고 있으며 발각되어 체포된 자도 또한 엄히 다스리지 않고 있습니다. 당상과 낭청을 아울러 추고하고, 포도대장(捕盜大將)으로 하여금 협동하여 단속해서 일체 통렬히 금단하게 하소서."하니, 상이 따랐다."라고 하는 기사가 있다.

禧)30)를 만나 이야기를 나누었다.

二十八日。咸昌人來, 傳伯氏答書。知咸守到郡, 將移去救荒粟。余與叔兄,
入郡拜之, 仍謁城主, 而曹克仁、金俊翼、孫秀翼等, 以受粟事在階下, 皆是菜
色。噫, 雖轉粟如是, 賑飢如是, 亦莫能救矣。逢話張生員世禧。

2월 29일. 바람이 불었다. 셋째 형이 다시 용궁(龍宮)을 향해 가족을 데리
고 돌아갈 계획을 정했는데, 함창(咸昌)의 큰형도 그러했다. 이는 큰형은 둔
전도감(屯田都監)이 되었고, 셋째 형은 전농별임(典農別任)이 되었기 때문이다.
하물며 고향을 그리워하는 것은 상정(常情)이거늘, 나그네로 머물고 있는 슬
픈 마음이겠는가. 나도 어찌 지난번 병화를 겪으면서 돌아갈 생각이 없었
겠는가. 그러나 사람들의 밥 짓는 연기가 쓸쓸하고 보이는 곳이라곤 모두
쑥대밭으로 돌아갈 날을 알 수 없으니, 어찌 마음을 잡을 수 있겠는가.[상사
(上舍) 곽한(郭澣)의 시에 차운한 시가 있었다.]

二十九日。風。叔兄, 還向龍宮, 率家眷定計歸。咸伯氏亦然。是則伯氏爲
屯田都監, 叔氏爲典農別任。況懷土常情, 旅寓所悲。豈以鄉經兵火而莫之思復
哉。但人煙蕭索, 蓬蒿滿目, 不知歸日, 何以爲心。(有次郭上舍澣韻。)

✺1594년 3월
3월 1일(기묘).
三月一日(己卯)。

3월 2일. 바람이 불었다. 올봄에는 비가 잦았는데, 비가 오면 반드시 바
람이 불었다. 이것은 가물 징조로 농사가 염려스럽다. 조응림(趙應霖)이 잠깐
회포를 풀고 돌아갔다.

二日。風。今春頻雨, 雨則必風。此旱徵, 民事可慮。趙應霖, 暫敍而歸。

---

30) 장세희(張世禧) : 1538~1607. 본관 인동(仁同). 자는 중길(重吉), 호는 등암(藤巖).

3월 4일. 저녁에 심약(審藥)[31] 김협(金協)이 상국 류성룡의 별실(別室)[32]을 모시고 한양을 향해 길을 나서 창락역(昌樂驛)에서 묵었다. 김도성(金道盛)이 돌림병으로 세상을 떠났다고 한다. 겨우 말반(末班)[33]을 얻고 돌아와서 바로 죽었단 말인가. 참으로 운명은 박복했을 지라도 실제의 행실이 매우 고상해서 그가 전수한 것은 장구할 것이다.

> 四日。 夕金審藥協, 陪柳相國別室, 啓洛行出, 宿昌樂。 金道盛, 以癘別世云。 纔得末班而旋, 卽死耶。 信乎命之薄也。 然實行甚高, 其傳者長矣。

3월 5일. 성주(城主)가 류 상국(柳相國)의 별실(別室)을 전송하려고 단양(丹陽)으로 향했기 때문에 동헌(東軒)으로 들어가 뵈었다.

> 五日。 城主, 欲送柳相別室, 向丹陽故, 入東軒拜之。

3월 6일. 바람이 불었다. 저녁에 성주(城主)가 단양(丹陽)에서 돌아왔다. 문경 현감(聞慶縣監) 변혼(卞渾)이 곡식을 옮기는 일로 당도했다. 새로 창락 찰방(昌樂察訪)에 임명된 류주(柳袾)도 왔다.

> 六日。 風。 夕城主, 自丹陽還。 聞慶縣監卞渾, 以移粟事到。 柳袾新除昌樂察訪, 亦來。

3월 7일. 방어사(防禦使)의 군관(軍官)이 군인들이 입번(入番)할 기한에 이르지 않은 일로 향소의 색리(色吏)와 도훈도(都訓導) 등을 잡아가려고 이곳에 5, 6일 머물다가 돌아갔다. 성주(城主)가 인하여 군사를 점검하고 군관이 가는 길에 넘겨주었다. 낮에 좌랑(佐郞) 김용(金涌)이 지나갔으나 나는 바야흐로 공

---

31) 심약(審藥) : 조선 시대 궁중에 진상할 약재(藥材)를 심사(審查)·감독하기 위하여 각 도에 파견하던 종9품 벼슬. 전의감(典醫監)·혜민서(惠民署)의 의원 가운데서 차임(差任)했다. ≪경국대전≫에 의하면 각 도의 감영(監營)과 절도사가 있는 주진에 배치했으며, 전라도의 경우 제주에도 1인을 두었다.

32) 별실(別室) : 첩(妾).

33) 말반(末班) : 지위가 낮은 벼슬아치를 이르던 말이다.

무가 있어서 모시고 이야기를 나누지 못했다. 저물녘에 권익민(權益民)³⁴)을 만났다. 그는 권우(權宇)³⁵)의 아들이다.

　　七日。 防禦使軍官, 以軍人不及番限, 欲捉去鄕所色吏、都訓導等, 留此五六日而歸。 城主仍點軍, 以付其行。 午金佐郎涌過去, 余方有公事, 未得奉話。 乘暮, 見權益民。 乃宇之子也。

3월 8일. 성주(城主)가 보(洑)를 쌓는 일로 아침에 금양정사(錦陽精舍)³⁶)에 가서 나도 수행했다.

　　八日。 城主以築洑事, 朝往錦陽精舍, 余亦隨後。

3월 12일. 저녁에 용성(龍成)이 와서 말하기를, "큰형과 셋째 두 형이 가족을 데리고 이미 함창(咸昌)으로 돌아왔습니다."라고 했다.

　　十二日。 夕龍成來曰 : "伯叔兩兄率家, 已歸咸昌。"云。

3월 13일. 용성(龍成)이 돌아갔다. 인하여 들건대 함창 현감(咸昌縣監) 강덕룡(姜德龍)³⁷)이 고을이 분탕질을 당한 뒤에 다시 돌아온 사람들을 안정시켜 편안히 거처할 수 있도록³⁸) 했기 때문에 유민(流民)들이 모두 고향으로 돌아왔고, 굶주린 사람들은 자모(慈母)와 같이 우러른다고 했다. 나이가 젊은

---

34) 권익민(權益民) : 생몰년 미상. 권우(權宇)의 아들.
35) 권우(權宇) : 1552~1590. 본관은 안동(安東). 자는 정보(定甫), 호는 송소(松巢).
36) 금양정사(錦陽精舍) : 경상북도 영주시 풍기읍 금계리에 있는 황준량(黃俊良, 1517~1563)이 지은 정사. 황준량은 조선 중기의 문신이며 본관은 평해(平海), 자는 중거(仲擧), 호는 금계(錦溪)이다. 금양정사는 황준량이 학문을 수행하고 제자들을 교육했던 곳이다.
37) 강덕룡(姜德龍) : 1560~1627. 본관은 진주(晉州). 자는 여중(汝中).
38) 다시 …… 있도록[還定安集] : 원래는 선왕의 선정을 찬미한 말이나, 여기서는 당시 함창 현감인 강덕룡을 칭찬하는 뜻으로 쓰였다. ≪시경≫ <홍안(鴻鴈)>의 모서(毛序)에 "홍안시는 선왕(宣王)을 찬미한 시이다. 만민이 이산하여 살 곳을 얻지 못했는데, 수고롭고 먼 곳에서 온 자를 위로하고, 떠나간 자를 돌아오게 하여 안정시켜 환과(鰥寡)까지 모두 살 곳을 얻게 했다.[鴻鴈 美宣王也 萬民離散 不安其居 而能勞來還定安集之 至于矜寡 無不得其所焉]"라고 한 데서 나온 말이다.

무관으로서 이와 같은 선정이 있었다니, 참으로 쓸 만한 인재이다.

十三日。龍成歸。因聞咸守姜德龍, 當邑居焚燹之餘, 能還定安集, 故流民, 咸復故土, 飢者, 仰若慈母。以年少武夫, 有如此善政, 可用之才也。

3월 14일. 들불에 타들어간 막내 수신(守信)의 장지(葬地)에 가서 곡하고, 종일 머뭇거리며 그의 혼이 돌아가는 길을 위로했다. 멀리 대동(大洞) 박씨의 선영(先塋)을 바라보니, 소나무 껍질을 벗기고 있는 사람들이 그 수를 알 수 없었다. 아, 병란을 겪은 뒤 굶주린 백성들은 지난봄부터 올해까지 나무 열매와 들 채소로 아침과 저녁의 재료로 삼았다. 그러니 비록 죽음을 면하려고 한들 할 수 있었겠는가. 이것이 굳은 시체가 도로에 가득한 이유였다. 또 듣건대 마을 사람 황요(黃曜)가 굶주림으로 인하여 죽었다고 하니, 참으로 놀랍고도 슬픈 일이다. 고향에 사는 사람들도 오히려 이와 같은 사람이 많은데, 하물며 고향을 떠나 떠돌며 구걸하는 사람들이겠는가. 날마다 보고 듣는 것이 모두 슬프고 비참하다. 밤에 비가 내렸다.

十四日。往哭守信葬地野火燒入, 終日彷徨, 以慰其魂還路。望大洞朴氏先墓, 則剝松皮者, 不知其數。噫, 兵餘饑氓, 自去春迄今年, 以木實野菜爲朝夕資。雖欲免死, 其可得乎。此所以僵尸滿道也。且聞里人黃曜, 因飢顚斃, 可驚且悼。居本土者, 尙多如此, 況離鄕行乞人乎。日所見聞, 無非哀慘。夜雨。

3월 16일. 비가 내렸다. 낮고 습기가 찬 밭의 보리가 점점 말라갔다. 올 농사의 흉작이 또한 걱정스럽다. 낮에 잠깐 개자, 바로 순흥(順興)으로 향해 군흘(君屹)의 집에 가서 술을 마시고 잤다.

十六日。雨。卑濕之田, 麥漸枯槁。今歲之凶, 又可慮也。午午晴, 遂向順興, 往君屹家, 飮且宿。

3월 17일. 군급(君級)의 집에서 아침밥을 먹고 군재(郡齋)로 돌아와 성주(城

主를 뵈었다. 곽정보(郭靜甫)와 이희성(李希聖)도 왔다. 순흥(順興)에서 올 때 산골짜기의 밭을 보니 모두 황폐해져 있었다. 농사가 이처럼 궁한 처지에 이른 것이다.

十七日。朝飯于君級家, 還郡齋謁城主。郭靜甫、李希聖亦來矣。順興來時, 見山谷之田, 皆爲荒廢。民事至此窮也。

3월 19일. 바람이 불었다. 박대일(朴大一)이 와서 회포를 풀었다. 박우(朴遇) 어른 및 황경률(黃景栗)과 덕어산(德魚山)[39]에 가서 안광우(安光佑)[40]의 술을 마셨다. 붉은 노을과 신록의 푸른빛이 원근을 어리 비추어 성대한 모임이라 이를 만 했지만 난리의 근심을 어찌하겠는가.

十九日。風。朴大一來敍。與朴遇丈及黃景栗, 往德魚山, 飮安光佑酒。殘紅新綠, 交映遠近, 可謂勝會, 而其奈亂憂何。

3월 20일. 홍인숙(洪仁熟)이 군사(郡司)에 이르렀다. 그에게 듣건대 숙몽(叔夢) 조열(曺說) 씨가 굶주림으로 인하여 세상을 떠났다고 한다. 참으로 놀랍고도 슬프다. 그리고 영공(令公) 윤선각(尹先覺)[41]이 군(郡)을 방문하고 내일 도성으로 향할 것이라고 했다. 김응진(金應振)이 곡물과 소 한 마리를 화적(火賊)들에게 다 약탈당했다.

二十日。洪仁熟到郡司。憑聞曺叔夢說氏, 因飢別世, 驚悼驚悼。尹先覺令公, 過賓於郡, 明將向洛云。金應振穀物牛隻, 盡蕩於火賊。

3월 21일. 함창(咸昌)의 노비 흔손(欣孫)이 열병에 걸렸으나 손을 쓸 수가 없었다. 일찍이 부모상이 있었을 때에 우리 형제들과 함께 여막(廬幕)에서

---

39) 덕어산(德魚山) : 덕어는 고래를 의미한다. 따라서 덕어산은 고래산을 한자로 옮겨 적은 것으로 보이나 위치는 정확하지 않다.

40) 안광우(安光佑) : 생몰년 미상. 본관은 순흥. 감찰(監察)을 지냈다.

41) 윤선각(尹先覺) : 1543~1611. 본관 파평(坡平). 자는 수천(粹天)·소자(小字)·국형(國馨), 호는 은성(恩省)·달천(達川).

살았는데, 지금 타향에서 죽었으니 더욱 불쌍하다.

> 二十一日。咸奴欣孫, 得瘵不救。曾在親喪時, 共吾弟兄而居廬, 今死於異鄕, 尤可哀也。

3월 22일. 군(郡)에 들어가서 김사호(金士好)와 전경직(全景直)을 통해 상사(上舍) 한일취(韓日就)[42] 어른의 부고를 받았다. 낮에 정랑(正郎) 황시지(黃是之)의 편지를 보니, 내가 수망(首望)[43]으로 집경전 참봉(集慶殿參奉)이 되었다고 한다. 이날 밤 꿈속에서 아우를 만나 서로 함께 통곡했다.

> 二十二日。入郡, 因金士好、全景直, 承韓上舍日就丈訃。午見黃正郎是之簡, 余以首望爲集慶殿參奉云。是夜, 夢見舍弟, 相與痛哭。

3월 23일. 박사(博士) 노경임(盧景任)과 찰방(察訪) 류주(柳袾)가 도성에서 어제 도착했다. 그래서 서헌(西軒)으로 찾아갔다가 바로 헤어졌다.

> 二十三日。盧博士景任、柳察訪袾, 自京昨到。故訪于西軒, 仍別。

3월 24일. 밥을 먹은 뒤 성주(城主)를 뵙고는 바로 군사(郡司)로 물러나 ≪군인정보(軍人正保)≫ 책을 수정하고 아헌(衙軒)에서 술을 마셨다. 류 찰방(柳察訪)과 노 박사(盧博士), 류심(柳橒), 김협(金協) 등이 모두 자리에 있었다. 밤에 자건(子建)과 함께 잤다.

> 二十四日。食後, 謁城主, 仍退郡司, 修正軍人正保冊, 飮于衙軒。柳察訪、盧博士柳橒、金協等, 皆在席。夜子建共枕。

3월 26일. ≪군인정보≫의 수정을 마치고, 성(城) 뒤에 있는 둔전소(屯田所)로 가서 성주(城主)를 뵈었다. 방어사(防禦使)의 치소(治所)에서 돌아온 안수량

---

42) 한일취(韓日就) : 1536~1594. 본관 청주(淸州). 자는 경성(景成).
43) 수망(首望) : 조선 시대에 벼슬아치를 임명하기 위하여 이조(吏曹)와 병조(兵曹)에서 올리는 세 사람의 후보자 가운데 첫째를 뜻한다.

(安守良)을 통해 듣건대 왜적이 경주 지역을 침입해 판관(判官)을 죽였다고
한다.

　　二十六日。軍人正保修正畢, 往拜城主于城後屯田所。因安守良, 自防禦使
　　道所44)來, 聞倭, 入慶州地, 判官死之云。

3월 29일. 생고개(栍古介)에 가서 이경륜(李景輪) 어른 형제를 찾아뵙고 서
행(西行) 길의 양식을 구하여 벼와 콩을 아울러 2말을 얻었다. 그 은혜가 참
으로 크다.

　　二十九日。往栍古介, 省李景輪丈兄弟, 求西行路粮, 得租豆並二斗。其惠大
　　矣。

3월 30일. 큰형과 김명익(金明翼)이 당도했다. 이들에게 듣건대 함창(咸昌)
사람으로 돌아와 모인 자가 4백여 명이었으나 굶주린 가운데 병까지 얻어
거의 다 죽었다고 한다.

　　三十日。伯氏與金明翼來到。憑聞咸昌人還集者四百餘, 而飢中添病, 死亡
　　殆盡云。

◉1594년 4월

4월 1일(기묘). 밥을 먹은 뒤 큰형을 모시고 군(郡)에 들어가 사창(司倉)에
서 성주(城主)를 뵙고, 함창(咸昌)으로 옮길 곡식 6석을 내었다.

　　四月一日(己卯)。食後陪伯氏入郡, 謁城主于司倉, 出咸昌所移穀六石。

4월 4일. 말을 타고 이른 사람이 있었는데, 바로 이태백(李太白)이었다. 그
는 황광원(黃光遠)이 전적(典籍)이 되고 조숙(肇叔)은 찰방(察訪)이 되었다고 말
한 뒤 이별을 고하고 임소(任所)로 향했다.

---

44) 所 : 문맥상 추가함.

四日。 有騎馬至者, 乃太白也。 言廣遠爲典籍, 肇叔爲察訪, 告別向任所。

4월 5일. 아침에 경택(景擇)의 집에 가서 면포(綿布)로 말[馬]을 바꾸고, 바로 지정(池亭)으로 돌아와 대하(大賀)의 술을 마셨다. 집으로 돌아온 뒤에 백동(白洞)으로 향해 황 동지(黃同知)와 참의(參議) 영공(令公)을 뵙고, 돌아오는 길에 성주(城主)를 뵈었다. 듣건대 화적(火賊)들이 박사중(朴士中)의 집을 다 태워버렸고 한사첨(韓士瞻)이 또 모친상을 당했다고 한다.

　　五日。 朝往景擇家, 以綿布換馬, 仍歸池亭, 飮大賀酒。 返家向白洞, 拜黃同知及參議令公, 還路謁城主。 聞火賊, 燒盡朴士中家舍, 韓士瞻, 又遭母喪云。

4월 6일. 대사헌(大司憲) 김륵(金玏) 영공(令公)의 편지가 당도해 바로 답장을 썼다. 전적(典籍) 황광원(黃光遠)이 이르러 서로 이야기를 나누며 술을 마셨다. 해가 저물 무렵에 이극승(李克承)도 왔다.

　　六日。 金大憲玏令公簡到, 仍修復。 黃典籍廣遠至, 相話飮酒。 日欲暮, 李克承亦來。

4월 7일. 도성으로 가는 길에 군(郡)으로 들어가 성주(城主)를 뵈었는데, 콩 2말을 주어 노자(路資)로 삼게 했다. 단양(丹陽)에서 투숙해 조방장(助防將)의 군관 2명과 함께 잤다. 도적이 출몰해 길이 막힌 상황에서 이들 군관을 만난 것은 참으로 기쁜 일이다.

　　七日。 啓洛行, 入謁城主, 則與豆二斗爲路資。 投宿丹陽, 助防將軍官二人同枕。 賊出路梗, 逢此軍官, 可喜。

4월 8일. 저녁에 심항산(心項山)[45] 아래에서 박신(朴信)이 꿩을 사냥해 국을 끓였다. 이는 객지에서 얻기 어려운 진미였다. 저물어서 충주(忠州)에 도

---

45) 심항산(心項山) : 충주 지역에 있는 지금의 계명산(鷄鳴山)으로, 오동산(梧桐山)·계족산(鷄足山)이라고도 한다. 1958년에 계명산(鷄鳴山)으로 명칭이 변경되었다.

착했는데, 관우(館宇)는 불타 잿더미가 되었고 쑥대밭만 눈에 가득하니 사람
소리도 드물고 차가운 달빛만 부질없이 비추고 있었다. 비로소 적진(敵陣)이
항상 머물렀던 곳이어서 그 화가 더욱 심했다는 것을 알겠다. 연원 찰방(連
源察訪) 이영도(李詠道)[46]가 와서 만났는데, 나에게 쌀과 콩을 주고, 또 말하
기를, "도적이 두려우니 반드시 강 길을 따라 올라가야 합니다."라고 했다.

八日。夕炊心項下, 朴信射雉爲羹。是客中難得之味也。暮到忠州。館宇灰
燼, 蓬蒿滿目, 人聲稀罕, 冷月虛照。始知賊陣, 恒留之地, 其禍尤甚也。連源察
訪李詠道來見, 贈我米豆, 且言, "盜賊可畏, 須從江路上去。"云。

4월 9일. 아침에 누암(樓巖)[47]를 지나는데 뱃사공의 집이 모두 불타 있었
다. 가흥역(可興驛)[48]에 당도해 비를 만났다. 안평역(安平驛)[49]에 투숙했는데,
병란을 겪은 뒤라 역졸(驛卒)은 단지 한 두 명만 있었고, 또한 굶주림에 허
덕여 목숨이 조석에 달려 있었다.

九日。朝過樓巖, 舟人之家, 總入焚燹。到可興遇雨。投宿安平, 兵餘驛卒,
只有一二, 亦迫飢餓, 命在朝夕矣。

4월 10일. 비가 내렸다. 여주(驪州)에 이르니 인가(人家)가 충주(忠州)보다
조금 나았다. 백야(白也)의 강가 주점에 투숙했다. 연일 도롱이를 입고 있어
서 여로(旅路)의 피로가 더욱 심했다.(시가 있었다.)

十日。雨。到驪州, 人家稍勝於忠州。投宿白也江店。連日著簑, 路憊愈甚。
(有詩。)

4월 11일. 갈산(葛山)[50] 건너편에 도착해 말을 먹였다. 하늘이 잠시 맑게

---

46) 이영도(李詠道) : 1559~1637. 본관은 진보(眞寶). 자는 성여(聖與), 호는 동암(東巖). 할아버
지가 퇴계 이황(李滉).
47) 누암(樓巖) : 충청북도 충주시 가금면 누암리.
48) 가흥역(可興驛) : 충청북도 충주시 가흥면에 있었던 조선시대의 역 이름.
49) 안평역(安平驛) : 지금의 여주시 점동면 장안리에 있었던 조선시대의 역 이름.

개어 머리 돌려 멀리 강가를 바라보니, 촌락의 집들이 서로 닿아 있어 난리 중에 다행이었다. 해가 저물어 소천촌(小川邨)에서 묵었다.

十一日。 到葛山越邊, 秣馬。天假霽色, 回望江上, 邨家相接, 亂中幸也。暮宿小川邨。

4월 12일. 일찍 거룻배를 타고 내를 건너 광릉진(廣陵津)[51]을 지나갔다. 저녁에 전관(箭串)[52]의 마장(馬場)에서 저녁을 지어먹고 동대문을 따라 성으로 들어가 지평(持平) 황시지(黃是之)가 있는 집을 찾아갔다. 날이 이미 어두워진 뒤에 잠시 비가 내렸다. 이날 주상께서 모화관(慕華館)[53]에 거둥하여 시험 삼아 포를 쏘는 것을 관람했다. 정병(正兵)[54] 최덕부(崔德富)가 과녁을 꿰뚫었기 때문에 직부전시(直赴殿試)[55]되었다. 다만 관원들이 먹는 음식은 천인(賤人)과 같았다. 이는 바로 나라에서 녹봉을 지급할 수 없어, 단지 일료(日料)[56]만을 지급해서 음식을 준비해 접대했기 때문에 넉넉할 길이 없었던 것이다.

十二日。 早乘葦渡川, 越廣陵津。夕炊于箭串馬場, 從東大門入城, 尋得黃持

---

50) 갈산(葛山) : 갈산진(葛山津)을 말하는 것으로 보인다. ≪新增東國輿地勝覽 제8권 경기도 楊根郡≫ 지금의 경기 양평군 양근읍 양근리 주변으로 짐작된다.

51) 광릉진(廣陵津) : 경기도 광주에 있는 한강 나루터.

52) 전관(箭串) : 지명(地名)으로 살곶. 도성(都城)의 동교(東郊)인데, 지세가 평탄하고 지역이 넓어서 열무(閱武)하는 곳으로 쓰인다. 지금의 뚝섬 벌을 이른다.

53) 모화관(慕華館) : 서울특별시 서대문구 현저동에 있었던 객관(客館). 조선시대 명나라와 청나라의 사신을 영접하던 곳이다. 1407년(태종 7) 송도(松都)의 영빈관을 모방하여 서대문 밖에 건립하여 이름을 모화루(慕華樓)라 하였다. 모화루 앞에는 영은문(迎恩門)을 세우고 남쪽에 못을 파 연꽃을 심었다. 1429년(세종 11) 규모를 확장하여 개수하고 모화관이라 개칭했다.

54) 정병(正兵) : 장정으로 군역에 복무하는 사람. 군사에는 실제로 군무에만 종사하는 자와 이를 보호하는 보인(保人)·솔정(率丁) 등이 있는데, 정병은 곧 군무에만 종사하는 사람임을 말한다.

55) 직부전시(直赴殿試) : 과시(科試)의 최종 시험인 전시에 바로 응시하는 것. 과시의 종류에 따라 초시(初試)·복시(覆試)·회강(會講) 등이 있는데, 이런 시험 단계를 거치지 않고 곧바로 응시하는 것을 뜻한다.

56) 일료(日料) : 일급(日給).

平是之所在家。日已昏而雨暫灑矣。是日, 上行, 幸慕華館, 觀試放砲。正兵崔
德富, 以貫一串, 直赴殿試。但官員所食, 與賤人等。此乃國家, 不得班祿, 只給
日料而供億, 無從豊厚矣。

4월 13일. 아침에 행궁(行宮)[57]에 들어갔으나, 해가 지도록 사은숙배하지
못했다. 조보(朝報)를 통해, 명나라 조정에서 시랑(侍郎) 송응창(宋應昌) 등이
용병(用兵)을 싫어하여 조선에 왜적이 없다고 거짓으로 천자를 속이고 철군
해 돌아가려고 교대로 상소하는 글을 올려 논주(論奏)[58]했다고 여기고는, 장
차 군법을 시행하려 하고, 또 과두사(科斗使)를 파견해 왜적의 형세를 살피
려고 한다는 것을 알았다. 이는 적의 뜻이 상국(上國)에 있기 때문이었다. 낮
에 주인집 뒤에 올라 멀리 성안을 바라보니, 종묘와 궁궐의 터에 불탄 흔적
이 아직 남아있고 봄풀도 이미 자라 있었다. 이 때문에 상심하여 서성였는
데 나도 모르게 눈물이 흘렀다. 주상께서 거둥하여 계신 곳은 한 사제(私
第)[59]이었고, 조정 관원들의 의관도 천한 노예와 같았다. 말이 여기에 이르
러 더욱 통곡했다. 저녁에 윤제맹(尹齊孟)을 만나 서로 난리의 회포를 풀었
다. 듣건대 이희(李熹)[60] 씨가 삭영(朔寧)[61] 땅에서 해를 입었다고 한다.

十三日。朝入行宮, 以日晚未得, 謝恩。因朝報知, 中朝, 以宋侍郎應昌等,
厭其用兵, 詐稱朝鮮無賊, 欺罔天子, 撤軍還去故, 交章論奏, 將行軍法, 而又遣
科斗使, 審敵形勢云。是則敵志, 在上國故也。午登主人屋後, 望見城中, 宗廟
宮闕之墟, 燒痕猶在, 春草已長。傷心彷徨, 不覺淚下。主上臨御, 惟一私第, 朝
士衣冠, 有同賤隷。言之至此, 尤爲痛哭。夕逢尹齊孟, 相敍亂離之懷。聞李熹
氏, 被害於朔寧地云。

---

57) 행궁(行宮) : 임금이 나들이 때에 머물던 별궁.
58) 논주(論奏) : 임금에게 자기 의견을 논하여 아룀.
59) 사제(私第) : 개인 소유의 집.
60) 이희(李熹) : 1532~1592. 본관은 연안(延安). 자는 자수(自修), 호는 율리(栗里).
61) 삭녕(朔寧) : 경기도 연천군과 강원도 철원군 일부지역의 옛 지명.

4월 14일. 일찍 들어가 사은숙배했다. 한림(翰林) 박진원(朴震元)62)과 주서 (注書) 김덕온(金德溫)은 모두 동년(同年)인데, 성중[省中, 궁중]으로 나를 초대했다. [이들과] 이야기를 마치고 바로 객관으로 돌아오니, 주인 길남(吉男)과 그의 모친이 찾아왔다. 밥을 먹은 뒤에 의금부(義禁府)로 가니, 조이첨(趙爾瞻)63)과 이사손(李思孫)이 모두 있었다. 조이첨이 나를 위해 술을 사왔으나 해가 기근이 들고 누룩이 귀해서 술맛이 몹시 싱거웠다. 낮에 정곤수(鄭崑壽) 영공(令公)를 찾아뵙고, 저녁에 상국 류성룡을 뵈었다. 채계겸(蔡季謙)64)이 음성(陰城)에서 또한 상국(相國)의 집에 이르렀다. 난리 뒤 처음 만나는 터라 각자 고향소식을 물었다. 달빛에 홀로 걷자니 시장과 거리가 쓸쓸했다. 일찍이 번화한 곳이라 했건만 어찌 이리도 적막하단 말인가. 비통한 마음을 이길 수가 없다.

　　十四日。早入肅拜。朴翰林震元、金注書德溫, 皆同年也, 招我于省中。話訖卽返館, 主人吉男及其母來見。食後, 向義禁府, 趙爾瞻、李思孫, 咸在。趙爲我沽酒, 年飢麴貴, 酒味甚薄。午拜鄭崑壽令公, 夕謁柳成龍相國。蔡季謙自陰城, 亦踵相國門。亂後初逢, 各問鄕音。乘月獨行, 市巷寥落。曾謂繁華之地, 一何蕭索耶。不勝悲痛。

4월 15일. 일찍 의금부(義禁府)로 향해 또 조이첨(趙爾瞻)을 방문하고, 궐내로 들어가 하직숙배(下直肅拜)했다. 참봉(參奉) 윤진(尹璡)65)이 궐문에서 나왔는데, 난리 뒤 처음 만난 터라 더불어 회포를 풀었다. 머물고 있던 집으로 돌아오니, 봉사(奉事) 정사성(鄭士誠)66)이 와서 집에서 온 편지 1통을 주었다.

---

62) 박진원(朴震元) : 1561~1626. 본관은 밀양(密陽). 자는 백선(伯善), 호는 장주(長洲).
63) 조이첨(趙爾瞻) : 1556~?. 본관은 한양. 자는 군신(君愼).
64) 채계겸(蔡季謙) : 계겸은 채유종(蔡有終, 1561~1606)의 자(字). 본관은 인천(仁川). 호는 지헌(之軒).
65) 윤진(尹璡) : 1541~1612. 본관은 무송(茂松). 자는 계수(季守), 호는 희암(希菴)·송국주인(松菊主人).
66) 정사성(鄭士誠) : 1545~1607. 본관은 청주(淸州). 자는 자명(子明), 호는 지헌(芝軒). 안동 출신.

황시지(黃是之)에게 이별을 고하고, 국문(國門)을 나와 동쪽으로 길을 나서 소천촌(小川邨)에서 투숙했다.

十五日。早向禁府, 又訪趙爾瞻, 仍入闕內, 下直肅拜。尹參奉瑱, 自闕門出, 亂後初見, 共道所懷。返所寓家, 則鄭奉事士誠, 來付以家書一封。遂告別是之, 而出國門東行, 投宿小川邨。

4월 16일. 일찍 길을 출발했다. 듣건대 권채(權采)가 상을 당했다고 한다. 양근(陽根)에서 투숙했는데, 이 지역의 농지는 농사지은 곳이 많아 조금 살아갈 방도가 있었다.

十六日。早發路。聞權采丁憂。投宿陽根, 此地田, 多耕種, 稍有生理。

4월 17일. 충주(忠州)에서 투숙했다. 찰방(察訪) 이영도(李詠道)는 어사(御使)의 명령을 기다리는 일로 나갔다고 했다.

十七日。投宿忠州。李察訪詠道, 以御史待候事出去云。

4월 18일. 단양(丹陽)에서 묵었다.

十八日。宿丹陽。

4월 19일. 군위(軍威)의 이민숙(李民淑)과 함께 죽령(竹嶺)에 당도하니, 바람과 비가 크게 일었다. 갑자기 역마를 타고 오는 자가 있었는데, 바로 민조숙(閔肇叔)이었다. 그는 평릉도 찰방(平陵道[67]察訪)으로 사은숙배하려고 도성으로 가는 길이었다. 서로 말을 멈추고 이야기를 나눈 뒤에 험한 길을 걸어 군재(郡齋)에 도착해 성주(城主)를 뵈었다. 듣건대 욱문(郁文)이 어제 이미 세상을 떠났다고 한다. 날이 저물기 전에 집으로 돌아왔다.

十九日。與軍威李民淑, 偕至竹嶺, 風雨大作。忽有乘驛來者, 乃閔肇叔。以

---

67) 평릉도(平陵道) : 조선시대 강원도 평릉역(平陵驛)을 중심으로 한 역도(驛道).

平陵道察訪, 將謝恩向洛也。相駐話訖, 間關到郡齋, 謁城主。聞郁文, 昨已別
世。未暮返家。

4월 20일. 비가 그쳤다. 박경택(朴景擇)의 임정(林亭)에 가니, 대하(大賀)와
봉남(鳳男)이 이르렀다. 이들에게 듣건대 안이득(安而得)이 부모상을 함께 당
했다고 하여, 놀라움과 슬픔을 이길 수가 없었다. 이례(李禮) 어른이 열병에
걸려 또한 죽었다고 한다. 저녁에 가사령(假使令)이 고하여 말하기를, "김 도
사(金都事)가 나를 만나려고 합니다."라고 했다. 그래서 바로 군(郡)으로 향하
니, 창원(昌遠)과 성주(城主)가 함께 앉아 있었다. 더불어 베개를 나란히 베고
자면서 단란하게 서로 회포를 풀었다.

　二十日。雨歇。往朴景擇林亭, 大賀及鳳男到。憑聞安而得, 遭父母偕喪, 不
勝驚悼。李禮丈, 遘癘亦逝云。夕假使令告曰 : "金都事 欲見余。" 乃向郡, 昌
遠與城主同坐。與之聯枕。從容相敍。

4월 21일. 일찍 창원(昌遠)과 이별하고 백동(白洞)으로 가서 황 참의(黃參議)
를 뵈었다. 돌아오는 길에 상사(上舍) 황수규(黃秀奎)를 방문하고, 동년(同年)
남군우(南君佑)를 만나 이야기를 나누었다. 듣건대 김사술(金士述) 형과 이공
영려(李公榮閭)가 모두 이미 병으로 죽었다고 한다. 애통하고 슬픈 마음을 이
길 수가 없다.

　二十一日。早別昌遠, 往白洞, 拜黃參議。還路訪黃上舍秀奎, 逢南同年君佑
話。聞金兄士述、李公榮閭, 皆已病逝。不勝痛惜。

4월 22일. 조안중(趙安仲)[68]이 이르렀다. 난리 뒤에 처음 만나 더불어 회
포를 말하고 오후에 영천(榮川)으로 돌아갔다. 해가 저물 무렵에 둘째 형이
봉화(奉化)에서 당도해 말하기를, "순흥(順興) 사람들이 환곡(還穀)을 내어 밤

---

68) 조안중(趙安仲) : 안중은 조정(趙靖, 1555~1636)의 자(字). 본관은 풍양(豊壤). 호는 검간(黔
澗).

에 돌아가다가 왜적에게 해를 당한 자가 17명이다."라고 했다.

二十二日。趙安仲至。亂後初逢, 相與道懷, 午後下歸榮川。日暮, 仲氏, 自
奉化到 言, "順興之人, 出還穀夜歸, 爲敵所害者, 十七人。"

4월 26일. 예안(禮安)으로 출발해 지나는 길에 김륵(金玏) 영공(令公)을 찾아
뵈었다. 봉화(奉化)에 당도하니 봉화 현감(奉化縣監) 김부륜(金富倫)[69] 어른이
남청방(南廳房)에서 나를 맞이해 조밥을 대접했다. 산양현(山陽縣)의 일로 상
사 김강(金墹)[70]도 지방관의 자제(子弟)로서 왔다. 일찍이 큰형과 묵기로 약
속했으나 밤이 깊도록 도착하지 않았다. 참으로 까닭이 있을 것이다.

二十六日。發向禮安, 歷拜金玏令公。到奉化, 金太守富倫丈, 接我于南廳房,
饋粟飯。山縣之事也, 金上舍墹, 以徜子弟亦來。曾與伯氏期宿而夜深不至。良
有以也。

4월 27일. 봉화 현감(奉化縣監) 김부륜(金富倫)과 동헌(東軒)에서 마주하고 밥
을 먹으면서 술 세 분배를 나눈 뒤 길에 올랐다. 예안(禮安)의 현제(縣齋)에
도착하니, 예안 현감(禮安縣監) 신순부(申順夫)[71]가 도산(陶山)[72]으로부터 와서
객사에서 나를 맞이했다. 박사(博士) 노홍중(盧弘仲)[73]과 고여룡(高汝龍)도 자리
에 있었다. 우연히 서로 마주쳐서 한바탕 웃고는 베개를 나란히 베고 잤다.

二十七日。金倅對飯于東軒, 酒三行啓程。到禮安縣齋, 主倅申順夫, 從陶山
來, 接我於客舍。盧博士弘仲及高汝龍, 亦在座。適然相値, 一笑聯枕。

4월 28일. 나는 백동(柏洞)의 임소(任所)[74]로 향했다. 길에서 찰방(察訪) 권

---

69) 김부륜(金富倫) : 1531~1598. 본관은 광산(光山). 자는 돈서(惇敍), 호는 설월당(雪月堂).
70) 김강(金墹) : 본관은 광산(光山). 자는 기중(器仲). 김지(金址)의 아우.
71) 신순부(申順夫) : 순부는 신지제(申之悌, 1562~1624)의 자(字). 본관은 아주(鵝洲). 호는 오봉
(梧峰)・오재(梧齋).
72) 도산(陶山) : 경상북도 안동시 도산면.
73) 노홍중(盧弘仲) : 홍중은 노경임(盧景任, 1569~1620)의 자(字).
74) 백동의 임소(任所) : 경상북도 안동시 도산면 토계리에 위치했던 백동서재(柏洞書齋)를 이른

경호(權景虎)75)를 만나 말을 멈추고 서로 이야기를 나누었다. 백동서재(柏洞書齋)에 도착해 임금의 초상에 숙배했다. 재관(齋官)76)이 비록 향화(香火)를 갖추어 두었지만 오래도록 방치되어 비통한 마음을 이길 수가 없었다. 김지숙(金止叔)77)과 이태백(李太白)이 이곳에 있었고, 아동(衙童) 신지의(申之義)78)도 와서 책을 읽었다.

二十八日。余向白洞任所。路逢權察訪景虎, 駐馬相話。到書齋, 肅拜御容。齋官, 雖備香火, 久廢, 不勝悲慟。金止叔、李太白在焉。衙童申之義, 亦來讀書矣。

4월 29일. 아침에 함창(咸昌)에 보낼 편지를 써서 권 찰방(權察訪)이 가는 길에 부쳤다. 나만 홀로 [함창에] 돌아가지 못했는데, 절일(節日)79)이 또 다가와 선영(先塋)을 생각하니 나도 모르게 눈물이 났다. 밥을 먹은 뒤에 김지숙(金止叔)이 집으로 돌아갔다. 낮에 이영승(李永承)80)이 술을 가지고 도착했다. 밤에 비가 내렸다.

二十九日。朝裁咸昌所送簡, 付權察訪之行。身獨未歸, 節日又迫, 言念先墓, 不覺下淚。飯後, 金止叔還家。午李永承, 提壺來到。夜雨。

❀1594년 5월

5월 1일(무인). 숲과 골짜기에 안개가 자욱하게 끼었다가 해가 뜨자 바로 걷혔다. 고개를 돌려 멀리 청량산(淸凉山)81)을 바라보니 가슴 속이 확 트

다. 해제 각주 15) 참조

75) 권경호(權景虎) : 1546~1609. 본관은 안동(安東). 자는 종경(從卿), 호는 만오헌(晩悟軒).

76) 재관(齋官) : 재랑(齋郎)과 같은 말로, 조선 시대에 묘(廟) · 사(社) · 전(殿) · 궁(宮) · 능(陵) · 원(園) 따위의 참봉 등을 달리 이르던 말이다.

77) 김지숙(金止叔) : 지숙은 김기(金圻, 1547~1603)의 자(字). 본관은 광산(光山). 호는 북애(北厓).

78) 신지의(申之義) : 생몰년 미상. 예안 현감 오봉 신순부(申順夫)의 이복동생.

79) 절일(節日) : 여기서는 단오를 말한다.

80) 이영승(李永承) : 생몰년 미상. 본관은 영천(榮川). 자는 공술(公述).

81) 청량산(淸凉山) : 경상북도 봉화에 있는 산 이름.

였다.

五月一日(戊寅)。 林霏谷霧, 日出乃開。回望清凉, 意思豁豁。

5월 2일. 월란암(月瀾菴)[82]의 승려 정일(淨一)이 퇴도(退陶)[83] 선생이 지은 시축(詩軸)[84]을 가지고 찾아 왔다.

二日。 月瀾菴僧淨一, 持退陶先生所題詩軸來謁。

5월 3일. 일영(日永) 승려의 방에서 가끔 졸음을 다스렸다.[태조의 수용(睟容)[85]을 슬퍼하며 읊은 시가 있었다.]

三日。 日永僧房 時時戒睡。(哀太祖睟容有吟。)

5월 4일. 풍기(豊基)에서 녹봉(祿俸)이 도착했다.

四日。 豐基俸料到。

5월 5일. 비가 내렸다. 낮에 선성(宣城)[86] 태수(太守)가 술과 떡을 보내오고, 금언강(琴彦康)[87]도 술을 가지고 당도하여, 갑자기 술에 취해 난중의 근심을 잊었다.

五日。 雨。午宣城守, 送以酒餠, 琴彦康, 亦提壺來到, 忽然成醉, 忘却亂中之愁也。

---

82) 월란암(月瀾菴) : 도산 동쪽 5리 지점에 위치. 1545년에 을사사화가 일어나자 퇴계 선생이 그 해 3월에 월란암(月瀾菴)과 용수사(龍壽寺)에 은거했었다

83) 퇴도(退陶) : 이황(李滉, 1501~1570)의 호(號).

84) 시축(詩軸) : 시를 적는 두루마리.

85) 수용(睟容) : 온화하고 자상한 용모라는 뜻으로, 임금의 초상화를 달리 이르는 말이다. 어진(御眞)이라고도 한다.

86) 선성(宣城) : 예안현의 별칭.

87) 금언강(琴彦康) : 언강은 금개(琴愷, 1562~1629)의 자(字). 본관은 봉화(奉化). 호는 망월헌(望月軒).

5월 6일. 비가 개었다. 아침에 이복승(李福承)의 술을 마셨다. 저녁에 둘째 형이 봉화(奉化)에서 당도해 말하기를, "용흘(龍屹)이 염질(染疾)[88]에 걸려 거의 죽을 뻔했다가 회복되고 있다."라고 했다.

　　六日。雨晴。朝飲李福承酒。夕仲氏, 自奉化到曰："龍屹得染疾, 幾死向歇。"云。

5월 7일. 둘째 형과 도산(陶山)으로 가서 문묘를 배알하고 천연대(天淵臺)[89]에 올랐다. 퇴계 선생께서 손수 심은 소나무를 보고 어루만지니 감회가 있었다. 나는 홀로 고(故) 직장(直長) 이안도(李安道)[90]의 집에 가서 안부를 물었더니, 점심을 대접하고 나를 인도해 [집을] 보여주었다. 그 정이 후하다는 것을 알 수 있겠다. 해가 저물어 김지숙(金止叔)이 술을 가지고 당도해 그와 함께 잤다.[도산기(陶山記) 중의 운에 차운한 절구 18수가 있었다.]

　　七日。與仲氏向陶山, 謁廟登天淵臺。見先生手植松, 撫之而有感。余獨往故李直長安道家問安, 則饋以晝飯, 仍引我見之。可知其情厚也。日暮金止叔, 提壺到, 與之同枕。(次陶山記中韻十八絶。)

5월 8일. 둘째 형은 다시 봉화(奉化)로 가고, 김지숙(金止叔)도 집으로 돌아갔다.

　　八日。仲氏還向奉化, 止叔歸家。

5월 10일. 큰 비가 내렸다. 논밭에 재앙이 발생해 보리는 또 수확하기 어려웠다. 농사가 참으로 탄식할 일이다.

---

88) 염질(染疾) : 전염성 질병.
89) 천연대(天淵臺) : 경상북도 안동시 도산면 토계리에 있는 대의 이름. 퇴계 이황은 도산서원(陶山書院) 어귀를 곡구암(谷口巖)이라 하였는데, 곡구암의 동쪽을 천연대(天淵臺), 서쪽은 운영대(雲影臺)라고 한다.
90) 이안도(李安道) : 1541~1584. 본관은 진성(眞城). 자는 요원(遙原)·아몽(阿蒙), 호는 몽재(蒙齋). 할아버지는 퇴계(退溪) 이황(李滉).

十日。 大雨。田畝生灾, 麰麥, 又難收穫。民事可嘆。

5월 18일. 우는 비둘기 소리가 들렸다.[91] 석양 무렵 잠깐 개었으나 구름 모양은 아직도 어두워 비올 기색이 그치지 않았다. 전통(傳通)을 보니, 신응룡(辛應龍)이라고 하는 자가 적진(敵陣)에서 와서 말하기를, "왜군의 병사 가운데 조선에 투항한 자가 많았기 때문에, [왜군이] 군사를 이끌고 나와 양산(梁山)과 언양(彦陽) 등지에 진을 치고서, 투항한 무리를 돌려보낸다면 싸움이 없을 것이고 그렇지 않으면 진공할 것입니다."라고 했다. 심하도다. 우리나라가 일을 처리하는 잘못됨이여. 저들의 반란을 받아들이면 다만 저들의 분노를 돋우기에 족하고, 저들의 망명을 불러 오면 다만 저들의 분노를 빨리하기에 족할 것이니, 병란이 이어지고 화가 맺히는 일이 어느 해인들 그칠 날이 없을 것이다. 하물며 투항한 무리들을 문정(門庭) 아래에서 처리한다면 반드시 뒷날의 걱정거리가 될 것임에랴. 또한 저들이 하루아침에 대우하는 것이 뜻과 같지 않다고 여기고는 장차 다시 도망해 본국으로 돌아가서 우리의 군사기밀을 누설할지 어찌 알겠는가. 반복해 생각해도 다만 변방의 흔단(釁端)[92]을 쌓을 뿐이었다. 그러나 이미 풍성히 대접하고 또 후하게 관작(官爵)을 주어서 그들의 마음을 얽매어 우리 번방의 울타리로 삼았으니, 아! 그 또한 사려 깊지 못한 것이다. 변방 장수들의 무식함은 참으로 말할 것도 없지만, 조정 신하들의 계책도 어찌 그리도 전도되었단 말인가. 때문에 당세의 사람들이 애석하게 여겼다.

十一日。 鳴鳩一聲。夕景乍霽, 雲容猶黑, 雨意未歇。見傳通, 則辛應龍稱名者, 自敵陣來曰 : "倭卒多降於朝鮮, 故擧兵出來, 陣梁、山彦、陽等地, 而投

---

91) 우는……들렸다[鳴鳩一聲] : 비가 내릴 것 같은 상황을 표현한 말이다. 반구(斑鳩)라는 비둘기가 있는데. 이 새가 울면 비가 온다하여 비를 부르는 비둘기란 뜻에서 환우구(喚雨鳩)라 한다. 날이 흐리면 수비둘기가 울면서 암컷을 둥지에서 쫓아내고[天將雨 鳩逐婦], 날이 맑아지면 다시 암컷을 부른다는 고사가 전한다.
92) 흔단(釁端) : 서로 사이가 벌어져서 틈이 생기게 되는 실마리.

降之輩, 還則勿戰, 否則進攻."云。甚矣。我國, 處置之謬也。納彼之叛, 適足挑彼之怒, 招彼之亡, 適足速彼之怒, 兵連禍結, 無歲可已。況以投降之輩, 處之門庭之下, 未必不爲異日之患。又安知一朝待之不如意, 則將復亡還本國, 以我軍機漏洩乎。反覆思之, 只積邊釁。而旣豊享之, 又厚爵之, 以累其心爲我蕃離, 噫! 其亦不思矣。邊帥之無識, 固不足道, 廷臣之規畵, 何其顚倒。竊爲當世惜之。

5월 13일. 이태백(李太白)이 집으로 돌아갔다. 권종경(權從卿)93) 씨를 통해 큰형과 둘째 두 형의 편지를 받았다. 이를 통해 조극인(曹克仁)과 김명익(金明翼) 형제가 병으로 죽었다는 것을 알았다. 놀랍고 슬픈 마음을 금할 수가 없다. 저물 무렵부터 비가 내려 밤까지 이어졌다.

　　十三日。 太白還家。因權從卿氏, 得伯叔兩兄簡。憑審曹克仁、金明翼兄弟, 病死云。不勝驚悼。昏雨達夜。

5월 15일. 권종경(權從卿)이 다시 강원도 임소(任所)로 돌아갔다. 밥을 먹은 뒤에 현의 수령인 제독(提督) 고응척(高應陟)94)를 가서 뵈었다. 소촌 찰방(召村95)察訪) 김수화(金壽和)와 황산 찰방(黃山察訪) 이대기(李大期)96)도 객사에 당도했다. 얼마 뒤에 제독은 안동(安東)으로 향하고, 나와 두 마관(馬官)97)은 누각 위로 옮겨 앉아 주인의 술을 마셨다. 어둠을 타고 홀로 돌아오는데, 산 위의 달빛이 정말로 좋았다.

　　十五日。 從卿, 還向江原任所。食後, 往見縣倅高提督應陟。召邨察訪金壽和、黃山察訪李大期, 亦到客舍。已而提督, 向安東, 余及兩馬官, 移坐樓上, 飮主人栖。乘昏獨返, 山月正好。

---

93) 권종경(權從卿) : 종경은 권경호(權景虎, 1546-1609)의 자(字).
94) 고응척(高應陟) : 1531~1605. 본관 안동(安東). 자 숙명(叔明), 호 두곡(杜谷)·취병(翠屛).
95) 소촌(召村) : 조선시대 소촌역은 경상우도 소촌도의 본역이었다.
96) 이대기(李大期) : 1551~1628. 본관은 전의(全義). 자는 임중(任重), 호는 설학(雪壑).
97) 마관(馬官) : 찰방(察訪)과 같음 말로, 조선 시대에 각 도의 역참 일을 맡아보던 종육품 외직(外職) 문관의 벼슬을 이른다.

5월 19일. 저물 무렵부터 비가 내려 밤까지 이어졌다.

十九日。昏雨達夜。

5월 21일. 집에서 온 편지를 보니, 부리는 종이 없어 밭 갈고 소 먹이는 등의 일을 어찌 할 수가 없다하고 박경택(朴景擇)이 세상을 떠났다고 했다. 이 어찌 종유(從遊)하던 사람을 이제 헤어져야 한단 말인가. 애통하고 애통하다. 비가 오더니 또 밤까지 이어졌다.

二十一日。得見家書, 以無役奴, 治田養牛等, 無可奈何云, 而朴景擇別世。是何從遊之人, 至此相失耶。慟悼慟悼。雨又達夜。

4월 22일. 비가 내렸다. 먼저 익은 보리는 모두 썩어서 검게 변했다. 백성들의 운명이 가련하다.

二十二日。雨。麥之先熟者, 皆至腐黑。民命可憐。

5월 24일. 연일 비가 내리다가 비로소 개었다. 하인을 시켜 땔나무를 지도록 해 권 찰방(權察訪)의 가족이 임시로 머무는 곳으로 보냈다. 들건대 투항한 왜군을 내지(內地)에 나누어 거처하도록 했는데, 많아야 10여 명 씩에 불과하다고 한다. 이는 음식 제공[供饋]을 균등하게 하고 난을 일으키는 것을 막기 위한 것이었다.

二十四日。連雨始晴。使下人負柴, 送權察訪家所寓處。聞降倭之分處內地, 多不過十餘名。是則均供饋, 而防作亂也。

5월 26일. 삼대 같은 빗줄기가 종일 끊이지 않았다.

二十六日。雨脚如麻, 終日不絶。

5월 28일. 또 종일 비가 내렸다. 야인(野人)이 와서 알리기를, "보리이삭

가운데 싹이 난 것이 많고, 밤에 비가 크게 쏟아져서 강물이 터질 것 같습니다."라고 했다.

二十八日。又雨終日。野人來報曰 : "麥穗多生角, 夜雨大注, 若河決然。"

5월 29일. 정오가 되지 않아 비가 비로소 활짝 개었다.

二十九日。未及午, 雨始開霽。

5월 30일. 날이 개었다. 승려들이 보리를 거두어 달아나는 것을 보았다.

三十日。晴。觀僧輩, 奔走收麥。

☀1594년 6월

6월 1일(무신). 날이 개었다. 예안 현감(禮安縣監)이 전공(戰功)을 바로 잡는 일로 오랫동안 안동(安東)에 머물다가 오늘 비로소 임소(任所)로 돌아왔다고 한다.

六月一日(戊申)。晴. 禮倅, 以軍功修正事, 久留安東, 今始還官云。

6월 3일. 이말치(李末致)가 풍기군(豊基郡)의 식량을 줄여서 납부하는 일로 저물녘에 도착했다. 그에게 든건대 이극승(李克承)이 지난달 28일에 세상을 떠났다고 한다.

三日。李末致, 以豊郡粮料縮數來納事暮到。憑聞李克承, 別世於去月卄八日云。

6월 4일. 이태백(李太白)과 선성(宣城)으로 가서 태수(太守)를 방문해 서로 술을 마시며 이야기를 나누었다. 그리고 애일당(愛日堂)[98]에 올라 배회하며

---

98) 애일당(愛日堂) : 경상북도 안동시 도산면 분천리에 있는 조선시대의 정자. 정면 4칸, 측면 2칸의 겹처마 팔작지붕건물로, 1533년에 이현보가 부친 이흠을 위해 지은 일종의 경로당이다.

멀리 바라보니, 주인은 이미 고인이 되었고 뜰과 집도 황폐해져 있었다. 지난 일을 추억하며 그리워하니 감회가 없을 수 없었다. 주인은 농암(聾巖) 이상공(李相公)99)의 아들인 진사(進士) 이숙량(李叔樑)100)이다. 저물어 백동(柏洞)에 당도했다. 금언강(琴彦康)이 와서 묵었다.

　　四日。與太白向宣城, 訪太守, 相與觴話。遂登愛日堂, 徘徊觀望, 但主人已昔, 庭宇荒沒。追思往事, 不能無感。主人, 卽聾巖李相公之子進士叔樑也。暮到柏洞。琴彦康來宿。

6월 6일. 영천(榮川)의 식량이 도착했다.

　　六日。榮川粮料到。

6월 7일. 풍기(豊基)의 집으로 길을 나섰다. 날씨는 무덥고 길도 무너져 초라한 종아이와 파리한 말에 행색이 몹시 군색했다. 어두워서 집에 도착하니, 아내와 자식들이 말하기를, "수확한 보리가 겨우 몇 석뿐인 것은 김매기를 겨우 한 번 했기 때문으로 살길이 곤궁합니다."라고 했다. 그러나 다만 하늘의 뜻을 따를 뿐이다.

　　七日。啓豊家行。日熟路崩, 殘僮羸馬, 行色甚窘。到家昏黑, 妻子言, "收麥纔數石, 除草僅一番。生理困極。" 然但當順天而已。

6월 8일. 예안(禮安)에서 데리고 온 사람인 정억(鄭億)과 옥주(玉珠) 등이 돌아갔다. 저녁에 우레가 치고 비가 조금 내렸다.

　　八日。禮安率來人鄭億、玉珠等, 還歸。夕雷小雨。

6월 9일. 아침에 군(郡)에 들어가 성주(城主)를 뵈었다. 인동(仁同)의 장현광

---

99) 이 상공(李相公) : 이현보(李賢輔, 1467~1555). 본관은 영천(永川). 자는 비중(菲仲), 호는 농암(聾巖)·설빈옹(雪鬢翁).
100) 이숙량(李叔樑) : 1519~1592. 본관은 영천(永川). 자는 대용(大用), 호는 매암(梅巖).

(張顯光)[101], 좌랑(佐郎) 노경임(盧景任)과 함께 이야기를 나누고 저녁에 집으로 돌아왔다.

　　九日。 朝入郡謁城主。仁同張顯光及盧佐郎景任同話, 乘夕還家。

6월 10일. 들건대 김륵(金玏) 영공(令公)이 이조참판(吏曹參判)으로 군(郡)에 당도했다고 한다. 아침에 군에 들어가 모시고 향사당(鄕射堂)에서 잤다.

　　十日。 聞金玏令公, 以吏曹參判到郡。朝入以待, 仍宿鄕射堂。

6월 11일. 진사(進士) 김천상(金天祥)의 부고가 당도했다. 놀랍고도 슬픈 마음을 금할 수가 없다. 밥을 먹은 뒤 군에 들어가 장령(張翎)[102] 성주(城主)를 뵈었다. 그는 예천 군수(醴泉郡守)에 새로 임명되어 도성으로 가는 길에 이 풍기군(豊基郡)에 도착한 것이다. 정오에 태수(太守)가 제운루(齊雲樓)[103]에 올라 술과 음식을 베풀었다. 장현광(張顯光)과 노경임(盧景任)이 자리에 있었고 나도 참석했다. 돌아올 때 남청방(南廳房)에 있는 찰방(察訪) 류여미(柳汝美)[104]를 방문했다.

　　十一日。 金進士天祥訃到。不勝驚悼。食訖, 入拜張翎城主。以其新除醴泉郡守 啓洛行, 而到此郡也。當午太守, 登齊雲樓, 設酒食。張顯光、盧景任, 在座, 余亦參焉。還時, 訪柳察訪汝美于南廳房。

6월 12일. 좌랑(佐郎) 노경임(盧景任)이 도성으로 향했는데, 장마 뒤에 더위가 심해 길을 가는 것이 걱정스럽다. 낮에 남양중(南養仲)과 황명원(黃明遠) 등 여러 시종관(侍從官)들이 당도해 서로 편안하게 이야기를 나누었다. 저녁에 참판(參判) 김륵(金玏)이 군에 들어왔다. 김공제(金公濟)와 황광원(黃光遠)은

---

101) 장현광(張顯光) : 1554~1637. 본관 인동(仁同). 자 덕회(德晦). 호 여헌(旅軒).
102) 장령(張翎) : 1543~1594. 본관은 울진. 자는 운거(雲擧), 호는 월송(月松).
103) 제운루(齊雲樓) : 풍기군 객관(客館) 동쪽에 있었다. <동국여지승람 권25>
104) 류여미(柳汝美) : 여미는 류주(柳袾)의 자(字).

함께 돌아갔다.

十二日。盧佐郎向洛, 但霖餘暑酷, 行路可慮。午南養仲、黃明遠僉侍到, 相
與穩話。夕金參判入郡。公濟及光遠, 偕歸。

6월 13일. 성주(城主)가 토적(土賊)을 체포하는 일로 군대를 움직이려 한다
고 했다. 지금은 비록 농사철이나 진실로 부득이한 일이었다. 이때에 여러
고을의 굶주린 백성들이 각각 깊은 산을 점거해 많은 곳은 수천으로 무리
를 이루고, 적은 곳도 수백으로 무리를 이루었다. 그리고 깃발을 세우고 북
을 울리면서 마을에서 훔치고 사람을 해쳤으니, 그 걱정은 실로 왜군과 같
았다. 그러니 수령이 어찌 남의 일 보듯이 하면서 제거하지 않을 수 있겠는
가. 풍기군(豊基郡)과 같은 경우는 그들의 해독이 어느 곳보다 심했는데, 불
러 모은 무리들이 단양(丹陽)의 깊고 험한 곳을 근거지로 삼고는, 혹은 죽령
(竹嶺)에서 사람들을 겁탈하고 혹은 은풍(殷豊)[105] 경내의 민가를 도륙하고
불살랐기 때문에 그들의 해독을 입지 않은 사람이 없었다. 이것이 풍기 군
수가 적을 체포하는 데에 급급해 6월에 군사를 움직인 이유였다.

十三日。城主, 以土賊剿捕事, 將欲動軍云。是雖農時, 誠不得已之擧也。當
此時, 列邑飢氓, 各占深山, 多者千百爲羣, 少者數百爲徒。建旗鳴鼓, 竊閭閻害
人物, 其爲患 實同倭兵。守令寧可越視而不除乎。若豊郡, 其害甚焉, 嘯聚之
輩, 據丹陽深險處, 或劫人於竹嶺, 或屠燒於殷豊境內民家, 將無不被其毒。此
豊倅之, 汲汲於捕敵, 而動六月之師者也。

6월 14일. 듣건대 민조숙(閔肇叔)이 도성에서 군(郡)을 지나갔고, 노홍중(盧
弘仲)은 일 때문에 행차를 멈추었으며, 또 단양 군수(丹陽郡守)는 토적(土賊)의

---

105) 은풍(殷豊) : 경상북도 영주 지역의 옛 지명으로, 지금의 경상북도 예천군 은풍면에 해당
되는 지역이다. 이 지역은 풍기와 문경 사이의 소백산맥 남쪽 사면에 있어 삼국시대 초기
백제와 국경을 이루어, 이곳에 있는 도솔산(兜率山)은 동쪽의 죽령(竹嶺)과 함께 중요한
군사 · 교통상의 요지였다. 도솔산에는 옛 산성이 있었으며, 고현(故峴)을 통하여 북쪽으
로 단양과 이어지고 동서로는 은풍을 중심으로 풍기와 문경을 연결했다.

수괴 2명을 체포하고, 예천(醴泉)의 군대는 7명을 체포했으나, 풍기(豊基)는 군대가 기약한 날에 미치지 못해 빈손으로 돌아왔다고 한다. 가만히 토적을 체포하는 방법을 생각해 보니, 단양(丹陽)처럼 험한 곳에 은거한 토적은 여러 고을이 힘을 합쳐 도모한다면, 저들 가운데 또한 죽음을 두려워하는 자들이 이 말을 듣고서, 혹은 영원히 침입해 포악하게 하는 짓을 그치고 다시 일반 백성이 되는 자가 있을 것이고, 혹은 마음대로 노략질하는 것을 감행하지 못할 자가 있을 것이니, [그 기세는] 깃털처럼 점점 쇠락할 것이다. [이렇게 되면] 비록 일시에 그 근심거리를 모두 없앨 수는 없을 것이지만 자연히 막을 수는 있을 것이다.

　　十四日。 聞閔肇叔, 自洛過郡, 盧弘仲, 以事停行, 且審丹陽守, 捕土賊魁者二名, 醴泉軍, 捕七名, 豊基, 則軍不及期, 空手乃還云。默思土賊剿捕之術, 則如丹陽, 據險之處, 諸邑竝力圖之, 則彼亦畏死者, 相與聞之, 或有永戢其侵暴, 而復爲齊民, 或有無敢於橫掠, 羽毛漸落矣。雖不得一時, 殄滅其患, 自然可弭也。

6월 16일. 돌아가신 아버지의 제사를 지냈다. 저녁에 잠시 우레가 치면서 비가 내렸다.

　　十六日。 行先考忌祭。夕乍雷灑雨。

6월 17일. 날씨가 몹시 더웠다. 저녁에 큰형이 함창(咸昌)에서 도착하고, 둘째 형은 봉화(奉化)에서 이르러 각자 집안이 평안한지를 세세히 물었다. 오늘은 죽은 아우인 수신(守信)의 생일이나, 밥만 올리고 술을 권하지 못해 진실로 마음이 섭섭했다.

　　十七日。 日候甚熱。夕伯氏, 自咸昌到, 仲氏, 由奉化至, 細問各家平安。是日, 乃亡弟生日, 而只得薦飯, 不侑以酒, 良可缺然。

6월 18일. 돌아가신 어머니의 제사를 지냈다. 큰형은 낮에 함창(咸昌)으로 향하고, 둘째 형은 다음날 봉화(奉化)로 돌아갔다.

十八日。行先妣忌祭。伯氏, 午向咸昌, 仲氏, 翌還奉化。

6월 21일. 장전(場田)[106]의 벼이삭을 살펴보니, 장마 뒤 가뭄으로 말라 죽으려 했다. 이는 이른바 지극히 구비되고 지극히 없다[極備極無][107)는 것으로 모두 흉한 것이었다. 그러니 백성들은 어떻게 살아가야 할지 모르겠다.

二十一日。觀場田禾稼, 霖餘天旱, 將至枯死。所謂極備極無, 皆凶也。不知民生, 何以資活耶。

6월 22일. 새벽에 안개가 끼었다가 늦게 걷혔다. 더운 기운이 몹시 혹독한데도 예안(禮安) 사람이 말을 끌고 도착했다. 밤에 우레가 치면서 비가 내렸다.

二十二日。曉霧晚開。暑氣甚酷, 禮安人牽馬到。夜雷雨。

6월 23일. 밥을 먹은 뒤에 제운루(齊雲樓)[108]에서 성주(城主)를 뵙고 있는데, 갑자기 크게 천둥이 치고 바람이 불었다. 얼마 뒤에 비가 개자, 바로 서헌(西軒)으로 가서 노홍중(盧弘仲)과 이야기를 나누었다.

二十三日。食後, 謁城主于齊雲樓, 忽然大雷電以風。俄而開霽, 仍向西軒, 與盧弘仲話。

6월 25일. 선성(宣城)으로 길을 나섰으나 말이 절뚝거려 탈 수가 없었다. 산속의 좁은 길을 따라 걷다가 갑자기 소낙비를 만나 행장이 다 젖었다. 한

---

106) 장전(場田) : 마위전(馬位田)이라고도 하며, 추수한 곡식을 역마(驛馬)의 먹이로 쓰는 밭을 이른다.
107) 지극히……없다[極備極無] : 1권 각주220) 참조.
108) 제운루(齊雲樓) : 풍기군 객관(客館) 동쪽에 있었다. ≪新增東國輿地勝覽 25권≫ <경상도 풍기군> 편 참조.

현(漢峴)에 오를 즈음 날씨가 개었다. 날이 저물어 백동서재(柏洞書齋)에 도착하니, 이태백(李太白)의 학질(瘧疾)[109] 증세는 이미 나았다고 했다.

二十五日。啓宣城行, 但以馬蹇不能騎。步由峽路, 忽逢驟雨, 霑盡行裝。及登漢峴, 天已霽矣。日昏, 到柏洞書齋。太白瘧症, 已瘳云。

6월 26일. [선성(宣城)으로 오는] 길에 더위를 먹어[110] 종일 잠을 잤다.

二十六日。行路中暑, 終日就寢。

6월 27일. 김중청(金中淸)[111] 씨가 아침에 당도해 서로 회포를 풀었다.

二十七日。金中淸甫, 朝到相敍。

6월 28일. 이태백(李太白)과 도산서원(陶山書院)[112]으로 가니, 이광승(李光承)[113]과 원장(院長) 금응훈(琴應壎)[114], 유사(有司) 박몽담(朴夢聃)이 모두 모여 있었고, 박홍경(朴弘慶)도 뒤에 이르렀다. 저녁에 백동(柏洞)으로 돌아왔다. 집경전(集慶殿)의 제기를 받들어 옮기는 일로 경주(慶州)로 가야 하는데, 더위가 혹독해 걱정스럽다.

二十八日。與太白往陶山, 李光承、及院長琴應壎、有司朴夢聃. 皆會, 朴弘慶後至。夕還柏洞。以殿祭器奉移事, 將向慶州, 暑酷可憫。

6월 29일. 경주(慶州)로 떠날 행장을 차리고 이태백(李太白)과 청음석(淸吟

---

109) 학질(瘧疾) : 말라리아.
110) 더위를 먹어[中暑] : 중서는 더위를 먹어서 생기는 병으로, 몸에 열이 나고 속이 메스꺼우며 맥은 가늘고 빨라지는데, 심하면 어지러워 졸도하기도 한다.
111) 김중청(金中淸) : 1567~1629. 본관은 안동(安東). 자는 이화(而和)·청지(淸之), 호는 만퇴헌(晚退軒)·구전(苟全).
112) 도산서원(陶山書院) : 퇴계 이황 선생을 기리기 위해 만든 경상북도 안동시 도산면 토계리에 있는 서원.
113) 이광승(李光承) : 1540~1604. 자는 군술(君述), 호는 여암(黎巖).
114) 금응훈(琴應壎) : 1540~1616. 본관은 봉화(奉化). 자는 훈지(壎之), 호는 면진재(勉進齋).

石)[115]으로 갔다. 김직재(金直哉)[116]와 약속이 있었기 때문이다. 이영승(李永承) 부자와 이윤적(李允迪)이 모두 모여 물고기를 삶아 술을 마시고 저녁에 각자 흩어졌다. 돌아오는 길에 박홍경(朴弘慶)을 만나고, 또 권종경(權從慶)이 임시로 거처하는 집을 찾아갔다.

二十九日。治慶州行, 與太白往淸吟石。以金直哉有約故也。李永承父子及李允迪咸會, 烹鮮引酒, 乘夕各散。還路, 見朴弘慶, 又過權從慶寓家。

✹1594년 7월

7월 1일(정축). 일찍 경주(慶州)로 가는 길에 올랐다. 금응방(琴應房)이 함께 했다. 진보(眞寶)에 도착하니 날이 이미 저물었다. 태수(太守) 김희계(金希契)[117]는 일 때문에 안동(安東)에 갔다고 한다.

七月一日(丁丑)。早啓慶州行。琴應房偕焉。到眞寶, 日已暮。太守金希契, 以事向安東云。

7월 2일. 새벽에 안개가 끼었다. 창수원(蒼水院)을 지나 말을 먹이고 영해부(寧海府)에 이르니, 밤이 이미 깊어 가고 있었다. 나는 이질(痢疾) 때문에 밥을 폐하고 잠자리에 들었다.

二日。曉霧。歷蒼水院秣馬, 及至寧海府 夜已向深矣。余以痢患, 廢食就寢。

7월 3일. 아침에 아헌(衙軒)에 들어가 주쉬(主倅) 김경진(金景鎭)과 이야기를 나누었다. 낮에는 나를 사청(射廳)[118]으로 초대해 술자리를 베풀었다.

三日。朝入衙軒, 與主倅金景鎭話。午邀我射廳, 設栢酌。

---

115) 청음석(淸吟石) : 현재 경상북도 안동시 도산면사무소 옆으로 흐르는 온계천 하류 200m 지점에 위치.
116) 김직재(金直哉) : 직재는 김득청(金得淸)의 자(字).
117) 김희계(金希契) : 생몰년 미상. 본관은 김해(金海). 자는 사수(士數).
118) 사청(射廳) : 조선 시대에, 무과의 시험장으로 쓰던 대청으로, 활쏘기를 연습하던 곳이다.

7월 4일. 아침에 고조모의 묘를 살펴보고 술을 올리고는 바로 돌아왔다. 영해부(寧海府) 사람인 박세순(朴世淳)[119]은 나의 외고조인 신공 득청(申公得淸)[120]의 외손이다. 주쉬(主倅)가 사청(射廳)으로 와서 이야기를 나누었다. 백문서(白文瑞)도 이어서 도착했다. 점심과 술을 곁들이고 남관(南館)으로 돌아와 바로 잤다.

　　四日。 朝省高祖母墳, 薦酒乃還。府人朴世淳, 乃吾外古祖, 申公諱得淸外裔也。來話主倅射廳。白文瑞繼至。食點引栖, 還南館仍宿。

7월 5일. 영덕(盈德)으로 가다가 이양원(李養源)을 만나 서로 회포를 풀었다. 다만 경황이 없었기 때문에 말을 다 하지 못했다.

　　五日。 向盈德, 逢李養元相敍。但草次言不盡。

7월 6일. 아침에 청심루(淸心樓)[121]에 오르니, 강산의 아름다운 경관과 전인(前人)들의 저술이 갖추어져 있었다. 난중에 이곳에 올라 그윽한 심회를 풀 수 있는 것도 하나의 행운이었다. 저녁에 청하(淸河)[122]에서 투숙했다. 청하 현감(淸河縣監) 정응성(鄭應聖)[123]은 전공으로 당상(堂上)에 승진한 자인데, 해월루(海月樓)[124]로 나를 초대했다. 비가 쏟아지고 날이 찌는 듯 무더워 이질(痢疾)이 재발했다.

　　六日。 朝上淸心樓, 江山之好, 前人之述備矣。亂中登玆, 得暢幽懷, 亦一幸

---

119) 박세순(朴世淳) : 1539~1612. 본관은 무안(務安). 자는 경수당(慶壽堂).
120) 신득청(申得淸) : 고려시대 판사(判事)를 지냈다. 영해신씨(寧海申氏)는 신득청을 시조로 하고 있으나, 전해지는 문헌이 없어 정확한 세계는 알 수 없다. 문정공(文貞公) 신현(申賢)을 시조라고 하는 문헌도 전해진다.
121) 청심루(淸心樓) : 지금의 경상북도 영덕읍 남석리 일대에 있었던 석축(石築)의 읍성 서문에 있었다.
122) 청하(淸河) : 경상북도 포항지역의 옛 지명.
123) 정응성(鄭應聖) : 1563~1644. 본관은 연일(延日).
124) 해월루(海月樓) : 해월루는 당시 청하현(淸河縣) 읍내에 있었던 누대인데, 현재는 남아 있지 않다. 청하현은 현재의 행정구역으로는 포항시 북구 청하면 덕성리 일대이다.

也。夕投淸河。太守鄭應聖, 以軍功陞堂上者也, 接我于海月樓。雨注日蒸, 痢疾更作。

7월 7일. 비가 내렸다. 서둘러 밥을 먹고 길을 나서 안강현(安康縣)125)에 이르렀다. 도사(都事) 정사신(鄭士信)과 계림 부윤(鷄林府尹) 박의장(朴毅長)126), 판관(判官) 조구인(趙求仁)이 모두 도착했다는 말을 듣고, 나는 바로 나아가 제기(祭器)를 운송하는 일을 의논했다. 선산(善山)의 김석윤(金錫胤)도 마침 와서 자리에 참석했다.

　　七日。 雨。促飯啓行, 至安康縣。聞都事鄭士信、鷄林尹朴毅長、判官趙求仁。 皆到。余乃就議祭器輸運事。善山金錫胤, 適來與席。

7월 8일. 토적(土賊)이 곳곳에서 길을 막았기 때문에 도사(都事)가 순찰사(巡察使)의 공문에 의거해 노중(路中)의 수령들로 하여금 제기를 호위하여 출경(出境)을 인도하도록 했다. 그래서 판관(判官)이 나와 함께 출발해 기계현(杞溪縣)127)에 도착하여 머물고 있었고, 나는 운주산(雲住山)128) 안국사(安國寺)129)로 향했다. 제기를 난리 뒤 이곳으로 옮겨두었기 때문이다. 산길을 빙빙 돌아 온갖 어려움을 겪으며 갑자기 소낙비를 만났다. 안국사에 이르니, 기계현의 별감(別監) 이용갑(李龍甲)과 서첨민(徐添民)이 보관하고 있던 제기와 제복 등을 내주었다. 나는 바로 제기를 살피고 운송해 현재(縣齋)로 들어가니, 판관이 촛불을 밝히고 앉아 나를 대접했다. 저녁에는 기계현의 좌수(座首)인 김백령(金百齡)이 올린 술을 마셨다. 신협(辛協)은 오지 않았다.

---

125) 안강현(安康縣) : 지금의 경상북도 경주시 북서쪽 끝에 있는 안강읍의 옛 이름.
126) 박의장(朴毅長) : 1555~1615. 본관은 무안(務安). 자는 사강(士剛).
127) 기계현(杞溪縣) : 지금의 경상북도 포항시 북구 기계면.
128) 운주산(雲住山) : 경상북도 영천시 임고면 및 자양면과 포항시 기계면 일대에 있는 산.
129) 안국사(安國寺) : 신라시대에 창건되어 수도 금성(金城)의 북쪽을 방어하는 기능을 가졌던 사찰로 짐작되며, 1905년 을사조약 뒤 경북 동남 지역 의병부대 근거지 중의 하나로 일본군에 의해 초토화되었다.

八日。土賊, 處處作梗, 都事, 據巡察使關, 令一路守令, 護衛祭器, 導之出境。
故判官, 與我偕發, 到杞溪縣止焉, 余向雲住山安國寺。以祭器亂後, 移置于此
故也。峯回路轉, 艱關涉歷, 忽遇驟雨。及至其寺, 縣別監李龍甲、徐添民, 出
所藏祭、器祭、服等。余乃奉審, 輸入縣齋, 判官, 明燭坐饋我。夕飯縣座首金
百齡以酒進。辛協不來。

7월 9일. 아침에 비가 내렸다. 나는 판관(判官)을 머물도록 하고 홀로 제
기를 받들고 길을 나섰다. 데리고 간 자는 두 별감(別監)과 무반(武班) 이순성
(李循性) 및 군인 20여 명이었다. 다만 어진(御眞)은 이미 동도(東都, 경주)로 옮
겼고, 제기도 이와 같이 제자리로 돌아갈 날이 있다고 생각하니, 나도 모르
게 눈물이 흘렀다. 신광현(神光縣)[130]에서 점심을 먹고 마자현(麻子峴)을 넘어
별감 이하 3명을 돌려보낸 뒤에 홀로 청하(清河)로 들어갔다. 청하 현감(清河
縣監)과 송라승(松羅丞) 이경항(李景恒)[131]이 동석해 나에게 술과 떡을 바라지
했다. 편안하게 이야기를 나누다가 파하고 해월루(海月樓)[132]에서 묵었다.

九日。朝雨。余乃止判官, 而獨奉祭器啓行。所率者, 兩別監與武班李循
性、及軍人二十餘名。但念眞御[133], 已移東都, 祭器, 亦如之, 其復故處有日
耶, 不覺淚下。中火神光縣, 踰麻子峴, 還送別監以下三人, 獨入清河。主倅與
宋羅丞李景恒同席。供我酒餅, 穩談乃罷, 宿海月樓。

7월 10일. 일찍 출발했다. 청하현(清河縣)의 별감(別監) 김천장(金千璋)이 호
위하는 일로 함께 왔다. 바닷가에서 말을 먹이고 신미어(新彌魚)[134]를 잡아
탕을 끓였는데, 그 맛이 담백하고 맛있었다. 좌수(座首) 김봉서(金鳳瑞)가 고

---

130) 신광현(神光縣) : 경주부의 북쪽 50리에 있었다. ≪新增東國輿地勝覽 23권≫ 경상도 경주
   부편.
131) 이경항(李景恒) : 1551~?. 본관은 신평(新平). 자는 언립(彦立).
132) 해월루(海月樓) : 청하현 읍내에 있었다. ≪新增東國輿地勝覽 23권≫ 경상도 청하현편.
133) 眞御 : '御眞'의 오기.
134) 신미어(新彌魚) : 자세하지 않다.

월개(高月介) 냇가에서 술을 대접했다. 영덕(盈德)에 당도하니, 태수(太守) 안진(安璡)[135]이 경주에서 비로소 돌아와 서헌(書軒)으로 나를 초대해 술을 권했다. 밤에 조붕(趙鵬)과 함께 잤다. 조붕은 조 훈도(趙訓導)의 서자(庶子)로, 서생포 만호(西生浦萬戶)의 군관이었다. 이축(李軸)[136]은 또한 함창(咸昌) 사람으로, 창의군(昌義軍)[137]에 소속되어 왜군의 머리를 벤 공이 있었는데, 의병장 이봉(李逢)[138]이 [이를] 계문(啓聞)[139]해 지금 만호(萬戶)가 되었다.

十日。 早發。縣別監金千璋, 以護衛事偕來。秣馬海畔, 得新彌魚爲湯, 其味淡且好矣。金座首鳳瑞, 進栖于高月介溪邊。到盈德, 安璡、安璡, 自慶州始還, 接我于西軒, 勸之以酒。夜與趙鵬同宿。鵬, 即趙訓導庶子, 而爲西生浦萬戶軍官。李軸, 亦咸昌人, 屬於倡[140]義軍, 斬倭有功, 義兵將李逢啓聞, 今爲萬戶。

7월 11일. 신의제(申義濟)와 경제(經濟)는 모두 신공 득청(申公得淸)의 후손이고, 별감(別監) 박인걸(朴仁傑)도 신공(申公)의 외손인데 이른 아침에 나를 찾아왔다. 밥을 먹은 뒤 길에 올라 진보(眞寶)에 이르니, 밤이 이미 깊어가고 있었다. 함께 잔 사람은 영덕(盈德)에서 데리고 온 별감(別監) 류저(柳渚)뿐이었다.

---

135) 안진(安璡) : 생몰년 미상. 본관은 순흥(順興). 자는 군보(君寶), 호는 모암(慕庵). 문성공 안향(安珦)의 14대손이다.
136) 이축(李軸) : 1565~1647. 본관은 성주(星州). 자는 덕재(德載), 호는 가악재(佳岳齋).
137) 창의군(昌義軍) : 함창 지역에서 1592년 7월 30일에 창의한 의병군을 이른다. 여기서 昌義軍은 함창 지역의 의병을 일컫는 고유명사로 쓰였으며, 기타 일반적인 창의군은 倡義軍으로 쓴다. 임진왜란 당시 경상도 지역의 지역별로 창의(倡義) 내용을 보면, 함창 지역에서 1592년 7월 30일에 창의군(昌義軍)이 조직되었고, 8월 16에는 보은 등 속리산에서 충보군(忠報軍)이, 그리고 9월 13일에 상주 지역을 중심으로 상의군(尙義軍)이 결성되었다. 특히, 함창 지역의 창의군은 상의군·충보군에 앞서 조직되어 상주의병 활동의 선봉에 섰으며, 전 고을로 확산시키는 계기가 되었다고 하겠다. 곽희상, <함창현 최초 임란창의 주창자-채유희·유종(蔡有喜·有終) 형제>, ≪상주의 인물≫ 5권, 2016, 111쪽 참조.
138) 이봉(李逢) : 생몰년 미상. 본관은 완산(完山). 자는 자운(子雲).
139) 계문(啓聞) : 조선 시대에 신하가 글로 임금에게 아뢰던 일을 말하는데, 계품(啓稟)이라고도 했다.
140) 倡 : 昌의 오기. 임진왜란 당시 함창 지역의 의병은 창의군(昌義軍)으로 불리었다.

十一日。 申義濟經濟, 皆申公得淸之苗裔, 別監朴仁傑, 亦申之外裔也, 早朝
來見余。飯後登路, 及至眞寶, 夜已向深。同宿者, 盈德領來別監柳渚耳。

7월 12일. 물이 불어나 진보현(眞寶縣)에 머물렀다. 수성장(守城將) 박언필
(朴彦弼)[141]이 찾아왔는데, 인동(仁同)의 장효원(張孝元)이 마침 도착했다. 그는
제원(悌元)의 형이다. 정처 없이 떠돌던 정황을 듣자니, 사람으로 하여금 눈
물짓게 했다. 이날 안개가 짙게 끼었다.(과거가 있다는 소식을 듣고 읊은 시가 있
었다.)

十二日。 水漲留縣。守城將朴彦弼來見, 仁同張孝元適到。乃悌元兄也。聞
說流離之狀, 令人墜淚。是日霧塞。(聞有科擧有吟。)

7월 13일. 신계(神溪)를 건너 김형윤(金亨胤) 어른을 뵙고 임하(臨河)[142]에
도착하니, 남윤경(南潤慶)이 찾아왔다. 질퍽한 길과 울퉁불퉁 튀어나온 돌[惡
石] 때문에 사람과 말이 함께 피곤해 금택(琴澤)의 집에 투숙했다.

十三日。 渡神溪, 拜金亨胤丈, 到臨河, 南潤慶來見。泥路惡石, 人馬俱困,
投琴澤家宿焉。

7월 14일. 금 사평(琴司評)[143]을 뵈었는데 아침밥과 술을 대접했다. 금언
각(琴彦覺)[144]과 언강(彦康)[145]도 모두 자리에 있었다. 물가에 당도했으나, 물
결이 불어나 배로 건넜다. [예안으로] 들어가 조 월천(趙月川)[146] 장석(丈
席)[147]을 뵈었다. 그러나 술을 먹은 빛이 얼굴에 올라 위의(威儀)가 또한 손

---

141) 박언필(朴彦弼) : 생몰년 미상. 본관은 영해(寧海). 자는 국간(國幹).
142) 임하(臨河) : 경상북도 안동 지역의 옛 지명.
143) 금 사평(琴司評) : 금난수(琴蘭秀, 1530~1604)를 가리킨다. 본관은 봉화(奉化). 자는 문원
(聞遠), 호는 성재(惺齋)·고산주인(孤山主人).
144) 금언각(琴彦覺) : 언각은 금경(琴憬, 1553~1633)의 자(字). 본관은 봉화. 호는 월담(月潭).
145) 언강(彦康) : 언강은 금개(琴愷)의 자(字).
146) 조 월천(趙月川) : 월천은 조목(趙穆, 1524~1606)의 호. 본관은 횡성. 자는 사경(士敬).
147) 장석(丈席) : 학문을 강(講)하는 자리로, 사석(師席)을 말한다. 여기서는 스승을 가리킨다.

상되었으니, 대인을 처음 뵙는 자리가 어찌 스스로 부끄럽지 않았겠는가.
마침내 군재(郡齋)로 돌아오니 태수(太守)가 작은 누대에 앉아 술자리를 베풀
었다. 봉화 현감(奉化縣監) 김부륜(金富倫) 어른도 [관직을] 그만두고 돌아와
또한 참석했고, 이태백(李太白)과 용궁(龍宮)의 이예백(李禮伯)도 모두 참석했
다.(제기를 받들고 예안으로 돌아와 읊은 시가 있었다.)

十四日。 謁琴司評, 饋朝食飮酒。彦覺彦康, 皆在坐矣。到水邊, 波漲舟渡。
入拜趙月川丈席。但酒光入面, 威儀亦損, 初見大人, 寧不自媿。遂歸縣齋, 太
守坐小樓, 設栢酌。奉化倅金富倫丈, 罷還亦參, 李太白及龍宮李禮伯, 皆與
席。(奉祭器還禮安有吟。)

7월 15일. 날이 개었다. 예안 현감(禮安縣監) 및 이태백(李太白)과 함께 오천
(烏川)으로 가서 먼저 금하양(琴河陽)을 뵙고는 김 어른148) 댁으로 가니, 조촐
한 술자리를 베풀어 주었다. 이는 어제 이미 약속한 것으로 김지숙(金止叔)
형제와 금하양 형제도 이르렀다. 술이 반쯤 취하자, 나는 먼저 나와 말을
달려 현재(縣齋)에 당도해 바로 유숙했다. 이날 저물 무렵 투항한 왜병 10여
명이 왔다. 이는 각 읍으로 나누어 대접하도록 했기 때문이다. 이들은 성질
이 경박하고 사나웠으며, 또한 죽음을 두려워하지 않았다. 그리하여 대우하
는 것이 자신들의 뜻에 맞지 않으면 반드시 칼을 뽑아 거칠게 화를 냈다.
때문에 수령은 이들을 근심하고, 하인들도 원망스럽게 여겼으며, 그 폐해는
이루 다 말할 수가 없었다. 아, 그들의 투항을 믿고 풍성한 잔치를 열어 대
접한 것은 방어사(防禦使) 김흥서(金興瑞)의 계책에서 나온 것으로, 조정 또한
그대로 따랐다. 다만 어리석은 나는 이것이 장구한 계책인지를 알지 못하
겠다. 청주 목사(淸州牧使) 김홍민(金弘敏)149) 씨가 보은(報恩)에서 세상을 떠났

《예기》 〈곡례 상(曲禮上)〉에 이르기를, "음식을 먹으러 오는 객이 아니라 강(講)하러
오는 객이면 자리 사이의 거리를 1장이 되게 띄워 놓는다.[若非飮食之客 則布席 席間函
丈]"라고 한 데서 나온 말이다.
148) 김 어른 : 전 봉화 현감 김부륜을 가리키는 것으로 보인다.

다고 한다. 누가 어진 사람은 장수를 누린다고 했는가.150)

十五日。 晴。與禮安倅及太白, 向烏川, 先拜琴河陽。往金丈宅, 則設小酌。
昨已有約, 止叔弟兄、琴河陽弟兄, 亦至。酒半, 余先出馳, 到縣齋, 仍留宿。是
暮, 降倭十名來。以各邑分饋故也。其性輕悍, 又不畏死。待之, 少不如意, 則
必拔劍暴怒。守令患之, 下人怨之, 其弊不勝言。噫, 信其投降, 接以豐饗, 出於
防禦使金興瑞之謀也, 而朝廷亦從之。愚未知長策耶。金淸州弘敏氏, 在報恩別
世云。孰謂仁者壽乎。

7월 16일. 백동(柏洞)으로 돌아왔다. 안동 부사(安東府使) 우복룡(禹伏龍)의
편지를 보니 말하기를, "남쪽의 왜적은 웅거하여 장차 다시 마음대로 날뛰
는 사단이 있을 것이고, 북쪽의 왜적도 제멋대로 날뛰어 길주(吉州)까지 깊
이 쳐들어갔습니다. 심지어 호남의 토적(土賊)과 같은 경우는 전주(全州)에서
순찰사(巡察使)를 포위하고 연천(蓮川)을 세 겹으로 포위했으니, 도성과 겨우
하룻길151)의 거리에 대적(大賊)이 둔을 치고 결집한 것입니다. 이 때문에 인
심이 흉흉합니다."라고 했다. 오후에 비가 내렸다. 남산곡(南山谷)이 술을 올
려 이태백(李太白)과 함께 술을 마셨다.

十六日。 還柏洞。見安東府使禹伏龍簡, 則有曰 : "南賊屯據, 將有復肆之
端, 北賊陸梁, 深入吉州。至如湖南土賊, 則圍巡察於全州, 三帀蓮川, 則距京,
纔一日程, 而大賊屯結。以此, 人情洶洶。"云。午後雨作。南山谷進酒, 與太白
同酌。

7월 17일. 안개가 짙게 끼었다. 이태백(李太白)이 행장을 꾸려 풍기(豊基)로
향했다. 나도 쌀과 콩, 잡물을 노비 논복(論卜) 등에게 주어 집으로 보냈으

---

149) 김홍민(金弘敏) : 1540~1594. 본관은 상주(尙州). 자는 임보(任甫), 호는 사담(沙潭).
150) 누가……했는가 : 어진 사람은 잡념이나 욕심이 적어 항상 편안하고 조용하기 때문에 흔
히 장수한다고 한다. 그러므로 김홍민이 마땅히 오래 살아야 하는데 그렇지 못하고 일찍
세상을 마쳤다는 말이다. ≪논어≫ <옹야(雍也)>에 "지혜로운 자는 즐겁고, 어진 자는
장수한다.[知者樂 仁者壽]"라고 하였다.
151) 하룻길[一日程] : 3식(息), 즉 90리를 말함.

나, 말이 병으로 걷기가 어려운 것이 크게 근심되었다. 권종경(權從慶)이 역(驛)에서 편지를 써서 보냈다. 그 글 안에, "채경종(蔡景宗)은 어머니를 모시고 원주(原州)로 돌아갔고, 그의 외종인 영공(令公) 강신(姜紳)은 지금 병조참판(兵曹參判)으로 임명되어 그를 모시고 도성으로 향하고 있습니다."라고 했다.

　　十七日。霧塞。太白治行向豊。余亦以米豆雜物付奴論卜等輸于家, 但吾馬病難行 深可憂也。權從卿 自驛裁簡以送。書中有曰 : "蔡景宗, 侍母歸原州, 其表叔姜紳令公, 今爲兵曹參判, 陪向洛中。"云。

7월 18일. 순찰사(巡察使)가 요사이 안동(安東)에 당도했기 때문에 선성 현감(宣城縣監)이 일로 달려갔다.

　　十八日。巡察使, 近到安東, 故宣城守, 以事馳去。

7월 21일. 새벽에 비가 오더니 낮에 개었다. 이태백(李太白)이 데리고 돌아갔던 사람이 도착했다. 태백의 편지를 보니 말하기를, "해적(海敵)이 재침할 계획을 하고 있다는 것은 과연 헛소문이 아니었습니다. [왜군 가운데] 배를 정비해 바다를 통해 서쪽으로 간 자가 많아서 얼마인지를 모르겠습니다. 때문에 호남은 멀지 않아 반드시 병란을 입을 것입니다. 그리고 강화하는 일도 명나라 조정에서 허락하지 않았고, 마침내 손 시랑(孫侍郎)을 고 시랑(顧侍郎)으로 대신해 [왜군을] 정벌할 계책으로 삼았으며, 또 적정(敵情)을 정탐하는 일로 장홍유(張鴻儒)가 군사를 거느리고 지금 전라도 발포(鉢浦)[152]에 정박하고 있습니다. 이 말은 순찰영(巡察營) 영리(營吏)의 고목(告目)[153]에

---

152) 발포(鉢浦) : 지금의 전라남도 고흥군 도화면 발포리.
153) 고목(告目) : 조선시대 공적인 문서양식. 각사(各司)의 서리 및 지방관아의 향리가 상관에게 공적인 일을 알리거나 문안할 때 올리는 간단한 양식이다. 상관의 명칭을 대감 대신에 영감(令監)·안전(案前)·사또 등으로 쓸 수 있으나, 반드시 일정한 서식에 의하여 쓰이지는 않았다. 그 시대의 행정실무를 맡은 서리·향리 등이 공무에 관한 것을 상관에게 올린 자료로서, 그 시대 행정의 실상을 보여주는 자료가 된다.

서 나온 것입니다."라고 했다. 아, 황제의 조정에서 강화를 불허한 것은 실로 장구한 계책이나, 우리나라는 그 사이에 저절로 흔적도 없이 사라져 장차 [나라를] 부지할 수 없을 것이다. 이 때문에 통곡했다.

二十一日。曉雨午晴。太白率歸人到。見太白書, 有曰: "海敵再犯之計, 果未虛傳也。多整舟楫由海而西者, 不知幾何。湖南, 近必受兵。而講和之事, 天朝不許, 乃以孫侍郎, 代顧侍郎, 以爲征討之計, 又以敵情探候事, 張弘[154]儒領軍, 方泊於全羅鉢浦。此言出於巡察營吏告目。"云。噫, 皇朝之, 不許和議, 實是長策, 而我國, 則自澌於其間, 將無以扶持。爲之痛哭。

7월 23일. 정언준(鄭彦俊)이 왔다. 그러나 한 달 치 급료를 가용(家用)으로 주었기 때문에 저축한 것이 바닥나 작별할 때에 [양식을] 주지 못한 것이 크게 한스러웠다.(함창의 고향 사람을 슬퍼하며 읊은 시가 있었다.)

二十三日。鄭彦俊來。但以朔料資給家用故, 儲乏臨別, 不得與之, 大可恨也。(悼咸鄉人有吟。)

7월 25일. 종일 홀로 앉아 있었다. 난세(亂世)에 벼슬살이 하는 사람 가운데 누군들 재랑(齋郎)[155]처럼 일이 없으랴.

二十五日。終日獨坐。亂世從宦者, 孰如齋郎之無事。

7월 26일. 이른 아침 금응훈(琴應壎)이 도산서원에서 나를 초대해 생선을 회 떠서 술을 마셨다. 동석한 사람은 서원의 유사(有司) 박몽담(朴夢聃)과 역동서원(易東書院)[156]의 유사(有司) 황진기(黃振紀), 또 이광승(李光承)과 박집(朴楫)

---

154) 弘: 鴻의 오기.

155) 재랑(齋郎): 조선 시대에, 묘(廟)·사(社)·전(殿)·궁(宮)·능(陵)·원(園) 따위의 참봉 등을 달리 이르던 말.

156) 역동서원(易東書院): 경상북도 안동시 송천동 안동대학교 내에 있는 서원. 1570년(선조 3)에 지방 유림의 공의로 우탁(禹倬)의 학문과 덕행을 추모하기 위해 창건하여 위패를 모셨다. 1684년(숙종 10)에 '역동(易東)'이라 사액되어 선현배향과 지방교육의 일익을 담당하여오던 중, 1868년(고종 5) 대원군의 서원철폐령으로 훼철되었다가 1969년 복원했다.

등 몇 명이다.

二十六日。早朝, 琴應壎甫, 邀我于陶山, 斫鱗引壺。所與同席者, 院有司朴
夢聃、易東有司黃振紀, 又李光承、朴楫, 數人矣。

7월 27일. 순찰사(巡察使)가 진전(眞殿)에 위안제(慰安祭)[157]를 올리는 일로
참봉(參奉) 한 사람을 불렀기 때문에 이태백(李太白)이 은풍(殷豊)에서 안동(安
東)으로 향했다. 지금 왜병이 크게 날뛰어 임금의 초상이 이리저리 떠돌아
향불[祭祀]을 베풀지 못한 지가 지금까지 3년으로, 비로소 놀란 영령을 위로
하고자 한 것이다. 어찌 조정에 일이 많다고 하여 바로 그 예를 거행할 수
없었겠는가. 낮에 박홍경(朴弘慶)이 와서 이야기를 나누었다.

二十七日。巡察使, 以慰祭眞殿事, 招參奉一人故, 太白, 自殷豊向安東。今
倭兵大肆, 晬容飄泊, 不設香火, 于今三年, 而始欲慰震驚之靈。豈朝廷多事, 不
得卽擧其禮乎。午朴弘慶來話。

7월 28일. 날씨가 벌써 서늘해졌다.

二十八日。天氣已凉。

❊1594년 8월

8월 1일(병오). 종일 큰 비가 내렸다. 이 직장댁(李直長宅)에서 점심밥을 보
내왔다.

八月一日(丙午)。終日大雨。李直長宅, 送午飯來。

8월 2일. 새벽에 날이 개자 석전제(釋奠祭)[158]를 올렸다. 3년 동안 어려운

---

157) 위안제(慰安祭) : 신주(神主) 등이 놀랄 만한 일이 일어났을 때 신주 등을 위안하기 위해
지내는 제사.
158) 석전제(釋奠祭) : 음력 2월과 8월의 상정일(上丁日)에 문묘(文廟)에서 공자에게 지내는 제사
를 이른다.

일이 많아 문묘(文廟)[159]의 제사를 오랫동안 행하지 못했으나, 지금 마침내 완읍(完邑)에 명하여 비로소 제사를 행하도록 한 것은 한 가지 다행한 일이다. 다만 난중이라 희생, 기명(器皿), 의복을 갖추지 못한 것이 애통했다. 저녁에 또 비가 내렸다.

　　二日。 曉晴釋奠。三年多難, 久闕文廟之祭, 而今乃令完邑, 始修祀事, 猶爲一幸。但干戈中, 特殺、器皿、衣服不備, 竊爲之痛也。夕又雨。

8월 3일. 예안 현감(禮安縣監)과 영해 부사(寧海府使)가 감시(監試)의 고관(考官)[160]으로서 영천(榮川)으로 향했다. 전날 어떤 자가 기한을 미뤄서 정할 것이라는 말을 전했으나 오늘 고관(考官)의 행차가 있었으니, 반드시 내일 과장(科場)에서 시험이 있을 것이다. 그러나 난리 통에 종이도 없고 식량도 없어 녹명(錄名)[161]한 자가 어찌 전성기 때에 반을 넘길 수 있으랴. 이날 저물녘에 진충걸(秦忠傑)이 당도해 묵었다. 밤에 비가 내렸다.

　　三日。 禮安守及寧海倅, 以監試考官, 向榮川。前者, 或傳退定之言, 而今有考官之行, 必是明日開場。而亂離之際, 無紙無粮, 錄名豈能半於全盛時乎。是暮, 秦忠傑到宿。夜雨。

8월 6일. 아침에 금 원장(琴院長)의 초대를 받고 이태백(李太白)과 도산서원에 갔다. 김 봉화(金奉化) 어른도 이르렀다. 밥을 먹은 뒤 탁영담(濯纓潭)[162]에

---

159) 문묘(文廟) : 공자(孔子)를 모신 사당. 문묘는 대성전(大成殿)과 동서 양무(兩廡)로 구성되어 있는데, 대성전에는 공자를 위시하여 4성(聖)·10철(哲)과 송조(宋朝) 6현(賢)의 위패를 모셨고, 양무에는 공자의 70제자를 위시하여 우리나라의 18현(賢)과 중국 역대의 거유(巨儒)들의 위패를 모셨다. 서울에는 태학(太學)에 있고 지방에는 각 향교(鄕校)에 있다.

160) 고관(考官) : 강경과(講經科)와 무과(武科)의 주임시관(主任試官)이나 과거 시험의 성적을 매겨 등수를 정하는 시관(試官). 고시관(考試官)이라고도 한다.

161) 녹명(錄名) : 과거 응시자가 원서(願書)를 내고서 성명을 등록하는 것을 이른다.

162) 탁영담(濯纓潭) : 도산서원 앞에 있는 연못 이름. 낙동강(洛東江)은 황지(黃池)에서 발원하여 남쪽으로 흐르다가 장인봉(丈人峯) 아래에 이르러 휘감아 돌아서 계곡 입구를 지나가는데, 가파른 바위와 흰 자갈이 많아서 급류에 돌 부딪치는 소리가 난다. 축융봉 서쪽에 이르러서는 양쪽 기슭에 석벽이 마주 서서 석문이 되었는데, 이곳을 고산(孤山)이라고 하

배를 띄웠다. 원장이 이미 배 안에 술자리를 마련해 못 가운데에서 술잔을 들었다. 이 또한 난중에 하나의 성대한 일이었다. 역동서원으로 가서 문묘(文廟)를 배알하고 하류를 따라 노를 두드리며 서쪽으로 건너가니 조 합천(趙陜川)[163], 금하양(琴河陽), 이군술(李君述)이 이미 강가에 이르러 기다리고 있었다. 모래 언덕을 따라 어지럽게 앉아 술을 마시며 담소를 나누고 시를 읊었다. 해가 서쪽으로 기울어 돌아가려고 하는데, 금언신(琴彦愼)[164]이 영천에서 마침 도착해 서로 만나 한바탕 웃고 술잔을 씻어 다시 술을 따랐다. 백동(柏洞)으로 돌아오니 밤이 깊어가고 있었다. 듣건대 과장(科場)에 들어간 선비들과 고관(考官)들이 모두 융복(戎服)[165]과 입자(笠子)[166]을 착용했다고 한다. 애통하도다! 난중의 일이여.

六日。朝被琴院長之邀, 與太白往陶山。金奉化丈亦到。飯訖, 泛舟濯纓潭。院長, 先已置酒於舟中, 中流擧栝。亦亂中一勝事也。向易東書院, 謁廟從下流, 扣枻西渡, 趙陜川、琴河陽、李君述, 已至江畔見待矣。依沙岸亂坐, 引栝談詠。日已西昃將還, 琴彦愼, 自榮川適到, 相逢一笑, 洗盞更酌。及還柏洞, 夜向深矣。聞入場擧子及考官, 皆著戎服笠子云。痛矣! 亂中事也。

8월 7일. 직장(直長) 이안도(李安道)의 제삿날이다. 나와 이태백(李太白)이 초대를 받아 함께 가니, 금언강(琴彦康)과 금대해(琴大海)도 이미 와 있었다. 밥

며 금씨(琴氏)의 옛 별장이 있다. 물이 여기에 이르면 더욱 느려지며, 이로부터는 평평하고 널따란 초지와 하얀 모래사장이 펼쳐지다가 꺾여서 서쪽으로 5리를 흘러 단사협(丹砂峽)에 이르고, 다시 서쪽으로 세 차례 꺾여서 도산(陶山) 상덕사(尙德祠) 아래에 이르러 탁영담(濯纓潭)이 된다. ≪記言 28卷 下篇≫ <산천 하(山川下) 청량산기(淸涼山記)>.

163) 조 합천(趙陜川) : 월천(月川) 조목(趙穆)을 이른다.

164) 금언신(琴彦愼) : 언신은 금업(琴㦤, 1557~1638)의 자(字). 본관은 봉화. 호는 만수재(晩修齋). 금난수의 아들이다.

165) 융복(戎服) : 군복의 일종으로 철릭과 주립으로 구성되었다. 철릭은 길이가 길고 허리에 주름을 잡았으며, 주립은 호박(琥珀)·마노(瑪瑙)·수정(水晶) 등으로 장식했다. 무신(武臣)이 입었으며, 문신(文臣)이라도 전시에 임금을 호종할 때에 입었다.

166) 입자(笠子) : 가는 대껍질로 비스듬히 짜서 채양은 둥글게 하고 꼭대기는 높게 하며 베로 안팎을 싸서 까맣게 칠을 하는데, 조관(朝官)과 사서인(士庶人)들이 평상시에 쓴다.

을 먹은 뒤 즉시 돌아오는데, 하늘에서 바로 비가 왔다. 저녁에 도산서원 사람이 물고기를 낚아왔다. 이는 원장(院長)이 명한 것이었다.

七日。 李直長安道祭日。余與太白被邀偕往, 琴彦康琴大海已來矣。飯後卽還, 天乃雨。夕陶山院人, 釣魚而來。是院長之所命也。

8월 8일. 저녁에 비가 내렸다. 홍자경(洪子敬)이 태천(泰川)167)에서 사람과 말을 보내 그의 가족을 데려오도록 했다. 인하여 편지를 보내 나와 이태백(李太白)의 안부를 물었다.

八日。 夕雨。洪子敬, 自泰川送人馬, 挈其家。仍致書, 問吾及太白。

8월 10일. 나와 이태백(李太白)이 도산서원 원장의 초대를 받고 함께 가니, 김평(金坪)168)과 금경(琴憬)169), 이광승(李光承), 채간(蔡衎)170), 박수의(朴守誼)171) 등이 자리에 있었다. 이는 12일에 서원에서 제향(祭享)을 올리기 때문이다. 서로 이야기를 나누고 저물어 돌아오는데 비가 내려 옷을 적셨다.

十日。 余與太白, 被陶山院長邀, 偕往, 金坪、琴憬、李光承、蔡衎、朴守誼等在。以十二日院享故也。相話暮歸, 雨下需衣。

8월 10일. 도산서원 원장이 술을 보내왔다. 듣건대 함창(咸昌)의 신구(申逑)와 박영선(朴榮先)은 함께 떠돌던 사람으로 감시(監試)에서 합격했다고 한다. 참으로 기쁜 일이다. 그러나 다른 도(道)는 기일을 물리고 모두 중지했다고 하니, 이 방(榜)도 반드시 파방(罷榜)172)해야 할 것이다.

---

167) 태천(泰川) : 평안북도 태천군 지역.
168) 김평(金坪) : 1563~1617. 본관은 광산(光山). 자는 평중(平仲), 호는 극재(克齋). 김강(金堈) 의 아우.
169) 금경(琴憬) : 생몰년 미상. 자는 언각(彦覺).
170) 채간(蔡衎) : 생몰년 미상. 자는 낙이(樂而).
171) 박수의(朴守誼) : 생몰년 미상. 자는 경행(景行).
172) 파방(罷榜) : 과거에 합격한 사람의 발표를 취소하던 일.

十一日。 陶山院長, 送酒來。聞咸昌申謳、朴榮先, 俱以飄泊之人得參監試, 可喜。然佗道, 則聞退期皆停, 此榜, 亦必罷矣。

8월 14일. 이태백(李太白)을 기다렸으나 끝내 오지 않았다. 그래서 날이 밝자마자 풍기(豐基)로 길을 나섰다. 그러나 잠시라도 전소(殿所)[173)]를 옮기는 것에 대해 마음이 실로 편안하지 않았다. 저녁에 집에 도착하니 어린 아이가 웃으며 맞이했다. 저녁에 비가 내렸다.

十四日。 待太白, 竟不來。故天明啓豐行。然暫移殿所, 心實不寧。夕到家, 稚子迎笑。夕雨。

8월 15일. 차례를 지냈다. 그러나 전쟁 3년 동안 한 번도 성묘하지 못했고, 이제는 미천한 관직에 얽매어 또 돌아가지 못하고, 다만 함창(咸昌)에 귀년(貴年)을 보내 벌초를 부탁했을 뿐이다. 때로 술을 마시면 과연 이 마음이 허전해 비통함을 이길 수가 없었다.

十五日。 行茶祀。但干戈三載, 一未省墓, 今繫微官, 又不得歸。只送貴年于咸昌, 付以伐草。時酒, 果此心缺然, 不勝悲痛。

8월 17일. 정억(鄭億)이 선성(宣城)에서 와서 말하기를, "이태백(李太白)이 15일에 일찍 전소(殿所)에 당도했습니다."라고 했다. 감시(監試)의 방이 파방(罷榜)되었다. 심하도다, 순찰사(巡察使)가 살피지 않아서 거자(擧子)들로 하여금 노자와 양식을 허비하게 함이여.

十七日。 鄭億, 自宣城來曰 : "太白, 十五日早到殿所。"云。監試榜已罷。甚矣, 巡相之不致察, 而使擧子虛費資粮也。

8월 18일. 군(郡)에 들어가니 예천(醴泉)의 홍원해(洪元海)가 와서 새로 알기

---

173) 전소(殿所) : 임시 집경전이었던 백동서재를 말한다.

[親知]를 부탁해 서로 더불어 땅에 앉았는데, 그는 생각과 운치가 차분했다. 얼마 뒤 집안의 심부름꾼이 와서 전하기를, "집경전(集慶殿)의 위안제(慰安祭)를 거행하는 것이 내일 새벽으로 다가와 감사가 이미 예안(禮安)에 와 있습니다."라고 했다. 나는 마침내 성주(城主)에게 돌아갈 것을 고하고 바로 집으로 돌아왔다. 그리고 말채찍을 재촉해 길에 올라 용수사(龍壽寺)[174]에 이르니, 승려가 고하기를, "밤이 이미 초경(初更)입니다."라고 했다. 백동(柏洞)의 서재(書齋)에 당도하니, 사람들이 혹 자지 않고 제사를 지내서 참여할 수 있었지만, 다만 몸이 몹시 불편해 밤새도록 신음했다.(급히 집경전의 위안제에 달려와 읊은 시가 있었다.)

> 十八日。入郡, 醴泉洪元海來, 託以新知, 相與席地, 思致從容。俄有家使來傳, "行殿慰安祭, 迫在明曉, 而監司, 已來禮安。"云。余遂告歸城主, 卽返家。促鞭啓行, 至龍壽寺, 僧告曰 : "夜已初更。"云。及到柏洞齋, 人或未宿, 祭則可參, 而但氣甚不平, 呻吟竟夜。(急趨行殿慰祭有吟。)

8월 19일. 억지로 일어나 가서 전사관(典祀官) 이방린(李芳隣)[175]을 만나 이야기를 나누었다. 직장(直長) 최립(崔岦)과 예안 현감(禮安縣監) 신순부(申順夫)가 모두 집사(執事)로서 이르렀고, 순찰사(巡察使)와 군위 현감(軍威縣監) 류철(柳澈)이 와서 도산서원에서 묵었다. 이는 전소(殿所)가 좁아 수용할 곳이 없었기 때문이다. 용흘(龍屹)이 봉화(奉化)에서 도착했다.

> 十九日。强起, 就見典祀官李芳隣話。崔直長岦、禮安倅申順夫, 皆以執事至, 巡察使及軍威縣監柳澈來, 宿陶山院。以殿所狹隘, 無容接處也。龍屹, 自奉化到。

8월 22일. 하늘빛이 활짝 개어 달과 별이 밝고 산뜻했다. 오경(五更)의 북

---

174) 용수사(龍壽寺) : 경상북도 안동시 도산면 운곡리 273-4에 위치한 절. 용두산(龍頭山)의 남쪽에 있다.
175) 이방린(李芳隣) : 1574~1624. 본관은 청안(淸安). 자는 덕화(德華), 호는 동호(東湖).

소리[五鼓]176)가 울리지 않아서 나와 이태백(李太白)은 전소(殿所)에 제물을 차렸다. 이윽고 순찰사(巡察使)와 여러 집사(執事)들이 모두 이르러 제사를 지냈다. 다만 난중에 길한 날을 가려 도성에서 급히 왔기 때문에 단 막걸리를 써서 제사를 지낸 것이 참으로 한스러웠다.(읊은 시가 있었다.)

二十日。 天色開霽, 月星明澈。 五鼓未作, 余與太白, 陳設于殿所。 已而巡相及諸執事, 皆至行祭。但亂中涓吉, 自京急來, 故用甘醪以祭, 良可恨也。(有吟。)

8월 22일. 이태백(李太白)과 누대 위를 배회하며 처연히 가을을 느끼는 마음이 있었는데, 김예정(金禮貞)이 술을 올려 그윽한 회포를 펼 수 있었다.

二十二日。 與太白徘徊樓上, 悽然有感秋之意, 金禮貞進酒, 足暢幽懷。

8월 23일. 순찰사(巡察使) 한효순(韓孝純)이 사직을 청해서 홍리상(洪履祥)177)으로 대신했는데, 머지않아 임지에 당도할 것이라고 한다. 한공(韓公)은 비록 세상을 구제할 만한 재주는 없었지만, 전쟁이 안정되지 않았을 때 무릇 군사를 징집하고 군량을 운반하는 일에 될 수 있는 한 관대한 쪽을 따랐다. 이것이 바로 사람들이 그를 사모한 까닭이다.

二十三日。 巡察使韓孝純呈辭, 以洪履祥代之, 近當到界云。韓公, 雖無濟世之才, 干戈未定之時, 凡調兵運粮, 務從寬厚。此所以致人思慕也。

8월 24일. 밥을 먹은 뒤 현(縣)에 제기(祭器)를 봉환하고, 이어서 주쉬(主倅) 금응훈(琴應壎)을 만나 더불어 술을 마시며 이야기를 나누었다. 그에게 듣건대 상국(上國)의 장홍유(張鴻儒)가 수군을 거느리고 절강(浙江)을 따라와 우리

---

176) 오경(五更)을……북소리[五鼓] : 오고는 오경고(五更鼓)와 같은 말로, 닭 울 무렵을 뜻한다. 《진서(晉書)》 〈등유전(鄧攸傳)〉에, "둥둥 울리는 5경(更)의 북소리여, 닭 울음소리에 하늘이 밝아 오네. 등후는 끌어당겨도 머무르지 않고, 사령은 등을 떠밀어도 떠나지 않네. [紞如打五鼓 鷄鳴天欲曙 鄧侯拖不留 謝令推不去]"라고 하는 말이 보인다.

177) 홍이상(洪履祥) : 1549~1615. 본관은 풍산(豊山). 초명은 인상(麟祥), 자는 군서(君瑞)·원례(元禮), 호는 모당(慕堂).

경계에 정박하고서 적정(敵情)을 살핀 뒤 장차 정벌하는 일이 있을 것이라고 한다. 또 듣건대 왜장(倭將) 평의지(平議智) 등이 순찰사(巡察使)에게 편지를 보내 더불어 화친을 맺으려고 한다고 하니, 이러한 계략은 헤아릴 수가 없었다. 저녁에 분천(汾川)[178]의 도로 옆에서 많은 사람들이 말에서 내려 들어가는 것을 보았는데, 온계(溫溪)[179]의 여러 어른들과 이군술(李君述) 등이 활쏘기를 약속한 것이었다. 또 이사순(李士純)을 방문하고 저물어 백동(柏洞)으로 돌아왔다.

二十四日。飯後, 奉還祭器于縣, 仍見主倅琴應壎, 相與觴話。獲聞上國張洪儒, 以舟師從浙江來, 泊我界, 以審敵情, 將爲征討之擧。且聞倭將平議智等, 修書于巡察使,, 欲與連和, 是謀, 不可測也。夕於汾川道傍, 見人多下馬入去, 則溫溪諸丈及李君述等, 射侯約也。又訪李士純, 暮還柏洞。

8월 25일. 최일선(崔一先)이 풍기(豊基)에서 당도해 집안의 소식을 전했다. 심임 순찰사(巡察使)가 어제 이미 군(郡)에 들어왔다고 한다.

二十五日。崔一先自豊到 傳家音。新使昨已入郡云。

8월 26일. 듣건대 영해 부사(寧海府使) 김경진(金景鎭)이 파직되었다고 한다.

二十六日。聞寧海府使金景鎭, 見罷云。

8월 28일. 낮에 나는 신임 순찰사(巡察使)에게 명(命)을 맞이하고, 도사(都事) 정사신(鄭士信)과 찰방(察訪) 류주(柳袾), 심약(審藥) 김협(金協)을 만났다. 저물녘에 도산서원의 금 원장(琴院長)을 찾아갔다. 생원(生員) 윤의정(尹義貞)[180]과 유사(有司) 박몽담(朴夢聃)도 왔다.

---

178) 분천(汾川) : 경상북도 안동시 도산면 분천리.
179) 온계(溫溪) : 예안현의 온계리로, 지금의 경상북도 안동시 도산면 온혜리의 옛이름.
180) 윤의정(尹義貞) : 1525~1612. 본관은 파평(坡平). 자는 이직(而直), 호는 지령(芝嶺)·지령산인(芝嶺山人).

二十八日。午余乃迎命于新使, 得見鄭都事士信、柳察訪袜、金審藥協。乘暮, 歷訪琴院長于陶山。尹生員義貞及朴夢聊, 亦來。

8월 29일. 아침에 일어나 옥상을 살펴보니 서리가 눈처럼 두꺼웠다. 무릇 곡식 가운데 만생종(晚生種)[181]은 모두 먹을 수 없게 되었다. 하늘은 어찌 우리 백성들로 하여금 갈수록 더 굶주리게 하는가. 이태백(李太白)이 교서(敎書)에 숙배하는 일로 현(縣)으로 돌아갔다가 정오가 되지 않아 바로 되돌아 왔다. 감사(監司)와 도사(都事)가 나란히 백동(柏洞)에 이르러 임금의 화상에 숙배했다. 채간(蔡衎)과 이광욱(李光郁), 구사례(具思禮), 박수남(朴守男)도 집사로서 왔다. 듣건대 왜장(倭將) 평의지(平義智) 등이 본토를 떠난 3년 동안 전쟁을 괴롭게 여기고, 관백(關白) 평수길(平秀吉)에게 원망을 돌리며, 역으로 공격할 일이 있어서 더욱 우리나라와 화친하려고 빈번하게 사신을 보내는 것이라고 했다. 저 평수길은 죄 없는 백성을 부려 분쟁이 없는 나라를 침범해 3년에 이르렀는데도 아직도 전쟁을 그만두지 않으니, 그 아랫사람이 원망하고 배반하는 것은 식견 있는 자를 기다리지 않고도 알 수 있을 것이다. 그들이 원망하고 배반하는 것은 바로 우리나라가 회복되는 때이니, 조야(朝野)가 서로 하례하는 것을 어찌 그만둘 수 있겠는가.

二十九日。朝起, 視之屋上, 霜厚如雪。凡穀之晚種者, 皆不可食。天何使吾民, 轉益飢困耶。太白, 以遺教書肅拜命歸縣, 未午卽還。監司都事, 竝至柏洞, 肅拜御容, 蔡衎、李光郁、具思禮、朴守男, 以執事來到。聞倭將平議智等, 離土三年, 苦於干戈, 歸怨其關白平秀吉, 將有反攻之事, 而益欲與我國連和, 頻送信使云。彼秀吉, 役無罪之民。犯無釁之國, 而至三年, 猶不息兵, 則其下之怨叛, 不待知者而知也。其所以怨叛者, 正我國恢復之秋, 朝野之賀, 寧可已乎。

8월 30일. 이태백(李太白)이 집으로 돌아갔다. 도성 사람인 수이(守伊)가 찾

---

181) 만생종(晚生種): 같은 작물 가운데서 다른 것보다 늦되는 품종.

아와서 뵈었다. 그는 내가 [도성에 있을 때에] 주인삼은 사람이다.

　　三十日。太白歸家。京人守伊來謁。乃吾主人也。

✿1594년 9월

9월 1일(병자). 날씨가 개었다.(시가 있었다.)

　　九月一日(丙子)。 晴。(有詩。)

9월 6일. 월급[月料]가 이르지 않았다.(읊은 시가 있었다.)

　　六日。 月料不至。(有吟。)

9월 7일. 귀년(貴年) 등을 불러 물고기 집[魚巢]을 설치했다. 날이 저물 무렵에 경주의 수복(守僕)[182]이 도착했다.

　　七日。 招貴年等, 設魚巢。日昏, 慶州守僕到。

9월 9일. 이광승(李光承)의 초대를 받아 지나가는 길에 이사순(李士純)을 만났다. [이광승의 집에] 도착하니 조 월천(趙月川) 어른도 왕림했다. 얼마 뒤에 월천 어른은 돌아가고 나만 홀로 남아있었는데, 예안 현감(禮安縣監) 신순부(申順夫)가 그 아우를 시켜 또 시와 술을 보내왔다.(차운한 시가 있었다.)

　　九日。 被李光承邀, 曆見李士純。及到, 趙月川丈亦來臨。俄而月川丈還, 余獨留, 禮安倅申順夫, 使其弟, 又送詩與酒。(有次韻。)

9월 16일. 듣건대 별거(別擧)[183]가 있을 것이라고 한다. 요사이 ≪동인(東人)≫[184]에 서술된 내용을 보고 있었는데, 참으로 목이 마른 때에 우물을

---

182) 수복(守僕) : 조선 때 묘(廟)·사(祀)·능(陵)·원(遠)·서원(書院) 등을 지키던 일을 맡아 보던 하례(下隷).

183) 별거(別擧) : 식년시 이외에 특별히 치르는 과거.

184) 동인(東人) : 예전 우리나라 사람들의 과문(科文)의 고풍(古風)을 모아 쓴 책.

파는 격이요, 또한 양 서방(梁書房)이 독서한다는 비웃음을 면치 못하는 것이었다. 그러나 우물을 파면 당연히 샘물을 얻을 것이요, 독서를 하면 반드시 뜻을 얻을 것이니, 어찌 이미 목이 마른데도 파지 않을 것이며, 이미 늦었다고 읽지 않을 수 있겠는가.

十六日. 聞有別擧, 近見東人所述, 眞可謂臨渴掘井, 而亦未免梁書房讀書之譏. 然掘井當得泉, 讀書必得志, 豈可已渴而不掘, 已晩而不讀乎.

9월 17일. 권여심(權汝深)이 이 직장댁(李直長宅)에서 백동(柏洞)으로 나를 찾아와서 말하기를, "예천(醴泉)의 장령(張翎)과 채명숙(蔡明叔)은 이미 고인(故人)이 되었지만, 우리 세 형은 잘 있습니다."라고 했다.

十七日. 權汝深, 自李直長宅訪我於柏洞曰: "張醴泉翎及蔡明叔, 已作故人, 吾三兄無恙."云.

9월 22일. 날이 밝자 풍기(豊基)로 길을 나섰다.

二十二日. 天明, 啓豐行.

9월 24일. 시사(時祀)[185]를 지냈다. 군(郡)에 들어가 성주(城主)와 박사(博士) 노홍중(盧弘仲)을 뵙고, 또 황경률(黃景栗)과 황군급(黃君級), 김사호(金士好), 류심(柳襑), 이정훈(李廷薰)을 만났다.

二十四日. 行時祀. 入郡, 拜城主及盧博士弘仲, 又見黃景栗、黃君級、金士好、柳襑、李廷薰.

9월 26일. 순흥(順興)으로 가서 안이득(安而得)이 상(喪)을 당한 것을 위로

---

185) 시사(時祀): 일반적으로 4대 봉사가 끝나 기제(忌祭)를 잡수시지 못하는 조상을 위하여 사당이나 집안이 아닌 묘에서 5대조 이상의 조상에게 올리는 제사를 말한다. 한식 또는 10월에 정기적으로 묘제를 지낸다고 하여 시제(時祭)[시사]라고 불리는데, 사시제(四時祭), 시향(時享), 절사(節祀), 묘제(墓祭) 등이라고도 한다.

했다.

二十六日。向順興, 慰安安而得遭喪。

9월 29일. 선성(宣城)으로 가는 길에 올라 길에서 판사(判事) 배응경(裵應褧)을 만나 말을 멈추고 이야기를 나누었다. 영천군(榮川郡)에 이르러 또 이광승(李光承)과 그의 아들 협(莢), 이종원(李宗元), 손억(孫億)을 만났다. 온계(溫溪)를 지나다가 김중청(金中淸)과 이번(李蕃)186)의 집을 찾아갔다. 저물어 임소(任所)에 도착했다.

二十九日。啓宣城行。路逢裵判事應褧, 駐馬話。至榮郡, 又遇李光承、及其子莢、李宗元、孫億。過溫溪, 訪金中淸、李蕃家。昏到任所。

❀1594년 10월

10월 1일(을사). 과거를 헤아려 길을 나서려 했으나, 아직 시소(試所)187)를 알지 못했다.

十月一日(乙巳)。料理赴擧, 行而未知試所。

10월 2일. 남산곡(南山谷)과 김례정(金禮貞)이 술을 올려 떠나는 길을 전송했다. 김지숙(金止叔)이 간직(間直)188)으로서 당도했다.

二日。南山谷金禮貞, 進酒以餞行。金止叔, 以間直到。

---

186) 이번(李蕃) : 본관은 재령(載寧). 자는 사영(士英). 호는 남계(南溪). 어릴 때부터 큰 뜻을 품고 강개하고 대범한 면모를 갖추었더니 1592년 임진왜란 때 아우인 이분, 종제인 이홍훈과 더불어 곽재우를 따라 화왕산성에 들어가 왜적에 대항했다. 또 이순신을 따라 바다에서 싸워 군공을 세웠다.
187) 시소(試所) : 과장(科場), 즉 과거 시험을 치르는 곳을 이른다.
188) 간직(間直) : 간직(間直)은 옥을 지키는 자의 명칭으로, 여기서는 정확히 무엇을 의미하는지 알 수 없으나, 당시 김지숙은 경주의 집경전(集慶殿)에 있던 태조의 어진(御眞)이 예안의 백동서당(栢洞書齋)에 이안(移安)되었을 때, 임시로 수호하는 임무를 맡았다고 한다. <한국민족문화대백과사전> 김기(金圻) 참조.

10월 3일. 일찍 거창(居昌)으로 길을 떠나 안동(安東) 북쪽에 이르러 의성(義城)에서 오는 예안 현감(禮安縣監)을 만났다. 그는 지니고 있던 관찰사(觀察使)의 관문(關文)[189]을 보여주었는데, 시소(試所)가 안동으로 정해져 있었다. 과거는 대사(大事)인데도 해당 관서(官署)의 이문(移文)[190]은 아직도 도(道)에 당도하지 않았을 뿐더러, 도(道)에서 전한 관문(關文)도 분명하지 못해 시소(試所)와 날짜를 모두 길거리의 소문에 의지하게 했다. 그리하여 거자(擧子)[191]로 하여금 갈림길에서 결정하기 어려운 탄식이 있게 했으니, 나라의 기강이 무너진 것이 하나같이 이 지경에 이르렀단 말인가. 저물어 백동(柏洞)으로 돌아왔다.

　　三日。早發居昌行, 到安東北, 遇禮倅自義城來。示所持使關, 試所定於安東。夫科擧大事也, 該曹移文, 尙未到道, 道之傳關, 又不分明, 試所與日, 皆憑塗說。使擧子, 有臨岐難決之嘆, 國之鋼紀廢壞, 一至於此耶。暮還柏洞。

10월 4일. 김지숙(金止叔)이 돌아갔다.

　　四日。金止叔歸。

10월 5일. 이태백(李太白)과 별거(別擧)의 행장을 꾸렸다. 그러나 3년의 난중(亂中)에 서책이 모두 없어졌으니, 어찌 과장(科場)에 임하여 갑자기 갖출 수 있겠는가.

　　五日。與太白治別擧行。但三年亂中, 全廢冊書, 何能臨場猝辦耶。

10월 6일. 이태백(李太白)과 함께 아침에 김윤명(金允明)[192]과 김윤사(金允思)[193] 형제를 도산서원으로 찾아갔다. 원장(院長) 금응훈(琴應壎)과 상사(上舍)

---

189) 관문(關文) : 동등 이하의 관(官)에 보내는 공문(公文). 관자(關子)라고도 한다. 상급 관에 보내는 것을 첩정(牒呈)이라 하고, 7품 이하 관에 보내는 것을 첩문(帖文) 또는 첩자라 한다.
190) 이문(移文) : 같은 등급의 관아 사이에 주고받던 공문.
191) 거자(擧子) : 과거(科擧)를 보는 사람.
192) 김윤명(金允明) : 생몰년 미상. 본관은 순천(順天). 자는 수우(守愚), 호는 송간(松澗).

김강(金堈), 서원의 유사(有司) 박몽담(朴夢聃)이 모두 모여 술을 마시고, 저녁 때가 되어서 돌아왔다.

六日。 與太白朝訪金允明、金允思弟兄于陶山。 琴院長應壋、金上舍堈、 院有司朴夢聃, 咸集引酒, 竟夕乃還。

10월 7일. 이태백(李太白), 김직재(金直哉)와 안동(安東)의 과장(科場)으로 갔다. 김류(金瑠)[194]도 함께 길을 동행했다. 길에서 상사(上舍) 권임(權任)[195]을 만나 이야기를 나누고, 저녁에 안동부(安東府)에 도착하니 부사(府使) 우복룡(禹伏龍)이 꼴과 식량을 내어 주었다.

七日。 與太白金直哉, 赴安東試。 金瑠亦偕轡。 路逢權上舍任話, 夕到府, 府使禹伏龍, 以芻粮資給。

10월 8일. 해가 질 무렵에 큰형이 이르렀다. 거창(居昌)으로 가려다가 길에서 경상좌도의 시험[左試]을 보는 곳이 안동(安東)으로 결정되었다는 말을 듣고 송천지(宋川至), 금호여(琴皥如) 등 5, 6인과 함께 말을 몰고 온 것이다. 상주(尙州)의 진사(進士) 정이홍(鄭而弘)[196]이 마침 당도해 밤에 이야기를 나누었다.

八日。 黃昏伯氏至。 方赴居昌, 路聞左試所定安東, 與宋川至、琴皥如等五六人, 偕轡來。 尙州鄭進士而弘, 適到夜話。

10월 9일. 과장(科場) 안으로 들어가니, 옛 친구들도 많아 서로 만나 얼굴

---

193) 김윤사(金允思) : 1552~1622. 본관은 순천(順天). 자는 이득(而得), 호는 청만(晴巒). 김윤명(金允明)의 동생.
194) 김류(金瑠) : 1568~?. 본관은 의성(義城). 자는 백온(伯溫), 호는 천유옹(天有翁).
195) 권임(權任) : 1539~?. 본관 예천(醴泉). 자 사중(士重), 호는 송간정(松澗亭). 안동(安東)에 거주.
196) 정이홍(鄭而弘) : 1538~1620. 초명은 여홍(汝弘). 자는 언의(彦毅), 호는 주일재(主一齋), 상주 출신.

을 마주하고 기뻐하며 하례하는 것을 그치지 못했다. 어찌 전쟁과 기근이 이어진 뒤라 아직도 목숨을 보전하고 있을 것으로 생각이나 했겠는가. 사람들이 모두 말하기를, "문관과 무관이 아닌 자 가운데 죽은 사람이 많았으나, 유생(儒生)들은 혹은 수령이 맞이하여 접대하고, 혹은 동배(同輩)가 식량을 내주어 그 생계를 꾸렸다."라고 하니, 더욱 문사(文士)가 귀하다는 것을 알 수 있었다. 고관(考官)으로 정해진 자가 오지 않아서 겨우 두 사람을 갖추었다. 필시 전한 관문(關文)이 중도에 지체되어 그러한 듯했다.

> 九日。入場中, 故舊亦多, 相逢面目, 喜賀無已。豈意干戈饑饉之餘, 猶能全活耶。人皆曰："非文非武者多死, 儒生, 則或爲守令延接, 或爲同輩資給, 得其生理。"云。尤可見文士之貴也。所定考官不來, 僅備二員。想必傳關, 中路遲滯而然也。

10월 10일. 부(府)에 들어가 부사(府使)를 뵙고, 큰형과 함께 선성(宣城)으로 돌아왔다. 도산서원에 들어가니 금 원장(琴院長)과 정이홍(鄭而弘) 씨가 함께 있었다. 저녁에 서로 이야기를 나누고, 나는 백동(柏洞)으로 돌아왔다. 큰형은 서원에서 유숙했다.

> 十日。入見府使, 與伯氏還宣城。入陶山, 琴院長及鄭而弘氏同在。夕相話, 夕還柏洞。伯氏, 留宿于院。

10월 11일. 아침에 도산서원에서 큰형을 뵙고는 밥을 먹은 뒤 바로 돌아왔다. 큰형도 이어서 이르렀다. 정언의(鄭彦毅)가 해가 질 무렵에 당도해 함께 잤다.

> 十一日。朝拜伯氏于陶山, 飯後卽返。伯氏繼至。鄭彦毅, 暮到同宿。

10월 12일. 밥을 먹고 나와 큰형 및 정언의(鄭彦毅)가 나란히 말을 몰고 가서 역동(易東)의 물고기 집을 살폈다. 역동서원의 유사(有司) 황진기(黃振紀)

가 이날 낮에 참방(參榜)¹⁹⁷⁾했다는 소식을 들었는데, 나도 방에 이름이 올랐다.

> 十二日。飯訖, 余與伯氏及鄭彦毅聯轡, 往觀易東之漁巢。院有司黃振紀, 是午聞榜, 余亦得參。

10월 13일. 낮에 김직재(金直哉)가 와서 회포를 풀었다. 큰형을 통해 듣건대 김사립(金士立) 형이 충청도 땅에서 죽었다고 한다. 비통한 마음을 이길 수가 없다.

> 十三日。午金直哉來敍。因伯氏聞, 金士立兄, 死於忠淸地。不勝悲痛。

10월 14일. 큰형이 함창(咸昌)으로 돌아갔다. 김재운(金霽雲)¹⁹⁸⁾ 척장(戚丈)이 별세했다. 애통하고 슬프다.

> 十四日。伯氏還咸昌。金霽雲戚丈別世。慟悼。

10월 17일. 저녁에 신지의(申之義)가 독서하는 일로 도착했다.

> 十七日。夕申之義, 以讀書事到。

10월 21일. 올해 목면(木棉) 1필의 가격이 벼 2말에 이르렀다. 겨울이나 봄으로써 본다면 5배나 되었다. 아마도 반드시 올해 면화 밭이 가을비와 장마로 종자도 남기지 못한 지경에 이르러 목면 가격이 크게 뛰어오른 것이리라.

> 二十一日。今年木匹價, 至於租一斗。以冬春觀之五倍矣。其必以今歲綿田, 秋雨長霖, 至無遺種, 而木價太貴歟。

10월 22일. 예안 현감(禮安縣監)과 금응훈(琴應壎) 어른, 이인백(李仁伯) 부자,

---

197) 참방(參榜) : 향시에 합격하여 방목(榜目)에 자기 성명(姓名)이 실린 것을 말한다.
198) 김재운(金霽雲) : 1524~1594. 본관은 상산(商山). 자는 곽여(郭如).

의성(義城)의 신징(申憼)이 백동(柏洞)에 당도해 묵었다. 이태백(李太白)도 이르렀다.

> 二十二日。禮安倅、及琴應壎丈、李仁伯父子、義城申憼, 到柏洞宿。太白亦至。

10월 23일. 모두 도산서원으로 갔다. 이태백(李太白)과 내가 도성으로 향하기 때문에 금하양(琴河陽) 어른과 금 원장(琴院長), 유사(有司) 박몽담(朴夢聃)이 술을 가지고 와서 전송했다.

> 二十三日。咸往陶山。以太白及吾, 將向洛也, 琴河陽丈、琴院長院、有司朴夢聃, 提壺來餞。

10월 24일. 일찍 풍기(豊基)로 출발해 저물어서 집에 당도했다.

> 二十四日。早發向豊, 暮到家。

10월 25일. 군(郡)에 들어가 성주(城主)를 뵈었다. 정자(正字) 송광정(宋光廷)[199]과 선산(善山)의 김석윤(金錫胤)도 자리에 있었다.

> 二十五日。入郡謁城主。宋正字光廷及善山金錫胤, 亦在席。

10월 30일. 바람이 불었다. 안인서(安仁瑞)는 부인상을 당했는데, 이처럼 날씨가 추운 때에는 누구를 의지해 옷을 해 입을지 염려되었다. 하물며 멀리 충주(忠州)에서 소식이 서로 간에 끊어져서 더욱 더 그립고 애가 탐이겠는가. 듣건대 이직경(李直卿)이 정시(廷試)[200]의 호방(虎榜)[201]에서 급제했다고

---

199) 송광정(宋光廷) : 1556~1607. 본관은 야로(冶爐). 자는 찬재(贊哉), 호는 송간(松澗).

200) 정시(廷試) : 정시(庭試)와 같은 말로, 회시(會試)에 합격한 사람을 대상으로 임금이 전정(殿廷)에서 직접 책문(策問)하여 시행하던 시험.

201) 호방(虎榜) : 무과(武科)에 급제한 사람들의 명단을 발표하는 방. 본디 당나라 때 육지(陸贄)가 진사시(進士試)의 시관(試官)이 되어 한유(韓愈) 등 많은 명사를 뽑자 당시 사람들이 이를 용호방(龍虎榜)이라고 치하한 데서 온 말인데, 우리나라에서는 이 고사를 따다가 문

한다.

　三十日。風。念仁瑞, 丁憂喪室, 如此天寒, 賴誰衣之。況遠在忠州, 音問兩
絕, 尤增戀戀。聞李直卿, 得參廷試虎榜云。

☀1594년 11월

11월 1일(을해).

　十一月一日(乙亥)。

11월 2일. 들어가 성주(城主)를 뵙고 돌아왔다. 황신(黃晨)이 당도해 전하기
를, "큰형이 황산 찰방(黃山察訪)이 되었습니다."라고 하니, 말할 수 없이 기
뻤다. 땅거미가 질 무렵 집으로 돌아오니, 남군우(南君佑) 씨가 술을 가지고
나를 찾아왔다.

　二日。入謁城主歸。黃晨到傳, "伯氏爲黃山察訪。"云, 喜不可言。薄暮還家,
南君佑氏, 提壺訪我。

11월 4일. 용성(龍成)이 저녁에 이르러 함창(咸昌)의 소식을 전했다. 또 말
하기를, "율곡(栗谷)[202]에 불이 나 선영(先塋)까지 불길이 번져서 탔습니다."
라고 했다. 이 어찌 병화(兵火) 뒤에 또 이와 같은 변고를 만났단 말인가. 통
곡을 억누를 수가 없었다.

　四日。龍成夕至, 傳咸昌信息。且曰 : "栗谷火起, 延燒先墓。"云。是何兵火
之餘, 又遭此變耶。不勝痛哭。

11월 5일. 함창(咸昌)에 거칠금(巨叱金)을 보내 큰형이 황산 찰방(黃山察訪)에
제수된 소식을 전했다. 용성(龍成)이 봉화(奉化)로 향했다. 낮부터 내리던 비
가 밤까지 이어져서 계곡 물이 여름처럼 불어났다.

과를 용방(龍榜)이라고 하고 무과를 호방이라고 하였다.
202) 율곡(栗谷) : 현재의 경상북도 함창군 남면의 율곡리.

五日。 送巨叱金于咸昌，以其通伯氏除授之奇也。龍成向奉化。午雨達夜，溪漲如夏。

11월 9일. 일찍 도성으로 가는 길에 올랐으나, 전별로 인해 크게 취했기 때문에 창락(昌樂)에서 잤다. 함께 잔 사람은 이태백(李太白)과 배명서(裵明瑞)203), 김직재(金直哉)이다. 낮에 무지개가 서더니 밤에는 눈보라가 쳤다.

九日。 早啓西行，因餞大醉，遂宿昌樂。共枕者，李太白、裵明瑞、金直哉。午虹見，夜雪風。

11월 10일. 추위를 무릅쓰고 일찍 출발했다. 최현(崔晛)204), 김지복(金知復)과 함께 이야기를 나누고, 저물어 단양(丹陽) 마진촌(馬津邨)205)에서 묵었다.

十日。 冒寒早發。崔晛、金知復，與之話，暮宿丹陽馬津邨。

11월 11일. 김지복(金知復)이 함께 했다. 저물어 제천현(堤川縣)에서 묵었다.

十一日。 金知復與偕。暮宿堤川縣內。

11월 14일. 눈이 내렸다. 이날 저녁에는 저평지촌(呧平地邨)에서 투숙했다.

十四日。 雪。是夕，投宿呧平地邨。

11월 15일. 길에서 영공(令公) 김륵(金玏)과 그의 아들 기선(幾善)을 만났다. 저녁에 대탄리(大灘里)206)에서 묵었다.

十五日。 路逢金令公玏及其子幾善。夕宿大灘里。

---

203) 배명서(裵明瑞) : 명서는 배용길(裵龍吉)의 자(字).
204) 최현(崔晛) : 1563~1640. 본관은 전주(全州). 자는 계승(季昇), 호는 인재(訒齋).
205) 마진촌(馬津邨) : 《신증동국여지승람》 제14권 <단양군>편에 의하면 마진은 상진(上津)이라고도 하며 단양군 북쪽 13리 되는 지점에 있었으나, 지금은 충주댐에 수몰되었다.
206) 대탄리(大灘里) : 경기 양주도호부 북쪽 사천현(沙川縣) 대탄리(大灘里)를 이른다.

11월 16일. 용진(龍津)[207)에서 멀리 바라보니, 조방장(助防將) 변응성(邊應星)이 목책을 설치하고 있었다. 토적(土賊)에 대한 근심이 심하다는 것을 알겠다. 해적(海敵)이 아직도 자취를 거두지 않아 피차[토적과 왜적]가 횡포하니, 근심을 어찌 그만 둘 수 있겠는가. 강릉(江陵)의 상사(上舍) 김자한(金自漢)[208)을 만나 함께 강을 건너 안봉역(奉安驛)[209)에 투숙했는데, 병란 뒤에 풀을 엮어서 만든 초막이었다.(읊은 시가 있었다.)

十六日。龍津望見, 助防將邊應星設柵。知土賊之, 爲患甚矣。海敵, 尚未斂迹, 彼此橫暴, 憂念曷已。逢江陵金上舍自漢, 偕渡江, 投宿奉安驛, 兵餘結草爲幕。(有吟。)

11월 17일. 해가 질 무렵 [도성의] 동문(東門)에서 의동(義洞)[210)을 가리켜 보여 주었는데, 쑥대밭만 눈에 가득하고 사방에 사람 소리라곤 없어서 나도 모르게 비참했다. 주인 길남(吉男)의 집에 머물렀다.(시가 있었다.)

十七日。暮從東門, 指點於義洞, 蓬蒿滿目, 四無人聲, 不覺悲慘。仍寓主人吉男家。(有詩。)

11월 18일. 성균관(成均館) 옛터를 이리저리 돌아다녀 보니, 다만 불에 탄 재만 남아 있고, 선성(先聖)과 선사(先師)의 위패는 소청(小廳)에 임시로 봉안(奉安)하고 있었다. 옛일을 생각하고 오늘을 근심하자니 눈물이 턱까지 흘러내렸다. 저녁에 찰방(察訪) 안욱(安旭)[211)과 판관(判官) 이정견(李廷堅)이 와서 회포를 풀었다. 잠깐 눈이 내리고 바람이 불었다.

十八日。徘徊成均館舊基。只有灰燼, 先聖先師之位版, 假安小廳。念古傷

---

207) 용진(龍津) : 지금의 경기도 양평군 양수리에 있던 나루로, 이 일대를 용강(龍江)이라고 불렀다.
208) 김자한(金自漢) : 1545~?. 본관은 강릉(江陵). 자는 주원(住源).
209) 봉안역(奉安驛) : 경기도 광주시 지역에 있었던 조선시대의 역참.
210) 의동(義洞) : 동대문 안 낙산(駱山) 기슭에 있었다고 함.
211) 안욱(安旭) : 1564~?. 본관은 광주(廣州). 자는 명원(明遠), 호는 청천(淸川).

今, 涕泗交頤。夕安察訪旭、李判官廷堅來敘。乍雪且風。

11월 19일. 수찬(修撰) 정경임(鄭景任)과 박사(博士) 김시보(金施普)를 찾아갔다. 참봉(參奉) 박자징(朴子澄)과 장산보(張山甫), 김희지(金希之)212), 찰방(察訪) 민조숙(閔肇叔), 장여징(張汝澄)213), 남여용(南汝容), 판관(判官) 이직경(李直卿), 권위(權暐)214) 등이 전시(殿試)에 이름을 올렸다. 또 정랑(正郎) 황시지(黃是之)를 시강원(侍講院)에서 만났다.

十九日。 往訪鄭修撰景任、金博士施普。 朴參奉子澄、及張山甫、金希之、閔察訪肇叔、張汝澄、南汝容、李判官直卿、權暐等, 殿試錄名。且見黃正郎是之于侍講院。

11월 20일. 눈이 흩날리고 바람이 추웠다. 영상(領相) 류성룡(柳成龍)을 가서 뵙고 겸하여 류기(柳裿)를 찾아갔다. 정언(正言) 노홍중(盧弘仲)이 고향에서 당도해 서로 이야기를 나누었다. 저녁에 민조숙(閔肇叔)을 만났다.

二十日。 雪散風寒。往謁柳領相, 兼訪柳裿。盧正言弘仲, 自鄉到相話。夕遇閔肇叔。

11월 21일. 시장(試場)인 대궐 뜰에 들어가니 날씨가 화평하고 예전부터 가까이 사귀던 벗들 가운데 아직도 생존한 자가 많았다. 난리 뒤에 서로 만나니 기쁨을 이루 다 말할 수 없었다. 문과(文科) 전시(殿試)의 표제(表題)는 <본국(本國)이 교사 몇 명을 청하여 머물게 하고 군민(軍民)을 훈련시키도록 한다는 것에 견주어 표를 짓도록 하라.[擬本國請留教師數千訓練軍民表]>였다. 또

---

212) 김희지(金希之) : 희지는 김대현(金大賢, 1553~1602)의 자(字). 본관은 풍산(豊山). 호는 유연당(悠然堂).

213) 장여징(張汝澄) : 여징은 장진(張溍, 1550~1640)의 자(字). 본관은 단양(丹陽). 호는 녹야당(鹿野堂).

214) 권위(權暐) : 생몰년 미상. 본관은 안동(安東). 자는 숙회(叔晦), 호는 옥봉(玉峯)·옥산야옹(玉山野翁).

노창(臚唱)²¹⁵⁾을 들으며 태평했던 때를 회고하니 나도 모르게 눈물이 흘러 내렸다.

    二十一日。入試殿庭, 日氣和平, 昔時知舊, 尙多生存。亂後相逢, 喜不可言。題則擬本國請留敎師數千²¹⁶⁾訓練軍民表也。且聞臚唱, 回憶太平時, 不覺淚下。

11월 22일. 아침에 민조숙(閔肇叔)과 함께 가서 참의(參議) 황섬(黃暹) 형제를 뵈었다. 밥을 먹은 뒤 찰방(察訪) 권종경(權從卿) 씨를 방문하고 판관(判官) 박홍수(朴弘壽)를 만났다. 이어서 상국(相國) 류성룡(柳成龍)을 뵙고 겸하여 노홍중(盧弘仲)과 류여장(柳汝章)²¹⁷⁾을 만났는데, 고향의 벗인 장영(張嶸)과 장제원(張悌元), 최현(崔睍), 이삼성(李三省), 변광흡(卞光洽)도 당도했다가 밤중에 돌아갔다.

    二十二日。朝偕肇叔, 往拜黃參議暹弟兄。飯後, 訪權察訪從卿氏, 逢朴判官弘壽。仍謁柳相國, 兼見盧弘仲柳、汝章, 而鄕友張嶸、張悌元、崔睍、李三省、卞光洽亦到, 乘夜返。

11월 23일. 이극휴(李克休)²¹⁸⁾을 방문하고 바로 돌아왔다. 들건대 전시(殿試) 급제자의 방(榜)이 났는데, 팔도의 유생들이 모두 불리(不利)했으나 극휴(克休)만 홀로 급제했다고 한다. 저물 무렵 정랑(正郎) 황시지(黃是之)를 만나고, 또 영공(令公) 강신(姜紳)을 뵈었다. 권종경(權從慶) 씨와 강릉의 생원(生員) 김자한(金自漢), 헌납(獻納) 강정(姜綎)²¹⁹⁾, 별제(別提) 강긍(姜綆)²²⁰⁾이 모두 자리해 좋은 술을 마시고 주인집에 돌아오니, 밤 이경(二更)이었다.

---

215) 노창(臚唱) : 조선조 때 의식(儀式)의 절차(節次)를 소리 높여 창도(唱導)하는 일. 통례원(通禮院) 종6품 벼슬인 인의(引儀)가 의식의 절차를 고저장단(高低長短)에 맞추어 읽는 것을 말한다.
216) 千 : 人의 오기인 듯함.
217) 류여장(柳汝章) : 여장은 류기(柳裿)의 자(字)
218) 이극휴(李克休) : 극휴는 이광윤(李光胤)의 자(字).
219) 강정(姜綎) : 1552~1614. 본관은 진주(晋州). 자는 정경(正卿), 호는 청천(菁川).
220) 강긍(姜綆) : 생몰년 미상. 본관은 진주(晋州). 강정(姜綎)의 아우.

二十三日。仍訪李克休乃還。聞榜出, 八路儒, 皆不利, 克休獨參。暮見黃正郎是之, 且謁姜紳令公。而權從卿氏、及江陵生員金自漢、姜獻納綖、姜別提綖, 咸在席, 飮以美酒, 返主人家, 夜二更矣。

11월 24일. 아침에 민조숙(閔肇叔)과 함께 황 참의(黃參議) 영공(令公)를 가서 뵈었다. 또 홍문관(弘文館)에 들어가 수찬(修撰) 정경세(鄭經世)[221]와 수찬(修撰) 윤경립(尹敬立)[222]을 만났는데, 참군(參軍) 최립(崔岦)도 와서 서로 이야기를 나누었다. 돌아오는 길에 동년(同年) 윤굉(尹宏)을 만났다. 그는 바로 어제 급제한 사람으로, 말을 멈추고 잠시 회포를 풀었다. 주인집에 당도하니 배명서(裵明瑞)가 와 있었다. 나는 먼저 그가 관직을 얻은 것을 하례하고 단란하게 밤새도록 이야기를 나누었다.

二十四日。朝偕肇叔, 往拜黃參議令公。又入弘文館, 見鄭修撰經世、尹修撰敬立, 而參軍崔岦, 亦至相話。還路, 逢尹同年宏。乃昨日及第人也, 駐馬暫敍。到主人家, 裵明瑞來。吾先賀其得官, 從容竟夕。

11월 25일. 돌아가는 길에 올랐는데, 채경종(蔡景宗)이 함께 갔다.(과거에 떨어지고 읊은 시가 있었다.)

二十五日。啓還程, 蔡景宗偕行。(下第有吟。)

11월 26일. 오빈역(娛賓驛)[223]에 묵었다. 듣건대 명례방(明禮坊)[224]에 살던 이응창(李應昌)이 과부인 누이를 데리고 원주(原州)로 먹을 것을 구하러 갔다고 한다.

---

221) 정경세(鄭經世) : 1563~1633. 본관 진주(晉州). 자 경임(景任), 호 우복(愚伏)·일묵(一默)·하거(荷渠).

222) 윤경립(尹敬立) : 1561~1611. 본관은 파평(坡平). 자는 존중(存中), 호는 우천(牛川).

223) 오빈역(娛賓驛) : 지금의 경기도 양평군에 있었던 역 이름. 오빈역(娛賓驛)은 평구도(平邱道)의 속역으로 북쪽의 봉안(奉安), 남쪽의 쌍수역(雙樹驛)과 연결되었으며, 용진도(龍津渡)를 건너 광주(廣州)와 이어졌다.

224) 명례방(明禮坊) : 현재의 서울 명동(明洞)과 충무로(忠武路) 일대.

二十六日。宿娛賓驛。聞明禮坊居李應昌, 率其寡妹, 將就食於原州云。

11월 29일. 황혼 무렵 제천(堤川) 소탕리(蘇蕩里)로 들어가 묵었다. 밤에 눈이 내렸다.

二十九日。乘昏, 入堤川蘇蕩里宿。夜雪。

❄1594년 12월

12월 1일(갑신). 김무회(金無悔)는 말이 병이 들어서 제천(堤川)에 머물렀다.

十二月一日(甲辰)。金无悔, 以馬病留在堤川。

12월 2일. 죽령(竹嶺)을 넘어 지나는 길에 성주(城主)를 뵈었다. 신녕 현감(新寧縣監) 황광원(黃光遠)[225]도 자리에 있었으나 저물어 단란하게 대화하지 하지 못한 것이 한스럽다.

二日。踰竹嶺, 歷謁城主。黃新寧光遠, 亦在席, 恨暮欠從容。

12월 3일. 황 신녕(黃新寧)을 만나려고 와룡동(臥龍洞)으로 가니, 마침 그의 상수(上壽)[226]하는 날이었다. 황 동지(黃同知) 영공(令公)과 훈도(訓導) 권확(權擴)[227], 상사(上舍) 남치형(南致亨)이 모두 모여 있었다.

三日。欲見黃新寧, 往臥龍洞, 適値其上壽日也。黃同知令公、及權訓導擴、南上舍致亨, 咸集。

12월 8일. 군(郡)에 들어가 성주(城主)를 뵈니, 해가 저물 무렵에 류기(柳椅)와 장영(張嶸), 장제원(張悌元), 최현(崔晛)이 어제 도성에서 돌아왔다고 한다. 안동(安東)의 금봉서(琴鳳瑞)[228] 씨도 자리에 있어서 서로 관아에서 빚은 술

---

225) 황광원(黃光遠) : 광원은 황서(黃曙, 1554~?)의 자(字). 본관은 창원(昌原). 호는 종고(宗皋).
226) 상수(上壽) : 헌수(獻壽)와 같은 말로, 장수를 비는 뜻으로 술잔을 올리는 것.
227) 권확(權擴) : 생몰년 미상. 자는 수초(遂初).

을 기울였다.

八日。入郡謁城主。日暮, 柳裿、與張嵲、張悌元、崔晛, 昨自京還云。安東琴鳳瑞氏, 亦在座, 相傾衙釀。

12월 11일. 선성(宣城)으로 가는 길에 올라 지나가는 길에 김백암(金柏巖) 영공(令公)을 찾아뵙고, 이효린(李孝隣)과 함께 또 김공제(金公濟)를 방문하고 그대로 묵었다. 이숭도(李崇道)[229]가 밤에 와서 이야기를 나누었다.

十一日。啓宣城行。歷拜金柏巖令公, 偕李孝隣, 又訪金公濟, 仍宿。李崇道, 夜來敘話。

12월 12일. 용수사(龍壽寺)[230]에 들어가 밥을 먹었는데, 서외(徐巍)의 삼형제가 글을 읽고 있었다. 임소(任所)에 이르니 날이 저물었다. 금언각(琴彦覺)이 간직(間直)으로 있으면서 나에게 술을 대접했다. 용흘(龍屹)과 채경종(蔡景宗)도 참석했다.(읊은 시 두 수가 있었다.)

十二日。入龍壽寺飯焉, 徐巍三弟兄讀書矣。至任所日暮。琴彦覺, 以間直在, 飮余以酒。龍屹、蔡景宗亦參。(有吟二首。)

12월 15일. 신지의(申之義)가 와서 회포를 풀었다. 이때에 관직(官職)은 복잡하고 다단(多端)했으며, 명기(名器)[231]는 가벼이 여겨 함부로 베풀어졌다. 그리하여 소를 잡는 사람이 높이 드러난 반열에 발탁되어 오르고, 시장 장사치의 자식이 모두 사복(司僕)의 직을 겸하여, 어떤 이는 소와 말을 통해서 관작을 얻었고, 어떤 이는 곡식과 포목으로써 귀하게 되었다. 그러나 참으로 난리로 말미암아 [이 일이] 오래도록 해결되지 못하고 있는데도 나라에

---

228) 금봉서(琴鳳瑞) : 1538~1604. 본관은 봉화(奉化). 자는 경휴(景休), 호는 노강(盧江).
229) 이숭도(李崇道) : 생몰년 미상. 이황의 종손(從孫).
230) 용수사(龍壽寺) : 경상북도 안동시 도산면 운곡리에 있는 사찰.
231) 명기(名器) : 명(名)은 관작(官爵)과 직위(職位)의 존비를 가리키고, 기(器)는 거마(車馬)와 복식(服飾)의 차등을 말함. 이를 통해서 계급의 존비(尊卑)를 구별했다.

서는 계책을 삼을 것이 없었다. 이 때문에 부득이 이들을 등용하면서 명분
(名分)의 붕괴를 생각할 겨를이 없었다. 그러나 노비가 주인집과 혼인하는
징조와 천한 자가 귀족을 방해하는 풍조와 서자가 종적(宗嫡)을 능멸하는 풍
습이 장차 이로 말미암아 시작될 것이다. 만약 이러한 제도를 개혁하지 않
으면 위란(危亂)의 화가 오랑캐의 변란232)보다 훨씬 심할 것이다.

十五日。申之義來敍。此時, 官職雜而多端, 名器輕而混施。屠牛之人, 擢登
巍顯之第, 市賈之子, 皆兼司僕之職, 或因牛馬而得爵, 或以粟布而爲貴。良由
亂久未解, 國無爲計。爲是不得已之擧, 而不暇念名分之敎。然奴婚主家之漸,
賤妨貴族之風, 庶凌宗嫡之習, 將由此始焉。若不爲更張, 則危亂之禍, 尤甚於
虜變矣。

12월 16일. 일찍 밥을 먹고 월천(月川) 어른을 가서 뵙고, 또 오천(烏川)으
로 가서 금하양(琴河陽), 김 봉화(金奉化), 생원(生員) 김응훈(琴應壎) 어른을 뵈
었다. 돌아오는 길에 현(縣)에 들어가 신지의(申之義)를 만났다.

十六日。早食, 往拜月川丈, 又向烏川, 拜琴河陽、金奉化、琴生員、應壎
丈。還路入縣, 見申之義。

12월 18일. 용흘(龍屹)과 채경종(蔡景宗)이 안동부(安東府)에서 비로소 백동
(柏洞)으로 돌아왔다.

十八日。龍屹、蔡慶宗, 自安東府, 始還柏洞。

12월 19일. 봉화(奉化)의 우소(寓所)로 돌아가는 용흘(龍屹)을 전송했다.(읊은
시가 있었다.)

十九日。送龍屹還奉化寓所。(有吟。)

12월 20일. 선산(善山)의 박형경(朴亨慶)이 왔다. 그에게 듣건대 허의(許顗)

---

232) 오랑캐의 변란[虜變] : 임진왜란을 의미.

와 궐남(厥男)이 모두 생원 시험에 합격했다고 하니, 기쁜 마음을 말로 표현할 수가 없었다. 김직재(金直哉)가 당도하고 경주(慶州)의 수복(守僕)도 이르렀다.

二十日。善山朴亨慶來。憑聞許顗及厥男. 偕得生員, 喜不可言。金直哉到, 慶州守僕亦至。

12월 22일. 조고(祖考)의 기일(忌日)이다. 그러나 난중에 족당(族黨)이 모두 죽어서 역시 지난해처럼 제사를 빠뜨렸다. 내가 지금 선성(宣城)에 있어서 비록 부인에게 제사를 지내도록 했으나, 다만 지냈는지의 여부는 알지 못하겠다.

二十二日。祖考忌也。亂中族黨皆死, 亦如去年之闕奠。余在此宣城, 雖令家人設祭, 第未知行否也。

12월 23일. 경주의 수복(守僕)이 돌아갔다. 저녁에 계상리(溪上里)[233]로 권순(權淳)[234]을 찾아가니, 그의 계모가 이 직장(李直長)의 집에 있었기 때문에 장차 모시고 원주(原州)로 향하려고 했다. 그에게 듣건대 권여심(權汝深)이 독자(獨子)를 잃었고, 권화경(權和卿)은 모친상 중에 부인상을 당했다고 한다. 이들은 모두 타향을 정처 없이 떠돌고 있었는데, 초상(初喪)을 당한 것이 저와 같다니, 더욱 더 놀랍고도 슬프다.

二十三日。慶州守僕歸。夕訪權淳于溪上, 以其繼母在李直長家故, 將陪向原州也。憑聞權汝深, 失獨子, 權和卿, 丁母憂, 遭妻服。是皆流離異鄕, 喪患如彼, 尤增驚怛。

12월 26일. 현(縣)으로 가서 태수(太守)와 이야기를 나누고 백동(柏洞)에 도

---

233) 계상리(溪上里) : 선성(宣城)에 위치한 마을 이름.
234) 권순(權淳) : 1564~?. 본관 안동(安東). 자 화보(和甫), 호는 매오(梅塢). 만오헌(晩悟軒) 권경호(權景虎)의 아들.

착했다. 밤이 이미 깊었는데, 둘째 형과 채경종(蔡景宗)이 봉화(奉化)에서 이르렀다. 밤중에 눈이 내리고 또 크게 번개가 쳤다.

二十六日。向縣與太守話, 到柏洞。夜已向深, 仲氏及蔡慶宗, 自奉化至。夜半, 雪下又大電。

12월 28일. 둘째 형과 채경종(蔡景宗)이 봉화(奉化)의 우소(寓소)로 돌아갔다. 낮에 이사곽(李士廓)이 온계(溫溪)에서 편지를 보내 나의 안부를 물었다. 나는 즉시 달려가 만나보고, 이어서 오랫동안 만나지 못했던 회포를 풀었다. 이일도(李逸道)[235]와 채간(蔡衎), 김륨(金瑒)이 모두 자리에 있었다. 돌아올 때에 이윤적(李允迪)의 집에서 밥을 먹고, 밤을 타고 백동(柏洞)에 도착했다.

二十八日。仲氏及蔡慶宗, 還奉化寓所。午李士廓, 自溫溪, 貽書問我。我卽馳見, 仍敍久阻之懷。李逸道、蔡衎、金瑒咸在。還時飯于李允迪家, 乘夜到柏洞。

12월 29일. 풍기(豊基) 사람을 기다렸으나 오지 않아서 제찬(祭饌)을 소에 실어 구년(仇年)에게 맡겼다. 이는 잃어버릴까를 걱정되었기 때문이다. 저녁에 판관(判官) 이성여(李聖與)의 초대를 받아 가서 음복(飮福)에 참석했는데, 금언강(琴彦康), 김시건(金是楗), 금대해(琴大海)가 모두 자리에 있었다. 밤에 백동(柏洞)으로 돌아왔다. 눈이 내렸다.

二十九日。待豊人不至, 以祭饌載牛, 付仇年, 恐其失也。夕被李判官聖與之邀, 往參飮福, 琴彦康、金是楗、琴大海, 咸在。夜還柏洞。雪下。

☀1595년 1월

을미년(1595) 1월 1일(갑신). 새벽에 진전문(眞殿門)[236]으로 향해 분향례(焚香禮)를 거행하고, 애일당(愛日堂)으로 가서 이광승(李光承)과 이야기를 나누었다.

---

235) 이일도(李逸道) : 생몰년 미상. 본관은 진성(眞城). 자는 사안(士安). 이황(李滉)의 후손.
236) 진전(眞殿) : 임금의 초상화인 어진(御眞)을 봉안하고, 향사하는 곳.

乙未正月一日(甲辰). 晨啓眞殿門, 行焚香禮, 往愛日堂, 與李光承話。

1월 2일 이 직장댁(李直長宅)에서 술과 떡을 보내왔다. 낮에 조준도(趙遵
道)237)와 신지의(申之義)가 또한 술을 가지고 왔다. 금언강(琴彥康)과 김신(金紳)
을 찾아가서 술자리에 참석했다.

　　二日。 李直長宅, 以酒餠送來。 午趙遵道、申之義, 亦提壺。 見訪琴彥
　　康、金紳, 參飮。

1월 5일. 역동서원에 가서 문묘(文廟)를 배알했다. 상사(上舍) 권임(權任)이
안동(安東)에서 당도했다.

　　五日。 往易東謁廟。 權上舍任, 自安東到。

1월 6일. 나의 생일인데도 술 한 잔을 마시지 못했으니, 객중에 탄식할
만한 일이다. 저녁에 판관(判官) 이성여(李聖與)와 헤어지고 바로 돌아왔다.[김
기중(金器仲)238)에게 준 시에 차운했다.]

　　六日。 乃吾生朝而不得飮一觴, 客中可嘆。 夕別李聖與, 卽還。(次贈金器仲
　　韻。)

1월 7일. 예안 현감(禮安縣監)이 의성(義城)에서 어제 돌아와서 편지를 보내
안부를 물었다.

　　七日。 禮倅自義城昨還, 致書來問。

1월 8일. 이태백(李太白)이 당도했다.(번민을 달랜 시가 있었다.)

　　八日。 太白到。(有自遣詩。)

---

237) 조준도(趙遵道) : 1576~1665. 본관은 함안(咸安). 자는 경행(景行), 호는 방호(方壺).
238) 김기중(金器仲) : 기중은 김강(金壃)의 자(字).

1월 9일. 풍기(豊基)로 가는 길에 올라서 영천군(榮川郡)에 이르러 첨지(僉知) 이만복(李晩福)을 만났다. 또 두서리(斗西里)[239]에서 숙노 형(叔老兄)을 뵙고 집에 도착했다.(읊은 시가 있었다.)

　　九日。啓豊行, 至榮郡, 逢李僉知晩福。又見叔老兄于斗西, 到家。(有吟。)

1월 13일. 들건대 황광원(黃光遠)이 부친상을 당해 먼 길에서 분상(奔喪)[240]했다고 하니, 몹시 염려스럽다. 이날 바람이 불고 추웠다.

　　十三日。聞黃光遠, 遭父憂, 遠路奔喪。深慮深慮。是日風寒。

1월 16일. 백운동서원으로 가니, 원장(院長) 황경률(黃景栗)과 유사(有司) 김경서(金景敍), 김연숙(金鍊叔)이 모두 와서 서로 회포를 풀었다. 돌아오는 길에 성주(城主)를 뵈었는데, 찰방(察訪) 류주(柳袾)도 곁에서 모시고서 나에게 관청의 술을 권했다.

　　十六日。向白雲院, 院長黃景栗、有司金景敍、金鍊叔, 咸到相敍。還仍謁城主, 柳察訪袾, 亦侍傍, 飮余以官酒。

1월 20일. 일찍 함창(咸昌)으로 가는 길에 올라 예천(醴泉) 군내(郡內)에서 묵었다.

　　二十日。早啓咸行, 宿于醴泉郡內。

1월 21일. 일찍 출발해 전경선(全景先)의 우소(寓所)에서 밥을 먹었다. 눈을 무릅쓰고 진흙탕을 뚫고 어렵게 이안리(利安里)에 도착하니, 고목만 홀로 남아 있고 인물은 이미 다 사라지고 참혹하게 불에 탄 모습에 어찌 할 줄을 몰랐다. 본쉬(本倅, 함창 현감) 나덕원(羅德元)[241]은 여물리(與物里)[242]에 살았는

---

239) 두서리(斗西里) : 예전 영천군 망궐면 두서리로, 지금의 영주시 영주동으로 추정된다.
240) 분상(奔喪) : 먼 곳에서 부모가 돌아가신 소식을 듣고 급히 집으로 돌아감.
241) 나덕원(羅德元) : 1548~?. 본관은 나주(羅州). 자는 이건(以健), 호는 사담(沙潭).

데, 이안리(利安里)로 옮겨 오려고 박영선(朴榮先)의 폐가를 수리하고 있었기 때문에 가서 뵈었다. 그리고 조카 용성(龍成)과 선영에 성묘하고 여물리로 가서 숙형(叔兄)의 임시 초막에서 묵었다. 큰형은 이미 황산(黃山)의 임소(任所)로 향했다.

二十一日。早發, 飯于全景先寓所。冒雪衝泥, 艱到利安, 古木獨存, 人物已盡, 慘怛之狀, 不知爲懷矣。本倅羅德元, 住與物里, 欲移利安來, 修朴榮先廢家, 故往拜之。與姪龍成, 奠掃先墓, 向與物里, 宿叔兄假幕。伯氏, 已向黃山任所矣。

1월 22일. 아침에 본쉬(本倅)의 임시 막사에 가니, 이사곽(李士廓) 형제도 와 있었다. 비축한 식량은 한 됫박 밖에 없었고 서리(胥吏)도 겨우 2, 3명뿐으로, 쑥대밭이 된 관가(官家)를 말로 표현할 수가 없었다. 마침내 성주(城主)에게 이별을 고하고 밥을 재촉해 먹고 길에 올랐다. 숙형(叔兄)과 함께 말을 타고 용궁(龍宮)에 이르러 헤어지고, 날이 저물어 장수(張守)의 집에서 묵었다.

二十二日。朝造本倅假幕, 李士廓兄弟亦來。儲無升斗, 吏纔二三, 官家蕩殘, 不可形言。遂告別城主, 促食登途。與叔兄偕轡。至龍宮相別, 暮宿張守家。

1월 23일. 일찍 출발해 감천(甘泉)에 당도하여 남군우(南君佑) 씨의 집에서 밥을 먹었다. 인하여 한사첨(韓士瞻)이 상을 당한 것을 위로하고 저물어 집에 도착했다. 훈련원 판관(訓練院判官)으로 재직 중인 김광복(金光福)[243]이 도성에서 내려오는 길에 찾아왔다.(시가 있었다.)

二十三日。早發到甘泉, 飯于南君佑氏家。仍慰韓士瞻遭喪, 暮到家。金光福, 訓鍊判官在職中, 自京下路來訪。(有詩。)

---

242) 여물리(與物里) : 지금의 경상북도 상주시 여물리.
243) 김광복(金光福) : 생몰년 미상. 본관은 경주(慶州). 자는 경원(慶源), 호는 죽포(竹圃).

2월 1일(갑신).

二月一日(甲辰)。

2월 2일. 성주(城主)를 뵙고, 또 석곶(石串)[244]의 안 상사(安上舍) 어른을 뵈었다.

二日。謁城主, 又拜石串安上舍丈。

2월 5일. 둘째 형이 봉화(奉化)에서 왔지만, 나는 직무와 관계된 일로 선성(宣城)으로 향했다. 눈이 내리는 것을 무릅쓰고 번천(樊川)에 이르러 예안(禮安) 사람을 만난 뒤 말은 다시 가복(家僕)에게 돌려보냈다. 용현(龍峴)에 이르러 권익민(權益民)을 만나 이야기를 나누고, 나란히 백동(柏洞)에 도착하니 밤이 초경(初更)이었다.(시가 있었다.)

五日。仲氏自奉化來, 余以職事向宣城。冒雨雪, 至樊川, 逢禮安人, 馬還送家僕。抵龍峴, 遇權益民話, 比到柏洞, 夜初更矣。(有詩。)

2월 6일. 아침에 금응강(琴應康)이 돌아왔다. 낮에 도산서원 원장의 초대를 받아 술에 취해 저녁에 돌아왔다.

六日。朝琴應康歸。午被陶山院長邀, 乘醉夕還。

2월 7일. 이태백(李太白)은 돌아가고, 전경직(全景直)은 머물면서 선성 태수(宣城太守)가 보낸 술을 마셨다.

七日。太白歸, 全景直留, 飮宣城太守所送酒。

2월 8일. 밥을 먹은 뒤 전경직(全景直)과 함께 예안 현감(禮安縣監)을 만났

---

244) 석곶(石串) : 경상북도 예천군의 예천읍 동본리에 있는 고개로 보인다.

다. 김지선(金止善)[245]도 왔다. 조방(趙垹)[246]이 함안(咸安)에서 당도해 서로 이야기를 나누었다.

八日。飯後, 與全景直偕見禮安倅。金止善亦來。趙垹, 自咸安到, 相話。

2월 14일. 장모의 대상(大祥)[247]이었으나, 나는 직무와 관계된 일로 전례(奠禮)[248]를 펴지 못했다. 서운한 마음 견딜 수가 없다.

十四日。岳母大祥。以職事, 未伸奠禮。不勝缺然。

2월 21일. 도사(都事) 이준(李埈)을 도산서원에서 만났다. 자리에 있던 사람은 선성 현감(宣城縣監)과 금응훈(琴應壎) 어른, 금경(琴憬), 금개(琴愷)[249], 김강(金墥), 김평(金坪), 최민수(崔民秀)로, 서로 더불어 술을 마시고 백동(柏洞)으로 돌아왔다.

二十一日。見李都事埈于陶山院。在座者, 宣城倅及琴應壎丈、琴憬愷、金墥、金坪、崔民秀也, 相與引桮, 還柏洞。

2월 22일. 아침에 도사(都事)는 안동(安東)으로 향하고, 나는 선성 현감(宣城縣監)과 함께 이야기를 나누었다. 그리고 애일당(愛日堂)에 들어가니 매화꽃이 이미 활짝 피어 봄기운이 손에 잡힐 듯했다.

二十二日。朝都事向安東, 余與宣倅話。入愛日堂, 梅花已發, 春意可掬。

2월 24일. 금응훈(琴應壎) 어른이 역동서원에서 술을 보내왔다. 듣건대 경상도에 좌우 감사(左右監司)[250]를 두고, 우감사는 서성(徐渻)으로 삼았다고 한다.

---

245) 김지선(金止善) : 1573~1622. 호는 번계(樊溪). 백암 김륵의 아들.
246) 조방(趙垹) : 1557~1638. 본관은 함안(咸安). 자는 극정(克精), 호는 두암(斗巖)·반구정(伴鷗亭).
247) 대상(大祥) : 사람이 죽은 지 두 돌 만에 지내는 제사.
248) 전례(奠禮) : 신위(神位) 앞에 간단한 음식을 차려 놓고 애도의 뜻을 표하는 예.
249) 금개(琴愷) : 자는 언강(彦康). 금경(琴憬)의 동생.

二十四日。琴應壎丈, 自易院送酒。聞慶尙, 置左右監司, 而右徐渚爲之云。

2월 25일. 애일당(愛日堂)에 가니 주인 이광승(李光承)과 진사 오수영(吳守盈)[251] 어른, 이사순(李士純), 이일도(李逸道)가 모두 모여 있었다. 밤에 비가 내리고 천둥과 번개가 쳤다.

二十五日。往愛日堂, 主人李光承、及吳進士守盈丈、李士純、李逸道, 咸集。夜雨雷電。

2월 27일. 듣건대 박자징(朴子澄) 씨가 이태백(李太白)과 임소(任所)를 바꾸려고 사람을 보내 은풍(殷豊)에 알렸다고 한다. 오늘은 한식(寒食)이나 임무로 재소(齋所)에 매여 선영을 성묘할 수 없었기 때문에 슬픈 마음이 절로 배가 되었다. 낮에 황여후(黃汝厚)[252]가 퇴계문집(退溪文集)을 교정하는 일로 당도했다. 저녁에 금응강(琴應康)이 술을 가지고 찾아왔다.

二十七日。聞朴子澄氏, 換太白任, 送人通殷豊。今日, 乃寒食。任繫齋所, 不得展省先墓, 悲感自倍。午黃汝厚, 以退溪文集校正事來到。夕琴應康, 提壺見訪。

2월 28일. 진사(進士) 이완(李完)[253] 어른이 노직(老職)[254]을 얻고 온계(溫溪)

---

250) 좌우 감사(左右監司) : 임진왜란 때에 경상도를 좌도와 우도로 나누어 한효순(韓孝純)이 좌감사가 되고 김수(金睟)가 우감사가 되었는데 그 이듬해에 다시 혁파했다. 그리고 을미년(1595)에 다시 좌도와 우도로 각각 감사를 두었다가 병신년에 혁파했다. ≪林下筆記 22권 文獻指掌編≫

251) 오수영(吳守盈) : 1521~1606. 본관은 고창(高敞). 자는 겸중(謙仲), 호는 춘당(春塘)·도암(桃巖).

252) 황여후(黃汝厚) : 여후는 황재(黃載, 생몰년 미상)의 자(字). 본관은 창원.

253) 이완(李完) : 1512~1596. 본관은 진성(眞城). 자는 자고(子固), 호는 기암(企庵). 퇴계 선생의 둘째 형인 이하장(李河長)의 아들.

254) 노직(老職) : 노인직(老人職)으로서, 실직(實職)이 아닌 고령자를 우대하기 위한 뜻에서 주어진 관직. ≪經國大典≫ <이전(吏典)> 노인직조(老人職條)에 의하면 "나이 80세 이상이면 양인(良人)이나 천인(賤人)을 막론하고 1품계(品階)를 수여하고 원래 품계가 있는 자에게는 1품계를 더 수여하며, 당상관(堂上官)은 왕의 전지(傳旨)가 있어야 수여한다."고 규

에 당도해 나를 초대했다. 밥을 먹은 뒤에 가보니 마을 사람들이 모두 모여 술자리를 벌이고 있었다.

二十八日。李進士完丈, 得老職, 到媼溪邀我。飯後往焉, 洞員咸集, 設梋酌。

2월 29일. 도산서원으로 가서 황여후(黃汝厚)가 풍기(豊基)로 돌아가는 것을 전송하고, 박몽담(朴夢聃)과 함께 백동(柏洞)으로 왔다. 안동 부사(安東府使) 우복룡(禹伏龍)과 경주(慶州)의 참봉(參奉) 손엽(孫曄)255)의 편지가 왔다.

二十九日。向陶山, 送黃汝厚還豊, 與朴夢聃, 偕來柏洞。安東禹伏龍、慶州孫參奉曄, 書至。

2월 30일. 이태백(李太白)이 은풍(殷豊)에서 이르렀다.

三十日。太白, 自殷豊至。

❀1595년 3월

3월 1일(갑술). 참봉(參奉) 박자징(朴子澄)이 씨가 임소(任所)에 당도했다.

三月一日(甲戌)。朴參奉子澄氏, 到任。

3월 2일. 박홍경(朴弘慶)이 당도했다. 듣건대 경주(慶州) 진영의 장사(將士)256)들이 멀리 울산(蔚山)에서 사냥하는 왜군을 바라보고 모두 흩어져 달아나려고 했다고 하니, 군량이 아까울 뿐이다.

二日。朴弘慶到。聞慶州陣將士, 望見蔚山獵倭, 皆欲奔潰, 軍粮可惜。

3월 3일. 금대해(琴大海)가 술을 올리고 이 직장댁(李直長宅)에서 술을 보내 왔다. 저녁에 선성 현감(宣城縣監)이 오고 송천지(宋川至) 씨도 참석했다.

정되어 있다.

255) 손엽(孫曄) : 1544~1600. 본관은 월성(月城). 자는 문백(文伯), 호는 청허재(淸虛齋).
256) 장사(將士) : 장졸(將卒)과 같은 말로, 예전에 장수와 병졸을 아울러 이르던 말.

三日。琴大海進酒, 李直長宅送壺。 夕宣城倅來, 宋川至氏亦參。

3월 4일. 풍기(豊基)로 가는 길에 올라 온계(溫溪)에 당도해 이영승(李令承)를 만났다. 그에게 들건대 호환(虎患)[257]이 있었다고 한다. 집에 도착하니 밤이 이미 초경이었다.

四日。啓豐行, 到溫溪, 遇李令承。憑聞虎患。到家, 夜已初更矣。

3월 6일. 들건대 도사(都事) 이숙평(李叔平)[258]이 군에 들어왔다고 하여 방문하고 겸하여 성주(城主)를 만났다. 남양중(南養仲)과 황문경(黃文卿), 박수선(朴守先)[259], 박영선(朴榮先), 김원진(金遠振), 김광두(金光斗)[260], 김정(金珽)[261]이 모두 자리에 있었다. 물러나와 전행(全絣), 안응일(安應一), 안경방(安敬邦), 박대일(朴大一), 장원(張遠) 등과 이야기를 나누었다.

六日。聞李都事叔平入郡, 往訪兼見城主。南養仲、黃文卿、及朴守先、朴榮先、金遠振、金光斗、金珽咸, 在座。 退與全絣、安應一、安敬邦、朴大一、張遠等話。

3월 7일. 아침에 이슬비가 내렸다.

七日。朝小雨。

3월 12일. 밤에 비가 내려 새벽까지 이어졌다. 농가를 위해 몹시 기쁜 일이다.

十二日。夜雨達曙。爲田家甚喜。

---

257) 호환(虎患) : 호랑이에게 당하는 재앙.
258) 이숙평(李叔平) : 숙평은 이준(李埈)의 자(字).
259) 박수선(朴守先) : 1556~?. 자는 경술(景述).
260) 김광두(金光斗) : 1562~1608. 본관은 상산(尙山). 자는 여우(汝遇), 호는 일묵재(一默齋).
261) 김정(金珽) : 1557~?. 본관은 상산(尙山). 자는 경온(景溫), 호는 서담(西潭).

3월 13일. 비가 내렸다. 향당으로 가서 세마(洗馬) 류기(柳裿)를 만나고 나아가 성주(城主)를 뵈었다.(단비를 읊은 시가 있었다.)

十三日。雨。向鄉堂, 見柳洗馬裿, 進謁城主。(有喜雨詩。)

3월 18일. 선성(宣城)으로 가는 길에 올라 청음석(淸吟石)에 이르니, 오천(烏川)의 김 봉화(金奉化)와 온계(溫溪)의 오 진사(吳進士) 등 여러 어른들이 그 마을 사람들을 거느리고 이곳에 와서 술을 마시고 있었다. 박 참봉(朴參奉)도 도착했다.(시가 있었다.)

十八日。啓宣城行, 抵淸吟石, 烏川金奉化、溫溪吳進士僉丈, 率其洞人, 來飲于此。朴參奉亦到。(有詩。)

3월 20일. 박 참봉(朴參奉)과 애일당(愛日堂)에 올라 이복승(李福承)의 술을 마셨다. 그리고 나는 선성 현감(宣城縣監)과 이야기를 나누었고, 박 참봉(朴參奉)은 안동(安東)으로 향했다.

二十日。與朴參奉登愛日堂, 飲李福承。與宣倅話, 朴向安東。

3월 21일. 영천(榮川)의 박문범(朴文範)[262]이 마침 도착해 서로 회포를 풀었다.(금 상사에게 사례하는 시가 있었다.)

二十一日。榮川朴文範, 適到相敍。(謝琴上舍有詩。)

3월 23일. 남몽득(南夢得)이 와서 공부했다.

二十三日。南夢得來學。

3월 25일. 새벽에 비가 내리고 또 눈이 내렸다.(김기중의 시에 차운한 시가 있었다.)

---

262) 박문범(朴文範) : 생몰년 미상. 자는 자화(子華).

二十五日。曉雨且雪。(有次金器仲韻。)

3월 27일. 변방의 소식에 여러 번 놀라 마을이 시끄러웠다. 또 듣건대 왜장(倭將) 청정(淸正)[263]은 가장 포악하고 사나운 인물로, 이 자가 바로 영안도(永安道)[264]에 침입해 왕자를 사로잡은 자였는데, 지금 다시 군현(郡縣)을 노략질해 기필코 모두 도륙하려고 한다고 했다. 비록 상국(上國)이 사신을 파견해 서로 강화하려는 뜻으로 타일렀으나 왕인(王人)[265]을 능욕하며 예로써 접대하지 않으니, 그 뜻이 참으로 작은 데에 있지 않을 것이다. 명군에게 청해서 그를 막고자 하면 우리나라에 식량이 없고, 우리 군사로써 대비하자고 하면 바라만 보고도 도망쳐 흩어질 것이다. 아, 동쪽 백성들은 아마도 또한 천명(天命)이 다했나 보다. 하늘은 어찌 돌보지 아니하고 4년에 이르도록 재앙을 내린 것을 뉘우치지 않는단 말인가.

二十七日。邊聲屢驚, 閭里騷然。又聞倭將淸正, 最爲暴猛, 是乃入永安道, 虜王子者也, 今欲更寇郡縣, 期於盡屠。雖上國遣使, 諭以相和之意, 凌侮王人, 不以禮接, 其志, 固不在小矣。欲請天兵而禦之, 則我國無食, 欲以我師備之, 則望風奔潰。噫, 東民其亦命之窮也。天何不眷, 至四年, 而莫之悔禍耶。

3월 28일. 분천(汾川)의 이수량(李遂樑)[266] 어른의 노직(老職)을 경하하는 자리에 가서 참석했다. 온계(溫溪)의 오 진사(吳進士)와 서촌(西邨)의 상사(上舍) 윤의정(尹義貞), 부포(浮浦)[267]의 금사평(琴司評), 오천(烏川)의 김 봉화(金奉化), 내성(柰城)의 금윤선(琴胤先), 영천(榮川)의 이비승(李丕承)이 모두 모였고, 그의 자제들이 부친을 위해 음악을 베풀었다.

二十八日。往參汾川李遂樑丈老職慶席。溫溪吳進士、西邨尹上舍義貞、

---

263) 淸正(청정) : 가토 기요마사[加藤淸正, 1562~1611].
264) 영안도(永安道) : 함경도.
265) 왕인(王人) : 황제의 명을 받고 온 신하로, 여기서는 사신(使臣)을 이르는 말이다.
266) 이수량(李遂樑) : 생몰년 미상. 자는 가립(可立).
267) 부포(浮浦) : 지금의 경상북도 안동시 예안면 부포리.

浮浦琴司評、烏川金奉化、柰城琴胤先、榮川李丕承咸集, 其子弟, 爲親設樂。

3월 29일. 조 월천(趙月川) 어른을 뵙고는 바로 모시고 명암(鳴巖)으로 향하니, 선성 현감(宣城縣監)도 이르렀다. 오천(烏川)의 금하양(琴河陽) 형제와 김 봉화(金奉化), 김지숙(金止叔), 김기중(金器仲), 김평중(金平仲), 김령(金坽)이 모두 모여서 잔을 들어 봄을 전송하다가 저녁이 되어 파했다.

　　二十九日。拜趙月川丈, 仍陪向鳴巖, 宣倅至。烏川琴河陽兄弟、金奉化、
　　金止叔、金器仲、平仲、金坽, 咸集, 引栢餞春, 乘夕乃罷。

◉1595년 4월

4월 1일(계묘). 이차일(李次一)과 이복승(李福承)이 술을 가지고 이르렀다. 박 참봉(朴參奉)은 저녁에 당도하고 변두수(卞斗壽)[268]도 와서 묵었다.

　　四月一日(癸卯)。李次一與李福承, 提壺至。朴參奉夕到, 卞斗壽來宿。

4월 2일. 정오가 되지 않아 천둥이 치고 비가 오고 우박이 내렸다. 저녁에 금언각(琴彦覺)과 언강(彦康) 형제가 찾아왔다.

　　二日。未午, 雷雨且雹。夕琴彦覺、彦康弟兄來訪。

4월 3일. 일찍 풍기(豊基)로 가는 길에 올라 해가 저물 무렵에 집에 도착했다.

　　三日。早啓豊行, 到家日暮。

4월 10일. 황광원(黃光遠)이 친상(親喪)을 당한 것을 가서 위로했다. 이어서 군재(郡齋)로 향해 정언(正言) 노홍중(盧弘仲)과 이야기를 나누었는데, 황자건(黃子建)이 술을 권했다. 술자리가 파한 뒤 군(郡)으로 들어가 성주(城主)를 뵈

---

268) 변두수(卞斗壽) : 생몰년 미상. 본관은 초계(草溪, 지금의 합천). 자는 여경(汝慶).

었다. 찰방 형(察訪兄)도 당도해 저녁에 모시고 집으로 돌아왔다.

十日。往慰黃光遠丁憂, 仍向郡齋, 與盧正言弘仲話, 黃子建, 勸以酒。酒罷, 入謁城主。察訪兄亦到, 乘夕陪而還家。

4월 11일. 찰방 형(察訪兄)이 예묘(禰廟)[269]에 전례(奠禮)를 행하고, 밥을 먹은 뒤 바로 함창(咸昌)으로 향했다.

十一日。察訪兄, 奠禮于禰廟, 飯後, 卽向咸昌。

4월 12일. 곽 상사(郭上舍) 어른을 찾아뵙고 겸하여 곽정숙(郭靜叔)이 모친상을 당한 것을 위로했다. 상사(上舍) 황이(黃怡)[270]도 당도하고, 함창(咸昌)의 김덕흥(金德興)이 와서 뵙고는 바로 돌아갔다.

十二日。往拜郭上舍丈, 兼慰靜叔丁母憂。黃上舍怡亦到, 咸昌金德興, 來見卽歸。

4월 14일. 선성(宣城)으로 출발해 저녁에 백동(柏洞)에 도착했다. 박회무(朴檜茂)[271]가 와서 독서했다.

十四一。發向宣城, 夕到柏洞。朴檜茂, 來讀書。

4월 16일. 박 참봉(朴參奉)과 도산서원으로 가서 배를 띄워 노닐었다. 이군술(李君述) 씨도 와서 마주하고 술을 마셨다.

十六日。與朴參奉向陶山, 仍設泛舟游。李君述氏, 亦來對酌。

4월 17일. 애일당(愛日堂)에 가니 조 합천(趙陜川), 금하양(琴河陽) 형제, 금

---

269) 예묘(禰廟) : 돌아가신 아버지의 신위(神位)를 모신 사당.

270) 황이(黃怡) : 1546~?. 본관 평해(平海). 자는 여소(汝韶).

271) 박회무(朴檜茂) : 1575~1666. 본관은 나주(羅州). 자는 중식(仲植), 호는 육우당(六友堂)·숭정야로(崇禎野老).

사평(琴司評)[272], 김 봉화(金奉化), 오 진사(吳進士) 등 여러 어른들, 주인 이군술(李君述) 씨와 김지숙(金止叔)이 함께 모여 있었다. 저녁에 여러 어른들은 떠났고, 나와 박 참봉(朴參奉), 금 상사(琴上舍)는 배를 띄우고 다시 술을 마시고 그대로 도산서원에서 묵었다. 서원의 유사(有司) 박몽담(朴夢聃)도 함께 잤다.(월천 어른의 시에 차운한 시가 있었다.)

> **十七日。** 往愛日堂, 趙陜川、琴河陽兄弟、琴司評、金奉化、吳進士僉丈, 主人李君述氏、及金止叔, 俱集。夕僉丈出, 余與朴參奉、琴上舍, 泛舟更酌, 仍宿陶山。院有司朴夢聃同枕。(有次月川丈韻。)

4월 18일. 애일당(愛日堂)에 들어가니 주인 이군술(李君述) 씨와 금응훈(琴應壎) 어른, 이승영(李承永), 이덕승(李德承)[273]이 모두 모여 술을 마시고 있었다. 이 술은 봉화(奉化)의 김몽호(金夢虎)가 싣고 온 것이었다. 저녁에 백동(柏洞)으로 돌아왔다. 박회무(朴檜茂)는 오천(烏川)으로 돌아갔다.

> **十八日。** 入愛日堂, 主人君述氏、及琴應壎丈、李承永、李德承, 俱會引梧酒。奉化金夢虎, 所載來者也。夕還柏洞。朴檜茂, 歸烏川。

4월 19일. 선성 현감(宣城縣監)이 월란대(月瀾臺)[274]로 나를 초대했다. 동석한 사람은 금응훈(琴應壎) 어른과 김강(金堈), 김몽호(金夢虎), 권익민(權益民), 박영선(朴榮先), 박회무(朴檜茂)이다.

> **十九日。** 宣倅, 邀我于月瀾臺。同席, 則琴應壎丈、金堈、金夢虎、權益民、朴榮先、朴檜茂。

4월 20일. 듣건대 심 유격(沈遊擊)은 이미 남쪽으로 내려왔고 천사(天使) 이

---

272) 금 사평(琴司評) : 금난수(琴蘭秀, 1530~1604)를 가리킨다.
273) 이덕승(李德承) : 1534~1611. 본관 영천(永川). 자는 백거(伯據). 이수량(李遂樑)의 장자(長子).
274) 월란대(月瀾臺) : 도산서원의 동취병(東翠屛) 아래 월란정사(月瀾精舍) 앞에 위치하고 있으며, 월란(月瀾)은 달빛이 강물에 비치어 일렁거린다는 뜻이다.

종성(李宗城)이 또 강을 건넜다고 한다. 이는 왕작(王爵)으로 일본을 봉해 그들과 화친을 구하려는 것이었다. 중국과 같은 큰 나라로 소추(小醜)[275]에 굴복했으니, 황제의 위엄을 훼손한 것이 참으로 이미 심한 것이었으나, 우리 국토 안의 적으로 하여금 비로소 해산하여 떠날 마음을 갖게 했으니, 동토의 홀로 남은 백성들에게도 또한 다행이라고 할 것이다.

> 二十日。聞沈遊擊, 已南下, 天使李宗城, 又渡江云。是則以王爵封日本而求其和也。夫以中國之大屈於小醜, 虧損威靈, 固已甚矣, 而使我境內之賊, 始有解去之志, 東土孑遺, 亦云幸矣。

4월 22일. 정억(鄭億)이 집안의 편지를 가지고 돌아왔다.[김 설월당(金雪月堂)[276]이 보낸 시에 삼가 차운한 시가 있었다.]

> 二十二日。鄭億, 持家書還。(敬次金雪月堂記示韻。)

4월 25일. 박회무(朴檜茂)와 금 사평(琴司評)의 고산정사(孤山精舍)[277]에 가서 구경했다. 금언각(琴彦覺)이 술을 가져오고 또 생선을 회 떴다. 술에 취해 저녁에 돌아왔다.(시가 있었다.)

> 二十五日。與朴檜茂, 往觀琴司評孤山精舍。琴彦覺携壺而又膾江鮮。乘醉夕還。(有詩。)

4월 28일. 선성 현감(宣城縣監)이 시(詩)와 물고기를 보내왔다. 해가 저물 무렵에 들건대 큰형이 승차(承差)하여 현(縣)에 이르렀다고 한다.(선성 현감 신순부가 보낸 물고기 시에 차운한 시가 있었다.)

---

275) 소추(小醜) : 작은 무리들이란 뜻으로, 여기서는 왜적을 가리킨다.

276) 김 설월당(金雪月堂) : 설월당은 김부륜(金富倫, 1531~1598)의 호(號). 본관은 광산(光山). 자는 돈서(惇敍).

277) 고산정사(孤山精舍) : 경상북도 안동시 도산면 가송리 447번지에 위치한 정자. 고산정(孤山亭)이라고도 한다. 고산정은 안동 팔경의 하나인 가송협(佳松峽)의 단애(斷崖) 아래에 금난수(琴蘭秀)가 1563년에 지은 정자이다. 고산정은 또한 일명 일동정사(日洞精舍)라고도 부른다.

二十八日。宣倅, 送詩與魚。日暮聞伯氏, 承差到縣。(次宣倅申順夫送魚韻。)

4월 29일. 아침에 일찍 현(縣)을 향해 큰형을 뵈었는데, 응달(應達)도 와 있었다. 밥을 먹은 뒤 큰형과 헤어지고, 선성 현감(宣城縣監)과 술을 마시며 이야기를 나누었다. 백동(柏洞)으로 돌아오니, 안동(安東)의 김익(金翌)[278]과 임소(任所)를 바꾸었다고 했다.

> 二十九日。早朝向縣, 拜伯氏。應達亦來。飯後別伯氏, 與宣倅飲話。還柏洞, 安東金翌換任云。

4월 30일. 이군술(李君述)과 월란암(月瀾庵)[279]에서 노닐었다. 물고기와 술은 이인복(李仁福)과 이복승(李福承)이 올린 것이다.

> 三十日。與李君述, 游月瀾庵。魚酒, 則李仁福、李福承所進也。

❀1595년 5월

5월 1일(계유). 남몽득(南夢得)이 책을 수습해 돌아갔다.(이별하며 준 시가 있었다.)

> 五月一日(癸酉)。南夢得, 掇讀歸。(有贈別詩。)

5월 2일. 아침에 비가 왔다. 이날 낮에 김익(金翌)이 임소(任所)에 당도했다.

> 二日。朝雨。是午, 金翌到任。

5월 3일. 김익(金翌)이 제사를 지내는 일로 돌아갔다. 나는 체임(遞任)되었는데도 잠시 머무는 것이 미안했다. 밥을 먹은 뒤 월천 장석(月川丈席)을 찾아뵙고, 이어서 현감(縣監)을 방문해 밤까지 서로 이야기를 나누었다.

---

278) 김익(金翌) : 1547~1603. 본관 광산(光山). 자는 현보(顯甫), 호는 우암(愚巖)·우연(愚淵).
279) 월란암(月瀾庵) : 안동시 도산면 원천리 내살미에 위치한 월란정사(月瀾精舍)의 옛 이름.

三日。金翌, 以祀事還。余則遞任, 姑留未安。飯後, 往拜月川丈席, 仍訪縣倅, 達宵相話。

5월 4일. 밥을 먹은 뒤 현감(縣監)과 이별했는데, 신지의(申之義)도 나를 전송했다. 애일당(愛日堂)으로 가니 이군술(李君述) 씨와 이차일(李次一), 이복승(李福承)이 모두 술을 가지고 와서 한껏 즐기고 파했다.

四日。食後, 與縣倅別, 申之義, 亦送我。向愛日堂, 李君述氏、及李次一、李福承, 皆提壺來, 極歡而罷。

5월 5일. 이 직장댁(李直長宅)에서 나를 초대해 술을 대접했다. 술자리가 파한 뒤 오천(烏川)의 일휴당(日休堂)[280]으로 가서 월천 장석(月川丈席)께 하직 인사를 드렸다. 김 설월(金雪月), 금 고산(琴孤山), 금 면진재(琴勉進齋), 김호(金壕)[281], 김지(金址)[282], 금언각(琴彦覺), 김기중(金器仲), 김지숙(金止叔), 김평보(金平甫), 최민수(崔民秀), 김령(金坽)이 모두 모여 나를 전별하고 또 시를 주었다. 면진재(勉進齋) 및 평보(平甫)와 함께 잤다.

五日。李直長宅, 邀我以酒。酒罷, 向烏川日休堂, 拜辭於月川丈席。金雪月、琴孤山、琴勉進齋、金壕、金址、琴彦覺、金器仲、金止叔、金平甫、崔民秀、金坽, 咸集餞我, 又贈以詩。與勉進齋及平甫, 同宿。

5월 6일. 금응훈(琴應壎) 어른 및 김기중(金器仲), 평보(平甫)와 도산서원으로 향하니, 이광승(李光承)과 서원의 유사(有司) 박몽담(朴夢聃)이 이어서 이르렀다. 서로 술을 마시고 거나하게 취해 여러 동료들과 함께 청음석(淸吟石)으

---

280) 일휴당(日休堂) : 퇴계 이황의 문인인 일휴당 금응협(琴應夾 : 1526-1586)이 후진을 교육하기 위하여 지은 별당. 원래는 안동시 예안면 오천동에 있었으나 안동댐이 건설됨에 따라 1974년 11월에 현재의 위치인 영남대학교 민속원으로 이건 복원 했다. 현재는 경상북도 경산시에 있다.
281) 김호(金壕) : 1534~1616. 본관은 광산(光山). 자는 경보(景輔). 산남(山南) 김부인(金富仁)의 아들.
282) 김지(金址) : 1551~1619. 본관은 광산(光山). 자는 경건(景建). 김부신(金富信)의 큰아들.

로 가다가 도중에 금언각(琴彦覺)을 만났다. 마침내 돌 위에 오르니, [퇴계] 선생께서 예전에 노닐던 자취를 느끼고 유연히 비탄에 젖었다. 온계(溫溪)의 오 진사(吳進士) 어른과 이공술(李公述), 이사안(李士安), 이진수(李進修), 금학고(琴學古), 이번(李蕃)이 모두 모였다. 박 참봉(朴參奉)은 저녁에 당도해 각자 이별의 잔을 권하고 고별한 뒤에 서로 선성(宣城)의 속세(俗世)로 흩어졌다. 모두가 돈후한 군자들로서, 그 예의는 참으로 내가 감히 편안히 여길 것이 아니었다.

六日。與琴應壎丈、及金器仲、平甫, 向陶山, 李光承及院有司朴夢聃, 繼至。相飮以酒, 微醺與諸伴, 往淸吟石, 路逢琴彦覺。遂登石上, 感先生舊遊之迹, 悠然悲嘆。溫溪吳進士丈、李公述、李士安、李進修、琴學古、李蕃, 咸會。朴參奉, 乘夕乃到, 各勸離桮告別, 相散宣城之俗。皆敦厚君子而其禮, 固非我所敢安矣。

5월 7일. 봉성(鳳城)[283] 김직재(金直哉)의 집에 도착한 뒤에 김몽호(金夢虎)의 집에서 잤다. 그는 직재(直哉)의 춘부장(春府丈)[284]으로 술을 권했는데, 그 마음이 참으로 은근했다.

七日。到鳳城金直哉家, 宿夢虎。乃直哉之春府而以酒勸, 其意良勤。

5월 8일. 아침에 김응호(金應虎)가 찾아왔다. 밥을 먹은 뒤에 술이 네 순배 돌고 김직재(金直哉)와 이별했다. 지나가는 길에 김공제(金公濟)와 이숭도(李崇道)를 방문하고 오후에 집으로 돌아왔다.(김직재에게 준 시에 차운했다.)

八日。朝金應虎來見。飯後酒四行, 與直哉別, 歷訪金公濟、李崇道, 午後返家。(次贈金直哉。)

5월 9일. 황 참의(黃參議) 형제를 가서 뵈었는데, 창락 찰방(昌樂察訪) 류주

---

283) 봉성(鳳城) : 삼가현의 옛 별호로, 지금의 경남 합천군 삼가면 일대.
284) 춘부장(春府丈) : 남의 아버지를 높여 이르는 말.

(柳袾)가 술을 가지고 또한 이르렀다. 돌아오는 길에 태순원(太舜元)[285]을 만나고, 또 황경률(黃景栗)을 만났는데, 나를 끌고 자기 집으로 돌아가 나에게 크게 술을 권했다. 군에 들어가 관아에서 성주(城主)를 뵙고 저물어 집으로 돌아왔다.

> **九日。** 往見黃參議弟兄, 昌樂察訪柳袾, 持酒亦至。 還逢太舜元, 又遇黃景栗, 引余歸其家, 勸余大梍。 入謁城主于衙, 暮返家。

5월 12일. 비가 내렸다.

> **十二日。** 雨。

5월 14일. 아침에 소나기가 내렸다. 박경택(朴景擇)의 소상(小祥)[286]에 가서 술잔을 올리고 바로 돌아왔다.

> **十四日。** 朝驟雨。 往奠朴景擇小祥, 卽還。

5월 19일. 날씨가 갤 듯이 하다가 개지 않았다. 지난해 여름 장맛비 때문에 목면(木棉)이 전혀 여물지 않아 그해 겨울에는 혹은 종이로 솜을 삼았고, 목면의 종자도 귀해 금과 같았을 뿐만이 아니라, 올봄에는 조정에서 상국(上國)에 청구하여 별읍(別邑)에 나누어 주었다. 그러나 나눠준 종자는 한계가 있었고 거주민의 호수는 심히 많아 집집마다 두루 경작할 수가 없었기 때문에 모두 한 해를 보낼 물자를 걱정했다. 하늘은 어찌 구휼하지 아니하고 장차 우리 백성들로 하여금 또 얼어 죽는 데에 몰리게 하는가.

> **十九日。** 欲晴未晴。 去年夏以霪雨, 木綿全不成。 其冬, 或以紙爲絮, 其種之貴, 不啻如金, 今春朝廷, 求請於上國, 分授別邑。 然其種子有限, 居民之戶甚繁, 家家不得徧耕, 皆以卒歲之資爲憂。 天何不恤, 將使吾民, 又迫於凍死耶。

---

285) 태순원(太舜元) : 생몰년 미상. 본관은 영순(永順). 자는 군거(君擧).
286) 소상(小祥) : 사망한 날로부터 1년이 지난 뒤에 지내는 상례의 한 절차. 초상(初喪) 때부터 계산하여 13개월 만에 지내는데 윤달은 계산하지 않는다.

5월 22일. 보리를 거두었다.(시가 있었다.)

二十二日。收麥。(有詩。)

5월 27일. 큰바람이 불었다. 저녁에 생고개(栍古介)로 가서 이극승(李克承) 어른의 소상(小祥)에 술잔을 올렸다.

二十七日。大風。夕往栍古介, 奠李克承丈小祥。

❀**1595년 6월**

6월 1일(임인). 날씨가 개었다. 감사(監司)가 군(郡)에 순시를 나왔다.

六月一日(壬寅)。晴。監司, 巡到于郡。

6월 2일. 정억(鄭億)을 데리고 도성으로 가려다가 다리 병을 고하고 돌아와 보리밭의 타작을 감독했는데, 수확이 작년보다 훨씬 적었다.

二日。將欲帶鄭億西行, 而以脚病告還, 監打麥田, 所收之少, 甚於去年。

6월 3일. 새벽에 군재(郡齋)로 들어가 찰방(察訪) 노구중(盧懼仲)[287]을 만났다. 이대중(李大仲) 씨도 왔다. 이야기를 마치고 서헌(西軒)에서 성주를 뵈었다. 얼마 뒤에 명나라 군사 1명이 당도했는데, 이는 순찰사(巡察使)에게 물건을 바치려고 한 것이었다. 이 때문에 순찰사는 비를 무릅쓰고 예천(醴泉)으로 떠났다. 나는 바로 아헌(衙軒)으로 가서 세마(洗馬) 류여장(柳汝章)을 만나 왜국을 봉한 것과 천사를 지대(支待)하는 일을 물었다. 답하기를, "정사(正使)와 부사(副使) 두 사신이 하루에 술을 쓰는 것이 7병에 이르고, 다른 물건도 그와 비등해서 나라의 예산이 바닥난 때에 제공하기 어렵습니다."라고 했다. 류 세마는 도성에서 온 지 며칠 되지 않았다. 향당으로 갔다가, 좌수(座

---

287) 노구중(盧懼仲) : 구중은 노경필(盧景佖, 1554~1595)의 자(字). 본관은 안강(安康). 호는 역정(櫟亭).

首)는 상사(上舍) 남치형(南致亨)으로, 이별을 고하고 집으로 돌아왔다.

三日。晨入郡齋, 見盧察訪懼仲。李大仲氏, 亦來矣。談訖, 謁城主于西軒。俄而唐兵一人到, 是則欲獻物於巡相耳。於是, 巡相冒雨, 出醴泉。余乃向衙軒, 逢柳洗馬汝章, 問封倭天使支供事。答曰 : "上副二使, 一日用酒至於七甁, 佗物稱是, 國計虛渴之時, 難以應副。"云。柳自京來, 只數日也。往鄕堂, 座首, 卽南上舍致亨, 告別還家。

6월 4일. 동원(洞員)들이 모였다. 안 상사(安上舍)도 왕림해 권봉남(權鳳男)의 집에서 전별주를 마셨다. 이른바 전별이라는 것은 내가 건원릉관(健元陵官)288)이 되어 도성으로 가기 때문이다.(안 상사의 시에 차운한 시가 있었다.)

四日。洞員會。安上舍, 亦臨, 飮餞于權鳳男家。所謂餞者, 吾爲健元陵官, 向洛故也。(有次安丈韻。)

6월 5일. 비가 내렸다. 류여미(柳汝美)가 도롱이를 보내왔다.

五日。雨。柳汝美, 寄簑衣。

6월 7일. 도성으로 가는 행장을 꾸렸으나, 짐을 실는 말을 구할 수 없는 것이 참으로 답답했다. 저녁에 조응림(趙應霖)과 박덕하(朴德賀)가 와서 회포를 풀었다.

七日。理西行, 但不得卜騎, 良憫。夕趙應霖、朴德賀, 來敍。

6월 8일. 도성으로 가는 길에 올라 후평(後坪)289)에 이르니 천둥과 번개를 동반한 비가 내렸다. 그래서 마침내 참봉(參奉) 신맹경(申孟慶)290)의 집에 묵었는데, 대접이 몹시 후했다.

---

288) 건원릉(健元陵) : 경기도 구리시 인창동에 있는 조선 태조의 능을 이른다.
289) 후평(後坪) : 충청북도 단양군 동면(지금의 영춘면) 지역에 있었던 지명으로 추정된다. ≪고종실록 5권≫, 고종 5년 4월 26일 갑진 7번째 기사 참조.
290) 신맹경(申孟慶) : 1550~1621. 본관은 평산(平山), 자는 백상(伯祥), 호는 운계(雲溪).

八日。登西路, 到後坪雷雨。遂宿申參奉孟慶家, 接之甚厚。

6월 9일. 비 때문에 황강역(黃江驛)²⁹¹⁾에 투숙했는데, 역졸(驛卒) 2, 3명이
초막을 치고 있었고, 또 닭과 개의 소리가 들려서 자못 지난번 보았던 때보
다 나았다. 우연히 김이일(金以一)²⁹²⁾을 만났다.

　　九日。以雨投黃江宿, 驛卒數三結幕, 又聞鷄犬聲, 頗勝於前日之見。遇金
以一。

6월 10일. 충주(忠州)에 도착하니 판관(判官) 이성여(李聖與)²⁹³⁾가 객사로 나
를 초대했다. 대우가 후할 뿐만이 아니라 병화의 뒤에 창과 벽이 새로 수리
된 곳이 많았지만 충주의 관가는 거의 옛 모양과 비슷해서 더욱 주인의 어
짊을 알 수 있었다. 듣건대 우상(右相) 정탁(鄭琢)²⁹⁴⁾의 체직을 거론한다고 하
니, 세상 물정과 맞지 않음이 참으로 두려울 만하다.

　　十日。到忠州, 判官李聖與, 邀我于客舍。非但接之厚也, 兵火之餘, 牕壁多
有新修, 州家似得舊樣, 尤可見主人之賢也。聞鄭右相琢論遞, 物情之不協, 可
畏也。

6월 11일. 판관(判官) 이성여(李聖與)와 이별했다. 비 때문에 가흥역(可興驛)
에서 투숙했는데, 사은숙배의 기한을 넘길 것이 틀림없다.

　　十一日。與聖與別。以大雨, 投宿可興, 謝恩之, 踰限必矣。

---

291) 황강역(黃江驛) : 충청북도 제천시 한수면 역리 충주댐 수몰 지역에 있었던 역 이름. 황강
　　역은 경상도 및 충청도와 통하는 관문 역할을 하는 역으로 발전한 교통의 중심지로서 연
　　원도(連原道)에 속했다. 연원도는 연원역(連原驛)·단월역(丹月驛)·황강역·수산역·안음
　　역·안부역(安富驛)·신풍역(新豐驛)·인산역(仁山驛)·감원역(坎原驛)·용안역(用安驛)·
　　장림역(長林驛)·영천역(靈泉驛)·오사호역(吾賜乎驛)·천남역(泉南驛) 이상 14역으로 구성
　　되어 있었다.
292) 김이일(金以一) : 1571~?. 본관은 상산. 자는 성보(惺甫).
293) 이성여(李聖與) : 성여는 이영도(李詠道)의 자(字).
294) 정탁(鄭琢) : 1526~1605. 본관은 청주(淸州). 자는 자정(子精), 호는 약포(藥圃)·백곡(栢谷).

6월 14일. 비가 내려 3일이나 지체되었다. 날이 갠 틈을 이용해 여주(驪州)로 향했으나 강물이 넘쳤다. 그래서 복성동(復聖洞)을 경유해 갔는데 촌락 인가의 밥 짓는 연기가 끊겨서 검현(劍峴)을 넘어 말을 먹이고, 천간천(天看川)에 이르니 물이 깊어 건널 수가 없었다. 단식리(丹息里)에 투숙해 한양 사람인 류응서(柳應瑞)와 함께 잤다.(읊은 시가 있었다.)

　　十四日。滯雨三日。乘晴, 向驪州而江溢。故由復聖洞行, 邨落人煙絶, 踰劍峴秣馬, 至天看川, 水深不得渡。投宿丹息里, 洛人柳應瑞同枕。(有吟。)

6월 16일. 길에서 부친의 기일(忌日)을 만나니 더욱 더 슬프고 그리웠다. 용진(龍津)²⁹⁵⁾을 건너니, 나그네[行旅]들이 대부분 강가에서, 또는 변응성(邊應星)²⁹⁶⁾의 진소(陣所)에서 가까운 곳에 임시로 머물고 있었다. 나도 마침내 나루에서 노숙했다.(읊은 시가 있었다.)

　　十六日。路逢親忌, 尤增哀慕。渡龍津, 行旅多寓江邊, 又近邊應星陣所。遂露宿渡口。(有吟。)

6월 17일. 말을 달려 김시보(金施普)가 주인 삼은 집에 도착하니, 시보가 나를 노홍중(盧弘仲)²⁹⁷⁾의 집에 머물도록 했다. [그 집에는] 노홍중은 강원어사(江原御史)로 나가고, 학정(學正) 송광정(宋光廷)만 들어와 살고 있었다.

　　十七日。馳到金施普所主家, 金處我於盧弘仲家。盧則出爲江原御史, 宋學正光廷, 入居耳。

---

295) 용진(龍津) : 북한강과 남한강이 합류하는 지점인 양수리(兩水里)를 옛날에 용진(龍津)이라 고 하였는데, 이 일대의 강을 이르는 말이다. ≪동사강목(東史綱目)≫ 부권 하(附卷下) 〈열수고(列水考)〉에서, "한강의 수원이 하나는 태백산(太白山)에서 나오고, 다른 하나는 오대산(五臺山)에서 나와 서남쪽으로 용진(龍津)과 합하여 한강이 된다."라고 하였다.
296) 당시 경기방어사인 변응성은 광주·이천·양주의 산간에 출몰하는 토적(土賊)을 토벌하 고 한강 상류 용진(龍津)에 승군을 동원해 목책(木柵)을 구축해 병졸을 훈련하고 있었다.
297) 노홍중(盧弘仲) : 홍중은 노경임(盧景任)의 자(字).

6월 18일. 오늘은 또 모친의 기일(忌日)이나, 또한 객중에서 지나가니 가슴에 사무친 슬픈 마음을 가눌 길이 없었다. 아침에 응교(應敎) 황시지(黃是之)를 방문하고, 또 김 백암(金柏巖) 영공(令公)을 뵈었다. 그리고 마침내 돌아오니 송 정학(宋學正)이 숙직하는 곳에서 이미 와 있었다. 서로 옛일을 이야기하고 함께 류 서애(柳西厓) 상공(相公)을 뵙고는 저물어 돌아왔다.

十八日。今又親忌, 亦過客中, 不勝感愴。朝訪黃應敎是之, 又拜金柏巖令公。遂歸, 宋學正, 自直所已來。相與話舊, 與謁柳厓相, 暮還。

6월 19일. 일찍 궁궐에 들어가 사은숙배를 하고, 홍문관(弘文館)으로 정경임(鄭景任)을 찾아갔다. 궁문을 나오다가 이사민(李思敏)[298]을 만나 선 채로 이야기를 나누고, 배명서(裵明瑞)가 우거하는 집으로 나아가 다정하게 회포를 풀었다. 금윤선(琴胤先)[299]도 동석했다. 저녁에 참군(參軍) 박광선(朴光先)[300]이 왔다.

十九日。早入闕謝恩, 訪鄭景任于弘文館。出宮門, 逢李思敏立語, 就裵明瑞所寓家穩敍。琴胤先, 亦同席。夕朴參軍光先來。

6월 20일. 낮에 정릉동(貞陵洞)[301]으로 가서 황시지(黃是之)를 방문했다. 이어서 강 참판댁(姜參判宅)으로 향해 채정종(蔡慶宗)의 어머님[母氏]께 문안 인사를 드렸다. 또 서천군(西川君)[302]을 뵙고, 정 한강(鄭寒岡)[303]과 참군(參軍) 정수(鄭檖)를 찾아가 인사를 드리고 비 때문에 바로 돌아왔다. 학정(學正) 김

---

298) 이사민(李思敏) : 생몰년 미상. 본관은 용인(龍仁). 자는 숙도(叔度).
299) 금윤선(琴胤先) : 1544~?. 본관은 봉화(奉化). 자는 이술(而述).
300) 박광선(朴光先) : 1562~1631. 본관은 고령(高靈). 자는 극무(克懋), 호는 소고(笑皐).
301) 정릉동(貞陵洞) : 서울특별시 성북구 정릉동에 있던 마을로서, 이곳에 태조의 계비 신덕왕후 강씨를 모신 정릉이 있어 마을 이름이 유래되었다. 능말·능동·살한이·사을한리·사아리라고도 하였다.
302) 서천군(西川君) : 정곤수(鄭崑壽)을 말한다. 정곤수는 죽은 뒤 호성공신 1등에 녹훈되고, 서천부원군(西川府院君)으로 추록되었다.
303) 한강(寒岡) : 한강은 정구(鄭逑, 1543~1620)의 호(號). 본관은 청주(淸州). 자는 도가(道可).

시견(金時見)³⁰⁴)이 와서 이야기를 나누었다.

二十日。午往貞陵洞，訪是之。仍向姜參判宅，問安蔡慶宗母氏。又省西川
君，拜鄭寒岡及參軍鄭櫢，以雨乃還。金學正時，見來話。

6월 21일. 아침에 영공(令公) 김도헌(金都憲)³⁰⁵)을 뵈었다. 낮에 학정(學正)
남탁(南晫)³⁰⁶)이 와서 이야기를 나누었다. 저녁에는 좌랑(佐郎) 김시보(金施普)
가 찾아왔다.

二十一日。朝拜金都憲令公。午南學正晫，到話。夕金佐郎施普，來訪。

6월 22일. 금윤선(琴胤先)을 가서 만나고, 바로 정경임(鄭景任)의 집으로 향
했다. 동년(同年)인 정언(正言) 송준(宋駿)³⁰⁷)이 이어서 이르렀는데, 나라의 재
정이 고갈되어 바야흐로 은을 캐는 일³⁰⁸)을 의논하려고 했기 때문이다.

二十二日。往見琴胤先，仍向鄭景任家，同年宋正言駿，繼至。以國用虛竭，
方議採銀之事。

6월 24일. 배명서(裵明瑞)가 당도해 해가 저물 무렵에 갔다.

二十四日。明瑞朝到，暮往。

6월 25일. 일찍 들어가 수향(受香)³⁰⁹)했다. 류돈(柳焞)과 동년(同年) 조간(趙

---

304) 김시견(金時見) : 시견은 김정룡(金廷龍, 1561~1619)의 자. 초명은 김응룡(金應龍). 본관은
　　의성(義城). 자는 시견(時見), 호는 월담(月潭).
305) 김도헌(金都憲) : 김우옹(金宇顒, 1540~1603)를 말하는 듯함.
306) 남탁(南晫) : 1561~?. 본관은 의령(宜寧). 자는 명숙(明叔), 호는 백암(白巖).
307) 송준(宋駿) : 1564~1643. 본관은 여산(礪山). 자는 진보(晉甫), 호는 성암(省菴).
308) 은을 캐는 일 : 선조실록 46권, 선조 26년(1593) 12월 18일 기사에, "비변사에서 재정 확
　　충을 위해 각염법과 채은을 시행할 것을 청하다.", 선조실록 49권, 선조 27년(1594) 3월
　　30일 기사에, "속형이나 납속 제관할 때 은을 바칠 수 있도록 하다.", 선조실록 56권, 선
　　조 27년(1594) 10월 10일 기사에, "비변사가 단천 채은관 김계선이 은 500여 냥 등을 캔
　　공으로 제직을 청하다."라고 한 기사 등을 볼 때 당시 고갈된 재정을 보충하기 위해 은을
　　채취하는 일에 대해 광범위한 논의가 있었던 것으로 보인다.

衙)도 모두 능관(陵官)으로서 향실(香室)에 이르렀다. 밥을 먹은 뒤에 김우옹(金宇顒)310) 영공(令公)을 찾아뵈었다.

二十五日。 早入受香。 柳燁及同年趙衍, 皆以陵官到香室, 飯後往訪金宇顒令公。

6월 26일. 좌랑(佐郎) 김도원(金道源)311)을 만났다. 필선(弼善)312) 조정지(趙庭芝)313)가 뒤이어 이르렀다.

二十六日。 見金佐郎道源。 趙弼善庭芝, 繼至。

6월 27일. 황 시지(黃是之)를 방문하고, 또 김백암(金柏巖) 영공(令公)를 뵈었다. 듣건대 김공제(金公濟)가 고향에서 어제 왔다고 하여, 바로 그가 주인 삼은 집을 찾아갔다. 참봉(參奉) 최조(崔璪)도 와서 참석했다. 송찬재(宋贊哉)314)와 함께 황섬(黃暹) 영공(令公)을 찾아뵙고, 돌아오는 길에 수찬(修撰) 정경임(鄭景任)의 안부를 물었으나 경임은 입직(入直)하고 나오지 않았다. 이경한(李景閑)이 와서 그의 집에서 다정히 회포를 풀었다. 저녁에는 공제의 술을 마셨는데, 배명서(裵明瑞)와 금윤선(琴胤先)도 함께 자리했다.

二十七日。 訪黃是之, 又拜金柏巖令公。 聞金公濟, 自鄕昨至, 仍尋所主家。 崔參奉璪, 亦來與席。 與宋贊哉, 往省黃令公暹, 還路問鄭修撰景任, 景任入直不出。 李景聞315)來, 在其家穩敍。 夕飮公濟酒, 裵明瑞、琴胤先同坐。

---

309) 수향(受香) : 제관(祭官)이 제장(祭場)에 갈 때에 임금에게서 향(香)과 제문(祭文)을 받던 일.
310) 김우옹(金宇顒) : 1540~1603. 본관은 의성(義城). 자는 숙부(肅夫), 호는 동강(東岡)・직봉포의(直峰布衣).
311) 김도원(金道源) : 도원은 김용(金涌, 1557~1620)의 자. 본관은 의성(義城). 호는 운천(雲川).
312) 필선(弼善) : 조선시대 세자시강원의 정4품 관직.
313) 조정지(趙庭芝) : 1554~?. 본관은 평양(平壤). 자는 형원(馨遠).
314) 송찬재(宋贊哉) : 찬재는 송광정(宋光廷)의 자(字).
315) 聞 : '閑'의 오기. 동년 7월 24일 기록과 ≪漢潭浩齋師友錄 권2≫의 참조하면 聞의 閑은 오기로 보인다.

6월 28일. 낮에 정경임(鄭景任)을 찾아갔다. 집의(執義) 신식(申湜)[316]과 정언(正言) 송준(宋駿)도 이르렀다. 이야기를 마치고 주인집으로 돌아오니, 좌랑(佐郎) 이극휴(李克休)와 좌랑(佐郎) 김도원(金道源)[317]이 와서 회포를 풀었는데, 고적한 마음을 족히 위로해 주었다.

　　二十八日。午訪鄭景任。申執義湜、宋正言駿亦到。談訖還主家, 李佐郎克休、金佐郎道源, 來敍, 足慰孤寂之懷。

6월 29일. 고향으로 보내는 편지를 부쳤다. 서천군(西川君)과 한강 장석(寒岡丈席)을 찾아뵙고, 또 이극휴(李克休)를 방문하고 바로 돌아왔다. 김공제(金公濟)와 박극무(朴克懋)[318]가 와서 이야기를 나누었다. 날씨가 몹시 더웠다.

　　二十九日。寄送鄉書。往拜西川君及寒岡丈席, 又訪李克休, 乃還。金公濟、朴克懋來話。日氣甚熱。

❀1595년 7월

7월 1일(임신). 새벽에 능소(陵所)[319]로 가서 분향을 하고 바로 주인 삼은 집으로 돌아오니, 이미 왕자가 피거(避居)[320]하고 있었다. 그래서 공제가 우거하는 곳으로 옮겼으나 천둥과 번개를 동반한 비가 내리자 지붕이 줄줄 샜다. 답답한 심정을 말할 수가 없다. 왜장(倭將) 평행장(平行長)[321]이 화의하는 일로 본국을 향해 떠났다가 26일 돌아와 머물면서 천사를 맞이하여 들어가려고 한다고 했다.

　　七月一日(壬申)。晨向陵所焚香, 卽還所主之家, 已爲王子避居。故移寓公

---

316) 신식(申湜) : 1551~1623. 본관은 고령(高靈). 자는 숙지(叔止), 호는 졸재(拙齋). 신숙주(申叔舟)의 5대손.
317) 김도원(金道源) : 도원은 김용(金涌)의 자(字).
318) 박극무(朴克懋) : 극무는 박광선(朴光先)의 자(字).
319) 능소(陵所) : 능소는 건원릉(健元陵)을 말하며 경기도 구리시 인창동에 위치한다.
320) 피거(避居) : 비접(避接)과 같은 말로, 대궐 바깥으로 나가서 병을 요양하는 것을 말함. 피우(避寓)와도 같은 말이다.
321) 평행장(平行長) : 고니시 유키나가(小西行長, ?~1600).

濟處, 雷雨屋漏。憫不可道。倭將平行長, 以和議事, 向本國去, 卄六回泊, 欲迎
入天使云。

7월 2일. 서천군(西川君)을 뵙고 비를 무릅쓰고 바로 돌아왔다. 저물녘에
또 김백암(金柏巖) 영공(令公)을 찾아뵈었다.(시가 있었다.)

二日。拜西川君, 冒雨郎還。乘暮又省金柏巖令公。(有詩。)

7월 3일. 듣건대 안기 찰방(安奇察訪) 노구중(盧懼仲)322)이 세상을 버렸고
선성(宣城)의 김기중(金器仲)이 관직을 제수 받았다고 하니, 희비가 번갈아 이
르렀다. 이날 낮에 김공제(金公濟)가 우거하는 집에서 모전(毛廛)323)으로 옮겨
거처했는데, 또 집이 무너졌기 때문이다.

三日。聞安奇察訪盧懼仲捐世, 宣城金器仲, 得除職, 悲喜交至。是午, 自公
濟所寓家, 移寓毛廛, 亦破屋也。

7월 4일. 김공제(金公濟)의 집에서 배명서(裵明瑞)를 전별했다. 봉사(奉事) 김
헌(金憲)324)이 둔전을 살펴보는 일로 내려가려고 하여 잠시 이야기를 나누
었다.

四日。餞明瑞于公濟家。金奉事憲, 以屯田看審事將下去, 暫話。

7월 5일. 듣건대 왜장이 황조(皇朝)와 화의했기 때문에 모두 철병하려고
한다고 했으나, 왜군의 성질은 변덕스럽고 잘 속여서 예측할 수가 없었다.
그러니 지금 비록 평신수길(平臣秀吉)이 봉작을 받았다고는 하나, 어찌 반드
시 근심이 없을 수 있겠는가. 이 때문에 우리 전하께서 깊이 화의가 잘못
되었다는 것을 알고, 또 복수하려는 마음이 간절했다. 그래서 그들이 철병

---

322) 노구중(盧懼仲) : 구중은 노경필(盧景佖)의 자(字).
323) 모전(毛廛) : 여러 가지 과실을 파는 가게.
324) 김헌(金憲) : 1566~1624. 본관은 상산(商山). 자는 회중(晦仲), 호는 송만(松灣).

한다는 말을 듣고서 계주(啓奏)한 관원을 추문하고 질책하기에 이르렀으니, 더러움을 머금고 부끄럼을 참으면서 여러 해가 지나도록 공격을 못한 까닭은 힘이 넉넉지 못했기 때문이다. 만약 조정의 신하들이 위로 성명(聖明)[325]의 뜻을 체득하고, 다시 나라의 치욕을 생각해서 성심으로 하나같이 중국에 청구했다면, 신명(神明)한 황제께서 우리를 위해 다시 출병해 구원하지 않겠으며, 화친의 논이 그의 마음을 움직이지 못했을 것이라는 것을 어찌 알겠는가. 애석하다. 천조는 정벌을 꺼리고 화친을 주장하는데도 우리나라에는 임금은 있으되 신하는 없었다. 나는 생각하건대 왜군의 화는 이로부터 더욱 심할 것이다.(송찬재의 시에 차운한 시가 있었다.)

五日。 聞倭將, 以皇朝和議之故, 皆欲撤去, 但倭兵之性, 變詐不測。今雖誘之封爵, 安保其必無患乎。我殿下, 深知和議之非, 又切復讎之志。聞其撤兵, 以至推責啓奏之官, 其所以含垢忍恥, 過累歲, 不加兵者, 力不瞻也。若使廷臣, 上體聖明之意, 更念邦家之辱, 一以誠心, 請求於中國, 則安知皇帝之神明, 不爲我再出師以援之, 而和親之論 不得動其中矣。惜乎。天朝憚伐而主和, 我國有君而無臣。愚以爲倭兵之禍, 從此踰深矣。(次宋贊哉韻。)

7월 7일. 아침에 김도원(金道源)을 방문하고, 돌아오는 길에 정경임(鄭景任)을 만났다. 오후에 김공제(金公濟)의 집에 모여 술을 마셨는데, 금윤선(琴胤先)과 김시보(金施普), 송찬재(宋贊哉), 박극무(朴克懋)가 함께 자리했다. 다만 비가 너무 심한 것이 참으로 안타까웠다. 밤에 박극무를 데리고 와서 함께 잤다.

七日。 朝訪金道源, 還路見鄭景任。午後會酌金公濟家, 琴胤先及施普、贊哉、克懋同坐。但天雨太甚, 良可憫也。夜携克懋, 同宿。

7월 9일. 류 상공(柳相公)을 뵙고, 김 도헌(金都憲)을 찾아뵈었다. 밤에 김시보(金施普)의 술을 마셨다.

---

325) 성명(聖明) : 임금의 밝은 지혜를 이르는 말.

九日。謁柳相, 拜金都憲。夜飮施普酒。

7월 10일. 아침에 일찍 수향(受香)하고 바로 돌아왔다. 동관(同官)인 이유혼 (李幼渾)326)이 비로소 왔고, 박극무(朴克懋)도 이르렀다. 저녁에 사간(司諫) 황 시지(黃是之)와 좌랑(佐郎) 김도원(金道源), 수찬(修撰) 정경임(鄭景任)을 찾아갔다.

十日。早往受香卽返。同官李幼渾始來, 朴克懋亦至。夕訪黃司諫是之、金 佐郎道源、鄭修撰景任。

7월 11일. 부천사(副天使) 양방형(楊方亨)이 남로(南路)로 출발했다. 이때 주 상께서 남대문 밖에 전별하는 자리를 마련했으나, 상사(上使) 이종성(李宗誠) 은 참석하지 않았다. 그는 부사(副使)와 함께 길을 떠나야 했으나 홀로 도성 에 남았다. 이 때문에 도성 안의 사람들은 지대(支待)에 분주해 휴식할 때가 없을 만큼 그 폐해는 말할 수가 없었다.

十一日。副天使楊方亨, 發向南路。主上設餞南大門外, 但上使李宗誠不與。 副使偕行, 獨留都城。城中人, 奔走支待, 無時休息, 其弊有不可言。

7월 13일. 듣건대 이대중(李大仲) 씨가 낭천 현감(狼川327)縣監)이 되었다고 한다.(시가 있었다.)

十三日。聞李大仲氏, 得狼川縣監。(有詩。)

7월 14일. 아침에 황 참의(黃參議) 영공(令公)을 찾아뵈었는데, 학질(瘧疾)을 심하게 앓고 있었다. 또 황시지(黃是之)를 방문하고 바로 돌아왔다.(송찬재에게 준 시에 차운한 시가 있었다.)

十四日。朝拜黃參議令公, 以瘧甚憊。又訪黃是之, 乃還。(贈宋贊哉韻。)

---

326) 이유혼(李幼渾) : 생몰년 미상. 순창 군수(淳昌郡守)를 지냈다.
327) 낭천(狼川) : 현재의 강원도 화천군 지역.

7월 15일. 성문이 열릴 때를 기다렸다가 능소(陵所)로 가서 분향례(焚香禮)를 행했다. 수호군(守護軍) 등이 말하기를, "왜병이 정자각(丁字閣)328) 안에 섶을 쌓고 두세 번 불을 질렀는데도 불이 바로 저절로 꺼졌습니다."라고 했다. 그 또한 하늘에 계신 태조의 영령이 말없이 도우신 것으로, 나라가 중흥할 징조를 보이신 것인가.(분향할 때에 읊은 시가 있었다.)

　　　十五日。 待門啓向陵所, 行焚香禮。守護軍等曰："倭兵於丁字閣中, 積柴再三焚燒, 而火乃自滅。"云。其亦太祖在天之靈, 有以默祐, 而示國家中興之兆歟。(焚香時有吟。)

7월 17일. 새벽에 박극무(朴克懋)의 집에 가서 정답게 이야기를 나누고 밥을 먹었다. 돌아오는 길에 서천군(西川君)과 한강(寒岡) 영공(令公)을 찾아뵈었다. 판사(判事) 서인원(徐仁元)329), 참봉(參奉) 성질(成礩)330)도 자리에 있었다. 낮에 비가 내렸다.

　　　十七日。 晨往朴克懋家, 穩話仍飯。還路, 拜西川君及寒岡令公。徐判事仁元、成參奉礩, 亦在座。午雨。

7월 18일. 밤에 정경임(鄭景任)을 찾아갔다.(읊은 시가 있었다.)

　　　十八日。 夜訪鄭景任。(有吟。)

7월 19일. 일찍 내병조(內兵曹)331)에 들어가 황 참의(黃參議) 영공(令公)을 뵙고, 겸하여 이극휴(李克休)를 모시고 류 상국을 찾아뵙고는 정언(正言) 송준(宋駿)과 전적(典籍) 이경전(李慶全)332)을 방문했다. 그리고 안집청(安集廳)에 들

---

328) 정자각(丁字閣) : 왕릉 앞에 지어진 '丁'자형의 제사건물. 조선 왕릉의 정자각은 능에서 제사지낼 때 사용하는 중심 건물로 그 모양이 '丁'자와 같아 '정자각(丁字閣)'이라고 불렀다.
329) 서인원(徐仁元) : 1544~1604. 본관은 이천. 자는 극부(克夫), 호는 오엄(鳴嚴).
330) 성질(成礩) : 생몰년 미상. 본관은 창녕. 자는 중옥(仲玉). 호는 효경(孝景).
331) 내병조(內兵曹) : 조선 시대에 궁궐 안에서 시위(侍衛)나 의장(儀仗)에 관한 일을 맡아보던 관아. 병조 관리들의 출장소였다.

어가 판사(判事) 서인원(徐仁元)과 별제(別提) 이질수(李質粹)³³³)를 만나고, 동강
댁(東岡宅)에 가서 고향으로 내려간다고 하직 인사를 올렸다. 감찰(監察) 김우
용(金宇容)³³⁴)과 선산의 김석광(金錫光)³³⁵)도 자리에 있었다.

　　十九日。早入內兵曹, 拜黃參議令公, 兼奉李克休, 謁柳相國, 訪宋正言駿、
李典籍慶全。入安集廳, 見徐判事仁元、李別提質粹, 向東岡宅, 辭以下鄉。金
監察宇容、善山金錫光, 亦在座。

7월 20일. 김백암(金柏巖) 영공(令公)이 부체찰사(副體察使)로서 사은숙배했
다. 체찰사는 우상(右相) 이원익(李元翼)³³⁶)이고, 종사관(從事官)은 남이공(南以
恭)이다. 조정에서 이 세 사람을 파견한 까닭은 장차 남쪽 고을[南州]를 보장
하려는 것이었다. 왜진(倭陣)이 철병한다는 말을 처음에는 믿었지만, 지금
병사(兵使) 고언백(高彦伯)의 계장(啓狀)을 보면, 왜장(倭將) 행장(行長)이 일본에
서 돌아와 머문 뒤 돌아갈 뜻이 없는 듯이 그 군대를 검칙했다고 하니, 화
친의 약속을 끝내 믿을 수 있겠는가.

　　二十日。金柏巖令公, 以副體察使肅拜。都體察, 則右相李元翼, 從事, 則南
以恭。朝廷, 所以遣此三人者 將欲保障南州也。倭陣撤兵之言, 初以爲信, 今見
兵使高彦伯啓狀, 則倭將行長, 自本國回泊後, 似無歸意, 檢飭其軍云, 和親之
約 終可恃乎。

7월 22일. 능관(陵官)에서 전직되어 함창 전관(咸昌田官)이 되었는데, 지금
바로 임금의 재가(裁可)를 받았다. 아마도 군량을 준비하는 백성의 근심을
급하게 여긴 것이었다. 김시견(金時見), 박극무(朴克懋)가 와서 회포를 풀었다.

332) 이경전(李慶全) : 1567~1644. 본관은 한산(韓山), 자는 중집(仲集), 호는 석루(石樓).
333) 이질수(李質粹) : 생몰년 미상. 이몽학의 난 때 대흥 군수 대흥군수(大興郡守)를 지냈는데, 간
　　신히 도망하여 적정을 보고에 보고했다.
334) 김우용(金宇容) : 1538~1608. 본관은 의성(義城). 자는 정부(正夫), 호는 사계(沙溪).
335) 김석광(金錫光) : 생몰년 미상. 본관은 풍산(豊山). 자는 경원(景遠), 호는 석담(石潭).
336) 이원익(李元翼) : 1547~1634. 본관은 전주(全州). 자는 공려(公勵), 호는 오리(梧里).

二十二日。以陵官轉爲咸昌田官，今乃啓下。蓋備軍粮，急民憂也。金時見、朴克懋來敍。

7월 23일. 아침에 부체찰사(副體察使) 백암(柏巖) 영공(令公)을 찾아뵈었다. 전 함창 현감(咸昌縣監) 이국필(李國弼)과 형조 정랑(刑曹正郎) 신응숭(申應崧)[337], 참봉(參奉) 안승경(安承慶)이 모두 이르렀다. 밥을 먹은 뒤 서천군(西川君)을 뵙고, 곧바로 안집청(安集廳)으로 향했으나, 류 상공(柳相公)이 입궐했기 때문에 둔전 공사(屯田公事)를 결정하지 못하고 바로 돌아왔다. 저녁에 김도원(金道源)을 방문하고, 김시보(金施普)의 집에서 전별주를 마셨다. 김공제(金公濟)도 술을 가져오고, 금윤선(琴胤先)과 송찬재(宋贊哉)도 모두 모였다. 술자리가 파하자 달이 뜨려고 했다.

二十三日。朝拜副體察使柏巖令公。咸昌前倅李國弼、刑正郎申應崧、參奉安承慶咸至。飯後謁西川君，仍向安集廳，但以柳相入闕故，不得成屯田公事，卽還。夕訪金道源，飮餞施普家。公濟亦提壺，琴胤先、宋贊哉咸集。酒罷，月欲出矣。

7월 24일. 아침에 황시지(黃是之)를 만나고 돌아오니, 이경한(李景閑)이 이미 와 있었다. 서로 다정하게 이야기를 나누고, 류서애(柳西厓) 영상(領相)을 찾아뵙고는 안집청(安集廳)의 둔전 공사를 이루었다. 황혼에 송찬재(宋贊哉)가 나를 전송했는데, 김공제(金公濟)와 김시견(金時見), 금윤선(琴胤先), 박극무(朴克懋)도 모두 모였다.

二十四日。朝見是之還，李景閑已來。相與穩話，往謁柳厓相，得成安集廳屯田公事。黃昏贊哉餞余，金公濟、金時見、琴胤先、朴克懋咸集。

7월 25일. 하직숙배를 했다. 황 참의(黃參議) 영공(令公)과 정경임(鄭景任),

---

337) 신응숭(申應崧)：1538~?. 본관은 평산(平山). 자는 한경(翰卿).

이극휴(李克休)가 모두 성중(省中, 궁중)에 있었다. 돌아오는 길에 김백암(金柏巖) 영공(令公)에게 떠난다고 고했다. 저녁에 김시보(金施普), 김시견(金時見), 안승경(安承慶)이 와서 이야기를 나누었다. 밤에는 금윤선(琴胤先)과 김공제(金公濟)가 당도했다. 김공제는 평안 도사(平安都事)에 임명되어 오늘 이별한 뒤에는 서로 만나는 일이 어려울 것 같아 더욱 더 슬펐다.

二十五日。下直肅拜。黃參議令公及鄭景任、李克休, 皆在省中。還路告行于金柏巖令公。夕金施普、金時見、安承慶來話。夜琴胤先金公濟到。伯[338]公濟爲平安都事, 今日別後, 相見似難, 尤增悵然。

7월 26일. 새벽에 고향으로 가는 길에 오르자, 주인이 술로 전별했다. 송찬재(宋贊哉)와 이별하고 동대문을 나와 옥산탄(玉山灘)[339]에 당도해 한 상주[棘人][340]을 만났는데, 바로 민호(閔護)[341]였다. 난중에 처음 만났으나, 다시 헤어져 몹시 슬펐다. 배로 용진(龍津)을 건너 강 언덕에서 노숙했다.

二十六日。曉啓鄕行, 主人餞梐。與贊哉別, 出東大門, 到玉山灘, 遇一棘人, 乃閔護也。亂中初逢, 旋分甚悵。舟渡龍津, 露宿江岸。

7월 27일. 일찍 출발했으나 안개가 짙어 마치 비가 오듯 해서 옷이 모두 젖었다. 저물어 소죽촌(所竹邨)에 묵었는데 주인이 말하기를, "호랑이가 휘젓고 다녀 조심하지 않으면 안 됩니다."라고 했다.

二十七日。早發, 霧重如雨, 衣裳盡濕。暮宿所竹邨, 主人云, "虎豹恣行, 不可不愼。"

---

338) 伯 : 해석상 불필요한 글자.
339) 옥산탄(玉山灘) : 옥산은 경기도 양평군 옥천면에 있는 산으로, 옥산탄은 이 산과 접한 여울을 이르는 듯하다.
340) 상주[棘人] : 극인은 몹시 큰 슬픔에 빠져 있는 사람으로, 흔히 부모의 상을 당한 사람을 가리키는 말로 쓰인다. 《시경》 〈소관(素冠)〉에 "행여나 보았던가, 흰 관을 쓴 상주의 파리한 얼굴을.[庶見素冠兮 棘人欒欒兮]"라고 한 데서 온 말이다.
341) 민호(閔護) : 1568~1633. 본관은 여흥(驪興). 자는 극화(克和).

7월 28일. 아침에 여강(驪江)342)을 건너다가 내성(柰城)에서 오는 상사(上舍) 홍할(洪劼)343)을 만났다. 충주(忠州)에 도착하니 가흥역(可興驛)의 주인이 기쁘게 맞이하며 곡식과 빚은 술을 올렸는데, 지난날 비로 지체되었을 때에 서로 알았던 사람이다.

二十八日。 早渡驪江, 遇洪上舍劼自柰城來。 到忠州, 可興主人, 欣迎進粟釀, 即前日滯雨時, 相知者也。

7월 29일. 달천(獺川)344)에 당도해 류여미(柳汝美)를 만나 집에서 오는 편지를 받았다. 황강역(黃江驛)에 투숙했다. 밤에 비가 내렸다.(도중에서 읊은 시가 있었다.)

二十九日。 到獺川, 逢柳汝美, 憑得家書。 投宿黃江。 夜雨。 (路中有吟。)

❁1595년 8월

8월 1일(신축). 수산(壽山)345)을 지나다가 여헌(旅軒) 장덕회(張德晦)346)를 만났다. 그는 신임 보은 수령(報恩守令)으로 사은숙배를 하기 위해 도성으로 가고 있었다. 서로 이야기를 마치고 단양(丹陽)의 후평(後坪)에 도착하니, 신백상(申伯祥)이 만류해 묵으면서 냇가의 생선을 맛보고, 또 노호남(盧好男)의 술을 마셨다. 김이일(金以一)도 자리에 있었다.

八月一日(辛丑)。 過壽山, 逢張旅軒德晦。 以報恩新守, 將肅拜而向洛也。 相

---

342) 여강(驪江) : 경기도 여주군을 관통하는 남한강을 일컫는다. 남한강이 강원도 원주에서 흘러나오는 섬강(蟾江), 용인에서 발원한 청미천(淸渼川)과 만나는 지역이 바로 여주의 점동면 삼합리(三合里, 도리)이기 때문에 군에서는 여주를 지나는 남한강을 여강(驪江)이라고 부른다. ≪한국지명유래집≫ 중부편 지명, 국토지리정보원 참조.
343) 홍할(洪劼) : 1563~?. 홍할은 초명이며, 뒤에 홍소(洪劭)로 개명. 본관은 남양(南陽). 자는 면보(勉甫).
344) 달천(獺川) : 충청북도 보은군 속리산에서 발원하여 괴산군을 거쳐 충주시로 흘러드는 하천. 달래강, 감천(甘川)이라고도 부른다.
345) 수산(壽山) : 충청북도 제천시 덕산면 수산리를 말하는 것으로 보인다. ≪한국지명유래집≫ 충청편 지명, 국토지리정보원 참조. 예전에 수산역(水山驛)이 있었던 곳으로 짐작된다.
346) 장덕회(張德晦) : 덕회는 장현광(張顯光)의 자(字).

與談訖, 到丹陽後坪, 爲申伯祥挽宿, 得嘗川鮮, 又飮盧好男酒。金以一, 亦在席。

8월 2일. 죽령(竹嶺)을 넘어 군재(郡齋)로 향해 성주(城主)를 뵈었다. 창락승(昌樂丞) 류여미(柳汝美)도 왔다. 천사(天使)을 지대(支待)하는 이로 향인들이 많이 모여 있었다. 저녁이 되어 집으로 돌아왔다.

二日。踰竹嶺, 向郡齋, 謁城主。昌樂丞柳汝美亦來。以天使支待事, 鄕人多會。乘夕還家

8월 8일. 돌아가신 어머니의 생신이라 술잔을 올렸다. 둔전(屯田)의 일로 순찰사(巡察使)를 뵈려고 선성(宣城)으로 가는 길에 올라 해가 저물어 현재(縣齋)에 도착했다. 태수(太守) 신순부(申順夫)와 그의 아우 신지의(申之義)가 함께 잤다.

八日。先妣生辰奠楛。以屯田事欲拜巡相, 啓行宣城, 暮到縣齋。太守申順夫及其弟申之義, 同宿。

8월 9일. 월천 장석(月川丈席)을 찾아뵈었다. 순찰사(巡察使)가 봉화(奉化)에서 현(縣)으로 들어왔으나, 병 때문에 공사(公事)를 바치지 못했다. 주쉬(主倅) 신순부(申順夫) 및 금응훈(琴應壎) 어른과 다정하게 회포를 풀었다. 저녁에 김평보(金平甫)의 술을 마셨다. 이광승(李光承), 김지(金址), 이봉린(李逢麟), 채간(蔡衎) 등이 함께 참석했다.

九日。謁月川丈席。巡相自奉化入縣, 以病不得呈公事。與主倅及琴應壎丈穩敍。夕引金平甫酒。李光承、金址李、逢麟蔡、衎等共參。

8월 10일. [순찰사에게] 공사(公事)를 바쳤다. 김설월(金雪月) 어른과 김기선(金幾善)이 현(縣)에 당도해 서로 인사를 나누었다. 인하여 날이 저물어 묵었는데, 김지(金址)가 함께 잤다.(신지제의 시에 차운한 시가 있었다.)

十日。得呈公事。金雪月丈及金幾善, 到縣相拜。因日暮宿, 金址同枕。(次申之悌韻。)

8월 12일. 일찍 밥을 먹고 길에 올라 낮에 집에 도착했다. 듣건대 찰방(察訪) 형이 어제 왕림했다가 오늘 돌아갔다고 한다.

十二日。早食啓行, 午到家。聞察訪兄, 昨臨今還云。

8월 15일. 비가 내렸다. 이질(痢疾)을 앓았다.(병으로 누워 우연히 지은 시가 있었다.)

十五日。雨。患痢。(病臥偶題。)

8월 18일. 군(郡)에 들어가 성주(城主)를 뵙고, 또 찰방(察訪) 류주(柳袾)를 만났다.

十八日。入郡謁城主, 又見柳察訪袾。

8월 20일. 일찍 함창(咸昌)으로 가는 길에 올라 용궁(龍宮)에서 투숙했는데, 태수(太守) 안제(安霽)[347] 어른이 정성으로 대우했다. 김무회(金無悔)가 함께 잤다.

二十日。早啓咸行, 投宿龍宮, 太守安霽丈款遇。金无悔同枕。

8월 21일. 밥을 먹은 뒤에 태수(太守)와 헤어지고 고사물(高思勿) 성주(城主)를 찾아갔다. 고상정(高尙程)이 곁에 있었고 박비원(朴棐元)도 이르렀다. 술이 세 순배 돌자 바로 일어나 이안리(利安里)에 도착했다. 우리 세 형이 모두 작은 집을 지어 놓고는 또 술과 음식으로 나를 환영했다. 뜻하지 않게 정처 없이 떠돈 뒤에 이런 날도 있었다.

---

347) 안제(安霽) : 1538~1602. 본관은 순흥(順興). 자는 여지(汝止), 호는 동고(東皐).

二十一日。飯後與太守別，訪高思勿城主。高尙程在傍，朴棐元亦至。酒三
行乃起，到利安。吾三兄，皆結小屋，又以酒食迎之。不圖流離之餘，有此日也。

8월 22일. 권여림(權汝霖)이 덕산(德山)³⁴⁸⁾에서 고향을 살피려고 왔다. 그래
서 먼저 그가 아들을 잃은 것[喪明]³⁴⁹⁾을 위로한 뒤에 그의 생존을 축하했
다. 이사곽(李士廓), 권여심(權汝深) 및 정언준(鄭彦俊) 형제가 모두 모였다.

二十二日。權汝霖，自德山欲省鄕土而來。先慰其喪明，次賀其生存。士
廓、汝深及鄭彦俊兄弟，咸集。

8월 23일. 율곡(栗谷)³⁵⁰⁾의 선영(先塋)에 가서 성묘하고, 병률(瓶栗)의 이사
곽(李士廓)이 우거하는 곳으로 향해 생선회에 막걸리 잔을 기울였다. 우리
세 형과 여러 조카들, 조 개령(曹開寧) 숙장(叔丈), 권여림(權汝霖) 형제, 권천익
(權千鎰)이 모두 모였다.

二十三日。往省栗谷先塋，向瓶栗李士廓所寓處，酌醪膾魚。吾三兄及諸姪
曹開寧叔丈、權汝霖兄弟、權千鎰，咸集。

8월 25일. 풍기(豊基)로 출발해 지나는 길에 이사곽(李士廓)을 방문했다. 저
녁에 예천(醴泉)에서 묵었다.

二十五日。啓豊行，歷訪士廓。宿醴泉。

8월 27일. 품료(品料)³⁵¹⁾를 받아 왔다.(시가 있었다.)

二十七日。品料受來。(有詩。)

---

348) 덕산(德山)：충청남도 예산 지역의 옛 지명.
349) 아들을 잃은 것[喪明]：본래 실명(失明)과 같은 뜻인데, 전하여 아들을 잃은 것을 말하기
　　도 한다. ≪예기≫ <단궁(檀弓)>에 "자하가 아들을 잃고 실명을 했다.[子夏喪其子而喪其
　　明]"고 한 데서 온 말이다.
350) 율곡(栗谷)：지금의 경상북도 상주시 공검면 율곡리.
351) 품료(品料)：품계에 따른 급료.

9월 1일(병오). 송정(松亭)에서 벼논의 타작을 감독했다. 조응림(趙應霖)도 이르렀다.

　　九月一日(丙午)。監打稻田于松亭。應霖至。

9월 3일. 황광원(黃光遠)의 여소(廬所)352)를 찾아갔다.

　　三日。往訪黃光遠廬所。

9월 5일. 박덕하(朴德賀)가 아침에 당도했다.

　　五日。朴德賀朝到。

9월 7일. 일본을 왕으로 봉하려고 가는 천사(天使)를 지대(支待)하는 일로 마을이 소란했다. 풍기의 성주(城主)는 이미 거창참소(居昌站所)로 향했다.

　　七日。以日本封王天使支待, 閭閻騷然。基城主, 已向居昌站所。

9월 8일. 박대하(朴大賀)의 초대를 받고 갔다. 저녁에 배명서(裵明瑞)가 도성으로 가기 때문에 냇가에서 술을 권했다.

　　八日。被朴大賀邀往焉。夕裵明瑞向洛, 故溪畔勸酒。

9월 10일. 병으로 누워있었다. 숙노 씨(叔老氏)의 편지를 통해 부체찰사(副體察使) 김륵(金玏) 영공(令公)이 영천(榮川)의 본가에 당도했다는 것을 알았다.

　　十一日。病臥。因叔老氏書, 審副體察使金令公, 到榮川本家。

9월 18일. 백운동서원의 향제(享祭)에 가서 참석했다. 생원(生員) 황득겸(黃得謙)353) 어른도 왕림하고 향우들도 많이 모였다.

---

352) 여소(廬所) : 부모가 죽었을 때 상주(喪主)가 거처하는 무덤가의 여막(廬幕).

十八日。往參雲院享祭。黃生員得謙丈亦臨, 鄕友多會。

9월 24일. 금응훈(琴應壎) 어른이 영춘 현감(永春[354]縣監)에 임명되어 지나 갔기 때문에 나아가 전송했다.

二十四日。琴應壎丈, 爲永春守過去, 就別。

9월 30일. 군(郡)에 들어가 상사(上舍) 남치형(南致亨)을 통해 들건대 황 참 의(黃參議) 형제가 창계(蒼溪)[355]로 갔다고 했다. 그래서 가서 찾아뵈었는데, 관인(館人)[356] 길남(吉男) 형제가 성균관(成均館)을 창건하는 일로 와서 머물고 있었다.

三十日。入郡, 仍南上舍致亨, 聞黃參議兄弟, 向蒼溪。往拜之, 館人吉男兄 弟, 以創建成均事到留。

✺1595년 10월

10월 1일(경자). 박대하(朴大賀)의 지정(池亭)에 가서 이야기를 나누었다. 들 건대 상사 황수규(黃秀奎)가 서택(西宅)에 당도했다고 하여, 가서 만나 술을 마셨다.

十月一日(庚子)。往話朴亭。聞黃上舍秀奎, 到西宅, 就見仍飮。

10월 3일. 함창(咸昌)으로 가는 길에 올라 전경직(全景直)의 집에서 묵었다.

三日。啓咸行, 宿全景直家。

10월 4일. 채양숙(蔡養叔)의 집에서 밥을 먹고 용궁(龍宮)에서 투숙했는데,

---

353) 황득겸(黃得謙) : 1515~1596. 본관은 창원. 자는 여익(汝益), 호는 석교(石橋).
354) 영춘(永春) : 충청북도 단양 지역의 옛 지명.
355) 창계(蒼溪) : 지금의 경상북도 영주시 문수면 조제리 삼계 마을에 있었던 지명으로 보 인다.
356) 관인(館人) : 객관을 지키고 손님 접대를 하는 사람.

농영(農營)의 진사(進士) 이중양(李仲陽)357)과 별제(別提) 정윤목(鄭允穆)358), 이백명(李伯明)359)이 모두 모였다. 영천(榮川)의 이수량(李遂良)도 순찰사 군관으로 자리에 있었다.

四日。飯于養叔家, 投宿龍宮, 農營李進士仲陽、鄭別提允穆、李伯明咸會。榮川李遂良, 亦以巡相軍官在席。

10월 5일. 윤사연(尹士淵)360)의 집에 가서 아침밥을 먹고, 오는 길에 정목여(鄭穆如)361)를 방문해 다정하게 이야기를 나누었다.

五日。往士淵家朝飯, 來路訪鄭穆如, 穩話。

10월 6일. 길남(吉南) 형제가 아침에 돌아갔다. 밥을 먹은 뒤 성주(城主)362)를 뵈었다. 아동(衙童)인 나광서(羅光緒)363)가 자리에 있었다.

六日。吉南兄弟朝歸。飯後謁城主。衙童羅光緒在座。

10월 7일. 아침에 문경 현감(聞慶縣監) 강우(姜雩)364) 씨를 만났다.

七日。朝見姜聞慶雨＋禹氏。

10월 11일. 박추성(朴秋成)이 그의 아버지 응선(應先)의 유해(遺骸)를 수습하려고 공림사(空林寺)365)로 갔는데, 박이서(朴而緒)도 갔다. 다만 고장(藁葬)366)

---

357) 이중양(李仲陽) : 생몰년 미상. 본관은 가평(加平). 자는 명지(明之). 호는 곡강정(曲江亭).
358) 정윤목(鄭允穆) : 1571~1629. 본관은 청주(淸州). 자는 목여(穆如), 호는 청풍자(淸風子)・노곡(蘆谷)・죽창거사(竹窓居士).
359) 이백명(李伯明) : 본관은 여주(驪州). 백명은 이돈후(李焞後, ?~1622)의 자(字). 호는 매원(梅園).
360) 윤사연(尹士淵) : 사연은 윤숙(尹潚, 1553~?)의 자(字). 본관은 파평(坡平).
361) 정목여(鄭穆如) : 목여는 정윤목의 자(字).
362) 성주(城主) : 함창현감 겸 운량차사(咸昌縣監兼咸昌縣監)인 나덕원(羅德元)을 이른다.
363) 나광서(羅光緒) : 생몰년 미상. 사담(沙潭) 나덕원(羅德元)의 아들.
364) 강우(姜雩) : 생몰년 미상. 본관은 진주(晉州). 자는 태소(太蘇), 호는 석봉(石峯). 강영(姜霙)의 아우.

을 한 지 너무 오래되어 수습하기 어려울까 걱정되고, 먼 길을 가서 지고 오는 일은 더욱 마음이 편치 못했다. 그러나 고향에 반장(返葬)367)하는 것은 귀신에 있어서는 반드시 편안히 여길 것이고, 자식에 있어서도 또한 그 직분인 것이다.

十一日。 朴秋成, 欲收其父應先遺骸, 往空林, 朴而緖亦往。 但藁葬已久, 恐難收拾, 而涉遠負來事, 尤未安。 然返葬故土, 於神必寧, 於子亦其職矣。

10월 12일. 성주(城主)가 천사(天使)를 지대(支待)하는 일로 참소(站所)로 향했기 때문에 이른 아침 가서 뵙고, 형원(馨遠)의 집에서 밥을 먹었다.

十二日。 城主, 以天使支待向站所, 早朝往拜, 飯于馨遠家。

10월 13일. 사회(士會)의 집에 가서 술을 마셨다. 둘째와 셋째 두 형과 이사곽(李士廓)이 모두 참석했다.

十三日。 往飮士會家。 仲叔兩兄及李士廓, 皆參。

10월 14일. 아침에 이사곽(李士廓) 형제를 만나 들건대 교리(校理) 정경임(鄭景任)이 와서 상주(尙州)에 있다고 했다. 이날 이길(李趌)368)이 왔는데, 난후에 처음 만나는 것이라 청안(靑眼)369)이 번쩍 뜨였다.(읊은 시가 있었다.)

十四日。 朝見士廓兄弟, 得聞鄭校理景任, 來在尙州云。 是日, 李趌來, 亂後初逢, 靑眼忽開。 (有吟。)

---

365) 공림(空林) : 충청북도 괴산군 청천면 사담리 낙영산에 있는 사찰인 공림사(空林寺)을 말하는 것으로 보인다.
366) 고장(藁葬) : 가난하거나 급박한 상황에서 관(棺)을 마련하지 못하고 시체를 볏짚이나 거적에 싸서 장사지내는 것을 가리킨다.
367) 반장(返葬) : 객지에서 죽은 사람을 그가 살던 곳이나 그의 고향으로 옮겨서 장사를 지내는 것을 이른다.
368) 이길(李趌) : 본관은 경주(慶州). 자는 직부(直夫).
369) 청안(靑眼) : 반가워하는 눈빛을 말함. 진(晉)나라 죽림칠현(竹林七賢)의 한 사람인 완적(阮籍)은 예교에 얽매인 속된 선비가 찾아오면 흰 눈[白眼]을 뜨고, 맑은 고사(高士)가 찾아오면 청안(靑眼)을 뜨고 대했다고 한다. ≪晉書 卷49 阮籍列傳≫

10월 15일. 용흘(龍屹) 등이 물고기를 잡아 회를 떴다. 조 개령(曺開寧) 척장(戚丈)과 성응현(成應賢), 정언준(鄭彦俊)도 참석했다.

十五日。龍屹等, 獵魚以膾。曺開寧戚丈及成應賢、鄭彦俊, 亦參。

10월 16일. 풍기(豊基)로 출발했다. 용흘(龍屹)과 성응현(成應賢), 성봉선(成奉先)도 함께 했다. 가는 길에 별제(別提) 정윤목(鄭允穆)을 만나 이야기를 나누고, 날이 저물어 예천군(醴泉郡)에서 묵었다. 군(郡)이 천사(天使)를 지대(支待)하는 일로 소란했다.

十六日。發向豊基。龍屹及成應賢、成奉先偕。行路遇鄭別提允穆話, 暮宿醴郡。郡以天使支待爲之騷然。

10월 17일. 일찍 출발해 정천남(鄭天男)의 집에서 밥을 먹고, 해가 지기 전에 집에 도착했다.

十七日。早發飯于鄭天南家, 未暮到家。

10월 18일. 성주(城主)[370]가 원주 목사(原州牧使)로 승진했기 때문에 나아가 뵈었다. 저녁에 비가 내렸다.

十八日。城主, 陞爲原州牧, 進謁。夕雨。

10월 20일. 들건대 이태백(李太白)이 군(郡)에 당도했다고 하여, 일찍 나아가 다정하게 이야기를 나누었다. 다만 성주(城主)가 교체된 일로 관부(官府)가 소란하고, 향인들도 많이 모여 있었다. 신임 수령은 이춘기(李春祺)이다.

二十日。聞李太白到郡, 早就穩話。但以城主遞代之故, 官府擾擾, 鄉人亦多會。新守, 則李春祺也。

---

370) 성주(城主) : 풍기 군수인 류운룡(柳雲龍)을 이른다.

10월 21일. 조보(朝報)를 보니, 서쪽 변방의 누루하치[奴兒哈亦]³⁷¹⁾가 군사를 일으키고 북쪽 오랑캐도 함께 일어나서 변방 관리들이 해를 입었다고 한다. 아 남로(南路)의 왜적이 4년 동안 주둔해 나라의 형세가 위기일발의 상황인데, 지금 또 서쪽과 북쪽에서 적(敵)을 맞이하니, 시사(時事)가 끝내 어찌 될지를 모르겠다. 사직(社稷)을 위해 통곡했다. 전관(田官)이 혁파되었다는 소식이 당도했다.

　　二十一日。見朝報, 西塞奴兒哈亦起兵, 北虜竝興, 邊吏被害云。噫, 南路之倭, 四年留屯, 國家之勢, 危如一髮, 今又受敵於西北, 不知時事, 終作何狀。爲社稷痛哭。田官革罷, 來到。

10월 23일. 군(郡)에 들어가 김공제(金公濟)와 성주(城主)를 뵈었다. 군위(軍威)의 참봉(參奉) 이보(李輔)³⁷²⁾와 상주(尙州)의 김자온(金子昷)이 자리에 있었다. 나는 황경률(黃景栗)의 집에서 아침을 먹고 겸하여 술을 마시고는 날이 저물어 돌아왔다.

　　二十三日。入郡, 與公濟謁城主。軍威李參奉輔、尙州金子昷, 在座。余乃朝飯于黃景栗家, 兼以栖酌, 暮還。

10월 24일. 안 상사(安上舍) 어른을 모시고 저물녘에 군(郡)으로 들어가 성주(城主)를 전별하고 향당에서 잤다.

　　二十四日。陪安上舍丈, 乘昏入郡, 欲餞城主, 遂宿鄕堂。

10월 25일. 김경진(金景鎭)을 찾아가니, 안규(安珪) 씨와 박전(朴㙉), 안일민(安逸民), 안태고(安太古), 서량(徐亮)³⁷³⁾ 등이 모두 모여 활쏘기를 하고 있었다. 나도 참여하고 술을 마셨다.

二十五日。往訪金景鎭, 安珪氏、朴洎、安逸民、安太古、徐亮等, 咸集射侯。余亦參飮。

10월 27일. 용흘(龍屹)이 백운동서원의 곡식을 운송해 바치는 일로 순흥(順興)으로 향했다.

二十七日。龍屹, 以白雲院穀輸納事, 向順興。

10월 29일. 용궁현(龍宮縣)에서 저녁밥을 먹었는데, 윤순(尹淳)과 윤숙(尹潚) 등이 마주하고 먹었다. 그리고 용흘(龍屹)은 함창(咸昌)으로 향하고, 나는 고삼가(高三嘉)[374]의 집에 당도했는데, 해가 지기 전에 이수량(李邃良)도 함께 했다. 주인과 자리에 있던 사람은 고상증(高尙曾)[375]과 윤승수(尹承壽), 이덕음(李德音)이다.

二十九日。夕飯于龍縣, 尹淳、尹潚等, 對食。龍屹向咸, 余則到高三嘉家, 日尙未暮, 李邃良亦偕。與主人坐者, 乃高尙曾、尹承壽、李德音也。

❀ **1595년 11월**

11월 1일(을사). [집으로 가는] 길에 올랐다. 전이척(全以惕)도 길을 함께 하여 예천(醴泉)에서 투숙했다.

十一月一日(乙巳)。啓行。全以惕偕焉, 投宿醴泉。

11월 2일. 참봉(參奉) 진 척장(秦戚丈)의 집에서 아침을 먹고 해가 저물기 전에 집에 도착했다.

二日。朝飯于秦參奉戚丈家, 未暮到家。

---

374) 고 삼가(高三嘉) : 삼가 현감을 지낸 고상안(高尙顏)을 이른다. 삼가(三嘉)는 경상남도 합천 지역의 옛 지명이다.

375) 고상증(高尙曾) : 1550~1627. 본관은 개성(開城). 자는 사성(思省), 호는 성재(省齋).

11월 3일. 찰방(察訪) 형이 승차(承差)[376]되어 도성으로 가다가 우리 집에 왕림했다.

三日。察訪兄, 承差向洛, 來臨吾家。

11월. 5일 도사(都事) 이숙평(李叔平)이 군(郡)에 들어와 함께 묵었다. 한사첨(韓士瞻)도 함께 했다.

五日。李都事叔平, 入君同宿。韓士瞻, 亦偕。

11월 6일. 경률(景栗), 자건(子建)과 함께 가서 황시지(黃是之)를 전송했다. 이 도사(李都事)도 뒤이어 이르렀다.

六日。與景栗子建往餞黃是之。李都事, 繼至。

11월 7일. 영천(榮川)의 서정(西亭)으로 가서 김공제(金公濟)가 도성으로 돌아가는 길을 전송했다. 숙노 씨(叔老氏)와 좌수(座首) 송복영(宋福榮), 송경소(宋景昭), 황자예(黃子藝)가 모두 모였다. 군재(郡齋)에 들어가 이숙평(李叔平)과 함께 잤는데, 전경직(全景直)도 자리해 권도영(權道榮)의 술을 마셨다.

七日。向榮川西亭, 餞金公濟西歸。叔老氏、及宋座首福榮、宋景昭、黃子藝, 咸集。遂入郡齋, 與叔平同宿, 全景直, 亦在, 飮權道榮酒。

11월 8일. 이숙평(李叔平)과 이별했다.

八日。與叔平別。

11월 9일. 참소(站所)에서 온 박신경(朴信慶)에게 들건대 천사(天使)가 밀양(密陽)에서 겨울을 지낼 것이라고 한다.

九日。聞朴信慶自站所[377], 天使過冬于密陽云。

---

376) 승차(承差) : 임금의 지시를 받아 지방으로 파견되거나 차임(差任)되는 것을 말한다.

11월 10일. 새벽에 비가 내리고 번개가 쳤다.

十日。曉雨且電。

11월 11일. 경직(景直)이 영천(榮川)에서 와서 자면서 류주(柳袾)가 파직되었다고 전했다.(이숙평의 시에 차운한 시가 있었다.)

十一日。景直, 自榮川來宿, 且傳柳袾見罷。(次李叔平韻。)

11월 13일. 영천(榮川)에 가서 도사(都事)를 만났다. 찰방(察訪) 김기중(金器仲)도 당도했는데, 그는 승차(承差)되어 도성으로 향하고 있었다. 나는 도사(都事)에게 이끌려 함께 영모암(永慕庵)[378]에 이르렀는데, 황수규(黃秀奎) 어른과 권백무(權伯武), 권사영(權士英) 등이 술을 가져와 모두 모여 있었다. 그리고 달빛을 마주하고 수창(酬唱)[379]하노라니, 참으로 산중의 한 가지 특별한 일이었다.(회포를 푼 시가 있었다.)

十三日。往榮川見都事。金察訪器仲到, 以其承差向洛也。余爲都事所挽, 共至永慕庵, 黃秀奎丈、及權伯武、士英等, 提壺咸集。對月酬唱, 眞山中一奇事也。(有遣懷詩。)

11월 15일. 전경직(全景直), 권사영(權士英)과 향당에서 회의를 했다. 이는 바로 반궁(泮宮)[380]을 수리할 때의 미폐(米幣)를 수합하는 일이었다.

十五日。與全景直、權士英, 會議于鄕堂。乃修泮時收合米幣事也。

11월 19일. 박우(朴遇) 어른을 전송했다. 그가 지대도감(支待都監)으로서 순

---

377) 所 : 문맥상 삽입함.
378) 영모암(永慕庵) : 경상북도 순흥군 부석면 감곡리에 위치. 안상(安瑺, 1511~?)이 선조(先祖)의 영령을 기리고 효를 몸소 실천하여 백성을 교화할 목적으로 영천 군수 시절(1555~1560)에 건립했다.
379) 수창(酬唱) : 시가(詩歌)를 서로 주고받으며 부름.
380) 반궁(泮宮) : 성균관과 문묘를 통틀어 이르는 말.

찰사(巡察使)에게 붙잡혀서 밀양으로 향했기 때문이다.

十九日。 餞朴遇丈。以支待都監爲巡相推捉, 向密陽。

11월 22일. 동지(冬至)이다. 차례를 지내고 군(郡)에 들어가 남양중(南養仲)이 참소(站所)에서 잘 돌아온 것을 축하했다. 이태백(李太白)이 지대도감(支待都監)으로서 또한 와서 서로 이야기를 나누었다. 듣건대 천사(天使)가 왜영(倭營)으로 옮겼다고 한다. [이번 행차에서] 그가 능히 황제의 위령을 선포할 것인가, 아니면 또한 황명을 욕되게 할 것인가. 중원(中原)의 경중(輕重)이 이 한 번의 행차에 달려 있었고, 우리의 존망도 여기에서 판가름 날 것이다. 그러니 어찌 크게 근심하지 않을 수 있겠는가.

二十二日。 冬至。行茶祀, 入郡賀南養仲, 自站所好還。李太白, 以支待都監, 亦來相話。聞天使移駐倭營云。其能宣布皇威乎, 抑亦屈辱帝命乎。中原輕重, 在此一行, 而我國存亡判焉。豈不大可憂哉。

11월 23일. 시장에서 면포(綿布)가 더욱 귀해져 1필의 가격이 벼 3석에 이른다고 한다.

二十三日。 市綿益貴, 一匹價, 至租三石云。

11월 25일. 향교에 가서 여러 유사(有司)들과 모두 모여 반궁(泮宮)을 수리할 때의 미폐(米幣)를 의논해 결정했다. 그러나 상란(喪亂)381)이 아직 안정되지 않아 즉시 수합하지는 않았다.

二十五日。 往鄕校, 諸有司咸集, 議定修泮時米幣。但以喪亂未平, 未卽收合。

11월 27일. 황군급(黃君級) 형제 집안의 수연(壽宴)382)에 참석했다. 향로(鄕

---

381) 상란(喪亂) : 전쟁·전염병·천재지변 등으로 말미암아 사람이 죽는 재앙.
382) 수연(壽宴) : 장수(長壽)를 축하하는 잔치. 보통 환갑잔치를 이른다.

老)들도 많이 모였으니, 또한 하나의 성대한 일이라 하겠다.

二十七日。往參黃君級弟兄家壽宴。鄕老多會, 亦一盛事也。

11월 29일. 군위(軍威)의 상사(上舍) 홍위(洪瑋)[383)]가 반궁(泮宮)을 수선할 때의 미폐(米幣)를 의논해 정하는 일로 아침에 당도했다.

二十九日。軍威洪上舍瑋, 以修泮時米幣議定事朝到。

☀1595년 12월

12월 1일(기해).

十二月一日(己亥)。

12월 2일. 날씨가 봄처럼 따뜻했다.

二日。日溫如春。

12월 3일. 군(郡)에 들어가 성주(城主)를 뵙고, 황수규(黃秀奎)와 황이(黃怡), 남치형(南致亨), 권학해(權學海)[384)], 황지환(黃之瑍), 정세렴(鄭世廉), 안과(安珂), 안호(安好) 등 여러 시종관들과 이야기를 나누었다.

三日。入謁城主, 與黃秀奎、黃怡、南致亨、權學海、黃之瑍、鄭世廉、安珂、安好義僉侍話。

12월 8일. 바람이 불었다. 백운동서원에 와서 머물며 다시 옛 자취를 찾으니, 나도 모르게 처연한 마음이 들었다. 난후에 강당이 적막했는데, 지금 유사(有司) 황군흘(黃君屹)과 단란하게 밤에 이야기를 나누는 것도 어찌 한 가지 다행스러운 일이 아니겠는가.

八日。風。來栖雲院, 重尋舊迹, 不覺有悽然之心。亂後講堂寂寞, 而今與黃

---

383) 홍위(洪瑋) : 1559~1624. 본관은 남양(南陽). 자는 위부(偉夫), 호는 서담(西潭).
384) 권학해(權學海) : 생몰년 미상. 자는 봉원(逢源).

有司君屹, 從容夜話, 豈非一幸乎。

12월 9일. 바람이 추웠다. 수반시미폐도유사(修泮時米幣都有司) 김윤명(金允明) 이 통문(通文)을 보내 회의를 약속했다.

九日。風寒。修泮時米幣都有司金允明, 送通文, 約以會議。

12월 17일. 함창(咸昌) 사람이 당도했다. 그에게 듣건대 큰형의 당학(唐瘧)385)이 더욱 위중하다고 했다.

十七日。咸昌人到。憑聞伯氏唐瘧尤重。

12월 18일. 이경(李璟)의 처씨(妻氏)가 신행(新行)하는 길을 고상정(高尙程)이 모시고 도착했는데, 날이 따뜻해 참으로 기쁘다.

十八日。李璟妻氏新行, 高尙程陪到。日溫可喜。

12월 19일. 낮에 눈이 내리다가 바로 개었다.

十九日。午雪卽晴。

12월 24일. 논산(論山)이 제물(祭物)을 받들고 함창(咸昌)으로 향했다. 저녁에 지평 노홍중(盧弘仲)의 편지가 이르렀는데, 겸하여 전에 빌려갔던 책 4권을 부쳤다.(세모에 읊은 시가 있었다.)

二十四日。論山陪祭物, 向咸昌。夕盧持平弘仲書至, 兼付前所借冊子四卷。(有歲暮吟。)

12월 27일. 논산(論山)이 돌아왔다. 들건대 큰형의 학질(瘧疾)이 조금 나아졌다고 하니, 참으로 몹시 기뻤다. 밤에 비가 조금 내렸다.

---

385) 당학(唐瘧) : 이틀거리로 앓는 학질.

二十七日。論山還。聞伯氏瘧疾小愈, 爲喜良多。夜小雨。

☀1596년 1월

병신년(1596) 1월 1일(무진).

丙申正月一日(戊辰)。

1월 2일. 안 상사(安上舍) 어른을 찾아뵙고 술자리가 파한 뒤에 돌아왔다. 황혼에 박우(朴遇) 씨가 이르렀다.

二日。往拜安上舍丈, 酒罷還。黃昏朴遇氏至。

1월 3일. 군(郡)에 들어가 성주(城主)를 뵈었는데, 향인들이 많이 모여 있었다.

三日。入謁城主, 鄕人多會。

1월 4일. 백동(柏洞)에 가서 민조숙(閔肇叔)이 군(郡)에 당도했다고 듣고 나아가 이야기를 나누었다. 그리고 황 동지(黃同知)의 집에 이르러 술 다섯 순배를 마시고 황명원(黃明遠)을 찾아갔다. 또 곽 상사(郭上舍) 어른을 뵙고, 인하여 정숙(靜叔)의 병을 살폈다. 해가 기울어 이미 어둑해진 뒤에 날씨가 또 비가 내렸기 때문에 이대흘(李大屹)의 집에 투숙해 안일민(安逸民)과 나란히 잤다.

四日。向白洞, 聞閔肇叔到郡, 就話。至黃同知家, 酒五行, 訪黃明遠。又拜郭上舍丈, 仍審靜叔病。頹陽已黑, 天亦雨, 投宿李大屹處, 與[386]安逸民, 聯枕。

1월 6일. 눈이 몇 자나 쌓였다. 숙노 씨(叔老氏) 및 이경(李璟)과 모여 이야기를 나누었다. 밤에 바람이 불었다.

---

386) 與 : 해석상 추가함.

六日。雪積數尺。與叔老氏及李璟會話。夜風。

1월 11일. 큰바람을 무릅쓰고 군(郡)에 들어가 먼저 성주(城主)를 뵈었다. 그런 다음 예천(醴泉)으로 보낼 정조(正租)[387] 5석을 거두었는데, 이는 순찰사가 반궁(泮宮)을 수선할 시역(市役)의 식량으로 정한 것이었다.

十一日。 冒大風。入郡先拜城主。次捧醴泉所輸正租十石, 乃巡察使, 所定修泮市役粮也。

1월 12일. 감사(監司)가 군(郡)에 들어왔다.

十二日。 監司入郡。

1월 17일. 향인들이 성주(城主)의 선정(善政)을 보고하는 일로 많이 모였다.

十七日。 鄕人, 以城主善政報使事多會。

1월 23일. 저녁에 지진(地震)이 있어 가옥이 흔들렸다.[388] 밤에 눈발이 흩날리고 바람이 어지럽게 불었다.

二十三日。 夕地震, 屋宇動搖。夜雪灑風亂。

1월 29일. 퇴계선생문집(退溪先生文集)을 교정하는 일로 백운동서원에 당도하니 회원들이 있었다. 밤에 큰 눈이 내리고 또 비가 왔다.

二十九日。 以退溪先生文集校正事到雲院, 有會員。夜大雪又雨。

◉1596년 2월

2월 1일(무술). 김득롱(金得礱), 박년(朴㳓)[389], 박수서(朴守緒)[390], 신찬(申璨)

---

387) 정조(正租) : 타작을 끝낸 뒤 방아를 찧지 않은 벼.
388) 지진이 …… 흔들렸다 : 당일의 지진에 대한 기록은 선조실록 등에는 보이지 않는다.
389) 박년(朴㳓) : 1560~1633. 자는 희숙(希叔), 호는 나재(懶齋).

이 도착하고, 안오(安悟)도 이르렀다. 저녁을 먹은 뒤 나와 서사신(徐使信)은 돌아오는 길에 경률(景栗)을 만났다.

> **二月一日(戊戌)。** 金得礨、朴洇、朴守緖、申璨到, 安悟又至。夕後, 余與 徐使信, 還路逢景栗甫。

2월 4일. 남양중(南養仲)이 와서 이야기를 나누었다.

> **四日。** 南養仲, 來話。

2월 5일. 안인서(安仁瑞)와 퇴계문집을 교정했다.

> **五日。** 與仁瑞校正退溪文集。

2월 6일. 퇴계문집을 교정했다. 고상정(高尚程)이 당도했다.

> **六日。** 校正文集。高尚程到。

2월 7일. 아침에 비가 내렸다. 낮에 한림(翰林) 김이회(金而晦)[391]가 나를 냇가에서 붙잡고 이야기를 마친 뒤에 영천(榮川)으로 향했다.

> **七日。** 朝雨。午金翰林而晦, 要我於溪邊, 談訖向榮川。

2월 8일. 아침에 눈이 내렸다. 낮에 군(郡)에 들어가 황여숙(黃汝肅)과 안두(安枓) 등을 만나 이야기를 나누고, 석전제(釋奠祭)를 올리기 위해 향교로 가서 치재(致齋)[392]했다.

> **八日。** 朝雪。午入郡, 逢黃汝肅、安枓等話, 仍以釋奠祭, 向鄕校致齋。

---

390) 박수서(朴守緖) : 1567~1627. 본관은 함양(咸陽). 자는 경승(景承), 호는 우계(尤溪).

391) 김이회(金而晦) : 이회는 김성택(金成澤)의 자(字).

392) 치재(致齋) : 제사를 올리기 전에 재궁(齋宮)이나 향소(享所)에서 행하던 재계. 산재(散齋)한 뒤에 하는 재계로서 제관이나 집사관들은 모두 제소에서 제향에 관한 일만을 맡아 보았다. 그 기간은 대체로 대사(大祀)일 때는 3일, 중사(中祀)일 때는 2일, 소사(小祀)일 때는 1일 동안이었다.

2월 9일. 태수(太守)가 제물(祭物)을 받들고 향교에 도착했다.

　　九日。太守, 陪祭物到校。

2월 10일. 석전제(釋奠祭)를 올리고 바로 돌아왔다.

　　十日。祭後乃還。

2월 11일. 도사(都事) 이숙평(李叔平)을 창락역(昌樂驛)에서 만났다. 찰방(察訪) 최립(崔岦)과 송라 찰방(松羅察訪) 이경항(李景恒), 선산(善山)의 김석윤(金錫胤)도 함께 자리해 이야기를 나누면서 술을 마시고, 취해서 저물어 돌아왔다.

　　十一日。見都事李叔平于昌樂驛。察訪崔岦、松羅察訪李景恒、善山金錫
　　胤共坐, 且談且酌, 成醉暮還。

2월 13일. 고 삼가(高三嘉)의 어머니가 병이 위중해 이경(李璟)의 처씨(妻氏)를 보고 싶어 했다. 때문에 나는 생각지도 못하게 길을 떠날 여장(旅裝)을 채비했다.

　　十三日。高三嘉慈堂病重, 欲見李璟妻氏。故不意治行。

2월 14일. 이경(李璟)의 종이 와서 알리기를, "고 삼가(高三嘉)가 어제 새벽에 모친상을 당했습니다."라고 했다.

　　十四日。李璟奴來報曰 : "高三嘉, 昨曉丁憂。"云。

2월 16일. 김대중(李大仲)이 산음 현감(山陰縣監)이 되고, 김수우(金守愚)[393]는 의금부 도사(義禁府都事)가 되어 오늘 비로소 도성으로 향했다고 한다.

　　十六日。李大仲爲山陰守, 金守愚爲禁府都事, 今始向洛云。

---

393) 김수우(金守愚) : 수우는 김윤명(金允明)의 자(字).

2월 17일. 박우(朴遇) 씨 및 이민승(李文承), 이휘승(李輝承), 박인경(朴仁慶)의 동고회(同苦會)에 참석했다.

十七日。參朴遇氏及李文承、輝承、朴仁慶同苦會。

2월 28일. 왜군이 장차 재침할 것이라는 말을 전해 들었다. 이 때문에 마을의 백성들이 모두 달아나 피할 마음을 품었다고 한다. 아, 죽을 곳을 알지 못하겠다.

二十八日。傳聞倭兵, 將再犯。以此閭閻之民, 皆懷奔避云。噫, 不知死所矣。

❀1596년 3월

3월 1일(무진). 김경진(金景鎭)과 함께 영천(榮川)으로 가는 길에 박자징(朴子澄)과 김희지(金希之)를 만나 말을 세우고 잠시 이야기를 나누고, 가서 백암(柏巖) 김 영공(金令公)이 상(喪)을 당한 것을 위로했다.

三月一日(戊辰)。與景眞偕向榮川, 逢朴子澄金希之, 立馬暫話。往慰柏巖金令公遭喪。

3월 3일. 안인서(安仁瑞)와 가서 박대하(朴大賀)와 덕하(德賀)의 술을 마셨다. 술이 조금 취하자 냇가에서 답청(踏靑)394)을 했다.

三日。與仁瑞往飮大賀德賀酒。微醺, 踏靑溪上。

3월 7일. 수신(守信)의 묘에 가서 술잔을 올렸는데, 묘가 들불에 연소(延燒)되어 있었다. 혼백이 몹시 놀랐을 것을 생각하니 나도 모르게 비통했다.

七日。往奠守信墓, 墓爲野火延燒。想魂魄震驚, 不覺悲痛。

---

394) 답청(踏靑) : 봄에 파랗게 나는 풀을 밟으며 산책함을 의미. 이는 중국에서 유래한 민속의 하나로서, 청명절을 기하여 교외에 산책하면서 꽃과 새들을 즐기고, 이를 답청놀이라고 한다.

3월 8일. 예묘(禰廟)³⁹⁵⁾에 술잔을 올렸다.

八日。奠梡于禰廟。

3월 9일. 영춘 현감(永春縣監) 금응훈(琴應壎) 어른이 아침에 도착해 밥을 먹은 뒤 영천(榮川)으로 향했다.

九日。琴永春應壎丈朝到，飯後向榮川。

3월 11일. 도사(都事) 이준(李埈)을 군재(郡齋)에 가서 만나고 그대로 묵었다. 홍문관(弘文館) 저작(著作) 김이회(金而晦)³⁹⁶⁾도 이르렀다.

十一日。往見李都事埈于郡齋，仍宿。弘文著作金而晦亦至。

3월 12일. 성주(城主)가 이회(而晦)를 전별했다. 나와 황수규(黃秀奎) 어른, 심약(審藥) 김협(金協)이 모두 자리에 있었다. 얼마 뒤에 김 저작(金著作)은 도성으로 가는 길에 올랐고, 이 도사(李都事)는 영천(榮川)으로 내려갔다.

十二日。城主餞而晦。余及黃秀奎丈、金審藥協，皆在席。已而金著作登西路，李都事下榮川。

3월 17일. 보개정(寶蓋亭)³⁹⁷⁾에서 박덕하(朴德賀) 형제의 축수(祝壽)를 기원하는 술자리에 참석했다. 정자(亭子)는 반송(盤松)³⁹⁸⁾으로 농암(聾巖) 이 상공(李相公)³⁹⁹⁾이 노닐며 감상하던 곳이었으나, 그의 후손들이 보존하지 못하고 그의 집까지 박 씨 형제에게 돌아갔다. 아, 권백무(權伯武)⁴⁰⁰⁾도 이르고 술자

---

395) 예묘(禰廟) : 돌아가신 아버지의 신위(神位)를 모신 사당.
396) 이회(而晦) : 이회는 김성택(金成澤)의 자(字).
397) 보개정(寶蓋亭) : 농암 이현보가 벼슬을 그만두고 예안에 거처할 때 예안군 동촌의 별장 앞에 있었던 소나무를 경기도 이천(伊川)의 보개정을 본 따서 정자라고 부른 듯하다. ≪聾巖集≫ 卷一, 농암선생 연보 참조.
398) 반송(盤松) : 키가 작고 가지가 옆으로 퍼진 소나무.
399) 이 상공(李相公) : 이현보(李賢輔, 1467~1555)를 말하며, 농암(聾巖)은 그의 자(字)이다.
400) 권백무(權伯武) : 백무는 권호신(權虎臣, 1558~1629)의 자(字). 본관은 안동. 호는 도은(陶

리도 파하지 않았는데, 비가 크게 내렸다.

十七日。參德賀弟兄壽酌于寶蓋亭。亭乃盤松, 而聾巖李相公, 遊賞處也, 其孫不能保 竝其宅, 歸於朴。噫, 權伯武又至, 酒未罷, 雨大作。

3월 22일. 비가 내렸다.

二十二日。雨。

3월 23일. 향당에 가서 술을 마시며 이야기를 나누었다. 저녁에 류서애(柳西厓) 상공(相公)이 당도했다. 나와 황광원(黃光遠)은 황혼을 틈타서 들어가 찾아뵙고, 물러나와 창락승(昌樂承) 최립(崔岦)의 술자리에 참석했다. 성주(城主)와 도사(都事) 이준(李埈), 찰방(察訪) 류주(柳袾), 선전관(宣傳官) 박종남(朴從男)[401]이 모두 자리에 있었다. 서로 술잔을 돌리고 닭이 울고 나서야 함께 유숙(留宿)했다.

二十三日。往鄕堂飮話。夕柳厓相到。余與黃光遠, 乘昏入謁, 退而參昌樂承崔岦梧酌。 城主及李都事埈、柳察訪袾、朴宣傳從男, 咸在席。 相與行酒, 雞已唱矣, 共柳[402]宿。

3월 24일. 일찍 일어나 류서애(柳西厓) 상공(相公)을 뵈었다. 김 영해(金寧海)[403]와 남양중(南養仲)도 이르렀지만, 이윽고 류서애 상공은 길에 올랐다. 류덕보(柳德輔)는 외종사촌 여동생의 아들 허의(許顗)의 사위로, 유리(流離)하던 중에 상처(喪妻)하고, 바야흐로 주을배리(注乙栢里) 정대성(鄭大成)[404]의 집에 임시로 머물고 있다고 한다.

二十四日。早起謁厓相。金寧海、南養仲亦至, 已而厓相登路。柳德輔, 乃

隱)。
401) 박종남(朴從男) : 1559~1620. 본관은 경주(慶州). 자는 선술(善述). 호는 유촌(柳村).
402) 柳 : 留의 오기로 보인다.
403) 김 영해(金寧海) : 전 영해부사 김경진(金景鎭).
404) 정대성(鄭大成) : 생몰년 미상. 자는 중보(重甫), 호는 송오(松塢).

吾表從妹子許顗之壻, 而流離中喪耦, 方寓注乙栖里鄭大成家云。

3월 25일. 비가 내렸다. 듣건대 천사(天使)가 지금 부산포의 왜진(倭陣)에 머물고 있는데, 관백(關白) 평수길(平秀吉)은 맞아들여 화의를 허락할 뜻이 있다고 한다. 생각하건대 거꾸로 매달린[405] 듯 곤고(困苦)한 백성들을 잠시 편안하게 풀어주는 것은 비록 우리나라에 있어서는 다행이지만, 중원(中原)이 왜노(倭奴)의 제재를 받아 위령(威靈)을 훼손한 것은 진실로 애통했다. 심하도다! 황조(皇朝)의 군신들이 화의를 주장함이여. 저 왜군은 본래 우리나라를 원수로 여긴 것이 아니라 실로 우리에게 길을 빌려 중원을 엿보려는 마음이 있었다. 그러나 천병(天兵)의 시위(示威)는 평양에 이르러서 그치고, 한양의 거진(巨陣)에 있어서는 다시 한명의 군사도 출전해 그들의 칼날을 맞서지 않았다. 그리고 다만 유격(遊擊) 심유경(沈惟敬)으로 하여금 한양에 들어가 10여 일을 머물게 하고 감언으로 설득시킨 뒤에 우선 물러나 [왜군을] 국경 지역에 주둔하도록 했으니, 이것이 바로 무신(武臣)이 죽음을 애석하게 여겨 화의가 시작된 까닭이다. 또한 저들이 물러나 주둔하면서 4년 동안 바다를 건너지 않은 것은 화의가 흉악하고 거짓된 계책임을 참으로 알 수 있었는데도 끝내 왕을 봉하기에 이르렀다. 게다가 천사가 오는 것을 잡아두고 또 땅을 할양하고 혼인을 요구하는 청이 있었으니, 중원을 모욕함이 또한 너무 심한 것이었다. 그런데도 오히려 욕됨과 수치를 참고 아직도 군사를 일으켜 곧바로 들이치지 않으니, 이것이 바로 무신이 죽음을 애석하게 여겨 화의가 오래도록 진행되고 있는 까닭이다. 아, 화(和)라는 한 글자는 만고에 나라를 그르치게 했으니, 송나라 있어서는 더욱 심했다. 뒤에 있는 자들은 마땅히 거울삼아야 할 것이다. 그런데 일찍이 당당한 황조로서 어찌 한 마

---

405) 거꾸로 매달린[倒懸] : 곤고(困苦)의 심함을 이른 말이다. ≪맹자≫ <공손추상(公孫丑上)>에 "백성이 즐거워함이 거꾸로 매달린 것을 끌러버린 것과 같다.[民之悅之 猶解倒懸]"라고 하였다.

디 말도 못하고 이 지경에 이르렀단 말인가. 나는 생각하건대 왜군이 비록 많다하나 바다를 건너온 군졸은 반드시 그 수가 있으니, 상국(上國)의 군사가 일어난다면 천하를 모두 소유할 수 있을 것이다. 바다를 건너온 군사를 이끌고 천하의 군대와 싸운다면 그 형세는 참으로 대적할 수 없거니와, 하물며 절강(浙江)에는 수군의 유리함이 있어서 이들을 이끌고 바다로 내려가고, 요계(遼薊)[406]에는 정예병이 많으니 이들을 이끌고 육지를 따라 진격한다면, 저들은 장차 동쪽으로 달아나면서 서쪽을 구원하느라 세력이 분산되고 힘이 약화되어 끝내 반드시 머리를 숙이고 항복을 구걸할 것이다. 아, 왜진(倭陣)이 먼저 조선을 침공한 것은 편한 길을 취하여 중원에 뜻을 둔 것이니, 이는 우리나라와 상국에 똑같이 원수인 것이다. 우리나라는 황조가 화의하려는 뜻을 받들어 기미(羈縻)[407]하자는 주장을 올리고, 상국은 제장(諸將)의 죽음을 애석하게 여기는 뜻에 어두워 그들의 강평(講平)하자는 계책을 따라서 견시(犬豕)에게 달갑게 굴복해 왕으로 책봉하여 땅을 할양하고, 또 혼인을 구하는 상태에 이르게 했으니, 어찌 원수를 잊음이 심한 것이 아니겠는가?

二十五日。雨。聞天使, 時留釜山浦倭陣, 而關白平秀吉, 有迎入許和之意云。圖暫安解倒懸, 雖幸於我國, 而中原之受制倭奴, 虧損威靈, 誠可痛也。甚矣! 皇朝群臣之主和也。彼倭兵, 本非讎我邦, 而實有假途窺周之心。然天兵之示威, 至平壤而止, 其於漢陽之巨陣, 則不復出一兵, 以接其鋒。只使遊擊沈惟敬, 入漢都, 留十餘日, 甘言說之然後, 姑退屯境上, 是則武臣惜死, 而和之所以始也。及其退屯, 而四年不渡海, 則其爲凶謀詐計, 固可知矣, 而終至於封王。逮天使之來, 又有割地求婚之請, 侮慢中原, 亦已太甚。然猶含垢忍恥, 尚未興師直擣,

---

406) 요계(遼薊) : 요동(遼東)과 계주(薊州)로, 곧 지금의 요령(遼寧) 지방과 북경시(北京市) 하북성(河北省) 동북 지역을 이른다. 두 지역이 인접해 있기 때문에 아울러 말한 것이다.

407) 기미(羈縻) : 기(羈)는 말의 굴레, 미(縻)는 소의 고삐로, 기미는 적국과 적당히 친선관계를 유지함으로써 외환을 막는 방책이다. 전한(前漢) 사마상여(司馬相如)의 <난촉부로(難蜀父老)>에 "대개 천자가 이적을 다루는 것은 그 이치가 기미의 방책을 써서 관계를 끊지 않는 것일 뿐이다.[蓋天子之牧夷狄也 其義羈縻勿絶而已]"라고 하였다.

是則武臣惜死而和之所以深也。噫, 和之一字, 誤萬古國家, 而在宋, 則尤有甚矣。在後者, 宜可鑑也。曾以堂堂皇朝, 何無一言, 及於此耶。竊料倭兵雖衆, 渡海之卒, 必有其數, 而上國之兵則擧, 天下皆所有也。以渡海之卒, 戰天下之兵, 其勢固不可敵, 而況浙江, 有舟師之利, 以之浮海而下, 遼薊多精銳之軍, 以之由陸而進, 則彼且東奔西救, 勢分力弱, 終必俛首乞降矣。噫, 倭陣之, 先侵朝鮮, 所以取便路, 而志中原, 則是於我國上國, 同一讎也。而我國, 承皇朝欲和之旨, 進以羈縻之說, 上國昧諸將惜死之意, 從其講平之謀, 甘屈犬豕, 冊封其王而馴致求割地且求婚, 則豈非忘讎之甚乎?

☀1596년 4월

4월 1일(정유). 비가 내렸다.

四月一日(丁酉)。雨。

4월 3일. 하우식(河遇湜)[408]을 만나 이야기를 나누었다.(경주 사람이 임금과 관련된 물건을 불살랐다는 소식을 듣고 읊은 시가 있었다.)

三日。逢河遇湜話。(聞慶州人燒龍有吟。)

4월 4일. 군(郡)으로 가니, 이 도사(李都事)가 신임 사신(使臣)을 데리고 경내에 이르렀다가 하도(下道)를 향해 떠났다.

四日。向郡, 李都事以新使到界, 發向下道。

4월 6일. 영해(寧海) 삼형제 및 권각(權覺)과 냇가 누대에서 술을 마시며 이야기를 나누다가 흥이 다하여 돌아왔다.

六日。與寧海三弟兄及權覺, 觴話于溪臺, 興盡而還。

4월 10일. 천사(天使)가 왜영(倭營)에서 도망쳐 돌아왔다.

---

408) 하우식(河遇湜) : 1569~1633. 본관은 진주. 자는 여회(汝會).

十日。 天使, 自倭營逃還。

4월 12일. 천사(天使) 이종성(李宗誠)[409]이 군에 이르렀다가 바로 죽령을 넘었다. 나는 안동 부사(安東府使) 우복룡(禹伏龍)과 좌랑(佐郎) 이광윤(李光胤)[410], 영천 군수(榮川郡守) 이한(李澣)을 통해 천사가 도망쳐서 돌아온 이유를 물었다. 대답하기를, "이는 왜병이 구류(拘留)할 것을 두려워하여 도망쳐서 산골짜기에 6일 동안 숨어 있다가 식량을 구하기가 어려워지자 경주 경내에 이르렀는데, 부윤(府尹)이 그가 천사임을 알고 물품을 보내준 것이오." 라고 했다. 이종성은 개국공신(開國功臣)인 이문충(李文忠)의 후손인데 조상의 공으로 작위(爵位)를 물려받은 부유한 집안의 자제였으나, 어리석고 일을 경험하지 못한 자였다. 지금 평복 차림으로 부리던 노복(奴僕)과 타고 온 수레 및 인장(印章)과 부절(符節)을 버리고 놀라서 이러한 행동을 했으니, 유독 외국에서 웃음거리가 되었을 뿐만이 아니라 황제의 명을 욕보인 것이 심한 것이었다. 그는 부사(副使)[411]가 왜영(倭營)에 머물면서 두려워하는 마음이 없는 것과 비교하면 또한 차이가 크다.

十二日。 天使李宗誠到郡, 卽踰竹嶺。余因安東府使禹伏龍及李佐郞光胤、榮川郡守李澣, 問天使逃還之由。答曰:"是恐倭兵拘留, 逃隱於山谷六日, 不得食艱, 至慶州境, 府尹知其爲天使, 資送。"云。蓋宗誠, 乃開國功臣李文忠之後, 以功襲爵, 紈綺子弟, 癡騃不經事者。今以微服, 棄其僕從輜重曁印節, 駭此擧措, 不獨貽笑於外國, 辱帝之命甚矣。其視副使在倭營, 無懼心者亦遠耳。

4월 25일. 이확(李擴) 어른의 부고(訃告)를 들었다.

---

409) 이종성(李宗誠): 이종성(李宗城)의 오기(誤記). 임진왜란 때 명나라에서 파견한 책봉일본사(冊封日本使)이다.

410) 이광윤(李光胤): 자(字)는 극휴(克休).

411) 부사(副使): 양방형(楊邦亨)을 말한다. 중국 조정에서는 이미 이종성이 떠났기 때문에 양방형(楊邦亨)을 상사(上使)로 올리고 심유경(沈惟敬)을 부사(副使)로 충원하여 우리나라의 황신(黃愼) 등과 동행하여 일본으로 들어가도록 하였다. ≪林下筆記 18卷 文獻指掌編≫.

二十五日。聞李擴丈訃。

●1596년 5월
5월 1일(정묘). 비가 개었다.
　　五月一日(丁卯)。晴。

5월 3일. 농작물의 작황(作況)을 보니, 가뭄이 너무 심했다.
　　三日。觀稼, 天旱太甚。

5월 5일. 박대하(朴大賀)의 지정(池亭)에 가서 이야기를 나누었다.
　　五日。往話朴亭。

5월 11일. 용성(龍成)이 함창(咸昌)에서 당도했다. 고향의 소식을 들었다.
　　十一日。龍成自咸到。聞鄕音。

5월 14일. 박경택(朴景擇)의 대상(大祥)에 가서 술잔을 올렸다. 태군거(太君擧)도 이르렀다.
　　十四日。往奠朴景擇大祥。太君擧亦至。

5월 15일. 저녁에 덕하(德賀)를 만나 이야기를 나누었다.
　　十五日。夕逢德賀話。

5월 17일. 안인서(安仁瑞)가 충주로 돌아갔다. 20일이 그의 어머니의 대상(大祥)이기 때문이다. 밥을 먹은 뒤 읍내의 형 및 이경(李璟)과 함께 가서 숙노 씨(叔老氏)의 생신에 참석했는데, 영천(榮川) 사람들이 많이 모였다.
　　十七日。仁瑞歸忠州。以卄日其慈堂大祥也。飯後, 與邑內兄及李璟, 往參叔老氏生辰。榮人多會。

5월 24일. 부체찰사(副體察使) 이정형(李廷馨)[412]이 순찰하여 영천(榮川)에 이르러 군사를 모아 무술을 익혔다. 이것은 도체찰사(都體察使) 이원익(李元翼)이 지휘한 것이다. 난리 뒤에 백성과 선비들이 점점 흥기했다. 이것 또한 체찰사가 성심으로 군사를 훈련시키면서, 혹은 후한 상을 내리고 혹은 음식을 호궤(犒饋)하며, 힘써 그들의 마음을 기쁘게 했기 때문이다.(읊은 시가 있었다.)

二十四日。副體察使李廷馨, 巡至榮川, 聚軍習武。是則都體察使李元翼之指揮也。亂餘民土[413], 稍稍興起。是亦都體察使, 誠心訓兵, 而或厚賞, 或犒食, 務悅其情耳。(有吟。)

5월 26일. 순흥 부사(順興府使)와 함께 가서 군흘(君屹)의 생신에 참석했다.

二十六日。與順興倅, 往參君屹生辰。

5월 27일. 부사(府使) 및 경서(景敍) 씨, 권각(權覺)과 함께 구구(九丘)[414]의 서연(徐兗)[415]에게 가서 술을 마셨다. 서광(徐光)도 참석했다.

二十七日。與府使及景敍氏、權覺, 往飮九丘徐兗。徐光亦參。

❀1596년 6월

6월 1일(정유). 비가 내렸다. 열매를 맺지 못한 보리이삭과 익지 않은 목화가 이번 장맛비를 만나 모두 상하게 되었다. 백성들의 의식(衣食)의 근원이 장차 크게 흉년이 들 것인가? 올해 보리와 밀이 처음에는 장맛비에 상하더니, 중간에는 오랜 가뭄에 상하고, 끝내는 누런 안개에 상했다. 이 때문에 그 열매가 바늘처럼 가늘어서 1석(石)에 이르는 종자를 뿌린 밭에서 겨우 4, 5두(斗)를 내었다. 하물며 순흥(順興)과 구미(龜尾) 등지는 지난달 12

---

412) 이정형(李廷馨) : 1549~1607. 본관은 경주. 자는 덕훈(德薰), 호는 지퇴당(知退堂)・동각(東閣).
413) 土 : '士'의 오기로 보인다.
414) 구구(九丘) : 경상북도 영주시 단산면 구구리(九邱里).
415) 서연(徐兗) : 생몰년 미상. 자는 사중(士中).

월 우박에 부러지고 꺾어져 다 죽었으니, 백성들의 삶은 이로 말미암아 험난할 것이다. 낮에 서덕일(徐德一)과 권곤(權鵾) 등 여러 어른들이 왕림했다.

六月一日(丁酉)。雨。不實之麥穗, 未成之木花, 逢此淫霖, 俱爲見傷。民生衣食之源, 其將大無乎? 今年兩麥, 始傷於淫雨, 中傷於久旱, 終傷於黃霧。其實細如針, 以至一石種下之田, 僅出四五斗。況順興龜尾等處, 則去月二十日, 雨雹摧折已盡, 凡民之生, 厥由艱哉。午徐德一、權鵾僉丈來臨。

6월 5일. 나는 남충량(南忠良)과 도보로 백운동서원에서 정경(靜卿)과 류념(柳恬)을 찾아갔다. 개암(蓋巖)에서 황락이(黃樂而), 황군흘(黃君屹), 안이득(安而得)과 만나 취해서 진목정(眞木亭)으로 돌아오니, 찰방(察訪) 최립지(崔立之)가 이미 도착해 서로 회포를 풀고 바로 헤어졌다.

五日。余與南忠良, 步自白雲, 訪靜卿柳恬。會樂而、君屹、而得于蓋巖, 醉還眞木亭, 崔察訪立之已到, 相敍乃罷。

6월 12일. 듣건대 찰방(察訪) 김기중(金器仲)이 세상을 떠났다고 하니, 더욱 애통하다.

十二日。聞金察訪器仲別世云, 尤增痛悼。

6월 16일. 비가 내렸다.

十六日。雨。

6월 18일. 돌아가신 어머니의 기일(忌日)이라 제사를 지냈다. 어사(御史) 정경임(鄭景任)과 진목정(眞木亭)에서 만나 다정하게 회포를 풀었다. 저녁에 비가 내려 밤까지 이어졌다.

十八日。親忌行祭。會鄭御史景任于眞木亭, 穩敍。夕雨達夜。

6월 26일. 저녁에 소나기가 크게 내렸다. 이득(而得)과 경승(景承)이 수습한 책을 유사(有司)가 군에 들여보냈다. 이 때에 조정은 병화(兵火)를 겪은 나머지 서책이 모두 없어져서 사방 선비들의 집안에 명하여 각기 소장한 책을 바치도록 했다. 이는 우리나라가 유학을 숭상하는 뜻이 상란(喪亂) 중에 더욱 드러난 것이다.

> 二十六日。夕驟雨大作。而得、景承以收冊, 有司入郡。是時朝廷, 以兵火之餘, 書籍蕩盡, 令四方士子之家, 各獻所藏。我國崇儒之意, 尤著於喪亂之中矣。

6월 29일. 백운동서원 원장(院長)과 신임 유사(有司) 서연(徐兗)이 이르렀다. 윤의평(尹倚平)이 와서 책을 읽었다. 저녁에 소나기가 내렸다.

> 二十九日。雲院院長及新有司徐兗至。尹倚平來讀。夕驟雨。

❂1596년 7월

7월 1일(병인). 오후에 크게 우박이 떨어지고 우레와 번개가 치면서 비가 내렸다.

> 七月一日(丙寅)。午後, 大雹電雨。

7월 6일. 밤에 천체 현상을 관찰하니, 혜성(彗星)[416]이 북방(北方)에 있었는데, 꼬리의 길이가 몇 자나 되었다. 아, 나라가 아직 회복되지 않았는데, 어찌 하늘의 변고가 이 지경에 이르렀단 말인가.

> 六日。夜觀乾象, 彗星在北方, 尾長數尺。噫, 國家未復, 何天變之至此耶。

7월 9일. 듣건대 왜군이 이미 상국(上國)에 천사(天使)를 청하고, 또 우리나라에는 통신사(通信使)를 청했다고 한다. 아, 저 나라는 더불어 화친할 수 없

---

416) 혜성(彗星) : 태양이나 큰 질량의 행성에 대하여 타원 또는 포물선 궤도를 가지고 도는 태양계 내에 속한 작은 천체를 의미. 우리말로는 살별이라고 한다.

는 것이 명백한데도 중국이 허락했고, 우리나라 또한 지난날 통신사가 전쟁의 매개가 되었던 것을 잊고 역시 허락했으니, 의관(衣冠)을 갖춘 선비가 오랑캐의 조정에서 욕을 당할 것은 말할 것도 없을 것이다. 따라서 저 왜적의 침략의 화가 이로부터 더욱 심해 질 것을 어찌 알겠는가.

九日。聞倭兵, 旣請天使於上國, 又請通信使於我國。噫, 彼國之, 不可與和明矣, 而中國許之, 我國, 又忘前日通信之爲戰媒而亦許之, 衣冠士子, 辱於虜庭, 有不足言者。安知彼倭, 侵陵之禍, 從此益甚乎。

7월 12일. 황정일(黃精一)⁴¹⁷⁾과 이희운(李熙運), 권공준(權公準), 신환(申璟) 등이 도산서원에 이르러서 과거 시험에 대비해 함께 공부했다.

十二日。黃精一、李熙運、權公準、申璟等, 到院居接。

7월 14일. 곽정보(郭靜甫)가 와서 학문을 강론하며 조용히 토론했다.

十四日。郭靜甫到, 講劘穩討。

7월 17일. 김 영해(金寧海)가 아침에 당도했다. 듣건대 호서(湖西)에서 역란(逆亂)⁴¹⁸⁾이 일어나 이번 달 6일에 홍산 현감(鴻山縣監) 윤영현(尹英賢)⁴¹⁹⁾을 사로잡았다고 한다. 나는 탄식하며 말하기를, "접반사(接伴使) 김수(金睟)⁴²⁰⁾는

---

417) 황정일(黃精一) : 생몰년 미상. 본관은 창원. 자는 자중(子中), 호는 안도(安道).
418) 호서(湖西)에서 역란(逆亂) : 충청도 홍산(鴻山)을 중심으로 일어난 이몽학(李夢鶴)의 난을 말한다. 1596년(선조 29) 7월 종실(宗室)의 후예로서 속모관(粟募官) 한현(韓絢)의 선봉장이었던 이몽학은, 그가 조직한 동갑계 회원 700명을 사주(使嗾)하여 임진왜란 후의 대기근으로 굶주린 농민을 선동해서 홍산에서 반란을 일으켜 현감을 가두고 이어 임천(林川)을 함락했다. 농민은 '왜적의 재침을 막고 나라를 바로잡겠다'는 반란 명분에 크게 호응하여 삽시에 수천의 무리를 이루어 정산(定山)·청양(靑陽)·대흥(大興)을 휩쓸고 서울로 향하던 도중에 홍주(洪州 : 洪城)를 공격했다. 홍주목사 홍가신(洪可臣)은 민병을 동원해서 이를 반격하는 한편, 이몽학의 목에 현상금을 걸어 반란군의 분열을 꾀했다. 이몽학의 부하 김경창(金慶昌)과 임억명(林億明)은 전세가 불리함을 느끼고 이몽학의 목을 베어 항복했으며, 면천(沔川)에서 형세를 살피던 배후의 인물 한현도 체포되어, 1개월이 못 되어 반란은 평정되었다.
419) 윤영현(尹英賢) : 1557~?. 본관은 파평(坡平). 자는 언성(彦聖).

천사(天使)가 간 곳을 찾지 못하고, 급히 말을 달려 도성으로 들어가서는 왜군의 진영에서 천사를 뒤쫓아 잡으려 한다고 널리 알렸습니다. 이에 주상부터 놀라고 두려워 행장을 서둘러 강화(江華)로 옮기려고 했고, 도성 안 사람들은 소란스럽게 도망하고 피하여 사방으로 흩어졌습니다. 이때 포수(砲手)들은 이것을 기회로 도적이 되어 백성들의 물건을 약탈했는데, 이것은 나라 안의 도적이 일어날 징조였습니다. 그런데 지금 홍산(鴻山)의 변란이 이와 같으니, 그 참으로 경악할 만하고, 5년간의 전쟁 뒤에 홀로 남겨진 백성들만 애처롭습니다. 장차 호서(湖西)가 어떤 지경이 될는지, 협소한 땅에서 군사를 일으키는 일[湟池弄兵][421]이 거듭되어 그치지 않는가."라고 했다.
[경렴정(景濂亭)에서 김 영해의 시에 차운한 시가 있었다.]

　　十七日。金寧海朝到。聞湖西逆亂作, 今月六日, 執鴻山守臣尹英賢云。余嘆曰 : "當接伴使金睟, 失天使所去, 急馳入京也, 宣言倭陣, 追及天使。自上驚惶促裝, 欲移江華 而都下騷然, 奔避四散。砲手輩, 因緣爲賊, 攘奪其物, 是則內盜所由起之漸也。今鴻山之變如彼, 其可愕, 干戈五載之餘, 孑遺可哀。且湖西爲何如地, 而湟池弄兵, 至於再不已耶。"(景濂亭次金寧海韻。)

　7월 25일. 일찍 밥을 먹고 도산서원에 도착해 파탑회(罷榻會)에 참석했다. 김 영해(金寧海)와 최 찰방(崔察訪), 김형숙(金亨叔)[422]도 이르렀다. 저녁에 비가 오더니 밤까지 내렸다.

---

420) 김수(金睟) : 1547~1615. 본관은 안동(安東). 자는 자앙(子昂), 호는 몽촌(夢村), 시호는 소의(昭懿).
421) 협소한……것이[湟池弄兵] : 황지는 본디 저수지를 말한 것으로, 전하여 아주 협소한 땅을 비유하기도 하고, 흔히 백성들의 반란을 가리킨다. 한 선제(漢宣帝) 때 발해군(渤海郡)에 흉년이 들어 도적이 자주 일어나자, 선제가 공수(龔遂)를 발해 태수(渤海太守)로 삼고 그를 불러 도적을 소탕할 방안을 묻자, 공수가 대답하기를 "바닷가가 하도 멀어서 성왕의 풍화를 입지 못한 데다 그 백성들이 굶주림에 지쳐 있는데도 관리가 그들을 구휼하지 않음으로 인하여 끝내 폐하의 적자들로 하여금 조그마한 땅에서 폐하의 군사를 움직이게 한 것일 뿐입니다.[海瀕遐遠 不霑聖化 其民困於飢寒而吏不恤 故使陛下赤子盜弄陛下之兵於潢池中耳]"라고 했던 데서 온 말이다. 《漢書 卷89 循吏傳 龔遂》
422) 김형숙(金亨叔) : 형숙은 김경운(金慶雲, 생몰년 미상)의 자(字). 호는 희봉(曦峯).

二十五日。早食到院, 參罷榻會。金寧海、崔察訪、金亨叔, 亦至。夕雨達夜。

7월 27일. 듣건대 역적의 우두머리인 이몽학(李夢鶴)[423]이 형벌을 받아 죽었다고 한다.

二十七日。聞逆魁李夢鶴, 伏誅。

7월 30일. 남양중(南養仲) 씨가 나를 진목정(眞木亭)에서 초대해 종일 학문을 강론했다.

三十日。南養仲氏, 邀話于眞木亭, 講劘終日。

◎1596년 8월

8월 1일(병신).

八月一日(丙申)。

8월 4일. 영천 군수(榮川郡守) 이한(李瀚)이 임기가 만료되어[瓜滿][424] 돌아가고 황시지(黃是之)가 새로 임명되었다.

四日。榮倅李瀚, 以瓜滿歸, 黃是之新除。

8월 5일. 비가 내렸다.(임을 생각하며 읊은 시가 있었다.)

五日。雨。(思美人有吟。)

8월 6일. 황 영천(黃榮川)이 도성에서 돌아왔다. 나는 그를 방문하여 안 상사(安上舍) 어른이 별세했다고 들었다.

---

423) 이몽학(李夢鶴) : ?~1596. 본관은 전주(全州).
424) 임기가 만료되어[瓜滿] : 고만(考滿)과 같은 말로, 벼슬의 임기가 만료되는 것을 말함. 외관(外官)은 처음에 삼기법(三期法)을 시행하여 그 임기가 3년이었으나, 세종 때 육기법(六期法)을 시행하여 6년으로 되었으며, 중앙의 관원은 1년 반이었다.

六日。黃榮川, 自京還。余往訪, 聞安上舍丈, 別世。

8월 7일. 아침에 일찍 박대하(朴大賀)의 지정(池亭)에 가서 이야기를 나누었다. 저녁에 정필(鄭珌)을 만나 듣건대 안 상사(安上舍)의 상구(喪柩)가 영천(榮川)에서 내일 집으로 돌아갈 것이라고 한다.

七日。朝往朴亭話。夕見鄭珌, 聞安上舍喪柩, 自榮川明當返家云。

8월 8일. 인절미[稻餅]를 천신(薦新)[425]했다. 낮에 손희(孫禧)가 당도했다.

八日。薦新稻餅。午孫禧到。

8월 12일. 안인서(安仁瑞)의 집에서 빙조모(聘祖母)[426] 기씨(奇氏)의 기제(忌祭)를 지냈다. 새벽에 비가 내렸다.

十二日。仁瑞家, 行聘祖母奇氏忌祭。曉雨。

8월 24일. 동원(洞員)들과 진목정(眞木亭)에서 물고기 잡는 것을 구경[427]했다. 그러나 오랫동안 비가 내려서 소금이 귀해 맛을 내기가 몹시 어려웠다.

二十四日。與洞員, 觀漁于眞木亭。但雨久鹽貴, 調味甚難。

8월 29일. 박신경(朴信慶)과 이줄(李茁)의 입동례(入洞禮)[428]에 참석했다.

二十九日。參朴信慶、李茁入洞禮。

---

425) 천신(薦新) : 새로 농사지은 과일이나 곡식을 먼저 사직(社稷)이나 조상에게 감사하는 뜻으로 드리는 의식.

426) 빙조모(聘祖母) : 처조모(妻祖母)를 이르는 것으로 보임.

427) 물고기 잡는 것을 구경[觀漁] : 여기서는 물고기를 잡아서 끓여 먹는 것을 이른다. 《춘추》 은공(隱公) 5년조의 경문(經文)에 "은공이 당에서 물고기 잡는 것을 구경했다.[公觀魚于棠]"라고 하였는데, 이에 대해 《춘추좌씨전》에서 장희백(藏僖伯)이 충간한 말을 소개한 다음에 "공이 당에서 물고기 잡는 것을 구경했다고 경문에 쓴 것은 예에 어긋났기 때문이요, 또 거리가 멀어서 군주가 갈 곳이 못 된다는 것을 말한 것이다.[書曰公觀魚于棠 非禮也 且言遠地也]"라고 한 데서 나온 말이다.

428) 입동례(入洞禮) : 새로 이사 간 마을에 사는 사람들에게 한턱을 내는 일.

❀1596년 윤8월

윤8월 1일(을축). 일식(日食)이 있어 낮이 어두웠다. 어찌 하늘의 변고가 이처럼 극도에 이르렀단 말인가. 저녁에 소나기가 내리면서 번개가 쳤다.

　　閏八月一日(乙丑)。日食晝晦。何天變之此極也。夕驟雨且雷。

윤8월 2일. 비로소 집을 수리했다.

　　二日。始修舍宇。

윤8월 5일. 박대하(朴大賀)의 지정(池亭)에 가서 이야기를 나누었다. 감사(監司)가 군(郡)에 들어왔다.

　　五日。往朴亭話。監司入郡。

윤8월 6일. 찰방 형이 승차(承差)되어 아침에 당도해 밥을 먹은 뒤 군(郡)으로 향했다. 나도 모시고 가서 함께 향당(鄕堂)에서 잤다. 군수(郡守) 권두문(權斗文)과 남충량(南忠良) 어른도 모두 베개를 나란히 하고 잤다. 황경률(黃景栗)이 술을 가지고 이르렀다.

　　六日。察訪兄, 承差朝到, 飯後向郡。余亦陪去, 同宿鄕堂。權郡守斗文及南忠良丈, 皆聯枕。黃景栗, 提壺至。

윤8월 7일. 큰형은 왜적을 평정한 것을 축하하는 전문을 받들고 한양으로 올라가고, 나는 암가(巖家)로 향했다. 김시보(金施普)도 종사관(從事官)으로서 구구(九丘)에 당도했다.

　　七日。伯氏, 陪平賊賀箋上洛, 余向巖家。金施普, 亦以從事官到九丘。

윤8월 8일. 아침에 김 종사관(金從事官)을 만났다. 듣건대 호서(湖西)의 역당(逆黨)으로 처결된 자들이 7백여 명에 이르고, 그 가운데 협박에 못 이겨 따른 자들은 다스리지 않았다[429]고 한다.

八日。朝見金從事。聞湖西逆黨處決者, 七百餘人, 而其中脅從罔治云。

윤8월 9일. 김 종사관(金從事官)이 영천(榮川)으로 가다가 잠시 암가(巖家)에 이르렀다. 이홍기(李弘基)[430]와 서덕일(徐德一), 진사(進士) 서천일(徐千一)[431], 박전(朴洤), 황이번(黃以蕃)[432]이 모두 자리에 있었으나, 술을 반도 마시지 못하고 나는 일언리(逸偃里)로 돌아왔다.

九日。金從事, 向榮川, 暫到巖家。李弘基、徐德一、徐進士千一、朴洤、黃以蕃, 咸在席, 酒未半, 余還逸偃。

윤8월 10일. 의금부(義禁府) 도사(都事)와 선전관(宣傳官)이 역당의 죄수들을 데리고 지나갔다.

十日。禁府都事及宣傳官, 領逆黨罪囚過去。

윤8월 11일. 처음으로 곡식을 거두었으나 여러 달 동안 장맛비가 내리고 풍재(風災)까지 더해져서 논밭에서 거두어들인 곡식의 태반이 알맹이가 없었다. 밤에 소나기가 내렸다.

十一日。始斂穀, 但累月淫雨, 加以風災, 田畝所收, 太半無實。夜驟雨。

윤8월 11일. 이날 밤에 서리가 내렸다.

二十日[433]。是夜下霜。

---

429) 협박에……않았다 : ≪서경≫ <윤정(胤征)>에 "괴수는 섬멸하되 협박에 못 이겨 따른 자들은 다스리지 말라.[殲厥渠魁 脅從罔治]"라는 말에서 유래한다.
430) 이홍기(李弘基) : 생몰년 미상. 자는 사영(士英).
431) 서천일(徐千一) : 1532~?. 본관은 달성(達成). 자는 응회(應會).
432) 황이번(黃以蕃) : 생몰년 미상. 자는 한보(翰甫).
433) 二十日 : 十二日의 오기인 것으로 보여 날짜를 바로잡아 번역했다.

윤8월 18일. 김시보(金施普)의 편지가 도착했다.(읊은 시가 있었다.)

十八日。金施普書至。(有吟。)

윤8월 23일. 비가 내렸다. 영천(榮川)에 가서 황섬(黃暹) 영공(令公)을 찾아 뵈었다. 그가 안동(安東)의 신임 부사(府使)로 돌아왔기 때문이다. 밤에 군아 (郡衙)에서 잤다.

二十三日。雨。往拜黃暹令公于榮川。以安東新府使歸也。夜宿郡衙。

윤8월 25일. 앞내에 새로 다리를 가설했는데, 동원(洞員)들이 모두 모여 공사를 살폈다.

二十五日。作新橋于前川, 洞員咸會, 看役。

윤8월 29일. 구미(龜尾)의 남 첨지(南僉知)를 찾아뵙고, 허계리(許繼李)의 집 으로 가니, 첨원(僉員)434)이 모두 모여 있었다. 이날은 동갑회(同甲會)였는데, 나는 술을 반도 마시지 못하고 암가(巖家)로 향했다.

二十九日。往拜龜尾南僉知, 仍向許繼李家, 僉員咸集。是日其甲會也, 酒未 半, 向巖家。

❋1596년 9월

9월 1일(갑오). 권곤(權鵾) 어른 및 부백(府伯)435)과 술을 마시며 이야기를 나누었다. 백동사(柏洞寺)의 안중하(安仲賀)와 김연숙(金鍊叔)도 이르렀다.

九月一日(甲午)。與權鵾丈及府伯飲話。柏洞寺安仲賀、金鍊叔, 亦至。

9월 2일. 서원(書院)에서 입재(入齋)436)했다.

---

434) 첨원(僉員) : 제위(諸位)와 같은 말로, 여러분이라는 뜻이다.
435) 부백(府伯) : 부(府)의 으뜸가는 벼슬로 부사(府使)를 말한다. 여기서는 영천 부사인 황섬(黃 暹)을 말하는 것으로 보인다.

二日。入齋書院。

9월 3일. 치재(致齋)437)했다.

三日。致齋。

9월 4일. 새벽에 향례(享禮)를 행하고 음복(飮福)한 뒤에 집으로 돌아오니, 용성(龍成)이 당도했다.

四日。曉行享禮, 飮福後還家, 龍成到。

9월 5일. 용성(龍成)과 신주(神主)를 모시고 함창(咸昌)으로 길을 나섰다. 준립(峻立)도 왔다. 6일 해가 질 무렵에 함창(咸昌)에 도착했다.

五日。與龍成陪神主, 啓咸昌行。峻立亦來。六日暮, 到咸昌

9월 7일. 큰형이 봉안제(奉安祭)438)를 행했다. 저녁에 주쉬(主倅, 함창 군수)가 왕림해 달빛에 파하고 돌아갔다.

七日。伯氏行奉安祭。夕主倅來臨, 乘月罷歸。

9월 8일. 이효선(李孝先)과 정언굉(鄭彦宏)439)을 만나 이야기를 나누었다.

八日。逢李孝先、鄭彦宏話。

9월 9일. 성주(城主)를 가서 찾아뵙고, 돌아와 여러 형들을 모시고 술을 마시다가 밤이 되어 파했다.

九日。往拜城主, 還陪諸兄飮酒, 入夜乃罷。

---

436) 입재(入齋) : 제사 전날에 음식과 행동을 조심하며 재계(齋戒)하는 일을 뜻한다.
437) 치재(致齋) : 제관이 제사를 시작하는 날부터 제사를 마친 다음 날까지 사흘 동안 몸을 깨끗이 하고 삼가는 것을 이른다.
438) 봉안제(奉安祭) : 신주(神主)나 화상(畫像)을 받들어 모시는 제사를 이른다.
439) 정언굉(鄭彦宏) : 1568~1640. 본관은 동래(東萊). 자는 여곽(汝廓), 호는 서계(西溪).

9월 10일. 준립(峻立)을 데리고 풍기(豐基)로 길을 나서 예천(醴泉)에서 투숙했다.

十日。率峻立，啓豐行，投宿醴泉。

9월 11일. 아침에 정천남(鄭天男)의 집에서 밥을 먹었다. 윤탕민(尹湯民)이 술을 가지고 찾아왔다. 돌아오는 길에 전경직(全景直)을 만나 잠시 이야기를 나누고, 저물지 않아서 집에 도착했다.

十一日。朝飯于鄭天男家。尹湯民，提壺來見。還路逢景直暫話，未暮到家。

9월 17일. 준립(峻立)이 당학(唐瘧)[440]으로 고통스러워해서 몹시 걱정이다.

十七日。峻立，痛唐瘧，甚憂。

9월 19일. 이집(李㠍)이 부친상을 당해서 위로의 편지를 써서 보냈다.

十九日。李㠍丁父憂，修送慰狀。

9월 24일. 낮에 정대성(鄭大成)의 입동례(入洞禮)에 참석했다. 잠깐 비가 오더니 밤에는 눈이 내렸다.

二十四日。午參鄭大成入洞禮。乍雨夜雪。

9월 30일. 영천(榮川)에 가서 주쉬(主倅) 황시지(黃是之)를 만나 술잔을 돌리며 옛일을 이야기했다.

三十日。往榮川，入見主倅是之，傳桮話舊。

---

440) 당학(唐瘧) : 이틀 걸러 발작하는 학질.

❀1596년 10월

10월 1일(갑자). 영천 군수(榮川郡守)와 이별하고, 가서 예천 군수(醴泉郡守) 권두문(權斗文)을 만났는데, 술상을 차려 대접했다. 밤에 눈이 내렸다.

　　十月一日(甲子). 與榮倅別, 往見權醴泉, 接以杯盤. 夕雪.

10월 5일. 든건대 이현승(李賢承)이 모친상을 당했다고 하니, 놀랍고도 슬프다. 저녁에 비가 오더니 밤까지 이어졌다.

　　五日. 聞李賢承丁母憂云, 驚悍. 夕雨達夜.

10월 9일. 안 진사(安進士) 어른의 장례가 내일이기 때문에 가서 술잔을 올렸다.

　　九日. 安進士丈葬禮在明, 故往奠.

10월 13일. 도성으로 가는 길[西行]에 올랐다. 알성과(謁聖科)[441]가 있다고 들었기 때문이다. 박대하(朴大賀)와 안이득(安而得), 박경승(朴景承)[442]이 함께 죽령(竹嶺)을 넘어 후평(後坪)에서 투숙했다. 신백상(申伯祥)과 노호남(盧好南) 형제가 술을 가지고 찾아왔다. 장여징(張汝澄)도 이르러 서로 회포를 풀고 제천(堤川)으로 향했다.

---

441) 알성과(謁聖科) : 조선 시대 임금이 문묘에 참배한 뒤에 친림(親臨)하여 실시하던 비정규적인 과거 시험. 알성시(謁聖試)라고도 한다. 국왕이 문묘에 가서 제례를 올릴 때 성균관 유생에게 시험을 보여 성적이 우수한 몇 사람을 선발하는 것으로서, 1414년(태종 14)에 처음 실시했다. 알성시는 문과·무과만 치렀다. 문과는 초시와 복시(覆試)는 없고 전시(殿試)만으로 급제자를 선발했다. 알성시는 왕이 친히 참가한 친림과(親臨科)였다. 알성문과는 당일 합격자를 발표했으므로 시관(試官)의 수도 많았다. 또 친림하므로 상피제(相避制)가 없어 시관의 아들이나 친척도 응시할 수 있었다. 국초(國初)에는 성균관 유생과 3품 이하의 조사(朝士)에게만 응시자격을 주어 성균관 유생들에게 학문 의욕을 고취하는 효과가 있었다. 뒤에 지방의 유생들에게도 응시자격을 주었다. 무과는 초시와 전시로 나누고 전시에 국왕이 친림했다.

442) 박경승(朴景承) : 경승은 박수서(朴守緖, 1567~1627)의 자(字). 본관은 함양(咸陽). 호는 우계(尤溪).

十三日。啓西行。聞有謁聖科也。朴大賀、安而得、朴景承、偕躑領，投宿後坪。申伯祥及盧好南兄弟，提壺來見。張汝澄，亦至相敍，向堤川。

10월 14일. 외현(外峴)에 당도해 단양 군수(丹陽郡守) 서희신(徐希信)[443]을 만나 이야기를 나누었다. 황강역(黃江驛)에 투숙했다.

十四日。到外峴，逢丹陽守徐希信話。投宿黃江。

10월 15일. 연원도 찰방(連原道察訪) 전식(全湜)에게 가서 아침밥을 먹었다.

十五日。往就連源丞全湜，朝飯。

10월 19일. 성(城)에 들어가서 윤수(尹守)의 집에 거처했다.

十九日。入城，接尹守家。

10월 20일. 면포(綿布) 반 필(匹)로 쌀 1석(石)을 바꾸었는데, 곡물 가격이 너무 쌌다. 그러나 도성 가까운 지역은 민물(民物)이 쇠락하고 농사를 짓는 사람이 적었기 때문에 말을 먹이는 볏짚의 가격이 금과 같아 쌀 3되를 내어도 한 번 먹이기가 어려웠다.

二十日。以綿布半匹，換米一石，穀甚賤矣，但京城近地，民物凋零，治田者少，故飼馬之藁，其價如金，出米三升，艱得一飼。

10월 21일. 아침에 정랑(正郎) 정경임(鄭景任)을 만났다. 저녁에 이득(而得)과 경승(景承)이 반궁(泮宮)으로 거처를 옮기고, 나와 대하(大賀)는 김시보(金施普)가 주인 삼은 집의 별실(別室)로 거처를 옮겼다.

二十一日。朝見鄭正郎景任。夕而得、景承，移寓泮宮，吾及大賀，移寓金施普別室所主家。

---

443) 서희신(徐希信) : 1542~?. 본관은 이천(利川) 혹은 남평(南平). 자는 경립(景立), 호는 송와(松窩).

10월 23일. 김우옹(金宇顒) 영공(令公)을 찾아뵌 뒤에 김창원(金昌遠)444)을 뵙고, 또 류서애(柳西厓) 상공(相公)을 뵈었다.

二十三日。拜金宇顒令公, 次謁金昌遠, 又謁柳厓相。

10월 24일. 김수우(金守愚) 씨와 류여장(柳汝章)을 방문하고, 반궁(泮宮)에 나아가 녹명(錄名)했다. 정경임(鄭景任)과 이전(李㙉), 황정간(黃廷幹)445), 김지복(金知復), 전식(全湜)을 가서 만나고, 그 집에 주인을 정했다.

二十四日。訪金守愚氏及柳汝章, 造泮宮錄名。往見鄭景任、李㙉、黃廷幹、金知復、全湜, 主於其家。

10월 26일. 날씨가 몹시 추웠기 때문에 문묘(文廟)를 배알(拜謁)하지 않고 바로 정시(廷試)를 베풀었다.

二十六日。天氣甚寒, 故不爲謁聖, 乃設廷試。

10월 27일. 류여장(柳汝章)의 집에서 술을 마시며 이야기를 나누었다. 김수우(金守愚) 씨와 장산보(張山甫), 김이정(金而精)446), 진경의(秦景毅)도 모두 모였으나 취기가 돌자 바로 파했다.

二十七日。飮話于柳汝章家。金守愚氏、及張山甫、金而精、秦景毅咸集, 成醉乃罷。

10월 28일. 아침에 정경임(鄭景任)의 집으로 상주(尙州)의 여러 친구들을 찾아갔다. 오후에 급제자의 방(榜)이 나왔다. 저녁에 김 영해(金寧海)가 도성에 당도했다는 말을 듣고 가서 만났다.

---

444) 김창원(金昌遠) : 창원은 김홍미(金弘微, 1557~1605)의 자(字). 본관은 상산(尙山). 호는 성극당(省克堂).
445) 황정간(黃廷幹) : 1558~1650. 본관은 장수(長水). 자는 공직(公直), 호는 칠봉(七峰).
446) 김이정(金而精) : 이정은 김윤안(金允安)의 자(字).

二十八日。朝訪尙州諸友于鄭景任家。午後榜出。夕聞金寧海到京, 往見。

⚜1596년 11월

11월 1일(계사). 서천군(西川君)을 가서 뵈었다. 저녁에 자징(子澄) 씨가 내가 주인 삼은 집으로 거처를 옮겼다.

十一月一日(癸巳)。 往謁西川君。夕子澄氏, 移愚吾所住家。

11월 2일. 저물 무렵에 김 영해(金寧海)와 함께 가서 정경임(鄭景任)을 만났다. 상주(尙州)의 여러 벗들은 모두 고향으로 내려가고, 이숙재(李叔載)는 종이 병에 걸려 홀로 남았다.

二日。 乘暮與金寧海, 往見鄭景任。尙州諸友, 皆下鄉, 李叔載, 以奴病獨留。

11월 3일. 싸라기눈이 내리고 바람이 일었다. 류여장(柳汝章)이 찾아 왔다. 황혼에 지진(地震)이 있었다.

三日。 霰集風起。柳汝章見訪。黃昏地動。

11월 6일. 아침에 김 부백(金府伯)과 함께 동강(東岡) 영공(令公)을 찾아뵌 다음에 김창원(金昌遠)과 류념(柳恬)을 찾아갔다. 밥을 먹은 뒤, 또 서천군(西川君)을 뵈었다. 인하여 듣건대 통신사(通信使) 황신(黃愼)의 장계(狀啓)가 일본에서 도성으로 들어왔는데, 그 글 안에 화의가 어렵다는 뜻이 있었다고 한다. 이로 인해 도성 안이 소란스러웠다.

六日。 朝與金府伯, 拜東岡令公, 次訪金昌遠柳恬。飯後, 又謁西川君。仍聞通信使黃愼狀啓, 自日本入京, 其中有難和之意。因此都下騷然。

11월 7일. 강신(姜紳) 영공(令公)을 가서 찾아뵈었다. 듣건대 평수길(平秀吉)이 천자가 책봉하는 조서(詔書)를 거역하고 표전(表箋)을 만들어 사례하지도 않은 채, 본국에 있는 통신사 황신(黃愼)과 박홍장(朴弘長) 등을 더욱 소홀하게 대우해 한 번도 접견하지 않았다고 한다. 아, 우리나라는 이미 위엄을 상실해 모욕을 받는 것이 당연하나, 대국인 중국마저 오히려 견양(犬羊)에게 욕을 당했단 말인가. 어찌 '화(和)' 한 글자의 잘못이 아니겠는가. 하물며 왜장(倭將) 청정(淸正)의 훈병(勳兵)이 또 이르는 경우이겠는가.(시 2절구 있었다.)

> 七日。往拜姜紳令公, 聞平秀吉, 抗逆天子冊封之詔, 不爲表謝, 其在本國通信使黃愼、朴弘長等, 待之尤忽, 一未接見。噫, 我小邦, 旣已喪威矣, 受侮固也, 而以中國之大, 反辱於犬羊乎。豈非和一字之誤。而況倭將淸正勳兵, 又至者乎。(有詩二絶。)

11월 8일. 아침에 수우(守愚) 씨와 여장(汝章)을 찾아갔다. 저녁에는 경임(景任)의 집에 들어가서 조안중(趙安仲), 이숙재(李叔載)[447]와 잤다. 밤에 눈이 내리고 비가 왔다.

> 八日。朝訪守愚氏及汝章。夕投景任家, 與趙安仲、李叔載宿。夜雪又雨。

11월 9일. 싸락눈이 내렸다. 전(前) 장성 현감(長城縣監) 이승휴(李承休)와 서로 이야기를 나누었다.

> 九日。霧。前長城守李承休, 相話。

11월 12일. 아침에 눈이 내렸다. 가서 류서애(柳西厓) 상공(相公)을 뵈었다.

> 十二日。朝雪。往謁柳厓相。

11월 13일. 아침에 눈이 왔다. 임금이 하교(下敎)한 것을 듣자니, 먼저 화의를 주장한 사람을 다스린 뒤에야 풍신수길(豊臣秀吉)의 머리를 효수(梟首)할 수 있을 것이라고 했다고 한다. 조만간 반드시 조정에 큰 화가 있을 것이다.

---

447) 이숙재(李叔載) : 숙재는 이전(李㙉)의 자(字).

十三日。朝雪。聞上敎, 則先治主和之人然後, 秀吉之頭可梟云。近必有大禍於朝著矣。

11월 15일. 남쪽의 경보(警報)가 몹시 급하다는 말을 듣고는 바로 고향으로 갈 행장을 꾸리고 달밤에 전별주를 마셨다. 수우(守愚), 여장(汝章), 김 영해(金寧海), 조안중(趙安仲)도 참석했다.

十五日。聞南警甚急, 卽理鄕行, 乘月飮餞。守愚、汝章、金寧海、趙安仲, 亦與焉。

11월 16일. 반궁천(泮宮川)으로 가다가 형이 말에서 떨어져 함께 갈 수가 없었다. 동년(同年) 채황(蔡貺)448)를 만나 듣건대, 궐내(闕內)에서 장차 왜적을 피할 계책을 세우고는 모든 물건을 먼저 해주(海州)로 옮겼기 때문에 도성이 몹시 소란하고, 반궁의 유생449) 등은 대간들이 의논하고 있는 곳으로 가서 사직(社稷)을 지킬 뜻을 상소했다고 한다.

十六日。向泮宮川至, 兄墜馬, 莫能偕行。見蔡同年貺, 聞闕內, 將爲避寇之計, 凡百之物, 先移于海州, 故都下甚擾, 泮儒等, 踵臺諫之議, 以守社稷之意陳疏云。

11월 17일. 고향으로 내려가는 길에 올라 저녁에 안정역(安定驛)에 투숙했다. 어둠 속에서 손사현(孫士見)이 나의 모부(毛桴)를 잃어버려 대체로 이번 길이 가장 고생스러웠다. 동년(同年) 홍자경(洪子敬)450)이 종을 보내 우리가 가는 길을 보호해 주었다.

十七日。登路下鄕, 夜投安定驛。昏黑之中, 孫士見, 失吾毛桴, 大槩今行, 最爲困苦。洪同年子敬, 送奴護我行。

---

448) 蔡貺(채황) : 생몰년 미상. 경릉참봉(敬陵參奉)을 지냈다.
449) 반궁의 유생[泮儒] : 조선 시대에 성균관에 유숙하며 공부하던 유생을 이른다.
450) 홍자경(洪子敬) : 생몰년 미상. 태천 군수(泰川郡守)를 지냈다.

11월 21일. 일찍 연원역(連源驛)[451]으로 가다가 전정원(全淨遠)을 만났다. 아침을 먹고 역(驛)에서 말을 빌려 타고 황강역(黃江驛)[452]에 투숙했다.

　　二十一日。早向連源, 見淨遠。朝飯借驛騎, 投宿黃江。

11월 22일. 식량이 떨어져서 신백상(申伯祥)의 집에서 쌀을 빌렸다.

　　二十二日。絕粮, 乞米於申伯祥家。

11월 23일. 새벽에 죽령(竹嶺)을 넘어 군내(郡內)에서 아침을 먹었다. 집안의 종이 술을 가지고 왔기 때문에 이계술(李季述)[453], 이계원(李季遠), 전심(全沈) 등과 마시고 각자 길을 나누어 헤어졌다. 나는 관아에 들어가 황여숙(黃汝肅)의 술을 마시고 저녁에 돌아왔다.

　　二十三日。凌晨踰嶺, 朝飯于郡內。奴子持酒至, 與李季述、季遠、全沈等相飲, 各分路。余入官廨, 又傾黃汝肅柸, 夕還。

11월 24일. 신순부(申順夫)가 도성으로 가는 길에 올랐기 때문에 다시 가서 이별의 회포를 풀었다.

　　二十四日。申順夫西行故, 更往敍別。

11월 26일. 하여회(河汝會)가 당도했다. 인하여 듣건대 상사(上舍) 곽한(郭瀚)[454] 어른께서 세상을 떠났다고 한다. 곽정숙(郭靜叔)은 본래 병이 많은 사람으로, 겨우 모친의 상복(喪服)을 벗었다가 또 큰일을 당했으니, 참으로 가엾다.

---

451) 연원역(連源驛) : 지금의 충주시 연수동에 있었던 역 이름..
452) 황강역(黃江驛) : 충청북도 제천시 한수면 역리에 위치하고 있었으나 충주댐 건설로 수몰되었다.
453) 이계술(李季述) : 계술은 이윤무(李胤武, 1569~1636)의 자(字). 자는 계술(季述), 호는 양봉(陽峯).
454) 곽한(郭瀚) : ?~1596. 본관 현풍(玄風). 자는 대용(大容). 곽정숙(郭靜叔)의 아버지이다.

二十六日。河汝會到。仍聞郭上舍瀚丈別世。静叔本多病之人, 纔脫母喪,
又遭大故, 爲之哀憫。

11월 30일. 바람이 불었다.
　　三十日。風。

❀1596년 12월
12월 1일(계해). 곽 상사(郭上舍)의 죽음을 조문하고 암촌(巖邨)으로 향했다.
이날 듣건대 진사(進士) 서천일(徐千一) 어른이 세상을 떠났다고 한다.
　　十二月一日(癸亥)。 弔郭上舍喪, 仍向巖邨。是日, 聞徐進士千一丈別世。

12월 4일. 가서 이현승(李賢承)이 상을 당한 것을 위로했다.
　　四日。 往慰李賢承丁憂。

12월 5일. 지금 천사(天使)를 지대(支待)한 지 오래되었으나, 아직도 바다를
건너지 않았기 때문에 여러 고을의 백성들이 그 고통을 견뎌 낼 수가 없었
다. 그리하여 가마꾼[杠軍]으로서 도망가고, 쇄마(刷馬)[455]로서 달아나고, 종
마(從馬)[456]로서 도주하는 경우도 있어서, 수토(守土)의 관원이 부득이하게
여러 주호(主戶)[457]를 침탈하고 문서[文字]로 독책해 마을이 소란했다. 이와
같아서는 왜병이 재침하기도 전에 우리나라는 아마도 또한 피폐하여 지탱
하기 어려울 것이다. 비록 그렇다고는 하나, 천사(天使)의 폐단은 오히려 혹
말할 만했으나, 왜병의 화(禍)는 장차 차마 말할 수도 없을 것이다.
　　五日。 時待天使久, 未渡海故, 列邑之民, 不耐其苦。有以杠軍而逃, 刷馬而

---

455) 쇄마(刷馬) : 옛날 지방에 배치해 둔 관청용(官廳用)의 말을 이르던 말이나, 여기서는 이 말
　　을 관리하던 자를 일컫는 것으로 보인다.
456) 종마(從馬) : 말몰이꾼을 의미하는 것으로 보인다.
457) 주호(主戶) : 여러 호 가운데서 주장되는 호를 말한다. 조선 시대의 호적법에서는 장정 수
　　에 따라 3호 또는 4호를 단위로 하여 호적에 등재했다.

逃, 從馬而逃者, 守土之官, 不獲已, 侵諸主戶, 文字督責, 閭閻騷擾。是則倭兵, 未再犯之前, 我國, 其亦靡弊難支。雖然, 天使之弊, 猶或可說, 倭兵之禍, 將不忍言。

12월 6일. 영천(榮川) 엄석(嚴石)의 집에 가서 동고회(同苦會)에 참석했다. 이는 이계술(李季述)과 이계원(李季遠), 전침(全沈), 진몽린(秦夢麟)이 약속한 것이었다. 송경묵(宋景默), 손억(孫億) 형제도 이르렀다.(시 2절구가 있었다.)

六日。往參同苦會于榮川嚴石家。李季述、季遠、全沈、秦夢麟, 所約也。宋景默孫億兄弟亦至。(有詩二絶。)

12월 14일. 암촌(嚴邨)에서 집으로 돌아왔다.

十四日。自嚴邨還家。

12월 18일. 대하(大賀)가 와서 이야기를 나누었다. 고 삼가(高三嘉)도 이르렀다.

十八日。大賀來話。高三嘉亦至。

12월 19일. 고 삼가(高三嘉)와 함께 김백암(金柏巖) 영공(令公)을 가서 뵙고, 또 종사관(從事官) 성안의(成安義)[458]를 만났다.

十九日。與高三嘉往省金柏巖令公, 又見成從事安義。

12월 22일. 고 삼가(高三嘉)를 전송하고 용궁(龍宮)으로 돌아왔다.

二十二日。送高三嘉, 還龍宮。

12월 24일. 아침에 듣건대 상사(上舍) 황득겸(黃得謙) 어른이 어제 저녁에

---

458) 성안의(成安義) : 1561~1629. 본관은 창녕(昌寧). 자는 정보(精甫), 호는 부용당(芙蓉堂).

별세했다고 하여, 가서 호상소(護喪所)⁴⁵⁹⁾를 살폈다.

二十四日。朝聞黃上舍得謙丈, 去夜別世, 往見護喪所。

12월 25일. 일언리(逸偃里)로 돌아왔다.

二十五日。還逸偃。

12월 26일. 향병(鄕兵)에 관한 일로 먼저 황광원(黃光遠)을 만나고, 이윽고 군재(郡齋)로 가서 상의했다.

二十六日。以鄕兵事, 先見黃光遠, 俄向郡齋相議。

12월 28일. 통신사(通信使)를 모시고 갔던 사령(使令)이 왔다. 듣건대 일본 에서의 일은 대체로 관백(關白)이 요구하는 것이 너무 크고 봉작(封爵)에만 그치지 않아 심유경(沈惟敬)이 마음대로 그 사이에서 미봉책(彌縫策)을 쓰려고 했다고 한다.(이하 원문 빠짐)

二十八日。通信使陪去使令來。聞日本事, 蓋關白所求甚大, 不止於封, 而沈 惟敬, 專欲彌縫於其間矣。(以下缺)

정유년(1597) 6월 1일. 듣건대 천조(天朝)에서 병부상서(兵部尙書) 형개(邢 玠)⁴⁶⁰⁾를 총독군문(總督軍門)으로 삼고, 요동포정사(遼東布政使) 양호(楊鎬)⁴⁶¹⁾를 경리(經理)로 삼고, 조선군무(朝鮮軍務) 양원(楊元)⁴⁶²⁾과 마귀(麻貴)⁴⁶³⁾를 대장으 로 삼아서 황제의 군대가 다시 출병했다고 한다. 또 듣건대 천조가 심유경 (沈惟敬)을 결박해 돌아갔다고 한다. 심유경은 본래 유격장(遊擊將)이었으나

---

459) 호상소(護喪所) : 초상을 치르는데 관한 모든 일을 맡아 보는 곳을 이른다.
460) 형개(邢玠) : 1540~1612. 자는 식여(式如), 호는 곤전(昆田). 산동(山東) 익도(益都) 사람.
461) 양호(楊鎬) : ?~1629. 명나라 장수. 자는 경보(京甫), 호는 풍균(風筠).
462) 양원(楊元) : 명나라 총병(總兵).
463) 마귀(麻貴) : 생몰년 미상. 명나라의 장수. 자는 서천(西泉), 호는 소천(小川).

상사(上使)가 도망해 돌아온 뒤에 평행장(平行長)이 부사(副使)를 데리고 바다를 건너가자, 유경이 또 우리나라에 요구해 일본에 들어갔던 자이다. 심유경이 조선에 온지 6년 동안 한양에 진을 쳤던 왜군이 물러가고 왕자가 돌아온 것은 모두 그의 구변(口辯)의 공이었다. 그러나 심유경은 적진 사이에서 오로지 화의만을 요구하고, 왜진(倭陣)이 중국을 침범할 계책과 저들이 우리의 영토에 주둔하고 있는 일에 있어서는 모두 숨기고 아뢰지 않았고, 오히려 적의 진영이 모두 자기 나라로 돌아갔다고 했다. 이것은 군대가 물러간 뒤에 큰 공이 있으면 장차 자신에게 돌리려고 한 것이었다. 그러나 황제가 비로소 심유경이 한 일을 듣고 결박해 돌아오도록 했으나, 그 또한 늦은 것이었다. [이러한 심유경의 행위를] 황제가 알지 못했던 것은 비단 조선과 중국이 격절(隔絶)했기 때문만이 아니라 심유경의 무리가 가리고 덮었기 때문이었다. 그런데 지금 황제가 크게 깨닫고 혁연히 진노했으니, 성스러운 천자의 총명과 무단(武斷)이 어떠한가. 화의를 물리치고 오랑캐를 정벌하는 거사를 마땅히 지금에 환히 볼 수 있을 것이다. 이 때문에 조선의 [구원에 대한 요청은] 이미 급했으나, 중국의 내원(來援)은 한독(罕篤)하여 우리 강토를 다시 회복하는 기쁨은 아마도 심유경이 돌아가는 데에 달려 있을 것이다. 그러나 병부상서(兵部尙書) 석성(石星)[464]이 심유경을 천거하고 심유경을 믿었던 까닭에 끝내 연좌되어 그 죄를 받게 됨을 면치 못했다. 석성은 임진년(1592)부터 지금까지 힘써 동방의 구원을 주장한 자였다. 그러니 어찌 원통하고 애석하지 않겠는가.

丁酉六月一日。 聞天朝, 以兵部尙書邢玠爲總督軍門, 遼東布政使楊鎬爲經理, 朝鮮軍務楊元麻貴爲大將, 皇師再出, 又聞天朝, 繫沈惟敬以歸。夫惟敬者, 本遊擊將, 而上使逃還之後, 平行長, 挾副使過海, 惟敬又欲要我國而入日本者也。惟敬來朝鮮六年, 漢陽屯倭之退, 王子之得還, 皆其口辯之功。而但邀遊賊

---

464) 석성(石星) : 1538~1599. 자(字)는 공신(拱宸), 호(號)는 동천(東泉). 명나라의 병부 상서(兵部尙書)로서 조선에의 원병(援兵) 파병에 결정적인 역할을 했다.

陣間, 專守和議, 以至倭陣犯中國之計, 與夫屯據我境之事, 皆隱而不奏, 反以 爲敵陣, 盡還其國。是則欲以兵退後, 有大賞, 將歸之己也。皇帝始聞, 惟敬之 所爲, 繫之以歸, 其亦晚矣。然帝之不得聞, 非但朝鮮與中國隔絶, 蓋惟敬輩, 擁 蔽之也。今乃大覺, 赫然震怒, 聖天子, 聰明武斷, 爲何如。而卻和征蠻之擧, 當 得快覩於此日。是以, 朝鮮之請求已急, 而中國之來援罕篤, 我疆土重恢之休, 其在惟敬之歸乎。然兵部尙書石星, 以薦惟敬, 信惟敬之故, 竟不免坐, 被其罪。 石自任辰迄于今, 力主東援者也。豈不寃且惜哉。

1597년 8월 6일. 듣건대 왜군이 극악한 짓을 자행하며 다시 움직여 한산 도(閑山島)를 격파한 다음 전라도와 충청도를 함락하고 곧바로 도성으로 향 했다고 한다. 이들은 애초에 명나라 군대에게 패해 흩어져 남하한 군사들 로, 더욱 방자하게 경상 좌우로(慶尙左右路)를 분탕질하여 다시 참혹한 병란 을 만나게 되었다. 이보다 앞서 남원(南原)이 함락되었는데, 왜군은 저녁을 틈타 건초와 볏짚과 잡물(雜物)을 가져다가 성 아래에 성과 같은 높이로 쌓 아올리고, 밤에 쥐도 새도 모르는 사이에 들어가 공격했다. 당시 명나라 장 수 양원(楊元)은 몸을 빼져나와 도주하여 화를 면했다. 왜장(倭將) 행장(行長) 과 청정(淸正)은 길을 나누어 쳐들어가 공격하면서 포로가 된 우리 백성들은 모두 코를 베어서 위력을 보였다고 한다.

八月六日。聞倭兵逞惡, 復動先破閑山島, 次陷全羅忠淸, 直向京城。始爲天 兵所敗而散下之衆, 益肆焚蕩慶尙左右路, 更遭慘酷之亂。先是南原之陷也, 倭 兵乘夕, 取荍藁雜物 於城, 高與之齊, 而夜乃入攻於不知不覺之中, 天將楊元, 脫身走免。倭將行長與淸正, 分道入擊, 而我國人被虜者, 皆割鼻以示威云。

1597년 9월 8일. 듣건대 왜군이 경기(京畿)를 핍박했을 때에 도성은 몹시 두려워해 군민(軍民)이 모두 놀라 흩어졌으나, 왜군은 직산현(稷山縣) 홍경원 (弘慶院)465)에서 전투에 패해 퇴각했다고 하니, 남원(南原)의 치욕을 어찌 씻

---

465) 홍경원(弘慶院) : 충청남도 천안시 성환읍 대홍리 있었던 원(院)으로, 지금은 홍경사(弘慶

을 수 있겠는가.466)

九月八日。聞倭軍, 驅逼畿甸之時, 都城震恐, 軍民駭散, 而倭在稷山弘慶院, 戰敗而退, 南原之恥, 其可雪乎。

12월 9일. 들건대 양호(楊鎬)가 마귀(麻貴), 오유충(吳惟忠)467), 진린(陳璘)468) 등 기병과 보병 7만을 거느리고 나아가 울산(蔚山)을 공격했으나, 왜군이 수륙(水陸)으로 지원해 와서 명나라 군대가 끝내 불리했다고 한다.

十二月九日。聞楊鎬, 領麻貴吳惟忠陳璘等, 騎步七萬, 進攻蔚山, 倭水陸來援, 天兵竟不利。

무술년(1598) 7월 1일. 들건대 양호(楊鎬)가 바야흐로 다시 거병(擧兵)을 꾀했으나, 병부주사(兵部主事) 정응태(丁應泰)469)가 거짓으로 일을 그르쳤다는 수십 가지의 죄목을 들어 양호를 탄핵해 마침내 파면시키고, 신임 경리(經理) 만세덕(萬世德)470)으로 대신하게 했다고 하니, 양호와 견주어 어떠할지

寺) 앞에 있는 원의 터만 남아 있다. 홍경원은 왕래하는 행인들의 편의를 위하여 고려 제 8대 현종 때 홍경사와 함께 원을 두어 출몰하는 도적의 피해를 막았던 곳이다.

466) 왜군은 …… 있겠는가 : 이에 대해 김시양(金時讓)은 《자해필담(紫海筆談)》에서 "왜적이 호남을 경유해 길게 몰아 진격하는데 그들이 지나는 곳은 잔인하기가 임진년보다도 심하여, 사람을 만나면 죽이고 그 코를 베었으며, 마을을 만나면 불을 질러서 숲과 나무도 남기지 않았다. 진격하여 남원(南原)을 포위하니, 명나라의 장수 양원(楊元)이 포위를 무너뜨리고 달아났고, 절도사 이복남(李福男)・부사 임현(任鉉)・접반사 정기원(鄭期遠)이 다 죽었다. 적이 승세를 몰고 올라와 직산(稷山)의 홍경원(弘慶院)에 이르렀다. 명나라 장수 혜생(嵇生)이 용감한 기병(騎兵) 3천 명으로써 적의 선봉을 쳐서 깨뜨리니, 적이 대적할 수 없음을 알고 군사를 거두어 밤에 길을 영남(嶺南)으로 잡아 달아났다. 이에 호서・호남의 완전하던 고을들이 다 잔인한 파괴를 당했다."라고 하였다.

467) 오유충(吳惟忠) : 생몰년 미상. 명나라 유격장군(游擊將軍). 자는 여성(汝誠). 호는 운봉(雲峯). 절강(浙江) 금화부(金華府)의 오현(義烏縣) 출신.

468) 진린(陳璘) : 1543~1607. 정유재란 때 전군도독부 도독(前軍都督府都督). 자는 조작(朝爵). 호는 용애(龍崖). 광동 출신.

469) 정응태(丁應泰) : 생몰년 미상. 명(明) 나라 경략(經略) 형개(邢玠)의 막하로서 당시 병부 주사(兵部主事).

470) 만세덕(萬世德) : ?~1602. 자는 백수(伯修). 호는 진택(震澤). 산서(山西) 태원부(太原府) 편두소(偏頭所) 출신.

모르겠다.

戊戌七月一日。聞楊鎬, 方圖再擧, 兵部主事丁應泰, 劾奏鎬欺罔償事數十罪, 遂罷去, 新經理萬世德代之, 未知比鎬如何。

1598년 9월 3일. 듣건대 형개(邢玠)가 마귀(麻貴), 동일원(董一元)[471], 유정(劉綎)[472]을 울산(蔚山), 사천(泗川), 순천(順天) 등지에 나누어 보내고, 진린(陳璘)은 수군을 거느리고 우리나라의 통제사(統制使) 이순신(李舜臣)과 연합해 수로(水路)로 동시에 진격했으나 모두 불리했고 동군(董軍)이 가장 패했는데, 마침 이때에 관백(關白)이 병으로 죽어서 왜군이 철군해 돌아갔다고 한다. 이에 하늘이 재앙을 내린 마음을 뉘우친 것을 볼 수 있었고, 나라가 기업(基業)을 회복하리라는 것도 알 수 있으니, 미칠 듯이 기쁘다. 다만 이순신은 거북선을 처음 만들고 온 힘을 다해 싸워 여러 번 승리했으나, [노량에서] 적탄에 맞아 전사했다. 원통하고도 애석한 일이다.

九月三日。聞邢玠, 分遣麻貴董一元劉綎於蔚山泗川順天等地。陳璘率舟師, 與我國統制使李舜臣合兵, 水路同時進攻, 皆不利, 而董軍最敗, 適時關白病死, 諸敵撤還。天之悔禍可覩, 而國之恢業可知, 喜欲狂也。但李舜臣, 創造龜船, 力戰屢勝, 中丸而死。寃且惜哉。

호재진사일록2 종(浩齋辰巳日錄二 終)

---

471) 동일원(董一元) : 생몰년 미상. 호는 소산(小山). 선부(宣府) 전위(前衛) 출신.
472) 유정(劉綎) : ?~1619. 자는 자신(子紳). 호는 성오(省吾). 강서성 출신.

2. 발문(跋文)

우리 11대조인 호재 부군(浩齋府君)께서 생전에 남긴 글이 상자에 간직된 것이 지금 3백여 년이 되었다. 그러나 제사를 드리면서[473] 여러 번 수재(水災)와 화재를 겪었고 또 벌레나 쥐한테 훼손되어 흩어지거나 없어져 남은 것이 거의 없게 되었다. 그러니 어찌 자손들로서 가슴 아프고 한탄스러운 일이 아니겠는가. 생각하건대 옛날 선대 부형들께서 세도(世道)가 날로 없어지는 것을 분하게 여기고, 선대(先代)의 아름다움이 때로 어둡게 묻히는 것을 두렵게 여겨서, 온 힘을 다해 간행(刊行)할 것을 도모하지 않은 적이 없었으나, 끝내 이루지 못한 것은 진실로 재력이 부족한 상황에 매인 것이었다. 지금부터 불초한 무리들이 만약 세월만 보내면서 어느 날 아침 대개 그렇다고 여긴다면 다시는 오래도록 전할 기회가 없을 것이다. 이에 족제(族弟) 오규(五奎)와 재종제(再從弟) 해기(海起), 족질(族姪) 윤구(潤九)가 밤낮으로 모획(謀劃)해 감히 선대 부형들의 마치지 못한 유지(遺志)를 체득하고, 어지러운 원고의 보잘 것 없는 나머지를 수습해 2책을 등사(謄寫)했다. 그리고 흩어져 멀리 떨어진 종족(宗族)을 회합해 다소의 물력(物力)[474]을 모아 발간의 뜻을 크게 했으며, 교정[475]과 편집하는 일은 이미 선대부터 교분이 있는 집안의 여러 훌륭한 분들을 거쳤다. 오호라, 부군(府君)과 백조(伯祖) 양담공(瀁潭公)은 시례(詩禮)를 가정에서 익히는[476] 학풍을 이어받아 일찍이 연방(蓮榜)[477]에 올라 벼슬에 나아가는 것이 조금 열렸으나, 마침 용사(龍蛇)의 변란(變亂)을

---

473) 제사를 드리면서[禋而] : ≪서경(書經)≫ <이훈(伊訓)>의 "선왕에게 제사를 드리면서 경건하게 뵙는다.[祀而祗見.]"라는 말에서 차용한 듯하다.
474) 물력(物力) : 재료의 구입에 필요한 금전과 인력.
475) 교정하고[丁乙] : 정을(丁乙)은 글자의 위아래가 뒤바뀐 것을 바로잡아 교정하는 것을 말한다.
476) 시례를 …… 익히는[詩禮庭學] : 가정에서 학문을 익힌 것을 이른 것이다. 공자(孔子)가 일찍이 뜰을 지나가는 그의 아들 리(鯉)를 불러 세우고 시(詩)와 예(禮)를 배워야 한다고 훈계한 고사(故事)에서 유래했다. ≪論語 季氏≫
477) 연방(蓮榜) : 소과(小科)에 급제한 사람의 명부.

만났다. 이에 형제는 서로 의논해 확실히 정하고 향읍(鄉邑)의 제현(諸賢)들과
마침내 의병을 창의하고 적을 많이 참획했으니, 그들은 나라와 임금의 간
성(干城)이 되는 높은 절개와 당세의 신필(信筆)[478]을 갖추었다. 그러니 못난
자손이 감히 한마디 말을 끼어들 수가 없었고, 다만 정성과 힘이 천하고 식
견과 학식이 어두워서, 널리 채집하여 자세히 상고하지 못했고, 갑자기 인
쇄하여 꼼꼼하지 못해 거칠다는 탄식이 없을 수 없었다. 그러나 부군의 수
백 년 동안 그윽이 숨은 덕과 부형들의 몇 십 년간 경영한 뜻이 거의 오늘
에 완수했다는 것을 천명할 수 있었으니, 어찌 한편으로는 다행이고 한편
으로는 감격할 일이 아니겠는가. 이에 참람함을 생각하지 않고 대략 권말
(卷末)에 일의 전말(顚末)을 서술했다.

11대손 봉회(鳳會)는 삼가 쓰다.

> 我十一代祖, 浩齋府君, 遺文藏在巾箱者, 距今三百有餘。禩而累經水火之
> 灾, 且被蟲鼠之厄, 疏散逸落, 存者無幾。豈非子孫之痛恨處乎。念昔先父兄,
> 憤世道之, 日以淪喪, 懼先徽之, 時以泯晦, 未嘗不殫力, 圖所以鋟梓, 而竟未果
> 者, 實坐羸屈之勢也。自今不肖輩, 若荏苒時月, 而一朝蓋然, 則更無壽傳之機
> 會。迺與族弟五奎再從弟海起族姪潤九, 日夜謀劃, 而敢體先父兄, 未畢之遺志,
> 收拾於亂稿零星之餘, 而謄寫二冊。會分離宗族, 鳩多少物力, 峻發刊意而丁乙
> 編摩之役, 已經先契家, 二三長德矣。嗚呼, 府君與伯祖瀼潭公, 承襲詩禮庭學,
> 早登蓮榜, 進途稍闊, 而適值龍蛇之變。兄弟商確, 與鄉邑諸賢, 遂倡義旅, 而多
> 所斬獲, 其城國干王之卓節, 當世之信筆備矣。非屛孫之所敢措一辭, 而顧
> 致[479]誠力也淺, 識學也昧, 不能博採詳考, 遽以登印, 不無疏略之歎。然府君
> 累, 百載幽潛之德, 父兄幾十年經紀之志, 庶得闡邃於今日, 豈非一幸而一感者
> 歟。玆不揆僭越, 略敍顚委于券末。十一代孫鳳會, 謹識。

진사일록(辰巳日錄)은 우리 선조인 호재공(浩齋公)이 기록한 책이다. 선조게

---

478) 신필(信筆) : 사실을 정확하게 기록하여 믿을 만한 문장.
479) 致 : 문맥상 삽입함.

서는 진사(辰巳)의 변고를 당해 풍기(豊基)에서 피란하면서 황령(黃嶺)에서 창의했고 화왕산(火旺山)에서 계책을 협의했으며 도산서원(陶山書院)에서 사모하는 뜻을 부치셨고 송라(松蘿)에서 직무를 수행했다. 이러한 모든 사우들 간의 추종(追從)과 인척들 간의 사랑과, 집안을 다스리고 처세하는 방법과 나라를 걱정하고 임금을 아끼는 충정이 ≪호재진사일록≫ 한 책 가운데에 갖추어 실려 있지 않음이 없으니 바로 한 집안의 신사(信史)[480]인 것이다. 그러나 이러한 믿을 만한 사적이 상자 안에 간직되어 지금까지 3백여 년 동안 중간에 여러 번 전사(傳寫)하는 손을 거쳐 누락되거나, 혹 오류가 있는 것이 또한 적지 않으니, 항상 이것을 한으로 여긴 것이 오래이다. 그런데 근래에 ≪양담호재사우록(讓潭湖齋師友錄)≫을 발간하는 의논을 통해 아울러 이 기록을 더하기로 했다. 그리고 마침내 오류를 정정하고 누락된 부분을 보완해 선조의 당시 사업을 마치 오늘날에 직접 눈으로 보는 것처럼 되었으니, 일이 비록 늦었으나 또한 참으로 다행이다. 다만 재력이 부족해 발간한 것이 겨우 몇 책뿐이고 많이 인쇄하여 널리 배포하지 못했으니, 자손 된 자의 부끄러움이 어찌 많지 않겠는가.

갑술년(1934) 동짓날 하순에 윤구(潤九)는 삼가 쓰다.

> 辰巳日錄, 吾先祖浩齋公之所記也. 先祖當辰巳之變, 避亂於基州, 倡義於黃嶺, 協策於火旺, 寓慕於陶山, 苟職於松蘿. 凡師友之追從, 姻戚之眷恤, 與夫治家處世之方, 憂國愛君之忠, 靡不備載於一部之中, 乃一家之信史也. 藏在巾衍, 迄今三百有餘年, 中間累經傳寫之手, 漏或有之誤, 亦不少, 常以爲恨者久矣. 近因師友錄刊出之議, 兼附此錄. 正其誤而補其漏, 使先祖當時之事業, 怳若親見於今日, 役雖晩而亦幸也. 但財力短乏 刊纔幾帙, 未能多印而廣布, 其爲子孫之媿, 不其多乎哉. 甲戌至月下澣, 後孫潤九, 謹識.

---

480) 신사(信史) : 확실하여 믿을 수 있는 사적(史籍).

참고문헌

≪宣祖實錄≫
≪濫潭浩齋師友錄≫, 1934.
≪西原世稿≫ 권3 <浩齋公遺稿>, 국립중앙도서관 소장본.
≪八道地圖≫
≪大東地圖≫
≪慶尙道地理志≫ 권2
≪新增東國輿地勝覽≫
두산백과
한국고전종합DB, 한국고전번역원.
한국민족문화대백과사전, 한국학중앙연구원.
한국지명유래집, 국토지리정보원.
한국향토문화전자대전, 한국학중앙연구원.

강경모, <소학을 실천한 선비 일묵재 김광두(金光斗)>, ≪상주의 인물≫ 권4, 상주문
　　　화원, 2017.
고상안 저, 김용주 외 역주, ≪성재집(省齋集)≫, 문경문화연구총서 11권, 문경시,
　　　2014.
곽희상, <만고의 충효지문-김암정과 구촌 홍약창・민헌 부자>, ≪상주의 인물≫,
　　　상주문화원, 2016.
＿＿＿, <함창현 최초 임란창의 주창자-채유희・유종(蔡有喜・有終) 형제>, ≪상주
　　　의 인물≫ 5권, 상주문화원, 2016.
김경숙, <임진왜란 초기 지방관의 수토활동(守土活動)-선산부사(善山府使) 정경달 형
　　　제의 활동을 중심으로>, ≪朝鮮時代史學報≫ 65, 2013.
김종태, ≪黔澗趙靖의 辰巳日錄 硏究≫, 성균관대학교 석사학위논문, 2010.
노영구, <壬辰倭亂 초기양상에 대한 기존 인식의 재검토>, ≪壬辰倭亂硏究叢書≫ 3,
　　　임진왜란정신문화선양회, 2013.
류윤기, ≪古代沙伐國 關聯 文化遺蹟 地表調査 報告書≫, 尙州市 尙州産業大學附設 尙
　　　州文化硏究所, 1996.
신정일, ≪대동여지도로 사라진 옛고을을 가다 1≫, 황금나침반, 2006.

신해진, <현전 '향병일기'의 선본확정과 그 편찬의 경위 및 시기>, ≪향병일기≫, 역락, 2014.

원창애, <'고대일록'을 통해 본 함양사족층의 동향>, ≪남명학연구≫ 33, 경상대학교 남명학연구소, 2012.

吳龍源, <≪계암일록(溪巖日錄)≫을 통해 본 17세기 예안(禮安) 사족(士族)의 일상>, ≪퇴계학논집≫ 13, 영남퇴계학연구원, 2013.

이성무, ≪韓國의 科擧制度≫, 집문당, 2000.

이 욱, <임진왜란 초기 경상좌도 의병 활동과 성격>, ≪壬辰倭亂硏究叢書≫ 2, 임진왜란정신문화선양회, 2013.

장경남, <≪고대일록≫으로 본 정경운의 전란 극복의 한 양상>, ≪임진왜란과 지사회의 재건≫, 새물결, 2015.

정경달 원저, 신해진 역주, ≪반곡난중일기≫ 상, 보고사, 2016.

정경운 저, 남명학연구원 옮김, ≪역주 孤臺日錄 下≫, 태학사, 2009.

정석태, <김유부(金有富) 선생 충효(忠孝)의 길을 찾아(6)>, 密陽新聞, 2016.

정우락, <정경운(鄭慶雲)의 ≪高臺日錄(고대일록)≫ 해제, 어느 시골선비의 전쟁체험과 위기의 일상에 대한 기록>, 鄭慶達, 南冥學硏究院 옮김, 譯註 ≪高臺日錄≫ 上, 南冥學硏究院, 태학사, 2009.

조희열, <임진왜란과 상주지역 의병활동>, 상주문화연구소, 2015.

채광식, <곽호재(郭浩齋)선생의 진사록(辰巳錄)을 살펴보다>, ≪尙州文化≫ 17, 尙州文化院, 2007.

최석기, <조선중기 사대부들의 지리산유람과 그 성향>, ≪경남문화연구≫ 22, 경남대학교 경남문화연구소, 2000.

최진옥, ≪朝鮮時代 生員進士 硏究≫, 집문당, 1998.

연도	월일	임진왜란 전반(조·명·일)	호재진사일록의 주요 내용
1592 임진년 선조25 (38세)	04.13	일본군 선봉 쓰시마 출발 고니시(小西行長) 제1군, 선봉으로 부산 상륙(동래- 양산-밀양-대구-선산-상주-죽령-충주-여주-한 양으로 진격)	곽수지 풍기 거주 부산포 함락 소식 풍기에 도착 (전쟁 일기 기록 시작)
	04.14	부산진성 함락(정발 전사)	
	04.15	동래성 함락(송상현 전사)	
	04.17	조선 조정, 전쟁 발발 보고 접수 양산성 함락(목사 박진, 밀양으로 후퇴)	
	04.18	가토(加藤淸正), 일본 제2군 상륙 (동래-언양-경주-용궁-죽령-충주-죽산-용인-한양) 언양성 함락	
	04.19	구로다(黑田長政), 일본 제3군 다대포 상륙(다대포- 김해-성주-금산-추풍령-영동-청주)	
	04.20	김해성 함락	대구의 함락 소식을 듣고 본가의 가족들 과 희양산으로 이동 풍기의 처가 식구들과 소백산으로 피란 (봉일암에 거처)
	04.21	경주성, 창원성 함락	
	04.22	영천성 함락 곽재우, 의령에서 봉기	
	04.25	이일, 상주서 일본 제1군에게 패배	
	04.26	도요토미, 나고야 도착 전쟁 지휘	
	04.27	일본군 제1,2군 조령 돌파 성주성 함락, 경상도 육군 붕괴	
	04.28	신립, 탄금대 전투 일본 제1군에 패배 충주성 함락	
	04.29	광해군 세자 책봉, 선조 평양으로 이동 결정, 일본 제1,2군 충주서 서울 진격작전 회의	
	04.30	선조, 한양 피난(평양), 궁궐 불탐	
	05.02	김명원 한양 방어선 붕괴 일본 제1군 한양 입성	
	05.03	일본 제2군 한양 입성 전란 책임 물어 영의정 이산해, 좌의정 류성룡 파 직	
	05.04		선조의 파천 소식을 듣고 통곡함 풍기 일언리의 진목정에서 동원들과 의 병 군진 조직하여 도적 대비(이후 매일 진목정에서 왜군과 도적을 대비함)
	05.07	선조 평양으로 파천	
	05.10	명나라에 왜군 침략사실 알림	
	05.11	휴전 관련 이덕형 평양 도착	왜군이 예천과 충주에서 풍기로 진입할

연도	월일	임진왜란 전반(조·명·일)	호재진사일록의 주요 내용
1592 임진년 선조25 (38세)	05.15		것이라는 소문 접함 함창과 단양이 유린되었다는 소식을 듣 고 고향의 동기들을 걱정함
	05.16	김명원 임진강 방어선 붕괴	
	05.20		단양과 용궁의 왜군 기세가 무너졌다는 관문을 접하고 의심하면서도 기뻐함
	05.22		강릉 부사의 전통에 도성 안의 왜군이 5 월 15일에 퇴각했다고 전함
	05.25		파주와 양주에서의 승전과 도성 안의 왜 군이 아직 퇴각하지 않았다는 소식을 접 함
	05.27	요시나라(毛利吉成), 일본 제4군 북진 (포천-철원-안변-강릉-삼척-정선-영월-평창-원 주)/ 일본 제1,2,3군 등 북진	
	05.29	이덕형, 현소와 휴전 협상 왜군 개성 입성	
	06.02	고니시, 구로다 평양으로 이동 도요토미, 나고야에서 조선으로 도해하려 함	용궁 현감 우복룡이 죽령을 방어하여 풍 기, 영천, 예천이 무사하다는 소식 접함
	06.11	인조, 평양 버리고 의주로 피난	
	06.14	명나라 요동군 압록강 건너옴 선조, 명으로 망명 결심 광해군 분조 발족	
	06.15	고니시(1군), 구로다(3군) 평양성 점령 이 무렵 이덕형을 명나라로 보내 지원 요청	왜군이 의성에서 풍기로 침입할 것이라 는 소문을 접함
	06.22	선조 의주 도착, 망명 단념 고바야카와(小早川隆景) 일본 제6군 금산 점령	
	06.25		왜군이 제천과 청풍을 분탕질하고 충주 에 진을 치고 있다는 소식과 왜장 모리 모토야스가 안동부에 편지를 전했다는 소식을 접함.
	07.08	광주 목사 권율 금산 이치에서 일본군 격퇴(일본 군 전라도 진출 저지)	
	07.09	제1차 금산전투(고경명 의병부대와 전라도 방어사 곽영의 관군이 금산성의 일본군을 공격 실패, 고 경명 전사)	
	07.10		선조가 평양에서 몽진하여 요동으로 들 어갈 것이라는 소식과 세자의 분조 소식, 류성룡, 이양원 등의 체직 소식을 들음
	07.17	제1차 평양성 전투(조승훈의 명군 3천과 김명원의 조선군 3천 평양성공격 실패. 유격장 사유(史儒) 등	

연도	월일	임진왜란 전반(조·명·일)	호재진사일록의 주요 내용
1592 임진년 선조25 (38세)		전사)	
	07.18		순흥의 송정(松亭)에서 복병의 일로 모임
	07.20		지인의 편지를 통해 곽재우가 의병을 일 으켰다는 소식을 접함
	07.24	함경도 국경인 반란, 회령에서 임화군·순화군 두 왕자 포로 가토 일본 제2군 함경도 회령 입성	
	07.25		평조신과 현소가 임진강 건너편에 당도 하여 회담 요청한 소식과 신립의 패전
	07.27	권응수 의병부대 영천성 탈환	소식을 들음
	07.30		김성일의 초유문을 통해, 대동강과 철령
	08.01	제2차 평양성 전투(순변사 이빈, 조선군 2만 단독 으로 평양성 공격 실패) 조헌의 의병, 승려 영규의 승병, 충청도 방어사 이 옥의 관군 연합 청주성 탈환	의 승리, 명군의 참전 소식을 접함
	08.03	김면 의병부대 거창전투 승리	의병으로 출전한 지인들이 춘양에서 전 사했다는 소식을 들음
	08.09		단양 군수의 전통과 선유사 윤승훈의 패 방을 통해, 선조가 의주로 거둥하고, 세 자는 이천에 머물며, 대동강에서 평조신 이 화살에 맞아 죽었다는 사실과 명나라 에서 군대를 파병했다는 소식을 접함
	08.12		승군이 청주의 왜적을 섬멸했다는 소식 을 접함
	08.13		함창 군수의 전통을 통해, 왜군이 하로 지역으로 퇴각하고 있다는 소식 접함
	08.18	제2차 금산전투(조헌과 영규의 의병부대 금산의 연곤평에서 칠백의사 전멸)	왜적이 곶차현을 넘을 것이라는 소식에 일언리 의병진에서 군사를 징발하여 곶 차현으로 보냄
	08.21		조카 용영이 함창의 의병진에서 전사했 다는 소식을 들음
	08.22		풍기성을 지키기 위해 일언리 의병 군진 의 동원이 모두 풍기군으로 들어감
	08.25		풍기 관아에서 군량을 의논하여 결정함 (이후 풍기의 군내에서 의병활동을 함)
	08.29		수성장에 임명됨
	08.30	명 심유경과 일본 고니시 평양에서 강화회담(50일 간 휴전 약속)간 휴전 약속)	

연도	월일	임진왜란 전반(조·명·일)	호재진사일록의 주요 내용
1592 임진년 선조25 (38세)	09.01		도대장(都大將)에 임명됨
	09.02		전라도 군대와 명군이 연합하여 한양을 탈환했다는 소식을 들음
	09.12		명 조승훈과 의병장 고경명 부자, 의승 영규 등이 전사했다는 소식을 들음
	09.16	북평사 정문부 의병부대 경성(鏡城) 탈환(회령의 국경인·국세필 참수)	
	09.19		함창의 관원에게 군량을 주어 보냄
	09.20		수성장과 상의하여 품관과 군졸을 보내 요해처를 지키게 함
	09.28		황제의 칙서를 보고 평양을 회복할 것과 명군을 보내 구원할 것이라는 소식을 접함
	10.05	제1차 진주대첩(진주 목사 김시민 6일 동안 진주 성 공격하는 일본군 방어했으나 전사)	
	10.22		풍기군에서 향인들과 군량을 수습함
	10.23		관찰사의 전문에 명군과 아군이 합세하여 평양의 왜군 7만의 머리를 베었다는 소식을 접함
	10.26		지인 박경택을 통해 상소를 전하게 함
	11.07		간병장(揀兵將)으로 임명됨
	11.11		풍기 군수를 통해 두 왕자가 왜군에게 포로가 된 소식을 접함
	11.12		군에 들어가 군사를 선발함
	12.11	이여송 등의 명군 4만 명 압록강 도강	
	12.22		향병을 따라 은풍에 진을 침
	12.23		은풍의 진에서 척후 25인을 보냄
1593 계사년 선조26 (39세)	01.06	이여송의 명군과 김명원 조선군 연합군 평양성 공격	
	01.08		국경인 등이 처형된 사실을 들음
	01.09	조·명 연합군 고니시의 일본군 격퇴, 평양성 탈환(일본 제1,3군 전면 퇴각)	
	01.15	경상도 의병부대 4차 공격 끝에 성주성 탈환	
	01.18		진제(賑濟)의 일을 감독함
	01.20	선조 정주 도착, 분조의 광해군과 합류	
	01.21		안찰사와 진제의 일을 의논함
	01.25		전통을 통해 평양을 탈환했다는 소식을

연도	월일	임진왜란 전반(조·명·일)	호재진사일록의 주요 내용
	01.27	이여송, 고양 벽제관에서 일본군의 기습으로 패배, 파주로 퇴각	접함
	02.12	권율, 행주산성에서 3만의 일본군 대파 (변이중의 화차 사용)	
	02.14		풍기에서 처음 명군에 대한 지대를 논의함
	02.18	이여송, 명군 개성으로 후퇴	
	02.29	한양 이북 일본군, 한양 집결	
	03.01		전통을 통해 명군이 두 왕자를 모시고 돌아왔다는 소식을 접함
	03.08		풍기 군수를 통해 왜군이 용궁을 침입하여 약탈했다는 소식을 들음
	03.12		이여송이 식량이 부족하여 개경에서 평양으로 돌아왔다는 소식을 접함
	03.23	선조 평양 도착	
	03.24	이여송, 선조에게 평양으로 철수 주장	
	04.08	명 심유경, 일 고니시 강화회담 타결	
	04.09	일본군 한양에서 철수 명령	
1593 계사년 선조26 (39세)	04.13	선릉과 정릉 도굴 사실 밝혀짐	
	04.16		조보를 통해 이여송이 화의를 주장하고 선조는 이를 반대한다는 사실을 접함
	04.18	일본군 한양에서 철수 남하 개시	
	04.20	조선군과 명군 서울 입성	
	04.24		명군이 평양과 한양을 회복했으나 아직 한양에 입성하지 못했다는 소식을 들음
	04.28		왜군이 도성에서 철수했고 두 왕자가 일본으로 들어갔다는 소식을 들음
	04.29	일본군 경상도 상주, 선산, 인동, 대구 등지에 분산 주둔	
	05.02	일본군 선두 부산 도착 조선군과 명군, 남하 시작(두 왕자를 석방한다는 합의 내용 불이행)	
	05.07	조선 수군 100척 견내량에서 일본 수군 900척 봉쇄(尖字陣)	문경 인근의 수령들이 명군을 기다리기 위해 모두 문경에 집결함
	05.18		우복룡을 통해 이여송이 한양에 입성했다는 소식을 들음
	05.20		둘째 형을 통해 이여송이 문경의 진영에 머물고 있다는 소식을 들음
	05.22		명군에 대한 지대의 폐단 때문에 이여송이 충주로 떠났다는 소식을 들음
	06.07	제2차 진주성 전투	왜군이 본국으로 철수했다는 소문이 있었으나 거짓이었다는 사실을 확인함
	06.22	도요토미, 진주성 공격 명령(일본군 10만 여명 진	

연도	월일	임진왜란 전반(조·명·일)	호재진사일록의 주요 내용
		주성 공격)	
	06.29	진주성 함락	
	07.04		도요토미가 대마도에 와 있고, 두 왕자도 이곳에 머물고 있다는 소식을 들음
	07.12		진주성이 함락되었다는 소식을 들음
	07.16		체찰사의 군관을 통해 진주성이 함락된 것은 지진으로 성이 무너졌기 때문이라는 말을 들음
	07.21		새벽부터 문경에서 명군이 상로(上路)로 철수함
	07.22	임해군, 순화군 석방	
1593 계사년 선조26 (39세)	07.29	명 사신 부산서 귀경	두 왕자가 석방되어 한양으로 향하고 있다는 소식을 들음
	08.01		선릉과 정릉의 도굴 사실을 들음
	08.25	명군 송응창 요동으로 철군	
	09.13	명군 의주 집결 퇴각	
	10.01	선조 한양 귀환	
	10.05		도요토미가 내년 봄에 또 군사를 일으킬 것이라는 소문을 들음
	윤 11.05		도진관(都賑官)이 되어 민간의 구황 작물 등의 현황을 살핌
	12.10		세자가 공주에서 군국의 일을 감무하고 있었는데 선조가 선양의 뜻으로 옥새를 공주로 보내려한다는 소식을 들음
	12.18		수성장으로서 임무를 살핌
	12.23		광주의 의병장 김덕령의 통문을 읽음
	12.28		명군을 지대하던 문경의 군량이 떨어져 명군이 민간을 약탈함
1594 갑오년 선조27 (40세)	01.20	명 심유경, 고니시와 웅천서 가짜 항복문서 작성	
	02.13		막내 수신이 영천에서 죽음
	02.24		영천의 철감교 부근에서 굶주린 백성들이 먹어서는 안 되는 고기[人肉]를 굽고 있는 장면을 목격함
	02.25		영천에서 군사를 점검하여 영장 허정국과 도훈도 안수량에게 넘겨줌
	03.22		천거로 집경전 참봉에 제수됨

연도	월일	임진왜란 전반(조·명·일)	호재진사일록의 주요 내용
1594 갑오년 선조27 (40세)	04.07		사은숙배하기 위해 한양으로 향함
	04.12		한양에 당도함, 선조가 모화관에서 방포 하는 것을 관람함
	5월	일본군 도망자 속출[항왜] (경상우병사 김응서 휘하에 수용)	
	05.18		전통을 통해 왜군 병사들 중에 도망자가 많다는 사실을 접하고 걱정함
	05.24		항복한 왜적을 10명씩 나누어 거처하도 록 했다는 소식을 들음
	07.03	권응수, 경상좌도방어사에 임명	
	07.15		임하현에서 항복한 왜군 10여 명을 보고 그들의 폐해를 걱정함
	07.21		지인의 편지를 통해 명나라 조정에서 화 의를 허락하지 않았다는 사실을 접함
	08.03	명군 철수 완료 일군 38천명 잔류	
	08.11	선조, 해주로 떠남	
	08.15	선조, 임해군과 순화군 상봉	
	10.01	선조, 한양 귀환, 월산대군 사저를 행궁 으로 사용	
	10.09		안동에서 별거에 응시함
	10.12		별거에 합격함
	11.09		과거 응시 위해 한양으로 향함
	11.23		과거에 낙방함
	12.30	명나라 책봉사 파견 결정	
1595 을미년 선조28 (41세)	02.27		퇴계 선생의 문집을 교정함
	2월	광해군 전주 떠나 홍주로 이동	
	03.27		가토가 다시 고을을 노략질할 것이라는 소문이 돌아 마을이 떠들썩함
	4월	명 책봉사 이종성, 양방형 조선 도착	
	04.20		유격 심유경이 남하했고 책봉사 이종성 이 압록강을 건넜다는 소식을 들음
	05.22	도요토미, 강화회담 위해 왜성 파괴 지시	
	06.04		한양의 건원릉 참봉으로 체직됨
	06.19		궐에 들어가 사은숙배를 함
	6월	일본군 대부분 철수	
	06.26		고니시가 책봉사 이종성을 맞이하기 위 해 부산에 당도했다는 소식을 들음

연도	월일	임진왜란 전반(조·명·일)	호재진사일록의 주요 내용
1595 을미년 선조28 (41세)	07.05		명나라 조정과 화의가 성립되어 왜장이 철병할 것이라는 소식을 접함
	07.11		책봉 부사 양방형이 부산으로 떠났으나 책봉사인 이종성은 홀로 한양에 남음
	07.20		병사 고언백이 계장을 올려 왜장 고니시가 돌아갈 뜻이 없다는 것을 알림
	07.22		함창의 전관으로 체직됨
	10.21		조보를 통해 누루하치가 군사를 일으켰다는 소식을 접함
	11.09		명나라 책봉사가 밀양에서 겨울을 지낼 것이라는 소식을 들음
1596 병신년 선조28 (42세)	01.29		퇴계 선생의 문집을 교정하는 일로 백운동서원에 모임
	02.28		왜군이 재침할 것이라는 소문으로 고을이 소란함
	03.25		명나라 책봉사가 부산포의 왜진에 머물고 도요토미는 화의를 허락할 뜻이 있다는 소식을 듣고 탄식함
	4월	명 책봉사 이종성 부산 일본 진영에서 탈주	
	04.10		명나라 책봉사 이종성이 왜영에서 도망쳐 풍기군에 이름
	04.12		이종성이 죽령을 넘어 상경함
	05.10	가토 일본 제2군 서생포에서 본국 철수	
	06.15	고니시 일본 제1군 주력 본국 철수	
	06.27	명 책봉부사 심유경, 도요토미 접견	
	07.06	이몽학의 난 발생(홍산읍 공격)	
	07.09	이몽학 홍주 포위(목사 홍가신 수성)	왜군이 명나라에 사신을 청하고 우리나라에 통신사를 청했다는 말을 듣고, 이것이 오히려 화(禍)의 매개가 될 것임을 탄식함
	07.11	이몽학의 난 진압	
	07.17		영해 부사에게 호서(湖西)에서 이몽학의 난이 일어난 사실을 전해 들음
	07.27		이몽학의 처형 사실을 들음
	09.02	도요토미, 명 책봉사와 감화회담 결렬 조선 재침 준비령 발동	
	09.10	명나라 사신 귀국	
	10.13		알성과에 응시하기 위해 상경함

연도	월일	임진왜란 전반(조·명·일)	호재진사일록의 주요 내용
1596 병신년 선조28 (42세)	10.26		과거에 응시했으나 낙방함
	11.06		통신사 황신의 장계를 통해 화의가 성립 되기 어렵다는 사실을 접함
	11.15		남쪽에서 경보(警報)가 급하여 이름
	11.16		대궐에서 왜군을 피할 계책을 세우고 먼 저 물건을 해주로 옮겨 도성이 몹시 소 란함
	12.05		명나라 사신을 지대하던 사람 중에 도망 자가 속출함
	12.28		통신사의 사령을 통해 도요토미의 요구 조건이 너무 커서 유격 심유경이 미봉하 려 했다는 소식을 들음
	12월	고니시 일본 제1군 부산 상륙	(이하 원문 빠짐)
1597 정유년 선조29 (43세)	01.06	명 책봉사 한양 입성	
	01.14	가토 일본 다대포 상륙(정유재란 시작- 경상도·충청도·전라도를 완전히 점령하려는 전 략)	
	2월	명군 참전 결정	
	02.26	이순신 파직, 원균 통제사로 임명	
	05.08	명 양원 군대 한양 도착	
	06.14	명 오유충 한양 도착, 양원 남원 도착 (심유경 체포)	
	06.15	도요토미, 가토에게 코베기 명령 하달	
	07.16	원균, 조선군 칠전량해전 대패, 전사	
	07.21	일본 3군으로 편제 (좌군, 우군, 수군)	
	07.23	이순신, 삼도수군통제사로 복귀	
	08.03	일본 좌,우군 전라도 진격	
	08.16	남원성 함락(일본 좌군 56천 명 공격, 조·명연합 군 4천 전사, 일본군 전공보고를 위해 코를 베어 일본으로 수송)	
	08.17	일본 우군 27천 황석산성 공격, 함락	
	08.25	일본 좌, 우군 전주성 함락	
	08.28	일본 좌군 주력 순천으로 남하 (전주-익산-부여-한산-서천-순천) 별동대(공주-김제-고부-나주-강진-해남)	
	08.30	일본 우군 주력 한양으로 북진	
	09.01	일본 우군 공주 입성	

연도	월일	임진왜란 전반(조·명·일)	호재진사일록의 주요 내용
1597 정유년 선조29 (43세)	09.03	평양의 명군 한양 도착	
	09.07	직산 전투	
		(명군이 일본군 격파, 일본군 북상 좌절)	
	09.16	이순신, 명량해전 대승(해상권 되찾음)	
	10.09	일본군 남해안 왜성으로 퇴각	
	11.03	명 병부상서 형개 3만 압록강 도하	
	11.27	명군 한양 도착, 울산 공격 준비	
	12.20	조·명연합군 4만 경주 집결	
	12.24	조·명연합군 울산 왜성 공격	
1598 무술년 선조30 (44세)	01.04	조·명연합군 울산에서 퇴각	
	02.17	삼도수군통제영 고금도에 설치	4~5월 경 송라 찰방 부임
	4월		
	07.16	명 수군 도독 진린 함대 고금도 합류	
	07.19	이순신, 절이도 해전	
	08.18	도요토미 히데요시 사망,	
		일본군 철수 결정	
	09.20	명 동일원, 조선군과 연합 진주성 수복	
	09.21	명 마귀, 조선군과 연합 울산성 공격	
	09.28	명 동일원, 조선군과 연합 사천성 공격	
	10.02	류성룡, 영의정 사직	
		조·명연합군 순천 왜성 공격	
	10.14		곽수지 별세
	11.19	노량해전, 조·명연합 함대가 일본 수군 격파하고	
		최후 승리, 이순신 전사	
	11.24	일본군 부산에서 철수	
1599 을해년 선조31	1월	명군 한성 집결	
	2월	명군 철군 개시	

강긍(姜絚) 생몰년 미상. 본관은 진주(晉州). 강정(姜綎)의 아우로, 별제(別提)를 지냈다.

강덕룡(姜德龍) 1560~1627. 본관은 진주(晉州). 자는 여중(汝中). 임진왜란이 일어나자 경상
우감사(慶尙右監司) 김성일(金誠一)의 조처에 따라 가관(假官)으로서 함창 현감(咸昌縣監)이
되어 제1차 진주성전투 때 군기관리(軍器管理)를 맡아 왜병 격퇴에 공을 세웠다. 1593년
명나라 군사가 상주·대구 등지에 주둔하고 있을 때 양료차관(糧料差官)으로 활약했으며,
그 뒤 경상 우병사(慶尙右兵使) 정기룡(鄭起龍)을 도와 성주(星州)의 화원현(花園縣), 고령(高
靈)의 안림역(安林驛), 삼가(三嘉) 등지의 전투에 참전해 승전한 공으로 절충장군(折衝將軍)
에 올랐다. 임진년 1년간 12회에 걸친 대소전투에 참가해 모두 이겼다.

강신(姜紳) 1543~1615. 본관은 진주(晉州). 자는 면경(勉卿), 호는 동고(東皐). 1567년 수석으
로 진사가 되고, 1577년 별시문과에 장원으로 급제했다. 1592년 승지를 거쳐, 같은 해
임진왜란이 일어나자 함경도 순찰사로 활약했다. 이어 병조 참판에 오르고, 1596년 서북
면 순검사(西北面巡檢使)로 나갔으며, 이듬해 정유재란이 일어나자 명나라 군사를 도와 왜
군을 격퇴하는 데 큰 공을 세웠다. 난이 끝난 후 부제학을 거쳐 병조·이조 판서를 지내
고, 중추부판사에 이르렀다. 1609년 우참찬, 다음해에 좌참찬을 지낸 후 기로소에 들어
갔다.

강영(姜翼) 1530~1614. 자는 중연(仲淵). 안기도 찰방(安奇道察訪)을 지냈다.

강우(姜䨣) 생몰년 미상. 본관은 진주(晉州). 자는 태소(太蘇), 호는 석봉(石峯). 강영(姜翼)의
아우로, 현감을 지냈다.

강응철(姜應哲) 1562~1635. 본관은 재령(載寧). 자는 명보(明甫), 호는 남계(南溪). 1592년 임
진왜란 당시 황령에서 의병을 창의했고, 학행으로 천거되어 찰방(察訪)이 되었다. 정인홍
(鄭仁弘)을 탄핵하는 상소를 올렸다. 광해군의 난정(亂政)에 분개해 벼슬을 그만둔 후 독
서와 저술에 몰두했다.

강정(姜綎) 1552~1614. 본관은 진주(晉州). 자는 정경(正卿), 호는 청천(菁川). 1590년 문과에
급제하고 승지(承旨)를 지냈다.

고경명(高敬命) 1533~1592. 본관은 장흥(長興). 자는 이순(而順), 호는 제봉(霽峰)·태헌(苔
軒). 1592년 임진왜란이 일어나 서울이 함락되고 왕이 의주로 파천했다는 소식을 전해들
은 그는 각처에서 도망쳐온 관군(官軍)을 모았다. 두 아들 종후(從厚)·인후(因厚)로 하여
금 이들을 인솔, 수원에서 왜적과 항전하고 있던 광주 목사(廣州牧使) 정윤우(丁允佑)에게
인계하도록 했다. 이어서 전 나주 부사 김천일(金千鎰), 전 정언 박광옥(朴光玉)과 의논해
함께 의병을 일으킬 것을 약속하고, 여러 고을에 격문을 돌려 6,000여 명의 의병을 담양
에 모아 진용을 편성했다. 이들은 6월 1일 담양을 출발해 북상을 개시했다. 27일 은진에
도달해 왜적의 동태를 살피고 있던 중, 황간·영동 등지에 있는 왜적이 금산을 점령하
고 장차 전주를 경유, 호남을 침범할 계획이라는 정보를 입수했다. 이에 곡창인 호남을

왜적으로부터 방어하기 위해 당초의 북상 계획을 변경, 7월 1일 연산(連山)으로 회군했다. 10일 곽영과 합세해 왜적과 대회전을 시도하기로 하고 800여 명의 정예로 선제공격을 했으나, 왜적은 먼저 약한 관군을 일제히 공격했다. 이에 겁을 낸 관군은 싸울 것을 포기하고 앞을 다투어 패주했으며, 이에 사기가 떨어진 의병군마저 붕괴되고 말았다. 그는 후퇴해 다시 전세를 가다듬어 후일을 기약하자는 주위의 종용을 뿌리치고 "패전장으로 죽음이 있을 뿐이다."라고 하며 물밀듯이 밀려오는 왜적과 대항해 싸우다가 아들 인후와 유팽로·안영 등과 더불어 순절했다.

고상맹(高尙孟) 생몰년 미상. 본관은 개성(開城). 고상안(高尙顔)의 둘째 동생이다.

고상안(高尙顔) 1553~1623. 본관은 개성(開城). 자는 사물(思勿), 호는 태촌(泰村). 백석(白石) 강제(姜霽)의 문하에서 수학했다. 1573년 진사시에 합격하고, 1576년에 문과에 급제해 함창 현감·풍기 군수 등을 지냈다. 40세 되던 해인 1592년에 임진왜란이 일어나 왜적이 침입하자, 향리인 상주와 함창에서 의병 대장으로 추대되어 큰 공을 세웠다. 49세인 1601년 이후 지례 현감·함양 군수를 지냈다.

고상정(高尙程) 생몰년 미강. 고상안(高尙顔)의 막내 동생이다.

고상증(高尙曾) 1550~1627. 자는 사성(思省), 호는 성재(省齋). 1592년 임진왜란이 일어나자, 의병에 지원해 예천과 영주에서 전투에 필요한 장비를 준비하고, 그해 8월 이후에는 동생 상안과 함께 치병장(治兵將)으로 추대되어 용궁과 예천에서 적을 막는 등 의병활동을 했다. 1597년 정유재란이 일어나자 다시 의병으로 출전해 그해 1월 고령의 적을 공격하고, 9월에는 경주의 구내역(九內驛)을 공격해 적장을 죽이는데 일조했다. 고상안 저, 김용주 외 역주, ≪성재집(省齋集)≫, 문경문화연구총서 11권, 문경시, 2014, 14~19쪽 참조.

고양겸(顧養謙) 명나라 사람. 자는 익경(益卿). 시호는 양민(襄敏). 호는 낭중. 우첨도어사(右僉都御史)를 거쳐 요동 순무가 되어 공을 세워 남호부 시랑·병부 시랑에 올랐다. 계주(薊州)·요동(遼東)의 모든 군무를 총독(總督)했는데, 담력이 뛰어나고 일에 임해 지략이 많아 어디서나 명성을 날렸다. ≪孤臺日錄 人名錄≫

고언백(高彦伯) ?~1608. 본관은 제주(濟州). 교동의 향리로서 무과에 급제했다. 임진왜란이 일어나자 영원 군수(寧遠郡守)로서 왜군의 침입에 대항해 전공을 세웠다. 당시 조선군은 임진강 방어에 실패하고 평양성을 수비하면서 한편으로는 왜군의 대동강 도하를 방어하기 위해 왕성탄에 400여의 군대를 배치하고 있었다. 이때 도원수(都元帥) 김명원(金命元)은 영원 군수로 있던 고언백과 벽단 첨사(碧團僉事) 유경영 등에게 적을 기습 공격하라고 명령했다. 6월 14일 고언백은 정병 400을 이끌고 새벽에 강을 건너 공격을 감행해 왜장 나카무라 등을 사살하는 등 큰 전과를 거두었다. 난이 수습된 뒤 고언백은 선무공신 2등에 책록되고 제흥군(濟興君)에 봉해졌으나, 1609년 광해군(光海君)이 왕위에 올라 임해군(臨海君)을 제거할 때 임해군의 심복이라 하여 살해되었다.

고응척(高應陟) 1531~1605. 본관 안동(安東). 자 숙명(叔明), 호 두곡(杜谷)·취병(翠屛). 1549년 사마시(司馬試)에 합격하고, 1561년 식년문과(式年文科)에 급제했다. 이듬해 함흥 교수

(咸興敎授)로 부임했다가, 1563년 사직하고 시골에 묻혀 도학(道學)을 연구했다. 1594년 이후 풍기 군수, 회덕 현감(懷德縣監)을 거쳐 사성(司成)을 지내다가 사직하고 낙향했다. 1605년 다시 경주 부윤(慶州府尹)으로 부임했다가 얼마 뒤 사직했다.

고전운(高騵雲) 1565~?. 본관 안동(安東). 자는 이룡(以龍). 1609년 생원시에 합격했다.

곽률(郭嵂) 생몰년 미상. 본관은 현풍(玄風). 자는 정숙(靜叔). 아버지는 곽한(郭瀚)이다. 곽수지와 막역한 사이였다.

곽몽징(郭夢徵) 생몰년 미상. 임진왜란 때 원임 참장(原任參將)으로, 부총병(副摠兵) 조승훈(祖承訓)과 유격장(遊擊將) 사유(史儒)와 함께 군사를 이끌고 조선에 들어왔다.

곽수인(郭守仁) 1537~1602. 본관은 청주(淸州). 자(字)는 경택(景宅), 호는 양담(瀼潭). 퇴계 이황의 종손 이굉(李宏)의 사위이다. 함창(咸昌) 출신이다. 1585년 생원시에 아우 호재 곽수지와 함께 합격해 형제가 나란히 사마(司馬)에 올랐다. 임진왜란 때 형제들 및 조카들과 의병으로 활동했으며, 이 공을 인정 받아 황산도 찰방과 창녕 현감을 지냈다.

곽용백(郭龍伯) 1588~1646. 본관은 청주. 곽수지의 아들로, 1624년 문과에 급제해 성균관 학유・의정부 사록・언양 현감・고성 현령・봉상시 첨정・성균관 사예 등을 역임했다.

곽재우(郭再祐) 1552~1617. 본관은 현풍(玄風). 자는 계수(季綏), 호는 망우당(忘憂堂). 임진왜란이 일어나 관군이 대패하자, 같은 달 22일에 의병을 일으켜 관군을 대신해 싸웠다. 의병 활동 초기에는 의령의 정암진(鼎巖津)과 세간리(世干里)에 지휘 본부를 설치하고 의령을 고수하는 한편, 이웃 고을인 현풍・창녕・영산・진주까지를 작전 지역으로 삼고 유사시에 대처했다. 1592년 5월 하순경 함안군을 완전 점령하고 정암진 도하작전을 전개한 왜병을 맞아 대승을 거두었다. 왜군의 진로를 차단해 계획한 호남 진출을 저지할 수 있었다. 또한, 기강을 중심으로 군수 물자와 병력을 운반하는 적선을 기습해 적의 통로를 차단하는 데 크게 기여했으며, 현풍・창녕・영산에 주둔한 왜병을 공격해 물리쳤다. 그해 10월에 있었던 김시민(金時敏)의 1차 진주성 전투에는 휘하의 의병을 보내서 승리로 이끄는 데 일익을 담당했다. 정유재란 때는 밀양・영산・창녕・현풍 등 네 고을의 군사를 이끌고 화왕산성을 고수해 왜장 가토[加藤淸正]의 접근을 막았다.

곽진(郭嶝) 1568~1633. 자는 정보(靜甫). 호는 단곡(丹谷). 곽률(郭嵂)의 아우이다. 권우(權宇)의 문하에서 수학했다. 25세에 임진왜란이 일어나자 김성일(金誠一)의 초유문(招諭文)을 읽고 그의 둘째형과 함께 의병을 모집, 화왕산성(火旺山城)에 들어가 왜적과 싸웠다. 1601년 진사시에 합격했으나, 그 뒤 과거에 나아가지 않고 학문에만 전념하면서 단공산(丹公山)에 작은 암자를 짓고 위기지학(爲己之學)에 잠심했다. 참봉에 제수되었다.

곽한(郭瀚) ?~1596. 본관 현풍(玄風). 자는 대용(大容). 1549년 생원시에 합격했다.

국경인(鞠景仁) ?~1592. 회령(會寧)에 유배되어 그곳 회령부의 아전으로 들어가 치부(致富)했으나, 나라에 원한을 품고 있었다. 임진왜란이 일어나 왜장 가등청정(加藤淸正)의 군대가 침략해 오자, 무리를 모아 반란을 일으키고 그곳에서 피란 중이던 임해군(臨海君)과 순화군(順和君)을 포박해 왜장에게 넘겨주었다. 남쪽으로 퇴각하는 가등청정으로부터 회령 수비를 위임받았으나, 북평사(北評使) 정문부(鄭文孚)의 격문을 받은 유생 신세준(申世俊)·오윤적(吳允迪)에게 잡혀 참살당했다.

권경호(權景虎) 1546~1609. 본관은 안동(安東). 자는 종경(從卿), 호는 만오헌(晚悟軒). 음직으로 헌릉 참봉(獻陵參奉)이 되고 의금부 도사·창락 찰방을 지내고 임진왜란이 일어나자 검간 조정 및 사서 전식과 창의해 경상도 관찰사 김성일의 휘하에서 함창 소모관을 지냈다. 그 후 장성 군수를 역임하고 정유재란 때도 창의했으며 사헌부 감찰과 금산 군수를 지냈다.

권담(權曇) 1558~1631. 본관은 안동. 자는 경허(景虛), 호는 함계(咸溪). 권시(權時)의 동생이다. 지극히 효성스러워 친상(親喪) 3년을 여막(廬幕)에서 지냈다.

권두남(權斗南) 생몰년 미상. 자는 경망(景望). 호는 역락재(亦樂齋). 도사(都事)를 지냈다.

권두문(權斗文) 1543~1617. 본관은 안동(安東). 자는 경앙(景仰), 호는 남천(南川). 1592년 평창 군수가 되었으나 임진왜란이 일어나자 아들 주(黻)와 함께 적에게 사로잡혔다. 적 가운데 있으면서 적의 정세를 세밀히 탐지해 관군에게 알렸는데, 이 때의 일을 기록한 것이 ≪호구일록(虎口日錄)≫이다. 원주에 이르렀을 때 깊은 밤을 이용해 아들과 함께 탈출했다. 이듬해 행재소에 이르러 봉상시 주부가 되었고, 환도 후 군자시 첨정(軍資寺僉正)을 거쳐 예천·진산·영천·금산 등의 수령이 되었다. 1602년에 사섬시정을 거쳐 간성(杆城)의 수령을 지내고 내자시정·통례원정을 역임했다.

권사영(權士英) 생몰년 미상. 본관은 안동(安東).

권순(權淳) 1564~?. 본관은 안동(安東). 자는 화보(和甫), 호는 매오(梅塢). 만오헌(晚悟軒) 권경호(權景虎)의 아들이다. 1589년 생원시에 합격했다. 현감을 지내고, 이조 참판에 추증되었다.

권시(權時) 1552~1612. 본관은 안동(安東). 권심언(權審言)의 4형제 중 장남이다. 차남은 권욱(權旭, 1556~1612), 삼남은 권담(權曇, 1558~1631), 막내는 권진(權晉, 1568~1620)이다.

권우(權宇) 1552~1590. 본관은 안동(安東). 자는 정보(定甫), 호는 송소(松巢). 1573년 생원시에 합격한 뒤 과거공부를 그만두고 성리학에 전심해 학문으로 이름이 높았다. 1586년 경릉 참봉(敬陵參奉)에 제수되었다. 1589년 왕자의 사부에 제수되었으나 그 다음해에 죽었다. 광해군이 즉위하자 스승인 권우의 옛 은혜에 보답하고자 좌승지를 추증하고 예관을 보내어 제사지내게 했다.

권욱(權旭) 1556~1612. 본관은 안동(安東). 자는 경초(景初), 호는 매당(梅堂). 학봉(鶴峰) 김성일(金誠一)의 문인이다. 1590년 증광시 진사시에 합격했다. 임진왜란이 일어나자 경상북도 문경(聞慶)에서 의병을 일으켜 왜군 방어에 힘썼다. 선무공신(宣武功臣)에 녹훈되었다.

권위(權暐) 생몰년 미상. 본관은 안동(安東). 자는 숙회(叔晦), 호는 옥봉(玉峯)·옥산야옹(玉山野翁). 월천 조목의 문인이다. 1601년 문과에 급제했다. 나이가 많았으므로 바로 전적(典籍)에 임명되었다가 겨울에 공조 좌랑에 제수되었다. 이후 해미 현감, 형조 좌랑·호조 좌랑·예조 좌랑을 거쳐 1609년에는 수성 찰방(輸城察訪)에 임명되었으나 질병으로 사임했다. 광해군대 초반에 벼슬을 하지 않다가 1616년 동도 교수(東都敎授)에 임명되자 벼슬이 하찮다고 여기지 않고 후진을 양성했다.

권응수(權應銖) 1546~1608. 본관은 안동(安東). 자는 중평(仲平), 호는 백운재(白雲齋). 1583년 별시무과에 급제했다. 임진왜란이 일어나자 경상좌수사 박홍(朴泓)의 막하에 있다가 고향에 돌아가 의병을 모집해 궐기했다. 이 해 5월부터 활동을 전개하고, 7월에 각 고을의 의병장을 규합해 의병대장이 되었다. 12월에는 좌도 조방장으로 승진했다. 1593년 2월에는 순찰사 한효순과 함께 7군의 군사를 합세해 문경 당교(唐橋)에서 적을 대파하고, 25일에는 산양탑전(山陽塔前)에서 적병 100여명의 목을 베는 등 큰 전과를 올렸다. 이어 좌도병마절도사가 되었다. 9월에는 좌도방어사로 특진되었다. 1594년 정월에는 경상도 병마좌별장이 되고, 4월에는 황룡사(黃龍寺) 부근에서 적을 격파했다. 7월에는 충청도 방어사를 겸직하고 이사명(李思命)의 군사를 대신 거느리고 은진 현감 이곡(李穀)과 함께 창암(倉巖)에서 가토(加藤淸正)군을 대파했다. 1595년 정월에는 경상좌도 방어사를 겸했고, 4월에는 형강(兄江)에서 적을 대파했다. 1597년 9월 정유재란 때 관찰사 이용순(李用淳), 병마 절도사 김응서(金應瑞)와 같이 달성까지 추격했다. 11월에는 왕명으로 명나라의 부총병(副總兵) 해생(解生)을 따라 함경·강원 양로(兩路)의 병을 거느렸다.

권익민(權益民) 생몰년 미상. 본관은 안동(安東). 권우(權宇)의 아들이다. 21세 때에 황령사에서 창의했으나 일찍 죽었다.

권임(權任) 1539~?. 본관 예천(醴泉). 자 사중(士重), 호는 송간정(松澗亭). 안동(安東)에 거주했고, 1591년 생원시에 합격했다.

권진(權晉) 1568~1620. 본관은 안동. 자는 경명(景明), 아버지는 생원 곽한(郭瀚)이다. 임진왜란 때에 군자(軍資)를 보충했고, 참봉에 제수되었으나 나아가지 않았다.

권학해(權學海) 생몰년 미상. 자는 봉원(逢源).

권협(權協) 생몰년 미상. 자는 화숙(和叔)이다.

권호신(權虎臣) 1558~1629. 본관은 안동(安東). 자는 백무(伯武), 호는 도은(陶隱). 참봉을 지냈다.

권확(權擴) 생몰년 미상. 자는 수초(遂初). 훈도(訓導)를 지냈다.

권환(權懽) 생몰년 미상. 본관은 안동(安東). 자는 응화(應和). 봉사(奉事)를 지냈다.

금개(琴愷) 1562~1629. 본관은 봉화(奉化). 자는 언강(彦康), 호는 망월헌(望月軒). 조목의 문인으로, 1591년 생원시와 진사시에 동시에 합격하고, 1601년 식년시에서 급제했다. 사헌부 장령, 사간원 헌납, 사헌부 지제교 등을 두루 지냈고, 외직으로 여주 목사를 역임했다. 이후 광해군 정권의 혼탁함을 보고는 벼슬을 버리고 안동 예안의 향리로 돌아와 여생을 보냈다.

금경(琴憬) 1553~1633. 본관은 봉화(奉化). 자는 언각(彦覺), 호는 월담(月潭). 동생이 만수재(晚修齋) 금업(琴憛), 망월헌(望月軒) 금개(琴愷)이다. 월천 조목(趙穆)의 생질(甥姪)이다. 봉사(奉事)를 지냈다. 월천(月川) 조목(趙穆) 문하에서 수학했다. 1589년 동생 만수재 금업과 함께 나란히 사마시에 합격했고 1600년에 현릉 참봉(顯陵參奉)에 제수되었다.

금난수(琴蘭秀) 1530~1604. 본관은 봉화(奉化). 자는 문원(聞遠), 호는 성재(惺齋)·고산주인(孤山主人). 이황(李滉)의 문하에 들어가서 수학했다. 1561년 사마시에 합격했다. 1577년 제릉 참봉(齊陵參奉)을 비롯하여 집경전(集慶殿)과 경릉 참봉(敬陵參奉)을 지내고, 1585년 장흥고 봉사(長興庫奉事)가 되었다. 그 뒤 직장·장례원 사평을 지냈으나, 1592년 임진왜란이 일어나자 노모의 봉양을 위해 고향에 은거하다가 정유재란 때 고향에서 의병을 일으키니 많은 선비들이 호응해서 참가하고 지방민들은 군량미를 헌납했다.

금봉서(琴鳳瑞) 1538~1604. 본관은 봉화(奉化). 자는 경휴(景休), 호는 노강(盧江). 퇴계의 문인으로, 사마시에 합격했다. 퇴계 선생의 문집을 편집했다.

금업(琴㦃) 1557~1638. 본관은 봉화. 자는 언신(彦愼), 호는 만수재(晩修齋). 금난수의 아들이다. 1589년 사마시에 합격하고 1601년 문과에 급제했다.

금윤선(琴胤先) 1544~?. 본관은 봉화(奉化). 자는 이술(而述). 1592년 임진왜란 때 안집사 김륵(金玏)의 부름을 받고 의병장이 되었다. 군량을 모으고 무기를 수습해 의병장 임흘(任屹)·김용(金涌) 등과 왕래하면서 적을 물리칠 것을 꾀했다. 1593년 도원수 권율(權慄)의 막하에 있으면서 별장 권응수(權應銖), 방어사 김응서(金應瑞) 등과 약속하여 적진에 나아가 적의 40여 막사를 불 질렀다. 이 전공으로 선무이등공신(宣武二等功臣)에 책록되었다. 1595년 훈련원정(訓鍊院正)에 제수되었으나 얼마 되지 않아 사퇴했다. 영의정 유성룡 등이 애석하게 여겨 여러 번 발탁해 등용하려 했으나 응하지 않았다.

금응하(琴應河) 생몰년 미상. 임진왜란 때에 안동향병대장(安東鄕兵大將)을 지냈다.

금응훈(琴應壎) 1540~1616. 본관은 봉화(奉化). 자는 훈지(壎之), 호는 면진재(勉進齋). 이황의 문인이며, 유성룡·조목과 교우했다. 1570년 사마시에 합격, 1594년 학행에 의해 영의정 유성룡 등의 천거를 받아 종묘서부 봉사(宗廟署副奉事)에 제수되었다. 그 뒤 영춘 현감과 양천 현감 등을 역임하고 1601년 의흥 현감에 제수되었으나, 유성룡과 조목의 요청에 따라 사직하고 《퇴계선생문집》 간행실무자로 참여했다. 외관 시에는 선정으로 명망이 높았고, 퇴관해서는 후진교육에 전력해 큰 성과가 있었다.

김강(金堈) 생몰년 미상. 본관은 광산(光山). 자는 기중(器仲). 김지(金址)의 아우로, 찰방(察訪)을 지냈다.

김개국(金蓋國) 1548~1603. 본관은 연안. 자는 공제(公濟)·공징(公澄), 호는 만취당(晩翠堂). 1573에 사마시에 합격하고, 1591년 식년 문과에 급제했다. 옥천 군수를 지낸 뒤에 1592년 4월 임진왜란이 발생하자 피신하지 않고 고향으로 내려가 의병을 규합해 의병장으로 활약했다. 1598년 전란이 끝난 뒤에 임진왜란 때 의병장으로 활동한 공로로 선무원종공신 3등으로 녹훈되었다.

김겸(金謙) 1550~1604. 자는 사호(士好). 김재운(金齋雲)의 아들이다. 장악원정에 추증되었다.

김경운(金慶雲) 생몰년 미상. 자는 형숙(亨叔), 호는 희봉(曦峯). 진사시에 합격했다.

김광두(金光斗) 1562~1608. 본관은 상산(尙山). 자는 여우(汝遇), 호는 일묵재(一黙齋). 임진왜란 때 황령에서 창의해 왜병과 싸웠다. 1606년 사마시에 합격했다. 1599년 임진왜란 7년의 전쟁으로 만연하는 전염병을 퇴치하고 도탄에 빠진 사람들을 구하기 위해 남촌의 선비들인 선생과 송량, 윤전, 이전, 이준, 정경세, 강응철, 김지복, 성람 등 13개 문중의 선비들이 모여 각자의 양식과 돈을 내어 존애원(存愛院)이라는 우리나라 최초의 사설의료원을 만들어 많은 사람들을 무료로 치료하게 했다. 강경모, 〈소학을 실천한 선비 일묵재 김광두(金光斗)〉, 《상주의 인물》 권4, 상주문화원, 2017.

김광복(金光福) 생몰년 미상. 본관은 경주(慶州). 자는 경원(慶源), 호는 죽포(竹圃). 임진왜란 때 부친의 명으로 의병을 일으켰고, 아우 김광록(金光祿)과 조카 김몽화(金夢和)와 더불어 군무를 감독했다. 경주 부윤 윤인함(尹仁函)이 정병(正兵)을 내주어 서생포(徐生浦) 전투에서 여러 번 싸워 대첩을 거두었다. 팔공산과 화왕산(火旺山) 회맹에 참여했는데, 체찰사 이원익(李元翼)이 일찍이 말하기를 "용맹을 떨치며 돌격해 큰 군사를 모두 거느릴 자는 김 장군 한 사람뿐이다"라고 했다. 훈련원정(訓練院正)에 제수되었다. 원종공신 2등에 녹선되었고, 병조 참판(兵曹參判)에 추증되었으며 품계는 자헌대부(資憲大夫)에 이르렀다.

김광엽(金光燁) 1561~1610 본관은 순천(順天). 자는 이회(而晦), 호는 죽일(竹日). 1590년 생원시에 장원으로, 진사시에 2등으로 합격한 뒤 그해 증광문과에 을과로 급제했다. 승문원과 예문관에 임용된 뒤 승정원 주서로 옮겼다. 그 뒤 옥당의 저작, 홍문관의 부수찬·부교리·부응교와 사간원의 정언·헌납과 사헌부의 집의·지평 등 요직을 거쳐서 이조정랑과 성균관의 직강·사예·사성을 지냈다. 외직으로는 흥해 군수를 역임했는데, 주민생활에 이로운 선정을 베풀어 주민들의 칭찬을 들었다.

김구정(金九鼎) 1559~1638. 본관은 함창(咸昌). 자는 경진(景鎭), 호는 서현(西峴). 1582년 문과에 급제했다. 경상도 도사, 성균관 전적, 영해 부사(寧海府使), 대구 부사(大丘府使) 등을 지냈다.

김군서(金君瑞) 생몰년 미상. 진사시에 합격했다.

김기(金圻) 1547~1603. 본관은 광산(光山). 자는 지숙(止叔), 호는 북애(北厓). 예안(禮安)의 오천촌(烏川村)에서 태어났다. 1602년 유일(遺逸)로 천거되어 순릉 참봉(順陵參奉)이 되었다. 임진왜란 때에는 그의 종제(從弟) 김해(金垓)와 함께 고을 사람들을 모아 의병을 일으키고, 정제장 겸 소모사(整齊將兼召募事)가 되어 많은 군량을 모았다. 또, 경주의 집경전(集慶殿)에 있던 태조의 어진(御眞)이 예안의 백동서당(柏洞書齋)에 이안(移安)되었을 때, 임시로 수호하는 임무를 맡았다. 1597년 정유재란 때에는 안동의 27의사와 함께 화왕산성(火旺山城)에 들어가 목숨을 다해 싸워 공을 세웠다. 1598년 도산서원의 원장(院長)이 되어 《퇴계전서(退溪全書)》의 간행에 힘을 쏟아 그 일을 끝냈다.

김대현(金大賢) 1553~1602. 본관은 풍산(豊山). 자는 희지(希之), 호는 유연당(悠然堂). 이덕

형(李德馨)과 김륵(金玏)의 추천으로 1595년 성현도 찰방(省峴道察訪)이 되고, 뒤이어 상의
원 직장(尙衣院直長)이 되었다. 이 때 명나라 장수 형개(邢玠)의 접대낭청(接待郎廳)에 선발
되었으며, 곧 예빈시 주부(禮賓寺主簿)에 승진되었으나 물러나 영주에서 이산원(伊山院) 원
장에 피선되었다. 그는 임진왜란 때 고향에서 향병을 모아 안집사 김륵의 휘하에 들어
가서 민심수습에 공헌하고 난이 끝난 뒤에는 기민구제에 전력을 기울였다.

김덕남(金德男) 1551~1594. 자는 사술(士述), 초자(初字)는 선술(善述). 임진왜란 때에 창의해
서기(書記)를 맡았다가 후에 판결사(判決事)에 추증되었다. 1594년 진중(陣中)에서 죽었다.

김률(金瑮) 1568~?. 본관은 의성(義城). 자는 백온(伯溫), 호는 천유옹(天有翁). 월천 조목의
문인으로, 1627년 진사시에 합격하고 호군(護軍)을 지냈다.

김륭(金隆) 1549~1593. 본관은 함창(咸昌). 자는 도성(道盛), 호는 물암(勿巖). 퇴계 이황의
문인으로, 1592년 임진왜란이 일어나자 격문을 지어 여러 고을에 돌려 기병(起兵)할 것
을 호소했으며, 이듬해 학행(學行)으로 집경전 참봉에 천거되어 사은숙배하고 돌아온 뒤
에 바로 죽었다.

김륵(金玏) 1540~1616. 본관은 예안(禮安). 자는 희옥(希玉), 호는 백암(柏巖). 이황(李滉)의
문인으로, 1576년 문과에 급제했다. 임진왜란 때 형조참의를 거쳐 안동부사가 되었다가
경상도 안집사(安集使)로 영남에 가서, 충성스럽고 의기 있는 선비들에게 국가의 뜻을 알
리고, 왜적을 토벌하도록 장려하고 백성들을 잘 다스렸다. 이듬해 경상우도 관찰사가 되
어서는 전라 좌·우도의 곡식을 운반해 기근이 든 백성들을 구제하고자 했다. 이어 도
승지·대사간·한성부우윤·대사성을 거쳐, 1594년 동지의금부사·이조 참관·부제학
등을 역임했다.

김면(金沔) 1541~1593. 본관은 고령(高靈). 자는 지해(志海), 호는 송암(松庵). 임진왜란이 일
어나자 5월에 조종도(趙宗道)·곽준(郭䞭)·문위(文緯) 등과 함께 거창과 고령에서 의병을
일으켰다. 금산과 개령 사이에 주둔한 적병 10만과 우지(牛旨)에서 대치하다가 진주 목
사 김시민(金時敏)과 함께 지례(知禮)에서 적의 선봉을 역습하여 크게 승리를 거두었으며,
이 공으로 합천 군수에 제수되었다. 그 뒤 무계(茂溪)에서도 승리를 거두어 9월에는 첨지
사(僉知事)에 임명되고, 11월에는 의병대장의 교서를 받았다. 당시 호남 관찰사에게 군사
와 군량을 요청했으나 회답이 없자 혼자 군사를 이끌고 고령·지례·금산·의령 등을
수복했다. 1593년 1월 경상우도 병마절도사가 되어 충청도 의병과 함께 금산에 주둔하
며 선산(善山)의 적을 격퇴시킬 준비를 갖추던 도중, 갑자기 병에 걸리자 자신의 죽음을
알리지 말라는 유언을 남기고 죽었다.

김몽호(金夢虎) 생몰년 미상. 본관은 안동(安東). 자는 문백(文伯). 절충첨지중추부사(折衝僉
知中樞府事)를 지냈다.

김부륜(金富倫) 1531~1598. 본관은 광산(光山). 자는 돈서(惇敍), 호는 설월당(雪月堂). 1592
년 임진왜란이 일어나자 가산을 털어 향병(鄕兵)을 도왔고, 봉화 현감이 도망가자 가현감
(假縣監)이 되어 선무에 힘썼다. 그리고 관찰사 김수(金睟)에게 적을 막는 3책(三策)을 올

렸는데, 충심이 지극한 내용이었다. 김성일(金誠一)·이발(李潑)과 도의를 강마했으며, 만년에 관직에서 물러난 뒤 향리에 설월당이라는 정자를 짓고 후진을 양성하는 데 전념했다.

김부인(金富仁) 1512~1584. 본관은 광산(光山). 자는 백영(伯榮), 호는 산남(山南). 이황(李滉)의 문인으로, 문과에 실패하고 무과에 급제했다. 창성 부사(昌城府使), 이조 좌랑(吏曹佐郎), 경상좌도 병마절도사(慶尙左道兵馬節度使) 등을 역임했다. 무인으로 벼슬하면서도 학문에 뜻을 버리지 않고 이황(李滉)의 문하에 출입하면서 유학을 익혔다. 창성 부사로 있을 때 병마절도사 김수문(金秀文)과 함께 서해평(西海坪) 정벌에 공을 세웠다.

김석광(金錫光) 생몰년 미상. 본관은 풍산(豊山). 자는 경원(景遠), 호는 석담(石潭). 선산 출신이다.

김성원(金聲遠) 1565~1592. 본관은 경주(慶州). 진사시에 합격했다. 조헌(趙憲)의 문인으로, 1592년 임진왜란이 일어나자 조헌의 의병군에 가담해 금산전투에 참가했다가 전사했다.

김성일(金誠一) 1538~1593. 본관은 의성(義城). 자는 사순(士純), 호는 학봉(鶴峰).이황(李滉)의 문인으로, 1568년 문과에 급제했다. 1590년 통신부사(通信副使)로 일본에 파견되었다가 돌아와 일본이 침입하지 않을 것이라고 보고했다. 1592년 형조 참의를 거쳐 경상우도 병마절도사로 재직하던 중 임진왜란이 일어나자, 이전의 보고에 대한 책임으로 파직되었다. 서울로 소환되던 중, 유성룡 등의 변호로 직산(稷山)에서 경상우도 초유사로 임명되어 다시 경상도로 향했다. 의병장 곽재우(郭再祐)를 도와 의병활동을 고무했고, 함양·산음(山陰)·단성·삼가(三嘉)·거창·합천 등지를 돌며 의병을 규합했으며, 각 고을에 소모관(召募官)을 보내 의병을 모았다. 또한 관군과 의병 사이를 조화시켜 전투력을 강화하는 데 노력했다. 1593년 경상우도 순찰사를 겸해 도내 각 고을에 왜군에 대한 항전을 독려하다 병으로 죽었다.

김성택(金成澤) 생몰년 미상. 자는 이회(而晦). 한림(翰林)을 지냈다.

김수(金晬) 1547~1615. 본관은 안동(安東). 자는 자앙(子昂), 호는 몽촌(夢村), 시호는 소의(昭懿). 임진왜란 때 경상도 관찰사로 있었으며 관군이 패해 그도 한때 관직에서 물러났으나 뒤에 판한성·지중추를 거쳐 형·호조 판서·영중추(領中樞)에 이르렀다. 일찍이 호조 판서로서 임진왜란 때 치적을 올려 수 십 년 동안의 호조 판서 중 제1인자로 꼽혔으며 1591년 홍여순(洪汝淳)이 간계를 꾸며 사류(士流)를 몰아내려고 그를 크게 등용하려고 했으나 응하지 않았다. 이항복(李恒福)이 그의 죽음을 듣고 나라의 충신을 잃었다고 한탄했다.

김용(金涌) 1557~1620. 본관은 의성(義城). 자는 도원(道源), 호는 운천(雲川). 학봉 김성일의 조카이다. 1590년 문과에 급제했다. 1592년 임진왜란이 일어나자 향리인 안동에서 의병을 일으켜 안동수성장(安東守城將)에 추대되었고, 이듬해 예문관의 검열·봉교, 성균관의 전적 등을 지냈다. 1597년 정유재란이 일어나자 제도도체찰사(諸道都體察使) 이원익(李元翼)의 종사관으로 수행해 많은 활약을 했으며, 교리에 재임 중 독운 어사(督運御史)로 나가 군량미 조달에 많은 공을 세웠다.

김우옹(金宇顒) 1540~1603. 본관은 의성(義城). 자는 숙부(肅夫), 호는 동강(東岡)·직봉포의 (直峰布衣). 조식(曹植)의 문인으로, 1558년 진사가 되고, 1567년 식년문과에 병과로 급제 했다. 1592년 임진왜란으로 사면되어 의주 행재소(行在所)로 가서 승문원 제조로 기용되 고, 이어서 병조 참판을 역임했다. 이듬해 명나라 찬획(贊劃) 원황(袁黃)의 접반사(接伴使) 가 되고, 이어서 동지중추부사로 명나라의 경략(經略) 송응창(宋應昌)을 위한 문위사(問慰 使)가 되었으며, 왕의 편지를 명나라 장수 이여송(李如松)에게 전했다. 그 해 상호군을 거 쳐 동지의금부사가 되어 왕을 호종하고 서울로 환도했다. 1594년 대사성이 되고, 이어서 대사헌·이조 참판을 거쳤다. 1597년 다시 대사성이 되었으며, 이어서 예조 참판을 역 임했다.

김우용(金宇容) 1538~1608. 본관은 의성(義城). 자는 정부(正夫), 호는 사계(沙溪). 1583년 사 산감역(四山監役)이 되고, 1587년 사헌부 감찰이 되었으나 얼마 후 병으로 사직했다.

김원진(金遠振) 1559~1641. 본관은 상산(商山). 자는 사선(士宣), 호는 지연(止淵). 생원시에 합격했다. 류성룡의 문인으로, 우복 정경세(鄭經世)와 도의(道義)로 사귀었다. 임진왜란 때에 아우 원성(遠聲)과 창의해 공이 있었다.

김윤명(金允明) 생몰년 미상. 본관은 순천(順天). 자는 수우(守愚), 호는 송간(松澗). 임진왜 란 때에 아우 윤안(允安)과 창의해 한림(翰林) 김해(金垓)를 따랐으며 공이 있었다. 생원시 에 합격하고 현감을 지냈다.

김윤사(金允思) 1552~1622. 본관은 순천(順天). 자는 이득(而得), 호는 청만(晴巒). 찰방을 지 냈다. 김윤명(金允明)의 동생이다.

김윤안(金允安) 1562~1620. 본관은 순천(順天). 자는 이정(而靜), 호는 동리(東籬). 1588년 생원과 진사 양시에 동시에 합격해 스승인 류성룡의 뒤를 이을 재목임이 널리 알려지 게 되었다. 임진왜란이 일어나자 형 윤명(允明)과 함께 김해(金垓)를 대장으로 한 안동의 진(安東義陣)에 참여했다. 1605년 소촌도 찰방(召村道察訪)을 제수 받아 임진왜란으로 황 폐해진 역로(驛路)와 해이해진 역졸들의 기강을 회복시키는 데 전력했다. 대구 부사를 지냈다.

김응현(金應顯) ?~1593. 자는 명중(明仲). 곽수지의 외종사촌 형이다.

김이일(金以一) 1571~?. 본관은 상산(商山). 자는 성보(惺甫). 1606년 진사과에 합격하고, 1618년 문과에 급제해 교서관과 정자를 지냈다.

김익(金翌) 1547~1603. 본관 광산(光山). 자는 현보(顯甫), 호는 우암(愚巖)·우연(愚淵). 선조 때 생원시에 합격하고 학행으로 천거되어 집경전 참봉을 지냈다.

김자한(金自漢) 1545~?. 본관은 강릉(江陵). 자는 주원(住源). 1588년 진사시에 합격하고, 1606년 문과에 급제했다. 정랑(正郎)을 지냈다.

김재운(金霽雲) 1524~1594. 본관은 상산(商山). 자는 곽여(郭如). 낙성군(洛城君) 김선치(金先 致)의 후손으로, 부장(部將)을 지냈다.

김정(金琔) 1557~?. 본관은 상산(尙山). 자는 경온(景溫), 호는 서담(西潭).

김정룡(金廷龍) 1561~1619. 초명은 김응룡(金應龍). 본관은 의성(義城). 자는 시견(時見), 호는 월담(月潭). 1585년 문과에 급제해 성균관 박사를 거쳐, 1586년 예안 현감이 되었다. 현감으로 있을 때 임진왜란이 일어나자 군량미 수송에 공이 커 왕으로부터 상을 받았다. 1607년 예조 좌랑·병조 좌랑을 지내고, 그 뒤 영월 군수·풍기 군수·이조 정랑 등을 역임했다.

김중청(金中淸) 1567~1629. 본관은 안동(安東). 자는 이화(而和), 호는 만퇴헌(晩退軒)·구전(苟全). 아버지는 중추부첨지사를 지낸 김몽호(金夢虎)이다. 1610년 문과에 급제했다. 1615년 세자시강원 문학이 되었으며, 사간원 정언으로 폐모론에 반대하는 이원익(李元翼)을 탄핵하라는 대북파(大北派) 정인홍(鄭仁弘)의 부탁을 거절하자 파면되었다. 1616년 신안 현감에 이어 1621년 승정원 승지로 선유사(宣諭使)가 되어 영남을 순행했다. 이후 산직(散職)에 머물렀으며, 인조반정 후에는 조정에 나아가지 않았다.

김지(金址) 1551~1619. 본관은 광산(光山). 자는 군건(君建). 아버지는 양정당(養正堂) 김부신(金富信)이다.

김지복(金知復) 1568~1635. 본관은 영동(永同). 자는 무회(无悔)·수초(守初), 호는 우연(愚淵). 류성룡에게 사사했으며, 이준(李埈)·정경세(鄭經世) 등과 학문적인 교유가 있었다. 1612년 사마시에 합격하고, 1623년 문과에 급제해 학유(學諭)가 되고, 1625년 전적(典籍)을 거쳐 형조 좌랑이 되었다.

김지선(金止善) 1573~1622. 호는 번계(樊溪). 백암 김륵의 아들로, 생원시에 합격하고 의금부 도사를 지냈다.

김택룡(金澤龍) 1547~1627. 본관은 예안(禮安). 자는 시보(施普), 호는 와운자(臥雲子). 월천 조목에게 배운 뒤에 퇴계 이황의 문인이 되었다. 1576년 사마시에 합격하고, 1588년 문과에 급제했다. 1595년 병조 좌랑이 되고, 같은 해 헌납(獻納)·직강(直講)을 거쳐 이듬해 지평(持平)·겸사서(兼司書)를 역임하고, 전라도 광양·운봉에서 적을 무찌른 공으로 공적이 널리 세상에 알려지게 되었다. 울산부 판관을 지낼 때에 정란(靖亂)과 선무(宣武) 두 공신에 녹훈되었다.

김평(金坪) 생몰년 미상. 본관은 광산(光山). 자는 평중(平仲). 김강(金堈)의 아우로, 생원시에 합격했다.

김헌(金憲) 1566~1624. 본관은 상산(商山). 자는 회중(晦仲), 호는 송만(松灣). 류성룡의 문인으로, 1605년 문과에 급제했다. 임진왜란 때에 창의했고, 학행으로 참봉에 제수되었다. 선무원종공신(宣武原從功臣)에 녹훈되었고, 풍기 군수를 지냈다.

김협(金協) 생몰년 미상. 본관은 순천(順天). 자는 길보(吉甫), 호는 충효당(忠孝堂). 류성룡의 문인으로, 1592년 임진왜란 때 체부(體府)에 발탁되어 병기를 연구해 화전(火箭)을 개발했다. 의학에도 뛰어나 선조의 시의(侍醫)를 지냈으며, 만년에는 혜민서 주부(惠民署主簿)에 임명되었으나 사퇴했다.

김호(金壕) 1534~1616. 본관은 광산(光山). 자는 경보(景輔). 산남(山南) 김부인(金富仁)의 아들이다. 병사(兵使)를 지냈다.

김홍미(金弘微) 1557~1605. 본관은 상산(商山). 자는 창원(昌遠), 호(自號)는 성극당(省克堂). 조식과 유성룡의 문인이다. 1579년 진사가 되고, 1585년 식년문과에 급제했다. 1592년 임진왜란이 시작될 무렵에는 경상좌도 도사가 되었다. 1597년 승정원 동부승지로 있을 때, 삼도수군통제사인 이순신(李舜臣)을 탄핵하여 파면하게 하고 원균(元均)을 통제사로 삼게 하는 데 가담했다는 것에 대한 논란이 있다. 1604년 강릉 부사로 부임했는데, 약한 몸을 이끌고 수재로 죽은 자의 조문과 굶주린 자의 진휼에 힘써 직무에 충실하다가 병이 악화되어 관직에서 물러났다.

김홍민(金弘敏) 1540~1594. 본관은 상주(尙州). 자는 임보(任甫), 호는 사담(沙潭). 1570년 문과에 급제해 한림과 삼사(三司)를 거쳐, 1584년 이조 좌랑으로 삼사와 같이 이이(李珥)와 박순(朴淳)을 탄핵했다. 1592년 임진왜란이 일어나자 보은 지방에서 속리사(俗離寺)를 거점으로 의병 600명을 일으켜 충보군(忠報軍)이라 칭하고, 상주에서 적의 통로를 막아 호남 지역에서의 노략질을 막는 큰 공을 세웠다. 1594년 의병진중에서 죽었다.

김희계(金希契) 생몰년 미상. 본관은 김해(金海). 자는 사수(士數). 1594년 과거에 급제했다. 임진왜란 때 진보 현감(眞寶縣監)으로 재직 중, 직접 왜적과 대적해 손수 12급의 목을 베어 공적을 세웠다. 이후 그 공적을 인정받아서 공훈이 책정되었는데, 1595년에는 공훈이 조작된 것이며 그는 용맹이 없어서 직접 전투에 참가하지 않았다는 내용으로, 사간원(司諫院)으로부터 탄핵을 당했다. 1596년 영해부사(寧海府使) 한효순(韓孝純)을 도와서 방어기구들을 수리하고 토적(土賊)들을 토벌하는데 일조했다는 내용이 유학(幼學) 하응익(河應益)의 상소를 통해 보고되었다. 1597년 문천 군수(文川郡守)로 재직 중, 성격이 급하며 포악하고 정무는 다스리지 않고 재산을 증식하는 일에만 열중한다는 내용으로, 헌납(獻納) 김대래(金大來)로부터 탄핵을 당한 뒤, 해당 관직에서 파직되었다.

나광서(羅光緖) 생몰년 미상. 사담(沙潭) 나덕원(羅德元)의 아들이다.

나덕원(羅德元) 1548~?. 본관은 나주(羅州). 자는 이건(以健), 호는 사담(沙潭). 곤재(困齋) 정개청(鄭介淸)을 사사했다. 1573년 진사시에 합격해 익위사 세마(翊衛司洗馬)에 제수되었다. 임진왜란 때 소모사(召募使)로 각지에서 의병을 모집했다. 1594년에 오수 찰방(獒樹察訪)이 되어 군량을 감독했고, 함창현감 겸 운량차사(咸昌縣監兼咸昌縣監)가 되어 명나라 군대에 군량을 보급했다. 찬획사(贊劃使) 황신주(黃愼周)와 함께 모두포(毛豆浦)에 주둔하고 있던 가토 기요마사[加藤淸正]를 공격하기 위해 문경(聞慶) 유곡역(幽谷驛)으로 들어가다가, 명나라 장수를 돕기 위해 울산(蔚山)으로 진격했다. 이 전투에서 동생 나덕립이 전사했다. 왜란 후 고향으로 돌아와 지냈다.

낙상지(駱尙志) 생몰년 미상. 절강(浙江) 소흥부(紹興府) 여요현(餘姚縣) 사람으로, 호는 운곡(雲谷). 1592년 12월에 좌참장(左參將)으로 보병 3천 명을 이끌고 조선에 왔다. 힘이 월등해 1천근의 무게를 들었으므로 낙천근(駱千斤)으로 불리었다. 평양 전투에서 앞장서서 성벽을 올라 승리에 큰 기여를 했다. 조선은 임진왜란이 일어나자 무예를 조직적으로 훈련시키기 위해 1594년 훈련도감을 설치했다. 이는 명나라 장군 낙상지(駱尙志)가 영의정 류성룡에게 "조선이 아직도 미약한데 적이 영토 안에 있으니, 군사를 훈련시키는 것이 가장 급하다. 명나라 군사가 철수하기 전에 무예를 학습시키면 몇 년 사이에 정예가 될 수 있으며, 왜병을 방어할 수 있다."라는 제안에 따른 것이다. 허경진, 〈조선후기 신지식인 한양의 中人들〉(20), 서울신문, 2007.5.14. 14면 참조.

남군우(南君佑) 생몰년 미상. 진사시에 합격했다.

남의경(南蟻慶) 생몰년 미상. 자는 인서(仁瑞). 용계 남치형(南致亨)의 아들이다.

남치형(南致亨) 1540~?. 본관은 영양(英陽). 자는 양중(養仲), 호는 용계(龍溪). 1573년 생원시에 합격했다.

남탁(南晫) 1561~?. 본관은 의령(宜寧). 자는 명숙(明叔), 호는 백암(白巖). 1589년 진사시에 합격하고, 1590년 문과에 급제해 성균관 권지학유·전적을 지낸 뒤, 1597년에는 병조 좌랑으로 전라도의 군량상황을 조사했다.

노경임(盧景任) 1569~1620. 본관은 안강(安康). 자는 홍중(弘仲), 호는 경암(敬菴). 장현광(張顯光)과 유성룡의 문하에서 수학했다. 1591년 문과에 급제하고, 예문관 검열을 거쳐 홍문관 정자가 되었다. 1592년 임진왜란이 일어나자 고향에 돌아와서 의병을 모집하여 왜군에 대항했다. 뒤에 다시 지평을 거쳐 예조 정랑이 되었고, 체찰사(體察使) 이원익(李元翼)의 종사관이 되어 삼남지방(三南地方)을 순찰하면서 임기응변으로 일을 잘 처리하여 그의 신임을 얻었으며, 1597년 이원익의 지시를 받고 올린 전쟁 상황의 상세한 보고로 선조의 신임을 얻어 교리로 임명되었다. 1598년 사간원 헌납·종부시 전적(宗簿寺典籍)에 제수되었지만 부임하지 않다가 그 뒤 지영해 부사(知寧海府事)·성주 목사 등을 역임했다.

노경필(盧景佖) 1554~1595. 본관은 경주. 자는 구중(懼仲), 호는 역정(櫟亭). 정구(鄭逑)의 문인이다. 1573년 생원시에 합격했다. 벼슬에 대한 뜻을 접고 고향에서 부모를 봉양했다. 학문과 덕행이 뛰어나 천거로 능서랑(陵署郎)에 임명되었으나 사양했다. 임진왜란이 일어나자 동생 노경임(盧景任)과 의병을 모아 상주전투에서 공을 세웠다. 1594년 안동 부사(安東府使)로 부임하여 선정을 베풀었다. 오봉 신지제(申之悌)·여헌 장현광(張顯光) 등과 교유했다.

도원량(都元亮) 1556~1616. 본관은 성주(星州). 자는 익경(翼卿). 1583년 무과에 급제했다. 1593년 도원량은 이순신 휘하의 주사독전 선전관(舟師督戰宣傳官)을 맡고 있었다.

동일원(董一元) 생몰년 미상. 호는 소산(小山). 선부(宣府) 전위(前衛) 사람이다. 1598년 12월에 중군 좌도독(中軍左都督)으로 출정했다. 이듬해 중로(中路)의 병력을 이끌고 진격해 사천(泗川)의 왜적을 토벌하다가 불리하여 거창(居昌)으로 철수했다. 1599년 서울로 돌아왔다가 1600년 귀국했다.

류기(柳褀) 1561~1613. 자는 여장(汝章), 호는 부휴(浮休). 류성룡의 조카로, 류운룡의 둘째 아들이다. 임진왜란 때 숙부 류성룡을 도와 호성원종공신에 책록되었고 낭천 현감을 지냈다. 명필 한석봉과 친분이 두터웠다.

류성룡(柳成龍) 1542~1607. 본관은 풍산(豊山). 자는 이현(而見), 호는 서애(西厓). 이황의 문인으로, 김성일(金誠一)과 동문수학했으며 서로 친분이 두터웠다. 1564년 생원·진사가 되고, 1566년 문과에 급제했다. 1592년 임진왜란 때 병조 판서를 겸하고 도체찰사로 군무(軍務)를 총괄했다. 이어 영의정이 되어 왕을 호종(扈從), 평양에 이르러 나라를 그르쳤다는 반대파의 탄핵을 받고 면직되었다. 의주에 이르러 평안도 도체찰사가 되고, 이듬해 명나라의 장수 이여송(李如松)과 함께 평양성을 수복, 그 뒤 충청·경상·전라 3도의 도체찰사가 되어 파주까지 진격했다. 이 해 다시 영의정에 올라 4도의 도체찰사를 겸해 군사를 총지휘했다. 이 해 4월 이여송이 일본과 화의하려 하자, 글을 보내 화의를 논한다는 것은 나쁜 계획임을 역설했다. 10월 선조를 호위하고 서울에 돌아와서 훈련도감의 설치를 요청했으며, 변응성(邊應星)을 경기좌방어사로 삼아 용진(龍津)에 주둔시켜 반적(叛賊)들의 내통을 차단시킬 것을 주장했다.

류심(柳褾) 1572~?. 자는 여길(汝吉). 류운룡(柳雲龍)의 아들이다. 교수를 지냈다.

류영경(柳永慶) 1550~1608. 본관은 전주(全州). 자는 선여(善餘), 호는 춘호(春湖). 1592년 임진왜란이 일어나자 사간으로서 초유어사(招諭御史)가 되어 많은 의병을 모집하는 활약을 보였고, 1593년 황해도 순찰사가 되어 해주에서 왜적을 맞아 60여급을 베는 공을 세웠다. 그 공로로 행재소(行在所)에서 호조참의에 올랐다. 1597년 정유재란 때에 지중추부사(知中樞府事)로서 가족을 먼저 피란시켰다는 혐의로 파직되었다가 이듬해 병조 참관에 서용되었다. 당론이 일어날 때에는 류성룡과 함께 동인에 속했으며, 동인이 다시 남인·북인으로 갈라지자 이발(李潑)과 함께 북인에 가담했다. 1599년 대사헌으로 있을 때에 홍여순(洪汝諄)의 탄핵을 발단으로 북인이 대북·소북으로 갈리자, 유희분(柳希奮) 등과 함께 남이공의 당이 되어 영수가 되었다.

류운룡(柳雲龍) 1539~1601. 본관은 풍산(豊山). 자는 응현(應見), 호는 겸암(謙菴). 류성룡의 형으로 이황의 문하에서 수학했다. 1592년 임진왜란이 일어나자 동생인 영의정 성룡이 선조에게 그를 해직시켜 어머니를 구출하도록 읍소하니 이 건의가 받아들여져 그는 어머니를 비롯한 온 가족이 모두 무사하도록 하여 모두가 그의 효심을 칭찬했다. 그 해 가을에 풍기 가군수(豊基假郡守)가 되었으며, 전란의 어려움에도 조공을 평시와 같이 함으로써 얼마 뒤 다시 정군수(正郡守)가 되어 왜적들의 위협을 받고 있는 백성들의 생업을 보호하는 데 힘썼다. 그 뒤 원주목사로 승진되었으나 어버이의 노쇠함을 핑계하고 사퇴했다.

류주(柳袾) 생몰년 미상. 자는 여미(汝美). 류운룡(柳雲龍)의 장남이다. 찰방을 지내고 장령(掌令)에 추증되었다.

마귀(麻貴) 생몰년 미상. 명나라의 장수로 자는 서천(西泉), 호는 소천(小川). 대동위(大同衛) 출신이다. 마귀는 1597년에 정유재란(丁酉再亂)이 발생하자 조선을 지원하도록 파견되었다. 이해 12월에 도원수 권율(權慄)과 합세해 울산으로 내려가서 도산성(島山城)을 공격했으나, 적장 흑전장정(黑田長政)이 이끄는 왜군에게 패하여 경주로 후퇴했다. 1598년 만세덕(萬世德)이 거느린 14만 원군을 따라 들어와 다시 도산성을 공격했으나, 성과를 올리지 못하고 왜군이 철수하자 귀국했다.

만세덕(萬世德) ?~1602. 자는 백수(伯修). 호는 진택(震澤). 산서(山西) 태원부(太原府) 편두소(偏頭所) 사람이다. 1597년 해방사(海防使)로 천진(天津), 등래(登萊), 여순(旅順)을 방비했고, 1598년 양호를 대신해 경리가 되어 조선에 왔다가, 1600년 귀국해 계료 총독(薊遼總督)이 되었다. 출정 기간에 토색질이 심했고, 자신의 송덕기공비를 세우도록 강요하기도 했다.

모리 원강(毛利元康) 1560~1601. 모리 원강[毛利元康, 모리 모토야스]. 임진왜란 당시 모리 가문은 도요토미 히데요시의 도해를 대비해 경상도 도내에 거취 장소 및 주요 도로의 관문을 11개를 설치하라는 명령을 받고 이를 수행했던 것으로 보인다.

민호(閔護) 1568~1633. 본관은 여흥(驪興). 자는 극화(克和). 1589년 사마시에 합격해 진사가 되고, 1605년 별시문과에 급제했다. 1617년 인목대비(仁穆大妃)의 삭호(削號)문제가 일어나자 이에 반대했다. 이듬해인 1618년 대비가 서궁(西宮)에 유폐되자 서궁분승지(西宮分承旨)가 되어 홀로 대비를 시종했다. 좌찬성에 증직되었다.

박광선(朴光先) 1562~1631. 본관은 고령(高靈). 자는 극무(克懋), 호는 소고(笑皐). 1618 문과에 급제해 정언(正言)·사서(司書)·장령(掌令) 등을 역임했다. 1622년 세자시강원(世子侍講院)에서 필선(弼善)·보덕(輔德)으로 왕세자를 모시다가 인조반정으로 은진(恩津)에 안치되었다.

박기종(朴起宗) 1556~1638. 본관은 밀양(密陽). 자는 대운(代雲), 호는 백암(白庵). 의재(毅齋) 김제갑(金悌甲)의 문인이다. 임진왜란 때에 창의했고, 부호군(副護軍)을 지냈다.

박록(朴漉) 1542~1632. 본관은 나주(羅州). 자는 자징(子澄), 호는 취수옹(醉睡翁). 1592년 임진왜란이 일어나자 고향사람들의 추대를 받아 의병장이 되어 치밀한 정찰과 뛰어난 용병술로 고향에 왜군이 침입을 못하게 했다. 이러한 공에 의해 1594년 태릉 참봉(泰陵參奉)과 1598년 사근도 찰방(沙斤道察訪)에 임명되었으나 병을 핑계 삼아 부임하지 않았다. 1603년 의금부 도사·예빈시 별제(禮賓寺別提)를 거쳐 관직에서 물러났다. 그 뒤 노인직(老人職)으로 통정대부에 이어 가선대부에 올랐다.

박문범(朴文範) 생몰년 미상. 자는 자화(子華). 첨지(僉知)를 지냈다.

박선(朴選) 생몰년 미상. 자는 경택(景擇). 풍기 일언리 거주.

박세순(朴世淳) 1539~1612. 본관은 무안(務安). 자는 경수당(慶壽堂). 1599년 무과에 급제하고 임진왜란 때 세운 공으로 선무원종공신에 봉하여졌다. 절충장군(折衝將軍) 첨지중추부사(僉知中樞府事) 겸 오위장(五衛將)을 지냈다.

박수서(朴守緖) 1567~1627. 본관은 함양(咸陽). 자는 경승(景承), 호는 우계(尤溪). 1588년 사마시에 합격했다. 1597년 정유재란 때 곽재우(郭再祐)와 함께 의병을 일으켜 화왕산성(火

旺山城)을 지키며 항전했다. 1607년 건원릉 참봉(健元陵參奉), 1608년 창릉 참봉(昌陵參奉)이 되었으며, 1609년 문과에 급제해 세자시강원 설서(世子侍講院說書)에 임명되었다.

박수선(朴守先) 1556~?. 본관은 함양. 자는 경술(景述). 1606년에 생원시에 합격했다.

박수일(朴遂一) 1553~1597. 본관은 밀양. 자는 순백(純伯), 호는 건재(健齋). 퇴계 이황의 문인으로, 정유재란 때에 의병으로 적을 맞아 싸우다가 전사했다. 과거에 뜻을 두지 않았으며 천거로 재랑(齋郞)에 제수되었다.

박언필(朴彦弼) 생몰년 미상. 본관은 영해(寧海). 자는 국간(國幹). 1567년 역과(譯科)에 합격했다.

박원량(朴元亮) 1568~1631. 본관은 순천(順天). 자는 사명(士明). 호는 국헌(菊軒).

박의장(朴毅長) 1555~1615. 본관은 무안(務安). 자는 사강(士剛). 1592년 임진왜란 때에는 경주 판관으로서 소속군사를 이끌고 병마절도사 이각(李珏)과 함께 동래성을 구하기 위해 달려갔다. 그러나 이각이 퇴각하자 그의 비겁함을 준엄하게 꾸짖었다. 같은 해 7월에 이각이 처형되고 박진(朴晉)이 병마절도사로 파견되자, 장기 군수 이수일(李守一)과 함께 박진을 도와 적에게 빼앗긴 경주성의 탈환 작전에서 화차(火車)와 비격진천뢰(飛擊震天雷)를 사용해 큰 성과를 거두었다. 1593년 4월에는 군사 300여 명을 거느리고 대구 파잠(巴쑵)에서 왜적 2,000여 명과 맞서 수십 명의 목을 베고 수백 필의 말을 빼앗는 등 큰 전공을 세웠다. 그러한 공으로 당상관으로 특진되면서 경주부윤이 되었다. 7월에는 초산군(初山郡)의 적을 쳐서 남문에서 전멸시켰다. 8월에는 왜병이 안강(安康)에 주둔한 명나라의 군사를 급습해 200명을 죽이자 병사 고언백(高彦伯)과 함께 적을 추격해 무찔렀다. 1594년 2월 양산의 적을 무찔렀고, 3월에는 임랑포(林浪浦)의 적이 언양현에 진입해 노략질하자 이를 급습해 무찔렀다. 이 때 적에게 잡혀 있던 백성 370명을 구해냈으며 우마 32필도 노획했다. 5월에는 기장(機張)에서, 7월에는 경주에서 많은 왜병을 베었다. 1595년에 그 공으로 가선대부(嘉善大夫)로 품계가 오르고, 1597년 영천과 안강의 적을 무찔렀다. 1598년 박도산(薄島山)의 적을 쳐서 전승을 올려, 가의대부(嘉義大夫)로 품계가 오르고 말이 하사되었다.

박이장(朴而章) 1540~1622. 본관은 순천(順天). 자는 숙필(叔弼), 호는 용담(龍潭)·도천(道川). 한강 정구의 문인으로, 1586년 문과에 급제했다. 임진왜란 때 김성일(金誠一)의 주청으로 종사관이 되어 크게 활약했다. 1593년 10월 사헌부 지평(司憲府持平)·지제교(知製敎)·사간원 정언(司諫院正言)을 지내고 다음 해 이조 좌랑, 이어서 세자시강원 사서(世子侍講院司書)를 겸직했다. 1595년 이조 정랑·홍문관 부응교(弘文館副應敎)를 거쳐 1599년 사간원 사간·사헌부 집의(司憲府執義)에 있을 때 홍여순(洪汝諄)을 탄핵했다.

박종남(朴從男) 1559~1620. 본관은 경주(慶州). 자는 선술(善述), 호는 유촌(柳村). 1591년 무과에 합격했다. 1592년 임진왜란 때 많은 군읍의 사람들이 쳐들어오는 모습만 보고도 흩어져 달아나던 때에 곽재우(郭再祐)가 경상북도 현풍(玄風)에서 의병을 일으켰다는 소식을 듣고 달려가 죽을힘을 다하여 적을 물리쳤다. 1597년 일본이 다시 쳐들어오자 곽재우와 함께 경상남도 창녕군 화왕산성(火旺山城)에 모여 도내의 명망 있는 인사들이 죽기를 맹세해 성을 온전히 유지할 수 있었으며, 일본군도 함부로 하지 못했다. 평안도 순무사에 제수되었으나 부임하지 않았다.

박진(朴晉) 1560~1597. 본관은 밀양(密陽). 자는 명보(明甫). 1584년 무과에 급제했다. 임진왜란 초기 왜적과 싸운 장수 가운데 두드러진 인물의 하나였다. 임진왜란 초기 박진은 밀양부사로서 작원(鵲院)에서 적을 맞아 싸우다 패해 포위되자, 밀양부(密陽府)를 소각하고 후퇴했다. 이후 경상좌도 병마절도사로 임명되어 나머지 병사를 수습하고, 군사를 나누어 소규모의 전투를 수행해 적세를 저지했다. 같은 해 8월 영천의 의병진에 별장 권응수(權應銖)를 파견, 그들을 지휘하게 하여 영천성(永川城)을 탈환했다. 이어서 16개 읍의 병력을 모아 비격진천뢰(飛擊震天雷)를 사용해 경주성(慶州城)을 탈환했다. 그 결과 왜적은 상주나 서생포로 물러나야만 했고, 영남 지역 수십 개의 읍이 적의 침략을 면할 수 있었다. 1593년에 독포사(督捕使)로 밀양·울산 등지에서 전과를 올렸다. 1594년 2월에 경상우도 병마절도사, 같은 해 10월 순천 부사, 이어서 전라도 병마절도사, 1596년 11월 황해도 병마절도사 겸 황주 목사를 지내고 뒤에 참관에 올랐다.

박진원(朴震元) 1561~1626. 본관은 밀양(密陽). 자는 백선(伯善), 호는 장주(長洲). 1593년 예문관 검열(藝文館檢閱)이 된 뒤, 1597년 병조 좌랑·방어사 종사관(防禦使從事官)을 거쳐 사간원 정언·예조 좌랑·사간원 헌납(司諫院獻納)·사헌부 지평(司憲府持平)·성균관 전적(成均館典籍)·직강(直講)·강계 관판 등을 역임했다. 1603년 서장관(書狀官)으로 명나라에 다녀왔다.

박홍(朴泓) 1534~1593. 본관은 울산(蔚山). 자는 청원(淸源). 1556년 23세로 무과에 급제했다. 1592년 임진왜란이 일어나자, 경상좌도 수군절도사로서 왜적의 선봉을 맞아 싸웠으나, 중과부적으로 본진을 소각하고 죽령(竹嶺)으로 후퇴, 적을 방어하려 했다. 그러나 조령(鳥嶺)이 함락되었다는 말을 듣고 서울로 후퇴했다.

박환(朴瓛) 1568~1605. 본관은 함양(咸陽). 자는 사중(士重). 호는 노은(蘆隱). 공조 좌랑에 증직되었다.

박회무(朴檜茂) 1575~1666. 본관은 나주(羅州). 자는 중식(仲植), 호는 육우당(六友堂)·숭정야로(崇禎野老). 정구·정경세의 문인으로, 1606년 사마시에 합격하고, 문과에 급제했다. 1627년 정묘호란이 일어나서 왕이 강화도로 몽진하자 의금부도사로 왕을 호종했다. 소를 올려 화의를 배척하며 자강(自强)을 도모할 것을 강력히 주장했다. 1637년에 병자호란이 일어나자 의병을 일으켜 출정했으나 이미 화의가 성립되어, 통곡하며 되돌아와 두문불출했다.

배용길(裵龍吉) 1556~1609. 본관은 흥해(興海). 자는 명서(明瑞), 호는 금역당(琴易堂)·장륙당(藏六堂). 조목과 류성룡에게 수학했다. 1585년 성균관에 입관하고, 1602년 문과에 급제해 충청 도사에 이르렀다. 임진왜란 때 안동에서 의병을 일으켜 김해(金垓)를 대장으로 추대하고 그의 부장으로 활약했으며, 정유재란 때는 화의(和議)에 반대하는 상소를 했다. 한림(翰林)을 역임하고 승지(承旨)에 추증되었다.

배응경(裵應褧) 1544~1602 본관은 성산(星山). 자는 회보(晦甫), 호는 안촌(安村). 1573년 사마시에 합격하고, 1576년 식년문과에 급제했다. 청도 군수로 재직하던 중에 임진왜란이 일어나자 의병을 일으켜 왜적과 대항해 싸웠다. 군사 1000명을 모아 '야격군(野擊軍)'이라 하고 박경전(朴慶傳)을 대장(代將)으로 삼아 왜적 수백 명을 포획했다. 이때의 전공으로 통정대부로 승진했다. 1597년 정유재란 때 좌의정 김응남(金應南)의 천거로 나주목사가 되어 금산을 수비했다. 이때 통제사 이순신(李舜臣)의 요청으로 후퇴하는 적의 퇴로를 막아 분쇄하려 했다. 그러나 감사 황신(黃愼)의 무고로 투옥되었다가, 우찬성 심희수(沈喜壽)와 부마(駙馬) 서경주(徐景霌) 등의 상소로 곧 석방되었다.

백현룡(白見龍) 1543~1622. 본관은 대흥(大興). 자는 문서(文瑞), 호는 성헌(惺軒). 처음 김언기(金彦璣)에게 글을 배우다 뒤에 이황의 문하에서 수학했으며, 조목 · 김성일 · 유성룡과 교유했다. 1592년 임진왜란이 일어나자 이함(李涵) · 백인국(白仁國) 등과 의병을 일으켜 김성일의 휘하에 들어가 공을 세웠고, 정유재란 때는 화왕산성(火旺山城)으로 들어가서 곽재우와 함께 적을 무찔렀다.

변두수(卞斗壽) 생몰년 미상. 본관은 초계(草溪, 지금의 합천). 자는 여경(汝慶).

변영태(邊永泰) ?~1617. 본관은 원주(原州). 자는 유경(綏卿). 첨사(僉使)를 지냈다.

변응성(邊應星) 1552~1616. 본관은 원주(原州). 자는 기중(機仲). 1579년 무과에 급제했다. 1592년 임진왜란이 일어나자 경주 부윤(慶州府尹)에 임명되었다. 1592년 임진왜란이 일어나자 경주 부사(慶州府使)에 임명되었다. 그러나 일본군이 먼저 경주를 점령해 부임하지 못하고, 이듬해 류성룡의 천거로 경기 방어사가 되었다. 이천 부사(利川府使)가 되어서는 여주 목사 원호(元豪)와 협력해 남한강에서 적을 무찔렀다. 1594년 광주 · 이천 · 양주의 산간에 출몰하는 토적(土賊)을 토벌했으며, 한강 상류 용진(龍津)에 승군을 동원해 목책(木柵)을 구축하여 병졸을 훈련했다. 1596년 이몽학(李夢鶴)의 난이 일어났을 때는 용진과 여주 파사성(婆娑城)을 수비했다.

변혼(卞渾) ?~1626. 본관은 초계(草溪). 자는 명숙(明叔). 무과(武科)에 급제한 뒤 벼슬길에 나아가지 않고 향리에 머물러 있던 중 임진왜란이 일어나자 사인(士人) 전우(全雨)와 함께 초계에서 의병을 일으켰다. 그 뒤 김면(金沔) 휘하의 의병부대에 소속되어 전투 때마다 선봉이 되어 많은 전공을 세운 다음, 훈련원 봉사(訓鍊院奉事) · 문경 현감 · 거제 현령 등을 거쳐 삭주 부사에 이르렀다.

서극량(徐克亮) 1566~?. 본관은 이천(利川). 자는 중명(仲明). 충주(忠州)에 거주. 1609년 진사시에 합격했다.

서성(徐渻) 1558~1631. 본관은 대구. 자는 현기(玄紀), 호는 약봉(藥峯). 1592년 임진왜란이 일어나자 선조를 호종하다가 호소사(號召使) 황정욱(黃廷彧)의 요청으로 그의 종사관(從事官)이 되어, 함경도로 길을 바꾸었다가 국경인(鞠景仁)에 의해 임해군 · 순화군 · 황정욱 등과 함께 결박되어 가토(加藤淸正)에게 가게 되었으나 탈출했다. 왕의 명령으로 행재소에 이르러 사헌부 지평(司憲府持平)·성균관 직강(成均館直講)을 역임하고, 명나라 장수 유정(劉綎)을 접대했다. 그리고 삼남지역(三南地域)에 암행어사로 파견되어 민정을 살피고 돌아온 뒤 전수(戰守)의 계책을 아뢰었다. 이로 인해 제용감정(濟用監正)으로 승진하고, 경상 감사에 발탁되었으나 대간의 반대로 내섬시정(內贍寺正)으로 바뀌었다. 그 뒤 경상 우도 감사로 내려가 삼가(三嘉) 악견산성(嶽堅山城)을 수리하고 민심을 진정시켰다.

서연(徐兗) 생몰년 미상. 자는 사중(士中). 내자시정(內資寺正)을 지냈다.

서인원(徐仁元) 1544~1604. 본관은 이천(利川). 자는 극부(克夫), 호는 오엄(鳴嚴). 1588년 심대(沈岱)와 함께 동인(東人) 중의 거벽(巨擘)으로 꼽힌 인물이다. 1594년 단양 부사(丹陽府使)에 재임하고 있을 때 호조 정랑에 제수되었으나, 본래 호조(戶曹)의 낭관에 외관(外官)을 역임한 사람 중 뽑는 관례는 임시방편의 일이었고, 지금은 유민(遺民)들을 다스리는 것이 더 중요하므로 유임하는 것이 좋겠다는 사헌부 지평(司憲府持平) 박승종(朴承宗)의 건의에 따라 유임되었다. 그러나 한 달 만에 호조 정랑에 다시 제수되었다. 1595년 2월에 공주 목사(公州牧使)에 제수되었고, 1596년에는 춘천 부사(春川府使)에 제수되었다.

서천일(徐千一) 1532~?. 본관은 달성(達成). 자는 응회(應會). 1561년(명종 16) 진사시에 합격했다.

서희신(徐希信) 1542~?. 본관은 이천(利川) 혹은 남평(南平). 자는 경립(景立), 호는 송와(松窩). 1567년 생원시에 합격하고, 1582년 문과에 급제했다. 벼슬은 박사(博士)를 거쳐 단양 군수(丹陽郡守)를 지냈다. 1594년 흉년이 들었을 때 은계 찰방(銀溪察訪)으로 재직하던 중에 상수리 열매가 굶주린 백성들에게 요긴하다는 글을 비변사에 올려 임금으로 하여금 도토리 구제법을 실행하게 했다. 그는 광해군 시기에는 벼슬을 버리고 고향으로 물러났다. 후에 조정에서 북평사(北評事)를 제수하고 부르니 한양으로 올라가는 도중에 세상을 떠났다.

석성(石星) 1538~1599. 자(字)는 공신(拱宸). 호(號)는 동천(東泉). 석성은 임진왜란 당시 명나라의 병부 상서(兵部尙書)로서 원병(援兵) 파병에 결정적인 역할을 했고, 후에 화의(和議) 실패의 책임을 지고 옥에 감혔다가 옥에서 병사했다. 그 후에 복권되어 그의 아들 석담이 우리나라에 들어와서 해주에 정착해 살자, 왕이 그를 수양군에 봉하고 땅을 하사했으며, 본적을 해주로 하여 해주 석씨의 시조가 되었다.

설번(薛藩) 생몰년 미상. 명나라 사람으로 호(號)는 앙병(仰屛). 광주부(廣州府) 순덕현(順德縣) 사람. 임진년 9월에 조칙(詔勅)을 받들고 의주(義州)에 왔다. ≪孤臺日錄 人名錄≫

성안의(成安義) 1561~1629. 본관은 창녕(昌寧). 자는 정보(精甫), 호는 부용당(芙蓉堂). 정구의 문인으로, 1591년 문과에 급제했다. 임진왜란이 일어나자 홍문관 정자(弘文館正字)로서 고향인 창녕에서 의병을 모집, 충의위(忠義衛) 성천희(成天禧), 유학(幼學) 곽찬(郭趲) 등과 함께 거병하여 약 1,000여 명을 거느리고 곽재우(郭再祐) 휘하에서 활약했다. 예조 좌랑(禮曹佐郎)을 거쳐 1597년 사헌부 지평(司憲府持平), 1598년 성균관 사예(成均館司藝)에 이르렀다. 다시 영남 조도사(嶺南調度使)가 되어 유성룡으로부터 제세(濟世)의 재간이 있다는 찬사를 받았다. 그 뒤 사친(事親)을 이유로 1600년 영해 부사(寧海府使)로 나아가 4년 간 선정을 베풀었다.

성질(成礩) 생몰년 미상. 본관은 창녕. 자는 중옥(仲玉). 호는 효경(孝景). 광릉 참봉을 지냈으며, 가선대부 이조참판 겸 동지의금부사로 추증되었다.

손기양(孫起陽) 1559~1617. 본관은 밀양(密陽). 자는 경징(景徵), 호는 오한(聱漢)·송간(松磵). 1585년 사마시에 합격하고 1588년 문과에 급제했다. 1592년 성현 찰방(省峴察訪)이 되어 임진왜란을 당하자 중대를 모아 역마를 적절히 배치하면서 전쟁 수행에 만전을 기했다. 이어 1597년 왜가 재침하자 관찰사가 왕의 호종을 위해 떠나버려 얼마 동안 외로이 텅 빈 산성을 지켰는데, 이 때의 경험을 기록으로 남기기도 했다. 정경세·조호익(曺好益)·이윤(李潤)·이전(李㙉)·이준(李埈) 등 영남 명유들과도 교유가 있었다.

손엽(孫曄) 1544~1600. 본관은 월성(月城). 자는 문백(文伯), 호는 청허재(淸虛齋). 1568년 진사시에 합격했다. 1592년 임진왜란이 일어나자 집경전(集慶殿)에 나아가 태조의 영정을 예안(禮安) 이영도(李詠道)의 서당에 옮겨 봉안하고, 오성십철십이현(五聖十哲十二賢)의 위패를 금곡사(金谷寺)에 모셔 놓고 가족을 이끌고 죽장산(竹長山) 속에 들어갔다. 같은 해 조정에서 집경전 참봉(集慶殿參奉)·정릉 참봉(靖陵參奉)에 임명했으나 부임하지 않고 수운정(水雲亭)을 짓고 세월을 보냈다.

손찬선(孫纘先) 생몰년 미상. 밀양 사람으로 임진왜란 때 박수춘(朴壽春)·손기양(孫起陽)·안국보(安國步)·조이복(曺以復)·박종민(朴宗閔)·김태허(金太虛) 등과 창의했다. 정석태, 〈김유부(金有富) 선생 충효(忠孝)의 길을 찾아(6)〉, 密陽新聞, 2016. 06. 23. 참조.

손흥경(孫興慶) 1543~1611. 본관 경주(慶州). 자는 경여(景餘), 호는 명암(鳴巖). 퇴계 이황의 문인으로, 1568년 사마시에 합격했다. 임진왜란 때에 김개국(金蓋國)과 창의하여 많은 도움을 주었다.

송경기(宋慶基) 생몰년 미상. 임진왜란 때에 의병장을 지냈다.

송광정(宋光廷) 1556~1607. 본관은 야로(冶爐). 자는 찬재(贊哉), 호는 송간(松澗). 한강 정구 문인이다. 1585년 문과에 급제했다. 임진왜란 때에 의병을 일으켰으며, 명나라 군사가 왜적을 토벌하는 데에 시간을 끌며 화의에 매달리자, 존왕양이의 계책을 명나라 장수에게 올려 화의가 잘못되었음을 극력 주장했다. 사헌부 지평이 되었다.

송상현(宋象賢) 1551~1592. 본관은 여산(礪山). 자는 덕구(德求). 호는 천곡(泉谷)·한천(寒泉). 1570년에 진사시에 합격하고, 1576년 문과에 급제했다. 1591년 동래 부사가 되고 이듬해 임진왜란이 일어나 왜군이 동래성(東萊城)에 들이닥치자 항전했지만, 성이 함락될 무렵 조복(朝服)으로 갈아입고 단정히 앉은 채 순사(殉死)했다.

송유진(宋儒眞) ?~1594. 본관은 홍산(鴻山). 임진왜란 중의 혼란과 1593년의 대기근으로 굶주리는 백성 및 병졸을 모아 천안·직산 등지를 근거지로 하여 지리산·계룡산 일대에까지 세력을 폈으며 무리는 2,000여명에 달했다. 당시 서울의 수비가 허술함을 보고 이를 습격할 계획을 세우고 스스로 의병대장이라 칭하며, 오원종(吳元宗)·홍근(洪瑾) 등과 함께 아산・평택의 병기를 약탈하여 1594년 정월보름날 한성에 진군할 것을 약속했으나, 이 해 정월 직산에서 충청병사 변양준(邊良俊)에 의하여 체포되어 왕의 친국(親鞫)을 받고 사형 당했다.

송잠(宋潛) 생몰년 미상. 자는 경소(景昭). 판관(判官)을 지냈다.

송준(宋駿) 1564~1643. 본관은 여산(礪山). 자는 진보(晉甫), 호는 성암(省菴). 1594년 문과에 장원급제하여 이듬해 정언으로 임명된 뒤 병조 정랑・수찬・교리 등을 지냈다. 1597년 장령・사성(司成)・사간 등에 제수되고, 1599년 호조 참의가 된 뒤 병조 참의・이조 참의・형조 참의 등 6조의 요직을 역임하고, 대사성・부제학 등을 지냈다.

신담(申譚) 생몰년 미상. 본관은 평산(平山). 임진왜란 때에 황령사에서 창의하여 문경(聞慶)의 소모관(召募官)을 맡았다.

신립(申砬) 1546~1592. 본관은 평산(平山). 자는 입지(立之). 임진왜란이 일어나자 조정에서는 그를 삼도 순변사로 임명했다. 이에 그는 특별히 요구사항을 청하여 유성룡의 막하에 들어가 부장 김여물(金汝岉) 및 80명의 군관과 시정백도(市井白徒) 수백 명을 모병하여 충주로 떠났다. 그는 아군의 열세에도 불구하고 기병의 활용을 극구 주장하며 조령(鳥嶺)에서 군대를 돌려 충주성 서북 4km 지점에 있는 탄금대(彈琴臺)에 나아가 배수진을 치고 임전태세에 들어갔다. 그러나 이 해 4월 28일 배수의 진을 친 아군을 향하여 고니시(小西行長)를 선두로 한 왜군이 대대적으로 공격해오자 중과부적으로 포위되어 참패를 당하고 말았다. 그 결과 아군의 힘을 믿고 미처 피난을 하지 않았던 충주의 사민(士民)과 관속들이 많은 희생을 당했다. 아군이 섬멸되자 김여물・박안민(朴安民) 등과 함께 남한강 물에 투신, 순절했다.

신맹경(申孟慶) 1550~1621. 본관은 평산(平山), 자는 백상(伯祥), 호는 운계(雲溪). 효성이 지극한 인물로서 부모상을 당해서는 6년을 하루같이 시묘 살이를 하여 그 효성이 인근에 널리 퍼졌다. 당시 단양 군수 서인원(徐仁元)이 상소하여 조정에서 서릉 참봉(西陵參奉)을 제수했으나 사양했다. 1593년(선조 26) 조정에서 그의 효행을 기려 정려를 내렸다.

신식(申湜) 1551~1623. 본관은 고령(高靈). 자는 숙지(叔止), 호는 졸재(拙齋). 초호(初號)는 임곡(臨谷)이었으나 선조가 졸재(拙齋)라는 호를 하사했다. 신숙주(申叔舟)의 5대손이며, 이황의 문인이다. 1576년 문과에 급제했다. 사헌부 집의(司憲府執義)로 있을 때 정여립(鄭汝立)의 일파로 탄핵되어 유배당했다가 1592년 다시 집의가 되었다. 임진왜란 때에는 경상도 안무어사(慶尙道按撫御史)로 활약했다. 그 뒤 동부승지・좌부승지・좌승지 등을 역임하고 대사간과 부제학을 거쳐 도승지・동지중추부사・공조 참판 등을 지냈다. 1599년에 사은사(謝恩使)로 명나라에 다녀와서 호조 참판・대사헌이 되었다.

신응숭(申應崧) 1538~?. 본관은 평산(平山). 자는 한경(翰卿). 1582년 문과에 급제했다.

신지의(申之義) 생몰년 미상. 예안 현감 오봉 신지제(申之悌)의 이복동생. 《오봉집(梧峯集)》 해제 참조.

신지제(申之悌) 1562~1624. 본관은 아주(鵝洲). 자는 순부(順夫), 호는 오봉(梧峰)・오재(梧

齋). 형제로는 신지효(申之孝), 신지신(申之信), 신지의(申之義), 신지행(申之行), 신지경(申之敬), 신지훈(申之訓) 등이 있다. 학봉 김성일과 유일재 김언기의 문하에서 수학하고, 1589년 문과에 급제했다. 예안 현감 재직 시 임진왜란이 일어나자 군대를 모집, 적을 토벌했다. 간관으로 있을 때 직간했고, 수령재임 때에는 치적을 남겼다. 함양 화왕산성에서 곽재우와 동맹 창의하고 국가에 충성으로 활약했다. 임진왜란이 끝날 때까지 통제사 종사관, 삼영 종사관 등을 역임했으며, 왜군이 물러난 후에는 여러 고을의 판관 등을 지냈다. 1613년 창원 부사로 나가 백성을 괴롭히던 명화적(明火賊)을 토평하고 민심을 안정시켜 그 공으로 통정대부에 올랐다.

안두(安斗) 생몰년 미상. 김면(金沔)의 의병 부대에서 풍기의병유사를 지냈다.

안오(安悟) 1559~?. 본관 순흥(順興). 자는 이득(而得). 1589(선조 22) 진사시에 합격했다.

안욱(安旭) 1564~?. 본관은 광주(廣州). 자는 명원(明遠), 호는 청천(淸川). 1602년 문과에 장원으로 급제했다. 1604년에 감시관(監試官)으로 있다가 정원(政院)으로부터 탄핵, 추고 받았다. 1605년 형조 좌랑에 임명되고, 이듬해 정월 예조 좌랑에 이르렀다. 3월에 황해 도사로서 사간원으로부터 위인이 졸렬하다 하여 해임되었지만 곧 사헌부 감찰이 되었다. 그 뒤 공조 좌랑·호조 좌랑을 역임했다. 그러나 수령으로 있으면서 위인이 혼열(昏劣)하고 탐비(貪鄙)하여 여러 번 탄핵을 받았다.

안응기(安應箕) 생몰년 미상. 본관은 순흥(順興). 자는 숙춘(叔春). 1546년 진사시에 합격했다.

안응일(安應一) 생몰년 미상. 본관은 순흥(順興). 초명(初名)은 경희(慶喜). 자는 중하(仲賀), 호는 일계(逸溪). 참의(參議)에 추증되었다.

안제(安霽) 1538~1602. 본관은 순흥(順興). 자는 여지(汝止), 호는 동고(東皐). 임진왜란 때에 재산을 내어 군사를 도왔다. 풍기의 가수(假守)가 되어 류겸암(柳謙庵)과 교체되었고, 뒤에 용궁 현감과 정랑을 지냈다.

안척(安惕) 생몰년 미상. 자는 척지(惕之). 본관은 순흥(順興). 진사(進士) 안응기(安應箕)의 아들이다.

안천민(安天民) 1555~?. 본관은 충주(忠州). 자(字)는 각보(覺甫). 임진왜란이 일어나 최문병(崔文炳) 의병장이 의병을 일으키는 내용의 격문을 여러 고을로 보냈을 때, 1592년 5월 7일 창의에 가담하여 영천성 탈환에 큰 공을 세웠다. 그 뒤 정유재란 당시 곽재우를 따라서 의병진에 가담하여 화왕산 전투에서 전공을 세웠으며 뒤에 형조 좌랑(刑曹佐郎)에 증직(贈職)을 받았다.

양원(楊元) 생몰년 미상. 자세한 행적은 상세하지 않으며, 임진왜란에 총병(總兵)으로 출병하여 많은 전공을 세웠으나, 1597년 8월 13일부터 16일까지 남원성에서 양원이 4000여 명의 조명(朝明) 연합군을 지휘하여 고니시 유키나가(小西行長) 등이 거느린 일본군 5만 6000명을 맞이하여 항전했으나 중과부적으로 패했다. 이때 양원은 달아나고, 총병 중군(總兵中軍) 이신방(李新芳), 천총(千總) 장표(蔣表)·모승선(毛承先), 접반사(接伴使) 정기원(鄭

期遠), 병사(兵使) 이복남(李福男), 방어사(防禦使) 오응정(吳應井), 조방장(助防將) 김경로(金敬老), 별장(別將) 신호(申浩), 부사(府使) 임현(任鉉), 판관(判官) 이덕회(李德恢), 구례 현감(求禮縣監) 이원춘(李元春) 등은 성을 사수하다 목숨을 잃었다. ≪宣祖修正實錄≫ 30年(1597) 9月 1日기사 참조.

양호(楊鎬) ?~1629. 자는 경보(京甫), 호는 풍균(風筠). 정유재란(丁酉再亂) 때에 경리조선군무(經理朝鮮軍務)가 되어 구원병을 거느리고 참전했으나 울산 도산성(島山城)의 왜군을 치다가 패하여 군사 2만 명을 잃고 파면되었다.

영규(靈圭) ?~1592. 본관은 밀양(密陽). 호는 기허(騎虛). 임진왜란이 일어나자 분을 이기지 못하여 3일 동안을 통곡하고 스스로 승장이 되었다. 의승 수백 명을 규합하여 관군과 더불어 청주성의 왜적을 쳤다. 관군은 패하여 달아났으나 그가 이끄는 승병이 분전하여 마침내 8월초 청주성을 수복했다. 이어서 조헌이 이끄는 의사와 영규가 거느린 승군은 1592년 8월 18일 금산전투에서 최후의 한사람까지 싸워 일본군의 호남침공을 저지했으나, 끝내 전사했다. 임진왜란이 일어난 뒤 승병이 일어난 것은 그가 최초로서 전국 곳곳에서 승병이 궐기하는 도화선이 되었다.

오수영(吳守盈) 1521~1606. 본관은 고창(高敞). 자는 겸중(謙仲), 호는 춘당(春塘)·도암(桃巖). 사마시에 합격했고, 동지중추부사(同知中樞府事)에 올랐다. 1592년 임진왜란이 일어났을 때 72세의 고령으로 직접 전쟁에 참가하지 못함을 한탄하여 조목과 김성일에게 글을 보내 국방에 전력함을 독려하고, 이여송(李如松)에게도 글을 보내 전공을 치하했다. 글씨를 잘 써서 금보(琴輔)·이숙량(李叔樑) 등과 함께 선성삼필(宣城三筆)의 칭호를 얻었다.

오유충(吳惟忠) 생몰년 미상. 자는 여성(汝誠). 호는 운봉(雲峯). 절강(浙江) 금화부(金華府)의 오현(義烏縣) 사람이다. 임진년 12월에 유격장군(游擊將軍)으로 보병 1500명을 이끌고 나와서, 평양성 탈환 전투에서 선전했다. 부총병(副總兵)이 되어 남병(南兵)을 이끌고 울산 등지에서 싸워 공을 세웠다. 1594년 1월에 돌아갔다가 1597년에 다시 출병하여 도독 마귀(麻貴) 휘하에서 선전했다.

우복룡(禹伏龍) 1547~1613. 본관은 단양(丹陽). 자는 현길(見吉), 호는 구암(懼庵)·동계(東溪). 1573년 사마시에 합격하고, 성균관의 유생이 되었다. 1577년 학문과 행실이 모범이라는 이이의 천거로 소문전 참봉(昭文殿參奉)이 되었고, 1592년 임진왜란 당시에는 용궁현감(龍宮縣監)으로서 끝까지 고을을 지킨 공이 인정되어 안동 부사로 승진했다. 그 뒤 강도 유수(江都留守)로 있을 때에 일을 공정하게 처리하여 권세가의 횡포를 금단하니, 권세가들의 미움을 받아 1599년 홍주 목사(洪州牧使)로 전임되었다.

우세신(禹世臣) 1518~1592. 본관은 단양(丹陽). 자는 정로(廷老), 호는 삼산(三山). 1552년 문과에 급제했다. 호조 정랑(戶曹正郞), 풍기 군수(豊基郡守), 평산 군수(平山郡守) 등을 지냈다.

원충갑(元冲甲) 1250~1321. 본관은 원주(原州). 시호는 충숙(忠肅). 원주의 별초(別抄)에 들어가 합단(哈丹)의 침입을 막은 공로로 추성분용광국 공신(推誠奮勇匡國功臣)이 되고, 간신 오기(吳祁)를 잡아 원나라에 압송했다. 충선왕 때 응양군 상호군(鷹揚軍上護軍)이 되었다.

원호(元豪) 1533~1592. 본관은 원주. 자는 중영(仲英). 1567년 무과에 급제했다. 경원 부사가 되어 야인 니탕개의 난을 평정했다. 1592년 임진왜란이 일어나자 여주 목사 겸 강원도 조방장으로서 향병을 소집하여 여주 부근의 신륵사·구미포·마탄 등지에서 일본군을 물리침으로써 한강 상류 부근에는 일본군이 출몰하지 못하게 했다. 그 공으로 여주 목사 겸 경기·강원 양도의 조방장으로 임명되었으며, 가선대부로 승서되었다. 그러나 며칠 뒤 강원 감사 유영길(柳永吉)의 명령을 받고 김화 부근 전투에 출전했다가 전사했다.

유거달(柳車達) 생몰년 미상. 고려 태조 때의 개국 2등 공신 12인 중의 한 사람으로, 문화 유씨(文化柳氏)의 시조. 태조 때 군량 수송에 공을 세워 대승(大丞)에 제수되었으며, 삼한 공신(三韓功臣)에 봉해졌다.

유영길(柳永吉)1538~1601. 본관은 전주(全州). 자는 덕순(德純), 호는 월봉(月蓬). 1592년 임진왜란 때 강원도 관찰사로 춘천에 있으면서 조방장 원호(元豪)가 여주 벽사(甓寺)에서 왜군의 도하를 막고 있었는데, 격서(檄書)를 보내어 본도로 호출함으로써 적의 도하를 가능하게 하는 실책을 범했다. 1593년 도총관·한성부우윤을 역임하고, 다음해 진휼사(賑恤使)가 되었으나 언관의 탄핵을 받아 파직되었다. 1597년 정유재란이 일어나자 호군·연안 부사가 되고, 2년 뒤 병조참 판·경기도 관찰사를 역임하고, 1600년 예조 참판으로 치사(致仕)했다.

유정(劉綎) ?~1619. 자는 자신(子紳). 호는 성오(省吾). 강서성 출신이다. 1592년 임진왜란이 일어나자 이듬해 원병 5천을 이끌고 참전했다. 1597년 정유재란 때 배편으로 강화도를 거쳐 입국하여 전세를 확인한 뒤 돌아갔다가, 이듬해 대군을 이끌고 와서 도와주었다. 예교(曳橋)에서 왜군에게 패전했으며, 왜군이 철병한 뒤 귀국했다. 1619년 조선과 명나라 연합군이 후금(後金)과 싸운 부차(富車) 전투에서 전사했다.

유종개(柳宗介) 1558~1592. 본관은 풍산(豊山). 자는 계유(季裕). 1579년 진사가 되고, 훈도로서 1585년 문과에 급제, 교서관 정자가 된 뒤 전적(典籍)을 역임하고 향리로 돌아와 있던 중 임진왜란을 당했다. 이 때 사족(士族)들이 적에게 대항하려 하지 않고 피난하자, 홀로 향병 수백 명을 모아 고을을 보전하다 함경도 지역에서 태백산맥을 타고 퇴각하던 왜적을 맞아 싸우다가 소천(小川)에서 전사했다. 이 소식이 전해지자 향리의 사족들이 서로 들고 일어나 왜적과 싸워 영남 일대의 왜적을 격퇴했다.

유홍(兪泓) 1524~1594. 본관은 기계(杞溪). 자는 지숙(止叔), 호는 송당(松塘). 1549년 사마시에 합격하고 1553년 문과에 급제했다. 1587년 명나라에 사신으로 가서 그동안 조선의 시조가 고려의 권신 이인임(李仁任)의 아들로 잘못된 것을 바로잡았으며, 1589년 좌찬성으로서 판의금부사를 겸해 정여립(鄭汝立)의 역옥(逆獄)을 다스렸다. 1592년 임진왜란 때 선조를 호종했고, 평양에서는 세자(뒤의 광해군)와 함께 종묘사직의 신위를 모시고 동북

방면으로 가 도체찰사를 겸임하였다. 이듬해 왜적이 서울에서 물러나자, 먼저 서울에 들어와서 불탄 도성을 정리하고 전재민을 구호하는 데 힘을 기울였다. 1594년 좌의정으로서 해주에 있는 왕비를 호종하다가 객사하였다.

윤경립(尹敬立) 1561~1611. 본관은 파평(坡平). 자는 존중(存中), 호는 우천(牛川). 1585년 진사시에 합격하고, 1588년 문과에 급제했다. 1592년 임진왜란 때에 홍문관 정자로 왕명을 받아 연강방수(沿江防守)의 임무를 맡았고, 다시 관량어사(管糧御史)·독운어사(督運御史)의 소임을 맡아 군량 공급에 공을 세우고, 왕의 상을 받았다. 1594년 부수찬에 선임되고, 뒤이어 이조 좌랑으로 세자시강원 사서와 지제교를 겸임했으며, 이듬해부터는 다시 사예·응교·교리·집의·사간 등의 요직을 역임했다. 1598년에는 동부승지로 양호찰리사(兩湖察理使)가 되어 군량·마초를 공급하고 뒤이어 충청도 관찰사가 되었다.

윤극임(尹克任) 1543~1592. 자는 군의(君毅), 본관은 파평(坡平)이다. 1579년 문과에 급제했으며 어모장군(禦侮將軍)·풍기 군수 등을 역임했다.

윤두수(尹斗壽) 1533~1601. 본관은 해평(海平). 자는 자앙(子仰), 호는 오음(梧陰). 1555년 생원시에 1등으로 합격하고, 1558년 문과에 급제했다. 1592년 임진왜란이 발발하자 어영대장·우의정을 거쳐 좌의정에 이르렀다. 이 해 평양 행재소(行在所)에 임진강의 패배 소식이 전해지자, 명나라에 구원을 요청하자는 주장에 반대하고 우리의 힘으로 최선의 노력을 다하자고 주장했다. 이 해 이조 판서 이원익(李元翼), 도원수 김명원(金命元) 등과 함께 평양성을 지켰다. 1597년 정유재란 때에는 영의정 유성룡(柳成龍)과 함께 난국을 수습했다. 이듬해 좌의정이 되고 영의정에 올랐으나, 대간의 계속되는 탄핵으로 사직하고 남파(南坡)에 물러났다. 1605년 호성공신(扈聖功臣) 2등에 봉해졌다.

윤선각(尹先覺) 1543~1611. 본관 파평(坡平). 자는 수천(粹天)·소자(小字)·국형(國馨), 호는 은성(恩省)·달천(達川). 1568년 문과에 급제했다. 1592년 충청도 관찰사가 되고, 임진왜란이 일어나자 왜적을 맞아 싸우다가 패전하여 삭직되었다. 뒤에 재기용되어 충청도 순변사·판결사·중추부동지사 등을 거쳐, 비변사 당상(堂上)이 되어 임진왜란 뒤의 혼란한 업무를 수습했다.

윤숙(尹潚) 1553~?. 본관은 파평(坡平). 자는 사연(士淵). 기자전 참봉(箕子殿參奉)을 지냈다.

윤승훈(尹承勳) 1549~1611. 본관은 해평(海平). 자는 자술(子述), 호는 청봉(晴峰). 1592년 임진왜란이 일어나자 사간원사간으로서 무유어사(撫諭御史)·선유사(宣諭使)·조도사(調度使) 등의 전시 직임을 맡아 국난극복을 위하여 활약했고, 1594년 충청도 관찰사에 이어 형조 참의·호조 참판·대사헌 등을 거쳤다. 1597년 형조 판서가 되어 사은사(謝恩使)로 명나라에 다녀온 다음 이조 판서에 올랐다. 1599년 함경도 관찰사 재직시 변방의 호족(胡族)이 쳐들어와 크게 난을 일으키자 병사 이수일(李守一)을 시켜 적의 소굴을 소탕함으로써, 어유간(魚游澗)에서 풍산보(豊山堡)에 이르는 함경도 일대에 호족들의 흔적을 찾아볼 수 없게 했다.

윤영현(尹英賢) 1557~?. 본관은 파평(坡平). 자는 언성(彦聖). 1588년 생원시에 합격한 뒤,

1591년 왕자사부(王子師傅)가 되고, 1596년 홍산 현감(鴻山縣監)이 되었다. 이 때 이몽학(李夢鶴)이 홍산에서 가토(加藤淸正)가 다시 침입해온다는 허망한 요설을 퍼뜨려 승속(僧俗) 수백 명을 모아 반란을 일으켰는데, 이몽학에게 현감으로서 사로잡히게 되었다. 이로 인하여 역적에게 굴종했다는 죄로 의금부에 투옥되고 파직되었다.

윤의정(尹義貞) 1525~1612. 본관은 파평(坡平). 자는 이직(而直), 호는 지령(芝嶺)·지령산인(芝嶺山人). 1573년 사마시에 합격했다. 1588년에 관찰사가 현학(縣學)의 교수로 추천했으나 부임하지 않았다. 중년에 성주에 잠시 거처했는데 이때 남명 조식을 찾아가 학업을 닦았다. 또 지산(芝山) 아래 송암정(松巖亭)을 짓고 지령산인(芝嶺山人)이라 자호하며 안동 인근의 퇴계 제자인 조목, 이숙량(李叔樑), 류성룡 등과 교류했다. 만년에 안동의 녹전(祿轉)에 마곡서당(磨谷書堂)을 짓고 서책을 송독하면서 임천(臨川)에서 소요했다.

윤진(尹璡) 1541~1612. 본관은 무송(茂松). 자는 계수(季守), 호는 희암(希菴)·송국주인(松菊主人). 임진왜란이 일어나자 처가인 경상북도 상주에서 군량미와 모병에 힘써 이듬해 조정에서 사섬시 주부에 제수했으며, 사도시 주부, 장악원 주부, 사헌부 감찰, 의금부 도사를 역임했다. 1595년 처가에 갔다가 임진왜란의 참상이 심한 것을 보고, 스스로 상주 지방 둔전관이 되어 농사에 힘쓰고, 구휼책 12조를 상주하자 조정에서 천여 석의 구황곡을 지원했다. 이해 6월 단성 현감으로 부임하여 백성을 잘 다스려 1600년에 주민들이 송덕비를 세워주었다. 정경세, 이준 등과 교유했다.

윤창명(尹昌鳴) 1537~1592. 본관은 칠원(漆原). 자는 시숙(時叔)·경시(景時), 호는 백암(白巖). 1579년 사마시에 합격하고, 1585년 문과에 급제했다. 성균관 학록을 거쳐 강동부의 승우관(乘郵官)을 지냈다. 임진왜란 때 창의했다가 죽령에서 순절했다.

윤탕민(尹湯民) 1557~?. 자는 군거(君擧), 호는 문암(門巖). 정유재란 때인 1597년 7월 21일에 화왕산성(火旺山城)의 곽재우 의진(郭再祐義陣)에 입성(入城)했다. ≪倡義錄≫

윤흠도(尹欽道) ?~1592. 자는 홍지(弘之). 윤흠신의 아우이다. 임진왜란 때에 춘양(春陽)의 전투에서 전사했다. 사재감정(司宰監正)에 추증되었다.

윤흠신(尹欽信) ?~1592. 본관은 예천(醴泉). 사인(士人)으로 풍산읍 회곡리(檜谷里)에 살았으며 임진왜란이 일어나자 동생 흠도(欽道)와 더불어 의병장 류종개(柳宗介)의 휘하에 들어가 춘양(春陽)의 전투에서 전사했다.

이각(李珏) ?~1592. 1592년 임진왜란 개전 당시 경상좌도 병마절도사였다. 울산 북쪽 병영에 주둔했지만, 부산진 전투에는 시간 내에 도착하지 못했고, 동래성 전투에는 성 수비를 동래부사 송상현에 맡겨 탈출했다. 경주성 전투 전엔 임지와 군을 버리고 달아난 죄를 추궁 받았다. 한성부 함락 이후엔 임진강에 주둔한 도원수 김명원의 진중으로 도주하다 체포되어 음력 5월 14일에 선조는 선전관을 보내 이각을 참수시켰다.

이개립(李介立) 1546~1625. 본관은 경주(慶州). 자는 대중(大中 혹은 大仲), 호는 성오당(省吾堂)·역봉(櫟峰). 김성일의 문인으로, 1567년 사마시에 합격했다. 임진왜란이 일어나자 의병을 일으켜 활약했는데 부족한 식량과 군량의 조달에 공이 컸다. 이러한 공에 의하여 수령을 감당할 인재 30명이 천거된 중에 그도 포함되어 1594년 자여 찰방(自如察訪)에 임명되고, 다음해 낭천 현감(狼川縣監)에 임명되었으나 부임하지 않았다. 1596년 산은 현감(山隱縣監)에 임명되고, 다음해 정유재란 때 체찰사 종사관(體察使從事官) 황여일(黃汝一)의 천거로 향병대장(鄕兵大將)이 되었으나 병마절도사 김경서(金景瑞)가 의병을 자기 휘하에 속하게 하지 않은 데에 사감을 품자 고향에 돌아가 오로지 후진양성에 전념했다.

이경(李璟) 1548~1619. 본관 예안(禮安). 곽수지의 처조카[婦姪]이다.

이경전(李慶全) 1567~1644. 본관은 한산(韓山), 자는 중집(仲集), 호는 석루(石樓). 1590년 문과에 급제했다. 1608년 정인홍 등과 함께 영창대군(永昌大君)의 옹립을 꾀하는 소북(小北)의 유영경(柳永慶)을 탄핵하다 강계(江界)에 안치되었다. 같은 해 광해군이 즉위하자 풀려나 충청도와 전라도의 관찰사를 지내고, 1618년 좌참찬에 올랐다. 1623년 인조반정이 일어나자 서인(西人)들에게 아첨하여 생명을 보전하고, 주청사(奏請使)로 명나라에 가서 인조의 책봉을 요청했다. ≪來庵集≫ 참조.

이경항(李景恒) 1551~?. 본관은 신평(新平). 자는 언립(彦立). 1588년 생원시에 합격하고, 찰방(察訪)을 지냈다.

이광(李洸) 1541~1607. 본관은 덕수(德水). 자는 사무(士武), 호는 우계산인(雨溪散人). 임진왜란이 일어나자 전라 감사로서 충청도 관찰사 윤선각(尹先覺), 경상도관찰사 김수(金睟)와 함께 관군을 이끌고 북상해 서울을 수복할 계획을 세웠다. 그리하여 5월에 스스로 4만의 군사를 이끌고 임천(林川)을 거쳐 전진했다. 그러나 도중 용인의 왜적을 공격하다가 적의 기습을 받아 실패하자 다시 전라도로 돌아왔다. 그 뒤 왜적이 전주·금산 지역을 침입하자, 광주 목사(光州牧使) 권율(權慄)을 도절제사로 삼아 웅치(熊峙)에서 적을 크게 무찌르고, 전주에 육박한 왜적을 그 고을 선비 이정란(李廷鸞)과 함께 격퇴시켰다. 뒤에 용인 패전의 책임자로 대간의 탄핵을 받고 파직되어 백의종군한 뒤, 벽동군으로 유배되었다가 1594년 고향으로 돌아왔다.

이광승(李光承) 1540~1604. 자는 군술(君述), 호는 여암(黎巖). 퇴계 이황의 문인으로, 화왕산성에서 의병 활동을 하면서 방어한 공이 있었다. 판결사(判決事)에 증직되었다.

이광윤(李光胤) 1564~1637. 본관은 경주(慶州). 자는 극휴(克休), 호는 양서(瀼西). 조목의 문인이다. 15세 때 향시(鄕試)에 장원하고 17세 때 도회시(都會試)에 장원했으며 18세 때 향시에 또 장원함으로써 신동(神童)으로 불렸다. 1594년 문과에 급제하여 전적, 직강, 사예와 각 조(曹)의 좌랑 및 정랑을 역임하고, 강원 도사(江原都事), 함경 도사(咸鏡都事), 서천 군수(舒川郡守), 초계 군수(草溪郡守), 성주 목사(星州牧使), 강원 도사(江原都事) 등 44번에 걸쳐 자리를 옮겨 다녔으나 끝내 재상의 반열에는 오르지 못했다.

이광준(李光俊) 1531~1609. 본관은 영천(永川). 자는 준수(俊秀), 호는 학동(鶴洞). 1592년 초 닥쳐올 전쟁의 기문을 예상한 조정에서 그를 강릉 부사로 보냈는데, 그는 많은 전공을 세워 통정대부(通政大夫)에 올랐다. 이듬해 새로운 관찰사와 뜻이 맞지 않아 물러나 행재소(行在所)에 갔다가 1599년 판결사를 거쳐, 충주 목사가 되었다.

이국필(李國弼) 1540~?. 본관은 용인(龍仁). 자는 비언(棐彦). 퇴계 이황의 문인으로, 임진왜
란 때 함창 현감(咸昌縣監)이었다.

이극승(李克承) 1530~1594. 본관 영천(永川). 자는 경술(景述). 이황의 문인으로 1579년(선
조 12) 생원시(生員試) 합격했다.

이대기(李大期) 1551~1628. 본관은 전의(全義). 자는 임중(任重), 호는 설학(雪壑). 조식(曺植)
의 문인이다. 임진왜란 때 고향에서 의병을 모집하여 창의장(倡義將) 정인홍(鄭仁弘) 휘하
에서 공을 세워 장원서 별제(掌苑署別提)가 되었다. 1593년 10월에 지례 현감, 1599년 형
조정랑, 이듬해 영덕 현령, 1608년 청풍 군수·함양 군수 등을 지냈다.

이덕승(李德承) 1534~1611. 본관 영천(永川). 자는 백거(伯據). 이수량(李遂樑)의 장자(長子).
주부(主簿)를 지냈다. ≪永川李氏譜≫ 이원걸 참조.

이덕형(李德馨) 1561~1613. 본관은 광주(廣州). 자는 명보(明甫), 호는 한음(漢陰)·쌍송(雙
松)·포옹산인(抱雍散人). 1592년 임진왜란 때 왕이 평양에 당도했을 때 왜적이 벌써 대
동강에 이르러 화의를 요청하자, 단독으로 겐소와 회담하고 대의로써 그들의 침략을 공
박했다고 한다. 청원사(請援使)로 명나라에 파견되어 파병을 성취시켰다. 한성 판윤으로
명장 이여송(李如松)의 접반관(接伴官)이 되어 전란 중 줄곧 같이 행동했다. 1593년 병조
판서, 이듬해 이조 판서로 훈련도감 당상을 겸했다. 1597년 정유재란이 일어나자 명나라
어사 양호(楊鎬)를 설복해 서울의 방어를 강화하는 한편, 스스로 명군과 울산까지 동행,
그들을 위무(慰撫)했다. 이어 명나라 제독 유정(劉綎)과 함께 순천에 이르러 통제사 이순
신(李舜臣)과 함께 적장 고니시의 군사를 대파했다.

이돈후(李焞後) ?~1622. 자는 백명(伯明), 호는 매원(梅園). 판결사 이윤수의 큰아들이다. 서
애 류성룡의 문인이다.

이등림(李鄧林) 1535~?. 본관은 벽진(碧珍). 자는 대재(大材), 호는 공암(孔巖). 1564년 생원
시에 합격하고, 1573년 문과에 급제해 벼슬이 좌랑(佐郞)에 이르렀다. 1584년에 인동 현
감(仁同縣監)으로 부임하여 많은 선정을 베풀고 같은 해 12월 이임했다. 뒤에 벼슬이 공
조 좌랑에 이르렀다.

이몽학(李夢鶴) ?~1596. 본관은 전주(全州). 왕족의 서얼 출신으로 임진왜란 중에 장교(將校)
가 되었다가, 국사가 어지러움을 보고 모속관(募粟官) 한현(韓絢) 등과 함께 홍산(鴻山) 무
량사(無量寺)에서 모의를 하고 의병을 가장하여 조련을 실시했으며, 동갑회(同甲會)라는
비밀결사를 조직하여 친목회를 가장, 반란군 규합에 열중했다. 한현은 어사 이시발(李時
發) 휘하에서 호서(湖西)의 조련을 관리하라는 시발의 명을 받았으나, 이몽학과 함께 거
사할 것을 꾀하고, 김경창(金慶昌)·이구(李龜)·장후재(張後載), 사노(私奴) 팽종(彭從), 승
려 능운(凌雲) 등과 함께 승속군(僧俗軍) 600~700명을 거느리고 홍산 쌍방축(雙防築)에 모
였다. 1596년 7월 일당이 야음을 틈타 홍산현을 습격하여 이를 함락하고, 이어 임천군
(林川郡)·정산현(定山縣)·청양현(靑陽顯)·대흥현(大興縣)을 함락한 뒤 그 여세를 몰아
홍주성(洪州城)에 돌입했다. 그러나 목사 홍가신(洪可臣), 무장 박명현(朴名賢)·임득의(林

得義) 등의 훌륭한 방어와 반란군 가운데 이탈하여 관군과 내응하는 자가 속출, 반란군
의 전세가 불리하게 되자 그의 부하 김경창·임억명(林億命)·태근(太斤) 3인에 의하여
피살되었다.

이방린(李芳隣) 1574~1624. 본관은 청안(淸安). 자는 덕화(德華), 호는 동호(東湖). 임진왜란
이 일어날 것을 알고 아우 이유린(李有隣)·이광린(李光隣)과 함께 붓을 던지고 활쏘기를
익혔는데, 사예(射藝)가 모두 뛰어나 나란히 무과에 합격했다. 임진왜란 때 두 아우와 더
불어 창의하여 백률사(柏栗寺)와 계연(雞淵)에서 적을 막았고, 박의장(朴毅長)·권응수(權應
銖)와 함께 경주 읍성을 수복했다. 관찰사가 추천하여 안동부 판관 겸 부사(安東府判官兼
府使)에 임명되었다.

이번(李蕃) 1568~?. 본관은 영천(永川). 자는 자성(子盛). 첨정(僉正)을 지냈다.

이보(李輔) 1545~1608. 본관은 연안(延安). 자는 경임(景任), 호는 남계(南溪). 1592년 임진왜
란이 일어나자 의병장 김해(金垓)의 종사관(從事官)으로 크게 활약했다. 전란으로 피폐해
진 인동을 임시로 맡아 다스리면서 모속관(募粟官)을 겸하여 군량미 조달에 공이 많았다.
뒤에 김응남(金應南)·정곤수(鄭崑壽) 등의 천거로 당진 현감에 임명되었으나, 인동주민들
의 요청에 의하여 인동 현감으로 부임했으며, 선정을 베풀어 크게 명망이 있었다. 체찰
사 이원익(李元翼)이 천생산성(天生山城)을 쌓을 때, 그 역사(役事)를 책임 맡아 수개월 만
에 준공을 보았으며, 1604년 거창현감으로 전직되었으나 노쇠하여 관직에서 물러났다.

이보인(李寶仁) 생몰년 미상. 본관은 전의(全義). 송화 현감(松禾縣監)을 지냈다.

이봉(李逢) 1526~?. 본관은 완산(完山). 본관은 한양(漢陽). 자는 자운(子雲). 정철·이항복·
유성룡 등과 함께 학문에 힘써 문장가로 이름을 떨쳤다. 1592년 임진왜란 때 황령사에
서 창의하여 대장이 되었다. 조헌·정경세 등과 의병을 규합하여 험준한 요지에 진을
치고 적군의 후방을 교란하여 물리쳤다. 서울이 수복된 뒤 고향으로 내려갔다가 왕명으
로 상경하여 1595년 사헌부 감찰에 발탁되었고, 이듬해는 옥천 군수로 나아가 부호들의
창곡(倉穀)을 풀어 굶주리는 백성을 구제했다. 1597년 정유재란 때에도 관군과 의병을
각 요충지에 배치하여 왜군의 진격을 막은 공으로 당상관에 올랐으나 사퇴하고 고향으
로 돌아가 여생을 보냈다.

이봉춘(李逢春) 1542~1625. 본관은 진성(眞城). 자는 근회(根晦), 호는 학천(鶴川). 이황의 족
자(族子)로 그의 문하에서 수학했다. 1575년 문과에 급제하여 성균관 학유(成均館學諭)로
임명되어 전적(典籍)에 이르렀으나 오랫동안 친환(親患)을 돌보느라 벼슬에 나가지 않았
다. 1593년 임진왜란으로 피란 간 왕가(王駕)가 아직 돌아오지 않자 경상감사 한효순(韓
孝純)이 임시로 신령 군수(新寧郡守), 예천 군수, 대구 군수에 임명했다. 그 뒤 성균관 직
강이 되었으나 스스로 세인과 어울리지 못함을 알고 관직에서 물러나 후진 양성에 전념
했다가 향년 84세로 세상을 떠났다. ≪한국향토문화전자대전≫, 한국학중앙연구원.

이사민(李思敏) 생몰년 미상. 본관은 용인(龍仁). 자는 숙도(叔度). 동생 덕민(德敏)과 함께
살았다.

이선도(李善道) 생몰년 미상. 본관은 진성(眞城). 자는 택중(擇仲), 호는 영모당(永慕堂). 퇴계 선생의 종손(從孫)이다. 주부(主簿)를 지냈다.

이선승(李善承) 1528~1598. 자는 사술(士述). 퇴계 이황의 문인으로, 충순위(忠順衛)를 지냈다.

이성량(李成梁) 1526~1615. 명나라 말기 요동(遼東) 철령위(鐵嶺衛) 사람. 자는 여계(汝契). 철령위지휘첨사(鐵嶺衛指揮僉事)를 세습했는데, 집이 가난해 나이 마흔 때까지 남의 도움을 받다가 비로소 직위를 이었다. 공을 세워 부총병(副總兵)이 되었다. 요동 일대에서 몽고의 여러 부족을 격퇴했다. 1582년 고령성(古哷城)을 함락하고 왕고자아대(王杲子阿臺)를 죽여 위명(威名)을 크게 떨쳤다. 27년 동안 만주 방위에 큰 공을 세워 영원백(寧遠伯)에 봉해졌다. 그의 아들 이여송(李如松)은 임진왜란(壬辰倭亂) 때 조선을 도왔다.

이수량(李邃樑) 생몰년 미상. 자는 가립(可立). 수직(壽職)으로 통정대부가 되었다.

이수림(李秀林) ?~1592. 본관은 전의(全義). 자는 중첨(仲瞻). 이보인의 둘째 아들로 임진왜란 때에 고양 군수로 있었는데, 선조가 북으로 파천한다는 소식을 듣고 호종하고자 단기로 달려가다가 왜적에게 죽음을 당하여 시체도 찾지 못했다.

이숙량(李叔樑) 1519~1592. 본관은 영천(永川). 자는 대용(大用), 호는 매암(梅巖). 호조 참관 현보(賢輔)의 다섯째 아들이다. 일찍이 이황의 문하에 나아가 학문을 닦았으며, 매헌 금보(琴輔)·춘당 오수영(吳守盈)과 선성삼필(宣城三筆)로 일컬어졌다. 1543년 진사시에 합격했다. 왕자사부(王子師傅)에 제수되었지만 나아가지 않았다. 임진왜란 때에는 격문을 지어 의병의 궐기를 촉구하기도 했으나 난중에 죽었다.

이숭도(李崇道) 생몰년 미상. 이황의 종손(從孫)으로, 현감(縣監)을 지냈다.

이시언(李時彦) 1535~?. 본관은 완산(完山). 자는 군미(君美), 호는 졸암(拙庵). 1592년 사예로 임진왜란을 만났다. 1593년 황해도 방어사를 거쳐 사간이 되었는데 서울이 수복되자 환도할 것을 간했다. 그 해 12월에는 경상·충청 지방의 민정을 살피고 이들을 위무해야 한다는 비변사의 청에 따라 경상도 진휼어사로 파견되어 민심 수습에 진력했다. 1594년에 인천 부사·전라 병사를 지내고 이듬해 경상도 관찰사가 되어 특히 경주·함안 등지의 기민(飢民) 구제에 힘썼다. 1597년 정유재란이 일어나자 도순찰사 권율(權慄)의 절제아래 충청도 방어사와 함께 청주(淸州) 등지에서 왜적과 싸워 많은 적을 참살(斬殺)하고 이를 격퇴했다. 1598년 경상우도 조도사가 되어 모속(募粟) 활동을 하고, 이듬해 주문사(奏聞使)로 명나라에 다녀와 호조 참의를 거쳐 동부승지가 되었다. 임진왜란 때의 공로로 선무공신(宣武功臣) 후보에 올랐다.

이안도(李安道) 1541~1584. 본관은 진성(眞城). 자는 요원(遙原)·아몽(阿蒙), 호는 몽재(蒙齋). 할아버지는 이황이다. 어려서부터 할아버지 이황의 가르침을 받았으며 이덕홍(李德弘), 금난수(琴蘭秀), 김전, 금응훈(琴應壎) 등과 교유했다. 34세 때 천거로 목청전 참봉(穆淸殿參奉)에 처음 제수되었고, 43세 때 상서원 직장이 되었다. 이안도는 이황의 학문과 덕행을 밝히고 전하는 것을 자신의 필생의 사업으로 삼아 많은 저술을 남겨 공문(孔門)

의 자사(子思)에 비유되었다.

이양원(李陽元) 1526~1592. 본관은 전주(全州). 자는 백춘(伯春), 호는 노저(鷺渚). 1592년 임진왜란이 일어나자 유도대장으로 수도의 수비를 맡았으나 한강 방어의 실패로 양주(楊州)로 철수, 분군(分軍)의 부원수(副元帥) 신각(申恪)과 함경도 병마절도사 이혼(李渾)의 군사와 합세해 해유령(蟹蹂嶺)에 주둔, 일본군과 싸워 승리한 뒤 영의정에 올랐다. 이 때 의주에 피난해 있던 선조가 요동(遼東)으로 건너가 내부(內附)한다는 소식을 전해 듣고 탄식하며 8일간 단식하다가 피를 토하고 죽었다 한다.

이영도(李詠道) 1559~1637. 본관은 진보(眞寶). 자는 성여(聖與), 호는 동암(東巖). 할아버지가 퇴계 이황이다. 임진왜란 때는 안동에 내려가 의병을 모집하여 왜군과 싸웠다. 이듬해 연원도 찰방으로 나가 전쟁의 재해를 입은 백성들의 구호와 군량미를 조달하여 명관으로 이름을 떨쳤고, 1594년 충청도 판관을 겸직, 피난민들에게 농사를 짓게 하여 전란 중에서도 수만 석의 양곡을 생산했다. 1596년 한때 좌천당했다가 복직된 뒤, 원병으로 온 명나라 군사를 따라 많은 군량미를 조달, 수송하여, 그 공으로 1597년 호조 좌랑이 되고 다시 호조 정랑이 되어 남정양향사(南征糧餉使)로서 상을 받았다. 이듬해에는 현풍 현감이 되어 치적이 뛰어나서 표리(表裏)가 하사되었다.

이영승(李永承) 생몰년 미상. 본관은 영천(榮川). 자는 공술(公述).

이완(李完) 1512~1596. 본관은 진성(眞城). 자는 자고(子固), 호는 기암(企庵). 퇴계 선생의 둘째 형인 이하장(李河長)의 아들이다. 1540년 사마시에 합격하고 영천 교수를 지냈다. 조목과 이산서원(伊山書院)에서 성학십도(聖學十圖)를 강학했다.

이원익(李元翼) 1547~1634. 본관은 전주(全州). 자는 공려(公勵), 호는 오리(梧里). 임진왜란이 발발하자 이조 판서로서 평안도 도순찰사의 직무를 띠고 먼저 평안도로 향했다. 평양이 함락되자 정주로 가서 군졸을 모집하고, 관찰사 겸 순찰사가 되어 왜병 토벌에 전공을 세웠다. 1593년 정월 이여송(李如松)과 합세해 평양을 탈환한 공로로 숭정대부(崇政大夫)에 가자되었고, 선조가 환도한 뒤에도 평양에 남아서 군병을 관리했다. 1595년 우의정 겸 4도체찰사로 임명되었으나, 주로 영남체 찰사영에서 일했다. 이 때 명나라의 정응태(丁應泰)가 경리(經理) 양호(楊鎬)를 중상 모략한 사건이 발생해 조정에서 명나라에 보낼 진주변무사(陳奏辨誣使)를 인선하자, 당시 영의정 류성룡에게 "내 비록 노쇠했으나 아직도 갈 수는 있다. 다만 학식이나 언변은 기대하지 말라."라고 하고 자원했다. 그러나 정응태의 방해로 소임을 완수하지 못하고 귀국했다.

이윤무(李胤武) 1569~1636. 자는 계술(季述), 호는 양봉(陽峯). 성균진사(成均進士)로서 문장이 뛰어나고, 정경세 휘하에서 의병활동을 했다.

이윤수(李潤壽) 1545~1594. 본관은 여주(驪州). 자는 인수(仁叟), 호는 창암(滄菴). 류성룡의 매부이다. 처남인 류성룡이 벼슬을 하는 것이 어떠하겠느냐고 권유하자, 분수에 맞지 않는다고 단호히 거절하고 귀가하는 도중 내성천에서 귀를 씻고 다시는 처가에 가지 않았다는 일화가 있다. 임진왜란 때는 백성의 굶주림을 해결하는 데 솔선했으며 학문 연구에 여생을 보냈다. 선조 때 한성부 우윤(漢城府右尹)에 증직되었다.

이일도(李逸道) 생몰년 미상. 본관은 진성(眞城). 자는 사안(士安). 이황의 후손으로, 참봉(參奉)을 지냈다.

이전(李㙉) 1558~1648. 본관은 흥양(興陽). 자는 숙재(叔載), 호는 월간(月澗). 임진왜란 때에 창의하여 세마와 찰방 등에 제수되었으나 나아가지 않았다. 동생 이준(李埈)과 함께 유성룡의 문하에서 이황의 학설을 배워 주자서(朱子書)를 전심으로 공부했다. 임진왜란 때 준이 의병을 일으켜 왜적과 싸우다 적중에 포위된 적이 있었는데, 그 때 형의 기지로 동생을 데리고 적진 탈출에 성공하여 형제가 무사할 수 있었다. 뒤에 준이 감복하여 화공을 시켜 이 모습을 그리게 하고 〈형제급난도(兄弟急難圖)〉라 이름 하니, 당시의 명공·거경들이 이 일을 노래로 읊었다고 한다.

이정견(李庭堅) 1557~?. 본관은 공주(公州). 자는 직경(直卿). 무과에 급제하고 임진왜란이 일어나자 동생 정헌(廷憲)과 창의하여 공을 세웠다. 당시 영남 안집사(安集使)였던 백암 김륵(金玏)선생의 천거로 안동진 병마절제사(安東鎭 兵馬節制使)로 특진되었다. 또 권율 장군의 행주대첩을 계기로 퇴주하던 왜적들을 원주 지방에서 격파한 공로로 강원 도사(江原都事)가 되었으며, 후일 원종공신(原從功臣) 2등에 책록되고, 군자감정(軍資監正)을 지냈다.

이정형(李廷馨) 1549~1607. 본관은 경주. 자는 덕훈(德薰), 호는 지퇴당(知退堂)·동각(東閣). 1567년 사마시에 합격하고, 이듬 해 문과에 급제했다. 1592년 임진왜란 때 임금을 호종, 개성부 유수로 특진되었다. 이때 임진강 방어선이 무너지고 개성이 함락되자 형 정암(廷馣)과 함께 의병을 모아 왜적을 격파했다. 장단(長端)·삭녕(朔寧) 등 황해도 일대를 중심으로 한 활동으로 기호·호남의 길을 행재소로 통하게 했는데 그 공으로 경기도 관찰사 겸 병마수군절도사가 되었다. 이듬해 장례원 판결사로서 이여송(李如松)을 따라 평양 탈환전에 참가하고, 1594년 고급사로 요동에 다녀왔다. 1595년 4도도체찰사가 되어 군권을 담당했다. 1602년 예조 참판이 되어 성절사(聖節使)로 명나라에 다녀왔다.

이정훈(李廷薰) 생몰년 미상. 호는 인수정(因樹亭). 이정번(李廷蕃)의 아우이다.

이종성(李宗城) 생몰년 미상. 1594년 12월 석성(石星)의 추천으로 도독 첨사(都督僉事)에 제수되어 책봉일본사(冊封日本使)로서 부산 왜영(倭營)에 들어갔으나, 왜군이 점차 불어나고 사신을 수시로 겁박하자, 왜군이 재침(再侵)하는 것으로 오해하고 도망쳤다가 하옥되어 처형되었다.

이준(李埈) 1560~1635. 본관은 흥양(興陽). 자는 숙평(叔平), 호는 창석(蒼石). 유성룡의 문인으로, 1582년 생원시에 합격하고 1591년 문과에 급제했다. 임진왜란 때 피난민과 함께 안령에서 적에게 항거하려 했으나 습격을 받아 패했다. 그 뒤 정경세와 함께 의병 몇 천 명을 모집해 고모담(姑姆潭)에서 외적과 싸웠으나 또다시 패했다. 1594년 의병을 모아 싸운 공으로 형조 좌랑에 임명되었으나 사양했다. 1597년 지평이 되었으나 유성룡이 국정 운영의 잘못 등으로 공격을 받을 때 함께 탄핵을 받고 물러났다. 같은 해 가을 소모관(召募官)이 되어 의병을 모집하고 군비를 정비하는 등 방어사(防禦使)와 협력해 일했다.

이중양(李仲陽) 생몰년 미상. 본관은 가평(加平). 자는 명지(明之), 호는 곡강정(曲江亭). 진사시에 합격했으나 과거를 포기하고 곡강정을 짓고 속세에서 벗어나 살았다.

이진(李軫) 1536~1610. 본관은 연안(延安). 자는 군임(君任), 호는 송오(松塢). 군위 출신. 일찍이 이황의 문인이 되어 유성룡과 더불어 수학했다. 1593년 임진왜란 당시 좌랑으로서 민여경(閔汝慶)과 함께 의주에서 경성으로 양곡을 선박으로 수송하는 임무를 맡았다. 1597년 정유재란이 일어나자 정읍 현감으로서 순찰사 휘하에 들어가 왜적을 맞아 싸웠다.

이질(李耋) 생몰년 미상. 자는 숙노(叔老), 호는 면계(勉溪). 곽수지의 처남이다.

이질수(李質粹) 생몰년 미상. 이몽학의 난 때 대홍 군수(大興郡守)를 지냈는데, 간신히 도망하여 적정을 보고에 보고했다.

이집(李嶫) 생몰년 미상. 자는 태백(太白), 호는 백석(白石). 진사시에 합격하고, 풍기의 일언리 진목정에서 거의(擧義)했고, 집경전 참봉(集慶殿參奉)을 지냈다.

이축(李軸) 1565~1647. 본관은 성주(星州). 자는 덕재(德載), 호는 가악재(佳岳齋). 1576년 문과에 급제했다. 1592년 임진왜란이 일어나자 황령(黃嶺)에서 의병을 일으켜 선봉장이 되어 여러 차례 전공을 세웠다. 1596년 그 공으로 선무원종공신(宣武原從功臣)에 녹훈되고, 부여 현감에 임명되었다. 뒤에 옥천 군수가 되어 선정을 베풀었으므로 백성들이 송덕비를 세웠다. 훈련원정에 임명되었으나 부임하지 않고, 고향에 돌아가 대가산(大佳山) 아래 정사(精舍)를 짓고 자제들을 교육하면서 여생을 보냈다.

이한(李澣) 생몰년 미상. 임진왜란 때 영천 군수를 지내고 1596년에 임기를 채우고 전임했다.

이함(李涵) 1554~1632. 본관은 재령(載寧). 자는 양원(養源), 호는 운악(雲嶽). 임진왜란 때에 창의했다. 1609년 문과에 급제하고, 현감을 지냈다.

이현보(李賢輔) 1467~1555. 본관은 영천(永川). 자는 비중(菲仲), 호는 농암(聾巖)·설빈옹(雪鬢翁). 1504년 사간원 정언이었을 때에 서연관의 비행을 탄핵했다가 안동에 유배됐으나 중종반정으로 지평에 복직된다. 1523년에는 성주 목사로 선정을 베풀어 표리(表裏)를 하사받았다. 이후 대구 부윤·경주 부윤·경상 도관찰사·형조 참판·호조 참판을 지냈다. 이황·황준량(黃俊良) 등과 교유했으며 고향에 돌아와서는 시를 지으며 한가롭게 보냈다.

이홍기(李弘基) 생몰년 미상. 자는 사영(士英). 주부(主簿)를 지냈다.

이홍도(李弘道) 생몰년 미상. 본관은 진보(眞寶). 자는 사곽(士廓). 함창(咸昌)에 거주하다가 상주(尙州)로 옮겨 살았다. 임진왜란 때에 창의했고, 음직(蔭職)으로 찰방(察訪)을 지냈다.

이황(李滉) 1501~1570. 본관은 진성(眞城). 자는 경호(景浩), 호는 퇴계(退溪)·지산(芝山)·퇴도(退陶). 지금의 경상북도 안동시 도산면 온혜리에서 태어나서, 같은 면 토계리에서 살았다. 주자의 성리학을 심화 발전시켜 이후 도학의 시대를 여는데 결정적인 역할을 했다. 과거에 급제하여 좌찬성을 지냈고, 영의정에 추증되었다. 시호는 문순(文純)이다.

이희(李熹) 1532~1592. 본관은 연안(延安). 자는 자수(自修), 호는 율리(栗里), 퇴계의 문인으로, 1574년 문과에 급제했다. 임란왜란 때에 관군과 의병을 지휘하다가 전사했다. 교리(校理)를 지냈다.

임흘(任屹) 1557~1620. 본관은 풍천(豊川). 자는 탁이(卓爾), 호는 용담(龍潭)·나부산인(羅浮山人). 조목의 문인이다. 1582년 진사가 되고 1592년 임진왜란이 일어나자 유종개(柳宗介)와 함께 의병을 모집하여 문경전투에서 많은 적을 사살했다. 그 공으로 전옥서 참봉(典獄署參奉)이 되었으나 동인과 서인의 격심한 당쟁에 실망하여 그들을 규탄하는 소를 올리고 사직했다. 광해군 때 동몽 교관으로 기용되었으나, 이이첨(李爾瞻) 등의 대북 일당이 나라를 망치리라 하여 사직하고 학문에 전념했다.

장령(張翎) 1543~1594. 본관은 울진. 자는 운거(雲擧), 호는 월송(月松). 1573년 생원시에 합격하고, 1576년 문과에 급제했다. 성균관 사예 겸 춘추관 편수관을 거쳐 외직인 함창, 삼가, 합천 현감을 거쳐 임진왜란 도중인 1594년에 예천 군수를 지내는 동안 청렴결백하기로 소문이 나서 당시 사람들이 청백리라고 불렀다. 1594년에 권두문 군수의 후임으로 부임하여 같은 해인 52세에 작고했다. 〈醴泉新聞〉 525號, 2002. 09. 12. 참조.

장세희(張世禧) 1538~1607. 본관 인동(仁同). 자는 중길(重吉), 호는 등암(藤巖). 정유재란 때인 1597년 7월 21일에 아들 여한(汝翰), 여격을 데리고 화왕산성(火旺山城)의 곽재우 의진(義陣)에 입성하여 태암(太菴) 박성(朴惺)과 그 참모로 시종 활약하여 많은 공을 세워 그 유적이 전하고 있다. 당시의 류성룡과 도의로 교분을 맺어 남달리 정의가 두터웠다.

장제원(張悌元) 1556~1621. 본관은 옥산(玉山). 자는 중순(仲順), 호는 심곡(深谷). 정구·장현광(張顯光)의 문인이다. 1592년 임진왜란이 일어나자 의병장 김해(金垓)의 막하에 들어가 인동의 정제장(整齊將)이 되어 창의조약 10개 조목을 작성, 향병을 인솔하고 안동·의성 등지에서 왜적과 분전했다. 그 뒤 인동 백성들이 기근에 시달리자 진휼어사(賑恤御使)에게 글을 올려 구호양곡 100여 섬을 얻어 백성을 도왔다. 어사의 천거로 도진관(都賑官)이 되어 토지의 구획을 정리, 백성들로 하여금 농사에 힘쓰게 하는 등 전쟁 중 흉년의 구제사업에 많은 업적을 남겼다. 이어 선산부(善山府)의 교수(教授)로 추천되었으나 사양하고 나아가지 않았다.

장진(張溍) 1550~1640. 본관은 단양(丹陽). 자는 여징(汝澄), 호는 녹야당(鹿野堂). 진사시에 합격했다.

장현광(張顯光) 1554~1637. 본관 인동(仁同). 자 덕회(德晦), 호 여헌(旅軒). 1567년부터 진사 장순(張峋)에게 학문을 배웠고, 1576년 재능과 행실이 드러나 조정에 천거되었다. 1591년 겨울 전옥서 참봉(典獄署參奉)에 임명되었으나 나가지 않았고, 이듬해 임진왜란이 일어나자 금오산(金烏山)으로 피난했다. 1594년 예빈시 참봉·제릉 참봉 등에 임명되었으나 부임하지 않았다. 1595년 가을 보은 현감에 임명되어 부임했으나, 12월 관찰사에게 세 번이나 사직을 청했고, 이듬해 2월 다시 세 번 사직을 청한 뒤 허가를 기다리지 않고 향리에 돌아갔다가 직무유기 혐의로 의금부에 잡혀갔다. 1597년 여러 차례 그를 조정에 추천했던 유성룡을 만났는데, 그의 학식에 감복한 유성룡은 아들을 그 문하에 보내어 배우게 했다. 1636년 병자호란 때는 의병과 군량의 조달에 나섰으며, 패전 후 동해안의 입암산에서 은거했다. 류성룡·정경세 등과 더불어 영남의 수많은 남인 학자들을 길러냈다.

전강(全絳) 생몰년 미상. 본관은 용궁(龍宮). 자는 경화(景華). 종부시 주부(宗簿寺主簿)를 지냈다.

전몽규(全夢奎) 1524~1596. 본관은 용궁(龍宮). 자는 경직(景直), 호는 매국헌(梅菊軒). 승의랑(承議郎)·괴산 훈도(槐山訓導)를 지냈다. ≪藥圃集≫ 속집 제1권 '몽규의 시에 차운하다[次梅菊軒全子垂 夢奎 韻]'(고전번역원 참조)의 주에 의하면, 전몽규의 생몰년을 1524~1593으로 하고 있으나, ≪호재진사일록≫에는 1596년까지 생존한 것으로 기록되어 바로잡았다.

전성헌(全成憲) 생몰년 미상. 본관은 옥천(沃川). 선교랑(宣教郎)을 지냈다.

전식(全湜) 1563~1642)의 자(字). 본관은 옥천(沃川). 자는 정원(淨遠), 호는 사서(沙西). 유성룡·장현광(張顯光)의 문인이다. 1589년 사마시에 합격하고, 1603년 문과에 급제했다. 1592년 임진왜란이 일어나자 의병을 모아 왜적을 토벌해 많은 전과를 올렸으며, 김응남(金應南)의 추천으로 연원도 찰방(連原道察訪)이 되었다. 광해군의 실정으로 벼슬을 단념하고 정경세, 이준(李埈) 등과 산수를 유람하여 세칭 상사(商社)의 삼로(三老)라 일컬어졌다. 좌의정에 추증되었다.

전이척(全以惕) 생몰년 미상. 자는 과구(寡咎). 사우당(四友堂) 전찬(全纘)의 아들이다. 감찰(監察)에 추증되었다.

전찬(全纘) 1546~1612. 자는 경선(景先), 호는 사우당(四友堂). 이황의 문인으로, 학행으로 참봉에 제수되었으나 나아가지 않았다. 공조 정랑에 증직되었다.

정경세(鄭經世) 1563~1633. 본관 진주(晉州). 자 경임(景任), 호 우복(愚伏)·일묵(一默)·하거(荷渠). 유성룡의 문인이다. 1582년 진사시에 합격하고, 1586년 문과에 급제했다. 임진왜란이 일어나자 의병을 일으켜 공을 세워 수찬(修撰)이 되고 정언·교리·정랑·사간(司諫)에 이어 1596년 이조 좌랑에 시강원 문학을 겸했으며, 잠시 영남어사의 특명을 받아 어왜진영(禦倭鎭營)의 각처를 순시하고 돌아와 홍문관 교리에 경연 시독관·춘추관 기주관을 겸했다. 1598년 경상도 관찰사가 되었다. 광해군 때 정인홍(鄭仁弘)과 반목 끝에 삭직(削職)되었다.

정곤수(鄭崑壽) 1538~1602. 초명은 규(逵), 곤수는 선조의 하사명이다. 본관은 청주(淸州). 자는 여인(汝仁), 호는 백곡(栢谷)·경음(慶陰)·조은(朝隱). 1592년 형조 참판으로서 임진왜란이 일어나자 의주로 선조를 호종했다. 대사간이 되어서는 명나라에 원병을 청하도록 건의했으며, 청병진주사(請兵陳奏使)로 중국에 파견되었다. 1593년 원병을 얻어온 공로로 숭정대부에 오르고 판돈녕부사가 되었다. 이즈음 영위사(迎慰使)·접반사(接伴使)를 맡아 명나라 장수와의 교섭을 담당했다. 같은 해 거듭 보국숭록대부에 오르는 상을 받고 판의금부사가 되었다. 1595년 도총관·예조판서, 1597년 판의금부사·도총관 등을 겸하고 사은 겸 변무진주사(謝恩兼辨誣陳奏使)로 명나라에 다녀왔다.

정구(鄭逑) 1543~1620. 본관은 청주(淸州), 자는 도가(道可), 호는 한강(寒岡). 1563년에 이황을, 1566년에 조식을 찾아뵙고 스승으로 삼았으며, 그 무렵 성운(成運)을 찾아뵙기도 했다. 1563년 향시에 합격했으나 이후 과거를 포기하고 학문 연구에 전념했다. 임진왜란이 일어나자 통천 군수(通川郡守)로 재직하면서 의병을 일으켜 활약했다. 1593년 선조의 형인 하릉군(河陵君)의 시체를 찾아 장사를 지낸 공으로 당상관으로 승진한 뒤 우부승지, 장례원 판결사·강원도 관찰사·형조 참판 등을 지냈다.

정국성(鄭國成) 1526~1592. 본관은 진양(晋陽). 자는 숙거(叔擧), 호는 복재(復齋). 1558년 진사시에 합격했고, 학행(學行)으로 천거되어 참봉에 제수되었다. 1592년 임진왜란이 일어나자 상주에서 창의(倡義)하고 일어섰으나 순국했다. 제자에 정경세가 있다.

정사성(鄭士誠) 1545~1607. 본관은 청주(淸州). 자는 자명(子明), 호는 지헌(芝軒). 7세 때 김언기(金彦璣)에게 수학했으며, 10세 때는 구봉령(具鳳齡)에게 옮겨서 배우다가 1561년 이황의 문하에 들어갔다. 1568년 진사시에 합격했다. 1592년 집경전 참봉(集慶殿參奉)으로 있을 때에 경주가 함락되자 태조의 영정을 모시고 피란하여 백동서재에 모셨다. 양구현감을 지냈다. 1596년 창녕의 화왕산성(火旺山城)에 가서 곽재우(郭再祐)와 같이 의병활동에 참여했다

정사신(鄭士信) 1558~1619. 본관은 청주(淸州). 자는 자부(子孚), 호는 매창(梅窓)·신곡(神谷). 1582년 문과에 급제했다. 1592년 임진왜란 때 지평으로서 왕을 따라 평양으로 피난 중에 반송정(盤松亭)에서 이탈했다 하여 삭직 당했다. 그 뒤 강원도 지방에서 의병을 모아 많은 왜적을 무찌른 공으로 1594년 경상도 도사, 1595년 선산 군수가 되었다.

정신(鄭愼) 1538~1604. 본관은 해주(海州), 자는 군성(君省)이다. 통정대부(通政大夫) 내자시정, 대사관 등의 관직을 역임했으며, 예조 판서에 추증되었다.

정언굉(鄭彦宏) 1568~1640. 본관은 동래(東萊). 자는 여곽(汝廓), 호는 서계(西溪). 1603년 진사시에 합격하고, 1606년 문과에 급제했다. 청송 부사와 예빈시정(禮賓寺正)·승문원 판교(承文院判校)을 지냈다. 1636년 병자호란 때 남한산성에서 굴욕적인 맹세를 했다는 소식을 듣고 낙향하여 학문연구와 후진양성에 전념했다.

정윤목(鄭允穆) 1571~1629. 본관은 청주(淸州). 자는 목여(穆如), 호는 청풍자(淸風子)·노곡(蘆谷)·죽창거사(竹窓居士). 정구·유성룡의 문하에서 수학했다. 필법이 신묘하여 일찍이 이국창(李菊窓)의 당벽(堂壁)에 시 두 구절을 초서로 써 붙였는데, 임진왜란 때 왜적이 그곳에 진(陣)을 치다가 글씨를 보고 경탄하며 뜰에 내려가 절하고 떠났다고 한다. 1589년에는 사은사(謝恩使)로 가는 사행(使行)길을 따라 중국에 다녀왔다. 만년에는 용궁(龍宮)의 장야평(長野坪)에 초려(草廬)를 짓고 마을의 자제들을 모아 가르쳤다.

정윤해(鄭允諧) 1553~1618. 본관은 청주(淸州). 자는 백유(伯兪), 호는 서귀자(鋤歸子). 조목과 정구의 문하에서 수학했다. 정구는 그의 숙부이다. 임진왜란 때에 창의(倡義)하여 태

조(太祖)의 영정(影幀)을 수호한 공로로 원종훈(原從勳) 3등(三等)을 받았다.

정응성(鄭應聖) 1563~1644. 본관은 연일(延日). 1583년 무과에 급제했다. 임진왜란이 일어나자 청하 현감으로 흥해 군수 최보신(崔輔臣)과 함께 경상도 동부지역에 침입한 왜적을 격퇴하여 민생을 안정시켰다. 1597년에 나주 목사가 되어 적진에 들어가 46명을 귀순하게 하는 등 왜적소탕에 노력하다가 2년 뒤 명나라 장수 유정(劉綎)이 철군할 때 응대를 잘하지 못하여 교체되었다. 1627년 정묘호란 때 충청수사로서 왕의 도강을 순조롭게 했고, 적과의 항쟁에서 공을 세워 누차 가자(加資)되었다.

정응태(丁應泰) 생몰년 미상. 명(明) 나라 경략(經略) 형개(邢玠)의 막하로서 당시 병부 주사(兵部主事)였다. 명나라 원군의 총지휘관 경리(經理) 양호(楊鎬)를 비롯하여 제독(提督) 마귀(麻貴) 등을 탄핵했으며, 마침내 양호가 거짓으로 속여 일을 그르쳤다는 죄[欺罔償事罪] 20조를 들었다. 이에 우리 조선에서는 양호를 구하기 위하여 이원익(李元翼)을 진주사(陳奏使)로 삼아 명에 보내자, 정응태는 이를 불쾌하게 여겨, "왜를 끌어들여 요동(遼東)의 옛 땅을 회복하려 한다."라고 우리 조선을 무주(誣奏)했다.

정이홍(鄭而弘) 1538~1620. 초명은 여홍(汝弘). 자는 언의(彥毅), 호는 주일재(主一齋), 상주 출신이다. 1582년 진사시에 합격하고, 학행으로 직장(直長)을 제수 받고 유곡도 찰방(幽谷道 察訪)을 거쳐 사헌부 지평(司憲府持平)에 이르렀다. 임진왜란 때에는 의병으로 황령전투에 참여했다.

정인홍(鄭仁弘) 1535~1623. 본관은 서산(瑞山). 자는 덕원(德遠), 호는 내암(來庵). 조식(曺植)의 수제자로서 최영경(崔永慶)·오건(吳健)·김우옹(金宇顒)·곽재우 등과 함께 경상우도의 남명학파(南冥學派)를 대표했다. 1592년 임진왜란이 일어나자 합천에서 성주에 침입한 왜군을 격퇴하고, 10월 영남의병장의 호를 받아 많은 전공을 세웠다. 이듬해 의병 3,000명을 모아 성주·합천·고령·함안 등지를 방어했으며, 의병 활동을 통해 강력한 재지적 기반(在地的基盤)을 구축했다. 류성룡이 임진왜란 때 화의를 주장했다는 죄를 들어 탄핵하여 파직하게 한 다음, 홍여순(洪汝諄)·남이공(南以恭) 등 북인과 함께 정권을 잡았다.

정탁(鄭琢) 1526~1605. 본관은 청주(淸州). 자는 자정(子精), 호는 약포(藥圃)·백곡(栢谷). 1552년 생원시에 합격하고, 1558년 문과에 급제했다. 1592년 임진왜란이 일어나자 좌찬성으로 왕을 의주까지 호종했다. 1594년에는 곽재우·김덕령(金德齡) 등의 명장을 천거하여 전란 중에 공을 세우게 했으며, 이듬해 우의정이 되었다. 1597년 정유재란이 일어나자 72세의 노령으로 스스로 전장에 나가서 군사들의 사기를 앙양시키려고 했으나, 왕이 연로함을 들어 만류했다. 특히, 이 해 3월에는 옥중의 이순신(李舜臣)을 극력 신구(伸救)하여 죽음을 면하게 했으며, 수륙병진협공책(水陸併進挾攻策)을 건의했다.

조목(趙穆) 1524~1606. 본관은 횡성(橫城). 자는 사경(士敬), 호는 월천(月川)·동고산인(東皐散人)·부용산인(芙蓉山人). 1552년 생원시에 합격했으나 문과를 포기하고 학문과 수양에만 전념했다. 1594년 군자감 주부로 잠시 있으면서 일본과의 강화를 강력하게 반대했다.

그는 일찍이 이황의 문하생이 된 후 평생 동안 가장 가까이에서 이황을 모신 팔고제(八高弟)의 한 사람이다. 이황이 세상을 떠난 뒤 문집의 편간, 사원(祠院)의 건립 및 봉안 등에 힘썼으며, 마침내 도산서원 상덕사(尙德祠)의 유일한 배향자가 되었다.

조방(趙垹) 1557~1638. 본관은 함안(咸安). 자는 극정(克精), 호는 두암(斗巖)·반구정(伴鷗亭). 조목·유운룡(柳雲龍)·정경세·박성(朴惺) 등과 교유를 맺고 도학에 힘썼다. 임진왜란이 일어나자 곽재우를 따라 창의하여 정암진(鼎巖津)과 기강(岐江) 등을 지키는 등 전공을 많이 세웠다. 정유재란 때에는 화왕산성 의진(義陣)에서 군무를 도와 많은 적을 무찔러 고을사람들이 그의 충의에 감복, 조정에 상소하여 포창을 청했다. 그 뒤 난이 평정되자 낙동강 우포(藕浦)의 말바위[斗巖] 위에 반구정을 짓고서 마주 바라보이는 곽재우의 창암정(滄巖亭)을 수시로 내왕하면서 산수의 자연을 자신의 은둔생활에 흡수시켜 회포를 풀었다.

조승훈(祖承訓) 생몰년 미상. 행적이 자세하지 않다. 요동 부총병(遼東副總兵)으로 유격장군(遊擊將軍) 사유(史儒)와 같이 1592년 7월 17일 여명에 평양성을 공략했으나 패했다. 이 전투에서 사유는 죽고, 조승훈은 겨우 살아 달아났다.

조식(曺植) 1501~1572. 본관은 창녕(昌寧). 자는 건중(楗仲), 호는 남명(南冥). 철저한 절제로 일관하여 불의와 타협하지 않았으며, 당시의 사회 현실과 정치적 모순에 대해서는 적극적인 비판의 자세를 견지했다. 단계적이고 실천적인 학문 방법을 주장했으며 제자들에게도 그대로 이어져 경상우도의 특징적인 학풍을 이루었다. 시호는 문정(文貞)이다.

조여익(曺友仁) 1561~1625. 본관은 창녕. 자는 여익(汝益), 호는 이재(頤齋). 조목의 문인으로, 1588년 진사시에 합격하고, 1605년 문과에 급제했다. 임진왜란 때 김광두(金光斗), 정윤해(鄭允諧), 김헌(金憲) 등과 창의하여 문서(文書)를 맡았다.

조원(趙瑗) 1544~1595. 본관은 임천(林川). 자는 백옥(伯玉), 호는 운강(雲江). 조식의 문인으로, 1564년 진사시에 장원으로 합격하고, 1572년 문과에 급제했다. 1575년 정언(正言)이 되어 이 해 당쟁이 시작되자, 그에 대한 탕평의 계책을 상소하여 당파의 수뇌를 파직시킬 것을 주장했다. 이듬해 이조 좌랑이 되고, 1583년 삼척 부사로 나갔다가 1593년 승지에 이르렀다.

조응림(趙應霖) 생몰년 미상. 풍기에 거주했다.

조이첨(趙爾瞻) 1556~?. 본관은 한양. 자는 군신(君愼). 1585년 진사시에 합격하고, 의금부도사(義禁府都事)를 지냈다.

조정(趙靖) 1555~1636. 본관은 풍양(豐壤). 자는 안중(安仲), 호는 검간(黔澗). 상주 출신으로, 김성일의 문인이다. 임진왜란 때 의병을 일으켜 활약했고, 1596년 왜와의 강화를 배격하는 소를 올렸다. 1599년 천거로 참봉이 되고, 1603년 진사시에 합격한 뒤, 1605년 좌랑으로 문과에 급제했다.

조정지(趙庭芝) 1554~?. 본관은 평양(平壤). 자는 형원(馨遠). 1580년 문과에 급제했다. 1593년에는 지제교(知製敎), 1595년에는 지평(持平)과 세자시강원 필선(世子侍講院弼善)에 임명되었으나 각 기관의 업무 수행에 부적합하다는 이유로 비판받기도 했다. 1599년에는 여러 부서에서 근무했다. 사헌부의 지평·장령(掌令)에 임명되어 관리를 감찰했으며, 성균관 전적(成均館典籍)으로서 성균관 유생을 지도했고, 사옹원정(司饔院正)의 직책을 수행하여 궁중 음식을 관장했다. 그리고 강화부(江華府) 백성 양택(梁澤)의 시부사건(弑父事件)에 대한 경차관(敬差官)으로 파견되었다가 처리 미숙으로 인한 책임을 지고 처벌되기도 했다.

조준도(趙遵道) 1576~1665. 본관은 함안(咸安). 자는 경행(景行), 호는 방호(方壺). 김언기(金彦璣)의 문인이다. 임진왜란 때 중형인 형도(亨道), 종형인 준남(俊男) 등은 의병으로 나갔으나, 노친봉양 때문에 함께 나서지 못한 뜻을 시로 남겼다.

진대유(陳大猷) 1541~1592. 본관 강릉(江陵). 자는 헌가(獻可). 함경도 함흥 출신으로, 임진왜란이 발발하여 카토[加藤淸正] 군대가 함경도를 점령하게 되었을 때에 자신의 딸을 일본군에게 시집보내고 일본군의 앞잡이 노릇을 했다. 한인록(韓仁祿)과 문덕교(文德教)의 아비가 의병을 일으키려 하자 대유가 적에게 고발하여 모두 살해당하게 했다. 《선조실록》 30권, 1592년(선조 25) 9월 5일 2번째 기사 참조.

진린(陳璘) 1543~1607. 자는 조작(朝爵). 호는 용애(龍崖). 광동 출신이다. 정유재란 때 전군도독부도독(前軍都督府都督)으로 수군 5천 명을 거느리고 와서 강진군 고금도에서 이순신과 더불어 전공을 세워 광동백에 봉해졌다. 명나라 조정에 이순신의 전공을 보고했으며, 후에 태자소보에 추증되었다.

채유부(蔡有孚) 1550~?. 본관은 인천(仁川). 자는 백침(伯沈), 호는 간송(澗松). 임진왜란 때에 창의하여 판결사(判決事)를 지냈다.

채유종(蔡有終) 1561~1606. 본관은 인천(仁川). 자는 계겸(季謙), 호는 지헌(之軒). 생원시에 합격한 뒤 1592년 임진왜란이 일어나자 형 유희(有喜)가 일으킨 의병에 가담해 외삼촌 이봉(李逢), 조웅, 장충범 등과 함께 싸워 공을 세웠으며 그 후 의병장으로 활약하였다. 선조 38년에는 임진왜란의 공을 인정받아 선무원종공신(宣武原從功臣) 3등에 녹권(錄券)되었다. 어의(御醫)로 활약해 봉상시 직장(奉常寺 直長)을 역임했다.

채함(蔡涵) 생몰년 미상. 본관은 인천(仁川). 자는 양숙(養叔). 채무적(蔡無敵)의 손자이다. 창신교위(彰信校尉)를 지냈다. 곽수지와 의병활동을 함께 했다.

청정(淸正) 1562~1611. 가토 기요마사[加藤淸正]을 말한다. 임진왜란 때 제2진으로 2만 2천 명을 이끌고 일본군의 선봉장이 되어 우리나라에 내침하여 곡산(谷山)·안변(安邊)을 거쳐 함경도로 북진했다. 회령(會寧)에서 임해군과 순화군 두 왕자를 사로잡았으며, 그 후 서울의 일본군이 위태로워지자 함경도에서 철수, 서울을 거쳐 경상도에 이르러 진주(晉州) 싸움에 참가한 뒤 일부 병력을 남겨두고 귀국했다. 1597년 정유재란 때 다시 5만 군사를 이끌고 내침했고, 1598년 도요토미가 죽자 본국으로 철수했다.

최립(崔岦) 1539~1612. 본관은 통천(通川). 자는 입지(立之), 호는 간이(簡易)·동고(東皐). 1555년 17세의 나이로 진사시에 합격하고 1559년 문과에 장원으로 급제했다. 1592년에 공주 목사가 되었으며, 이듬해에 전주 부윤을 거쳐 승문원 제조를 지냈다. 그 해에 주청사의 질정관이 되었다. 1594년에 주청부사(奏請副使)가 되어 명나라에 다녀왔다. 그 뒤에 판결사(判決事)가 되었고 1606년 동지중추부사가 되었다. 이듬해에 강릉 부사를 지내고 형조 참판에 이르러 사직했다.

최명헌(崔明獻) 1566~?. 최명선(崔明善)으로 개명했다. 본관은 충주(忠州). 자는 회백(晦伯). 1591년 생원시에 합격하고, 1615년 문과에 급제했다. 찰방과 군수를 지냈다.

최상질(崔尙質) 1569~?. 본관은 충주(忠州). 자는 문보(文甫). 1589년 생원시에 합격했다. 1617년 관학유생(館學儒生)의 신분으로, 동료 김상하(金尙夏) 등과 함께 임금에게 상소를 올려서 서궁(西宮)의 폐위를 건의했다. 또한 곽례성(郭禮成) 등이 정사를 망치고 있다는 내용으로 탄핵을 하기도 했다. 그러나 당시 역적으로 지목된 허균(許筠)의 일파로 몰려서 국문(鞠問)을 당했고, 그 결과 유배형에 처해졌다.

최정호(崔挺豪) 1573~1622. 본관은 충주(忠州). 자는 시응(時應), 호는 저곡(樗谷). 1591년 진사시에 합격하고, 1603년 문과에 급제했다. 박사(博士)·전적(典籍)·정언(正言)·구례 현감 등을 지냈다.

최진방(崔鎭邦) 생몰년 미상. 본관은 충주(忠州). 충주의 읍리(邑吏)로 있다가 1560년 문과에 급제한 뒤 벼슬이 군수에 이르렀다.

최현(崔晛) 1563~1640. 본관은 전주(全州). 자는 계승(季昇), 호는 인재(訒齋). 정구·김성일 문하에 유학했다. 1588년 진사시에 합격하고, 1606년 문과에 급제했다. 1592년 임진왜란 때 의병을 일으켜 도처에서 공을 세웠고, 1598년 그 공으로 원릉 참봉(元陵參奉)이 되었다.

최흥원(崔興源) 1529~1603. 본관은 삭녕(朔寧). 자는 복초(復初), 호는 송천(松泉). 1555년 진사시에 합격하고, 1568년 문과에 급제했다. 1588년 평안도 관찰사가 되었다. 이후 지중추부사(知中樞府事)를 거쳐 1592년 임진왜란이 일어나자 우의정·좌의정을 거쳐 유성룡의 파직에 따라 영의정에 기용되었다. 이듬해 병으로 사직, 영돈령부사(領敦寧府事), 영평부원군(寧平府院君)에 봉해졌다.

태순원(太舜元) 생몰년 미상. 본관은 영순(永順). 자는 군거(君擧). 서암(西菴) 태두남(太斗南)의 손자이다.

평의지(平義智) 1568~1615. 대마도주 종의지(宗義智, 소 요시토시)를 말한다. 원래 대마도주의 성(姓)은 종씨인데, 임진왜란 때의 공로로 풍신수길로부터 평씨를 하사받아 대마도주의 공식 문서에 평씨를 많이 사용했다. 1592년 임진왜란 때 5,000명을 거느리고 소서행장(小西行長) 등과 함께 1진으로 침입해왔다. 1594년 명나라와의 강화를 위해 북경까지 갔으나 실패하고, 평양성에서 패배한 뒤 성을 불을 지르고 도주했다. 1597년 정유재란 때에는 2진으로 침입했다. 전쟁 후에는 1607년 조선통신사 여유길(呂裕吉)과 덕천수충(德川秀忠, 도쿠카와 히데타다)와의 조약체결의 중개역할을 했다. 1609년 조선에 사절로 와서 쓰시마 섬의 세견선 파견과 부산에 개시 부활 등의 조약을 체결했다.

평조신(平調信) 1539~1605. 유천조신(柳川調信, 야나가와 시게노부)를 말한다. 대마도주(對馬島主) 종의지(宗義智)의 가신(家臣)이다. 풍신수길 때부터 덕천막부(德川幕府) 초까지 아들 유천지영(柳川智永)·손자 유천조흥(柳川調興) 삼대가 조선과 일본의 강화 회담 및 외교 사무를 담당했다.

평행장(平行長) ?~1600. 소서행장(小西行長, 고니시 유키나가)을 말한다. 풍신수길의 가신으로, 빈고(備後) 우토성(宇土城)의 성주가 되었다. 임진왜란 때 왜군 선봉장으로 활약하여 한양을 제일 먼저 점령했다. 정유재란 때 제2사령관으로 참여했으나, 전주에서 크게 패배하여 후퇴하다가 1597년 순천 왜성에 갇히게 되었는데 명나라 장수에게 뇌물을 주고 탈출했다. 퇴로를 열기 위한 노량해전에서 참패했다. 이후 도쿠가와 이에야스[德川家康]와 싸워 패배 후 참수형에 처해졌다.

하우식(河遇湜) 1569~1633. 본관은 진주. 자는 여회(汝會). 영춘 훈도(永春訓導)를 지냈고, 사복시정(司僕寺正)에 증직되었다.

한산두(韓山斗) 1556~1627. 본관은 청주. 자는 사첨(士瞻), 호는 추월당(秋月堂). 1597년 정유재란 때 임금과 관료들이 도성을 버리고 파천(播遷)해야 한다는 주장을 펼치자 군주는 백성을 버리고 도망해서는 안 된다는 상소를 올리고, 직접 진두지휘할 것을 청원했다. 이후 곽재우와 함께 궐기하여, 경상남도 창녕군(昌寧郡)에 위치한 화왕산성(火旺山城)전투에 참여하여 공적을 세웠다. 그 후 벼슬에 대한 뜻을 끊고, 학문 연구와 후학 양성에 매진했다.

한일취(韓日就) 1536~1594. 본관 청주(淸州). 자는 경성(景成). 1564년 생원시에 합격하고, 성균관 생원(成均館生員)을 지냈다.

한회(韓懷) 1550~1621. 본관은 청주(淸州). 자는 민망(民望), 호는 태항(苔巷). 1582년 진사·생원의 양시에 합격하고, 이듬해 문과에 급제했다. 정자(正字)를 거쳐 1586년 광흥창 봉사(廣興倉奉事)가 되었다. 1594년 진주사(陳奏使)의 서장관(書狀官)으로 명나라에 다녀왔다. 여러 번 외직에 전보되었으며, 공조 참의를 거쳐 동부승지에까지 올랐다. 호성원종공신(扈聖原從功臣)에 책록되고, 이조 참판에 증직되었다.

한효순(韓孝純) 1543~1621. 본관은 청주(淸州). 자는 면숙(勉叔), 호는 월탄(月灘). 1592년 임진왜란이 일어나자 8월 영해에서 왜군을 격파하고 경상좌도 관찰사에 승진, 순찰사를 겸임해 동해안 지역을 방비하며 군량조달에 공을 세웠다. 1594년 병조참판, 1596년 경상도·전라도·충청도의 체찰부사(體察副使)가 되었다. 1598년 전라도 관찰사로서 병마수군절도사를 겸했다. 이듬해 전라좌수사 이순신 막하의 전선감조 군관(戰船監造軍官)으로 있으면서 거북선 건조에 공이 많았던 나대용(羅大用)의 건의를 받아들여 거북선 모양의 소형 무장선인 창선(鎗船) 25척을 건조하도록 했다.

현소(玄蘇) ?~1612. 일본 성복사(聖福寺)의 승려. 도요토미[豊臣秀賴]의 부름을 받고 그 수하로 활동했다. 1588년부터 조선에 드나들며 일본과 조선의 통신사 왕래를 요청했고, 1590년 황윤길, 김성일, 허성 등 통신사 일행을 수행했다. 임진왜란 때는 고니시의 군대를 따라 다니며 강화회담에 참여하기도 했다.

형개(邢玠) 1540~1612. 자는 식여(式如), 호는 곤전(昆田). 산동(山東) 익도(益都) 사람이다. 1597년 10월에 총독(總督)이 되어 조선으로 출병했다가 울산에서 대패하고, 이듬해 3월에 귀국했다가 7월에 다시 출병하여 직산(稷山)과 울산(蔚山)에서 왜적을 대파했다.

홍약창(洪約昌) 1535~1592. 본관은 남양(南陽). 자는 경원(景遠), 호는 구촌(龜村). 1568년 진사시에 합격하여 성균 진사가 되었다. 정경세와 함께 창의하고 의병 군기유사로 활약했으며, 1592년 6월 10일 상주 안령전투에서 부자가 함께 순절했다.

홍위(洪瑋) 1559~1624. 본관은 남양(南陽). 자는 위부(偉夫), 호는 서담(西潭). 1588년 진사시에 합격하고, 1601년 문과에 급제했다. 임진왜란 때에 창의했고, 지평(持平)을 지냈다. 1593년 이원익(李元翼)이 체찰사로 파견되었을 때 수천언의 척화토적책(斥和討賊策)을 진언(陳言)하여 크게 참고하게 했다. 통제영종사관(統制營從事官)으로 선임되어 통제사를 보좌하여 백성을 구휼했으며, 전비를 강화하는 데 공이 컸다. 광해군대에 정치가 어지러워지자 관직에서 물러나 후생교육에 힘썼다.

홍이상(洪履祥) 1549~1615. 본관은 풍산(豊山). 초명은 인상(麟祥), 자는 군서(君瑞)·원례(元禮), 호는 모당(慕堂). 1592년 임진왜란 때는 예조참의로 옮겨 왕을 호가(扈駕)해 서행(西行)했다. 그리고 곧 부제학이 되었다가 성천에 도착해 병조참의에 전임했다. 1593년 정주에서 대사간에 임명되었고, 이듬 해 성절사(聖節使)가 되어 명나라에 다녀왔다. 그 뒤 좌승지가 되었다가 곧 경상도 관찰사로 나갔다. 비변사와 긴밀하게 연락해 일본의 장군 고니시(小西行長)와 가토(加藤清正) 사이의 이간을 계획, 추진하기도 했다. 1596년 형조 참판을 거쳐 대사성이 되었다. 그러나 영남 유생 문경호(文景虎) 등이 성혼(成渾)을 배척하는 상소를 올리자, 성혼을 두둔하다가 안동 부사로 좌천되었다.

홍자경(洪子敬) 생몰년 미상. 태천 군수(泰川郡守)를 지냈다.

홍할(洪劼) 1563~?. 홍할은 초명이며, 뒤에 홍소(洪劭)로 개명했다. 본관은 남양(南陽). 자는 면보(勉甫). 1589년 진사시에 합격하고, 황산 찰방(黃山察訪)을 지냈다.

황득겸(黃得謙) 1515~1596. 본관은 창원. 자는 여익(汝益), 호는 석교(石橋). 1549년 생원시에 합격했다.

황렴(黃璉) 생몰년 미상. 자는 중온(仲溫). 공조 참의에 추증되었다.

황서(黃曙) 1554~1602. 본관은 창원(昌原). 자는 광원(光遠), 호는 종고(宗皐)·남파(南坡). 소고(嘯皐) 박승임(朴承任)의 문인이다. 1580년 문과에 급제하고 목사를 지낸 뒤 벼슬을 그만 두고 고향에 돌아와 후진을 가르치고 있던 중에 임진왜란이 일어나자 풍기의 의병장에 되어 영애(嶺阨, 죽령을 말하는 것으로 보임)를 견고하게 지켰다. 도승지에 추증되었다.

황섬(黃暹) 1544~1616. 본관은 창원(昌原). 자는 경명(景明), 호는 식암(息庵)·돈암(遯庵). 1592년 임진왜란 때에는 병조 참지로서 대가(大駕)를 호종하고, 평안도 모운사(平安道募運使)에 선임되어 군량 수운에 공을 세웠다. 이듬해 호조 참의로서 대가를 따라 해주에 이르러 모군(募軍)과 식량공급 등 당면 국방정책을 건의했다. 1594년 안동 부사가 되고, 뒤에 다시 이조와 호조의 참의, 도승지 등을 역임했으며, 호조·이조·예조의 참관을 거쳐, 대사헌·지제교 등을 지냈다. 광해군 즉위 후에는 관직에서 물러났다.

황소(黃昭) 생몰년 미상. 자는 명중(明仲). 훈도(訓導)를 지냈다.

황수규(黃秀奎) 1538~1625. 본관은 창원. 자는 문경(文卿). 1582년 생원시에 합격했다. 찰방(察訪)을 지냈다.

황시(黃是) 1555~1626. 본관은 창원(昌原). 자는 시지(是之), 호는 부훤당(負暄堂). 황섬(黃暹)의 동생이다. 1579년 사마시에 합격하고, 1584년 문과에 급제했다. 1594년 병조 정랑을 거쳐 지평, 이듬해 문례관(問禮官)과 응교를 지냈다. 1596년 시강원 보덕을 거쳐 사성을 지내고, 뒤에 청송 부사가 되어서는 선정을 베풀었다.

황신(黃晨) 11568~1640. 본관은 창원(昌原). 자는 시원(視遠). 내의원 봉사((內醫院奉事)를 지냈다.

황언주(黃彦柱) 1553~1632. 본관은 창원(昌原). 자는 자건(子建)이고, 호는 농고(農皐). 이황의 문하에서 수학했다. 벼슬은 음보(蔭補)로 주부(主簿)에 이르렀다.

황엽(黃曄) 1556~1631. 자는 경휘(景輝), 호는 양심당(養心堂). 지극히 효성스러웠으며, 현풍 훈도(玄風訓導)를 지냈다.

황용(黃墉) 1571~1661. 본관은 창원(昌原). 자는 석흘(石屹). 황득겸의 아들로, 첨지중추부사(僉知中樞府事)를 받았다.

황응규(黃應奎) 1518~1598. 본관은 창원(昌原). 자는 중문(仲文), 호는 송간(松澗). 1543년 사마시에 합격하고, 1569년 52세로 문과에 급제했다. 단양 군수(丹陽郡守)에 제수되어 부역 면제를 상소했다. 1592년 임진왜란이 일어나자 양곡을 군량 수백 석을 제로(諸路)를 위하여 납속(納粟)도 했다. 1594년 동지돈녕부사가 되었다.

황이(黃怡) 1546~?. 본관은 평해(平海). 자는 여숙(汝肅). 1590년 생원시에 합격했다.

황이번(黃以蕃) 생몰년 미상. 자는 한보(翰甫). 직장(直長)을 지냈다.

황재(黃載) 생몰년 미상. 본관은 창원. 자는 여후(汝厚). 훈도(訓導)를 지냈다.

황정간(黃廷幹) 1558~1650. 본관은 장수(長水). 자는 공직(公直), 호는 칠봉(七峰). 각재(覺齋) 하항(河沆)에게 소학(小學)을 배웠고, 1605년 진사시에 합격했다. 정묘호란 때에 임금을 호종하고 강화도에 들어갔다. 사헌부 감찰·형조 좌랑·삼가 현감 등을 지냈다.

황정일(黃精一) 생몰년 미상. 본관은 창원. 자는 자중(子中), 호는 안도(安道). 장현광(張顯光)의 문인으로, 어려서부터 학문에 뜻을 두고 과거에 응시하지 않았다. 지평(持平)에 추증되었다.

황지(黃墀) 1560~1647. 본관은 창원(昌原). 자는 군급(君級). 생원 득겸(得謙)의 아들이다. 부정(副正)을 지냈고, 집의(執義)에 추증되었다.

찾아보기